MW00736424

CUENTOS COMPLETOS

LOS MUNDOS REALES

CUENTOS COMPLETOS

LOS MUNDOS REALES

Castillo

ALFAGUARA

1997, Aguilar, Altea, Taurus, Alfaguara S. A.
Beazley 3860. 1437 Buenos Aires.

•Santillana S.A.
Juan Bravo 38. 28006 Madrid
•Aguilar Mexicana de Ediciones S.A. de C.V.
Avda. Universidad 767, Col.del Valle,
México D.F. CP 03100
•Aguilar Chilena de Ediciones Ltda.
Pedro de Valdivia 942. Santiago
•Ediciones Santillana S.A.
Javier de Viana 2350. 11200 Montevideo

ISBN: 950-511-305-6
Hecho el depósito que indica la ley 11.723
Diseño:
Proyecto de Enric Satué
Cubierta:
Martín Mazzoncini

Impreso en la Argentina. Printed in Argentina
Primera edición: Octubre de 1997

Índice

Prólogo

La obra del escritor argentino Abelardo Castillo abarca todos los géneros literarios. Ha escrito novelas, cuentos, teatro, poemas y ensayos críticos. También ha sido fundador y editor de tres importantes revistas literarias: *El grillo de papel* (1959-1960), con Arnoldo Liberman y Humberto Costantini, *El escarabajo de oro* (1961-1974), con Liliana Heker, y *El ornitorrinco* (1977-1986), con Liliana Heker y Sylvia Iparraguirre. En estas publicaciones contó con la colaboración de los autores más prestigiosos de América latina, y la última *(El ornitorrinco)* representó una de las pocas y difíciles formas de resistencia cultural durante la época de la dictadura. Nacido en 1935 en la localidad de San Pedro (Provincia de Buenos Aires), ha publicado, en orden cronológico, *El otro Judas* (teatro, 1961), *Las otras puertas* (cuentos, 1961), *Israfel* (teatro, 1964), *Cuentos crueles* (cuentos, 1966), *La casa de ceniza* (nouvelle, 1967), *Tres dramas* (teatro, 1968), *Los mundos reales* (antología de cuentos, 1972), *Las panteras y el templo* (cuentos, 1976), *El cruce del Aqueronte* (antología de cuentos, 1982), *El que tiene sed* (novela, 1985), *Las palabras y los días* (ensayos, 1989), *Crónica de un iniciado* (novela, 1991), *Las maquinarias de la noche* (cuentos, 1992), *Teatro completo* (1995). Por su obra ha recibido el Premio Casa de las Américas (1961), el Primer Premio Internacional de Autores Dramáticos Latinoamericanos Contemporáneos, UNESCO, París (1963), el Primer Premio y Gran Premio de los Festivales Mundiales de Teatro Universitario de Varsovia y Cracovia (1965), el Primer Premio Municipal de Literatura de la Ciudad de Buenos Aires (bienio 1985-1986), el Premio Club de los Trece a la mejor novela del año (1992), el Premio Nacional Esteban Echeverría (1993), el Premio Konex de Platino (1994) y el Premio de Honor de la Provincia de Buenos Aires, compartido con los escritores Marco Denevi y Ernesto Sabato (1996).

En un posfacio, Castillo confesó su deseo de ordenar sus relatos bajo un título único: *Los mundos reales*. La historia de la sucesiva publicación y reedición de sus cuentos apunta a esta lenta generación de un texto único, proceso que tiene ilustres antecesores en

Whitman y Baudelaire. Es así que las ediciones de los cuentos de Castillo revelan una constante y prolija revisión de textos, un casi obsesivo afán por corregir y refundir, pero el resultado es un corpus literario que, como un organismo vivo, evoluciona, cambia y se autorregenera en lo que son, en suma, versiones de lo real que no excluyen reflexiones sobre el destino humano, la política, las pasiones, la locura y el delirio. Castillo cree, como Valéry, a quien cita en dicho posfacio, que "una obra (es) una empresa de reforma de uno mismo". Por esta razón es que una lectura seriada de sus obras revelaría esta empresa, estas mutaciones de un escritor que mantiene a través de ellas, o quizá gracias a dichas variantes, una rara unidad poética.

Es en las re-versiones de sus propios relatos, como en las de los de sus reconocidos predecesores, que Castillo da cuenta de su viaje interior, de su tiempo, de su existir en la literatura y en la historia. Esta actitud se resume en una cita suya: "realistas o fantásticos, mis cuentos pertenecen a un solo libro. Y la literatura, a un solo y entrecruzado universo" enfocado y hecho inteligible, en este caso, desde una definida óptica argentina.

Según Borges, todo escritor elige a sus precursores, y Abelardo Castillo, atento lector de la literatura argentina, y de Borges en particular, ejemplifica esta práctica.

Aun muy joven, en la década de los sesenta, Castillo comienza a publicar colecciones de cuentos cuyo temario refleja el impacto de la autocrítica que domina gran parte de la producción cultural de esa época. Tanto en *Las otras puertas* (1961) como en *Cuentos crueles* (1966), hay huellas evidentes no sólo del acontecer histórico inmediato precedente, el peronismo y sus secuelas, los fracasos de los gobiernos militares y civiles que se suceden, sino también hay marcas escriturales, giros de estilo, comentarios parentéticos, desvíos y perceptibles omisiones que inscriben estos textos en un momento de la cultura y la historia argentinas dado a la reflexión, balance y liquidación de ideologías manidas y al esfuerzo por ejecutar una doble maniobra: reconocer un patrimonio cultural y simbólico que se reconoce como determinante, y actualizarlo para las nuevas —y cambiantes— situaciones históricas vigentes.

Castillo concita visiblemente autores y artefactos culturales que lo preceden y elige a ciertos precursores —Arlt, Borges, Cortázar, Quiroga— como posibles modelos de identidad nacional que pueden enriquecerse en una reformulación actualizante. Porque es precisamente esa particular diferencia, esa reposesión revitalizadora la que revaloriza tanto al texto anterior como a la versión de Castillo.

Éste ha dicho: "la tradición asegura que el plagio es la forma más sincera de la admiración: lo mismo vale para algunos desacuerdos", y esos cuentos a menudo constituyen un homenaje al texto original, que se revela así como obra repetible y adaptable a una óptica diferente. Se podría decir que es la segunda escritura —la de Castillo— la que da nuevo sentido y enriquece —y se enriquece— con los ecos del original, en una hábil maniobra en la que modelo y nueva versión se generan y regeneran mutuamente. Así *Requiem para Marcial Palma*, al actualizar el mito del guapo del cuento de Borges *Hombre de la esquina rosada*, crea un personaje que en similares circunstancias, pero en una situación histórica reciente, se convierte en un peleador cajetilla que desprecia el cuchillo pero no la pendencia a puñetazos, en una nueva versión del duelo orillero que se ha convertido aquí en sainete, porque como dice el narrador: "Era como si hubiera cambiado el mundo...". Y, en verdad, el pueblo, el boliche, la gente, todo ha cambiado. Ejemplos evidentes de esto son la indumentaria y el aire cómico del nuevo guapo, la música de una tarantela que ha reemplazado los compases del tango y la ranchera, y el cartel de propaganda de gaseosa con niños rubios de neto tipo norteamericano, que han reemplazado a la vieja arpillera. El paso del tiempo, y el nuevo sentido que Castillo imprime al concepto de hombría, queda muy claro en el desprecio con que el vencedor rechaza a Valeria, la ganada "prenda" a quien aparta con un "No, vos no te quedás con el más hombre; vos te quedás con el que gana". Esta re-versión del cuento borgeano tiene lugar en un recreo de la costa del río Paraná, las nuevas orillas de la ciudad de Buenos Aires. En este ambiente, el mito del coraje representado por el guapo del arrabal resulta totalmente anacrónico, así como lo es la presencia de un viejo narrador, que recuerda el duelo original, a cuchillo y a muerte, todos restos de un pasado criollo definitivamente cancelado. El significado del cuento de Borges queda aquí subvertido. Ya no hay guapos en el delta —las modernas orillas del actual Buenos Aires— sino contrabandistas y peleadores cajetillas con aire cómico y sin delirios de hombría. El evocar un pasado mítico que quizá nunca existió no es la intención de Castillo, sino aludir a un texto paradigmático y confrontarlo con una versión actualizada de la misma circunstancia. El texto nuevo dialoga con el anterior, funciona como un palimpsesto que a la vez da cuenta de un mito fundador, y, al modificarlo, lo restituye para la literatura actual sin intentar dar una nueva versión del guapo. Castillo no se esfuerza por construir nuevos mitos; por el contrario, él colabora con la geografía y con la historia para cancelarlos, para declararlos caducos para el hombre de su época, pero a la vez crea, con los componentes del texto anterior, un relato para su tiempo, una narración que fácilmente se inscribe en "los mundos reales", el título abarcador de su cuentística.

En otro texto, *Noche para el negro Griffiths*, Castillo recupera el personaje de *El perseguidor* de Cortázar y lo inserta, con variantes, en una realidad inmediata, convirtiendo al genial saxofonista de Cortázar en un pésimo músico que toca la trompeta en un cafetín de Barracas, donde en noches de humo y alcohol rememora un pasado quizá apócrifo en Nueva Orleáns. El músico carece de grandeza artística y filosófica, pero la filiación literaria de este personaje no sólo es innegable, sino que Griffiths comparte con su antecesor la capacidad para lograr un minuto de grandeza y "caer del otro lado" como el perseguidor de Cortázar, para rendir homenaje musical a las prostitutas desalojadas en su legendario Nueva Orleáns. Estos relatos, así como el obvio homenaje a Roberto Arlt —reconocido por el propio Castillo en el citado posfacio— en *Crear una flor es un trabajo de siglos*, son ejemplos del peculiar refuncionamiento que el autor imprime a la tradición literaria argentina con la que él se identifica. Las condiciones en que se produjeron los cuentos originales han cambiado, y la situación del público lector, o sus experiencias históricas en el contexto argentino, también. En sus versiones nuevas y originales, Castillo restaura estos textos para una cultura en la que siguen vigentes, doblemente enriquecidos al ponerlos en otro contexto. Castillo no procede como Pierre Menard, el personaje de Borges —nuevo autor del viejo *Quijote*— sino que brinda una auténtica recreación del original en una re-escritura de clásicos recientes. Dado que los textos previos son artificios, inventos culturales, Castillo se permite una reinvención para situaciones diferentes, y presenta así en sus relatos lecturas de la tradición literaria argentina que dejan muy en claro que ésta no es, en ninguna forma, monolítica ni fija. Interesa reconocer que en este campo, como en otros que mencionaré más adelante, Castillo no es sólo un creador original y representativo, sino un precursor de varios autores argentinos de promociones más tardías. Es este cuidadoso elegir, nombrar y refuncionar antecesores reconocibles, lo que quizá relaciona más estrechamente la obra de este autor con la producción de los escritores de dos décadas posteriores. A veinte años de esta deliberada constitución de modelos de identidad cultural nacional, Castillo mantiene una vigencia que se deriva no sólo de su propia producción, sino de la de los escritores más recientes.

Aparte de esta importante función de reconstituir un canon literario nacional actualizado, para uso propio y de sus lectores, Castillo también da cuenta en sus relatos de hechos del período post-peronista y de las dictaduras más recientes. En este sentido, Castillo pertenece, como otros escritores de su promoción, al grupo que una crítica designó, acertadamente, "narradores testigo". Entre sus cuentos más logrados de este tipo, están *En el cruce* y *Por los servicios prestados*, ambos producto de la experiencia del servicio militar del autor. El ámbito castrense, tan preponderante en la vida política argentina y tan decisivo en la confrontación de clases e ideologías a nivel nacional, es hábilmente recreado en estos relatos breves y escuetos que se cierran con un predecible (para el lector argentino) final, sin dramatismo, con la inexorabilidad y maestría de lo premeditado dentro de una situación contestataria irreversible. Ambos relatos están armados con una sorprendente economía narrativa y disfrazados casi de mera anécdota militar... hasta el desenlace, que responde a realidades más vastas de la escena nacional y a profundas grietas en el cuerpo social del país. Por otra parte, *Los muertos de Piedra Negra*, también de ambiente castrense, narra el levantamiento del coronel Lago, su oportunismo al momento de aliarse con el poder que tiene visas de ganar, y por contraste, la ciega fe en el retorno del líder (Perón) que lleva a los hermanos Iglesias a un inútil sacrificio. Este relato toma además el tema de la rebelión (política, en este caso) como acto definitorio en la elección de un destino, en contraste con las falsas y fluctuantes filiaciones que se dan en esos momentos en la población civil y militar, a consecuencia de compromisos con el poder de turno. Los Iglesias son peronistas de siempre, dentro o fuera del poder oficial, por convicción política y de clase ("Buena madera esos Iglesias"), mientras que el coronel Lago se identifica con los sucesivos gobiernos, fiel también a los privilegios de su clase ("restituir el Honor de la Nación exige, de sus hombres, ciertas decisiones"). En estos cuentos, el ambiente cuartelario provee el escenario para traiciones y lealtades en constante disputa, que son parte del ejercicio de poderes contestatarios no resueltos al nivel nacional. La crueldad y la violencia parecen ser endémicas formas de interrelación subjetiva entre los personajes, porque la sociedad está igualmente escindida, y lo contestatario es la única moneda de intercambio social de ese momento. Pero la crueldad puede tener también otras funciones en la cuentística de Castillo, en la cual la violencia y la agresión a menudo se convierten en actos restitutivos, al revelar la otra cara de la moneda. El acto abominable puede ser liberador y el cruel puede resultar un inusitado redentor. El ejercicio casi ritual de la crueldad permite, en algunos relatos, defender una zona personal sagrada *(Crear una pequeña flor es trabajo de siglos)* o restituir la humanidad al otro, que se había degradado *(El candelabro de plata)*. Así es que en algunos relatos, la crueldad, la locura y la traición pueden abrir camino a la reconstitución de un pacto original que habría sido violado, como ocurre en *Negro Ortega* y en *La cuarta pared*. En el primero, el negro Ortega, boxeador que se somete a peleas "arregladas" por su *manager*, tiene finalmente un momento de grandeza, inspirado por la memoria de Ruiz, su viejo amigo boxeador. Es en homenaje a esta antigua amistad que Ortega acaba trompeando con ferocidad a su contrincante, para desplomarse finalmente con los brazos abiertos, como un Cristo del ring, al final de la pelea que él no ha querido conceder según lo previamente acordado con su *manager*. Es así que al traicionar al superior venal, Ortega restituye la autenticidad de su pacto tácito con el viejo boxeador, quien pensaba que peleando se gana la bienaventuranza. Si así fuera, Ortega se ha preparado peleando, y traicionando, para entrar en el reino de los cielos. En el relato *La cuarta pared*, la esposa traiciona al gran hombre con pies de barro, engañándolo precisamente al cometer adulterio con sus jóvenes alumnos, vale decir al destruir la admiración que ellos, sus jóvenes delfines —como ella en el pasado— tenían por el falso ídolo. La pérdida de fe en el hombre que se creía excepcional, requiere destruir la fe de los jóvenes acólitos, quienes ya no se sorprenderán ante las promesas incumplidas. A la desilusión personal sigue un acto de proyección social más vasto, pues no se trata de una venganza meramente individual, sino de una rectificación que termine con los paliativos de que se ha servido el falso ídolo. La traición sirve en estos relatos y en algunas de las obras teatrales de Castillo para restaurar la vigencia de un pacto original hecho con fe y contraído en libertad, para volver a la verdad que ha falseado alguno de los participantes. El traidor se identifica entonces, a través de sus actos, con la pureza inicial de un compromiso que no ha sido respetado y, de este modo, la traición se convierte en una forma de reafirmar los valores originales de ese yo que se siente violado por el otro. Al nivel social más amplio, la traición se justifica en momentos en que la autoridad es venal o miente, poniendo en duda la validez de los pactos sociales contraídos. Pero en *El candelabro de plata* el protagonista se permite, precisamente en la Nochebuena, restaurar a un pobre viejo borracho su ilusión de volver a la lejana tierra natal, gracias a una mentira. Como el recién nacido de Belén, el protagonista también deja entrever un futuro de felicidad a un ser degradado y desahuciado, gracias a una "prodigiosa mentira". Pero el compasivo embustero debe matar al viejo luego de ofrecerle la visión de una falsa, futura redención. Sin embargo, la posibilidad de rectificar este destino desviado es suficiente para restituir al viejo, por unos minutos, a la condición humana: pierde su tono suplicante y deja de rendir pleitesía al "señor" que le ofrece ayuda. Se da en este relato una variante de la traición analizada previamente, pues en este cuento se utiliza el fraude para legitimizar una ilusión que el "otro" ya considera perdida. Al restaurarla, el sujeto se humaniza, pero dada la imposibilidad de realizar este sueño, debe morir... ¡después de una feliz Nochebuena!

Como ha observado uno de sus críticos, hay "una desesperada ternura" en los cuentos más duros de Castillo, que revela la capacidad del hombre para ser coherente consigo mismo y para rectificarse y completar destinos truncados y para redirigir a aquellos que han sido desviados. Tal es el caso del protagonista en el relato *El decurión*, quien descubre, gracias a las incoherentes revelaciones de una tía casi centenaria, que su destino ha sido trastrocado. No se trata aquí de identificarse con "el otro", al estilo borgeano, sino con otro cuya vida, al estilo Cortázar, se le va insinuando en revelaciones inconexas y coincidentales, y en vagas memorias inventadas gracias a una conciencia porosa, receptiva de otra vida arrumbada en una postal, una foto, un cuadro; representaciones estas de lo que deviene, en última instancia, un destino, una vida real. Tanto en este cuento como en *Muchacha de otra parte* se observa la importancia que adquieren los espacios reales e imaginarios en el destino del ser humano; la capacidad de estos espacios de posibilitar o impedir ciertas relaciones subjetivas, y la fatalidad de usurpar el destino de otro, como en *Triste le Ville*, relato en el que este acto de apropiación ilegítima acarrea el purgatorio de vivir en un pueblo gris, afantasmado, del cual no parte ningún tren, en el que no pasa nada, y sólo se ve la cara de un individuo, inmóvil, repetida, fija, como una vida congelada. De lo anterior podría pensarse que en Castillo el destino se puede elegir —acertada o erróneamente— pero también puede ocurrir que el destino juegue una burla al individuo que cree elegirlo, como sucede en *El asesino intachable*, en el cual el crimen gratuito, de perfil dostoyevskiano, se convierte, irónicamente, en un crimen banal de conveniencia, a pesar de las peores intenciones y los cuidadosos preparativos del asesino. La víctima resulta ser una anciana rica y excéntrica, que ha nombrado —sin saberlo él— a su eventual asesino, ¡su único heredero! Si bien los móviles fueron desinteresados, el desenlace los ha convertido en un vulgar y violento acto de codicia. En *Thar*, por otra parte, hay otro juego de tuerca, en cuanto la venganza purificadora resulta frustrada por la filiación que, revelada en el último momento, establece que victimario y presunta víctima son abuelo y nieto. Estos relatos sugieren cuán inútil es la pretensión humana de adueñarse del propio destino, al establecer la arbitrariedad de las opciones posibles y el escaso control que el individuo tiene sobre ellas. Pero Castillo no crea sujetos que sean juguetes del destino, sino que explora con ironía los frecuentes y vanos esfuerzos de la voluntad frente al desconcierto que crean lo fortuito y lo inesperado. Porque los personajes de Castillo se ubican en un espacio interior que no es incompleto, creado por ellos a sus propias medidas y el cual no es necesario trascender, pero donde cada ser puede hacerse y deshacerse según sus personales designios. Dentro de este periplo, podríamos asegurar que el hombre o la mujer son soberanos de su pequeño reino.

Podría derivarse de lo dicho anteriormente que, en algunos cuentos, Castillo se presenta como un escritor maldito. Pero no es ése el caso. La crueldad no es gratuita ni fortuita, sino una moneda de variado intercambio social, pues tiene, como dijimos, una función específica en la reconstitución del individuo. Al facilitar el acceso a otras zonas, es instrumento de transgresión liberadora en la mayoría de los casos, y en todos es constituyente esencial de la ontología de los personajes. Puede hablarse más bien de ciertos excesos dionisíacos que registran algunos relatos, tales como *Also sprach el señor Núñez* y *Las panteras y el templo*, pues se centran en momentos de delirio o pasajera enajenación mental, pero la crueldad consiste en algo más ritual y más consciente: insustituible forma de renovación y, a veces, de exclusión. Pues al acto cruel se recurre cuando alguien transgrede un espacio social personal, intersubjetivo, y funciona para mantener a distancia o excluir al intruso. En esta forma, la crueldad deviene una forma de protección de una zona personal inviolable. Y, por último, quizá la mejor definición de esta particular forma de acción la proporciona el propio Castillo en el epígrafe de William Blake que abre *Cuentos crueles*:

La crueldad tiene un corazón humano
y los celos un rostro humano,
el terror tiene la divina forma humana
y el misterio tiene el vestido del hombre.

También ocurre que en los relatos de Castillo la crueldad a menudo se combina con la ternura para esclarecer relaciones ambiguas o de naturaleza borrosa. Esto es evidente en un hermoso cuento titulado *El hermano mayor*, en el que, a raíz de la muerte del padre, los hermanos desnudan su interioridad reconociéndose por primera vez, reencontrando su autenticidad en los fragmentarios recuerdos de un padre a la vez abusivo y pintoresco. Y es el hermano mayor, precisamente, quien recobra parte de su muy menguada identidad de ser, como mayor, el iniciador del más chico, gracias a los recuerdos del otrora distante —psíquica y físicamente— hermano menor.

Esta mezcla de ternura y crueldad aparece también en los relatos que se centran en relaciones entre los sexos, en los que se suceden encuentros tanto casuales como definitivos. Ejemplo de lo último aparece en *Carpe diem*, que abre la posibilidad de un tiempo recobrado después de la muerte de la amada. Pero también surge lo inolvidable, mitificado y perdido en la figura de Virginia en *Los ritos*. Es este personaje, descrito muy someramente, y más por sus atributos externos, modales, manías, que físicos, quien controla la narración que se abre y cierra con su recuerdo. Porque es la infantil Virginia la que empareja lo disímil en la repisa del cuarto de soltero de su amante: geisha con pollito, bambi con la Victoria de Samotracia. Él, al final de varios exitosos episodios eróticos, resulta, inconscientemente, también emparejado con lo disímil: Virginia, por lo menos en unos momentos de pasión amorosa... con otra. Virginia, a distancia y conscientemente obturada en la memoria, representa para él la oportunidad —perdida— de reinventarse, de ser puro, de ser otro. También se narra con patética ternura la pérdida de la novia juvenil en *Capítulo para Laucha*.

En casi todos los relatos de temas amorosos, los personajes femeninos jóvenes, como en Juan Carlos Onetti, son los más interesantes. Su inexperiencia puede, y a menudo es, una posible fuente de renovación y pureza, o una apertura hacia lo inesperado y absurdo, en contraste con los personajes femeninos experimentados, con saberes y decires inteligentes y fatalmente predecibles. Pues es precisamente la sorpresa lo que traen a menudo estas jóvenes, y sobre ellas el autor crea bellas y tristes historias de amores perdidos. Porque el amante las abandona o hace que lo abandonen. Hay un temor a esa pureza, a esa sorpresa y a la posible continuidad de un amor que desafía lo que él ya ha asumido como destino propio inalterable. Es con estas amadas abandonadas, rechazadas pero nunca olvidadas, una recurrente conexión a través de la memoria, de la confidencia o del sueño. Y es esta conexión la que las distingue de "las otras", aquellas con las cuales siempre se establece una discontinuidad tranquilizadora. Pues de éstas lo separa esa sabiduría moderna que comparten, mientras las otras tienen "una sabiduría muy antigua, algo que no tiene nada que ver con las palabras... una sabiduría llena de tristeza o de algo parecido a la caridad y a la tristeza...". Pero debemos anotar una excepción a esta práctica en el cuento *La fornicación es un pájaro lúgubre*, relato que Castillo considera, pese a su título y desenfadado estilo, un "cuento muy decente". Es éste un relato de aprendizaje, no por parte de la joven iniciada sino por parte del iniciador. Es ella, especie de Lolita actualizada, quien le revela, a pesar de su inicial frigidez, lo que es, en verdad, hacer el amor. El exhausto amante comprende que lo que hacen es construir un amor en un acto de seducción mutua que se realiza paso a paso, y deliberadamente, en lo que es, al fin, un acto de creación. Si como dice el protagonista, la mujer es la casa del hombre, construida por él mismo, no hay duda de que él se siente, finalmente, en perfecta morada... Se presenta aquí, después de falsos comienzos y desvíos amorosos por parte del protagonista, una mística del acto sexual, gracias a la complicidad de una joven ansiosa pero inexperta. La plenitud final, la revelación de que hacer el amor es crear algo ajeno, contrasta con las anteriores experiencias del protagonista, para quien la fornicación, en rigor, se había convertido en un ejercicio lúgubre. El cuento, por lo demás, está dedicado a la memoria de Henry Miller, y Castillo lo comenzó a escribir al enterarse de la muerte del escritor norteamericano, y lo terminó más de un año después.

La sexualidad, como la crueldad, asume en la obra de Castillo un aspecto muy ritual. Es un juego serio en el que se procede de acuerdo con variados protocolos dictados por los participantes. Se eligen el momento y la situación, se establece un campo erótico en el que se juegan relaciones en las que se mezcla tanto el placer como el dolor, lo contestatario y lo compartido. Hacer el amor es, como el acto de crueldad, una forma esencial de las relaciones intersubjetivas de los personajes, que se constituyen y destruyen mutuamente en ese acto, en el ejercicio de lo erótico. Hasta en lo que podría leerse como una relación superficial o pasajera, como la de María Fernanda y el protagonista en *Los ritos*, se diagraman los límites de las posibilidades —o de las imposibilidades, en este caso— de relación de estos dos sujetos, proyectados sobre la memoria del lejano romance con la impredecible Virginia.

Los relatos, formas del artificio, recurren a menudo a paralelismos insospechados con sistemas que preceden al texto. Se produce así un desplazamiento de estrategias extratextuales a otro terreno, la narración. Se disfraza, por así decirlo, la verdadera intencionalidad de los personajes con sistemas de fácil identificación pero de difícil aplicación, como ocurre con una jugada de ajedrez en el cuento *La cuestión de la dama en el Max Lange*. El campeonato y la jugada misma, en la mejor tradición de la novela policíaca, proveen un fondo y un enunciado aparentemente exacto de lo que es, en realidad, un asesinato/venganza, un ajusticiamiento de la esposa infiel por parte del amante, bajo la amenaza del revólver del marido engañado y justiciero. Maniobra oblicua, como en el ajedrez, en la que un acto se avala por sus efectos y sus consecuencias más mediatas. El juego ejemplifica aquí la pluralidad de funciones de los actuantes y la dificultad en precisar la exacta naturaleza de las motivaciones de los protagonistas, a partir de los efectos más visibles. Nada es exactamente lo que parece; sin embargo, los hechos son irrefutablemente reales. En el cuento *La casa del largo pasillo*, el protagonista, quien como ascensorista vive dentro de la más absoluta verticalidad, queda fascinado por las posibilidades que ofrece la entrada a un largo pasillo cerca de su casa. Sufre así lo que podría llamarse el vértigo de la horizontalidad. Explora finalmente parte de este pasadizo oscuro para encontrar en una recámara al legendario Sandokán, el pirata malayo, héroe de las novelas de aventuras juveniles previas a los ascensores y las jaulas. Este final sugiere la posibilidad de que un humilde y oscuro pasillo —otro sistema, no vertical en este caso— pueda ocultar lo maravilloso y remoto. La presencia del bello y exótico Sandokán es una especie de *aleph* borgeano para el ascensorista, el premio por haber descubierto que, en realidad, existe siempre otra dirección distinta de la hasta entonces transitada. Y esta dirección, en la que reina la oscuridad, y donde le sobrecoge el miedo, puede también albergar lo maravilloso, sacudir la rutina del desprestigiado ascensorista. Por otra parte, en *La garrapata* y en *Vivir es fácil...*, la narración revierte el sistema que sustenta el relato. En el primero, la garrapata es la mujer que, como el insecto, parece nutrirse de la sangre del marido más joven, quien, visiblemente desmejorado, envejece rápidamente al tiempo que ella se va convirtiendo en una chiquilina. El segundo relato crea la posibilidad del suicidio de la mujer rechazada, pero acaba con el del hombre que la incita a la autodestrucción, de allí el equívoco título de la narración. En estos dos casos, la reversión de un sistema visible produce la desestabilización del lector, no gracias a un desenlace sorpresivo, sino precisamente al recurrir deliberadamente a los pasos de un proceso que tiene otro destinatario (*Vivir es fácil...*) u otro destino (*La garrapata*). El sistema que encubre una realidad "falsa" tanto como el sistema revertido desorientan al lector desatento y ponen en duda la validez de dichos sistemas como correlativos de la conducta humana; pero ofrecen, por otra parte, una posibilidad de desplazamiento interpretativo que enriquece la lectura. Se trata, como diría el propio autor, de enunciados que nunca son inocentes.

La lectura de los relatos de Castillo requiere un lector no cómplice sino testigo, como el autor; distanciado, atento a las diversas seducciones de lo narrado y al detalle revelador. Entre éstos se incluye la presencia del escritor, quien entra en varias de sus propias ficciones identificado por nombre o profesión, y, como escenario de la trama, su San Pedro natal. Este deslizar de lo concreto extra textual dentro de lo fictivo cancela, por una parte, la antinomia realidad/ficción al borrar los límites que separan lo concreto de lo inventado y, por otra, sugiere que la realidad es una ficción más o, como establece el título abarcador de su obra cuentística, que todo es parte de esos mundos reales en los que reside la creación de este autor.

MARTA MORELLO-FROSCH
University of California
Santa Cruz, California

TODOS MIS CUENTOS

los ya escritos y los que aún quedan por escribir
pertenecen a un solo libro incesante y a una mujer

A SYLVIA

quien le dio a ese libro el nombre que hoy lleva

LOS MUNDOS REALES

Las otras puertas

a Bettina

I. Los iniciados

También yo he sentido la inclinación a obligarme, casi de una manera demoníaca, a ser más fuerte de lo que en realidad soy.

SÖREN KIERKEGAARD

La madre de Ernesto

Si Ernesto se enteró de que ella había vuelto (cómo había vuelto), nunca lo supe, pero el caso es que poco después se fue a vivir a El Tala, y, en todo aquel verano, sólo volvimos a verlo una o dos veces. Costaba trabajo mirarlo de frente. Era como si la idea que Julio nos había metido en la cabeza —porque la idea fue de él, de Julio, y era una idea extraña, turbadora: sucia— nos hiciera sentir culpables. No es que uno fuera puritano, no. A esa edad, y en un sitio como aquél, nadie es puritano. Pero justamente por eso, porque no lo éramos, porque no teníamos nada de puros o piadosos y al fin de cuentas nos parecíamos bastante a casi todo el mundo, es que la idea tenía algo que turbaba. Cierta cosa inconfesable, cruel. Atractiva. Sobre todo, atractiva.

Fue hace mucho. Todavía estaba el Alabama, aquella estación de servicio que habían construido a la salida de la ciudad, sobre la ruta. El Alabama era una especie de restorán inofensivo, inofensivo de día, al menos, pero que alrededor de medianoche se transformaba en algo así como un rudimentario club nocturno. Dejó de ser rudimentario cuando al turco se le ocurrió agregar unos cuartos en el primer piso y traer mujeres. Una mujer trajo.

—¡No!

—Sí. Una mujer.

—¿De dónde la trajo?

Julio asumió esa actitud misteriosa, que tan bien conocíamos —porque él tenía un particular virtuosismo de gestos, palabras, inflexiones que lo hacían raramente notorio, y envidiable, como a un módico Brummel de provincias—, y luego, en voz baja, preguntó:

—¿Por dónde anda Ernesto?

En el campo, dije yo. En los veranos Ernesto iba a pasar unas semanas a El Tala, y esto venía sucediendo desde que el padre, a causa de aquello que pasó con la mujer, ya no quiso regresar al pueblo. Yo dije en el campo, y después pregunté:

—¿Qué tiene que ver Ernesto?

Julio sacó un cigarrillo. Sonreía.

—¿Saben quién es la mujer que trajo el turco?

Aníbal y yo nos miramos. Yo me acordaba ahora de la madre de Ernesto. Nadie habló. Se había ido hacía cuatro años, con una de esas compañías teatrales que recorren los pueblos: descocada, dijo esa vez mi abuela. Era una mujer linda. Morena y amplia: yo me acordaba. Y no debía de ser muy mayor, quién sabe si tendría cuarenta años.

—Atorranta, ¿no?

Hubo un silencio y fue entonces cuando Julio nos clavó aquella idea entre los ojos. O, a lo mejor, ya la teníamos.

—Si no fuera la madre...

No dijo más que eso.

Quién sabe. Tal vez Ernesto se enteró, pues durante aquel verano sólo lo vimos una o dos veces (más tarde, según dicen, el padre vendió todo y nadie volvió a hablar de ellos), y, las pocas veces que lo vimos, costaba trabajo mirarlo de frente.

—Culpables de qué, che. Al fin de cuentas es una mujer de la vida, y hace tres meses que está en el Alabama. Y si esperamos que el turco traiga otra, nos vamos a morir de viejos.

Después, él, Julio, agregaba que sólo era necesario conseguir un auto, ir, pagar y después me cuentan, y que si no nos animábamos a acompañarlo se buscaba alguno que no fuera tan braguetón, y Aníbal y yo no íbamos a dejar que nos dijera eso.

—Pero es la madre.

—La madre. ¿A qué llamás madre vos?: una chancha también pare chanchitos.

—Y se los come.

—Claro que se los come. ¿Y entonces?

—Y eso qué tiene que ver. Ernesto se crió con nosotros.

Yo dije algo acerca de las veces que habíamos jugado juntos; después me quedé pensando, y alguien, en voz alta, formuló exactamente lo que yo estaba pensando. Tal vez fui yo:

—Se acuerdan cómo era.

Claro que nos acordábamos, hacía tres meses que nos veníamos acordando. Era morena y amplia; no tenía nada de maternal.

—Y además ya fue medio pueblo. Los únicos somos nosotros.

Nosotros: los únicos. El argumento tenía la fuerza de una provocación, y también era una provocación que ella hubiese vuelto. Y entonces, puercamente, todo parecía más fácil. Hoy creo

—quién sabe— que, de haberse tratado de una mujer cualquiera, acaso ni habríamos pensado seriamente en ir. Quién sabe. Daba un poco de miedo decirlo, pero, en secreto, ayudábamos a Julio para que nos convenciera; porque lo equívoco, lo inconfesable, lo monstruosamente atractivo de todo eso, era, tal vez, que se trataba de la madre de uno de nosotros.

—No digas porquerías, querés —me dijo Aníbal.

Una semana más tarde, Julio aseguró que esa misma noche conseguiría el automóvil. Aníbal y yo lo esperábamos en el bulevar.

—No se lo deben de haber prestado.

—A lo mejor se echó atrás.

Lo dije como con desprecio, me acuerdo perfectamente. Sin embargo fue una especie de plegaria: a lo mejor se echó atrás. Aníbal tenía la voz extraña, voz de indiferencia:

—No lo voy a esperar toda la noche; si dentro de diez minutos no viene, yo me voy.

—¿Cómo será ahora?

—Quién... ¿la tipa?

Estuvo a punto de decir: la madre. Se lo noté en la cara. Dijo la tipa. Diez minutos son largos, y entonces cuesta trabajo olvidarse de cuando íbamos a jugar con Ernesto, y ella, la mujer morena y amplia, nos preguntaba si queríamos quedarnos a tomar la leche. La mujer morena. Amplia.

—Esto es una asquerosidad, che.

—Tenés miedo —dije yo.

—Miedo no; otra cosa.

Me encogí de hombros:

—Por lo general, todas éstas tienen hijos. Madre de alguno iba a ser.

—No es lo mismo. A Ernesto lo conocemos.

Dije que eso no era lo peor. Diez minutos. Lo peor era que ella nos conocía a nosotros, y que nos iba a mirar. Sí. No sé por qué, pero yo estaba convencido de una cosa: cuando ella nos mirase iba a pasar algo.

Aníbal tenía cara de asustado ahora, y diez minutos son largos. Preguntó:

—¿Y si nos echa?

Iba a contestarle cuando se me hizo un nudo en el estómago: por la calle principal venía el estruendo de un coche con el escape libre.

—Es Julio —dijimos a dúo.

El auto tomó una curva prepotente. Todo en él era prepotente: el buscahuellas, el escape. Infundía ánimos. La botella que trajo también infundía ánimos.

—Se la robé a mi viejo.

Le brillaban los ojos. A Aníbal y a mí, después de los primeros tragos, también nos brillaban los ojos. Tomamos por la Calle de los Paraísos, en dirección al paso a nivel. A ella también le brillaban los ojos cuando éramos chicos, o, quizá, ahora me parecía que se los había visto brillar. Y se pintaba, se pintaba mucho. La boca, sobre todo.

—Fumaba, ¿te acordás?

Todos estábamos pensando lo mismo, pues esto último no lo había dicho yo, sino Aníbal; lo que yo dije fue que sí, que me acordaba, y agregué que por algo se empieza.

—¿Cuánto falta?

—Diez minutos.

Y los diez minutos volvieron a ser largos; pero ahora eran largos exactamente al revés. No sé. Acaso era porque yo me acordaba, todos nos acordábamos, de aquella tarde cuando ella estaba limpiando el piso, y era verano, y el escote al agacharse se le separó del cuerpo, y nosotros nos habíamos codeado.

Julio apretó el acelerador.

—Al fin de cuentas, es un castigo —tu voz, Aníbal, no era convincente—: una venganza en nombre de Ernesto, para que no sea atorranta.

—¡Qué castigo ni castigo!

Alguien, creo que fui yo, dijo una obscenidad bestial. Claro que fui yo. Los tres nos reímos a carcajadas y Julio aceleró más.

—¿Y si nos hace echar?

—¡Estás mal de la cabeza vos! ¡En cuanto se haga la estrecha lo hablo al turco, o armo un escándalo que les cierran el boliche por desconsideración con la clientela!

A esa hora no había mucha gente en el bar: algún viajante y dos o tres camioneros. Del pueblo, nadie. Y, vaya a saber por qué, esto último me hizo sentir audaz. Impune. Le guiñé el ojo a la rubiecita que estaba detrás del mostrador; Julio, mientras tanto, hablaba con el turco. El turco nos miró como si nos estudiara, y por la cara desafiante que puso Aníbal me di cuenta de que él también se sentía audaz. El turco le dijo a la rubiecita:

—Llevalos arriba.

La rubiecita subiendo los escalones: me acuerdo de sus piernas. Y de cómo movía las caderas al subir. También me acuerdo de que le dije una indecencia, y que la chica me contestó con otra, cosa que (tal vez por el coñac que tomamos en el coche, o por la ginebra del mostrador) nos causó mucha gracia. Después estábamos en una sala pulcra, impersonal, casi recogida, en la que había una mesa pequeña: la salita de espera de un dentista. Pensé a ver si nos sacan una muela. Se lo dije a los otros:

—A ver si nos sacan una muela.

Era imposible aguantar la risa, pero tratábamos de no hacer ruido. Las cosas se decían en voz muy baja.

—Como en misa —dijo Julio, y a todos volvió a parecernos notablemente divertido; sin embargo, nada fue tan gracioso como cuando Aníbal, tapándose la boca y con una especie de resoplido, agregó:

—¡Mirá si en una de ésas sale el cura de adentro!

Me dolía el estómago y tenía la garganta seca. De la risa, creo. Pero de pronto nos quedamos serios. El que estaba adentro salió. Era un hombre bajo, rechoncho; tenía aspecto de cerdito. Un cerdito satisfecho. Señalando con la cabeza hacia la habitación, hizo un gesto: se mordió el labio y puso los ojos en blanco.

Después, mientras se oían los pasos del hombre que bajaba, Julio preguntó:

—¿Quién pasa?

Nos miramos. Hasta ese momento no se me había ocurrido, o no había dejado que se me ocurriese, que íbamos a estar solos, separados —eso: separados— delante de ella. Me encogí de hombros.

—Qué sé yo. Cualquiera.

Por la puerta a medio abrir se oía el ruido del agua saliendo de una canilla. Lavatorio. Después, un silencio y una luz que nos dio en la cara; la puerta acababa de abrirse del todo. Ahí estaba ella. Nos quedamos mirándola, fascinados. El deshabillé entreabierto y la tarde de aquel verano, antes, cuando todavía era la madre de Ernesto y el vestido se le separó del cuerpo y nos decía si queríamos quedarnos a tomar la leche. Sólo que la mujer era rubia ahora. Rubia y amplia. Sonreía con una sonrisa profesional; una sonrisa vagamente infame.

—¿Bueno?

Su voz, inesperada, me sobresaltó: era la misma. Algo, sin embargo, había cambiado en ella, en la voz. La mujer volvió a sonreír y repitió "bueno", y era como una orden; una orden pegajosa y caliente. Tal vez fue por eso que, los tres juntos, nos pusimos de pie. Su deshabillé, me acuerdo, era oscuro, casi traslúcido.

—Voy yo —murmuró Julio, y se adelantó, resuelto.

Alcanzó a dar dos pasos: nada más que dos. Porque ella entonces nos miró de lleno, y él, de golpe, se detuvo. Se detuvo quién sabe por qué: de miedo, o de vergüenza tal vez, o de asco. Y ahí se terminó todo. Porque ella nos miraba y yo sabía que, cuando nos mirase, iba a pasar algo. Los tres nos habíamos quedado inmóviles, clavados en el piso; y al vernos así, titubeantes, vaya a saber con qué caras, el rostro de ella se fue transfigurando lenta, gradualmente, hasta adquirir una expresión extraña y terrible. Sí. Porque al principio, durante unos segundos, fue perplejidad o incomprensión. Después no. Después pareció haber entendido oscuramente algo, y nos miró con miedo, desgarrada, interrogante. Entonces lo dijo. Dijo si le había pasado algo a él, a Ernesto.

Cerrándose el deshabillé lo dijo.

Conejo

Y cualquiera que escandalizare a uno de estos pequeños que creen en mí, mejor le fuera que se le colgase al cuello una piedra de molino de asno, y se le anegase en el profundo de la mar.

MATEO, XVIII:6

No va a venir. Son mentiras lo de la enfermedad y que va a tardar unos meses; eso me lo dijo tía, pero yo sé que no va a venir. A vos te lo puedo decir porque vos entendés las cosas. Siempre entendiste las cosas. Al principio me parecía que eras como un tren o como los patines, un juguete, digo, y a lo mejor ni siquiera tan bueno como los patines, que un conejo de trapo al final es parecido a las muñecas, que son para las chicas. Pero vos no. Vos sos el mejor conejo del mundo, y mucho mejor que los patines. Y las muñecas tienen esos cachetes colorados, redondos. Caras de bobas, eso es lo que tienen.

A mí no me importa si no está. Qué me importa a mí. Y no me vine a este rincón porque estoy triste, me vine porque ellos andan atrás de uno, querés esto y qué querés nene y puro acariciar, como cuando te enfermás y andan tocándote la frente, que parece que los tíos y los demás están para cuando uno se enferma y entonces todo el mundo te quiere. Por eso me vine, y por el estúpido del Julio, el anteojudo ese, que porque tiene once años y usa anteojos se cree muy vivo, y es un pavo que no ve de acá a la puerta y encima siempre anda pegando. Se ríe porque juego con vos, mírenlo, dice, miren al nenito jugando al arrorró. Qué sabe él. Los grandes también pegan. Las madres, sobre todo. Claro que a todos los chicos les pegan y eso no quiere decir nada, pero igual, por qué tienen que andar pegando siempre. Vos, por ahí, vas lo más tranquilo y les decís mirá lo que hice, creyendo que está bien, y paf, un cachetazo. Ni te explican ni nada. Y otras veces puro mimo, como ahora, o como cuando te hacen un regalo porque les conviene, aunque no sea Reyes o el cumpleaños.

Yo me acuerdo cuando ella te trajo. Al principio eras casi tan alto como yo, y eras blanco, más blanco que ahora porque ahora estás sucio, pero igual sos el mejor conejo de todos, porque entendés las cosas. Y cómo te trajo también me acuerdo, tomá, me dijo, lo compré en Olavarría. El primo Juan Carlos que vive en Olavarría a mí nunca me gustó mucho: los bigotes esos que tiene, y además no es un primo como el Julio, por ejemplo, que apenas es más grande que yo. Es de esos primos de los padres de uno, que uno nunca sabe si son tíos o qué. Era una caja grande, y yo pensaba que sería un regalo extraordinario, algo con motor, como el avión del rusito o una cosa así. Pero era liviano y cuando lo desaté estabas vos adentro, entre los papeles. A mí no me gustaba un conejo. Y ella me dijo por qué me quedaba así, como el bobo que era, y yo le dije esto no me gusta para nada a mí, mirá la cabeza que tiene. Entonces dijo desagradecido igual que tu padre. Después, cuando papá vino del trabajo, todavía seguía enojada y eso que había estado un mes en Olavarría, lejos de papá, y que papá siempre me dice escribile a tu madre que la extrañamos mucho y que venga pronto, pero es él el que más la extraña, me parece. Y esa noche se pelearon. Siempre se pelean, bueno: papá no, él no dice nada y se viene conmigo a la puerta o a la placita Martín Fierro que papá me dijo que era un gaucho. A papá tampoco le gustó nunca el primo Juan Carlos. Y yo no te llevo a la placita, pero porque tengo miedo que los chicos se rían. Ellos qué saben cómo sos vos. No tienen la culpa, claro, hay que conocerte. Yo, al principio, también me creía que eras un juguete como los caballos de madera, o los perros, que no son los mejores juguetes. Pero después no, después me di cuenta que eras como Pinocho, el que contó mamá. Ella contaba cuentos, a la mañana sobre todo, que es cuando nunca está enojada. Y al final vos y yo terminamos amigos, mejor que con los amigos de verdad, los chicos del barrio digo, que si uno no sabe jugar a la pelota en seguida te andan gritando patadura, andá al arco querés, y malas palabras y hasta delante de las chicas te gritan, que es lo peor. Una vez me dijeron por qué no traés a tu hermanito para que atajen juntos, y se reían. Por vos me lo dijeron, por los dientes míos que se parecen a los tuyos. Me parece que te trajeron a propósito a vos, por los dientes.

Ellos vinieron todos, como cuando la pulmonía. Y puro hacer caricias ahora, se piensan que uno es un nenito o un zonzo. O a lo mejor saben que sé, igual que con los Reyes y todo eso, que todo el mundo pone cara de no saber y es como un juego. Y aunque el Julio no me hubiera dicho nada era lo mismo, pero el Julio, la basura esa, para qué tenía que venir a decirme. Era preferible que insultara o anduviera buscando camorra como siempre y no que viniera a decir esa porquería. Si yo ya me había dado cuenta lo mismo. Papá está así, que parece borracho, y dice hacerme esto a mí. Y ellos le piden que se calme, que yo lo estoy mirando. Entonces me vine, para hablar con vos que lo entendés a uno y sos casi mucho mejor que el tren y ni por un avión como el del rusito te cambiaba, que si llegan a imaginar que yo te iba a querer tanto no te traen de regalo, no. Y nadie va a llorar como una nena porque ella está enferma y no puede volver por un tiempo. Y si son mentiras mejor. Oscarcito tampoco lloraba. Ese día también había venido mucha gente, pero era distinto. En la sala grande había un cajón de muerto para la mamá de Oscarcito. Estaba blanca. Oscarcito parecía no entender nada, nos miraba a todos los chicos, pero no lloró, le decían que la mamá de él estaba en el cielo. Y esto es distinto. Mi mamá no está en el cielo, en Olavarría está. El Julio, la basura esa de porquería me lo dijo, pero a lo mejor se fue enferma a algún otro lado y por qué no puede ser. Todos lo dicen. Todos menos el primo Juan Carlos, que tampoco está. Y mejor si no está, que a mí no me gustó nunca por más que ella dijera tenés que quererlo mucho, y una vez que yo fui a Olavarría no los dejaba que se quedaran solos. Andá a jugar al patio, siempre querían que me fuera a jugar al patio: ella también. Y después puro regalar conejos, sí. Se creen que uno no se da cuenta, como ahora, que si estuviera enferma no sé para qué lo andan aconsejando a papá y él me mira, y se queda mirándome y me dice hijo, hijo. Y a veces me dan ganas de contestarle alguna cosa, pero no me sale nada, porque es como un nudo. Por eso me vine. Y no para llorar tranquilo sin que me vean. Me vine porque sí, para hablar con vos que lo entendés a uno y sos el mejor conejo de todos, el mejor del mundo con esas orejas largas, y dos dientes para afuera, como yo cuando me río.

Me parece que no me voy a reír nunca más en la vida yo. Eso es lo que me parece.

Y al final a nadie se le importa un pito de los dientes, porque yo te quiero lo mismo y te quiero porque sí, porque se me antoja. No porque ella te trajo y mejor si no va a volver. Ojalá se muera. Y lo que estoy viendo es que esa cabeza que tenés no es nada linda, no, y si quiero vamos a ver si no te tiro a la basura, que al final de cuentas nunca me gustaste para nada vos. Y lo que vas a ganar es que te voy a romper todo, los dientes, y las orejas, y esos ojos de vidrio colorado como los estúpidos, así, sin que me dé ninguna gana de llorar ni nada, por más que te arranque el brazo y te escupa todo, y vos te creés que estoy llorando, pero no lloro, aunque te patee por el suelo, así, aunque se te salga todo el aserrín por la barriga y te quede la cabeza colgando, que para eso tengo el tren y los patines y...

Fermín

I

Fermín no era mejor que nadie, al contrario, tal vez fuera peor que muchos. No necesitaba estar muy borracho para romperle las costillas a su mujer, y prefería ir a gastarse la plata al quilombo en vez de comprarle alpargatas al chico. Era sucio, pendenciero y analfabeto. Opinaba que no se precisa ir al colegio para aprender a juntar fruta.

Sí, indudablemente Fermín no era una excepción en los montes del francés. Según contaban los juntadores, debía una muerte. Había sido en Santa Lucía, en un baile. Al otro le decían el chileno. Fermín, en pedo, le manoseó la mujer, y el chileno cuando quiso echar mano ya tenía medio metro de tripa por el piso. Claro que ésa no era la única historia fea que corría por los montes, varios había con asuntos parecidos. Por eso, cuando para las elecciones vino ese político y gritó ustedes los trabajadores son la esperanza de la patria porque en ustedes todo es puro, auténtico, porque ustedes todavía no están corrompidos, Fermín no pudo reprimir una sonrisita maliciosa. Y no sólo a él le dio risa.

—Ni en las casas me piropean tanto —comentó bajito.

Y era cierto. En su casa también sospechaban que Fermín no era, del todo, un varón ejemplar. Borracho putañero, eso sí le decían. El día menos pensado me lo agarro a mi hijo y no nos ves más el pelo. Eso sí le decían. Eso sí que sonaba auténtico. Pero la Paula no era capaz de irse, por qué se iba a ir, si el Fermín la quería. Además, unos cuantos garrotazos por el lomo y la mujer se calma. Desde que había hablado el político, sin embargo, Fermín no les pegaba, ni a la Paula ni al malandrín de su hijo. Al fin de cuentas, cosas que dijo el hombre no daban risa, sobre todo cuando Cardozo el más chico medio lo provocó y él, de ahí nomás de la tribuna, vea, le dijo, eso no es ser guapo, amigo, seguro que si el francés los grita no hacen la pata ancha. Y que la hombría se les despertaba en casa, con la mujer. Esa parte le había gustado, porque no era del discurso; le había gustado que dijera pata ancha. Y además tenía razón. Claro que en todo no tenía razón. A veces es un desahogo dar vuelta la mesa de una patada, o reventar un plato contra la pared.

El siete y medio también es un desahogo. Porque a Fermín, como a cualquiera, le gustaba el siete y medio. De noche, en el almacén del zarateño se armaban lindas tenidas. El tallador era un chinón, clinudo, que imitaba los modales de los compadres puebleros, rápido para la baraja casi tanto como para el chumbo. Una sola vez lo habían visto actuar; el finado Ortega le gritó aquella noche: "¡Dame mi plata! Yo sé que estás acomodado con el francés pero, lo que es a mí, no me volvés a robar." Y no volvió a robarle. El otro lo mató ahí nomás, en defensa propia: Ortega tenía el cuchillo en la mano cuando se refaló junto a la mesa. El comisario de San Pedro tomó cartas en el asunto, se lo vio conversando con el francés: a partir de esa noche quedó prohibido entrar en la trastienda del boliche, con cuchillo.

El político también habló de eso. Según dijo, venía a tener razón el finado Ortega. Claro que el político era del pueblo (veinte kilómetros hasta el monte más cercano) y que en el pueblo uno podía divertirse de otra manera; dos cines, dicen que había.

Sea como sea, de una semana atrás que Fermín andaba pensativo. Y esa tarde, al cobrar, se quedó un rato con la plata en la mano, mirándola. ¿Venís a lo del zarateño?, oyó a la pasada y no supo qué contestar, se le atragantó una especie de gruñido. En el almacén de Ramos Generales había visto un vestido colorado, a lunares grandes. Lindo.

—A que se lo llevo a la Paula —decidió de golpe.

Y entró, y salió con el paquete bajo el brazo, y no compró alpargatas para el chico de casualidad. Iba a pedirlas pero le dio risa. Cha, qué bárbaro, se escuchó decir.

—Ni sé el número —dijo.

Cha que bárbaro, realmente. Ahora, en el camino hacia su casa, arrastrando el paso, mirándose fascinado el dedo que asomaba abajo, en la punta de la zapatilla, Fermín pensaba.

—¿Andás enfermo, Fermín?

—Eh, no. ¿Por?

—Digo. Por el tranco —el otro lo miraba, con intención—. Y como te volvías tan temprano.

Era cierto, gran siete. Desde el otro sábado que le debía un trago al Ramón. Entonces lo convidó al boliche. Y Ramón dijo que sí, después dijo:

—¿Y ese paquete?

—El qué. —Fermín se encogió de hombros y sacó el labio inferior hacia afuera, medio sonriendo. —Nada.

II

Lo del zarateño estaba lindo. Al fin de cuentas la Paula no lo esperaba hasta mucho más tarde y no era cosa de darle un susto, y una ginebra no le hace mal a nadie, ¿no?

Iban tres vueltas. Entonces Fermín se dio cuenta de que, de este modo, seguía debiendo una copa.

—Ginebra, zarateño, pa mí y pal hombre.

Con el dedo índice tocó al hombre en el pecho y, echándose hacia adelante, agregó:

—Porque yo soy de ley, amigo.

La ginebra es áspera. Por eso, después del cuarto trago, la voz de Ramón era un poco más solemne que de costumbre:

—Yo también soy de ley, Fermín... ¡A ver, patrón!: dos ginebras.

—Ta bien, hermano; los dos somos de ley. Pero, la próxima, yo pago, y quedamos hechos.

—Ta bien.

Fermín tenía los ojos clavados en la cortina de la trastienda; vio en seguida cuando los hermanos Peralta salieron del interior. Eso significaba: dos sitios.

—¿Probamos?

—Probemos...

III

—Al siete y medio, pago.

La mano del tallador, morena y flaca, con una uña agresivamente larga en el meñique, levantó de la mesa los mugrientos pesos que se apelotonaban junto a los naipes.

Se le achicaron, amarillos, los ojitos a Fermín. Ya hacía rato que el aire estaba caliente bajo la lámpara, espeso de humo y de ginebra. Fermín agachó la cabeza. Después, mirando al morocho por entre las cejas, preguntó, pausadamente:

—¿Qué era lo que decía Ortega?

En la mesa hubo como un sacudón.

El chinón, despacito, se abrió la camisa hasta la altura del cinto. Luego, también despacito, comenzó a pasarse un pañuelo por el pecho sudoroso. Junto al ombligo, ingenuamente asomaba la culata del Smith & Wesson.

—¿Andás con ganas de ir a preguntárselo?

El morocho era filoso. Fermín sintió que la cara le ardía como si le hubieran pegado un tajo. Miró alrededor. Los hombres —Ramón también— rehuyeron sus ojos. A todos los había cacheteado la fanfarronada del moreno.

—Ta bien —murmuró Fermín—. Ta bien, me vuelvo a casa. Vos, Ramón, ¿venís? No, mejor quedate. Todavía no te robaron todo.

Dio la espalda a la mesa y, arreglándose el pantalón a dos manos, encaró la cortina. Lo paró en seco la voz del morocho:

—¡Che!

Fermín se dio vuelta como tiro, buscando en la cintura el cuchillo que no tenía. Al otro le había aparecido el revólver en la mano. Sonrió:

—Te olvidás de algo —dijo, señalando con el caño hacia un rincón. Fermín se agachó a recoger el paquete de la Paula.

IV

Me han basureao gran puta el político de mierda ese tenía razón somos guapos en las casas nos roban la plata y tamos contentos. Fermín estaba parado en la puerta del prostíbulo.

Llamó de nuevo.

—Che, ¿te creés que nosotras no dormimos? —la voz opaca de doña María precedió a su rostro que, hinchado, asomó detrás de la puerta a medio abrir:

—¿A quién buscás?

—A la pueblera.

—No se puede, ya no atiende. Está acostada.

—Mejor si está acostada...

La mujer frunció la boca, dubitativa; luego, repentinamente desconfiada, preguntó:

—¿Traés plata?

—No.

—¡Ah, no m'hijito! A esta hora y con libreta, no.

Fermín puso el pie antes de que la puerta se cerrara:

—Oí... Traigo esto. Si te va apretao, lo cambiás mañana.

Y le alcanzó el paquete.

El marica

Escuchame, César, yo no sé por dónde andarás ahora, pero cómo me gustaría que leyeras esto, porque hay cosas, palabras, que uno lleva mordidas adentro y las lleva toda la vida, hasta que una noche siente que debe escribirlas, decírselas a alguien, porque si no las dice van a seguir ahí, doliendo, clavadas para siempre en la vergüenza. Escuchame.

Vos eras raro, uno de esos pibes que no pueden orinar si hay otro en el baño. En la Laguna, me acuerdo, nunca te desnudabas delante de nosotros. A ellos les daba risa. Y a mí también, claro; pero yo decía que te dejaran, que cada uno es como es. Cuando entraste a primer año venías de un colegio de curas; San Pedro debió de parecerte algo así como Brobdignac. No te gustaba trepar a los árboles ni romper faroles a cascotazos ni correr carreras hacia abajo entre los matorrales de la barranca. Ya no recuerdo cómo fue, cuando uno es chico encuentra cualquier motivo para querer a la gente, sólo recuerdo que un día éramos amigos y que siempre andábamos juntos. Un domingo hasta me llevaste a misa. Al pasar frente al café, el colorado Martínez dijo con voz de flauta adiós, los novios, a vos se te puso la cara como fuego y yo me di vuelta puteándolo y le pegué tan tremendo sopapo, de revés, en los dientes, que me lastimé la mano.

Después, vos me la querías vendar. Me mirabas.

—Te lastimaste por mí, Abelardo.

Cuando dijiste eso, sentí frío en la espalda. Yo tenía mi mano entre las tuyas y tus manos eran blancas, delgadas. No sé. Demasiado blancas, demasiado delgadas.

—Soltame —dije.

O a lo mejor no eran tus manos, a lo mejor era todo, tus manos y tus gestos y tu manera de moverte, de hablar. Yo ahora pienso que en el fondo a ninguno de nosotros le importaba mucho, y alguna vez lo dije, dije que esas cosas no significan nada, que son cuestiones de educación, de andar siempre entre mujeres, entre curas. Pero ellos se reían, y uno también, César, acaba riéndose, acaba por reírse de macho que es y pasa el tiempo y una noche cualquiera es necesario recordar, decirlo todo.

Yo te quise de verdad. Oscura e inexplicablemente, como quieren los que todavía están limpios. Eras un poco menor que nosotros y me gustaba ayudarte. A la salida del colegio íbamos a tu casa y yo te explicaba las cosas que no comprendías. Hablábamos. Entonces era fácil escuchar, contarte todo lo que a los otros se les calla. A veces me mirabas con una especie de perplejidad, una mirada rara, la misma mirada, acaso, con la que yo no me atrevía a mirarte. Una tarde me dijiste:

—Sabés, te admiro.

No pude aguantar tus ojos. Mirabas de frente, como los chicos, y decías las cosas del mismo modo. Eso era.

—Es un marica.

—Qué va a ser un marica.

—Por algo lo cuidás tanto.

Supongo que alguna vez tuve ganas de decir que todos nosotros juntos no valíamos ni la mitad de lo que él, de lo que vos valías, pero en aquel tiempo la palabra era difícil y la risa fácil, y uno también acepta —uno también elige—, acaba por enroñarse, quiere la brutalidad de esa noche cuando vino el negro y habló de verle la cara a Dios y dijo me pasaron un dato.

—Me pasaron un dato —dijo—, por las Quintas hay una gorda que cobra cinco pesos, vamos y de paso el César le ve la cara a Dios.

Y yo dije macanudo.

—César, esta noche vamos a dar una vuelta con los muchachos. Quiero que vengas.

—¿Con los muchachos?

—Sí, qué tiene.

Porque no sólo dije macanudo sino que te llevé engañado. Vos te diste cuenta de todo cuando llegamos al rancho. La luna enorme, me acuerdo. Alta entre los árboles.

—Abelardo, vos lo sabías.

—Callate y entrá.

—¡Lo sabías!

—Entrá, te digo.

El marido de la gorda, grandote como la puerta, nos miraba como si nos midiera. Dijo que eran cinco pesos. Cinco pesos por cabeza, pibes. Siete por cinco, treinticinco. Verle la cara a Dios, había dicho el negro. De la pieza salió un chico, tendría cuatro o cinco años. Moqueando, se pasaba el revés de la mano por la boca, nunca en mi vida me voy a olvidar de aquel gesto. Sus piecitos desnudos eran del mismo color que el piso de tierra.

El negro hizo punta. Yo sentía una pelota en el estómago, no me animaba a mirarte. Los demás hacían chistes brutales, anormalmente brutales, en voz de secreto; todos estábamos asustados como locos. A Aníbal le temblaba el fósforo cuando me dio fuego.

—Debe estar sucia.

Cuando el negro salió de la pieza venía sonriendo, triunfador, abrochándose la bragueta.

Nos guiñó un ojo.

—Pasá vos.

—No, yo no. Yo después.

Entró el colorado; después entró Aníbal. Y cuando salían, salían distintos. Salían hombres. Sí, ésa era exactamente la impresión que yo tenía.

Entré yo. Cuando salí vos no estabas.

—Dónde está César.

—Disparó.

Y el ademán —un ademán que pudo ser idéntico al del negro— se me heló en la punta de los dedos, en la cara, me lo borró el viento del patio porque de pronto yo estaba fuera del rancho.

—Vos también te asustaste, pibe.

Tomando mate contra un árbol vi al marido de la gorda; el chico jugaba entre sus piernas.

—Qué me voy a asustar. Busco al otro, al que se fue.

—Agarró pa ayá —con la misma mano que sostenía la pava, señaló el sitio. Y el chico sonreía. Y el chico también dijo pa ayá.

Te alcancé frente al Matadero Viejo; quedaste arrinconado contra un cerco. Me mirabas. Siempre me mirabas.

—Lo sabías.

—Volvé.

—No puedo, Abelardo, te juro que no puedo.

—Volvé, animal.

—Por Dios que no puedo.

—Volvé o te llevo a patadas en el culo.

La luna grande, no me olvido, blanquísima luna de verano entre los árboles y tu cara de tristeza o de vergüenza, tu cara de pedirme perdón, a mí, tu hermosa cara iluminada, desfigurándose de pronto. Me ardía la mano. Pero había que golpear, lastimar; ensuciarte para olvidarse de aquella cosa, como una arcada, que me estaba atragantando.

—Bruto —dijiste—. Bruto de porquería. Te odio. Sos igual, sos peor que los otros.

Te llevaste la mano a la boca, igual que el chico cuando salía de la pieza. No te defendiste.

Cuando te ibas, todavía alcancé a decir:

—Maricón. Maricón de mierda.

Y después lo grité.

Escuchame, César. Es necesario que leas esto. Porque hay cosas que uno lleva mordidas, trampeadas en la vergüenza toda la vida, hay cosas por las que uno, a solas, se escupe la cara en el espejo. Pero, de golpe, un día necesita decirlas, confesárselas a alguien. Escuchame.

Aquella noche, al salir de la pieza de la gorda, yo le pedí, por favor, no se lo vaya a contar a los otros.

Porque aquella noche yo no pude. Yo tampoco pude.

Hernán

Me atrevo a contarlo ahora porque ha pasado el tiempo y porque Hernán, lo sé, aunque haya hecho muchas cosas repulsivas en su vida, nunca podrá olvidarse de ella: la ridícula señorita Eugenia, que un día, con la mano en el pecho, abrió grandes los ojos y salió de clase llevándose para siempre su figura lamentable de profesora de literatura que recitaba largamente a Bécquer y, turbada, omitía ciertos párrafos de los clásicos y en los últimos tiempos miraba de soslayo a Hernán. Quiero contarlo ahora, de pronto me dio miedo olvidar esta historia. Pero si yo la olvido nadie podrá recordarla, y es necesario que alguien la recuerde, Hernán, que entre el montón de porquerías hechas en tu vida haya siempre un sitio para ésta de hace mucho, de cuando tenías dieciocho años y eras el alumno más brillante de tu división, el que podía demostrar el Teorema de Pitágoras sin haber mirado el libro o ridiculizar a los pobres diablos como el señor Teodoro o hacerle una canallada brutal a la señorita Eugenia que guardaba violetas aplastadas en las páginas de *Rimas y leyendas* y olía a alcanfor.

Ella llegó al Colegio Nacional en el último año de mi bachillerato. Entró a clase y desde el principio advertimos aquella cosa extravagante, equívoca, que parecía trascender de sus maneras, de su voz, lo mismo que ese tenue aroma a laurel cuyo origen, fácil de adivinar, era una bolsita colgada sobre su pecho de señorita Eugenia, bajo la blusa. Ella entró en el aula tratando de ocultar, con ademanes extraños, la impresión que le causábamos, cuarenta muchachones rígidos, burlonamente rígidos junto a los bancos, y cualquiera de los cuarenta debía mirar a la altura del hombro para encontrar sus ojos de animalito espantado. Habló. Dijo algo acerca de que buscaba ser una amiga para nosotros, una amiga mayor, y que la llamáramos señorita Eugenia, simplemente. Alguien, entonces, en voz alta —lo bastante alta como para que ella bajara los ojos, con un gesto que después me dio lástima—, se asombró mucho de que todavía fuera señorita, yo me asombré mucho de que todavía fuera señorita y los demás rieron, y ella, arreglando nerviosamente los pliegues de su pollera, fue hacia el escritorio. Al levantar los ojos se encontró con todos parados, mirándola. No atinó sino a parpadear y a juntar las manos, como quien espera que le expliquen algo, y cuando torpemente creyó que debía insinuarnos "pueden sentarse", nosotros ya estábamos sentados y ella reparó por primera vez en Hernán. Él se había quedado de pie, tieso, se había quedado de pie él solo. Y en medio del silencio de la clase, dijo:

—Yo —dijo pausadamente— soy Hernán.

Esto fue el primer día. Después pasaron muchos días, y no sé, no recuerdo cómo hizo él para darse cuenta: acaso fue por aquellas miradas furtivas que, al llegar a ciertos párrafos de los clásicos, la señorita Eugenia dirigía hacia su banco, o acaso fue otra cosa. De todos modos, cuando se lo dijeron ya lo sabía. "Me parece que la vieja...", le dijeron, y Hernán debió fingir un asombro que jamás sintió, puesto que él lo había adivinado desde el comienzo, desde que la vio entrar con sus maneras de pájaro y su cara triste de mujer sola; porque Hernán sabía que ella se inquietaba cuando él, acercándose sin motivo, recitaba la lección en voz baja, íntima, como si la recitara para ella.

—Este Hernán es un degenerado.

Te admiraban, Hernán.

—Pobre vieja, te fijaste: ahora se le da por pintarse.

Porque, de pronto, la señorita Eugenia que leía a Bécquer empezó a pintarse absurdamente los ojos, de un color azulado, y la boca, de pronto comenzó a decir cosas increíbles, cosas vulgares y tremendas acerca de la edad, la edad que cada uno tiene, la de su espíritu, y que ella en el fondo era mucho más juvenil que esas muchachas que andan por ahí, tontamente, con la cabeza loca y lo que es peor —esto lo dijo mirando a Hernán de un modo tan extraño que me dio asco—, lo que es peor, con el corazón vacío.

—A que sí.

Ya no recuerdo con quién fue la apuesta, recuerdo en cambio que pocos días antes del 21 de septiembre surgió, repentina y gratuita, como un lamparón de crueldad. Y fue aceptada de inmediato, en medio de ese regocijo feroz de los que necesitan embrutecer sus sentimientos a cualquier costo porque después, más adelante, está la vida, que selecciona sólo a los más aptos, a los más fuertes, a los tipos como él, como Hernán, aquel Hernán brillante de dieciocho años que podía demostrar teoremas sin mirar el libro o componer estrofas a la manera de Asunción Silva o apostar que sí, que se atrevería —como realmente se atrevió la tarde en que, apretando como un trofeo aquella cosa, esa especie de escapulario entre los dedos, pasó delante de todos y fue lentamente hacia el pizarrón—, porque los que son como vos, Hernán, nacieron para dañar a los otros, a los que son como la señorita Eugenia.

—A que no.

—Qué apostamos —dijo Hernán, y aseguró que pasaría delante de todos, de los cuarenta, e iría, lentamente, hacia el pizarrón—. Para que aprenda a no ser vieja loca —dijo.

Pero antes de la apuesta habían pasado muchas cosas, y yo ahora necesito recordarlas para que Hernán no las olvide. Hubo, por ejemplo, lo de las cartas. Siempre supo escribir bien. Desde primer año había venido siendo una suerte de Fénix escolar, fácil, capaz de hacer versos o acumular hipérboles deslumbradoras en un escrito de Historia. Pero aquella primera carta (a la que seguirían otras, ambiguas al principio, luego más precisas, exigentes, hasta que una tarde en el libro que te alcanzó la señorita Eugenia apareció por fin la primera respuesta, escrita con su letra pequeña, redonda, adornada con estrafalarias colitas y círculos sobre la i) fue una obra maestra de maldad. Yo sé de qué modo, Hernán, con qué prolijo ensañamiento escribiste durante toda una noche aquella primera carta, que yo mismo dejé entre las páginas de las *Lecciones de Literatura Americana* un segundo antes de que el inequívoco perfume entrase en el aula, ese vaho a laurel cuyo origen era una bolsita blanca, de alcanfor, colgada al cuello de la señorita Eugenia, junto al crucifijo con el que sólo una vez tropezaron unos dedos que no fuesen los de ella.

No respirábamos. Hernán tenía miedo ahora, lo sé, y hasta trató de que ella no tomase el libro. La mujer, extrañada, levantó el papel que había caído sobre el escritorio, un papel que comenzaba por favor, lea usted esto, y después de unos segundos se llevó temblando la mano a la cara; pero en los días que siguieron, cuando encontraba sobre el escritorio los papeles doblados en cuatro pliegues, ya no se turbaba, y entonces empezó a decir aquellas insensateces vulgares acerca de la edad, y del amor, hasta que el propio Hernán se asustó un poco. Sí, porque al principio fue como un juego, tortuoso, procaz, pero en algún momento todo se volvió real y, una tarde, estaba hecha la apuesta:

—Delante de todos, en el pizarrón —dijo Hernán.

El Día de los Estudiantes, en el Club Náutico, todos pudieron verlo bailando con la señorita Eugenia. Ella lo miraba. Lo miraba de tal manera que Hernán, aunque por encima de su hombro hizo una mueca significativa a los otros, se sintió molesto. Tuvo el presentimiento de que todo podía complicarse o, acaso, al oír que ella hablaba de las cosas imposibles ("hay cosas imposibles, Hernán, usted es tan joven que no se da cuenta") pensó que se despreciaba. Pero ese día la apuesta había sido aceptada y uno no podía echarse atrás, aunque tuviera que hacerle una canallada brutal a la señorita Eugenia, que aquella tarde llevaba puesto un inaudito vestido, un jumper, sobre su blusa infaltable de seda blanca. Por eso, sin pensarlo más, él la invitó a dar un paseo por los astilleros, y los otros, codeándose, vieron cómo la infeliz aquella salía disimuladamente, seguida por su ridículo perfume a alcanfor y seguida por mí, que antes de salir le dije a alguno:

—Prestame las llaves del coche.

Y me fueron prestadas, con sonrisa cómplice, y cuando yo estaba saliendo, con el estómago revuelto, oí que alguien pronunciaba mi nombre:

—Hernán.

—Qué quieren —pregunté.

Y me dijeron la apuesta, ojo con la apuesta, y yo dije que sí, que me acordaba. Como me acuerdo de todo lo que ocurrió esa tarde, en los galpones, contra un casco a medio calafatear, y de todo lo que ocurrió al otro día, en el Nacional, cuando ante la admirada perplejidad de cuarenta muchachones yo caminé lentamente hacia el pizarrón apretando entre los dedos esa cosa, esa especie de escapulario, como un trofeo. Y me acuerdo de la mirada de la señorita Eugenia al entrar en la clase, de sus ojos pintados ridículamente de azul que se abrieron espantados, dolorosos, como de loca, y se clavaron en mí sin comprender, porque ahí, en la pizarra, había quedado colgada, balanceándose todavía, una bolsita blanca de alcanfor.

II. Así habló

Tengo gran fe en los locos. Mis amigos lo llamarían confianza en mí mismo.

EDGAR POE

Also sprach el señor Núñez

Pero un lunes, sin aviso previo, Núñez llegó a La Pirotecnia con una valija, o tal vez era un baúl grandioso, descomunal, pasó por la portería a las diez y media, no marcó la tarjeta, no subió al guardarropa. Abrió la puerta vaivén de un puntapié y dijo:

—Buen día, miserables.

Veinte empleados, tres jefes de sección y un gerente sintieron recorrido el espinazo por una descarga eléctrica que los unía en misterioso circuito. En el silencio sepulcral de la oficina, las palabras de Núñez resonaron fantásticas, lapidarias, apocalípticas, increíbles. Nadie habló ni se movió.

—Buen día, he dicho, miserables.

Núñez, con calma, corrió su escritorio hasta ponerlo frente a los demás, y, como un catedrático a punto de dar una clase magistral, apoyó el puño derecho sobre el mueble, estiró a todo lo largo el brazo izquierdo y apuntando al cielo raso con el índice, dijo:

—Cuando un hombre, por un hecho casual, o por la síntesis reflexiva de sus descubrimientos cotidianos, comprende que el mundo está mal hecho, que el mundo, digamos, es una cloaca, tiene que elegir entre tres actitudes: o lo acepta, y es un perfecto canalla como ustedes, o lo transforma, y es Cristo o Lenin, o se mata. Señores míos, yo vengo a proponerles que demos el ejemplo y nos matemos de inmediato.

Levantó del suelo la valija, la puso sobre el escritorio, se sentó y extrajo de entre sus ropas una enorme pistola. Mientras sacaba del bolsillo un puñado de balas, la señora Martha, una dactilógrafa, dio un grito:

—¡Silencio! —rugió Núñez.

Ella se tapó la boca con las manos; de sus ojitos redondos brotaban lágrimas.

—Señora —el tono de Núñez era casi dolorido—, tenga a bien no perturbarme. El hombre, genéricamente hablando, se vuelve tan feo cuando llora... Llorar es darle la razón a Darwin. Toda la evolución de la humanidad es un puente tendido desde el pitecantropus a la Belleza. La fealdad nos involuciona. Por eso, porque sólo ella, en cualquiera de sus manifestaciones, tiene la culpa del estado en que se halla el mundo, no titubearé en eliminar de inmediato cuanto pueda seguir afeándolo. Sin embargo, quisiera que cada uno de ustedes muriese por propia voluntad.

La señora Martha ya no lloraba. Él dijo:

—Sí, por propia voluntad, después de haber comprendido lo grotesco, lo irrisorio que es el empleado de oficina. Por otra parte, amigos, el suicidio es la muerte perfecta. Morimos porque se nos antoja. Nadie, ninguna fuerza inhumana nos arrastra. No hay intervención del absurdo. Queda eliminada la contingencia. Se hace de la muerte un acto razonable; quien se mata ha comprendido, al menos, por qué se mata.

Se interrumpió. Había interceptado una seña subrepticia que el señor Perdiguero acababa de hacerle al cadete.

—Oh, no. —Núñez sacudía la cabeza, apenado. —Trampas no. Oiga, señor Perdiguero, parece que usted no ha comprendido —sopesaba la tremenda Ballester Molina—. Ocurre que fui campeón intercolegial de tiro al blanco.

De pronto gritó:

—¡Mirarme todos!

Veinticuatro pares de ojos convergieron sus miradas en los ojos de Núñez: abejas penetrando en el agujerito del panal.

—¡Pararse!

Veinticuatro asentaderas se despegaron de sus sillas como accionadas por súbitas tachuelas.

—¡Sentarse!

Veinticuatro unánimes plof.

—¿Comprendido?

Encendió un cigarrillo. El humo, azul, se elevaba en sulfúricas volutas. Núñez meditaba. Como quien prosigue en voz alta una reflexión íntima, dijo:

—Sí. Indudablemente el oficinista no pertenece a la especie. Es un estado intermedio entre el proletario y el parásito social. Un monstruito mecánico íncubo del Homo Sapiens y la Remington. Imagino el futuro: los hombres nacerán provistos de palanquitas y botones. Una leve presión aquí, camina; otra allá, habla; se acciona aquel botón, eyacula; éste de acá, orina. No, no me miren asombrados. Eso es lo que seremos con el tiempo. Sucede que se ha degradado el trabajo; la gente ya no quiere andar de cara al sol, la camisa entreabierta y las manos sucias, de gran francachela con la naturaleza. No. El campo está vacío. Los padres mandan a sus hijos al colegio para que sean empleados de banco. Porque también eso se ha degradado: la sabiduría. Que trabajen los brutos y que estudien los locos; el porvenir del género humano está detrás de un escritorio. Si Sócrates resucitara sería gerente.

Mientras hablaba, sus manos iban dejando caer rítmicas cápsulas sobre la valija: top, top, top. Parecía absorto en aquella operación.

—¿Saben? Me dio miedo averiguar el número exacto de oficinistas que hay en Buenos Aires...

De pronto bramó:

—¡Pararse!... Así me gusta: la obediencia y la disciplina son grandes virtudes. Si no, miren ustedes a Alemania: el pueblo más disciplinado de la Tierra. Por eso lo pulverizan sistemáticamente en todas las guerras. Pero, al menos, se hacen matar con orden. Sentarse. Lo que quiero decirles es que los odio de todo corazón. Y los odio porque cada hombre odia a la clase que pertenece. Ustedes, los oficinistas, son mi clase. Y nadie se asombre, que esto es dialéctica: la lucha de clases se basa, no como suponen los místicos, en la aversión que se tiene a la clase explotadora, sino en el asco personal que cada individuo siente por su grupo. Esto es simple. Si los proletarios no odiaran su condición de proletarios, no habría necesidad de hacer la revolución. Querer transformar una situación es negarla; nadie niega lo que ama. Lo que pasa es que por ahí se juntan cien mil tipos enfermos de misosiquia y, por ver si resulta, deciden dar vuelta al revés la cochina camiseta social, y es lógico que, para lograrlo, deban exaltar justamente aquello que aborrecen. Pero yo estoy solo. Yo no me siento unido a ustedes por ningún vínculo fraterno. Yo no les digo: salgamos a la calle y tomemos el poder. No me interesa reivindicar al empleado. Nunca gritaría: ¡Viva el Libro Mayor!, ¡queremos más calefacción en la oficina!, ¡dennos más lápices y tanques de birome!, ¡necesitamos cuarenta blocks Coloso más por mes! No. Yo, simplemente los odio. Y cuando les haya hecho comprender lo espantoso que es ser empleado de oficina, entonces, con la unánime aprobación de todos, procederé a matarlos.

Calló. Se había quedado mirando al cadete, un muchacho morochito, de apellido Di Virgilio. Volvió a hablar después de una pausa.

—Oíme, pibe —dijo, y en su voz secretamente se mezclaban la conmiseración y la ternura—. Vos todavía estás a tiempo.

El muchacho, sobresaltado, dio un respingo.

—Sí, sí, a vos te digo. Vos todavía estás a tiempo; tirate el lance de ser un hombre. Escuchá. El empleado de oficina no es un hombre. Es cualquier cosa, una imitación adulterada, un plagio, una sombra. Todos estos que ves acá son sombras. Fijate qué caras de nada tienen. Y no es que siempre hayan sido así. Se volvieron idiotas de tanto cumplir un horario, de atender el teléfono, de sacar cuentas millonarias mientras tenían un peso en el bolsillo. Vos no te imaginás cómo embestia calcular por miles cuando estás haciendo magia negra para llegar a fin de mes sin pedir un adelanto. Oí: estos sujetos tienen grafito en el cerebro, los metés de cabeza en la maquinita sacapuntas y Faber va a la quiebra, son lápices disfrazados de gente. Zombies que hacen trabajar sus reflejos a razón de noventa palabras por minuto. Autómatas que piensan con las falangetas. Pero vos todavía estás a tiempo, pibe; todavía tenés derecha la columna y aún no te salió el callito irremediable en el dedo mayor... ¿Sabés cómo se llama este dedo?

Núñez irguió, agresivo, su dedo del medio. Dijo:

—Dedo del corazón. Qué me contás. Grandioso como un símbolo; un callito que te sale, alegórico, justo en el dedo del corazón.

La señora Martha, furtivamente, enjugó una lágrima. Después, como quien la guarda, envolvió su pañuelito y lo metió en el bolsillo.

—Y, sin embargo, te va a salir: si te quedás, te va a salir. Y dentro de veinte años serás jefe de sección —al decir esto, Núñez percibió una chispa de odio en los ojos del actual jefe—, pero estarás miope, tendrás una protuberancia escandalosa junto a la uña y, de tanto vivir torcido, te vendrá una hernia de disco a la altura de la quinta o sexta vértebra. Haceme caso, si no, dentro de veinte años, después de haber viajado diecinueve mil veces en colectivos repletos, a razón de cuatro colectivos por día, vas a odiar a la humanidad, te lo juro. Yo sé lo que te digo: andate con los jíbaros, disecá cráneos, hacete anarquista, enamorate como un cretino. Qué sé yo. Pero no sigas acá.

Di Virgilio, con la punta de la lengua asomando por entre los dientes, lo miraba. Después, con lentitud, como fascinado, se puso de pie y quedó junto al escritorio. Núñez sonreía.

—Sí, andate. Andate, te digo...

El muchacho empezó a caminar hacia la salida. De pronto se detuvo; con gesto de pedir permiso volvió la cabeza. Núñez se levantó de un salto. En el extremo de su brazo extendido, la pistola se sacudía frenéticamente; las venas de su cuello parecían dedos.

—¡Andate, bestia!

Di Virgilio desapareció por la puerta vaivén. Un segundo después se ondulaba vertiginosamente en los vidrios ingleses de la ventana que daba a la calle. El hombre volvió a sentarse.

—Como decíamos hace un rato, parodiando al célebre fraile —continuó con calma—: somos una porquería. Cualquiera de nosotros tiene, como mínimo, quince años de trabajo. Esto, que ya nos acredita como imbéciles, sería suficiente para eximirnos de todo escrúpulo en lo que atañe a una eliminación masiva. Pero hay más. El trabajo, en sí, es una extravagancia; en las codiciones actuales de nuestra sociedad asume caracteres de manía paroxística, tan graves, que hay una ciencia destinada a estudiarlo. Ella nos informa que, en el presente, el hombre le dedica el sesenta y cinco por ciento de su vida, y memorizo textualmente: "más de la mitad de nuestro existir consciente y libremente propositivo". *Problemas Psicológicos Actuales*, de Emilio Mira y López, página doscientos siete, capítulo ocho. Y bien. Yo puedo demostrar que ese porcentaje, con ser impresionante, no es exacto. No hay tal mitad de existir libre. Sin llegar a conclusiones terroristas y afirmar, por ejemplo, que no hay en absoluto libre existir puesto que la libertad es un mito canallesco, hagamos este cálculo.

Una fría mirada de Núñez paralizó, casi sobre las teclas de las máquinas de sumar, los dedos de por lo menos cuatro empleados.

—Lo del cálculo es con la cabeza —anotó—. Cada día, semana tras semana, todos los meses de estos últimos quince años, nosotros, los oficinistas de este *peligroso* depósito pirotécnico —Núñez acarició significativamente la valija—, nos hemos levantado, los menos madrugadores, a las siete de la mañana, para ocupar nuestro escritorio a las ocho en punto. Hemos ido a almorzar, hemos vuelto, hemos salido a las seis de la tarde. ¿A qué hora regresábamos a nuestra casa?: otra vez a las siete, es decir, medio día después. Agreguemos a esto las ocho horas de sueño que recomiendan los higienistas más sensatos: veinte horas. Las que faltan han sido repartidas, y sigo memorizando el opus de antes, en "satisfacer nuestras urgencias instintivas", leer el diario, indignarse por el precio de la fruta, escuchar el informativo, destapar la pileta. Los más normales. Porque los otros, los que disparando enloquecidos de una oficina a otra pudieron pagar la cuota inicial del aparato televisor (que viene a ser la más sórdida, la última maquinación para embrutecer del todo al género humano), los otros, digo: ni eso. Qué tal.

Alguien hipó un sollozo.

—¿Es necesario decir qué es lo que se hace los sábados y domingos?: dormir, ir al bailongo del club, al cine, al partido, a votar. Algunos, todavía, a misa. Los solteros, salir con la novia o el novio a darse codazos por Corrientes; los casados, pintar la cocina...

—¡Basta! —clamó la señora Antonia—. Máteme.

—Aún no. La humanidad, mujer, y sólo ella, manifiesta entre los hombres la voluntad del Gran Tao... ¡Y las vacaciones! ¿Recuerdan ustedes cómo, en qué estado de ruina, volvieron de las últimas vacaciones? ¿Esto es la Vida?: ahorrar energías y pesos durante trescientos cincuenta y cinco días para extravertirlos frenéticamente en diez. Eso es la vida. Vivir a la sombra un año y agarrarse una insolación, complicada con quemaduras de tercer grado, en una semana y media de veraneo.

—Máteme —suplicó la mujer.

—No sea cargosa, señora —y Núñez la amenazó con la culata—. ¿Comprenden ustedes? Yo lo he comprendido. Yo sé lo que es viajar, cuatro veces por día, aplastado, semicontuso, horrorosamente estrujado durante dieciocho idénticos años, en un ómnibus repleto. Indiscernible bajo una mezcolanza de trajes, tapados, sobretodos, piernas, diarios. Ah, yo sé lo que es la Humanidad, delante, detrás, encima del zapato, contra los riñones; conozco la infame satisfacción de sentir la cadera de una impúber refregada contra el sexo, o un seno tibio, abollándoseme en el codo... Ésa es la vida, la que les espera hasta que se jubilen. Y cuando se jubilen, ¡Dios mío!, de qué modo habrán perdido la chance de vivir cuando se jubilen. ¿No entienden? Ustedes ya no pueden cambiar: ya no son jóvenes como Di Virgilio, ustedes están irrevocablemente condenados a viajar así, a veranear así; a trabajar frente a un escritorio así... ¡Entiendan!, si no los mato los espera el banco de la plaza. ¿Se dan cuenta? ¿Se dan cuenta, animales, lo que significa estar jubilado? La jubilación es un eufemismo; debiera decirse: "el coma".

Núñez jadeaba. Una ráfaga de angustia los envolvía a todos. El señor Parsimón, Jefe de Transporte, socialista, en un arranque de humanismo corajudo se puso de pie. El dedo le temblaba. Habló:

—¡Usted deforma la realidad! Usted es un maniático, un pistolero, usted...

—Usted se me sienta —dijo Núñez.

Parsimón se sentó.

—Pero no me callaré —insistía; meritorio, miraba de reojo al gerente—. Usted nos quiere matar. ¿Y por qué a nosotros? Por qué no al ochenta por ciento de la población de Buenos Aires, que vive de la misma manera. ¿Eh? ¿Por qué?

—Voy a explicarle. Por dos motivos: el primero, y acaso el más importante, se sigue de que Buenos Aires no es una pirotecnia.

Volvió a acariciar la valija, consultó el reloj y sonrió enigmáticamente.

—Y, el segundo, es que en este momento estoy actuando como el representante más lúcido de un grupo social. Digamos que soy el Anti-Marx del oficinismo, y, como tal, he resuelto hacer la revolución negativa. Como Marx, pienso que esto podría originar un proceso permanente. Pero de suicidios. Iniciado el proceso, yo no hago falta... —Se interrumpió. —Lo que estoy notando es mucho movimiento. Vamos a ver: ¡pararse!... ¡sentarse!... Además, ya se los he dicho, nosotros, particularmente, somos irreivindicables.

—Lo irreivindicable para usted —quien hablaba ahora era el señor Raimundi, gerente de la firma, un sujeto pequeñísimo con cara de ratón bubónico y leves bigotitos canos—, lo irreivindicable para usted es el género humano.

Dicho esto, calló.

—Usted puede hablar enfáticamente del género humano, pedazo de cínico, porque tiene un Kaiser Carabela, no va al cine, no conoce el fixture y entra al hipódromo por la oficial; pero yo vivo aplastado por ese género humano. Yo tomo el tranvía 84 en José María Moreno y Rivadavia. Yo veo a la gente en grandes montones ignominiosos. Pregúnteles a esos perros mañaneros que alzan filosóficamente los ojos desde su tacho de basura y miran hacia el colectivo donde se apiñan cien personas, pregúnteles qué opinan del género humano. Yo he adivinado un saludo sobrador, socarrón, en la mirada de esos perros; dicen: "Chau, Rey de la Creación, lindo día para yugarla, ¿no?" Eso dicen. El amor a nuestros semejantes tiene sentido si no nos imaginamos a nuestros semejantes en manifestación. Nuestros hermanos, de a muchos, pueden producir cualquier cosa: miedo, lástima, oclofobia; pero no buenos sentimientos. La prueba más concluyente de esta verdad es que los tipos más amantes de la humanidad, los místicos, los santos, se iban a vivir al desierto o a la montaña, en compañía de los animales. El mismísimo Jesús predicaba el Amor Universal en una de las regiones más despobladas del planeta. Cuando fue a Jerusalén y vio gente, empezó a los latigazos. Mahoma, mientras estuvo solo, hablaba del Arcángel y de Borak, la yegua alada; cuando se la tomó en serio y comprendió qué es el Amor, armó un ejército.

En el entrecejo de Núñez dos arrugas paralelas caían verticalmente, profundas, hasta el nacimiento de su nariz. Murmuró alguna s palabras en voz baja. El señor Parsimón pareció a punto de decir algo, pero un gesto terrible de Núñez lo detuvo.

—¡Nadie más habla!

Luego, cambiando de tono:

—Y pensar que hubo tiempos en que la humanidad era feliz. Porque, saben, hubo una época en que ocurrían milagros sobre el mundo. La Tierra era ancha y hermosa. Los dioses no tenían ningún prurito en compartir el cotidiano quehacer del hombre; intervenían en las disputas de la gente; astutamente disfrazados, les violaban las esposas... ¡Época azul! Las diosas, lascivas, se revolcaban con los efebos sobre el trebolar, y era posible ver, en cualquier medianoche de plenilunio, un carro que venía por la llanura, uncido de panteras. Y sobre el carro, los dioses, fachendosos, peludos, pegando unas carcajadas bestiales, coronados con racimos de uvas... A propósito, ¿saben lo que tengo en esta valija?: una bomba de tiempo, media docena de detonadores, siete kilos de dinamita y tres barras de trotil.

Cuando acabó de decir esto, pudo presenciar el espectáculo más extraordinario que nadie contempló en su vida. Durante diez segundos, todos permanecieron mudos, estáticos, como un marmóreo grupo escultórico: después, en un solo movimiento, se pusieron de pie, corrieron hasta el centro de la oficina, se abrazaron, corearon un alarido dantesco, y, lentamente, con la perfección de un ballet, fueron retrocediendo hasta la pared del fondo. Allí, cayeron desmayados unos cuantos; los demás, con los ojos enormes elevados hacia el techo, parecían rezar.

—Exactamente así —dijo Núñez— era el terror que experimentaban las ninfas cuando llegaba Pan. Por eso, al miedo colectivo se le llama pánico. En fin. Al verlos ahí, apelmazados, no puedo evitar figurarme el Sindicato de Empleados de Comercio. Todos unidos: alcahuetes, jefes, delegados... ¡Manga de proxenetas! —gritó de pronto, y los de la pared lo miraron con horror: ojos de inmóviles mariposas clavadas por el insulto, como a un cartón—. Pero la Gran Insurrección, la verdadera, reventará como el capullo de una rosa increíble algún día. Ciertos hombres, por supuesto que no todos, comprenderán que la Armonía es la fuerza primordial del universo, y la Belleza, la síntesis última. Vendrá un profeta y dirá, mientras carga una ametralladora atómica: "¡Crearemos las condiciones del mundo venidero, restituiremos el helenismo y las máquinas serán nuestros esclavos! ¡Somos inmortales! ¡Adelante!"... Por eso, compañeros, voy a matarlos.

—¡Nuestros hijos!

—¡Nuestras esposas!

—Cállense, farsantes. Un criminal que, al llegar a su casa, embrutece a su mujer explicándole los beneficios de la mecanización contable, o las posibilidades que tiene de ser ascendido a secretario del gerente, si echan o se jubila o se muere el actual, no tiene esposa. Por otra parte, mirándolo bien a usted, no, no creo que ella lo llore como una loca. ¡Sus hijos! ¿Creen ustedes que el hecho de robarse algún lápiz para el vástago escolar les da derecho de paternidad? —Núñez pudo observar que Raimundi, al escuchar lo de los lápices, estiraba el cuello por detrás del amontonado grupo, tratando de localizar al aludido. —En verdad, en verdad les digo, que sólo los huérfanos de nuestra generación entrarán en el Reino.

Consultó el reloj. Murmuró: falta poco, y una nueva ola de desesperación convulsionó a los de la pared. La mujer que hacía un momento suplicaba ser la primera en inmolarse yacía en el suelo, grotescamente abrazada a los tobillos de Parsimón, quien, dando inútiles saltitos, trataba de desembarazarse de ella. Núñez se puso de pie. Parecía soñar en voz alta.

—Es cierto. Algunos hombres son inmortales. Yo soy de ellos. Di Virgilio se encargará de propagar mi nombre. Él dará testimonio. Also sprach el señor Núñez... Cuando esto explote, otros comprenderán; dirán: él lo hizo. Cuando lo entiendan, ellos también se matarán. La hez humana será raída de la Tierra. Algún conscripto inspirado organizará el fusilamiento de los oficiales y suboficiales; los curas de aldea entrarán a sangre y fuego en el Vaticano. En crujientes hogueras serán quemadas todas las estadísticas, todos los biblioratos, todas las planillas, todos los remitos. Millones de huérfanos de empleados nacionales, en jocunda caravana, abandonarán las ciudades e irán a poblar el campo. ¡Basta de rascacielos insalubres!, dirán. ¡A vivir en las márgenes de los ríos, como los beduinos; no hacia arriba, lejos de la tierra, sino a lo largo! Oh, y algún día la vida será otra vez ancha y hermosa. Cuando falte espacio aquí, poblaremos la Luna y Marte. La Galaxia también es ancha y hermosa. La Belleza, coronada de pámpanos como un dios borracho, entrará triunfal en la casa del hombre, cortejada de machos cabríos... No, los hombres no nacerán provistos de palanquitas y botones. Les será restituida el alma a los hombres. ¿Comprenden? ¿Comprenden ustedes?

Algunas cabezas comenzaron a levantarse. La voz de Núñez temblaba de puro profética. Era Dionisos. Sólo los jefes y sus allegados parecían no entender. El hombre levantó la Ballester Molina.

—¡Será la euforia de vivir! —gritó, al tiempo que, con formidable estruendo, disparaba unos cuantos tiros al aire—. ¡La embriaguez! ¡La canonización de la risa! Los presidentes de los pueblos serán elegidos por concurso, en grandes Juegos Florales de poesía. Porque todos los hombres serán poetas. ¿No entienden, tarados? Ésta es la chispa madre. Dentro de un instante volarán por el aire todas las instalaciones de La Pirotecnia. Dentro de un instante seremos el monumento negativo: no un panteón, un agujero. Y, de acá a cien años, pondrán una placa recordatoria en el fondo. Una placa con el nombre de todos nosotros.

Núñez, con ambos brazos levantados, seguía descargando estrepitosamente la pistola. Como copos de nieve, caían, desde el cielo raso agujereado, blanquísimos trozos de yeso. Era el momento sublime, sinfónico. De pronto, también los ojos de los jefes empezaron a brillar de felicidad. Los del suelo se habían puesto de pie.

—Así me gusta, que entiendan. Las hecatombes no necesitan más que una chispita para propagar el fuego propiciatorio: ¡nosotros somos esa chispita! Veo la felicidad en todos los rostros. ¡Adelante, hermanos! Hermanos, sí. Muramos.

En efecto, la felicidad de todos los rostros, en especial la de los jefes ahora, iba en aumento. Alcanzó su paroxismo cuando los diez policías y los empleados del Vieytes entraron por la puerta vaivén. La operación fue breve: varios puñetazos, un chaleco de fuerza, el atraso del mecanismo de la bomba, su posterior inutilización y el barrido del piso.

Perdiguero palmeaba a Di Virgilio. El muchacho, sin embargo, no parecía satisfecho. Por fin, Parsimón le dijo:

—En retribución al servicio que le ha prestado a la compañía, desde el mes que viene recibirá doscientos pesos de aumento.

Raimundi le silbó algo al oído. Parsimón dijo:

—Ochenta pesos de aumento.

Se daban las manos. Todos sonreían.

—Y ahora, a trabajar —quien hablaba era el gerente—. Porque ya lo ven: sólo el cumplimiento del deber da buenos frutos. Nuestro compañero Núñez durante dieciocho años fue un empleado excelente, un hombre respetable, y una sola llegada tarde, la única de su vida, bastó para trastornarlo.

Di Virgilio parecía triste, se miraba fijamente el dedo mayor. Después irguió la espalda. Las máquinas empezaron a teclear a sesenta palabras por minuto.

III. Infernáculo

Si existen sobre la Tierra otros seres distintos de nosotros, ¿cómo no los conocemos ni los hemos visto nunca?, porque supongo que no me hará creer que usted los ha visto.

MAUPASSANT

Mis vecinos golpean

Mis amigos, los buenos amigos que ríen conmigo y que acaso me aman, no saben por qué, a veces, me sobresalto sin motivo aparente e interrumpo de pronto una frase ingeniosa o la narración de una historia y giro los ojos hacia los rincones, como quien escucha. Ellos ignoran que se trata de los ruidos, ciertos ruidos (como de alguien que golpea, como de alguien que llama con golpes sordos), cuyo origen está al otro lado de las paredes de mi cuarto.

A veces, el sonido cesa de inmediato, y entonces no es más que un alerta, o una súplica velada quizá, que puede confundirse con cualquiera de los sonidos que se oyen en las casas muy antiguas. Yo suspiro aliviado y, después de un momento, reanudo la conversación, puedo bromear o hablar con inteligencia, hasta con calma, esa especie de calma que son capaces de aparentar las personas excesivamente nerviosas, aunque sepan que ahí, del otro lado, están los que en cualquier momento pueden volver a llamar. Pero otras veces los golpes se repiten con insistencia, y me veo obligado a levantar el tono de la voz, o a reír con fuerza, o a gritar como un loco. Mis amigos, que ignoran por completo lo que ocurre en la gran casa vecina, aseguran entonces que debo cuidar mis nervios y optan por no llevarme la contraria; lo hacen con buena intención, lo sé, pero esto da lugar a situaciones aún más terribles, pues, en mi afán de hacer que no oigan el tumulto, comienzo a vociferar por cualquier motivo, insensatamente, hasta que ellos menean la cabeza con un gesto que significa: ya es demasiado tarde. Y me dejan solo.

No recuerdo con exactitud cuándo empecé a oír los golpes: sin embargo, tengo razones para creer que el llamado se repitió durante mucho tiempo antes de que yo llegara a advertirlo. Mi madre, estoy seguro, también los oía; más de una vez, siendo niño, la he visto mirar furtivamente a su alrededor, o con el oído atento, pegado a la pared. Por aquel entonces yo no podía relacionar sus actitudes con ellos, pero, de algún modo, siempre intuí que el misterioso edificio (el blanco y enorme edificio rodeado de jardines hondos y circundado por un alto paredón) contra cuya medianera está levantada nuestra propia casa ocultaba algún grave secreto. Recuerdo que una medianoche mi madre se despertó dando un grito. Tenía los ojos muy abiertos y se me antojaba imposible que nadie en el mundo pudiese abrir de tal manera los ojos. Torcía la boca con un gesto extraño, un gesto que, en cierto modo, se parecía a una sonrisa pero era mucho más amplio que una sonrisa vulgar: se extendía a ambos lados de la cara como las muecas de esas máscaras que yo había visto en carnaval. Sonriendo y mirándome así, me dijo, como quien cuenta un secreto:

—¿Has oído?

—No, madre —respondí, y la contemplaba extasiado, pues nunca había visto un gesto tan extraordinario y divertido como este que ahora tenía su cara.

—Son ellos —murmuró, moviendo rápidamente los ojos hacia todas partes, como si temiera que alguien que no fuese yo pudiera escuchar nuestra conversación—. Ellos quieren que vaya.

Nos reímos mucho aquella noche, y yo me dormí luego, apaciblemente entre sus brazos. A la mañana, mi madre no recordaba nada o no quería hacer notar que recordaba, y a partir de entonces se volvió cada día más reconcentrada y empezó a adelgazar. Usaba, lo recuerdo, un largo camisón blanco que la hacía parecer mucho más alta de lo que en realidad era, y se deslizaba, lentamente, junto a las paredes. Estoy seguro, sí, de que ella sabía quiénes viven del otro lado, y hasta es probable que también lo supieran mis parientes que —muy de tarde en tarde y, a medida que pasaba el tiempo, cada día con menos frecuencia— solían visitarnos; pues, en más de una ocasión, los he oído reconvenir a mi madre:

—Pero, Catalina, mujer, no tenías otro sitio donde instalarte que al lado de un...

Y callaban o bajaban el tono. Aunque, alguna vez, yo creí entender la palabra que ellos no se atrevían a pronunciar en voz alta. Luego agregaban que aquel sitio no era el más indicado para ella, ni siquiera para el niño, para mí, tan delicados, e indudablemente se referían a nuestro temperamento y al de toda mi familia, excitable y tan extraño.

Un día por fin se la llevaron. Ella no parecía del todo conforme pues gesticulaba y, según me parece ahora, hasta gritó. Pero yo era muy pequeño entonces y evoco confusamente aquellos años, tanto, que no podría asegurar que fueran nuestros familiares quienes la arrastraban aquel día hacia la calle. De cualquier modo, mi primera comunicación directa con ellos, los que viven del otro lado, se remonta a una época muy posterior a mi infancia.

Algo, alguna cosa triste u horrible, debió de haberme pasado aquella noche porque al llegar a mi casa y encerrarme en mi cuarto, apoyé la cabeza contra la pared. Al hacerlo, sentí un ruido atroz, un crujido, como si en realidad en vez de arrimarme a la pared me hubiera arrojado contra ella. Y, ahora que lo pienso, eso fue lo que ocurrió, porque un momento después yo estaba tendido en el piso y me dolía espantosamente el cráneo. Entonces, oí un sonido análogo —o mejor: idéntico— al que había hecho mi cabeza un segundo antes.

No sé si debo contar lo que pasó de inmediato. Sin embargo, no es demasiado increíble: a todo el mundo le ha sucedido que oyendo un golpe a través del tabique de su habitación sienta la incontrolable necesidad de responder; no debe asombrar entonces que del otro lado llegara una especie de respuesta, y que, acto seguido, yo mismo repitiera el experimento. Aquella noche me divertí bastante. Creo que reía a carcajadas y daba toda clase de alaridos al imaginar, pared por medio, a un hombre acostado en el suelo dando topetazos contra el zócalo.

Como digo, éste fue el origen de mi comunicación con los habitantes de la casa vecina (escribo "los habitantes" porque con el tiempo he advertido claramente que del otro lado hay, con toda seguridad, más de una persona, y hasta sospecho que se turnan para golpear), casa que mis parientes nunca mencionaron en voz alta, porque no se atrevían, pero que mi prima Laura nombró claramente una tarde, cuando, señalándome con su dedo malvado, dijo:

—Éste vive al lado de un matrimonio.

Sólo que ella dijo otra cosa, una palabra que en mis oídos de niño sonaba como matrimonio y que alcanzó a pronunciar un segundo antes de que alguien le tapara la boca con la mano.

Por eso mis amigos, los buenos amigos que ríen conmigo y que tal vez me aman realmente, ignoran el motivo de mis repentinos sobresaltos cuando ellos, los que viven pared por medio, me advierten que no se han olvidado de mí.

A veces, como he dicho, es un llamado sordo, rápido —una especie de tanteo o de insinuación velada—, que cesa de inmediato y que puede no volver a repetirse en horas, o en días, o aun en semanas. Pero en otras ocasiones, en los últimos tiempos sobre todo, se transforma en un tumulto imperioso, violento, que surge desde el zócalo a unos treinta centímetros del suelo —lo que no deja lugar a dudas acerca de la posición en que golpean, ya que no ignoro el instrumento que utilizan para tentarme— y siento que debo contestar, que es inhumano no hacerlo pues entre los que llaman puede haber algún ser querido, pero no quiero oírlos y hablo en voz alta, y río a todo pulmón, y vocifero de tal modo que mis buenos amigos menean la cabeza con un gesto triste y acaban por dejarme solo, sin comprender que no debieran dejarme solo, aquí, en mi cuarto fronterizo al gran edificio blanco, la gran casona blanca de ellos, oculta entre jardines hondos y custodiada por una alta pared.

Historia para un tal Gaido

Su historia es así: para él, para Martín Gaido, todo comienza una noche de los carnavales de 1940, en lo peor de Parque Patricios, frente al basural. La misma noche que Juan —su hermano— entró como borracho a la pieza, apretándose el estómago con los dos brazos y, antes de caer hecho un ovillo sobre el piso, alcanzó a decir "me la dieron, Martín", y fue lo último que dijo. Esa noche, Martín supo que tenía que arrodillarse junto a su hermano y preguntar. Aquella pregunta fue la primera de una serie de preguntas, precisa, irrevocable, estirada a lo largo de veinte años, que debía terminar esta noche en un boliche de la costa de San Pedro. Como esa vez Gaido no podía adivinar tanto, simplemente se arrodilló junto a un muerto y preguntó. Sólo se oyó el silencio, o tal vez el sonido lejano de unos pitos de murga, de unas matracas, y se oyó un juramento de Martín, una promesa convencional y terrible.

Más tarde se enteró de la pelea. Esto también había sido convencional (todo, supo luego, sería convencional en su historia). Había, por supuesto, un baile, y había una mujer disfrazada de Colombina a la que se disputaban dos hombres. Uno de los hombres era Juan; el otro, a juzgar por lo poco que sabían de él, no era nadie. Le contaron que esa noche su hermano atropelló a lo loco y un resbalón fortuito mezcló las muertes; después del resbalón, una mascarita vio a Juan levantarse del suelo con los ojos llenos de espanto, queriendo sacarse su propio cuchillo del cuerpo, y al otro que, sin pestañear, lo clava suciamente, dos veces más todavía.

Como digo, para él, para Martín Gaido, su vida empieza esa noche. A partir de esos carnavales vivirá persiguiendo a un hombre, una especie de sombra escurridiza, ese nadie que parte de los lugares a donde él llega sin dejar más rastros que la memoria gangosa de algún borracho acerca de un modo de mirar, el color de un traje o la manera de echarse el sombrero gris sobre los ojos. La mujer no tenía mucha importancia en su historia y no apareció nunca, como si hubiera estado en ese baile sólo unos minutos, para justificar con su disfraz de Colombina la irrealidad del carnaval. La busca del hombre, en cambio, fue un ajedrez lento, inexorable y exacto. Hubo pueblos perdidos, almacenes de llanura, cantineros con sueño a cuyo oído, en voz baja, Martín formuló preguntas, cantineros que sólo conocían una parte del secreto pero lo condujeron sin remedio a lugares donde el rastro se volvía cada vez más preciso. Hubo estaciones de ferrocarril y largas esperas debajo de largos puentes. Hubo camas, mujeres de grandes ojos pintados y caras de tiza, quienes, al enterarse de que Martín sólo había venido para llevarse un nombre, lo miraban con decepción, con estupor o con miedo.

Después pasará mucho tiempo y Gaido, por fin, apoyado en el mostrador de un boliche de la costa, estará aguardando pacientemente que se descorra una cortina de flores desleídas; detrás de la cortina está la puerta por la que ha de aparecer un hombre.

—Ginebra —ha dicho Martín.

En cualquier rincón hay un viejo. Tiene una botella entre las piernas y lo mira con ojos blancos. Afuera, la noche es un largo y distante eco de perros. Lejos, seguramente pasa un tren.

Entonces sucedió.

Sí, fue en ese momento, al levantar Martín el vaso de ginebra y llevárselo a los labios.

No puedo asegurar, es cierto, que desde mucho tiempo atrás Gaido no comprendiera, de algún modo, la verdad. El porqué de que él hubiese nacido en lo peor de Parque Patricios, frente al basural, que a su hermano lo mataran como no se olvida y que gente con aspecto de muñecos contestara todas sus preguntas. En algún lugar del juego Martín debió sospechar que su promesa —buscar, dar con un hombre, matarlo y vengar a otro hombre muerto— podía ser mucho más, o mucho menos, que una promesa. Alguna vez, incluso, sintió vértigo y pensó echarse atrás; pero yo no lo dejé tener miedo. Yo le inventé el coraje. Y ahora cada palabra dicha, cada aparente postergación conducían inevitablemente hasta ese boliche de la costa donde Gaido esperaba a un hombre. Las leyes secretas de su historia quieren que otra vez sea carnaval para que Martín haya visto algunas máscaras en el pueblo y haya pensado que ya no van quedando Colombinas.

Martín alzó el vaso de ginebra, se lo llevó a los labios y, en ese preciso momento lo supo. Lo supo antes de que el otro abriera la puerta. Cuando se abrió la puerta, ya había comprendido toda la verdad.

Por reflejo, introdujo la mano en el bolsillo. Ese gesto y los demás gestos que seguirían estaban previstos. Gaido tenía que sacar un puño al que le había crecido repentinamente un revólver; tenía que nombrar al otro, pronunciar un nombre de fácil sonoridad a compadraje y cuchillo, y cuando el otro lo mirase sorprendido (sorprendido al principio, pero luego no; luego con resignación, comprendiendo), debía insultarlo en voz baja con un insulto brutal, rencoroso, pacientemente elaborado durante veinte años.

Gaido, sin embargo, no sacó la mano del bolsillo. No hubo palabras de odio. Todo, el almacén, la cortina de flores desleídas, el carnaval de pueblo, se desarticuló de pronto, como un espejo roto o como un sueño. Y Martín, ya antes de ver al hombre, antes de ver su rostro canallesco —convencional, envejecido y canallesco— supo que ese pobre infeliz tampoco tenía la culpa de nada.

El final de la historia no es fácil de contar.

Es probable que ahora mismo Martín ya esté bajando por la calle Tarija, en Buenos Aires (lo imagino caminando un poco echado hacia atrás, a causa del declive del empedrado), en el barrio de Boedo. Dentro de un instante doblará por Maza. La cuadra es arbolada y propicia. Los carnavales del sesenta también. El pañuelo blanco en el cuello de Martín, sus ajustados pantalones de anchas rayas grises y negras, sus botines puntiagudos de compadre, su sombrero anacrónico, no podían pasar más inadvertidos en una noche como ésta. Lleva la mano en el bolsillo del saco y muerde todavía un insulto que no dijo. Cuando Gaido doble la esquina, verá, inequívoca, una ventana con luz: eso significa que el otro está ahí, dentro de la casa, esperando oír el ruido de la cancel —un rechinar apenas perceptible—, esperando oír luego los pasos de Gaido por el corredor, mientras él escribe un cuento de espaldas a la puerta y cree escuchar ya (escucha ya) un sordo taconeo que da vuelta la esquina, mientras yo acabo la historia de Martín Gaido, oigo el rechinar apenas perceptible de la cancel, sus pasos por el corredor, las últimas matracas desganadas y los pitos lejanos del corso de Boedo y siento una ráfaga de aire en la nuca porque alguien está abriendo la puerta a mi espalda, alguien que me nombra, que ya pronuncia mi nombre aborrecido y, con rencorosa lentitud, saca la mano del bolsillo y me insulta en voz muy baja.

Erika de los pájaros

Me matarán; ellos no perdonan. Ya se habrán dado cuenta de que los traicioné, no sé a qué llamo traición, es cierto, porque todo empieza ahora, ahora y aquí mismo y se reduce a esto, al recuerdo de una carrera sangrienta bajo la luna, y a saber que ellos, los que no conozco, vendrán y me matarán. A tiros. Como a un perro.

Él escapó —yo escapé— durante la noche. Durante toda la noche corrió desesperadamente entre las piedras, largos pedregales sin color, y breñas. Los pies estaban hechos pedazos. Corrió durante la noche con los pies sangrantes y llegó al amanecer. Erika, porque ella entonces se llamaba Erika, lo había mirado con sus ojos hermosos y cansados. Ella tenía ahora los ojos cansados y se llamaba Erika. Siempre su mismo rostro de niña, el rostro que tanto amo, pero todo era distinto: más viejo. Terriblemente fatigado y viejo. Ella dijo:

—No te atreviste.

Pero no era un reproche: ella también sabía de antemano que yo, que él no se atrevería. Y él cayó a los pies de Erika, se abrazó al amado cuerpo de muchacha buena, a su maldito cuerpo, y había llorado.

—No pude, Erika: no soy capaz. Soy cobarde.

Ella acarició sus cabellos finos, demasiado finos, como los de una mujer y dijo:

—Niño, mi pequeño niño.

Su voz no tenía expresión, o sí. Creo que era triste, llena de una tristeza profunda e inexpresiva, como la tristeza.

—Debemos escapar, Erika: ellos vendrán, ya deben de estar en camino, vendrán con sus largos rifles y me matarán a mí, a los dos, pero también a mí, y yo no podré recordarte. A tiros. Sé que ha de ser a tiros, como a los perros, ¡perra! Debemos irnos, perra, amor mío, mujer única. Te amo.

Pero él no podía dar un paso; sus pies eran dos guiñapos dolorosos y sanguinolentos, sobre todo, dolorosos. De pronto ya no estaba junto a ella, sino en el camastro; tirado sobre el camastro y sin poder moverse, erika, erika.

—¡Erika!

Ella, en otro sitio, dice:

—Él necesita un caballo, tiene lastimados los pies, lastimados y debe irse.

El muchacho la miró, el muchacho que tiene otro pelo distinto del mío, un pelo ondulado y fuerte, de muchacho, la miró y dijo:

—No podrás pagármelo —y sonreía, y estoy seguro de que pensaba por qué es tan blanco el cuerpo de ella, de Erika.

Erika va a decir algo monstruoso. Lo dice:

—Bien sabes que puedo —dice, y ni siquiera ella se asombra del tono silbante, íntimo, de reptil silbante, que tomó de pronto su voz de diablo.

El muchacho era muy joven, apenas tendría dieciséis años, joven y fuerte y bestial, pero de pronto perdió todo su aplomo: su rostro, bello rostro moreno es moreno y el mío pálido, el del hombre que está tirado en el camastro y odia, es pálido, no como el rostro moreno del muchacho bestial que ahora se sonroja estúpidamente y parece más niño y más hermoso. Se acercó a Erika, a su vestido de verano y aire, y dijo:

—Si quisieras. Robaré un caballo, no importa si luego el patrón me mata a palos.

Erika sonrió triunfante, pero no debió sonreír, estúpida, no ve que los rasgos del muchacho se endurecen. Erika, debes sonreír triunfante, aunque los rasgos de él se endurezcan, yo te amo, sonríe, sonríe así, pero los rifles son tan largos. Y yo no podré recordarte luego, y este dolor y el miedo. Acércatele, antes de que sea tarde, acércatele o todo está perdido. Ella sonríe sin darse cuenta de lo que va a decir el muchacho: yo lo sé, el hombre tirado en el camastro lo sabe y, por eso, el muchacho lo dice:

—Y por qué no se lo pides al otro, al Patrón. Me quieres engañar, como siempre, luego me despreciarás como siempre. El Patrón, él te da cosas, yo te he visto abrazada con él, y ahora quieres caballo para salvar al pequeño.

Erika golpeaba impaciente el suelo con su pie, y el pequeño, el hombre de los pies deshechos, sabe lo que piensa, piensa al Patrón no más, nunca más, a esa bestia lujuriosa y puerca.

Mentiras. Ella sabe que el Patrón nunca volverá a darle nada, perra mentirosa, ni collares ni monedas amarillas, nada, nunca te dará más nada. Dijo:

—No le pido porque no, porque no quiero.

El muchacho la miró, miró su vestido de aire y de verano, liviana Erika de los pájaros, y el muchacho dijo:

—Te lo llevaré a la cabaña aunque me mate a palos.

Ella dijo:

—Pronto. Tiene que ser pronto.

Juntos mientras el muchacho viene, mientras ellos vienen también por las piedras, con los largos rifles y la muerte.

—¿Cómo te sientes ahora? —pregunta Erika.

—Debemos irnos —dice él—: ahora mismo.

—Después. Pronto traerán un caballo y nos iremos.

Él dice:

—Erika, sabes, tengo la cabeza llena de fuego y fuego. Erika muchacha de las guirnaldas, amor, sabes, esto no es más que un sueño. ¡Ríete!, porque esto es solamente un sueño, despertaré, despertarás mañana, y los dos estaremos en la aldea, en la aldea donde hay casas de paja y amarillo tibio, muchacha mía, pequeña de andar entre las flores cantando, mañana, oye, despertarás y yo despertaré en la aldea.

—No grites —dice Erika.

Él grita, me duele la garganta de gritar, él grita y camina por el cuarto con piso de madera, duelen los pies deshechos. Grita:

—Un sueño, Erika. Una pesadilla, nada más que sombras que dan miedo, pero mañana seremos niños, casi niños, y yo volveré a encontrarte junto al estanque, en el claro donde las hojas de los ceibos son verdes y hay flores rojas, muy rojas, y entre el follaje se ve el agua azul. Erika, sabes, hubo un tiempo en el que aún no tenías catorce años y yo te amaba, catorce años cuando nos quedamos dormidos, entre las guirnaldas y los pájaros.

Ella lo mira con sus ojos selváticos, es bella, bella como una estampa viejísima y ajada pero bella, igual a sí misma, hermosa como sólo ella puede serlo y luego dice:

—Catorce años, sí, cuando nos quedamos dormidos, amor, y yo te amaba.

—Yo iba, Erika, lo recuerdas, iba por las noches al borde del agua, y te encontraba allí, y sabía canciones. Tú no las sabías, yo sí, y te enseñaba entonces todas las cosas, y por eso mañana despertaremos en la aldea.

—Despertaremos, sí, despertaremos hace mucho.

—Ahora entiendes, verdad que entiendes, no hubo huida sobre las piedras grises, ni habrá hombres con la muerte en los rifles, buscándome por tu culpa, perra, cuerpo de diablo. Erika pequeña de los pájaros, amor, Erika, porque mañana despertaremos y seremos niños. Yo te traeré aquel libro, sabes, el libro mío, el nuestro de las estampas.

—Te ríes, me haces sonreír. Estás hermoso.

Él ríe, ambos ríen largamente. De pronto los ojos de él, mis ojos arden y él tiene miedo, siente odio mientras ella recupera una expresión casi olvidada de sentirse indefensa, y él grita:

—¡El libro! Dónde está, quiero mi libro, el libro mío de imágenes, ¡ahora mismo! No, no, ahora o después pero no tengas esa mirada de cansancio, y triste, esa mirada no, sonríe, ya no quiero el libro, yo lo buscaré, quietecita, quieta como un animalito, como la perra que eres, que serás siempre, muchacha de los ceibos, amor. Te amo.

Pero ella ha buscado en un rincón y trae el libro. Es un libro azul, yo lo recuerdo ahora, encuadernado con piel azul y perfumada. Es bello como un libro. Él ríe a carcajadas, pero acaso no ríe, porque dice:

—Nuestro libro, Erika, nuestro hermoso libro.

Se han sentado en el suelo y lo hojean, como quienes acarician un libro de imágenes y ella dice:

—Mira. Mira ésta.

—Ésta, sí. Todas, tuyas y mías.

Ruido de cascos.

Son ellos, pienso, ellos que vienen a matarme y me he puesto de pie, tiemblo, debemos huir y se lo digo:

—¡Es necesario huir!

Sé que ella dirá lo que dirá, que tendrá otra vez los ojos tristes y dirá:

—Mi pequeño miserable, amor.

Pero quien llega es el muchacho moreno, llega con su caballo, mi caballo de huir. No. Tal vez hay tiempo todavía, no. Pero ella tiene ahora la mirada grave y vieja y secular y maternal que él teme. Erika dirá, lo dice:

—Debo pagarle.

Él solo en el cuarto contiguo. Ya no le arde la cabeza y todo está muy claro: no despertarán mañana. Dios mío. Necesito decir Dios mío, preguntar, Dios, por qué todo, por qué yo aquí, solo. Capillas hubo. Santos de palo tallados por manos de leñadores, antes, mucho antes de esto. Esto que no sé qué es, dónde es, ni sé cómo, en qué sitio. Ella y el muchacho hablando. Puedo saber de qué hablan, pero no quiero, porque antes hubo despedidas al crepúsculo que no fueron así pero pudieron serlo: la muchacha, ella, que ahora se llama Erika, corría hacia el lago. Corre hacia el agua y sube a una embarcación pequeña, y tan chata, que, mientras se aleja, parece la muchacha flotar sobre el agua azul. Él la ve desde la boca del cántaro, pues el follaje siempre es así, como la boca de un cántaro verde y con flores rojas, y desde allí, se ve el lago con muchacha. Ella rema con un remo largo y fino como un remo de junco, y el agua es tan azul que da miedo.

¡La puerta! ¡Ella ha abierto la puerta! Qué quiere, por qué abre la puerta cuando yo pienso en Erika de los crepúsculos, perra Erika de ahora, amor de siempre, no abras, no.

Ella abrió la puerta y entró en este cuarto.

—Escúchame —ha dicho su voz triste de Erika, y ha entrado con sus ojos tristes y antiguos de Erika y su cansancio—. Escúchame, no temas nada, amor pequeño, muchacho del libro azul y las canciones. No es la primera vez. No. No es la primera vez que lo hago.

Él no piensa cuando dice lo único que no debió decir. Pero ya la puerta se cerraba nuevamente. Y dijo:

—Ya lo sé —y se da cuenta de que es cierto—. Ya lo sabía.

Y ahora la espiaré. Yo voy a espiarte ahora, puerca, yo de rodillas ante la puerta, yo, mientras una Erika sin cara desprende hábilmente ropas de muchacho que tiene miedo, pero no sólo tiene miedo sino que la desea, hipócrita, y se siente, ha de sentirse superior, eso, mejor que la mujerzuela de los sapos, ramera de lagartos, único amor mío que se le entrega. Él, el hombre arrodillado detrás de la puerta, puede entrar como el viento y hacerlo marchar a bofetadas, puede entrar como sólo una vez, esta vez, y únicamente él puede entrar y matar. Y el hombre de rodillas ante la puerta sabe, yo he comprendido, sé que él podría utilizar su noche irrevocable —ésta—, pavorosa pero suya, como sólo una vez en la vida, en el sueño, dónde, a todos está dado utilizarla, a mí, para justificarse o fulminar el universo con un gesto, o —como a él, ahora— para ponerse de pie y ser, de pronto, parecido al viento, hijo del viento, igual al estallido de un astro y a una tempestad tumbando, descuajando. Y entrar entonces. Matarlo a bofetadas. Pero qué más da; ella solamente paga. Sin embargo él intuye, yo conozco lo que ocurrirá, nadie puede evitarlo desde que llegó corriendo con los pies deshechos de correr entre las piedras, sabe que ella, de pronto, tendrá un rostro extraño, un rostro feliz que no será el cansado rostro de Erika, puerca, te entregas de verdad, no pagas, víbora de pantano, me engañas, amor, no ves que me engañas a mí, que te amo, a mí, grandísima perra, que me quedo solo amándote como en el tiempo de las aldeas y el crepúsculo.

Es necesario esconder la cara entre las manos.

Erika y él, nuevamente solos. El muchacho se ha ido. Erika, sin moverse del camastro, espera que él llegue a su lado, él, que tiene los pies hechos pedazos. Qué triste estás, muchacha.

Ella dice:

—Tu caballo está afuera. Puedes irte.

Él la mira, pero ella no lo mira. El caballo está afuera, el caballo que dejó el muchacho moreno. Por la ventana de la cabaña se ve el desierto de las piedras, no se ve la aldea. Él, arrastrando los pies, sus guiñapos, llega y se sienta al borde del camastro.

—No —dice ella—. Afuera hay un caballo. Debes irte.

Qué triste estás, muchacha, amor.

—Erika —dice él—. Erika de los pájaros.

—No. Afuera hay un caballo.

Él tiende una mano hacia la mujer, hacia su frente, y dice:

—Debo matarte, Erika.

Ella asiente con los ojos cerrados.

—Debo matarte porque mañana no despertaremos en la aldea, y no podré enseñarte mis canciones, ni te irás por el agua. Ayúdame, Erika, porque debo matarte.

Erika tomando las manos del hombre las abrió sobre su garganta donde las manos se quedaron quietas, y ella dijo:

—Lo he dado todo, sabes.

—Todo, qué es todo. Ayúdame.

—Todas las cosas.

—Es necesario que te odie, Erika.

Lejos se pueden escuchar ladridos. Ladridos que vienen por las piedras. Ellos, los hombres de los largos rifles, vienen con sus perros ladradores. Vendrán, abrirán la puerta y nos matarán.

—Debes irte, amor. El caballo es veloz y ellos están fatigados, no podrán encontrarte.

—Voy a matarte ahora, Erika.

—Sí.

—Ayúdame.

Ella no lo mira, tiene los ojos cerrados. Ella dice:

—Voy a ayudarte, pequeño cobarde, sucio bicho de los albañales, sabandija de los rincones, también le he dado nuestro libro, tu hermoso libro azul de imágenes, el libro que me enseñabas a mirar junto al estanque de la aldea, todo, también tu bello libro de piel perfumada, todo, infame rata, pequeña rata temerosa de los sótanos, el muchacho moreno se llevó tus estampas y te amo.

—Gracias, Erika.

Y él apretó, y ella mientras tanto sonreía. Las manos de él se juntaron una con otra al apretar su garganta y ella sonreía. Ella, Erika de los pájaros.

Luego él levantó el cuerpo de Erika. Y salió de la cabaña en dirección a las piedras, a los largos rifles, a los perros.

El candelabro de plata

Nunca he podido dominar mis impulsos. En este sentido me reconozco un sujeto primitivo, puro, incapaz de adaptarme al florido mundo, donde, para tranquilidad de la hermosa gente, se cultivan con sensatez todas las formas del buen gusto, la hipocresía y el cinismo. Pero al menos hoy he comprendido algo; lo he comprendido después de lo que pasó esta noche: soy un hombre bueno. No lo digo, no escribo esto, para justificar nada. De ocurrirme semejante cosa debería admitir que yo mismo repudio lo que he hecho, y no es cierto, y aunque fuera cierto: acabo de hacer *feliz* a un miserable. Quién podría juzgarme, quién sobre la Tierra (quién en el cielo) se atrevería a juzgarme.

Mejor vayamos por partes. Todavía estoy borracho perdido pero trataré de ser coherente.

Todo empezó esta misma tarde; es decir, la tarde de ayer, puesto que ahora deben de ser las tres o las cuatro de la mañana. Madrugada del 25 de diciembre de 1956. Navidad. Sobre la mesa todavía quedan restos de la insólita fiesta. El candelabro de plata, más anacrónico que nunca en medio de la suciedad y la pobreza que lo rodean, parece ocuparlo todo ahora. Nunca he comprendido por qué este candelabro no ha ido a parar, como las otras pocas cosas heredadas de mi padre, al Banco de Empeño, o al cambalache. En esto, pienso, se parece a la conciencia. Supongo que nunca voy a poder desprenderme de él.

Digo que empezó a la tarde. Había ido a dar sabe Dios cómo a cualquier sórdido callejón del Dock, cuando, al oír un acordeón y las risas de un cafetín del muelle, reparé en la fecha. Entonces *me vi* en el viejo parque de nuestra casa. No sé explicarlo. Las luces, las esferas de colores: recordé todo eso, recordé el portalito que yo mismo, mezclando hasta el absurdo ríos azules y arpilleras nevadas, construía todos los años en mitad del jardín (me acuerdo ahora del Dios-Niño, siempre espantosamente grande en relación a su divina madre, como justificando al fin lo milagroso del alumbramiento), y sentí un asco tan profundo por mi vida que —como quien se lava— decidí celebrar mi propia Nochebuena.

La idea parecerá trivial, pero a mí me apasionó y, antes de las diez, también había fiesta en este innoble agujero que ahora es mi casa. Con orgullo pueril, me senté a contemplar el espectáculo. El candelabro labrado, en el centro de la mesa, parecía irradiar su antigua serenidad hacia todos los rincones. Al principio me sentí bien; era una sensación extraña, como de paz —un gran sosiego—, pero, poco a poco, empecé a preocuparme. Qué significaba todo esto. Para qué lo había hecho: para quién. Podría jurar que en ese preciso instante supe que estaba solo y, por primera vez en muchos años, necesité imperiosamente de alguien. Una mujer. No. Rechacé la idea con repulsión. Hubo una sola capaz de ser insustituible (capaz de no ser insoportable) y ésa no vendría ya. Nunca vendría.

Entonces recordé al viejo checoslovaco.

Lo había visto muchas veces en uno de esos torvos cafés del puerto que suelo frecuentar cuando, embrutecido de ginebra, quiero divertirme con la degradación de los demás, y con la mía. Pobre viejo: semioculto en un recoveco, siempre igual, como si formara parte de la imagen infame de la cantina, fumando su pipa, mirando fijamente un vaso de bebida turbia. Nunca habíamos hablado. Jamás lo hago con nadie —llego y me emborracho solo, a veces también escribo alguna cosa absurda que después arrojo al primer tacho de basuras que encuentro a mi paso—; pero yo sabía que él me miraba. Era como si una ligazón muda, un vínculo invisible y misterioso, nos uniera de algún modo. Al menos, teníamos una cosa en común, dos cosas: la soledad y el fracaso. El viejo checoslovaco; ése era el hombre que yo necesitaba.

Cuando llegué frente a la roñosa vidriera del negocio, lo vi. Ahí estaba, tal como lo había supuesto. Una atmósfera desacostumbrada rodeaba al viejo —también allí se regocija uno de que nazca Dios, de que venga y vea cómo es esto. Una mujer pintarrajeada se le acercó y, riendo, le dijo alguna cosa; él no pareció darse cuenta. Sí, ése era mi hombre. Me abrí paso entre las parejas. Enormes marineros de ropas mugrientas abrazaban a mujerzuelas indescriptibles que se les echaban encima y reían. Alguna de ellas dijo: "¿Quién te creés vos que soy?", y, adornado con un insulto brutal, le respondieron quién se creían que era. No podía soportar aquello; por lo menos, no esta noche; pensé que si me quedaba un minuto más iba a vomitar, o a golpear a alguien, o a llorar a gritos, no sé. Llegué hasta el viejo y lo tomé del brazo.

—Te venís conmigo —le dije.

Mi voz debe de haber sido asombrosa; el hombre alzó los ojos, unos ojos celestes, clarísimos, y balbuceó:

—¿Qué dice usted, señor...?

—Que ahora mismo te venís conmigo, a mi casa, a pasar una Nochebuena decente.

—Pero, cómo, yo... con usted.

Casi a rastras lo saqué de allí. Nadie, sin embargo, nos prestó atención.

Faltaba algo más de una hora para la medianoche. El viejo, cohibido al principio, de pronto empezó a hablar. Tenía un acento raro, dulce. Se llamaba Franta, y creo no haberme sorprendido al darme cuenta de que no era un hombre vulgar; hablaba con soltura, casi con corrección. Acaso yo le había preguntado algo, o acaso, rota la frialdad del primer momento (para esa hora ya estábamos bastante borrachos), la confesión surgió por sí misma. El hecho es que habló. Habló de su país, de una pequeña aldea perdida entre colinas grises, de una mujer rubia cuyos ojos —fueron sus palabras— eran transparentes y azules como el cielo del mediodía. Habló de un muchachito, también rubio, también de ojos azules.

—Ahora será un hombre —había dicho—. Hace treinta años, cuando vine a América, él apenas caminaba.

Dijo que ése era su último recuerdo. Bebió un trago de champán y agregó:

—Pensar, señor, que ahora tiene un hijo. Qué cosa. Y yo me los imagino a los dos iguales, qué cosa.

Yo pensé entonces en aquel nieto. Ojos de cielo al mediodía, pelo de trigo joven, de qué otro modo podía ser. Sólo que el viejo Franta difícilmente iba a comprobarlo nunca.

Pero, ¿cómo supiste de ellos?

—El capitán de un barco mercante, señor, me reconoció hace un mes.

Yo pensaba, me acuerdo, cómo era posible reconocer en ese pordiosero que tenía delante, en ese viejo entregado, roto, la imagen que dejó en otro treinta años atrás. Y ahora pienso que siempre queda algo donde hubo un hombre, y quién sabe: a lo mejor, a mí también me va a quedar algo cuando, como el viejo, tenga la mirada perdida y le diga "señor" al primer sinvergüenza bien vestido que me hable. Pregunté:

—¿Y no intentaste volver...? ¿No trataste...?

Él me miró, perplejo; después, a medida que hablaba, su cara fue endureciéndose.

—Volver. ¿Volver así? Usted lo dice fácil, señor; pero es... Es muy feo. Volver como un mendigo —el tono de su voz empezó a ser rencoroso—, un mendigo borracho que en la puerta de la iglesia pide por un Dios en el que ya no cree... No, señor. Volver así, no. Ella, Mayenko, se murió hace mucho, y mejor si allá piensan que yo también me morí hace mucho... —Hizo una pausa, ahora hablaba como quien escupe.— Yo me jugué la plata que había juntado para hacerla venir, ¿se da cuenta?, entonces ella se murió. Esperando. No ve que todo es una porquería, señor.

La palabra es una caricatura miserable. Quién puede explicar con palabras, aunque esté contando su propia vida, todo lo que induce a un hombre a entregarse, a venderse todos los días un poco, hasta llegar a ser como vos, viejo. Cuántas pequeñas canalladas, cuántas porquerías imperceptibles forman esa otra gran porquería de la que él habló: el alma. Pobre alma de miserables tipos que ya han dejado de ser hombres y son bestias, bestias caídas, arrodilladas de humillación.

—Qué vergüenza, señor.

Eso dijo, qué vergüenza, y después agregó: No poder matarse.

Para el viejo Franta yo era algo así como un millonario, tal vez un poco desequilibrado y algo artista (mis ropas, la manía que tengo de escribir en los tugurios y acaso el candelabro le habían hecho suponer semejante desatino), yo era un loco con plata, en suma, que buscaba literatura en los bajos fondos de Buenos Aires. Entonces empezó a darme vueltas en la cabeza aquella idea que, más tarde, se transformaría en un colosal engaño.

Quiero decir algo: miento prodigiosamente. Y es natural. La fantasía del que está solo se desarrolla, a veces, como una corcova de la imaginación, un poco monstruosamente; con ella elabora un universo tramposo, exclusivo, inverificable, que —como el creado por Dios— suele acabar aniquilándose a sí mismo. El suicidio o la locura son dos formas del apocalipsis individual: la venganza de la soledad.

Pero éste es otro asunto. Lo que quería decir es que amo la mentira, la adoro, me alimento de ella y ella es, si tengo alguna, mi mayor virtud. Miento, de proponérmelo, con maestría ejemplar, casi genialmente. Y esta noche puse toda mi alma en el engaño. Él me creía rico y caprichoso, pues bien: lo fui. A medida que yo hablaba bebíamos sin interrupción y, a medida que bebíamos, mi palabra se hacía más exacta, más convincente, más brillante. Lo engañé, pobre viejo, lo engañé y lo emborraché como si fuera un chico. De todos modos, no puedo arrepentirme de esto. Conté una historia inaudita, febril, en la que yo era (como él quiso) uno que no entraría aunque un escuadrón de camellos se paseara por el ojo de una aguja. Mi fortuna venía de generaciones. Jamás, ni con el más prolijo y concienzudo derroche, podría desembarazarme de ella; esta forma de vivir que yo llevaba —él lo había adivinado— no era más que una extravagancia, una manera de quitarme el aburrimiento. El viejo, poco a poco, empezó a odiarme. Y yo, mientras improvisaba, iba llenando una y otra vez nuestras copas. Ennoblecida por el alcohol, la idea aquella se gestaba cada vez más precisa y fascinante: yo haría feliz a ese pobre diablo. Aunque todavía no sabía cómo.

De pronto, dijo:

—Pero, ¿por qué, señor, por qué...?

No acabó de hablar: no se atrevió. Yo supe que en ese instante me aborrecía con toda su alma. Ah, si él, el mugriento vagabundo, hubiese tenido una parte, al menos una parte de mi supuesta fortuna. Sí, yo sabía que él pensaba esto; yo sabía que ahora sólo pensaba en una aldea lejana, en un chico de mirada transparente y pelo como trigo joven. Sin responder, me puse de pie. Fui a buscar las dos últimas botellas que nos quedaban.

Le estaba dando la espalda ahora, pero podía verlo: inconscientemente su mano se había cerrado sobre el mango de un cuchillo que había sobre la mesa, pobre viejo. Ni siquiera pensaba que, de una sola bofetada, yo podía arrojarlo a la calle despatarrado por la escalera. Empezaba, él también, a ser una persona.

Volví a la mesa, sus dedos se apartaron.

—¿Sabés por qué? ¿Querés saber por qué?

Bebimos. Hubo un silencio durante el cual miré rectamente a sus ojos; después, bajando la cabeza como aplastado por el peso de lo que iba a decir, agregué con brutalidad:

—¿Sabés lo que es el cáncer, vos?

El viejo me miraba. Apoyé las manos sobre la mesa y, con mi cara a nivel de la suya, dije:

—Por eso. Porque yo también soy un pobre infeliz que no se anima a partirse la cabeza contra una pared.

El viejo, que me había estado mirando todo el tiempo, de golpe comprendió lo que yo quería decir y sus ojos se hicieron enormes. Concluí secamente:

—Por eso.

—Quiere decir...

—Quiere decir que estás hablando con uno que ya se murió. ¿Entendés? Y entonces ni toda mi plata ni toda la plata de veinte como yo va a poder resucitarme. —Me erguí; hablaba con voz serena y contenida. —Por eso vivo lo poco que me queda como mejor me cuadra. Yo no pertenezco al mundo, viejo. El mundo es de ustedes, los que pueden proyectar cosas, los que tienen derecho a la esperanza o a la mentira. Yo soy menos que un cadáver.

Mis últimas palabras eran tal vez demasiado teatrales, pero Franta no podía advertirlo.

—Cállese, señor... —murmuró.

Y mi idea, súbitamente, se dio forma a sí misma. Como un milagro.

—Un cadáver —dije con voz ronca— que ahora, por una casualidad en la que se adivina la mano de Dios, acaba de encontrar un motivo para justificarse.

De pronto, en el puerto, la noche estalló como una fiesta. En todos los muelles las sirenas empezaron a entonar su histérico salmodio y el cielo reventó de petardos. Brindamos con los ojos húmedos. Fuegos multicolores se abrían hacia el río, desparramando sobre el mundo extravagantes flores de artificio. Fue como si una enloquecida sinfonía universal acompañara mis últimas palabras absurdas y solemnes.

—Por Dios, Franta —dije y creo que gritaba—; por ese Dios en el que vos no creés y que acaba de nacer para todos los hombres, yo te juro que toda mi fortuna servirá para que vuelvas a tu tierra. Es mi reconciliación con el mundo. Vas a volver, viejo, y vas a volver como un hombre.

La Nochebuena se ardía. Pitos, sirenas y campanas se mezclaban con los perfumes nocturnos y entraban en tumulto por la ventana abierta. A nadie le importaba, es cierto, el judío recién nacido que pataleaba en el pesebre, pero todos querían gozar del minuto de felicidad que les ofrecía, él también, con su prodigiosa mentira. En la tierra, bajo la Estrella, los hombres de buena voluntad se emborrachaban como cerdos y daban alaridos.

Franta me miró un instante. Sus ojos brillaban desde lo más profundo, con un brillo que ya no olvidaré nunca: me creía. Me creía ciegamente. En un arrebato de gratitud incontenible me besó las manos y balbuceó llorando:

—No te olvidaré mientras viva.

Me había tuteado. Era un hombre: yo había cumplido mi obra.

Su cabeza cayó pesadamente sobre la mesa. Estaba borracho de alcohol y de sueños. En esa misma posición se quedó dormido. Soñaba que volvía a la pequeña aldea de colinas grises y acariciaba unos cabellos rubios y miraba unos ojos tan claros como el cielo del mediodía.

Con todo cuidado, retiré mis manos de entre las suyas y me levanté, tambaleante. Tu cabeza era suave y blanca, viejo; yo la había acariciado.

Después levanté el pesado candelabro de plata. Amorosamente, con una ternura infinita, poniendo toda mi alma en aquel gesto, y sin meditar más la idea que desde hacía un segundo me obsesionaba, dije: Feliz Nochebuena, Franta. Y le aplasté el cráneo.

Volvedor

A Julio Cortázar
y a usted, Borges,
y perdón si los salpiqué.

I

El oficio de guapo es un oficio como cualquier otro. El coraje, ahora lo sé, tiene la paciencia larga; necesita práctica. Hay que adiestrarse en la mirada torva, ladina, en el gesto pausado, en el áspero monosílabo hecho de ambigüedad y amenaza para llegar con exactitud, si la Virgen lo permite (porque la destreza de la mano depende, en la mitad de los casos, de un secreto favor suyo), para llegar, repito, a la decisiva matemática de dos puñaladas en un boliche o un patio.

Esto lo sé porque yo soy Evaristo Garay. Antes, cuando me daba por la literatura, cuando era pálido y usaba anteojos gruesos, de carey negro, y leía a lord Dunsany, me llamaba de otro modo. Y muchos me han visto discutiendo de carburadores y metempsicosis en La Biela Fundida, en Palermo, o sentado en la Jockey frente a un mazagrán, asegurando que Borges —con licencia— nunca vio un orillero de verdad ni en foto, pero escribir, escribe lindo. Estaba diciendo, digo, que ahora me llamo Evaristo Garay, el que supo sentarlo de un planazo al comisario Bozzano en la casa de baile de María Sosa, allá en San Pedro; el mismo Evaristo Garay que ahora se juntó para siempre con la Rosario; yo (devoto de la Virgen de Pompeya), que anoche, en el almacén de Barbieri, maté de tres balazos en la cabeza al chino Aldazábal.

Todo empezó cuando el último verano caí desprevenidamente por Baradero y pregunté en un boliche de la costa si nadie conocía al chino:

—Busco al chino Aldazábal —dije, limpiándome los anteojos.

Siempre que estoy nervioso me limpio los anteojos, esto lo sé. Lo que no sé es por qué dije que buscaba al chino. En realidad yo venía a preguntar por un tal González y, aunque al principio me pareció lo mismo, después supe que no, que no era lo mismo. Porque yo, de entrada nomás, llegué y pregunté por Aldazábal.

El patrón me miró. Era un tipo impresionante; sus hombros, enormes, asomaban detrás del mostrador como dos moles; en el medio, rapada y poderosa, había una cabeza. Se quedó mirándome y después que se le fue el sueño levantó una ceja.

Si yo me hubiera ido entonces, antes que levantara la otra ceja, no habría pasado nada; pero yo no me fui y el monstruo, sorprendido, levantó la otra ceja. Sorprendido o asustado. O contento. Después abrió la boca y se enojó con mi madre. Pero no se enojó: lo dijo como si yo acabara de hacerle una secreta broma y él la estuviera festejando. A su modo, claro. Luego, abrazándome por encima del mostrador, me juró que los años no pasaban para mí, para Evaristo Garay, que él sabía que yo iba a volver aunque Aldazábal hubiera dicho que me balearon en la frontera, y que nunca me habría reconocido con esas ropas de cajetilla, a no ser —según aseguró— por esta pinta de rufián que Dios me ha dado, y que Barbieri no se olvida de los amigos.

Ya he dicho que en ese entonces yo era algo literato; por lo tanto, nunca fui demasiado original. De inmediato pensé: sueño. Pero los brazos de Barbieri, fraternal y peligrosamente me demostraron que no, que no era un sueño. Más tarde supe que era algo mucho más vertiginoso que un sueño, pero, por el momento, sólo sentía que el gigante me estaba haciendo mal en la espalda. En la cicatriz esa que tengo en la espalda.

—Ellos cruzaron a Gualeguaychú —dijo después—. Fueron a traer la medicina.

Y se rio. Yo también me reí; esto, al menos, lo entendía: la medicina eran drogas. Yo había venido al bajo justamente por eso. Estaba escribiendo una nota con contrabandistas, subprefectura y moraleja social. Necesitaba documentarme. El comisario de San Pedro me había dicho que, en la ribera de Baradero, un tal González —el chajá, que le decían— "operaba en esos chimisturrios", que si me animaba, fuera: él, lo más que podía hacer era prestarme un vigilante. Yo dije gracias y acá estaba. Y ya había decidido volverme cuando sucedieron dos cosas: el gigante que me alcanza un vaso de ginebra; yo, desprevenido, que me la tomo quién sabe por qué, por darme ánimos tal vez, y una puerta que se abre, arriba, en el remate de la escalera.

—Mirá —dijo Barbieri.

Miré y la vi por primera vez; era la Rosario. La Rosario que en seguida me reconoció y dijo vos acá, Evaristo, y me miraba tierna, tan tierna que yo, a causa de la ginebra y de esa ternura, dije que sí, que estaba ahí, de vuelta. Y antes de que pudiera agregar nada, ella se encerró en la pieza, como si fuera a llorar.

El patrón seguía sonriendo; me alcanzó otra ginebra y se quedó estudiándome. No sé si por taparme la cara (porque ahora yo no quería explicar nada) o porque la ginebra, aunque marea, siempre me gustó, me llevé el vaso a la boca y me lo tomé. Me asombró un poco mi propia voz:

—¿Cuándo vuelven?

Él dijo que tenían lo menos para dos meses. Después dijo:

—Que alegrón —y el aumentativo, con el tono en que fue dicho, resultaba una intencionada, amenazante paradoja— se va a pegar el chino cuando te vea.

Si esas palabras me sonaron extrañas, no lo fueron mucho más que las mías.

—Sí —dije—. Qué alegrón.

Tal vez se trataba de que Aldazábal, al verme, se iba a enterar de que yo no era el que parecía; pero no sé por qué se me ocurrió que el otro podía alegrarse de eso.

Usted, en cambio, sí lo hubiera sabido, Evaristo Garay.

Barbieri estaba diciendo:

—La Rosario también parece contenta.

Levantó la vista; yo también. La puerta de la pieza, arriba, había quedado entreabierta.

—Y, ¿no vas a subir a verla?

Entonces, al mirar hacia arriba, fue cuando me acomodé el pantalón. Me lo acomodé a dos manos, metiendo los pulgares en el cinto.

—¿Y pa qué te creés vos que volví? —me oí decir.

El "pa" me salió solo; el tono, el gesto, me salieron solos. Después estaba arriba y, aunque no soy hombre de ventajear a nadie y menos trampeando a una mujer como aquélla, como la Rosario, la tumbé sobre la cama y me convencí de que ése era mi sitio, que todo venía de muy lejos, de antes, cuando Aldazábal y yo, peleando en yunta, nos jugábamos por esta morocha en La Colorada y en yunta la alzamos del baile, y él, porque le correspondía, se quedó con ella, esta morocha que ahora me estaba diciendo entre lágrimas, nunca creí que te hubieran muerto en la frontera ya sabía que a vos nadies, y después no habló más y al mucho rato se me quedó dormida entre los brazos, alborotando la almohada con sus crenchas negras.

II

Mi memoria suele ocasionarme disgustos. Generalmente retengo —o invento— detalles nimios, imágenes aisladas, un gesto a veces o una palabra, y se me escapan sin remedio los hechos históricos. Será por eso que de toda la primera semana que pasé en el bajo (porque me quedé, Evaristo Garay, y usted me miraba desde los espejos, aprobando mi espera), sólo recuerdo algún áspero trago de caña, que a lo mejor fue el que me hizo perder el miedo, y recuerdo que empezó a dolerme la cicatriz esa que tengo en la espalda —la que me hice en la rotonda de Palermo, una noche, con la moto— y pensé la humedad o el cansancio. También evoco una manera de caminar que me gustó, y la sensación, que no me gustó, de estar haciéndole una porquería a alguien. Esos días anduve mucho, vi, pregunté y aprendí mucho. Me pareció que Aldazábal no se iba a alegrar ni medio cuando volviera de Gualeguaychú (por dos motivos, claro, pero yo entonces sólo conocía uno), no se iba a alegrar de verme ni de que me confundieran con Evaristo Garay, a quien el chino siempre quiso como a un hermano, más que a un hermano, como tampoco se iba a alegrar mucho si alguien lo ponía al tanto de lo que estaba pasando allá arriba, en la pieza de la Rosario. Por eso digo lo de sentir que estaba haciendo una porquería, máxime cuando supe que la parda siempre le había jugado limpio al chino, menos esta vez, cuando yo vine al bajo a terminar cierto asunto que empezó una noche de 1957, en la frontera, noche en que la policía se apareció de golpe allá adelante, entre los juncos, y Evaristo sintió un estruendo a su espalda y cuando quiso sacar el cuchillo ya tenía la boca llena de barro.

De modo que me quedé. Al principio me quedé por la Rosario. Después debí de tener otros motivos porque una noche ella me dijo "Vamosnós, Evaristo" y yo le dije que no. Todavía no, le dije, y a lo mejor era que pensaba irme solo, antes que pasara alguna cosa grande, o a lo mejor quise quedarme porque seguía con la idea de escribir mi artículo con moraleja, o vaya a saber. La cosa es que me quedé. Y supe que la historia del chino Aldazábal, la parda y Evaristo, en todo caso, ya estaba escrita. No resultaba ni más equívoca ni menos matrera que aquella otra, venerable, compilada por un escriba del Faraón, hace treinta siglos, historia que acaso leyó Moisés y en la que hay una mujer que es malvada y miente y un hermano espera a otro detrás de una puerta, con un hacha.

En esta que yo me sé el triángulo es ribereño pero igual de confuso, sólo que la mujer no es mala y que Evaristo no era hermano de Aldazábal, sino su casi hermano, su mejor amigo, por lo menos mientras lo fue.

Según me contó la gente del bajo (o debo escribir me recordó, pues todos los relatos empezaban "te acordás, Garay"), parece que Evaristo y Aldazábal solían pelear juntos, desde muchachos. Me salteo homicidios menores, y digo aquél del baile en La Colorada[1], que, si no me han mentido, se llamó así después del estropicio, por la sangre que anduvo por el piso aquella noche:

Evaristo estaba recostado en el mostrador, mirando. Su casi hermano, prendido como chuncaco, bailaba con la muchacha, una morocha nuevita y asustada que (aunque aún no lo sabían) se llamaba Rosario y estaba destinada a que acontecieran planazos donde ella metía sus ojos azules, raros, medio grises. Usted la miraba, Evaristo Garay.

Entonces apareció un grandote y le tocó la espalda al chino. Tenía voz de mamado cuando habló:

—No se pegue, que no es dulce —dijo.

Aldazábal, sin darse vuelta, dejó de bailar; después, arreglándose el pelo detrás de la oreja, preguntó:

—¿Bastonero, el hombre?

La música se cortó de golpe; un acordeonista ya metía la mano por atrás, a la altura de la faja. Los ojos de Aldazábal y su hermano se encontraron. Yo, que escribo esto porque alguien me lo contó, recuerdo esa mirada. El grandote dijo:

—Bastonero no: sampedrino.

Y los mirones (menos Evaristo, que seguía apoyado en el mostrador, aunque un poco más cerca de la puerta) empezaron a arrimarse, y había manos con brillo a fierro. Porque ser sampedrino quería decir ser guapo, y Aldazábal, en ese momento, pudo decir que también lo era y aquí no ha pasado nada. Pero Aldazábal —yo lo sé— nunca fue hombre de arreglar las cosas con conversación. Dijo pior pa usté y le ordenó a la chica:

—Vaya, espéreme afuera: dos tordillos hay. Vaya, le digo.

La dejaron irse; el grandote también, porque una mujer estorba. Al pasar junto a Evaristo, ella tenía una cara de susto que le gustó al hombre. Sin apuro, Evaristo le preguntó:

---

[1] Almacén y villa en los alrededores de San Pedro, cercana de aquella llamada Los Dos Machos, cuyo nombre remite al truco y, quizá, también a los protagonistas de esta historia.

—El grandote, ¿cómo se llama?

Ella se lo dijo.

Y antes de que la cancha se cerrara en torno de Aldazábal, una voz autoritaria, desde la puerta, pegó el grito:

—¡Lisandro!

La distracción del grandote, de Lisandro, duró un segundo. Después estaba boca abajo sobre la pista de tierra, con un tajo del ombligo al esternón. Lo que siguió también fue breve. Evaristo abrió cancha desde atrás, a los gritos, atropellando a los que se daban vuelta; Aldazábal encaró de punta. En el medio se juntaron, espalda con espalda buscando la puerta. Y a partir de ese momento, el boliche empezó a llamarse La Colorada.

Rosario los esperaba afuera, azarosamente junto al tordillo de Evaristo, quien de un salto se la llevó en ancas. Y allá salieron los tres, delante de la polvareda.

En la disparada, Evaristo sentía las uñas de la parda, clavadas en su cuerpo. Y era lindo. Pero fue la única vez que las sintió, porque la muchacha era del chino, de su casi hermano; por más que él, Evaristo Garay, se acordaba de aquella disparada cada vez que lo veía entrar al chino en la pieza de arriba. Y no quería acordarse. Después la historia se entreveraba. Se entreveró del todo, el día que Evaristo se dio cuenta de que la mujer no lo quería al chino, que a él lo quería. Desde que le sentí las uñas supe que ella me quería.

III

No sé si dije que a partir de la primera semana empezó a pasárseme el miedo. Natural. Yo pensaba desaparecer, con la muchacha o sin ella —más bien creo que sin ella—, unos días antes de que la gente volviera del Gualeguaychú. Además sentía que en aquel sitio yo estaba tan seguro como en la Jockey, y bastante más que en La Biela (que fue allí en la rotonda donde casi me mato una noche, la noche del 5 de enero del 57, y de allí me quedó, como regalo de Reyes, la cicatriz que tengo en la espalda), y digo que me sentía seguro porque, según vi, a Evaristo lo temían. Lo respetaban. Y yo no podía dudar de que me parecía increíblemente al taita; no tanto porque todos en la costa me miraban de reojo, como si mi presencia anticipara catástrofes, sino por la Rosario: la morocha no era de desconocer así nomás a su hombre, aunque nunca hubiera podido entregársele antes. Me enteré de que

Evaristo y ella no tuvieron tiempo de hacer lo que Dios manda, del mismo modo que me enteré de toda la historia, o de casi toda: astuta y pacientemente, con preguntas furtivas, por casualidad. Y por otros medios, menos fáciles de explicar. Al principio creí que mis preguntas obedecían a reflejos literarios; después, no sé. De todos modos, había una parte en las peripecias de Evaristo Garay que no estaba clara: la parte de la frontera. Por supuesto, yo, sobre este punto, no podía preguntar nada; no podía, es claro, andar preguntando:

—¿Cómo fue que me mató la policía?

Por cosas dispersas que me contó Barbieri, entendí que Aldazábal nunca fue ajeno a lo que había estado ocurriendo. Una noche sobrevino este diálogo:

—Estás metido con la parda —y la voz del chino no tenía inflexión de pregunta; Evaristo dijo que sí y ésa fue la única vez que Aldazábal lo miró feo—. Yo me la alcé pa mí —dijo.

Barbieri no escuchó más porque entonces apareció el chajá González y anunció mañana tenemos que cruzar, y el resto, como digo, lo supe por boca de la Rosario, quien a su vez lo escuchó del chino. Su versión se contradice un poco con la de Barbieri. Parece que la noche del 5 de enero era Evaristo quien tenía la mirada torcida.

Me imagino su voz:

—Que ella elija.

Aldazábal dijo está bien. Dijo que dijo: está bien hermano. Y ese gesto le había llegado hondo a la Rosario. Será por eso que, cuando me enteré, estuve a punto de perderle el respeto, Evaristo Garay. Porque usted se aprovechó de la aflojada y lo ofendió al chino:

—Y ahora dejame solo —le dijo.

Todo esto ocurrió la noche de Reyes del 57, en la frontera. Y al rato el chajá González gritó: la policía. Y empezaron los tiros. Cuando la gente llegó a la lancha, Evaristo Garay no estaba. Se había quedado allá, muerto por la policía. Bien muerto. De cara al barro.

IV

Creo que voy a terminar pronto; la Rosario está inquieta y en estos casos lo mejor es irse antes de las averiguaciones y el sumario. Al empezar ya expliqué lo que le pasó en la cabeza al chino Aldazábal; ahora quiero contar por qué.

El tiempo que viví en el almacén de Barbieri —también ya lo expliqué— me enseñó muchas cosas: entre otras, que el coraje es subjetivo. Mirando a la gente ilegal reeduqué mis reflejos y empecé a olvidarme de citar correctamente a Virgilio. Me dieron ropas amenazantes, que fueron de Evaristo Garay, y la Rosario me prendió al cuello una medalla con la Virgen de Pompeya. En eso estaba cuando se quedó mirándome:

—Llevame con vos —dijo.

Yo nunca tuve predilección por morir en manos de un contrabandista, sin embargo dije que tenía que esperarlo. Tal vez cuando la Rosario me pidió por primera vez que me la alzara, todavía estaba a tiempo. Ahora no podía irme.

—Te voy a llevar —dije—; pero antes tengo que esperarlo.

Bajé al boliche.

—Dame un cuchillo, Barbieri.

El grandote me miró; entonces cambié de idea:

—No. Mejor dame un revólver.

Después volví a subir y estuve un rato ante el espejo; pese a todo la imagen que veía no era absurda. Usted me miraba, Evaristo Garay.

—Vamosnós —insistió la Rosario.

Yo le dije mejor que te estés quieta. Después dije:

—Hace calor.

Y me saqué la camisa. Entonces la Rosario me vio la cicatriz esa que tengo en la espalda y dijo cómo te hicieron esto, Evaristo, y yo casi le cuento lo de la rotonda, cuando, de golpe, *me acordé* de todo. Me acordé cuando Evaristo, la noche de Reyes, en la frontera, dijo: Que ella elija. Y Aldazábal le contestó: Esto no se arregla con conversación, hermano. Y el chajá gritó la policía y empezó el barullo, y Evaristo se dispuso a pelear como cuando eran muchachos, como siempre, y fue entonces que sintió aquel balazo trapero, en la espalda, y cuando se dio vuelta con el cuchillo en la mano ya tenía otro tiro quemándole las costillas y el último fue cuando cayó de cara al barro como un perro.

La Rosario preguntaba:

—¿Quién te hizo esto, Evaristo?

Dije:

—Ya te vas a dar cuenta.

Por eso me quedé. Y por eso, anoche, cuando la gente volvió del Gualeguaychú yo estaba parado en lo alto de la escalera, con el revólver en la mano. Y cuando el chajá me reconoció y se vino derecho a abrazarme, yo le grité:

—¡Abrite!

Y por eso él se abrió, y Aldazábal se quedó mirándome, como a un fantasma, mirándome a mí, a Evaristo Garay. Y por eso lo bajé de tres tiros en la cabeza.

IV. Macabeo

Se sabe aparte, intocable, infamado, proscripto, y como tal se reivindica (...), se hace judío él mismo y por sí mismo, hacia y contra todos.

JEAN-PAUL SARTRE

Macabeo

a Arnoldo Liberman

El 3 de agosto de 1960, el señor Milman de la colectividad judía, de la pequeña colectividad judía de un pueblo de provincia, se despertó sobresaltado; el señor Benjamín Milman, que había llegado a la Argentina quince años atrás.

Un momento antes —si hubiera estado despierto— habría podido escuchar el ruido de la cancel en el piso bajo, el ruido de la mesita del hall que alguien empujó en la oscuridad y luego el ruido de unos pasos, tropezantes, ahogados en la alfombra de la escalera. Porque ahora eran pasos. Pero hace unos minutos, cuando venían por la calle ensombrecida del pueblo, habían sido carrera; una carrera desesperada, febril, que comenzó en la carpa Scholem Aleijem del campamento y terminaba ahora, convertida en pasos que subían hacia el cuarto del señor Benjamín y allí se detuvieron, indecisos, ante la puerta. Un segundo después —el tiempo que duró la indecisión o el tiempo que se necesita para tomar impulso— la puerta se había abierto, y fue como un disparo retumbando por toda la casa, porque al abrirse se estrelló contra la pared y, dando un bote, estuvo a punto de cerrarse de nuevo. Sólo entonces se despertó.

—...ürer rau...!

Y acabó de despertarse cuando dos manos lo tomaron ferozmente por los hombros y una voz, a pocos centímetros de su rostro, gritó aquello, aquellas dos palabras olvidadas hacía quince años. Manos que ahora, levantándolo en peso, lo arrancaban del lecho mientras el señor Milman, de un manotón, alcanzaba a encender la luz del velador y veía la cara congestionada del muchacho, su pelo tan rubio, revuelto, mojado de haber corrido diez kilómetros bajo el rocío a campo traviesa, y sus ojos azules increíblemente abiertos y sus lágrimas. Y siguió escuchando aquellas dos palabras, repetidas, repetidas muchas veces con voz ronca, entrecortada de odio, mientras él, Benjamín Milman, caía al suelo y sentía los golpes brutales en la cabeza. No lo comprendió en seguida.

—Standartenführer Rauser...!

Pero luego sí, todo, con espanto. Con el mismo espanto de quince años atrás, cuando alguien le avisó que todo estaba perdido y que Adolph acababa de matarse.

Samuel Milman tenía ocho años cuando, por primera vez, creyó entender que el mundo es complejo. Lo entendió en la escuela, y no porque durante la clase la maestra hubiera explicado esa cosa, la regla de tres, sino porque ahora, en el recreo, Marisa se había puesto las manos detrás de las orejas, imitando pantallas, y estaba diciéndole:

—Orejudo judío.

Después, con exagerado desprecio, le había sacado la lengua y salió corriendo.

Samuel, esa tarde, comprendió que si bien sus orejas eran bastante grandes y algo apantalladas también, es cierto, Marisa jamás se lo habría hecho notar así, delante de todos, si él no hubiera resuelto antes que ella aquel problema de las bolsas y la harina. De cualquier modo, Samuel Adolfo Milman, de ocho años, estaba secretamente enamorado de Marisa, y aquel día sufrió su primer desengaño.

Esa noche, mientras papá Benjamín terminaba de comer su barénique y el señor Adim contaba recuerdos de Varsovia, Samuel, en sigilo, se deslizó hasta el espejo de la sala y luego de achatarse las orejas con la punta de los dedos, frunció la cara: no. No le gustaba mucho verse sin orejas. En realidad, no le gustaba en absoluto: debe ser porque uno se acostumbra, pensó, y después inútilmente trató de verse de perfil. Pero verse el perfil ya resultaba bastante más difícil; había que torcer los ojos de un modo ridículo y esto, naturalmente, lo hacía parecer de verdad feo a uno.

—¡Papá...!

Y desde el comedor llegó después la voz del señor Benjamín, una especie de sonido desganado, tan lerdo, que se cruzó en el aire con la pregunta inmediata de Sammy. Y entonces, sí. Hubo un silencio inquieto; el inquieto silencio de dos hombres que, en el comedor, se estaban mirando tensos, con mirada de judío alerta, porque un chico en la sala acababa de preguntar:

—¿Qué quiere decir "ser judío"?

Samuel nunca comprendió demasiado bien aquello, aquella explicación. Ni esa noche sobre las rodillas del señor Adim que decía: es así, el mundo es así y lo fundamental es ser fuerte y estudiar (...y portarse bien, y quererlo mucho a papá Benjamín que se había sacrificado tanto desde que mamá estaba en el cielo, mamá Gretel como la llamaban a veces, no ahora, porque era el señor

Adim quien hablaba y dijo: tu pobre madre Sara que está en el cielo), ni lo comprendió después, cuando discutía con la pequeña Raquel en el cobertizo, o cuando encontró aquellos papeles con membretes góticos y águilas, donde se decía los judíos son los enemigos seculares de la Nación y deben ser exterminados porque si no logramos destruir las fuerzas biológicas del judaísmo algún día ellos nos destruirán a nosotros, téngame al tanto de los procedimientos empleados en el Este e interiorícese de la utilidad que puede prestar el monóxido de carbono.

Ni tampoco lo comprendió a los diez años, cuando todavía no había hallado los papeles, pero escuchó por primera vez la palabra Treblinka.

—Cheket! —murmuró Benjamín ese día, el día que se mencionó la palabra Treblinka.

Samuel había entrado de improviso en la habitación y allí estaba, con los ojos asombrados, junto a la puerta. Detrás de su hombro asomó Raquel; Raquel tenía ocho años y mataba hormigas. Además era hija de los señores Adim, quienes, en este preciso instante, también se han quedado mirando a papá, que ha dicho:

—Cheket! —después pareció confuso—. Es muy chico todavía.

Y quería decir que Sammy era muy pequeño para saber ciertas cosas, en especial si se trataba de cosas referentes a Chelmo o a Treblinka. O a Auschwitz. Pero Raquel, que tenía dos años menos que Sammy y ahora estaba tomada de su mano, dijo:

—Yo sé. Ahí mataban a las personas.

Luego, en el cobertizo, el chico preguntó:

—Pero, por qué.

Raquel se había encogido de hombros. Estaba muy ocupada en perseguir con una ramita a esa hormiga, la que lleva una hoja muchísimo más grande que ella sobre la espalda. Parece un velero.

—Por qué va a ser —dijo—. Porque eran judíos.

La hormiga, inútilmente, corría de un lado para otro; la ramita delante, luego detrás. La gran hoja se bamboleaba peligrosamente: un velero a punto de naufragar. Porque Raquel, ahora, está aplastando a la hormiga.

—¡No! —gritó Sammy, y Raquel lo había mirado; la cara del chico era una cara que no parecía de Sammy. Ella se asustó. Él dijo:

—¿Por qué la mataste?

Raquel dijo:

—Si era una hormiga.

En el Este, hasta el presente, la operación se lleva a cabo mediante gases de combustión. Ellos, con la ropa todavía puesta, marchan a través de rampas colocadas a la altura de los vagones y pasan directamente a las cámaras. En el garaje próximo los motores de los blindados y los camiones se ponen en marcha; el gas de los motores es llevado a las cámaras por medio de tuberías. El método es deficiente. A veces los motores no funcionan y el proceso se retarda. En general, pasa algo más de media hora antes de que todo quede en silencio dentro de las cámaras; es necesario dejar transcurrir otra media hora antes de abrirlas. Posteriormente se les quita la ropa, y rociándolos con nafta, se los crema en parrillas hechas de rieles. Blobel ha construido en Chelmo varios hornos auxiliares, alimentados a madera y nafta; ensayó, asimismo, la destrucción de cadáveres con la ayuda de explosivos, cosa que no dio, tampoco, resultados muy satisfactorios. Como he dicho, la mayor dificultad consiste en que los motores no siempre funcionan en forma pareja. Muchos pierden el conocimiento y es menester ultimarlos a tiros. En mi opinión, habría que hallar el modo de hacerlos entrar desnudos en las cámaras; esto aceleraría la operación.

—¿Cómo era Alemania?

De noche, con la luz apagada, a Sammy le gustaba hacer preguntas y escuchar la voz profunda de papá Benjamín. Estiró las cobijas hacia la barbilla y preguntó: "¿Cómo era Alemania?" Y papá contaba que él había nacido antes, un tiempo antes de la caída del Imperio, y Sammy, con los ojos cerrados, escuchaba las andanzas del Canciller de Hierro y la República de Weimar; pero nunca supo —o supo muy confusamente— el resto de la historia, porque había un período que papá, como muchos judíos, no quería recordar. De todos modos, no era eso lo que Sammy preguntaba.

—No. No digo de batallas y todo eso. Digo si había ríos, montañas. Cómo eran los árboles.

Samuel Milman tenía doce años y quería saber cómo eran los árboles. Benjamín abrió los ojos en la oscuridad: estaba preocupado. Sin embargo, habló de los Alpes de Baviera, donde había conocido a mamá Gretel, y del Zugspitze, el monte más alto del Reich.

Mamá Gretel. Entonces, sin saber por qué, Sammy pensó en la pequeña Raquel, que esta misma tarde, en el cobertizo, le había dicho:

—Y lo otro.

—¿Lo otro? —preguntó Sammy—. ¿Qué otro?

Porque lo que él había estado diciendo es que si las orejas de una persona son de esta manera o de aquélla, y lo mismo la nariz, no tiene por qué ser judío o goi. Porque de lo contrario papá Benjamín era mucho más judío que el señor Adim que tenía las orejas aplastadas y nariz chata. Y a Raquel no le había gustado mucho que Sammy dijera eso de su papá. Dijo: mi papá es tan judío como el tuyo, sabés; y más tarde discutieron. Pero antes de discutir, ella había dicho:

—Lo otro.

Entonces Sammy se dio cuenta de lo que la chica quería decir; de pronto se puso colorado hasta la punta de los cabellos, que eran tan rubios. Sin embargo, preguntó: qué otro. Y ella dijo:

—Lo que les hacen a ustedes. A los varones.

No lo miraba. Se había puesto a jugar, como siempre, con una ramita; pero ahora no jugaba con las hormigas, porque ya era grande y con una ramita también se pueden hacer dibujos, o escribir nombres en el piso de tierra: una vez hizo un corazón, y él lo vio. Claro que ella quería que él lo viese.

—La circuncisión —dijo Sammy—. Pero, vos qué sabés.

Además, lo que Raquel dice no tiene nada que ver porque, entonces, las chicas no son judías, y ella dijo que si seguían hablando, los únicos judíos del mundo, esa tarde, iban a ser él y el señor Benjamín.

—¡Pero si yo no digo nada! —Samuel se defendió confusamente.— Yo digo que, para ser judío, tampoco se necesita que a uno le hagan eso.

—¿Y entonces?

—Entonces qué sé yo. Moisés no tenía.

El argumento era demoledor. Samuel sabía muchísimas cosas de la Biblia y a Raquel la ponía orgullosa que él supiera: ahora Samuel estaba contando que fue Josué quien ordenó aquello, en el Gilgal, antes de Jericó. Después, como la conversación había llegado a un punto muerto, Sammy dijo adónde le gustaría ir cuando fuese grande. Dijo:

—A Alemania.

—¡Sos loco vos! —La chica parecía perpleja; se llevó una mano a la boca.— En Alemania están los nazis.

—¿Qué nazis? —Samuel no comprendía.

Ella dijo:

—Los nazis.

Tampoco comprendía, es cierto. Y para evitar que él dijera nunca saben explicar las cosas, agregó apresuradamente por qué iba a ir a Alemania, y no a Israel, que es mucho mejor. Él, entonces, tuvo que empezar todo de nuevo y enseñarle que —como decía papá— uno es del lugar donde nace, y también judío.

Aunque nadie entendía muy bien que se pudiera ser dos cosas al mismo tiempo.

—Mi papá es polaco, entonces —dijo Raquel.

—Claro —dijo Sammy—. Y también judío.

—¿Y vos qué sos?

Él dijo:

—Alemán, como papá —y antes de que Raquel agregara nada, ya se había dado cuenta de que aquello no estaba muy claro.

—¡Pero si vos naciste acá!

Y, por lo tanto, ser judío seguía siendo un asunto muy complicado. Lo mismo que lo de las orejas: si uno no es judío, nadie se fija; pero en cuanto saben que uno se llama Samuel o Benjamín, todo el mundo hace burla.

—¡Pero, eso es otra cosa! —dijo Raquel.

Le daba risa: Sammy, por cualquier motivo, salía hablando de las orejas. El chico pensó que las mujeres nunca entienden nada. Dijo:

—Entonces no sé lo que soy. Seré argentino, también.

—Pero si uno es argentino: por qué todos te dicen la rusa, o el ruso, que también quiere decir judío.

—Y yo qué sé —dijo Sammy—. Será como los negros.

—¿Qué negros?

—Qué negros va a ser: los negros. Que nacen donde nacen pero siempre son negros.

Esto le pareció bastante claro (aunque no comprendía por qué papá afirmaba que lo mejor, siempre, es ser alemán), y a ella le había dado otra vez mucha risa, y luego los dos estaban sentados en el suelo, juntos, riéndose. Esto había ocurrido a la tarde, en el cobertizo. Sammy, acostado ahora, escucha en la oscuridad la respiración del señor Benjamín, quien estuvo hablando del Zugspitze y de mamá Sara y que ya debía de estar completamente dormido porque, cuando Samuel decidió hacerle aquella pregunta, papá no respondió:

—Papá... ¿por qué me llamo Adolph?

... Hitler, cuya confianza respecto del Ziklon B nos ha llenado de alegría. El gas, que Hess recomendó a Eichmann sobre la base de una experiencia mía, es totalmente seguro. Se trata de un preparado del ácido prúsico, utilizado por la firma Tesch y Stanevob, de Auschwitz, para matar parásitos y provoca una muerte bastante rápida sobre todo si las cámaras están repletas de gente y, con preferencia, en lugares secos y herméticos. Los judíos destinados al crematorio, hombres y mujeres por separado, son conducidos a las habitaciones donde, luego de desnudarse, se les dice que se trata de una operación de despiojamiento. Para evitar sospechas se les recomienda que dejen sus ropas bien ordenadas y, sobre todo, que no olviden el sitio donde las dejan. Las cámaras, provistas de duchas y tuberías, no les inspiran el menor recelo. Luego de atornillar rápidamente las puertas, los encargados de la operación, ya preparados, arrojan por los agujeros del techo el Ziklon B que, a través de conductos especiales, llega hasta el suelo. La formación del gas es inmediata. Desde las mirillas puede verse cómo los que están parados más cerca de los conductos mueren en seguida. Otros comienzan a atropellarse, gritar y tragar aire. La pérdida del conocimiento sobreviene en relación con la distancia que separa a los judíos del conducto, y según la calidad del gas, que no siempre es la misma.

Media hora después se conecta la ventilación, se abren las puertas y comienza la extracción de muelas de oro, corte de cabellos, etc. Luego de lo cual se los lleva, en ascensores, hasta los crematorios.

Los ancianos, los enfermos, los débiles, caen antes: alrededor de los cinco minutos. Los jóvenes y sanos, y a veces los niños: entre cinco y diez. Los que gritan: antes de los cinco.

Tuvo ganas de gritar, pero dijo:

—No quiero. No voy a pelear.

Estaban, los seis, en el baño del Colegio Nacional, y ahora Samuel tenía catorce años. Era tan corpulento que no pelear solamente podía entenderse de un modo. El otro, el que venía avanzando con los puños cerrados, dijo algo, y Sammy recordó una tarde, en el cobertizo, pero ahora era distinto porque la voz del otro fue amenazante, no curiosa, y Samuel tuvo miedo.

"Esto es miedo, entonces." Cinco mil años de miedo.

Retrocedió hasta la pared: el frío de los azulejos a través del guardapolvo. O quizá, no; otra clase de frío. Algo tan típico como su perfil, como su dolor de barriga ahora: "Entonces es cierto, entonces es así", y no se le ocurrió nada más porque todavía no había hallado en la gaveta de papá —en la gaveta que dentro de un año va a quedar abierta— ciertos papeles mecanografiados o escritos en gótica, ciertos pliegos con membrete de águilas que, una noche, en la carpa Scholem Aleijem, serían arrojados por el aire, de igual modo que ellos —los informes, los documentos, las fotos amarillas— habían arrojado por el aire, desbaratándolos, cinco mil años de perfiles y de orejas y de prepucios, cincuenta siglos de esquema. Porque, el 3 de agosto de 1960, la gaveta quedó abierta y Samuel imaginó a un hombre, un judío glorioso parapetado en las calles despavoridas del *Ghetto*, un Macabeo, su padre que una noche jugándose la vida robó aquellos papeles y aquella pistola Luger que pertenecieron a Otto von Rauser, oficial del campo de exterminio de Auschwitz, ario puro de ojos azules cuya mirada, acaso, pudo ser idéntica a la del muchacho que ahora, en el baño del colegio, venía avanzando hacia Samuel con los puños cerrados. Dando miedo.

"Entonces, es así"; detrás de él, de Sammy, se apretujaron cincuenta siglos y una pared de azulejos, fría; detrás del otro, riendo, asomaban cuatro cabezas. En total, seis cabezas. Y en ninguna cabía muy bien la idea de que uno de ellos, el rubio ese de ojos azules, el orejudo, tuviera algo fundamentalmente distinto al resto, pero daba lo mismo. Es importante que sea así, porque aquí, en el baño del Colegio Nacional, hay uno que es judío.

He visto por mi cuenta otros campos, cerca de Riga, en Letonia. Allí, aún se los fusila y los cadáveres son incinerados sobre piras de madera. El monóxido de carbono en baños de duchas —procedimiento empleado con los enfermos mentales en algunas localidades del Reich— requiere demasiados edificios. En Lublin (Maidanek) se emplea un derivado del ácido prúsico que experimenté con los judíos de Alta Silesia.

En mi próximo informe diré cómo procedemos en Auschwitz. Un método, ideado por mí, consiste en desnudarlos, pedirles que recuerden el sitio donde dejan las ropas y hablarles en yidish. He hecho que un judío me enseñara, estoy aprendiendo hebreo. Escuchar su jerga les da confianza. Lo fundamental es la disciplina. Blobel me contó que, en Chelmo, unos cuantos rompieron las paredes e intentaron huir.

Alguien, atrás, gritó alguna cosa, llamándolo, pero Samuel ya había saltado el cerco del campamento y estaba corriendo en dirección al pueblo; corriendo en plena noche, sintiendo el chicotazo de las ramas bajas en la cara, su cara, cara de judío de quince años que de pronto ha descubierto una respuesta para la pregunta que formuló hace mucho, frente al espejo grande de la sala, la vez que no entendió qué quería decir "ser judío", la vez que no pudo comprender por qué Marisa se había puesto vengativamente las manos detrás de las orejas, o aquella otra, después, cuando tenía catorce años y en el Nacional alguien dijo:

—A ver, moishe, mostrala —y los otros cuatro se reían, repitiendo: "sí, que la muestre", y querían decir que se abriera la bragueta, y sintió miedo, y creyó entender que *ser judío* ya no tenía nada que ver con él, con Sammy, sino con los otros, los que no eran judíos y necesitaban que él tuviera esas orejas, y ese perfil, y ese miedo típico de judío de mierda.

—Te digo que la mostrés, judío de mierda.

Sammy, esa tarde del Nacional, se había ido retirando hacia la pared. Tenía catorce años y no era tan corpulento como ahora, la noche de la carrera a campo traviesa, pero era casi tan corpulento como el otro, el que tenía los puños cerrados y se venía acercando, despacio. Pero allí no contaba la corpulencia, contaba el miedo. Y Samuel sentía que las rodillas temblaban, sus rodillas, que tampoco debían de ser como las rodillas de los otros muchachos, los que estaban detrás del que tenía los puños cerrados.

Tuvo ganas de gritar, pero sólo dijo:

—No quiero pelear. No tiene sentido.

Sin darse cuenta, había ido bajando las manos hacia la entrepierna como quien se cubre. El otro frunció la boca, imitó el gesto y dijo, moviendo los hombros: "No me pegués, machón, no tiene sentido", después, antes de que Sammy supiera qué estaba ocurriendo, una mano describió un círculo amplio, él sintió un ardor, un sonido junto a la oreja, y estaba en el suelo con los brazos abiertos. Dos de ellos le sostenían las muñecas. El otro dijo:

—A chotearlo.

Y le abrieron el pantalón, y, mientras él pataleaba de miedo, los otros —que a lo mejor se asombraron al ver que aquello no era distinto, ni más feo, ni más chico, ni más raro que el de cualquiera— se lo sacaron fuera del calzoncillo, entre risas, y lo escupieron uno por vez. Cinco escupidas.

Una por cada mil años: cinco exactas. Exactamente ahí, porque los judíos son los enemigos seculares de la Nación, y deben ser exterminados, querido Rauser.

"Lieber Otto von Rauser", ario puro de ojos clarísimos cuya foto estaba hoy, esta mañana, entre los papeles que Samuel iba guardando apresuradamente en su bolso...

—¡Sammy!

...antes de salir para el campamento Scholem Aleijem, donde lo esperaban David, y Abraham, y Jaime, y Ruth, y Ezequiel, elementos raciales de características asiáticas, negroides, levantinas o hamíticas adversas al espíritu patriótico alemán: urge entonces darle una solución definitiva al problema judío, porque si no logramos destruir a Raquel, a Samuel, a las fuerzas biológicas del judaísmo que esta noche se reunían en torno de las fogatas y —al principio— cantaban, ellos algún día nos destruirán a nosotros. Pero después no cantaban. Se quedaron quietos, en silencio, oyendo a Sammy, asombrándose de que papá Benjamín hubiera robado aquello, estos informes con membretes góticos y águilas desplegadas, perplejos porque papá Benjamín era un héroe, un Macabeo, como dijo Marcos, quien estuvo a punto de vomitar, antes, cuando Sammy traducía que se felicita al doctor Mengele y al doctor Caluber por sus ensayos de esterilización mediante inyecciones en las trompas, lo que origina estados inflamatorios pero ninguna otra perturbación. Excepto la muerte. O las escupidas hace un año, o las vengativas orejas de Marisa. O el Bunker IV que no funciona por sobrecarga de cadáveres —2.800—, hoy, septiembre de 1942, Auschwitz.

"Una voz, llamándome."

Ningún inconveniente, tampoco, si se los trata con ácido prúsico o formol, porque las típicas manchas cadavéricas aparecen después de poco tiempo ("llamándome a mí, a quién, esta mañana en casa, o ahora mientras corro"), y es patriótico que las manchas aparezcan pronto, querido Rauser, de lo contrario los muy puercos echarán a correr desde el Scholem Aleijem algún día, en plena noche, y nos perseguirán cinco mil años, y tendremos miedo típico, y nos escupirán nuestros prepucios, tan hermosos, de características netamente germanas y en los que por fortuna no se advierte ninguna perturbación, si a los judíos se les inyecta metanol: la evacuación de materias fecales no es frecuente. Los rostros, al abrir las cámaras, no están congestionados. Se congestionan luego, cuando aquellos papeles vuelan por el aire, Sammy da aquel alarido y, saltando increíblemente por encima de las fogatas, ya está fuera del cerco, corriendo en dirección al pueblo porque, de pronto, ha descubierto una respuesta a su pregunta de hace siete años: cinco mil años. "Soy judío, entonces."

Y repentinamente fue un tajo en las entrañas, un desgarrón y supo que había algo además de su perfil y de sus orejas y de su miedo: esto, esta carrera, soy judío entonces. Quiero ser judío. De golpe se detuvo.

Estaba solo en mitad del campo, a plena noche y a pleno silencio: se llevó las manos a los costados de la boca, abiertas, como una bocina. Y al principio fue un ronquido; después, lieber Otto dolicocéfalo bávaro, Rauser de ojos clarísimos —cuya foto iba hoy, esta mañana, entre los papeles que Sammy atropelladamente metía en el bolso—, después, elevándose por encima de los árboles, sobresaltando a los pájaros dormidos, se oyó aquel grito:

—¡Soy judío!

Ninguna otra perturbación.

La voz de papá, esta mañana, llamando desde el piso bajo.

—Voy —dijo Sammy, junto a la gaveta.

O quizá ni siquiera lo dijo, absorto como estaba; deslumbrado, imaginándose ahora a un hombre heroico e increíble: papá Benjamín. Mi padre.

Apresuradamente fue guardando todo aquello en su bolso, instalación proyectada sobre el Bug, una foto de algo que, mirado de cerca, igual parecía un hormiguero monstruoso, un arrecife de bichos: anteojos. Millones. Y aunque se le revolvía el estómago, la incineración de cadáveres se ha tornado un problema, no podía dejar de imaginarse, de admirar a aquel hombre que, abajo, lo llamaba porque el olor de los crematorios se ha tornadoblema, desvió la vista y miró el fondo del cajón: una pistola.

Estuvo a punto de tocarla, pero retiró la mano. "Soy miedoso." Con decisión la empuñó y la sostuvo un instante, frunciendo la cara como si quemase; después advirtió que la estaba apretando, leyendo incineración porque el olor de los crematorios llega hasta las poblaciones cercanas.

—¡Sammy!

Dejó la pistola en su sitio y se sintió aliviado, cercanas, poblaciones cercanas. Y se teme una sedición popular. Ordene usted el fusilamiento de cuanta persona, alemán o no, se acerque a los campos. Porque es necesario que todos los judíos que caigan en nuestras manos durante esta guerra sean aniquilados. Si no logramos destruir ahora las fuerzas biológicas del judaísmo, ellos...

—¡Adolph!

Samuel, sobresaltado, cerró la gaveta de un golpe: ya voy, pensó. Le confiamos el comando de las operaciones en Auschwitz en su carácter de Standartenführer.

—¡Voy! —dijo.

—*Heil Hitler.* Berlín, verano de 1942.

Guardó atropelladamente aquella carta en el bolso, recogió en el aire una fotografía que casi cae al suelo y bajó a todo correr las escaleras. Mientras bajaba, alcanzó a meter la foto junto al arrecife de bichos y en el bolso había sitio porque faltaban los hombres que usaron estos anteojos, orejas y narices cremadas donde apoyar anteojos faltan, pero no debo pensar en esto, y miró con admiración a papá Benjamín que estaba allí, impaciente, junto a la puerta, y a Samuel ya no le importó que él, tironeándole la manga, dijera: siempre el mismo atolondrado y que llegaría tarde al campamento. Después, mientras caminaban, siguió mirando con admiración a aquel judío asombroso que nunca había querido hablar de cuando robó esto en Alemania, de cuando fue, acaso, guerrillero jugándose la vida en las calles despavoridas del *Ghetto* cualquier tumultuosa noche de hombres pardos, gamados, blandiendo pistolas Luger, dando miedo típico, y escupiéndome a mí cinco veces.

—¿Eh?

—No, nada —dijo Sammy, que a lo mejor, antes, había dicho papá.

Aquel hombre, erguido como un Macabeo, que había llegado a la Argentina en 1945, y a quien las buenas gentes de un pequeño pueblo de provincia saludaban ahora sacándose el sombrero. Y cuando el ómnibus arrancó y papá se quedó abajo con los pies juntos y la mano alzada, Samuel dijo que sí, que llevaba todo y que no olvidaría el sitio donde dejaba la ropa...

... para encontrarla rápidamente después del despiojamiento —tradujo Sammy; las fogatas iluminaban la caras, tensas de tanto apretar los dientes—. Les hablo en yidish: hice que un judío me enseñara y estoy aprendiendo hebreo. Escuchar su jerga les da confianza —tradujo Samuel.

Las caras, los rostros aún no congestionados —porque se congestionarán luego— de los muchachos judíos de la carpa Scholem Aleijem. Alguien murmuró:

—Pero que hijo de..., pero cómo se puede ser tan hijo de puta.

Y otro decía que mirasen ahí, ese oficial de la Gestapo o qué sé yo, ese oficial sonriendo, y mientras Marcos repetía aún "Macabeo", otro dijo que no aguantaba más estar mirando eso, y el que había hablado al principio agregó que un tipo con esa cara y que supiera yidish podía hacerse pasar por algo que Sammy no entendió pues Raquel estaba pidiéndole que tradujese esa dedicatoria.

—En mi primer día de Standartenführer —leyó Samuel.

Y, como la vista va más rápido que la palabra, fue lo último que leyó. Porque había dado vuelta la foto y la estaba mirando. Y a pesar de todo, estuvo un rato sin moverse; a pesar de que aquel oficial nazi era papá Benjamín, su fotografía: una instantánea dedicada a Gretel, a mamá, en su primer glorioso día de Standartenführer, Auschwitz, 1942. Alemania. Samuel, que de pronto se llamaba Adolph, se quedó quieto mirando la foto. Mirándola familiarmente porque allí estaban, y era necesario estarse quieto, las orejas, mezcladas a un uniforme pardo, las orejas típicamente pantalludas de papá, su nariz, su gesto particular de llevarse la mano al sombrero o a la gorra militar, las orejas bajo la gorra militar, la nariz en gancho y las típicas orejas, cinco mil años de orejas hamíticas, semitas, bajo la gorra típicamente nazi de un típico dolicocéfalo puro de orejas típicamente dináricas, nazis, bávaras, judías hasta la carcajada, arias hasta el alarido que desordena a los arios a los judíos a los prepucios de los levantinos orejudos mientras los papeles las fotos las águilas góticas dibujadas del Reich vuelan sobre las cabezas judías de Raquel de David sin otra perturbación que los judíos muertos por el Standartenführer del Campo de Exterminio de Auschwitz o las caras congestionadas de los muchachos judíos del campamento Scholem Aleijem porque Adolph von Milman Samuel ben Rauser se ha puesto de pie con los brazos abiertos y al ponerse de pie han volado por el aire todos los documentos y las cartas y las fotos, desbaratados, y antes de que alguno tenga tiempo de hablar o de pensar, mientras los papeles, bailoteando, dan vueltas sobre las fogatas, Adolph von Rauser, ario puro de ojos azules, quedó horizontal en el aire y estaba del otro lado del cerco. Gritando. Corriendo mientras las ramas bajas le desordenaban los cabellos tan rubios. De pronto se detuvo: hacía cinco mil años que había salido huyendo, una noche, desde Egipto. Y ahora estaba en mitad del campo, a plena sombra y a pleno silencio.

Al principio fue un ronquido, una especie de estertor largo que cortó el sueño de los pájaros.

Y el 3 de agosto de 1960, el señor Benjamín Milman de la colectividad judía de un pequeño pueblo de provincia se despertó sobresaltado.

Cuentos crueles

I

La crueldad tiene un corazón humano
y los celos un rostro humano;
el terror tiene la divina forma humana
y el misterio tiene el vestido del hombre.

WILLIAM BLAKE

Capítulo para Laucha

La noté rara, o diría: ansiosa. Como quien teme algo, algún acontecimiento desagradable que, de todos modos, va a sobrevenir. Le pregunté qué le pasaba. Con agresividad dijo que no le pasaba nada. Altanera, pensé; como siempre. Doña Isabel mientras tanto hablaba con alegría, mirándome como a un resucitado y diciendo "la nena" cada vez que nombraba a Laura, recordándome cosas de cuando éramos chicos, cosas que yo no recordaba, y otras que sí, pero que me hubiera gustado no recordar. Laura miró una vez más el reloj, aquel enfático reloj de pared, su rococó apócrifo, labrado en cedro; reloj que tenía una historia que he olvidado, donde había una abuela italiana, la guerra, un casamiento. Cuando tu madre se fue y te enfermaste, estaba diciendo ahora doña Isabel, las noches que pasé en vela, cuidándote. Se acuerdan de cuando jugaban a los novios, preguntó de golpe, y yo pensé quién me habrá mandado venir. Laura dijo:

—Pero mamá.

—Qué tiene, che —dijo doña Isabel. Y el che me golpeó brutalmente en el oído, y a Laura también; es decir, a ella le golpeó a través de mí, de mi gesto quizá—. Al fin de cuentas eran chicos.

—¿Te acordás de la máquina de cine? —pregunté yo.

Laura sonrió apenas y dijo que sí. Una caja de zapatos, dos carreteles de hilo Corona. Un mecanismo delicado. Había una manivela. Pegábamos en largas tiras las historietas. El pato Donald. Las pasábamos en el cuartito, con las caras juntas. Dijo rápidamente:

—Todavía tengo una.

—Una qué.

—Una historieta.

—No.

—Sí.

Se reía, por fin. Las caras juntas, pensé, cuando éramos chicos; y una siesta, las manos también juntas en la penumbra del cuartito. Si quiero te beso, había dicho ella, Laura, que aquella vez dejó de reír súbitamente, como ahora, porque aquella vez yo había dicho que las mujeres y los varones son distintos y porque ahora me acordé de lo que ella respondió entonces y dije:

—Mostrame.

Laura se echó hacia atrás, miró instintivamente a doña Isabel y no atinó más que a decir "qué". La historieta, dije yo. Doña Isabel me dio un mate.

—¿Tomás?

—Claro. Cómo no voy a tomar.

—Y, como ahora sos escritor. Miralo, quién iba a decir. Pero siempre te gustó la redacción. ¿Te acordás, nena, cómo le gustaba la redacción al Cacho?

—Te voy a buscar la historieta —dijo Laura.

Estaba saliendo de la cocina cuando se quedó rígida; las dos voces, la mía y la de doña Isabel, se cruzaron en el aire. Yo había dicho: Te acordás del Fosforito, de Oscar. Y doña Isabel: Ya que vas, traé las fotos.

—Qué fotos —dijo Laura, de espaldas.

—¿Cómo qué fotos? Las fotos. Cada día estás más boba, vos.

Laura salió.

—Fosforito —repetí—. Tan pelirrojo; era bueno. Qué se hizo.

Doña Isabel se reía. Una risa misteriosa y antigua. Como cuando éramos chicos y nos tenía preparada una sorpresa. Como cuando me regaló los guantes de boxeo una tarde de cumpleaños, tarde en que nos pusimos de acuerdo con Laura para hacerlo venir a casa al pelirrojo porque el día anterior él le había dicho: "Che, Laucha, cómo estás creciendo", y le quiso tocar el pecho. "Cómo, tocar", le había preguntado yo, y Laura, tomándome una mano y apoyándola en su blusa dijo que así no, que él no había alcanzado a hacer esto, y la mano quedó ahí mientras hablábamos. Y durante muchas tardes yo seguí preguntando: "Pero, cómo." Laura entonces volvía a repetir el gesto y yo abandonaba la mano blandamente, mano que después ya no necesitaba excusas porque era una especie de juego o de ceremonial a la hora de la siesta, en el cuartito del fondo, donde estaban el baúl del Capitán Kidd y la vieja cama del abuelo sobre la que Laura se recostaba para contarme cualquier cosa del colegio o de la calle, mientras yo, sentado muy en el borde, fingía arreglar con una sola mano la descompuesta máquina de cine. Un mecanismo delicado.

—Se acuerda de la paliza que le pegué —dije. Doña Isabel, enigmática, se reía, evocando quizá a dos chicos que en una mano tenían un guante de box, y en la otra envuelto un trapo: A no pegarse fuerte, decía el estúpido—. Te acordás, Laura, de cuando lo hicimos boxear al Fosforito —dije ahora hablando alto hacia el patio.

Laura no respondió.

—¿Por qué se pelearon? —preguntó doña Isabel—. Mirá que eras camorrero, vos.

—Hace tanto —me reí.

Laura entró en la cocina.

—No la encontré —dijo—. Debe estar en el baúl. Del baúl te acordás.

Lo dijo de un modo que, al principio, no entendí. O quizá sí entendí.

—Mi baúl del escarabajo de oro. El cofre del capitán Kidd. Dónde está ahora.

—Allá —dijo Laura—. Donde siempre.

Hubo un silencio muy tenso, cargado de veranos a la hora larga de la siesta. Nos miramos. Iba a decir que me gustaría verlo; pero ella, y entonces recordé que siempre se me adelantaba, dijo con voz indiferente:

—Querés verlo.

—Bueno.

Me levanté.

—Mostrale las fotos —dijo doña Isabel.

El patio; la parra.

—Qué fotos —oí mi propia voz, hablando por decir algo.

—Sí, qué sé yo —dijo ella.

Caminábamos muy juntos. La pileta, la escalinata.

—La escalinata —dije—. Acá nos casamos, te acordás.

Su risa, demasiado fuerte. Casi desagradable. Hice un esfuerzo brutal por no escucharla; una risa chocante, tan artificial que estuve a punto de volverme a la cocina. Repetí que ahí, a los ocho años, nos habíamos casado.

—Abelardo —dijo ella.

Me sorprendí. Siempre que oigo mi nombre me sorprendo; siempre que lo pronuncian los que pertenecen a mi pasado, a la época en que yo era el Cacho, no éste. Suena tan falso, por lo demás.

—¿Qué? —pregunté.

—Nada. Abelardo; suena raro. Cacho —dijo de pronto, riendo como una chiquilina—. Cacho cacho.

—Laucha —murmuré.
—Tengo la piedra —dijo.
—Súbase al techo —respondí.
—Diga cuarenta.
—Piense en un perro.
—Déme una estrella.
—Cómase un dedo.
—Tráigame peras —dijo.
—Te quiero mucho.
Hablé secamente. Me miró; dijo con seriedad:
—Perdiste —e intentó reír.
—Te quiero mucho.
Entramos en el cuarto y encendió la luz.
—Ahí está. El baúl; miralo.

Yo no miraba el baúl. Deliberadamente le miraba los labios.

—Por favor —dijo.

—El baúl, sí. Está igual. Qué te pasa. —Me senté en el viejo catre y la miraba. —Qué te pasa.

Estábamos a cuatro o cinco pasos de distancia; cuando estuvimos a uno, me levanté. Nos quedamos así, a un paso. Creo que dijo algo, como si dijera que no; pero yo no me había movido y ahora estábamos tocándonos, frente a frente, con los brazos caídos a los costados del cuerpo. Pensé que esta vez el nuevo gesto iba a ser mío. Tanto como para que no se sienta culpable, pensé.

Desde la cocina llegó, destemplada por el esfuerzo, la voz de doña Isabel.

—Laura —llamó—. Vengan a ver quién vino.

Laura, inexpresivamente, o acaso con desafiante sequedad, pero como si no se dirigiese a mí, dijo, mirándome, a unos centímetros de mi cara:

—Mi prometido.

Yo sentía ahora, en mis dedos, su anillo. Supe también, antes de que la otra voz llegara desde la cocina, que se trataba de él. Casi me río.

—Cachuzo —me gritaba Fosforito—. Capitanazo.

Hice a un lado la cara. Sin levantar la voz, dije:

—Voy.

En la mitad del patio nos encontramos. Él me dio la mano, mientras besaba a Laura; después, me abrazó. Empujándome un poco por los hombros echaba el cuerpo hacia atrás, para verme mejor. Se calmó, por fin. Dijo que venía molido.

—El laburo, sabés. Trabajo en el taller de Bruno. Te acordás del Bruno, el que se le fue la vieja —se interrumpió—. Uy, perdoname.

Laura había alcanzado a decir:

—Oscar.

Él, creyendo que lo importante era mi madre, repitió:

—Disculpá, viejo. Y, qué tal estás. Mama mía qué pinta de bancario tenés. De qué trabajás.

—De todo un poco —dije.

—Qué vago, Dios mío —sacudía la cabeza; nos había pasado el brazo por los hombros—. Éste sí que siempre fue un vago. Te acordás, flaco. Nunca quería ir a robar caramelos a lo del gallego —esto último se lo había dicho a Laura; ahora me miraba—. El gallego murió, sabés. Un cáncer al pescuezo. Nunca quería ir a robar y después se quedaba con los mejores caramelos. Al que lo vi el otro día fue al ruso, a Burman. Por ahí tengo la tarjeta; es médico. Y se acordaba de los carritos de rulemanes y todo. Te acordás de las carreras en la bajada, y en el zanjón, contra los Indios de Floresta, cuando un indio te empujó a la pasada que casi te matás en la barranca y después le encajaste esa piña, mi madre, y que después les quemamos todos los carritos. Se hacía respetar éste. Y con la cara que tenía, que siempre parecía venido del colegio de curas. —Entramos en la cocina; doña Isabel le alcanzó un mate. Había preparado tres vasos con Cinzano. Nos miraba a los tres con un gesto de casi incredulidad; como si pensara que la vida, a pesar de todo, puede ser hermosa. —Y la paliza que me diste, te acordás. Se acuerda, mami, qué paliza.

Me sentí agredido. Como si debajo de aquella sonrisa candorosa, de aquella pureza brutal, se ocultara veladamente una amenaza. Fue una impresión brevísima; o quizá no fue más que un deseo; la necesidad de odiar aquel candor que casi me impidió mirar los ojos de Laura cuando ella me alcanzó el vaso con Cinzano, y que obligó a mis dedos, como si los estuviera tocando un cable eléctrico, a realizar un esfuerzo para quedarse ahí, rodeando el vaso: sintiendo el contacto de la mano de Laura. De todas maneras, acepté despreciarme; pero más tarde, cuando me fuera de aquella casa cruzando la placita Martín Fierro, o algún día, cuando decidiera escribir que sí, que dejé mis dedos un segundo más de lo necesario, porque mientras él hablaba, riéndose, diciendo que todo al fin de cuentas había sido por un chiste, yo dejé mis dedos un segundo más de lo necesario y volví a recordar mi pregunta "cómo, tocar" y levanté los ojos y miré los de Laura.

—Qué diferencia con ahora, eh vieja. —Él se había dado vuelta y se lavaba la cara y las manos en la pileta de la cocina. —Tanto lío por eso. Si es ahora, a cañonazos teníamos que agarrarnos. —Se rio; con gesto infantil, miró a doña Isabel de reojo: ella estaba abstraída, tratando de pinchar una aceituna, y él volvió a reírse. Cerró la canilla. —¿Y lo despreciativa que era ésta? No hablaba con casi nadie. —Juntando los dedos, los abrió de golpe, salpicándola divertido. —Lo que es si no te engancho yo, vieja, quién se casaba con vos, decime. Pero oíme, qué te pasa. Qué te enojás, che: no sabés aceptar ni una broma. Dame la toalla.

Laura salió; al volver traía la toalla y una gran caja rectangular. Con fotos. Y un álbum.

Dije que tenía que irme. Pero Laura, implacable, abrió la carpeta y desparramó las fotos sobre la mesa; dijo que no podía irme sin esperarlo a don Carlos, al padre, que ya debía de estar por llegar del almacén, porque antes de cenar juega como siempre su partida de tute, y toma su Cinzano al volver, y no se cuida para nada de la presión. Me fui sin verlo, de todos modos. Pero recuerdo su cara colorada, sonriendo, asomada detrás del hombro de la tía Angélica, en la foto que me alcanzó Laura. Y después, enorme, bailando con una doña Isabel con flores en la cabeza. Laura, su mano bajo la de Oscar, cortando la torta. Todos de pie, rígidos, enfrentando al fotógrafo. Laura sola. Oscar con doña Isabel, bailando muy separados. La mesa larga, dispuesta de modo que las botellas de cerveza quedaran ocultas por las de sidra. Los chicos de los vecinos, haciendo morisquetas; una mano, lejos, por encima de la cabeza de alguien, perpetuándose. Y Laura, cerrando de pronto el álbum, y su enorme y temible mirada parda. Me fui.

Pasé por la escuela de varones y por la tienda de las mellizas; estuve sentado en la placita Martín Fierro. Laucha, pensé. Y pensé que hay cosas que nunca debieran escribirse.

Patrón

I

La vieja Tomasina, la partera se lo dijo, tas preñada, le dijo, y ella sintió un miedo oscuro y pegajoso: llevar una criatura adentro como un bicho enrollado, un hijo, que a lo mejor un día iba a tener los mismos ojos duros, la misma piel áspera del viejo. Estás segura, Tomasina, preguntó, pero no preguntó: asintió. Porque ya lo sabía; siempre supo que el viejo iba a salirse con la suya. Pero m'hija, había dicho la mujer, llevo anunciando más partos que potros tiene tu marido. La miraba. Va a estar contento Anteno, agregó. Y Paula dijo sí, claro. Y aunque ya no se acordaba, una tarde, hacía cuatro años, también había dicho:

—Sí, claro.

Esa tarde quería decir que aceptaba ser la mujer de don Antenor Domínguez, el dueño de La Cabriada: el amo.

—Mire que no es obligación. —La abuela de Paula tenía los ojos bajos y se veía de lejos que sí, que era obligación. —Ahora que usté sabe cómo ha sido siempre don Anteno con una, lo bien que se portó de que nos falta su padre. Eso no quita que haga su voluntad.

Sin querer, las palabras fueron ambiguas; pero nadie dudaba de que, en toda La Cabriada, *su voluntad* quería decir siempre lo mismo. Y ahora quería decir que Paula, la hija de un puestero de la estancia vieja —muerto, achicharrado en los corrales por salvar la novillada cuando el incendio aquel del 30— podía ser la mujer del hombre más rico del partido, porque, un rato antes, él había entrado al rancho y había dicho:

—Quiero casarme con su nieta —Paula estaba afuera, dándoles de comer a las gallinas; el viejo había pasado sin mirarla. —Se me ha dado por tener un hijo, sabés. —Señaló afuera, el campo, y su ademán pasó por encima de Paula que estaba en el patio, como si el ademán la incluyera, de hecho, en las palabras que iba a pronunciar después. —Mucho para que se lo quede el gobierno, y muy mío. ¿Cuántos años tiene la muchacha?

—Diecisiete, o dieciséis —la abuela no sabía muy bien; tampoco sabía muy bien cómo hacer para disimular el asombro, la alegría, las ganas de regalar, de vender a la nieta. Se secó las manos en el delantal.

Él dijo:

—Qué me mirás. ¿Te parece chica? En los bailes se arquea para adelante, bien pegada a los peones. No es chica. Y en la casa grande va a estar mejor que acá. Qué me contestás.

—Y yo no sé, don Anteno. Por mí no hay... —y no alcanzó a decir que no había inconveniente porque no le salió la palabra. Y entonces todo estaba decidido. Cinco minutos después él salió del rancho, pasó junto a Paula y dijo "vaya, que la vieja quiere hablarla". Ella entró y dijo:

—Sí, claro.

Y unos meses después el cura los casó. Hubo malicia en los ojos esa noche, en el patio de la estancia vieja. Vino y asado y malicia. Paula no quería escuchar las palabras que anticipaban el miedo y el dolor.

—Un alambre parece el viejo.

Duro, retorcido como un alambre, bailando esa noche, demostrando que de viejo sólo tenía la edad, zapateando un malambo hasta que el peón dijo está bueno, patrón, y él se rio, sudado, brillándole la piel curtida. Oliendo a padrillo.

Solos los dos, en sulky la llevó a la casa. Casi tres leguas, solos, con todo el cielo arriba y sus estrellas y el silencio. De golpe, al subir una loma, como un aparecido se les vino encima, torva, la silueta del Cerro Negro. Dijo Antenor:

—Cerro Patrón.

Y fue todo lo que dijo.

Después, al pasar el último puesto, Tomás, el cuidador, lo saludó con el farol desde lejos. Cuando llegaron a la casa, Paula no vio más que a una mujer y los perros. Los perros que se abalanzaban y se frenaron en seco sobre los cuartos, porque Antenor los enmudeció, los paró de un grito. Paula adivinó que esa mujer, nadie más, vivía ahí dentro. Por una oscura asociación supo también que era ella quien cocinaba para el viejo: el viejo le había preguntado "comieron", y señaló los perros.

Ahora, desde la ventana alta del caserón se ven los pinos, y los perros duermen. Largos los pinos, lejos.

—Todo lo que quiero es mujer en la casa, y un hijo, un macho en el campo —Antenor señaló afuera, a lo hondo de la noche agujereada de grillos; en algún sitio se oyó un relincho—. Vení, arrimate.

Ella se acercó.

—Mande —le dijo.

—Todo va a ser para él, entendés. Y también para vos. Pero andá sabiendo que acá se hace lo que yo digo, que por algo me he ganao el derecho a disponer. —Y señalaba el campo, afuera, hasta mucho más allá del monte de eucaliptos, detrás de los pinos, hasta pasar el cerro, abarcando aguadas y caballos y vacas. Le tocó la cintura, y ella se puso rígida debajo del vestido. —Veintiocho años tenía cuando me lo gané —la miró, como quien se mete dentro de los ojos—, ya hace arriba de treinta.

Paula aguantó la mirada. Lejos, volvió a escucharse el relincho. Él dijo:

—Vení a la cama.

II

No la consultó. La tomó, del mismo modo que se corta una fruta del árbol crecido en el patio. Estaba ahí, dentro de los límites de sus tierras, a este lado de los postes y el alambrado de púas. Una noche —se decía—, muchos años antes, Antenor Domínguez subió a caballo y galopó hasta el amanecer. Ni un minuto más. Porque el trato era "hasta que amanezca", y él estaba acostumbrado a estas cláusulas viriles, arbitrarias, que se rubricaban con un apretón de manos o a veces ni siquiera con eso.

—De acá hasta donde llegues —y el caudillo, mirando al hombre joven estiró la mano, y la mano, que era grande y dadivosa, quedó como perdida entre los dedos del otro—. Clavás la estaca y te volvés. Lo alambrás y es tuyo.

Nadie sabía muy bien qué clase de favor se estaba cobrando Antenor Domínguez aquella noche; algunos, los más suspicaces, aseguraban que el hombre caído junto al mostrador del Rozas tenía algo que ver con ese trato: toda la tierra que se abarca en una noche de a caballo. Y él salió, sin apuro, sin ser tan zonzo como para reventar el animal a las diez cuadras. Y cuando clavó la estaca empezó a ser don Antenor. Y a los quince años era él quien podía, si cuadraba, regalarle a un hombre todo el campo que se animara a cabalgar en una noche. Claro que nunca lo hizo. Y ahora habían pasado treinta años y estaba acostumbrado a entender suyo todo lo que había de este lado de los postes y el alambre. Por eso no la consultó. La cortó.

Ella lo estaba mirando. Pareció que iba a decir algo, pero no habló. Nadie, viéndola, hubiera comprendido bien este silencio:

la muchacha era una mujer grande, ancha y poderosa como un animal, una bestia bella y chúcara a la que se le adivinaba la violencia debajo de la piel. El viejo, en cambio, flaco, áspero como una rama.

—Contestá, che. ¡Contestá, te digo! —se le acercó. Paula sentía ahora su aliento junto a la cara, su olor a venir del campo. Ella dijo:

—No, don Anteno.

—¿Y entonces? ¿Me querés decir, entonces...?

Obedecer es fácil, pero un hijo no viene por más obediente que sea una, por más que aguante el olor del hombre corriéndole por el cuerpo, su aliento, como si entrase también, por más que se quede quieta boca arriba. Un año y medio boca arriba, viejo macho de sementera. Un año y medio sintiéndose la sangre tumultuosa galopándole el cuerpo, queriendo salírsele del cuerpo, saliendo y encontrando sólo la dureza despiadada del viejo. Sólo una vez lo vio distinto; le pareció distinto. Ella cruzaba los potreros, buscándolo, y un peón asomó detrás de una parva; Paula había sentido la mirada caliente recorriéndole la curva de la espalda, como en los bailes, antes. Entonces oyó un crujido, un golpe seco, y se dio vuelta. Antenor estaba ahí, con el talero en la mano, y el peón abría la boca como en una arcada, abajo, junto a los pies del viejo. Fue esa sola vez. Se sintió mujer disputada, mujer nomás. Y no le importó que el viejo dijera yo te voy a dar mirarme la mujer, pión rotoso, ni que dijera:

—Y vos, qué buscás. Ya te dije dónde quiero que estés.

En la casa, claro. Y lo decía mientras un hombre, todavía en el suelo, abría y cerraba la boca en silencio, mientras otros hombres empezaron a rodear al viejo ambiguamente, lo empezaron a rodear con una expresión menos parecida al respeto que a la amenaza. El viejo no los miraba:

—Qué buscás.

—La abuela —dijo ella—. Me avisan que está mala —y repentinamente se sintió sola, únicamente protegida por el hombre del talero; el hombre rodeado de peones agresivos, ambiguos, que ahora, al escuchar a la muchacha, se quedaron quietos. Y ella comprendió que, sin proponérselo, estaba defendiendo al viejo.

—Qué miran ustedes —la voz de Antenor, súbita. El viejo sabía siempre cuál era el momento de clavar una estaca. Los miró y ellos agacharon la cabeza. El capataz venía del lado de las cabañas, gritando alguna cosa. El viejo miró a Paula, y de nuevo al peón que ahora se levantaba, encogido como un perro apaleado—. Si andás alzado, en cuanto me dé un hijo te la regalo.

III

A los dos años empezó a mirarla con rencor. Mirada de estafado, eso era. Antes había sido impaciencia, apuro de viejo por tener un hijo y asombro de no tenerlo: los ojos inquisidores del viejo y ella que bajaba la cabeza con un poco de vergüenza. Después fue la ironía. O algo más bárbaro, pero que se emparentaba de algún modo con la ironía y hacía que la muchacha se quedara con la vista fija en el plato, durante la cena o el almuerzo. Después, aquel insulto en los potreros, como un golpe a mano abierta, prefigurando la mano pesada y ancha y real que alguna vez va a estallarle en la cara, porque Paula siempre supo que el viejo iba a terminar golpeando. Lo supo la misma noche que murió la abuela.

—O cuarenta y tantos, es lo mismo.

Alguien lo había dicho en el velorio: cuarenta y tantos. Los años de diferencia, querían decir. Paula miró de reojo a Antenor, y él, más allá, hablando de unos cueros, adivinó la mirada y entendió lo que todos pensaban: que la diferencia era grande. Y quién sabe entonces si la culpa no era de él, del viejo.

—Volvemos a la casa —dijo de golpe.

Ésa fue la primera noche que Paula le sintió olor a caña. Después —hasta la tarde aquella, cuando un toro se vino resoplando por el andarivel y hubo gritos y sangre por el aire y el viejo se quedó quieto como un trapo— pasó un año, y Antenor tenía siempre olor a caña. Un olor penetrante, que parecía querer meterse en las venas de Paula, entrar junto con el viejo. Al final del tercer año, quedó encinta. Debió de haber sido durante una de esas noches furibundas en que el viejo, brutalmente, la tumbaba sobre la cama, como a un animal maneado, poseyéndola con rencor, con desesperación. Ella supo que estaba encinta y tuvo miedo. De pronto sintió ganas de llorar; no sabía por qué, si porque el viejo se había salido con la suya o por la mano brutal, pesada, que se abría ahora: ancha mano de castrar y marcar, estallándole, por fin, en la cara.

—¡Contestá! Contestame, yegua.

El bofetón la sentó en la cama; pero no lloró. Se quedó ahí, odiando al hombre con los ojos muy abiertos. La cara le ardía.

—No —dijo mirándolo—. Ha de ser un retraso, nomás. Como siempre.

—Yo te voy a dar retraso —Antenor repetía las palabras, las mordía—. Yo te voy a dar retraso. Mañana mismo le digo al

Fabio que te lleve al pueblo, a casa de la Tomasina. Te voy a dar retraso.

La había espiado seguramente. Había llevado cuenta de los días; quizá desde la primera noche, mes a mes, durante los tres años que llevó cuenta de los días.

—Mañana te levantás cuando aclare. Acostate ahora.

Una ternera boca arriba, al día siguiente, en el campo. Paula la vio desde el sulky, cuando pasaba hacia el pueblo con el viejo Fabio. Olor a carne quemada y una gran "A", incandescente, chamuscándole el flanco: Paula se reconoció en los ojos de la ternera.

Al volver del pueblo, Antenor todavía estaba ahí, entre los peones. Un torito mugía, tumbado a los pies del hombre; nadie como el viejo para voltear un animal y descornarlo o caparlo de un tajo. Antenor la llamó, y ella hubiera querido que no la llamase: hubiera querido seguir hasta la casa, encerrarse allá. Pero el viejo la llamó y ella ahora estaba parada junto a él.

—Cebá mate. —Algo como una tijera enorme, o como una tenaza, se ajustó en el nacimiento de los cuernos del torito. Paula frunció la cara. Se oyeron un crujido y un mugido largo, y del hueso brotó, repentino, un chorro colorado y caliente. —Qué fruncís la jeta, vos.

Ella le alcanzó el mate. Preñada, había dicho la Tomasina. Él pareció adivinarlo. Paula estaba agarrando el mate que él le devolvía, quiso evitar sus ojos, darse vuelta.

—Che —dijo el viejo.

—Mande —dijo Paula.

Estaba mirándolo otra vez, mirándole las manos anchas, llenas de sangre pegajosa: recordó el bofetón de la noche anterior. Por el andarivel traían un toro grande, un pinto, que bufaba y hacía retemblar las maderas. La voz de Antenor, mientras sus manos desanudaban unas correas, hizo la pregunta que Paula estaba temiendo. La hizo en el mismo momento que Paula gritó, que todos gritaron.

—¿Qué te dijo la Tomasina? —preguntó.

Y todos, repentinamente, gritaron. Los ojos de Antenor se habían achicado al mirarla, pero de inmediato volvieron a abrirse, enormes, y mientras todos gritaban, el cuerpo del viejo dio una vuelta en el aire, atropellado de atrás por el toro. Hubo un revuelo de hombres y animales y el resbalón de las pezuñas sobre la tierra. En mitad de los gritos, Paula seguía parada con el mate en la mano, mirando absurdamente el cuerpo como un trapo del viejo. Había quedado sobre el alambrado de púas, como un trapo puesto a secar.

Y todo fue tan rápido que, por encima del tumulto, los sobresaltó la voz autoritaria de don Antenor Domínguez.

—¡Ayúdenme, carajo!

IV

Esta orden y aquella pregunta fueron las dos últimas cosas que articuló. Después estaba ahí, de espaldas sobre la cama, sudando, abriendo y cerrando la boca sin pronunciar palabra. Quebrado, partido como si le hubiesen descargado un hachazo en la columna, no perdió el sentido hasta mucho más tarde. Sólo entonces el médico aconsejó llevarlo al pueblo, a la clínica. Dijo que el viejo no volvería a moverse; tampoco, a hablar. Cuando Antenor estuvo en condiciones de comprender alguna cosa, Paula le anunció lo del chico.

—Va a tener el chico —le anunció—. La Tomasina me lo ha dicho.

Un brillo como de triunfo alumbró ferozmente la mirada del viejo; se le achisparon los ojos y, de haber podido hablar, acaso hubiera dicho gracias por primera vez en su vida. Un tiempo después garabateó en un papel que quería volver a la casa grande. Esa misma tarde lo llevaron.

Nadie vino a verlo. El médico y el capataz de La Cabriada, el viejo Fabio, eran las dos únicas personas que Antenor veía. Salvo la mujer que ayudaba a Paula en la cocina —pero que jamás entró en el cuarto de Antenor, por orden de Paula—, nadie más andaba por la casa. El viejo Fabio llegaba al caer el sol. Llegaba y se quedaba quieto, sentado lejos de la cama sin saber qué hacer o qué decir. Paula, en silencio, cebaba mate entonces.

Y súbitamente, ella, Paula, se transfiguró. Se transfiguró cuando Antenor pidió que lo llevaran al cuarto alto; pero ya desde antes, su cara, hermosa y brutal, se había ido transformando. Hablaba poco, cada día menos. Su expresión se fue haciendo cada vez más dura —más sombría—, como la de quienes, en secreto, se han propuesto obstinadamente algo. Una noche, Antenor pareció ahogarse; Paula sospechó que el viejo podía morirse así, de golpe, y tuvo miedo. Sin embargo, ahí, entre las sábanas y a la luz de la lámpara, el rostro de Antenor Domínguez tenía algo desesperado, emperradamente vivo. No iba a morirse hasta que naciera el chico; los dos querían esto. Ella le vació una cucharada de remedio en los labios temblorosos. Antenor echó la cabeza hacia atrás. Los ojos, por un momento, se le habían quedado en blanco. La voz de Paula fue un grito:

—¡Va a tener el chico, me oye! —Antenor levantó la cara; el remedio se volcaba sobre las mantas, desde las comisuras de una sonrisa. Dijo que sí con la cabeza.

Esa misma noche empezó todo. Entre ella y Fabio lo subieron al cuarto alto. Allí, don Antenor Domínguez, semicolgado de las correas atadas a un travesaño de fierro, que el doctor había hecho colocar sobre la cama, erguido a medias podía contemplar el campo. Su campo. Alguna vez volvió a garrapatear con lentitud unas letras torcidas, grandes, y Paula mandó llamar a unos hombres que, abriendo un boquete en la pared, extendieron la ventana hacia abajo y a lo ancho. El viejo volvió a sonreír entonces. Se pasaba horas con la mirada perdida, solo, en silencio, abriendo y cerrando la boca como si rezara —o como si repitiera empecinadamente un nombre, el suyo, gestándose otra vez en el vientre de Paula—, mirando su tierra, lejos hasta los altos pinos, más allá del Cerro Negro. Contra el cielo.

Una noche volvió a sacudirse en un ahogo. Paula dijo:

—Va a tener el chico.

Él asintió otra vez con la cabeza.

Con el tiempo, este diálogo se hizo costumbre. Cada noche lo repetían.

V

El campo y el vientre hinchado de la mujer: las dos únicas cosas que veía. El médico, ahora, sólo lo visitaba si Paula —de tanto en tanto, y finalmente nunca— lo mandaba llamar, y el mismo Fabio, que una vez por semana ataba el sulky e iba a comprar al pueblo los encargos de la muchacha, acabó por olvidarse de subir al piso alto al caer la tarde. Salvo ella, nadie subía.

Cuando el vientre de Paula era una comba enorme, tirante bajo sus ropas, la mujer que ayudaba en la cocina no volvió más. Los ojos de Antenor, interrogantes, estaban mirando a Paula.

—La eché —dijo Paula.

Después, al salir, cerró la puerta con llave (una llave grande, que Paula llevará siempre consigo, colgada a la cintura), y el viejo tuvo que acostumbrarse también a esto. El sonido de la llave girando en la antigua cerradura anunciaba la entrada de Paula —sus pasos, cada día más lerdos, más livianos, a medida que la fecha del parto se acercaba—, y por fin la mano que dejaba el plato, mano que Antenor no se atrevía a tocar. Hasta que la mirada del viejo también cambió. Tal vez, alguna noche, sus ojos se cruzaron con los de Paula, o tal vez, simplemente, miró su rostro. El silencio se le pobló entonces con una presencia extraña y amenazadora, que acaso se parecía un poco a la locura, sí, alguna noche, cuando ella venía con la lámpara, el viejo miró bien su cara: eso como un gesto estático, interminable, que parecía haberse ido fraguando en su cara o quizá sólo en su boca, como si la costumbre de andar callada, apretando los dientes, mordiendo algún quejido que le subía en puntadas desde la cintura, le hubiera petrificado la piel. O ni necesitó mirarla. Cuando oyó girar la llave y vio proyectarse larga la sombra de Paula sobre el piso, antes de que ella dijera lo que siempre decía, el viejo intuyó algo tremendo. Súbitamente, una sensación que nunca había experimentado antes. De pronto le perforó el cerebro, como una gota de ácido: el miedo. Un miedo solitario y poderoso, incomunicable. Quiso no escuchar, no ver la cara de ella, pero adivinó el gesto, la mirada, el rictus aquel de apretar los dientes. Ella dijo:

—Va a tener el chico.

Antenor volvió la cara hacia la pared. Después, cada noche la volvía.

VI

Nació en invierno; era varón. Paula lo tuvo ahí mismo. No mandó llamar a la Tomasina: el día anterior le había dicho a Fabio que no iba a necesitar nada, ningún encargo del pueblo

—Ni hace falta que venga en la semana —y como Fabio se había quedado mirándole el vientre, dijo: —Mañana a más tardar ha de venir la Tomasina.

Después pareció reflexionar en algo que acababa de decir Fabio; él había preguntado por la mujer que ayudaba en la casa. No la he visto hoy, había dicho Fabio.

—Ha de estar en el pueblo —dijo Paula. Y cuando Fabio ya montaba, agregó: —Si lo ve al Tomás, mandemeló.

Luego vino Tomás y Paula dijo:

—Podés irte nomás a ver tu chica. Fabio va a cuidar la casa esta semana.

Desde la ventana, arriba, Antenor pudo ver cómo Paula se quedaba sola junto al aljibe. Después ella se metió en la casa y el viejo no volvió a verla hasta el día siguiente, cuando le trajo el chico.

Antes, de cara contra la pared, quizá pudo escuchar algún quejido ahogado y, al acercarse la noche, un grito largo retumbando entre los cuartos vacíos; por fin, nítido, el llanto triunfante de una criatura. Entonces el viejo comenzó a reírse como un loco. De un súbito manotón se aferró a las correas de la cama y quedó sentado, riéndose. No se movió hasta mucho más tarde.

Cuando Paula entró en el cuarto, el viejo permanecía en la misma actitud, rígido y sentado. Ella lo traía vivo: Antenor pudo escuchar la respiración de su hijo. Paula se acercó. Desde lejos, con los brazos muy extendidos y el cuerpo echado hacia atrás, apartando la cara, ella dejó al chico sobre las sábanas, junto al viejo, que ahora ya no se reía. Los ojos del hombre y de la mujer se encontraron luego. Fue un segundo: Paula se quedó allí, inmóvil, detenida ante los ojos imperativos de Antenor. Como si hubiera estado esperando aquello, el viejo soltó las correas y tendió el brazo libre hacia la mujer; con el otro se apoyó en la cama, por no aplastar al chico. Sus dedos alcanzaron a rozar la pollera de Paula, pero ella, como si también hubiese estado esperando el ademán, se echó hacia atrás con violencia. Retrocedió unos pasos; arrinconada en un ángulo del cuarto, al principio lo miró con miedo. Después, no. Antenor había quedado grotescamente caído hacia un costado: por no aplastar al chico estuvo a punto de rodar fuera de la cama. El chico comenzó a llorar. El viejo abrió la boca, buscó sentarse y no dio con la correa. Durante un segundo se quedó así, con la boca abierta en un grito inarticulado y feroz, una especie de estertor mudo e impotente, tan salvaje, sin embargo, que de haber podido gritarse habría conmovido la casa hasta los cimientos. Cuando salía del cuarto, Paula volvió la cabeza. Antenor estaba sentado nuevamente: con una mano se aferraba a la correa; con la otra, sostenía a la criatura. Delante de ellos se veía el campo, lejos, hasta el Cerro Patrón.

Al salir, Paula cerró la puerta con llave; después, antes de atar el sulky, la tiró al aljibe.

Los muertos de Piedra Negra

Ese que va ahí, alto entre los diez que acaban de entrar en el regimiento saltando las alambradas que dan al Tapalqué, contento y con ganas de gritar viva Perón en medio de la noche, vestido con una garibaldina militar reglamentaria verde oliva pero en zapatillas de soga y con una zapa o un pico de mango corto sujeto al cinturón, no es soldado: es Anselmo, carretillero de las canteras de Piedra Negra. Anselmo Iglesias, el más chico de los dos últimos Iglesias. El otro, Martín, viene corriendo solo por mitad del campo, lejos: Anselmo no lo sabe. Ni sabe que, cuando lleguen a la Plaza de Armas, los van a matar a todos. Es la madrugada del 9 de octubre de 1956. Por el puesto de guardia número uno que da sobre la ruta de Buenos Aires a Bahía Blanca, ha entrado en el cuartel, con otros veinte hombres de las canteras, el coronel Lago; diez guarniciones, rebeldes al gobierno de facto que destituyó a Juan Perón, esperan a que Lago, apoderándose del regimiento, ordene marchar sobre Buenos Aires. La cantinera de El Arbolito, doña Isabela Trotta, repartió vino fiado esta noche, y algún soldado del Ejército Argentino duerme ahora con ella. Martín Iglesias va a gritar: Anselmo.

Cuando todavía no habían salido de las canteras ni entrado en el cuartel, Anselmo se asomó al paredón y levantó la mano. Y él mismo se asombró del gesto, de haber sido él y no Martín quien alzara la mano en la noche imponiendo silencio, mandando a los otros que se estuvieran quietos ahí atrás. Los diez de atrás se detuvieron y él saltó el talud y se dejó caer, sentado, resbalando por el declive entre el rumor sordo del pedregullo. Mientras caía volvió a sentir eso en el estómago (como un vacío, o acaso ganas de reírse) y vio las letras. Enormes y blancas, pintadas en el paredón. Una P y una V. Oyó a su espalda el murmullo apagado de otro cuerpo sobre las piedras: Martín. Iglesias el mayor descolgándose entre las sombras. Mi hermano. Treparse y saltar, de chicos lo habían hecho muchas veces, sólo que no tan de noche y que antes el parapeto parecía más alto y el terraplén más largo, y no había ningún camión esperándolos. Un camión del Ejército, en marcha: un Mack donde un teniente leal a Perón y al coronel Lago espera a los diez hombres de ahí arriba. Diez sin contar a los Iglesias, que juntos venimos a ser como otros diez, pensó el más chico riéndose hacia adentro. El chillido largo de un pájaro entre los eucaliptus, en dirección al horno viejo, y después, extendiéndose a lo ancho de la tierra socavada, la luz de la luna que asomó sobre el cerro haciendo estallar como lentejuelas las piedras laminadas de mica. Las toscas, sus vetas azules: que a uno lo maten y no ver más las piedras, pensó Anselmo, y pensó ¿me hizo mal el vino o estoy loco? Y volvió a tener ganas de reírse y más tarde a pensarlo, cuando ya habían entrado en el regimiento y él, Anselmo Iglesias, el más chico de los dos últimos Iglesias, solo en medio de la noche (porque haber llegado al cuartel sin Martín, por más que hubiera diez hombres y un teniente a su lado y otros veinte entrando por el puesto número uno al mando del coronel Lago, y todos peronistas, igual era lo mismo que estar solo), creyó entender que ahí había algo raro, en la noche o en ellos, sintió de golpe que lo del vino no era una casualidad y supo que todos, no sólo él, tenían ganas de gritar.

Viva Perón, leyó. O mejor lo vio, escrito con grandes letras de cal en el paredón de la cantera. Ellos lo habían pintado un mes antes. En realidad no decía Viva Perón, sino Perón Vuelve; pero no había necesidad de saber leer para escribirlo: como el nombre de uno. Los Iglesias lo pintamos, pensó. Y pensó ¡piiiuuu... ju!, contento bajo las estrellas.

—¿Qué? —oyó a su lado.

La voz del vasco Iturrain, dinamitero de Los Polvorines. Y antes de darse cuenta de que aquélla no era, no, la voz de su hermano, Anselmo comprendió que de contento (o por el vino) había estado hablando en voz alta. Llevándose un dedo a la boca, chistó al vasco.

Cuando volvió la sombra se arrastraron en silencio hasta el borde del alero de piedra, sobre el camino; desde allí podía verse el horno viejo. Ése es el camión, ¿no?, murmuró Anselmo, ¿dónde quedó Martín?, murmuró: las dos preguntas como si fueran una. El vasco dijo sí, el camión. Y Martín estaba con la gente, atrás, en el parapeto. Echados de boca contra las piedras, se miraron; el vasco Iturrain habló primero. Se descompuso, dijo. Anselmo levantó el brazo e hizo señas a los de arriba sin dejar de mirarlo y, mientras volvía a oírse el rumor como de lluvia de las toscas y la tierra, preguntó cómo, quién se descompuso. Levantándose a medias echaron a correr hacia abajo, casi en cuclillas. Me parece que fue el vino, dijo Iturrain siempre corriendo, le ha de haber caído mal el vino. Saltaron al segundo alero; de ahí, al suelo. Gorda yegua, murmuró el más chico: pensaba en Isabela, la cantinera de El Arbolito. Se dejó caer sobre la barriga para ocultarse de la luz de un coche que pasaba rumbo al cruce del Cerro Negro. Comenzaron a gatear velozmente recatándose a trechos entre los recovecos del socavón. Anselmo miró hacia atrás: entre el movedizo bulto de las sombras que los seguían, no distinguió a Martín. Justo esta noche se le daba a la Isabela por fiar vino, gorda jetona. Justo hoy, pensó. Y una arruga vertical, como una cicatriz súbita, le rayó la frente. Después se detuvo en seco y se dio vuelta, porque una mano se había apoyado sobre su hombro. Martín no era. Era López, de los dinamiteros de la calera Norte. Anselmo lo miró. López miró al vasco Iturrain y luego nuevamente a Anselmo. El más chico de los Iglesias, ahora, habló en voz alta.

—Mi hermano —dijo—. Qué pasa con el Martín.

En el horno viejo, los faros del Mack se encendieron dos veces, como un pestañeo.

—Lo volteó el vino. Dice que no llega, que vayás.

Gran puta, murmuró Anselmo. Miró hacia el horno, dijo crucen, gateando pasó entre medio de los que llegaban y volvió a subir. Y ahora está de nuevo frente a las letras, blanquísimas, como fosforescentes sobre las piedras veteadas. Él y el borracho de su hermano (Martín, susurró buscándolo, Martín) las habían pintado la noche que los apalabró el coronel, ellos, que esta madrugada van a ser muertos entre una zarabanda de gritos, estallidos y disparos y parábolas de cohetes luminosos como una fiesta, porque esta madrugada Anselmo sentirá ganas de pegar un grito en el silencio del cuartel y se dará cuenta de que todos sienten lo mismo, como si estuvieran contentos o electrizados o borrachos, y mordiéndose los labios resecos apretará el mango de fierro del pico, pensando falta poco, pensando Martín, mientras al otro lado de la Plaza de Armas el coronel Lago ya cruza en sigilo los sotos de la Intendencia (con otros veinte hombres que a lo mejor también sienten crecer aquello en la garganta), en el mismo instante en que Martín llegará y saltará la tranquera que da al arroyo.

Perón Vuelve. El más chico había dejado el balde en el suelo aquella noche, la noche que les habló Lago. Martín retocaba con su brocha esa letra, la torcida. Y Anselmo, cuando fue a levantar el balde, presintió algo, a su espalda: agachó del todo la cabeza y miró hacia atrás entre las piernas. Vio las botas militares, y mientras metía la mano entre la camisa buscando el pico, murmuró el nombre de Martín, quien cambió de mano la brocha. Ya habían calculado la distancia entre ellos y el de las botas cuando se oyó la voz. A ver si pintan como la gente esos Iglesias, dijo la voz. Y después hablaron. Y ellos aseguraron que en las canteras había por lo menos treinta dinamiteros capaces de todo. No sólo de volar el puente de pontones sobre el Tapalqué, sino también de dinamitar el Depósito de Arsenales del regimiento, ni bien les dijeran cómo entraban. De eso me encargo yo, había dicho el coronel Lago, y explicó que entrar en un cuartel es fácil. Jodido va a ser salir, dijo Anselmo, riéndose. Iglesias el mayor lo miró con severidad y el coronel le palmeó el hombro: buena gente estos Iglesias, medio locos pero corajudos y peronistas. Los cuatro iguales. Sólo que de los cuatro quedaban dos. A Humberto Iglesias, el del medio, lo mataron en la Capital nomás cruzando el Riachuelo el 17 aquel de octubre en que el gobierno ordenó levantar el puente de Avellaneda y la indiada lo mismo cruzó a nado. Al padre, Casimiro, un viejo chiquito que había quedado medio tullido en su juventud por apostar de puro bárbaro que él levantaba ese carro cargado con bolsas de cemento caído en la cuneta, a Casimiro Iglesias lo voló la descarga de un blindado en noviembre de 1955: el viejo se paró delante del busto de Eva Duarte en pleno patio de la estación de ferrocarril, y el teniente coronel Cuadros que traía la orden (o la voluntad) de hacer volar el busto de Eva Perón le dio diez segundos para apartarse. El viejo dijo viva Perón la puta que te parió, y Cuadros comenzó a contar. Buena madera esos Iglesias, sí. Lago, que nunca había sido peronista, ni lo era, pero que no se iba a poner a explicarles a unos carretilleros que restituir el Honor de la Nación exige, de sus hombres, ciertas decisiones, el coronel Federico José Lago que también será muerto esta noche, sabía en efecto elegir a su gente. Afirmó que Perón iba a volver, y se juramentaron. Y siguieron viéndose en la cantina de Piedra Negra, o junto al paredón donde ahora Anselmo anda buscando al borracho de su hermano, o en algún bar del Pueblo Nuevo.

Lo encontró por fin, boca arriba, tendido bajo una especie de cornisa. Martín dijo:

—Estoy borracho, Anselmito. Descompuesto estoy —y lo decía como si el más chico, y no él, fuera quien necesitaba ayuda—. Vas a tener que seguir solo —decía, y lo repitió muchas veces como si se quejara de algo, de una injusticia. Anselmo lo acomodó estirado bajo la saliente, más al reparo—. Para peor vas a tener que seguir solo. —Apretaba con empecinamiento la botella contra el pecho; se reía ahora. —La gorda me la dio, Isabela, cuando salíamos.

De pronto, se echó a llorar.

Anselmo tomó la botella con intención de tirarla lejos; pero se arrepintió.

—Dormite, dormite acá —le dijo—. Yo le explico al coronel que te pasó cualquier cosa. Dormite.

Le tocó la cara.

Se escuchó abajo el acelerador del camión. Martín, sentado a medias, se mordía el labio inferior con un gesto cómico, moviendo de un lado a otro la cabeza, lagrimeando.

—Hacerle esto al general. Un Iglesias hacerle esto a Perón.

Golpeaba el suelo rítmicamente con el puño; después buscó en la oscuridad la mano de Anselmo y la apretó. Anselmo oía ahora el motor del Mack regulando entre las sombras. Comprendió que debía hacer algo, un gesto, algo: levantó la botella y echó un trago, largo, como de complicidad o despedida, y le guiñó un ojo al mayor que ahora volvía a golpear la tierra con el puño y que después, haciéndole describir al brazo un gran giro, se dio un puñetazo tremendo en el pecho.

Anselmo, con un movimiento de cabeza, le señaló el parapeto, arriba: las letras blanquísimas. Cuando ya se iba, Martín lo detuvo.

—Anselmito —le dijo simplemente.

—Antes de Navidad —dijo Anselmo—. Antes de Navidad vuelve.

El mayor dijo:

—Cuidate, Anselmo.

El más chico echó a correr hacia el horno viejo.

Nos emborracharon adrede, pensó Martín. Unos minutos más tarde, cuando el camión pasaba por el camino hacia el cruce, lo dijo en voz alta, con los brazos abiertos. Se había puesto de pie y tenía los brazos abiertos y la botella en una mano y gritaba. Después corría cortando campo en dirección al cuartel, tropezando entre la tierra removida.

Y ahora los van a matar.

Quién sabe, a lo mejor ni siquiera es necesario el grito: cualquier sonido sorpresivo, un relincho en las caballerizas o el chillar de un pájaro espantado pueden desatar esto, esta alegría violenta que sube por las venas. El grito no será sino un desencadenante, un estallido de la noche. Desde que entró en el cuartel, o desde el parapeto, mucho antes de escuchar la voz de su hermano que acaba de saltar la tranquera y va a llamarlo, Anselmo Iglesias ya estaba teniendo la sospecha de que eso andaba en el aire. Ganas de reírse, o de hablar fuerte. Trató de no mirar al vasco Iturrain pero adivinó en su respiración, levísima, la misma ráfaga contenida, la misma tempestad. No, no era miedo. Era casi todo lo contrario del miedo: necesidad de que se les apareciera un soldado por delante, o un escuadrón entero, y poder entonces agitar los brazos con libertad, revolear los picos y putear a gusto, cualquier cosa que no fuera este deslizarse silencioso detrás de las caballerizas, como sombras, eludiendo los rayos de luz de alguna bomba de agua, rehuyendo tocarse entre ellos para evitar el menor ruido, el menor roce que hiciera reventar la noche. Anselmo sintió la frente mojada de sudor y la garganta seca; no se atrevió ni a levantar la mano ni a tragar saliva. Pasaban, ahora, frente a la cantina de tropa. El teniente se agachó por debajo de la línea del friso, y Anselmo y los demás se agacharon juntos por debajo de la línea del friso. Las luces, había dicho Lago, van a estar apagadas en las cuadras de los escuadrones más cercanos. Estaban apagadas. Cuando vean que se apaga y se enciende una luz en el otro extremo de la Plaza de Armas, en la ventana de los calabozos, es que ya hemos tomado la sala de guardias: crucen hacia el Depósito de Arsenales. La luz se encendió en el otro extremo, en la guardia. Cruzaron, agachados. Lago, en aquel instante, estaba dando un rodeo por detrás de la Intendencia. Diez guarniciones rebeldes al gobierno argentino esperaban que llegase a la Mayoría. Anselmo Iglesias se mordió los labios. El teniente desenfundó la pistola Colt y comenzó, lentamente, a levantar el brazo. Martín Iglesias, a cincuenta metros de allí, derribó de un fierrazo a un conscripto que le dio el alto, alcanzó a ver unos ojos incrédulos, de chico, cuando el muchacho caía, y arrebatándole el máuser en el aire gritó:

—¡Anselmo!

Los diez hombres de las canteras se irguieron al mismo tiempo. Quién vive, se oyó lejos. Viva Perón, gritó Martín y zumbó en las lajas el primer tiro. Viva Perón, contestó Anselmo, todos contestaron, mientras comenzaban a encenderse luces y los gritos y las órdenes crecían entre los fogonazos y los vivas.

Y ése es Martín. Viene revoleando un máuser entre los disparos y los haces luminosos que parten como manantiales desde los cuatro extremos del cuartel. El teniente, con espanto, le ha apuntado al verlo cruzar. Anselmo le desjarretó la cabeza al teniente con la zapa. Aquel que se vuelve hacia la guardia, tropezando con sus hombres que avanzan sobre la Plaza de Armas, es el coronel Lago: un soldado que apuntaba al bulto lo mata por la espalda. Un cohete, al caer, ilumina el salto de Lago y la masa de los hombres de las canteras que le pasan por encima, gritando, viniendo al encuentro de los Iglesias y su gente, que ahí van: Martín a la par de Anselmo, revoleando su máuser delante de los hombres de Piedra Negra, a juntarse todos al grito de Perón vuelve, dando la vida por Perón, carajo, amenazando con el puño a los que tiran. Iluminados en el centro de la Plaza de Armas.

Hombre fuerte

Cuesta, Anselmo Arana, da trabajo llegar y, algunas noches, hasta miedo. Hay que tener lo que hace falta, tripas fuertes y mano pesada. Hay que sacrificar gente si hace falta: un hombre boca arriba en una zanja, o una mujer, que cualquier día estorba. Vivir como quien tira los baúles en un naufragio. Hay que abrirse paso y pisar firme como los que saben qué quieren y adónde van, para llegar a esta noche de verano y a este cruce de calles donde flamean cartelones con su nombre y se oyen petardos y voces que gritan Intendente y gritan que hable, y usted va a subir y a hablarles sin importarle mucho las palabras, sin importarle mucho ninguna cosa, como siempre, ni el Partido ni el estruendo de los aplausos ni esas mujeres chillonas de ahí abajo ni los tapes del Comité rodeándolo ahora mientras sube, ellos con el bulto del revólver bajo el saco protegiendo a don Anselmo como usted antes al doctor, porque el doctor tampoco se rebajó nunca a usar más arma que su gente: *la* gente. Y eso también se aprende, como se aprende a decir redondas las palabras, difíciles, dando ahí arriba la impresión de estar mirando a todo el mundo en los ojos (pero mirándote únicamente a vos, nicoleño, mientras subo), como diciendo acá subí y acá me quedo. Y mientras yo esté acá arriba, infelices, no hay Partido que valga sino yo, el Carancho, don Anselmo ahora y sin apodo, oyendo esas sombras gritonas de ahí abajo y viéndote a vos solo, pero sin importarme nada, y mucho menos tu cara: ni esta noche ni antes, en los Arrecifes, aplastada tu cara contra el piso bajo mi bota hace mucho, hace como diez años. Les hablo de la Patria mirando tu odio, nicoleño, y te leo en los ojos un revólver que no te vas a animar a sacar mientras yo te mire. Después sí, no ahora. Después, cuando me sigas por la calle con tu cara rencorosa y torva, cara de mestizo bruto que no olvida esa raya que te hizo Anselmo Arana, que te hice yo con la espuela, un rayón de la jeta hasta la oreja por el que vas a seguirme y a sacar un revólver o un cuchillo que te veo relumbrar en los ojos como si te lo estuviese pidiendo, nicoleño, como si te oyera o te inventara los pensamientos y me viera yo mismo, don

Anselmo que les habla a estos infelices y me odiara desde tus ojos chinones que ahí abajo están jurándome: No lo olvido, Anselmo Arana. Le juro que no lo olvidé un solo minuto de una sola hora de un solo día de todos estos años. Ni el odio ni esta canaleta en mi cara se me borraron desde la noche que me tuvo un rato largo contra las paredes y alguien dijo me parece que está bueno mi comisario Arán, porque le dijo Arán no Arana, hasta que me vine al suelo y usted me dio vuelta la cara con la bota y yo sentí ese ardor que es esta cicatriz y ahí me quedé, mirándolo desde el suelo hace diez años. Y después, nicoleño. También mirándome después, entre unas máscaras de carnaval alguna noche, desde los ojos sin cara de los sueños, en la vidriera empañada de un café, hace poco, o entre esta gente ahora bajo el cartelón azul de anchas letras blancas que cruza la bocacalle, el gran cartel de género agujereado para que pase el viento, moviéndose, azul, con un nombre escrito a todo lo largo de la noche junto a otros cartelones azules de grandes letras blancas: Vote a Arana. Vóteme a mí.

"Ya votaste, Carancho."

"¿Cómo que ya voté?"

"Que cómo ni que la mierda", se habían reído, "si te han dicho que ya votaste, ya votaste", y se rieron. "Cómo te llamás."

"Anselmo Arán."

La libreta de enrolamiento, enarbolada en la punta de la bayoneta de un milico, apareció a la altura de mi cara. De puro chiquilín, de puro pavo, me atropellé y el gesto de echar mano amagó una intención que no tenía. Cosa que no ha de repetirse, mi atolondramiento, historia que no les cuento a esos infelices de ahí abajo pero les cuento una parte. Cosas que ocurrían en este país hace treinta años, les digo, pero que no volverán a repetirse, no al menos mientras nuestro glorioso Partido sea gobierno y el Intendente de esta ciudad sea yo. Veles las caras, nicoleño, oílos cómo aplauden. Hasta vos aplaudís. A vos te conocí muchos años después de esa mañana, pero que yo ahora esté bajando de acá arriba para que vos me sigas esta noche empieza con aquel culatazo. En el pecho me pegaron, y me tumbó. El sopapo me sorprendió cuando iba cayendo; estaba por gritar "no peguen", o tal vez lo grité, cuando sonó el primer tiro, y después otros. La urna de los votos, astillándose en el aire, es lo que mejor recuerdo: un machetazo, me pareció. Viva el doctor, gritaban, y yo estaba sin respiración caído de rodillas entre un revuelo de papeletas y la espantada de los caballos. Me acuerdo también que nunca había matado a un hombre. Ese milico que atropellaba a sablazos desde la puerta fue el primero. Dicen que lo maté yo. Yo no sé. Lo que sé es que desde un coche me gritaron vení correligionario y que mucho más tarde, en el Comité, el doctor en persona decía:

—Me ha salvado la vida, che —y me miraba a mí, y me había puesto la mano en el hombro—. Cómo es su gracia.

—Me dicen Carancho. Soy Arán, el del turco.

—Conozco a su padre.

Me miró con desconfianza; había retirado la mano. Dijo:

—Pero él no es de los nuestros, si no ando errado.

Supe entonces lo que había que decir, nicoleño. Y lo dije. Muchas veces, después, me oí pronunciando palabras en ese tono. Dije lentamente:

—Él no.

Por eso, nicoleño, por cosas como ésa, hasta hace un rato estuve en ese palco hablándoles a esos infelices y mirándote a vos que ahí venís medio escondiéndote entre los últimos que gritan por la Calle Ancha. Y porque hasta de oírse nombrar se cansa un hombre, ahora he dicho estoy cansado y agregué que me vuelvo a pie, que quiero caminar solo. Mi hombre de confianza y tu mujer me esperan en mi casa. A tu mujer no te la quité: se vino. Llegó a reclamar no sé qué, diciendo que habías quedado medio idiota, casi inútil después de la paliza y que yo no tenía alma si me negaba a ayudarla. Me gustó y le dije quedate, ni me sacó la mano que le había puesto en la cadera cuando se lo dije. Nunca creí que iba a durarme tanto. Ni el doctor le cambió el rumbo. Me di cuenta de quién era yo cuando el doctor, por ella, por ganármela, empezó a querer sacarme del medio a mí. Y lo medité. Un año antes se la daba, ahora me pareció que no era justo. Yo lo quería a ese viejo; daba vergüenza verlo pavear por una mujer. El hombre que lo mató se llamaba Soria.

Desde aquel día, o ya de antes pero sin saberlo, no hice más que acatar mi destino, ciegamente, como hasta entonces había acatado la voluntad del doctor. Porque ahora sé que la vez de Arrecifes, cuando te patié la cara y te marqué desobedeciendo sus órdenes, premeditaba como un recuerdo esta calle, estos árboles, el socavón de esta noche donde me estás buscando: "Hay un negro, el nicoleño, ladrón de urnas y matón: usted se me va de comisario interventor a los Arrecifes, m'hijo, y lo hace meter preso; se lo mandan pedir de Ramallo y lo entrega, allá se encargan", y el doctor, con las manos a la espalda, caminaba, medio inclinado hacia adelante. Me gustaba esa manera de hablar mirando el suelo. Le copié el gesto y aprendí a pensar. Como en su biblioteca, frunciendo la frente, había aprendido a entender lo que hace falta entender de los libros. "¿Comisario yo?", debo de haber preguntado haciéndome el chiquito, y él, que a veces alzaba la vista y me miraba como si quisiera saber qué estaba pensando yo realmente, me contestó: "Natural. Y a tu vuelta de Arrecifes vamos a conversar largo: me has salido por demás bueno, Carancho, y habrá que ir pensando qué dos encabezamos la lista del Partido en la próxima." Y se sonrió. Me había dicho "carancho" pero me autorizaba a figurarme su igual, y se reía. "Hay un título de Bachiller a nombre de Anselmo Arana, que es apellido más nacional. Con lo que sabés, sobra. Y no te hago Procurador porque ahí llegás solo." Después me dijo que los sentimientos son un defecto, y me miraba. Y agregó que por eso yo iba a llegar lejos. "La gente", habló como si no me hablara, de tan bajo que habló, "la gente sigue a los hombres como vos. Explicámelo si podés." Y se reía. Cuando regresé de Arrecifes con tu mujer, volvió a tratarme de usted y estaba serio. Le conté que vos te me habías retobado y que juzgué necesaria, "aleccionadora" le dije, la paliza; que en el trayecto a Ramallo, sabe Dios cómo, te me escapaste. Habló del Partido y preguntó que quién carajo era yo para juzgar nada y encima dejar suelto a un hombre al que se le quitó la mujer, si yo era idiota o andaba queriendo que vos, nicoleño, me buscaras toda la vida. No le dije que sí.

Le dije en cambio que yo, siendo comisario, juzgaba como comisario mientras no hubiera más comisario que yo; que la mujer me la traje porque me gustaba y que, cuando la viera, lo iba a entender del todo. Lo hice sonreír. Me preguntó: "Pero, y qué va a hacer, dígame, con su mujer legítima." Como me acuerdo ahora, me acordé esa vez de que yo tenía mujer. Dije:

—Echarla.

Antes y después hay muchas cosas. No sé cómo se llega, nicoleño, por qué fatalidad, con cuanto esfuerzo se llega a don Anselmo, a este cansancio. De las mujeres, creo, aprendí a tratar con los hombres: metérselos debajo, usarlos y vejarlos; es la ley. De los libros, aprendí a que me lo agradecieran. Dicen que mi padre, agonizando, me llamaba por el diminutivo de mi nombre. Cuando me lo contaron, le perdí el respeto. A vos, ahora que lo pienso, yo te respeté; eso fue lo que pasó. Nomás de verte te temí, te respeté los ojos, y por eso me estás siguiendo ahora. Me aguantaste de pie y con la mirada fija, turbia desde el entrevero bestial de las cejas, mordiéndote. No me ensañé, nicoleño. Probé a darte con toda mi alma por ver hasta dónde aguantabas. Pegarte, esa noche, fue lindo por vos; por cómo se te agrandaba el animal adentro. Cuando el cabo me anunció ya está bueno mi comisario Arán, y volví en mí y me aparté, recién entonces te derrumbaste. Quise verte los ojos y te di vuelta la cara con la bota: abiertos los tenías. Mirada de acordarte. Te marqué por lujo, ritualmente, como quien hace un nudo en el pañuelo de otro. Abandonarte en una cuneta del camino a San Nicolás, esa misma noche, fue como apostar contra tu muerte, a que te despabilaban y te restañaban el rocío y el barro; como querer, hace diez años, que ahora dobles la esquina del Centro de Comercio y que, cuando yo me interne por la Calle de los Paraísos, vos apresures resueltamente el tranco. Revólver no llevás, de lo contrario ya me habrías muerto bajo ese foco. Con arma blanca ha de ser, y eso me va a exigir presencia de ánimo: cuando lo cortan, uno ha de tender a abrazarse, a enredarse. Es más puerco. De ser vos, yo te seguiría por una calle paralela a ésta, midiéndote el paso para verte cruzar en las esquinas. Cuando se está en el lugar que hace falta, uno camina rápido, dobla en la primera transversal y espera tranquilo en la ochava. Vos no. Vos seguís de atrás, a lo perro. No llega a la luz, Anselmo Arana: eso venís pensando. Es raro estar a unas cuadras de la casa de uno, Carancho, donde hay mujer y festejo celebrando por adelantado lo que ni el propio doctor llegó a celebrar nunca, y que lo hallen después boca abajo en esa zanja. Porque seguramente ha de ser allí, en el sombrajo de esos dos árboles, junto a la zanja. Y pensar, nicoleño, que de tener voluntad me ganaba bajo esa luz de una corrida y, de un grito, te hacía mear en los pantalones. Sería diversión. Pero no corresponde.

—No me gusta que me sigan, nicoleño. —Me he parado, esperándote. La voz me ha salido autoritaria por costumbre, estabas medio lejos. —Qué andás buscando.

Qué se siente, nicoleño, qué sentiste, qué siente un hombre cuando le dicen eso. Escuché: "Don Anselmo", y fue como si la noche se desbaratara. "No, don Anselmo", escuché, "si ando queriendo hablarlo, nomás". Y antes de entender las palabras que siguieron adiviné, adentro, que esta noche nuestra, esta caridad para dos hombres o este sueño que yo había empezado a construir casi como un acto de amor una madrugada de hace diez años, ya no sucedería sobre la tierra, y entreví con miedo lo que ahora sé con indiferencia, que yo estaba solo en el mundo, que siempre había estado solo.

Después, caminando juntos, habíamos dejado atrás el sombrajo y la luz. Y entré solo en mi casa, y alguien brindó por el Partido, por mañana. Tu mujer, ahora, ha venido hasta el sillón y me ha puesto una mano sobre la frente. Un hombre salió a buscarte. Esta vez te matan, nicoleño.

Ya no sé qué me dijiste, ni con qué cara. Mejor me acuerdo de mí, caminando con las manos en la espalda, como el doctor antes, oyendo a mi lado un ruido gangoso, un balbuceo de idiota, pensando que eso también me lo debés, nicoleño: esa voz con la que has dicho "don Anselmo" y que habías cambiado mucho en estos años, diciendo, con esa voz, cambié mucho en estos años mi doctor Arana. La vida nos cambia y si usted quisiera o me necesitara yo podría ayudarle en algo, sin pretensiones, claro, pero supe tener la mano firme y eso queda, y si usted quisiera olvidar. Si yo quisiera olvidar, nicoleño: eso, cosas como ésa dijiste.

—No quiero matones entre mi gente —dije yo—. Ya sabés cómo trato a los matones.

Aparte que a tu mujer no le iba a gustar mucho verte con esa cara, agregué, y agregué: disculpá.

No, si no pretendías, y ya ni sé qué era lo que no pretendías porque dejé de escucharte y después llegamos y dije esperame, ya vuelvo. Esperame donde los árboles.

Te miré pasar bajo la luz. Ibas cabeceando, como contento.

Una estufa para Matías Goldoni

Estaba ahí sobre el banquito, en mitad de la cocina.

—Mejor la prendo de nuevo —dijo Matías.

Cautelosamente, miró a su mujer. Ella dijo:

—¿Cuántas veces la vas a prender?

Él miró hacia otra parte.

—Y si después se le atraviesa una basurita —murmuró.

—Siempre pensás lo peor —la voz de ella fue lapidaria—. Así vas a llegar lejos, sí.

Y dale con eso, quién les habrá dicho que uno quiere llegar lejos, y además son ellas las que lo desaniman a uno. Basta que un hombre se decida a algo, arreglar estufas por ejemplo, para que ¡zas! la mujer le caiga encima: Arreglando estufas. Ja. ¿Pero me querés decir a dónde vas a llegar arreglando estufas? Sin embargo, por algo se empieza; ahora en los ratos libres, después quién sabe. Por lo pronto ahí estaba, sobre el banquito, una especie de diploma o algo así. Y ciento treinta y cinco pesos son ciento treinta y cinco pesos. No era una cuestión de plata, o también lo era, sí (cómo explicar bien esto, cómo explicárselo a una mujer), y al mismo tiempo era otra cosa: era que ahí estaba su primera estufa, que él la había arreglado y que le iban a pagar por eso, por haberla arreglado.

—Yo la prendo.

—Dale, prendela, así cuando viene el dueño la ve prendida o la nota caliente, y se cree que la estuvimos usando. Si es que viene.

Ahí está, tenía que agregar: si es que viene. Y por qué no iba a venir, vamos a ver. Era necesario que viniera; si el hombre no venía, Matías Goldoni difícilmente iba a poder dormir esa noche. Miró la estufa. De pronto sintió que le tenía cariño.

Lejano, se oyó el timbre de la puerta de calle. Ellos se miraron un instante.

—Debe ser el novio de la Elvia —dijo al fin la mujer.

—Sí, debe ser —dijo Matías.

Elvia era la hija de los dos del primer patio, y Matías pensó que, en efecto, nada impedía que en ese momento llegara el novio. Y se sobresaltó.

—¡Capaz que se viene con uno de los chicos!

—Quién —dijo la mujer—. Qué chicos.

—El hombre. El dueño de la estufa.

—¿Y?

—¡Y! ¿No entendés? Que si Elvia y el novio están en la puerta como saben estar, andá a saber lo que piensa de la casa. Y después nadie nos trae más trabajo.

La mujer hizo un gesto. Matías entendió que ese gesto significaba: Vos te vas a enloquecer con tus estufas. Y sin embargo es cuestión de empezar bien, eso influye mucho. Después uno pone el tallercito, compra herramientas, eh, si no, cómo empezaron Volcán y todos ésos.

Se oyó la voz de un chico.

—En la puerta hay uno que pregunta por el Matías.

Su mujer lo miró y él comprendió que también ella estaba asustada ahora. Pero, asustada y todo, tuvo aliento para decir:

—Y, ¿qué esperás?

Menos mal, el hombre gordo había venido solo. Cuando estaban llegando a la cocina, Matías señaló vagamente el lavadero y dijo:

—Todavía no instalé el taller. Por ahora me arreglo más o menos. Provisorio, claro. Pase, pase a la cocina.

Aquello era poco serio. Recibir a un cliente en la cocina: lo iban a confundir con un vulgar tachero. El hombre gordo, sin embargo, no pareció molesto. Cortés, saludó a la mujer y se quitó el sombrero, ella mecánicamente se limpió las manos en el delantal. Matías comprendió que era necesario decir algo.

—Me dio trabajo, sabe. Hubo que desarmarla toda.

Se miraron un instante. Sonrieron.

—La taza de calentar estaba picada; no valía la pena soldarla. La cambié por otra más chica, pero sirve lo mismo. Ya va a ver.

Nada de lo cual pareció importarle gran cosa al hombre gordo.

Matías supo que había llegado el momento. Se agachó. Para asegurarse, echó dos medidas de alcohol en el depósito. Quiera Dios que no se le atraviese una basurita.

—Anda perfectamente, ya va a ver.

La mano le tembló un poco; presentía la mirada de su mujer y la curiosidad del hombre clavadas en su nuca. Encendió un fósforo. Durante un segundo, la llamita, azul, luchó por extenderse sobre el alcohol. Después, como si jugara, hizo una pirueta y se apagó. Otro fósforo. Más cerca esta vez, hasta que casi se quemó los dedos. Y la mirada de su mujer y la curiosidad del hombre. Pero el alcohol no prendía. Lo único que me faltaba.

—Viene malo. Le ponen agua, sabe.

El hombre gordo asintió, sonriente. La mujer empezó a cocinar. Matías encendió un nuevo fósforo. La llamita azul, la pirueta a que sí a que no, y finalmente *pfffss*. Matías encendió tres fósforos más: lo mismo. Y justo ahora aquélla se pone a freír milanesas, habla todo el día y justo ahora se queda callada. Estaba haciendo calor en la cocina.

—Alcanzame un papel, vieja.

Ella, en silencio, obedeció. El hombre gordo también guardaba silencio. Matías Goldoni sintió que, por el momento, el universo giraba silenciosamente en torno de un hombre que trataba de prender una estufa. Sí, la verdad que hacía calor. Y para colmo el papel resultó tan inútil como los fósforos. Si sería desgraciado el gallego de la vuelta.

—El alcohol se ríe —dijo Matías.

¿Qué estaba diciendo?

—Le echan agua —dijo—. Compran un litro y venden diez.

Se puso de pie; necesitaba una pausa.

—Vieja, andá, pedile un poco de alcohol fino a la Elvia.

Ella salió.

El hombre gordo comenzó a pasear sus ojos por la cocina. La cortina floreada de la ventanita, el calentador, la calcomanía del morrón, el almanaque con el dibujo de un perro vestido de mecánico. Cuando se le terminó la cocina, la mirada del hombre gordo quedó fija en los ojos de Matías. Matías sonrió. El hombre gordo también sonrió.

—Hace un poco de calor, ¿no? —dijo Matías.

Había estado a punto de proponerle que se sacara el sobretodo, pero se arrepintió a tiempo: era un cliente. Agregó:

—Me costó un trabajo bárbaro; tuve que desarmarla. Estaba muy sucia.

No debió haber dicho eso, a ver si el hombre lo tomaba a mal. Trató de explicar:

—Sucia del querosén. El gas. Y los grafitos de las junturas se estropean, claro. Después, pierde.

Y ésta que no viene; a ver si se le queman las milanesas, encima.

Entonces entró la mujer y dijo:

—Dice que no tiene.

Matías y el hombre gordo se miraron. Por distintos motivos, transpiraban.

Matías pidió otro pedazo de papel.

Y el hombre gordo habló por primera vez. Su voz fue tan sorpresiva que ellos se sobresaltaron.

—Mire, la llevo así nomás. Si usted dice que anda...

—¡No! —la voz de Matías era casi dramática—. No. Se la prendo. Usted va a ver. Vieja, ¡el papel!

Ella se lo alcanzó. Dijo:

—Ya perdiste demasiado tiempo con esa estufa. No te conviene trabajar así. Al final, perdés plata. El tiempo que te llevó ésa...

—Cosas del oficio —Matías sonrió nerviosamente; cada vez sentía más calor, y ese alcohol de miércoles.— A veces sale aliviada y otras no. Pero, ni bien la prenda, va a ver. Va a ver cómo anda.

Y tal vez fue por la desesperación que puso en el gesto de acercar el papel, o porque estaba de Dios, pero el alcohol se encendió. Primero lentamente, después decidido; por fin, triunfante.

Entonces Matías se dio cuenta de que el alcohol se había derramado sobre el banquito, porque el banquito empezó a arder.

—Pero, eso pierde —dijo el hombre gordo.

—Ponela en el suelo, querés —dijo la mujer.

—Dame un trapo —dijo Matías.

Se atropellaba. Al bajar la estufa se quemó los dedos y estuvo a punto de soltarla. La mujer, con un trapo, apagó el fuego del banquito y echó una mirada de hielo a Matías. El hombre gordo volvió a decir:

—Pero pierde.

Matías, desordenadamente, trató de explicarle que no, que no perdía, sólo le había echado alcohol de más y eso era todo, ahora la taza era un poco más chica pero no tenía importancia, no había que ponerle alcohol una sola vez, sino dos.

—Sí, pero pierde.

Matías comenzó a dar bomba y repitió que no tenía importancia. Dijo que él la había prendido antes y funcionaba perfectamente, ya va a ver. Y la mujer dijo:

—Por qué no esperás que se caliente.

Me va a enseñar a mí cómo se prende una estufa.

—Seguí con tus milanesas —dijo Matías.

Ella se dio vuelta, herida. El hombre trató de sonreír:

—Mire, me parece conveniente cambiarle nomás el cosito del alcohol, mejor la dejo —y se puso el sombrero.

—¡No! Si anda lo más bien. —Matías daba bomba como si se jugara la vida. —Va a ver, va a ver —porque era imprescindible que el hombre viese, porque para eso Matías Próspero Severino Goldoni había arreglado esta estufa y porque él le iba a demostrar, tenía que demostrarle, que la estufa andaba perfectamente—. Va a ver —y daba bomba como si se jugara la vida.

Pero el hombre gordo dijo:

—Yo se la dejo. Le creo que anda.

Matías negaba con la cabeza y seguía dando bomba. La mujer, como con lástima (o tal vez imperceptiblemente de otro modo ahora) lo miraba hacer. Cuando Matías abrió la roseta y pidió un papel, ella dijo en voz baja:

—Esa estufa está fría, viejo.

Y era cierto.

Llamas amarillas subían por los quemadores. Un desagradable olor a querosén crudo se confundía agriamente con el de las milanesas. Matías sintió un nudo en la garganta. Entonces perdió toda compostura:

—Le juro que andaba, yo la probé y andaba. ¡Vos, María Elisa, vos no me dejás mentir!

—Yo le creo —dijo el hombre—. Mire, mañana...

—Es que yo quería que usted la llevara ahora, ¿no entiende? La estufa anda bien; anda bien porque yo la arreglé. No es la primera que arreglo. ¡Usted cree que es la primera, pero no es la primera!

—Pero si yo no digo nada.

—Usted no lo dice, pero lo piensa. ¡Vieja! Decile que andaba.

El hombre gordo ahora parecía realmente molesto. Se acercó a la puerta y, mientras la abría, murmuró un apresurado buenas noches. Desde afuera agregó que mañana iba a volver. Mañana, sí, a la noche, o tal vez pasado mañana.

Matías lo siguió a todo lo largo del patio. Iba repitiendo que la estufa andaba, que tenía que creerle. Después, en la calle, y cuando el hombre ya estaba lejos, todavía lo repetía.

Requiem para Marcial Palma

Amainaron guapos junto a las ochavas
cuando un elegante los calzó de cross.
CELEDONIO FLORES

Lo tumbó el asombro. Pero un viejo famoso por lo antiguo, y por sus zafadurías —y porque una noche de 1890 en la Vuelta de Obligado se entreveró a sablazos con el ánima de un inglés muerto cuando el sitio de la escuadra anglo-francesa, inglés al que juraba entre risitas haberlo sableado "como Moisés al ángel", hasta que clareó—, el viejo Chaico, viendo esta noche a Marcial venirse al suelo entre las mesas, tan hombre y sopapeado por ese cajetilla, dicen que dijo no, a Marcial no lo tumbó el asombro. Lo tumbó la historia. O a lo mejor dijo la vida o cualquier otra cosa. Lejos, música y fogatas. Porque ese año las romerías se arrimaron por primera vez al bajo de San Pedro, cuando las fiestas de San Pedro y San Pablo. Unos acordeones borrosos italianizaban la melodía igual de cualquier ranchera. Y el viejo, si es que había dicho algo, lo dijo con seriedad. Fue en La Rinconada. Aquel almacén junto a la laguna que hoy es la estrafalaria cantina del Balneario Municipal, pero que aún conserva, donde debió ser el patio, un anacrónico palo de quebracho con su correspondiente argolla de fierro. Sabrá Dios para sujetar qué, a no ser fantasmas de caballos. Fue ahí, ha de hacer medio siglo. Y, salvo el viejo, nadie quiso entender esa noche de antiguas estrellas y música y un hombre por el suelo gateando en cuatro patas (pero los ojos amarillos y levantándose despacio ahora, con maneras de puma), nadie quiso o supo entender qué significaba ese intruso arribeño, ahí en Las Canaletas. Si hasta era cómico al principio, como un sueño verlo al tilingo animársele a la mujer de un hombre del bajo. Cómico con su chaleco color patito en La Rinconada, jediendo a agua florida, entrando y mirándola fijo a la Valeria, que se dejó mirar y no bajó los ojos. Marcial llegó al rato, se paró ahí, en la noche del hueco de la puerta, y era el único en La Rinconada que no sonreía. Después cruzó entre los hombres, después habló. Pero yo sé que antes, mirando al tilingo desde la puerta, hizo el gesto de espantar una sombra que le atormentó la frente, borrascosa por costumbre; algo como un agüero o un ala. Sin sonreír se paró a espaldas del arribeño y habló. Dijo que en la noche del Santo Patrono, él, no mataba a un hombre. Debió ser lindo oírlo. Pero fue lo único lindo porque después se escucharon otras palabras, humillantes, y Marcial estaba rodando despatarrado entre las mesas. Me han dicho que hubo quien no se atrevió a mirarlo caído, por miedo a que Palma alguna noche le recordara los ojos. De cualquier modo, Marcial no miró a la gente ni la consideró. Miró al cajetilla, y si pensó algo pensó en el cuchillo. Lo sintió, quizá, en los dedos. Y ahora ya estaba de pie, más alto que el otro, recobrando de a poco su vieja índole de mirar a los hombres a desnivel y acordándose de que esta vez no había cuchillo. El otro estaba parado ahí, sin saco, con los puños cerrados y los brazos extendidos hacia adelante, muy tiesos. Una caricatura en daguerrotipo. Porque esta vez era así, sólo con las manos. A lo hombre, había dicho sonriendo el tilingo. Marcial dio un paso, y Valeria (que a lo mejor sí lo miró los ojos) volvió a ser mujer de Palma. Un segundo antes, si alguien se hubiera fijado en ella, habría notado cómo se le arrimó a lo gata al cajetilla de la pose cómica. Lindo hombre, además, dicen que era. Marcial caminó lentamente, apartando con el pie una silla caída, y el viejo de los ojitos, el viejo Chaico, sentado como siempre junto a la ventana que da al río, entrecerró los párpados. Y antes de que a Marcial lo doblara en dos un puñetazo que nadie vio, antes de que su cabeza saltara hacia atrás golpeada por un puño que describió una parábola como de guadaña, el viejo, mirando por entre las pestañas caminar a Marcial, acaso recordó durante un segundo esa apostura, pero en otro cuerpo y muchos años antes.

El hombre aquella vez se llamaba Drago. Y la puerta de La Rinconada era distinta: no había puerta. Había una arpillera colgada de un travesaño. La puerta se hizo en tiempos de Marcial, en el mismo sitio donde hoy, tapiando el hueco, un afiche recomienda a los bañistas de San Pedro no sé qué refresco, una botella luminosa, compartida en el dibujo por una alegre pareja de adolescentes con cara de norteamericanos; ella, con pecas en la nariz. La trama de la arpillera debieron tejerla manos ya de otro siglo, y antes de esa estopa no me imagino ni La Rinconada, a lo más, puro barro y juncales, pero sobre todo y siempre el río, comiéndose la barranca. "Busco a don Amancio Drago", parece que en tiempos de la arpillera Marcial había dicho así, que tenía acento entrerriano, que varios lo miraron en silencio. Lo que se sabe seguro es que llegó de a pie, cerca del mediodía, y que se quedó diez años. Unas mujeres que lo amaron afirman recordar cómo de a ratos le cambiaba el color de los ojos, del gris plomo al amarillo; se le achicaban las pupilas, y no por la luz: nadie sabe la causa. La vieja Valeria me ha dicho que ella lo nombraba Yaguareté. También se sabe que aquella vez (no la noche que anduvo por el suelo) Marcial pidió una ginebra, que ni probó, y se estuvo sentado a una mesa sin hablar ni moverse del mediodía al crepúsculo, toda la tarde hasta que un hombre apareció en la puerta y se quedó mirándolo. Marcial entonces se había levantado de la mesa, lentamente cruzó el almacén, y Amancio Drago, como si estuviera recordando de antes ese trayecto y el que habrían de seguir bajo la predestinación sangrienta del crepúsculo, le alzó la arpillera y se hizo a un lado con naturalidad. Y Marcial salió al patio ofreciéndole la espalda y, juntos, se perdieron entre los garabatos de Las Canaletas. Atardeció de golpe, como un derrumbe. La ginebra todavía estaba sobre la mesa cuando Palma regresó: sólo entonces se concedió tomarla. Después volvió a salir. Como con pena desensilló el caballo de Amancio, lo desató, le cacheteó con suavidad el belfo y dándole un chirlo lo largó trotando a la noche. Valeria, cuentan que ya estaba. Me dijeron que el viejo de los ojos chiquitos por la ginebra, el viejo Chaico, lo decía. Y decía que en eso se diferencian. Caballos y mujeres. Hiciste bien en soltar esa noche al azulejo: hay animales, Marcial, que no aguantan la humillación de que los monte otro hombre. Y puede que el viejo de los ojitos burlones, mirando años después las fogatas de la fiesta mayor del pueblo, las romerías, que aquel año amenazaban perderle miedo a la costa, también le haya dicho: Cuidate de San Pedro y San Pablo. Y puede, sí, que un aletazo le haya oscurecido la frente a Marcial. O puede que Marcial (pensando en qué) ni lo haya oído.

Sin embargo yo sé que desde muy antes de esta noche Palma solía andar serio. Taciturno es la palabra que explica lo que nadie, en 1964, me sabrá recordar de aquel rostro en lo que fue La Rinconada. Andás triste, Yaguareté, ha de haber dicho simplemente Valeria. Y él se rio, y salió a dar una vuelta, solo, y cuando volvió al almacén era el único que no se reía. El cajetilla ese, su chaleco inverosímil y sus polainas, su voz en el mostrador pidiendo a lo gringo una caña de durazno, su inerme temeridad entre las sonrisas del bodegón, causaban algo más que gracia: lo supo en los ojos de Valeria, quien también le respetaba al tilingo la locura. Marcial entró y los hombres le abrieron una calle de espacio y de silencio. Llegó al mostrador, se acercó a la distancia de un brazo y dijo, pausadamente, que el día del Santo Patrono él no mataba a un hombre.

El otro lo miró sin dar vuelta el cuerpo; apenas la cabeza. Y Marcial, buscándole los ojos, le adivinó de golpe el revólver en la mano. En el segundo siguiente, aunque Marcial Palma ignorase el significado de la palabra sainete, debió de sentir en el aire (sintió) que el universo con música de acordeones tocando rancheras se reorganizaba en uno, en aquel boliche, para él solo. Porque el tilingo, despacio, dándose vuelta como con pereza, dejó oír por primera vez en San Pedro la injuria aquella de la pólvora. "De que se inventó la pólvora", dijo, "se acabaron los guapos." Y parecía irse despertando mientras hablaba, porque siguió hablando y era un poco como si se divirtiera, y había que sacarse el saco entonces y dejar a un lado el cuchillo y pelear. A mano limpia, dijo el tilingo: a lo hombre. Se puso en guardia y le ordenó a Marcial que se acercara. Vení, arrimate, dijo con los dientes apretados. Vamos, arrimate, susurraba dando saltitos a su alrededor.

—Arrimate, vení —repitió.

Después amagó ir hacia adelante, hizo ademán de golpear y cuando Marcial, sorprendido, desarticulado torpemente en la espantada, se echó hacia atrás, el otro, sonriendo, apareció en el mismo sitio de antes. El resto nunca supe cómo se cuenta. Marcial lo embistió a lo fiera, desguarecido el cuerpo y con las manos abiertas, buscando a ciegas manotearle la garganta. Pareció nadar cuando el arribeño, ladeándose, descargó un golpe como de maza sobre la sien de Palma. El cuerpo de Marcial dio un giro sobre sí mismo y salió disparado hacia adelante, de espaldas, pegó de plano sobre una mesa en un desbarajuste de botellas y de hombres abriéndose, y quedó estaqueado entre dos sillas, medio cuerpo en el aire medio en el piso. Valeria, si no inició el gesto de arrimarse al cajetilla, en intención, al menos, se estaba traicionando. Entonces vio los ojos de Palma, atigrándose a ras del suelo, y también a ella un animal se le agazapó adentro. Lejos, los acordeonistas; en el centro del boliche, largos los brazos con los puños hieráticos un poco doblados hacia arriba, la pierna izquierda algo adelantada —grotesco, pero mucho menos cómico ahora—, el cajetilla no pestañeaba. Veinte hombres incrédulos, pero que estaban siendo para él veinte maneras de ser muerto, lo miraban por no mirar a Palma. Y si Palma pensó un cuchillo, el arribeño, viéndolo pararse, acaso ha pensado fríamente en el revólver. Lo que sigue parece sueño. Aún hoy, en el bajo de San Pedro, dos o tres viejos se recuerdan de muchachos dando por muerto al cajetilla cuando Marcial acabó de pararse. Y recuerdan cómo, al segundo puñetazo, Marcial se quebró por la cintura, y al tercero se enderezó y abrió los brazos y no alcanzó a caer porque lo sostuvo el mostrador. Era como si hubiera cambiado el mundo, me dijo alguno. Y el viejo Chaico, a quien ya no se lo veía por el bajo desde muchos años antes que yo averiguara estas cosas en La Rinconada, de haber estado también lo habría dicho, pero en otro tono.

(El viejo no estaba. Desapareció una noche o se ahogó: lo vieron bajar hacia la orilla entre la borrasca, diciendo que él iba a llegar, y desató una canoa, porque se le había metido en la cabeza que él iba a llegar remando hasta la Vuelta de Obligado, con su trabuco naranjero y aunque se derrumbe el cielo, que un sampedrino no lo iba a dejar ganoso a un inglés, decía al salir del almacén, y lo vieron pasar al rato chuequeando en dirección a los juncos, revoleando un trabuco y arrastrando la vaina de un sable inconcebible por la arena, que una vez nos habrán batido, cuando don Juan Manuel, pero esta noche los vamos a hacer recular a sablazos hasta el estuario, carajo; y se lo tragó la tormenta.) El viejo, de haber estado, también habría dicho que sí, que la noche de Marcial Palma el mundo había cambiado. Ya no daba risa el cajetilla. Casi les inspiró respeto y hasta comenzó a ser lindo verlo moverse con exactitud, sin desarmar los brazos, sobrándolo a Marcial. Cambiando el mundo.

Muchos años antes, alguna noche parecida a ésta, también debió cambiar. El mundo, o el pueblo. Todavía puede notárselo en la estatua de Fray Cayetano Rodríguez, que da la espalda a las casas en el bulevar de la barranca (porque antes el pueblo era al revés: de allá para acá) y puede notárselo en la cúpula de la iglesia, cuyo campanario también mira hacia el río y desde el cual se ve, aún hoy, la Vuelta de Obligado (o se la presiente), y se ve entre unos sauces el techo anacrónico de La Rinconada. Pero se lo ve exactamente al revés de cómo lo está viendo Marcial en esta historia, de arriba se lo ve y de afuera, y Marcial desde el piso, de espaldas y con los ojos encandilados por la lámpara a querosén que, balanceándose, como queriendo adormecerlo cuelga de un travesaño del techo justo encima de su cara.

Como borracho, se levantó. Comenzaba a aprender aquel juego, y el cajetilla, a cansarse. Porque en algún momento el otro erró un golpe y Marcial, a mano abierta, le acertó un revés, y el boliche pareció un hormiguero súbito despertándose. Pero después fue igual, o peor, porque el cajetilla se vio en la obligación de lucirse y comenzó a hacer fantasías, casi sin pegar, evitando los manotones desordenados de Palma y olvidándose en la fiebre de aquella fiesta que alejarse del mostrador, donde quedó el saco con el revólver, era un modo de no volver a salir vivo de La Rinconada. Como de lujo, le devolvió el revés; a dos manos. Y Valeria, que ahora sí podía verle bien los ojos a Marcial porque ella ya estaba definitivamente detrás del arribeño, supo que Marcial, otra vez largo a largo sobre el piso, si se levantaba, se levantaba a matar. Cuando el cajetilla lo vio parado, también lo supo. Lo único que hizo Palma fue abrir la mano: la cerró y tenía un cuchillo. (Por la ventana se veían, altos, los ardidos muñecos de San Pedro y San Pablo. El viejo, relumbrándole los ojitos que reflejaban otras antiguas fogatas, ni miraba la escena ni miraba el pueblo, miraba el río.) El arribeño notó entonces, entre el mostrador y él, una hilera de hombres. Sin embargo, no desarmó la guardia. Lo esperó allí, bajo el círculo cetrino de la luz, solo y ridículo como un grabado de periódico amarillento, pero sin moverse. No retrocedió. Dio vueltas sin apartar los ojos de la mano de Marcial: cada vez más cerca, la mano, de su chaleco. Luego se quedaron quietos. Ni la música de los acordeones se oía. Los dos notaron que Valeria estaba ahora al costado de Palma; los dos también notaron algo que yo no sé escribir. Porque el brazo de Palma se demoró, y el cajetilla, sabiendo que le iba la vida en eso, levantó la vista y se fijó en los ojos de Marcial. Un rato largo dice la vieja Valeria que se miraron, como reconociéndose; con una firmeza que dio miedo. Y cuando Marcial dejó el cuchillo a un lado, sin matarlo, y dijo "defendete" y le cruzó la cara de un cachetazo y se apartó ridículo, imitando a medias la postura del otro, dicen que el cajetilla pareció que iba a bajar los brazos: Palma no lo dejó. Le pegó, como pudo, un puñetazo torpe y volvió a gritarle que se defendiera, y lo insultó. Pero no sonó como un insulto, nadie me supo decir cómo. El cajetilla ya no buscó lucirse: pegó a quebrarlo. Al derrumbarse Marcial, de boca contra el suelo, fue como si al otro un gran peso le aflojara los brazos. Cuando pasó entre la gente y se puso el saco, nadie lo detuvo. Tampoco, cuando guardó el revólver. Lo miraban hacer, nomás. Valeria se animó a tomarlo del brazo: el cajetilla la miró como si le costara reconocerla. Después dijo no. "No, vos no te quedás con el más hombre; vos te quedás con el que gana", así dijo y la apartó y salió. Parece que alguno, acaso por hacer respetar a la mujer, se le fue de atrás manoteándose la cintura pero una mano lo detuvo: la de Marcial.

De espaldas a eso iba el arribeño, yéndose de La Rinconada. Marcial tenía por última vez un cuchillo en la mano, dicen que impresionaba verlo, tan alto. Valeria miraba el piso de tierra. El viejo, hacia la Vuelta de Obligado. Lejos, empezó una tarantela.

En el cruce

Dijo que no. Tenía los dientes apretados como para no perder aliento, o como si mordiera, sin embargo ahora se tambaleaba un poco. Lo miramos y miramos a Cembeyín: él también tenía ese gesto emperrado, de morder, y la misma vena colérica cruzándole la frente. Cembeyín gritó "a tierra", y con rítmica frialdad siguió gritando y el tucumano Rojelja iba y venía por la Plaza de Armas, rodaba unos metros como un cilindro, volvía a quedar de pie en posición de firmes, salía corriendo hacia cualquier parte hasta que una nueva orden, repentina y exacta, lo paralizaba en el envión de modo que su cuerpo parecía chocar contra el grito, y el golpe, tumbándolo en el aire, lo volteaba largo a largo sobre las lajas de cemento. "Arriba", gritó Cembeyín, y el judío Yurman me dijo al oído ya le conté trescientas. Y cuando escuché "abajo" pensé trescientas una, y después trescientas dos. Cerca de las cuatrocientas perdí la cuenta. Cembeyín estaba ronco; sudaba, casi tanto como el tucumano. Volvió a ordenar:

—Firme.

Le preguntó, una vez más, si estaba cansado.

—No —dijo el tucumano.

—No mi teniente.

—No, mi teniente —repitió el negro.

—¡Carrera, mar...! —dijo Cembeyín.

Y así siguieron, durante un rato muy largo.

Yurman, yo y tres o cuatro soldados de Caballería del Escuadrón Comando fuimos los únicos testigos de aquel duelo entre Rojelja, el mejor tirador y el lancero de más aguante de todo el regimiento, y Cembeyín, el loco, de quien se contaba que había pertenecido a la guardia personal de Perón y a quien más de un conscripto, al entrar sorpresivamente en su Detall a la hora de arriar la bandera, lo encontró firme, con la gorra en la mano y la fusta cruzada bajo el brazo: completamente solo. El loco Cembeyín que tres meses más tarde, una noche de estrellas altas e impávidas, apostó que él coparía el polvorín de Sierras Bayas: con tres milicos y una ambulancia, dijo. Milicos entre los cuales también estaba yo, como esa mañana, cuando el tucumano se vino de cara al suelo en mitad de una orden y se quedó quieto, con las piernas agarrotadas y la boca abierta, repitiendo que no.

—Furriel —gritó Cembeyín, llamándome.

—Ordene, mi teniente.

—Vaya a la enfermería, y que venga un camillero. Y me hace una planilla por treinta días de calabozo para este hombre. —Agachándose, acercó la boca a la oreja del tucumano. Gritó. —Y no te mando a Cobunco porque sos peronista. —Después a mí. —Paso vivo a la enfermería.

En total, quinientas órdenes cumplidas por el tucumano. Quinientas veces flexionar las rodillas, salir rodando, arrastrar los codos contra el cemento hasta agujerear la garibaldina, saltar imitando a las ranas, quinientas veces. Con la espalda siempre muy erguida, lisa como una tabla. La anécdota engrandeció al Escuadrón Comando; después se engrandeció a sí misma y, a la semana, cuando Rojelja salió de la enfermería para entrar en el calabozo, comenzaron a no creerla. Porque salvo un moretón ancho que se perdía entre la piel aceitunada de su cara, y salvo quizá los ojos (algo, dentro de los ojos), el negro no daba la menor señal de estar golpeado. Ni por fuera ni en ningún otro sitio.

—Es una bestia —dije.

Y supongo que iba a agregar algo así como que, éstos, eran unas bestias: todos. Pero el ruso Yurman me codeó. Al darme vuelta, vi a Rojelja que venía caminando por la Plaza de Armas. Llegó y dijo:

—Soltaron los presos.

La voz de Cembeyín, desde la cuadra. Llamó a Yurman. El tucumano, al oír la voz, había crispado las cejas. Después vino el sargento Montoya, dio la orden de formar y me pidió, urgente, y sin tutearme, un parte con la fuerza efectiva. Yo estaba escribiendo la fecha, 16 de junio de 1955, cuando Yurman volvió a entrar. Ahora tenía una jineta de cabo dragoneante y dijo que estaban bombardeando Buenos Aires.

Dos o tres meses después, ya me había acostumbrado a decirle "mi cabo" si estábamos en presencia de algún superior, y me había acostumbrado a que me mandara a la puta madre que me parió si, cuando se lo decía, estábamos solos. Esos meses estuvimos acuartelados, se habló mucho de la patria, hubo arengas, mejoró la comida. Nunca supimos bien qué había pasado en la Capital.

—Mirá, mientras mejore.

—Cebados —dijo Yurman—. Nos quieren tener contentos.

Lo miré.

—O matarnos gorditos.

Al ruso no le gustaba que se frivolizara la muerte. Sin embargo, era divertido ser cruel. Como darse ánimos. O distraerse hablando del locro. Lo fundamental, no ponerse dramáticos. Al fin de cuentas, qué, me escuché decir. Unos atorrantes de la aviación, tres baldosas rotas en la Casa Rosada y exiliarse al Uruguay.

—Dicen que hubo muertos.

Rojelja había hablado: su voz era rencorosa. Tenía a Perón metido en la sangre; decía cosas como vendepatrias, la Nueva Argentina. Para un peronista no hay nada mejor que otro peronista. Justicia social. Como si detrás de aquella frente, impuesta de lástima entre las cejas y el pelo hirsutos, de indio, hubiese ido atesorando a lo largo de doce años todos los *slogans* que pudo. Salvo Cembeyín, no había otro que pronunciara más frases de aquéllas en nuestro regimiento ni otro que fuese más peronista. Mientras comíamos, no pude evitar mirarle el verdugón, borroso ahora, amoratándose un poco bajo la piel, al morder: eso tampoco se le iba a ir nunca del todo. Nada mejor que otro peronista, pensé, el tucumano caído y Cembeyín gritándole "da gracias que no te mando a Cobunco". Pero lo pensé sin pasión.

—Otro cuartelazo —dije— y termino encariñándome con el locro.

Salimos del comedor.

Fue, tal vez, esa misma tarde, o la tarde siguiente. Un soldado de Mayoría entró en la caballeriza del Primer Escuadrón donde estábamos escondidos tomando mate. Traía gesto misterioso, de oficinista que está cerca de los jefes, que sabe cosas. Dijo:

—Se levantó la Marina.

La respuesta de rigor, "sí, se levantó a diana", no encontró eco.

—Te digo que sí.

Mezclado a nombres opacos, a civiles que se mataban brumosamente en las calles de Córdoba, a palabras como focos subversivos, apareció, de pronto, el nombre del mayor Carbia del Destacamento de Zapadores de Sierras Bayas. Eso era distinto. Le di un mate.

—Cómo Carbia. Qué tiene que ver Sierras Bayas.

—Que vino, de arriba, la orden de que se pusiera a disposición de Olsen, de nosotros. Y que Carbia se negó.

—Pero, qué tenemos que ver nosotros.

—Que somos leales al gobierno —dijo antes de salir, y el tucumano pareció contento—. Y que Carbia se pliega a la revolución.

Sierras Bayas estaba a unos pocos kilómetros de nuestro cuartel, cerca, tanto que al pensarlo tuve ganas de hacer una broma sobre cualquier cosa, alguno la hizo antes que yo, y reímos; pero Yurman dijo por qué no se matarán entre ellos estos imbéciles, y Sierras Bayas volvió a estar cerca, como metida dentro mismo de un casi simbólico regimiento de Lanceros donde tres o cuatro escuadrones que dormían la siesta, y unos Héroes Ecuestres escondidos en la caballeriza tomando mate, eran leales al Gobierno de la República. Siete años tendría cuando apareció Perón, estaba diciendo Yurman y señaló a cualquiera. Y yo, y vos. Jugábamos a las figuritas, me querés decir a mí qué tenemos que ver con Perón. Y era como si uno empezara a participar ciegamente de los bombardeos o pudiera ser muerto ahí mismo, en la mitad de un mate, con la cabeza volada de un balazo. Pero por qué, preguntaba el ruso. Para qué, o vos tenés ganas de hacerte matar por estos imbéciles.

Creí que Rojelja iba a levantarse, pero no se movió. Dijo:

—Vos no entendés.

El padre de Yurman venía en coche a buscarlo al ruso: pensé que el tucumano pensaba eso, sin embargo había hablado con naturalidad. O matar, decía Yurman: tirar hacia cualquier parte y acertarle a cualquiera. Sabés por qué nos dan bien de comer, sabés por qué esto, dijo, pegándose en el brazo con la mano abierta sobre la jineta. Por miedo. Y seguía hablando, y habló hasta que yo me sorprendí a mí mismo mirándolo con odio, fijamente, a unos centímetros de sus ojos.

—Lo que pasa es que a vos te importa tres carajos del país; eso es lo que pasa.

Yurman me miró con asombro.

—De Perón —dijo.

—Andate a Israel —casi lo grité, sin la menor lógica. Sentía como un rencor antiguo contra el ruso, una agresividad oscura e irracional, despertándose de pronto pero que había estado ahí, agazapada, desde la primera vez que le vi la cara—. Por qué no te vas. Andate, total vos qué tenés que ver. Qué tiene que ver él, no es cierto. Andate.

No sé qué me contestó ni qué pasó después. Hubo una escena violenta y me encontré diciendo:

—Sacate la jineta.

Yurman se la arrancó de un tirón. El tucumano nos separó. Volvió a entrar el soldado de Mayoría y dijo que ahora éramos rebeldes, que nuestro regimiento se plegaba a la revolución.

Miré al tucumano.

—¿Se te fue la risa? —le dije.

El toque de retreta me hizo sentir bien. Silencio en la noche, pensé cantando, ya todo está en calma. El sargento Montoya pasaba lista al escuadrón; cuando llegó al nombre del tucumano dijo vos andá al Detall, y yo le estaba preguntando qué había hecho cuando Yurman también rompió la formación y vino a reunirse con nosotros. Nos miramos. Descubrí que durante toda la tarde yo había tenido ganas de decirle algo al ruso. Y, si no me hubiera llamado Montoya, se lo habría dicho. El escuadrón entró en la cuadra y Montoya me llamó.

—Voy ahí, mi sargento —grité militarmente, exagerando, simulando una marcialidad payasa que en el fondo iba dirigida al tucumano Rojelja, a que le gustara. Como pagarle algo. Y, en cierto modo, se parecía un poco a lo que quería decirle al judío.

A Montoya no le causó gracia.

—Dejate de boludeces —dijo.

Parecía serio, no por la broma: serio hacia adentro. En la Sala de Armas, donde estaba pertrechando a los guardias del primer turno, que esa noche llevaban carabinas, Montoya también habló con seriedad.

—Deme tres pistolas, soldado. Y unos cargadores.

El otro se los dio. El sargento, mientras cargaba las pistolas, pidió una PAM. Después, me alcanzó las pistolas.

—Tomá.

Cuando volvimos al Detall lo vi a Cembeyín; inclinado sobre el escritorio, señalaba algo en un papel. Los muchachos tenían la cara rígida. Montoya puso la PAM junto a Cembeyín.

—Gracias, sargento —dijo Cembeyín—. Puede retirarse.

—Mi teniente.

—Sí.

El sargento Montoya titubeó:

—Yo quisiera...

—No —dijo Cembeyín—. Con tres milicos, sobra. A esos de Zapadores, con tres reclutas los copo.

Se reía. Mucho después, recordando esa noche, me di cuenta de que había parodiado a Perón.

Las palabras que pronunció más tarde las escuché como si vinieran de lejos; recuerdo su acento metálico. Destacamento de Zapadores, dijo, y ambulancia. Y recuerdo que de pronto volvíamos a ser leales al gobierno.

La idea, dijo, era ésa: que Sierras Bayas nos creyera rebeldes. Hablaba rápido, arrebatado por una especie de delirio que tenía algo de fascinante. Yo y ustedes tres, dijo. Y dijo que nos había elegido por eso, porque un furriel, un dragoneante y un peronista, y de Caballería, hacen un desparramo entre una división entera de zapapicos si se ofrece. Y que tres oficiales y ocho legionarios, en Camerone, hicieron mear en las patas a dos mil negros mejicanos y cuando se les acabaron las municiones y de los once ya no quedaban más que cinco, cargaron a bayoneta calada, y se hicieron matar, qué mierda, dijo Cembeyín y empuñando la pistola ametralladora ordenó secamente:

—Síganme.

Cuando cruzábamos la Plaza de Armas en sombras hacia el sitio donde nos esperaba la ambulancia, miré el mástil y el aire frío de la noche me hizo un efecto curioso: me vi a mí mismo, como en esos sueños poblados de vértigo en los que somos al mismo tiempo protagonistas y testigos, me vi, marchando en aquel grupo, un pelotón de cuatro hombres y yo entre ellos, golpeando sin querer los tacos de los borceguíes sobre las lajas. Y esta sensación no me abandonó hasta mucho más tarde, hasta mucho después de los fogonazos y el tumulto y la disparada a cien kilómetros por la carretera de vuelta al regimiento con Cembeyín muerto de un tiro en la cabeza y la ambulancia baleada en veinte sitios. Hoy todavía lo recuerdo así, como una alucinación confusa, cargada de destellos, rara.

La silueta del teniente coronel Olsen, contra la ambulancia blanca. Yurman me codeó: el Jefe. Cembeyín dio el alto; todos nos quedamos quietos. El teniente coronel dijo:

—Saben de qué se trata —ellos dijeron que sí—. En la ambulancia están los máuser. Ármense.

Olsen, ahora, estaba mirando a Cembeyín con un gesto entre desafiante y preocupado. Preguntó si no le parecía que éramos pocos. Cembeyín respondió:

—Los soldaditos y yo vamos a tomar mate esta noche, en la Sala de Guardia de esos zapadores.

Se divertía. Mientras me ajustaba el correaje, se lo dije al tucumano.

—Ese tipo está loco. Se divierte.

El tucumano no dijo nada. Yurman dijo:

—Es una apuesta —lo miré—. Una apuesta, ¿no ves?

Entonces me dieron ganas de decirle lo que había estado pensando toda la tarde.

—Che, ruso.

—Qué.

—Perdoname lo de hoy.

—¿Lo de hoy?

El judío, a la luz opaca de la guardia, tenía un gesto extraño; una especie de sonrisa casi cariñosa. Dije:

—El escándalo que armé en la caballeriza. No sé. Fue una cosa rara.

—No es nada —dijo—; siempre pasa. A veces, se da peor.

Cembeyín manejaba; a su lado, en silencio, el tucumano. El ruso y yo, tirados sobre las camillas. A unos centímetros, la nuca de Cembeyín, rapada, me hizo recordar vagamente alguna película alemana. La cercanía creaba una imprevista ilusión de intimidad, de cosa compartida. Cuatro hombres, juntos. Además estaba oscuro. La frente estrecha y brutal de Rojelja, su pelo duro, de indio; el perfil agudo de Yurman; las estrellas en el hombro de Cembeyín. Todo se borraba, tendía a parecerse, era lo mismo: una consigna militar corriendo por la carretera hacia el cruce de Sierras Bayas, metida en una ambulancia; una orden, no sabíamos de quién, o quizá una apuesta, que consistía en apoderarse (en que un teniente se apoderase) del Destacamento de Zapadores, con sólo tres hombres. Sentí que no era una sola cosa: éramos dos.

Cembeyín disminuyó la marcha.

—Todo consiste en llegar, sin que nos baleen, al puesto número uno. —No necesité verle la cara para saber que sonreía. Todo, dijo, consistía en eso. —Conozco a los milicos, ven a un superior y titubean. Si nos dejan llegar, me bajo, me les paro delante de los focos de la ambulancia, cosa que sepan con quién están hablando, ustedes se descuelgan por atrás, listos para tirar. Y me los reducen. Al primer gesto, los cagan de un tiro. Sin asco. No pueden ser más que tres; lo normal es uno. Cuanto mucho habrá tres. De derecha a izquierda, entienden: Rojelja al primero, vos al del medio, y el judío al otro; así me los cubren y, al primero que pestañee, pumba. Repetímelo —le dijo al tucumano.

Rojelja lo hizo, palabra por palabra. Después yo, después Yurman.

Todo consistía en eso. En apoderarse por sorpresa de la guardia y esperar el relevo. Coparlos también, con cabo y todo, dijo.

Uno de nosotros (nunca llegamos a saber cuál) se quedaría en el puesto, armado con la PAM, vigilando a la guardia. Y yo me imaginé a los zapadores amontonados en la garita, su enorme miedo nocturno y el de quien se quedara con ellos, solo, rezando quizá para que no se movieran, preguntándose qué estará pasando adentro. Cembeyín y los otros dos entrarían en el destacamento, llevándose a uno o dos zapadores. Trac-trac, e imitó el golpe de la corredera al pasar una bala a la recámara. Con la Ballester Molina contra las costillas, dijo Cembeyín. Una vereda en "S", treinta metros sin luz, qué bárbaros: a los dos lados, árboles. Una villa cariño dijo que parecía, no un destacamento militar. Se rio.

—Como si fuéramos el pelotón de relevo.

Y cuando llegáramos a la Sala de Guardia, ni Dios nos paraba. Miró el reloj. Teníamos aún treinta minutos. Vi adelante el inequívoco perfil del horno, en el cruce; su borrosa silueta devastada, lejos. Ahí abandonaríamos el macadam, cortando camino luego por entre las chacras y los montes. Cembeyín dejó que la ambulancia regulase ahora.

Uno desarmaba al oficial de servicio; el otro, cubriendo desde la puerta.

—Y yo me meto en los calabozos y suelto a los presos.

Había premeditado, casi como una travesura, el efecto de sus palabras, nuestro asombro.

—Un preso —dijo— es un milico resentido contra sus jefes. Está con el que lo suelta. Aparte de que es un milico generalmente bruto. —Yo abrí los ojos en la oscuridad: bruto, capaz de hacer quinientas flexiones, pensé. O mil. Y decir que no, no estoy cansado. Cembeyín detuvo la ambulancia; había encendido un cigarrillo. El cigarrillo moviéndose en sus labios ahora, como si fuera la voz. Cembeyín hablaba como si hablara solo. —Me juego la cabeza que, si hay presos, son peronistas. —Con una mano le ofreció un Chesterfield a Rojelja; con la otra, le palmeó el pescuezo. —Tres milicos como este negro —dijo— y no me ataja ni la Guarnición de Azul.

Estábamos detenidos en el cruce. El horno, un poco más lejos. Detrás de los montes, el polvorín.

—Desmonten, si quieren —dijo.

Nos bajamos de la ambulancia.

Desmontar. Una especie de chiste, o un delirio. Y una prueba de confianza; un modo de ser generoso: su modo. Si quieren irse, váyanse. Pensé desertar; Yurman también lo pensó. El tucumano, oscuro, apenas se veía. El tucumano no pensaba nada. Cembeyín orinaba. Tenía para todo una extraña soltura, incluso para orinar. Se abrochó. Una suerte de desparpajo, de seguridad agresiva. Apuntando hacia las estrellas, probó la corredera de la Ballester Molina.

—Qué van a hacer cuando salgan —preguntó de golpe. Había vuelto a subir a la ambulancia y apoyaba los brazos en el hueco de la ventanilla, mirándonos.

Yo no recuerdo qué dije, pero me vi con la billetera en la mano mostrándole una foto. Ahora no se veía bien, expliqué innecesariamente; es casi rubia. Cembeyín acercó la foto al cigarrillo, dio una pitada honda, alumbrándola, y me felicitó.

—Lo felicito soldado, realmente.

Yurman dijo:

—Voy a irme a un kibbutz; al campo.

Cembeyín dijo:

—Yo nunca tuve nada contra ustedes, los judíos. Pero no sé, hay algo que no me gusta mucho en ustedes. Qué sentís ahora.

El ruso pensó un momento.

—Nada.

—Qué sentís. ¿Sos argentino, ahora? Estás luchando por este país —y yo, al escucharlo, creí volver de otro sitio; un lugar ambiguo e irreal y a salvo de los disparos: como el que se ha dormido de pie, haciendo guardia, y recupera de improviso la lucidez, asustado sin saber por qué; sólo que esto era distinto de hacer guardia—. Estás defendiendo una causa, la causa del país. Dentro de veinte minutos, a lo mejor los zapadores nos bajan a tiros. Y mañana sos héroe nacional. Qué me contás, rusito. Héroe nacional, vos.

—Sí —dijo Yurman.

Hizo un gesto, como si despertara; el mío de un momento atrás. El tucumano seguramente también lo tenía: sólo que el tucumano debió de haber nacido con él. Lo vi, allá, borroso junto a un gran árbol viejo; la culata del máuser afirmada en la tierra y las manos sobre el caño apoyando el mentón. Cembeyín volvió a mirar el reloj.

—Estiren las piernas —dijo—. Termino el cigarrillo y marchamos.

Nos juntamos con el tucumano.

Blanca la ambulancia, a unos veinte metros, como suspendida en el centro de la noche. No hablábamos. De tanto en tanto, por la puerta a medio abrir del furgón, se veía la brasa del cigarrillo del teniente. La noche hermosísima, fría y con estrellas impávidas, muy altas: eso, y un relincho, o acaso un mugido, es lo que mejor recuerdo. Después un gran silencio, y mi mano, o la del ruso, buscando el brazo del Rojelja, y la mano del ruso o la mía interponiéndose. Luego la marcha hacia el polvorín, casi sin palabras. Como un pacto. Cinco minutos más tarde, el judío, que ahora manejaba la ambulancia, la detuvo a unos metros del puesto de guardia. La puso de culata y me dijo que tirase, al aire, sobre la casilla de los centinelas.

—No saqués la cabeza, animal —murmuró, pero como si gritara.

Sacando el brazo por la ventanilla disparé tres tiros, con lentitud, apuntando alto. Unos segundos después, veinte o treinta detonaciones partieron del destacamento; antes de atinar a agacharme, vi los fogonazos. Luego sentí el golpe seco de alguna bala perforando la carrocería de la ambulancia. Guardé la pistola en la funda, y me costó trabajo (o lo imaginé) porque la empuñadura, pegajosa, se me adhería a la mano. Con asco, hice a un lado el cuerpo de Cembeyín, sin mirarle la cabeza.

Llegamos al regimiento así, con la ambulancia baleada en veinte sitios y Cembeyín muerto. En acción honrosa, gritó el Jefe del Regimiento a la mañana siguiente ante toda la guarnición montada, después de haber informado el dragoneante Yurman cómo, al llegar al destacamento, los zapadores salieron sorpresivamente al paso de la ambulancia, y el teniente Cembeyín, antes de entregarla, dio vuelta ahí mismo y no habíamos alcanzado a recorrer treinta metros cuando empezaron a sonar los disparos.

Ese mismo día, el tucumano Rojelja y yo fuimos ascendidos a cabos dragoneantes y, ese mismo día, nuestro escuadrón recibió la orden de "arrasar Sierras Bayas". No llegó al cruce. La contraorden fue clara y terminante: Perón había caído, una junta militar se había hecho cargo del gobierno de la República, y nuestro regimiento se plegaba a la revolución. Volvimos, cantando la *Marcha de San Lorenzo*. La retirada se inició a menos de un kilómetro del cruce, cerca del horno, no muy lejos del árbol viejo desde donde, la noche anterior, el ruso y yo nos habíamos quedado mirando allá adelante la brasa del cigarrillo del teniente, adivinando a nuestro lado, en la oscuridad, el gesto de Rojelja, el movimiento de su brazo alzando el máuser con una especie de casual e inexorable bamboleo, hasta que el máuser se quedó quieto, paralelo al camino a la altura de la cara de Rojelja, y uno de nosotros, Yurman o yo, detuvo la mano del otro, su ademán de desviar la mira del máuser: porque alguno había levantado la mano y el otro lo detuvo, con naturalidad. O acaso fue simplemente un tomarse las manos en la noche. Como si no hubiera por qué preocuparse. Mientras las quinientas flexiones del tucumano Rojelja, el mejor tirador del regimiento, decidiendo por los tres, alzaban la carabina hacia la ambulancia bajo las estrellas impávidas.

Al soldado Yurman, clase 35, que nunca vivió esta ficción, ni la leerá. Que fue muerto en el Regimiento 9 de Infantería de La Plata, por negarse a entregar su puesto de guardia.

Negro Ortega

Perdoname, pibe, está pensando Ortega, abrazado a las piernas del muchacho. Y el sudor, y la sangre que baja desde el arco roto de la ceja, y los lamparones lechosos de los globos de luz del Luna Park, van cubriendo con un aceite espeso los contornos de las cosas, de modo que apenas alcanza a ver como entre sueños y hasta se diría que dividida en dos siluetas blancas la blanca silueta del árbitro que se acerca dispuesto a comenzar la cuenta mientras el muchacho se aparta buscando un rincón neutral y el comentarista dice, a gritos, pelea memorable amigos, y Ortega, que ha dado de boca contra la lona, ve súbitamente la cara del rumano Morescu en el ringside, entre el humo de los cigarrillos y las bocas abiertas, que gritan. Al nivel del ring la cara. Tan cerca, la inmunda cara, los miserables ojitos del rumano. El cuerpo de Ortega se arquea, galvanizado un segundo bajo las luces y los ojos del rumano se cierran, cegados de perplejidad y de saliva: escupidos por el hombre tumbado sobre el ring. Jacinto Ortega, amigos, que acaba de ser literalmente fulminado por un violentísimo cross en contragolpe de Carlos Peralta al minuto y medio del último round, en esta pelea programada a diez vueltas. Y se diría que sobre el ring acaba de iniciarse una extraña inmolación, porque el hombre de blanco inclinándose ritualmente junto a él, casi de rodillas, levanta con lentitud sacerdotal el brazo. Y Ortega vuelve a pensar, perdoname pibe. O quizá no lo piensa, lo dice. Pero del mismo modo que nadie reparó en el salivazo ni en el gesto instintivo del rumano (gesto de buscar algo bajo la canadiense, a la altura del sobaco) tampoco nadie ha de saber esto, como una oración, porque quién va a escucharte, dónde está el que va a escucharte cuando el caído sos vos, pobre cristo, y hay veinte mil personas gritando al mismo tiempo, veinte mil, de pie, y un solo hombre caído tratando inútilmente de levantarse mientras el brazo baja y los músculos se aflojan repentinamente, como trapos, y Ortega recuerda tantas cosas que se asombra cuando escucha la palabra uno, gritada junto a su oído: palabra que significa que aún quedan nueve movimientos rítmicos, rituales, mágicos, nueve segundos para descansar y recordar al viejo Ruiz, que ha muerto. Y cuya memoria evocamos esta noche porque desde aquella inolvidable pelea en que Esteban Ruiz estuvo a punto de conquistar la corona mundial, nunca, hasta hoy, habíamos presenciado un público así de entusiasta; salvo quizá aquella otra memorable cuando.

"Ellos instaban a grandes voces que fuese crucificado", está leyendo el viejo Ruiz, o acaso ni siquiera lee. "Y las voces de ellos, y de los Príncipes de los Sacerdotes, crecían."

Cerró cuidadosamente el libro. Una Biblia de tapas negras.

Jacinto hizo una seña subrepticia al mozo: un moscato, pensó; el último. Se sentía ausente y, además, esa puntada en la nuca. El rumano quedó en venir a las nueve.

—Después lo vistieron de blanco —dijo Ruiz de pronto, girando los ojos a su alrededor; desafiando, tal vez, a alguien—. Loco, le decían.

Jacinto buscó alguna palabra para responder, pero no la encontró. Los dos se quedaron callados. Le estaba pareciendo, sí, que había algo de cierto en aquello de que Ruiz no andaba muy bien de la cabeza. La edad. Cuarenta y cinco años: muchos, sin embargo. Se acaba por escribir letras de tango, o versos; por inventar historias de peleas fantásticas, en los bodegones. O vas a parar a la Casa (dirá Ruiz una noche), y la Casa es como el infierno. Los ángeles caídos: todos están allí, Jacinto; no dejés que me lleven.

El rumano Morescu, pensó Ortega, debe parecerse al diablo. Y el viejo, a quién. Se le había dado por hablar de la Salvación, por leer aquel libro; pero tal vez no lo leía: un costurón largo, borrándole los ojos. Una cicatriz brutal, que les daba cierto parecido con los ojos de los sapos. Siempre así desde la pelea aquella con el rubio. Bergson, el rubio campeón del mundo. Quince rounds aguantando los golpes increíbles del noruego. Qué grande fuiste, pensó. Cuarenta y cinco años, ahora; se envejece pronto en este asunto.

El mozo había llegado con el moscato. Ortega hizo como si no lo viera.

Bruscamente, dijo:

—Vos lo tumbaste al rubio.

Ruiz lo miraba:

—En el segundo round, pero se levantó. —Echando el cuerpo hacia adelante sobre la mesa, el viejo acercó su rostro al de Ortega, como quien cuenta un secreto; señalaba el vaso. —El vinito de San Antonio: los diablos lo fabrican. Ya lo sé, ya lo sé; uno empieza a tomarlo porque de noche no puede dormirse. Siempre pensando, y siempre lo mismo: peleas. Es como soñar despierto. A veces, el otro tira un gancho y hay que esquivarlo; entonces, Jacinto, das saltos en la cama. —De pronto se irguió. —Lo tumbé, carajo. El áperca mejor pegado de mi vida. Y se levantó. Qué paliza, después.

Ortega se quedó pensativo: si tenías cinco años menos no te ganaba el rubio, a vos era lindo verte.

Cerró instintivamente los puños; poniéndose en guardia, hizo una finta.

—Esa izquierda, te acordás. Era lindo verte.

Ruiz no lo escuchaba.

—Ni mujeres ni vino —dijo; sonrió—. Qué cosa. Como si te entrenaras para ir al cielo.

Jacinto dijo lo que había pensado un momento atrás; Ruiz lo detuvo con un gesto.

—¿Cinco? —Al principio su actitud fue arrogante, luego se quedó callado. Torciendo la cabeza, lo miraba, con la expresión de quien ha descubierto algo. —Cinco años menos, tenés razón. O diez. Y que el rubio me hubiera dado una paliza igual, peor que ésa. —Y Ortega, distraído, pensó que sí: una gran paliza a tiempo, cuando se tienen veinte años. Una generosidad, o un escarmiento. Como la mixtura amarga con que la abuela le untó, de chico, la punta de los dedos, así vas a aprender, decía. Y con la varilla obligó a Jacinto a que se comiera las uñas hasta la raíz, hasta hacerse sangre. Y después un varillazo ardiente, en el sitio del dolor. Se sobresaltó. —Lo tumbé, gran puta —y el viejo descargó un puñetazo sobre la Biblia—. Campeón del mundo, sí, pero se me abrazaba como si fuera, no sé: mi hermano. Todos, sabés, todos somos hermanos. El libro lo dice. Pero se levantó, Jacinto. A lo último ya no lo veía; veía una neblina, pegándome. Creí que me mataba.

Un hombre bajo, morrudo, vestido con un traje azul de seda, apareció en la puerta del bodegón. Volcado hacia afuera, ostentosamente, un pañuelo de color asomaba en el bolsillo alto de su saco. Había algo de injurioso en su aspecto. Morescu, murmuró Ortega. Ruiz dijo no: ése no, nadie es hermano de ése. Y, cuando Morescu se acercaba, agregó, en voz tan alta que en las mesas vecinas unos rostros turbios se dieron vuelta:

—Raza de víboras. Hay muchos modos de vender palomas en el templo. Pero un día baja el que trae el látigo de fuego y trastorna las monedas y tumba a los mercaderes por el suelo.

Después se puso de pie y fue hacia el mostrador.

—Dios los cría —dijo Morescu—. Qué tal, negro.

—Usted quería hablarme —dijo Ortega.

Morescu se sentó.

—Mirá —dijo—. Vos lo conocés al pibe Peralta.

Y en el rincón que da a la avenida Bouchard, el veterano Jacinto Ortega, setenta y tres kilos seiscientos gramos. Viste pantaloncito azul. Faltan, amigos, apenas unos minutos para dar comienzo al último encuentro de la noche, pelea de fondo programada a diez vueltas en la que el invicto Carlitos Peralta enfrenta al veterano Jacinto Ortega, su, por decirlo así, más duro escollo en el campo profesional. Este muchacho Peralta, a los veinte años y con sólo cinco combates en el campo rentado, se perfila, evidentemente, como el valor más promisorio de su categoría. La experiencia de Ortega, quince años mayor que él, y la asombrosa pegada de ambos púgiles, pero atención: ya están en el centro del cuadrilátero escuchando las indicaciones del árbitro. Vemos muy, pero muy sereno al chico de Parque Patricios. Tan sereno, siente Ortega, tan sin ningún machucón y con la nariz tan recta. Y fue como una luz súbita, como un látigo de fuego. Y ciegamente supo que esta noche el rumano Morescu iba a meter la mano bajo la canadiense, a la altura del revólver, con un gesto casi idéntico al del bodegón, sólo que en el bodegón había sacado un rollo de billetes y había dicho "vos sabés cómo funciona este negocio, negro", y que desde entonces habían pasado muchas cosas, hasta que ayer a la madrugada, amigos, un derrame cerebral nos borró la señera figura de un viejo que gritaba no dejés que me lleven, Jacinto, pero Ortega no podía ver con quién estaba peleando el viejo, ahí, solo en el medio del bodegón, tirando golpes formidables al aire y diciendo te tumbé, gran puta: Esteban Ruiz para todo el mundo, peleándose a trompadas con la muerte. Y es como un deslumbramiento ahora. Ortega también parece muy tranquilo y se dirige lentamente a su rincón. Hace mucho, piensa, cuando yo tenía tu misma mirada, cuando estiraba una mano para agarrar cualquier cosa, un vaso, por ejemplo, y la mano iba directamente al vaso, sin que el vaso, de pronto, cambiara de sitio. "Eh, qué hacés", había dicho el rumano, en el bodegón, echándose hacia atrás: el vino, dorado, se derramaba sobre el mantel. "Disculpe", murmuró confusamente Ortega. "Mirá", dijo después Morescu: "la cosa está muy clara; vos sabés cómo funciona este negocio. Y a mí no me gustaría que me lo acobardaran al pendejo." Al rumano no le gustaría, pibe. A ellos no les gustaría que perdieras ese gesto de comerte el mundo, esa mirada, donde hay algo que yo conozco: una cosa parecida al miedo. Y que es miedo. Pero que al primer derechazo se borra y sólo queda el coraje y después la sensación lacerante de tener no sé, un dínamo dentro del cerebro, algo que golpea trescientas veces por pelea contra las paredes del cráneo. Hasta que cualquier día, al bajar una escalera, da un poco de risa no poder mantener el equilibrio; asombra un poco darse cuenta de que, si no agarrás el pasamano, se te traban las piernas igual que cuando te aciertan un gancho en la punta de la pera y te venís de boca, como si algo, de improviso, se hubiera roto adentro. Un hilo, algo. Alguna cosa rara que además de cortarse, duele. Como si te clavaran a palos la corona esa de que hablaba el viejo Ruiz. Y Ortega, al mirar los intactos ojos claros de Peralta, recordó el costurón del viejo; su mirada lagrimeante, de sapo. Su libro desvencijado. Y lo deslumbró como una luz súbita (porque todos tenemos una noche, Jacinto, y es como si el cielo y la tierra se juntaran y vos estuvieras en el centro, único, solo, y la noche del rubio fue mi noche: toda mi vida, sabés, amontonándose en un áperca, y mirá, mirame ahora), o quizá le pareció una luz: algo repentino y mágico que le estallaba dentro de la cabeza. Tal vez fue sencillamente una puntada más aguda que de costumbre; tal vez, el sonido del gong, dando comienzo a la pelea.

—Cuánto voy —había preguntado Ortega.

Morescu metió la mano en el bolsillo y sacó un rollo de billetes. El bodegón iba quedando vacío. Ruiz, en el mostrador, cantaba.

—El veinticinco por ciento, más diez mil. —El rumano apartó cuatro billetes y los puso bajo el vaso de Jacinto. —El resto, después de la pelea.

Ortega preguntó en qué round tenía que tirarse. Sentía un gusto amargo en la boca; se acordó, sin saber por qué, de la mixtura aquella de la abuela.

—En el quinto —dijo el otro—. O en el sexto.

Volvió a guardar los billetes; dejó cien pesos, y llamando al mozo, hizo un ademán circular que abarcaba la mesa.

—Cóbrese de ahí —dijo. Y salió.

¡Dos!, gritó la voz junto a su oído, y Jacinto pensó que ya no iba a poder levantarse; que todo había sido una larga carnicería inútil. Diez rounds, media hora pegando y aguantando. Hasta olvidar, incluso, a quién y por qué pegaba. Ahora estaba allí, caído: pensando perdoname, pibe. Alcanzaba a ver de pie en un rincón neutral al chico Peralta, borrosamente lo veía y, acaso, más que verlo lo adivinaba. Adivinaba su cara tumefacta, su ojo izquierdo semicerrado, la respiración violenta distendiéndole los músculos del estómago, el temblor incontrolable de las rodillas (como si la sangre, viste, se te volviera azúcar), todo, hasta el miedo secreto que siempre se siente en estos casos, el miedo de que otro, el que está caído y piensa en Dios (ayudame, no ves que si me abandonás todo fue inútil; por qué me has abandonado, carajo), se levante de pronto, por milagro, como en el quinto round cuando una derecha en contragolpe, amigos, pareció que lo fulminaba y el rumano, Morescu, que todavía no había llegado al estadio ni había metido la mano a la altura del sobaco ni sospechaba que el juego podía desordenarse, sonrió y desvió los ojos del televisor. Porque antes, en el quinto round, Jacinto se dio cuenta de que empezaba a faltarle aire; Peralta, en cambio, daba la impresión de no haber comenzado aún la pelea. Jacinto no atinaba a sacarse de encima esa izquierda, como de púnchimbal, que venía martilleándole la cara desde el primer round; de cerca, sin embargo, a causa de sus brazos largos, el chico se enredaba un poco. Instintivamente, Ortega comprendió que el único modo de cumplir su pacto tácito con el viejo Ruiz era acortar distancias. Todavía ignoraba qué clase de pacto, pero Peralta punteó y Jacinto, sin vacilar, entendió que ése era el momento: la izquierda del muchacho se perdió en el aire, rozando casi la frente del negro. Como un rebencazo, la mano de Jacinto cayó de lleno sobre el flanco de Peralta; el chico se había encogido entonces, y, a muchas cuadras del estadio, el rumano Morescu, sonriendo, desvió los ojos del televisor y pensaba quizá que el realismo de la caída era convincente; porque fue Ortega quien, al avanzar, recibió una derecha en contragolpe sobre el ojo y, como una marioneta a la que súbitamente se le cortan todos los hilos, cayó de rodillas. Veinte mil personas se habían puesto de pie, al mismo tiempo. A partir de aquel instante, nadie creyó lo que veía. Ortega, como si rebotara en la lona, se había vuelto a levantar. Durante un segundo permaneció de rodillas, con el iluminado rostro vuelto hacia la flagelación de los reflectores, y, en ese segundo, supo definitivamente que aquélla era su noche, la noche irrepetible y única noche donde se amontonan todos los días y todas las noches de la vida, cada hora de vigilia y cada sueño, todo, las palabras olvidadas y las que no se atrevió a pronunciar, las siestas de gomera al cuello corriendo descalzo por la orilla del río, el primer cajón de lustrar y su primera negrita azul, tumbada sobre el pasto. Todo. Los cinco pesos de la primera pelea y los diez mil ahora del rumano, a quien definitivamente supo que iba a traicionar porque él tenía un pacto secreto con el viejo Ruiz, y porque todas las grandezas y las canalladas de su vida se pusieron de pie, pobre cristo, buscando justificación. Porque él había sido enviado al mundo para esto. Y tres veces cayó. Y ahora, en el último asalto de esta pelea programada a diez vueltas, negro Ortega piensa en Dios, y Morescu, junto al ring, ya no sonríe. Dejó de sonreír hace mucho, cuando volvió a mirar fascinado el televisor porque Jacinto, como si hubiera rebotado en la lona, apareció de pie bajo las luces y recibió al chico de frente, aguantando por lo menos media docena de golpes brutales en la cabeza. Había que resistir. Y golpear. Sobre todo, golpear; acobardar, a golpes, al pendejo. Está loco, pensó Morescu. Pelea de titanes, dijo el comentarista. Matalo pibe, gritaron unos hombres. El rumano se había puesto de pie; pidió un taxi: al Luna Park, dijo. "Tres", escucha ahora Ortega, rueda de costado, ve la cara del rumano cubierta de sangre y de saliva y piensa que si no se levanta todo está perdido. Porque Peralta, amigos, se consagra definitivamente en esta noche inolvidable. Mientras el brazo del hombre de blanco baja por cuarta vez, por quinta vez, y la gritería crece de golpe hasta convertirse en una especie de timbal unánime. Jacinto creyó entender que acababa de ocurrir algo extraño e inesperado; al principio no comprendió. Después, las manos del árbitro, sus golpecitos secos limpiándole la resina de los guantes y el sonido de la voz del comentarista le explicaron que sí, que el veterano Jacinto Ortega ha vuelto a incorporarse y él mismo sale ahora a buscar al chico de Parque Patricios porque recuerda confusamente que aquél es el último round de la pelea, de su pelea. Y también recordó que Peralta, al adelantar la izquierda, levantaba el codo derecho sobre la región del hígado. Golpear ahí. Y esto es increíble, amigos. Una impresionante izquierda en swing y Peralta acusa el impacto, otra izquierda a la cara una derecha amargo gusto de mixtura para que aprendás Ortega ha salido a jugarse cuando la pelea parece prácticamente definida cuando el estadio las voces las luces se han puesto a girar un varillazo ardiente en el sitio del dolor una espectacular reacción una gran paliza, Jacinto, cuando aún se tienen veinte años en el último medio minuto de pelea mientras los gritos no me dejan escuchar las palabras del rumano, tirate hijo de puta, ni mis propias palabras, tirate, pibe, no ves que ya no puedo seguir pegando. Y se afirmó, echando todo el cuerpo detrás de su última izquierda. Pensó en Ruiz; recordó sus palabras y su libro; supo que su noche sagrada se le escapaba de las manos. El brazo de Jacinto, tremendo como una oración, pasó de largo, lejos, inútil. Y todos los sonidos cesaron de golpe.

Dio un giro lento, en el vacío; le pareció que se había quedado solo en mitad del universo. Cayó de espaldas, con los brazos abiertos.

II

... irrumpen en el templo y beben hasta vaciar los cántaros de sacrificio: esto se repite siempre, finalmente es posible preverlo y se convierte en parte de la ceremonia.

FRANZ KAFKA

Los ritos

Lo que abyectamente me hacía falta era sol, mosquitos, remar hasta quedar echado, olvidarme, por medio del embrutecimiento físico, de dos o tres ideas grandiosas que en los últimos tiempos venían acosándome: el suicidio, entre ellas. Empeñé, por lo tanto, la máquina de escribir, le dije a la señora Magdalena que necesitaba unos pesos, miré tu retrato, Virginia —tu retrato a lápiz hecho por mí una tarde de canteros andaluces y otoño, en el Rosedal—, murmuré entre dientes y no sin ternura que todas las mujeres son una manga de hijas de puta, y, considerando mejor el empeño de la máquina, vendí por lo que me dieron las figulinas japonesas y las terracotas, tus tortugas de caparazón de nuez y hasta el abominable bonzo de arcilla que me obligaste a comprarte en Montevideo, tiré a la basura lo invendible, desempeñé la Remington, tapié de libros como lápidas la repisa y me tomé un tren para San Pedro.

Tres horas más tarde, los naranjales dorados y el peculiar olor a podrido de la refinería que han hecho a la entrada del pueblo me hicieron olvidar los muñequitos. Venía pensando en ellos, en tu costumbre de ordenarlos a tu modo: un caballo de mar junto a la geisha; la tortuga de caparazón de nuez fingiéndole —jurándole, decías vos— amor eterno al samurai de la enorme maza; una miniatura de Balí, tallada a mano, dejándose cortejar por cualquier *kokeshi* de cincuenta pesos, todos en el más heterodoxo desorden, sin el menor respeto por las leyes de la perspectiva, las jerarquías, la unidad de estilo o la Lógica, pero amándose. Me acuerdo de la primera noche en que, al darme vuelta en la cama, no te encontré a mi lado. Estabas ahí, de pie junto a la biblioteca, cubierta a medias con una camisa mía y con un gesto de preocupación tan grande que solté la risa. Me miraste con seriedad y dijiste:

—Vos no sabés querer. ¿Nunca te lo dijeron?

—Mirá, no. Y menos a esta hora, y menos una mocosa después de una primera noche de alto vuelo como ésta —respuesta que, en vez de cínica o inteligente, me salió más bien tirando a puerca. Pensé, con estupidez, que ibas a llorar.

Entonces te reíste.

—Yo te los arreglo —dijiste.

Y ésa fue la primera vez que ordenaste, a tu modo cachivachero, los muñequitos de la repisa. Después, durante tres años, cada vez que venías a mi departamento te ocupabas, a tu manera, de reordenarme el mundo.

Y esto lo recordaba no ya en el tren, sino, unos días más tarde, en la vieja casa de San Pedro, de espaldas en la cama y mirando el techo mientras trataba de averiguar, Virginia, por qué una muchacha como vos, es decir con tus ojos, con tus maneras de bachillerato nocturno, se tiene que meter en la vida de un sujeto como yo, en vez de casarse, como corresponde, con un buen empleado de Correos o un cuentacorrentista y parir unos cuantos hijos, y criarlos. Porque, a decir verdad, los sentimientos son una cuestión de perspectiva. Tumbado al sol en el Club Náutico de San Pedro, o mirando un techo que aún repite antiguas rajaduras de infancia, la única mujer que tiene sentido es la que se tuesta al sol con uno o nos enciende el cigarrillo, en la cama.

—En qué pensás —oí, al sol.

—En vos —dije.

—Originalísimo —oí.

Adela era inteligente. Y las mujeres inteligentes que se tuestan al sol con uno son la sal de la tierra. Nos conocíamos desde la adolescencia; leales amigos que cada dos o tres años no desdeñan dormir juntos, en vacaciones, y pueden jurar durante ese mes que, en realidad, el otro siempre ha sido el gran, el único amor de su vida.

—Cierto —dije—. No pensaba en vos, sino en María Fernanda, la mujer del bioquímico —y pensaba, Virginia, que lo peor de todo era haberse acostumbrado finalmente a verte llegar a mi departamento con un caracol recogido en cualquier plaza o una figulina de teja envuelta en un papel de seda, o a encontrarte sentada tranquilamente en el umbral de la puerta de calle y hasta en el cordón de la vereda, sin preocuparme a mí de dónde venías o adónde ibas cuando no estabas, porque lo fundamental era que no metieras ruido ni molestaras mucho; verte aparecer, simplemente, al rato de habernos separado o un mes después, trayendo una hoja de árbol que a vos te parecía la cúspide de lo bello, y que era una hoja de amaranto seco o de paraíso—. No hago más que pensar en eso desde que vine —le dije a Adela—, en que me gustaría saber cómo hizo el bioquímico, con esa cara, para casarse con una mujer como María Fernanda.

María Fernanda era la mujer de un bioquímico, el que, en efecto, tenía una más que regular cara de idiota. Ella era altísima, de manos góticas, le encantaban (supe esa noche) los intelectuales rebeldes, de izquierda, tenía un vago aspecto de orquídea o de planta carnívora, pero había en ella cierta claridad que me daba ánimos; y ahora estaba tomando sol justamente detrás de nosotros.

—Callate que te va a oír —dijo Adela—. Está tirada justamente detrás de nosotros.

—Ya lo sé —dije yo—. Si lo que quiero, justamente, es que me oiga.

Motivo por el cual esa misma noche, en el baile del Club Naútico, Adela bailaba con el marido bioquímico, y yo, en una mesa junto a los ventanales que dan al Paraná, me encontré contándole a María Fernanda, sin razón alguna y como en un arrebato de delirio, la historia de las figulinas de mi repisa. Antes, naturalmente, hablamos de la condición humana en general, de astrología, de música concreta y de una teoría que inventé allí mismo acerca de mi concepción de Lo Poético. Yo quería escribir libros asquerosos. Ya que el martillero público y la señora del escribano y el bioquímico, es decir el Burgués, son mi desocupado lector, había que enchastrarlos todos. Que al abrir la caja de Pandora, en vez de la Esperanza, les quede para lo último una cagada de vaca. Y María Fernanda me observaba con divertida curiosidad y, al ritmo de la música, yo me volvía más pantanesco y cloacal. Ella se reía y adoraba, en mí, a los intelectuales de izquierda. "Sobre todo", dijo, "si somáticamente parecen de derecha."

—Linda frase —dije yo—. El día menos pensado la perpetúo —me reí, con disgusto; ella había agregado:

—Y sobre todo si, como vos, no se diferencian en nada de nosotros. Dame whisky.

—¿Nosotros? ¿Qué ustedes?

—Los malos. —Me miraba, alegremente. Tenía ojos estriados, como ranuras, y un gesto que la hacía parecer diez años más joven. —Mirá que sos farsante. Y petiso. ¿Sos comunista?

—Soy loco. Una especie de terrorista cristiano, de masón de izquierda. En realidad, soy un suicida revolucionario. Mi madre me abandonó a los ocho años y eso, ideológicamente, me quebró. A los diez, leí a Lenin, a Salgari, *Gargantúa y Pantagruel* y al conde Kropotkin. Tomé la Comunión. Pasaron los años y escuché la *Sinfonía de los Juguetes:* esa noche pensé matarme. A la mañana siguiente conocí a una muchacha; la única mujer que amé, antes de conocerte. Ella dejó de venir a mi departamento hace seis meses.

Jamás le pregunté dónde vivía, y ahora ya no voy a volver a encontrarla nunca. Seguramente se casó, e hizo bien; tenía el tipo físico justo para engordar con el tiempo y colgar pañales en la cocina: siempre me la imaginé con olor a caca de nene y a leche cuajada. Era, propiamente, la que describió Baudelaire cuando dijo aquello de que, para nosotros, sólo dos tipos de mujeres. O las adolescentes o las cocineras. Mi verdulerita unía, diabólicamente, ambos estilos. En mi vida le pude hacer pronunciar la palabra *Weltanschauung*, ni creo que la tuviera. Ya no la quiero, es cierto, pero cuánto la quise. Suicida, eso es lo que soy; pero con conciencia histórica. Y no tan petiso. En cuanto a ser o no un farsante, tate tate folloncicos, dijo Quijano. Nunca te arriesgues a juzgar los procesos históricos a la luz de mi tristeza infinita, porque fuera de que estoy desesperado, y eso, en un poeta, justifica cualquier tipo de desviaciones, puede ocurrirte que el día de la revolución niegue haberme acostado nunca con vos, y farewell. Que te maten sin asco.

—Bueno —dijo María Fernanda—, salvo que en realidad *nunca* te acostaste conmigo, tu programa parece espantoso, ¿no?

—Las mujeres —dije— siempre reparan en lo accesorio —y pensé, Virginia, en vos: cubierta con mi camisa y oficiando el ritual de las figulinas, o reprochándome una noche que no hubiese notado, en todo el día, qué fecha era hoy o qué nuevo adefesio habías agregado a las parejas de la repisa; algún pollo anaranjado, de esos de peluche teñido con anilina, alguna jirafa de vidrio—. Son naturalistas. Yo te invento, nada menos, una historia de amor revolucionaria; vos muriendo fusilada ante mis ojos glaciales, y el pueblo, en armas, cantando *La Internacional*. Y me salís con que todavía no nos hemos ido a la cama. —Y empezaba, lentamente, a divertirme.

—¿Todavía? Fijate que no sé si lo que me gusta en vos es tu caradurismo o que no seas ni la mitad de audaz de lo que te imaginás. Y portate bien que ahí vienen Adela y mi esposo.

Adela y el bioquímico llegaron a nuestra mesa. ¿Ya está?, me preguntó Adela al oído, al mismo tiempo que con misteriosa simultaneidad conseguía decir: "Tu marido baila divinamente", encendía un cigarrillo y se miraba en su espejito de mano. Yo dije que no; recién iba por el whisky de la revolución social, dije. María Fernanda le comentó a Adela mi Poética. Ah sí, dijo Adela riendo: él tiene un sentido más bien fétido de la belleza. Yo admití que era verdad. Mi anhelo, en cierto modo, era escribir grandes libros de mierda. El bioquímico, algo asombrado por el giro que estaba tomando nuestra conversación, hizo el gesto astuto de quien todo lo entiende, vamos, en boca de la juventud, y con bioquímico buen humor, liberal farmacéutico diplomado seductor de Adela y amigo mío, me preguntó cómo era eso de que yo, siendo comunista, tomara whisky.

—La alienación —dije—. Cómo hago para verte a solas —agregué en voz baja, al oído de María Fernanda—. Aparte de que soy coherente, doctor. Me he prometido consumir cigarrillos importados y whisky escocés, hasta fumarme y tomarme todo el imperialismo —frase que en modo alguno era mía, pero que siempre da excelentes resultados con un bioquímico.

Ellos rieron. Yo era simpático.

—Mañana —dijo María Fernanda.

—¿Bailamos? —dijo Adela.

—Permiso —dijo el bioquímico, poniéndose de pie con Adela y dirigiéndonos una rápida mirada de disculpa, algo delictiva, a su mujer y a mí. Yo, con estúpido gesto de intelectual marxista, o paralítico, que reconoce la superioridad física del ágil y mundano bioquímico que se nos lleva la mujer ante nuestros propios ojos, murmuré a María Fernanda:

—Tiene pelos, en las orejas.

—Qué —dijo María Fernanda.

—Que tu marido tiene orejas con pelos, ¿no te fijaste?

—¿Sí? —dijo ella con naturalidad.

Me agredió, tan imperturbable. No me gustan las mujeres más inteligentes que yo.

—Qué te pasa —dijo ella, al rato.

—Que todo esto es frívolo, e hipócrita. Que desde mi llegada a San Pedro estoy buscando una oportunidad de estar a solas con vos, de hablar. Y, cuando la tengo, la banalizo y la empequeñezco, y me hago el Casanova; el terrible. Oíme, María Fernanda. —E inicié el gesto vehemente de rodear con mi mano la suya, que sostenía el vaso a la altura de su boca, y con rapidez cerré la mano y apoyé el puño sobre la mesa, tímido, o torturado, o como a ella le gustara más. —Oíme. Necesito realmente verte. Estar con vos, lejos de este ruido de miércoles, y sin Adela ni tu marido ni estos idiotas —levanté la voz e hice un ademán amplio que abarcaba todo el club, o todo el país, y noté, en sus ojos, que yo estaba bastante impresionante—, estos idiotas, que lo único que pueden imaginar de esto, de nosotros, es que quiero acostarme con vos.

María Fernanda me miraba, algo maravillada. Y ahora estaba de verdad hermosa y había adquirido, toda la mujer, esa cualidad de transparencia que consigné antes.

Repitió:

—Mañana, ya te lo dije.

—¿Cuándo me lo dijiste?

—Hace un momento, cuando me lo preguntaste. Qué te pasa, ahora.

—Nada —dije—. No me pasa nada. Me pasa que no soy "ustedes", si te parece bien. Que yo no puedo atender, simultáneamente, mil cosas a la vez; al menos, cuando hay una que me importa.

Volvió a mirarme, a los ojos; con mucha seriedad ahora: tu gesto, Virginia, junto a la repisa.

—Decime, ¿estás seguro de no ser muy mal bicho?

—Me lo tengo merecido —dije con frialdad, mientras me ponía de pie—. Por imbécil.

Y ahí nomás di media vuelta, saliendo entre las parejas en dirección a la puerta. Era bastante arriesgado, lo admito. Pero el hecho es que cuando oí mi nombre, detrás, pronunciado por María Fernanda en un tono nada contenido, tampoco me detuve. Ella me alcanzó a tomar del brazo justo en el límite del salón. Nos miraban; a ella no pareció importarle. Sólo hizo un mecánico gesto de estar caminando naturalmente tomada de mi brazo. Me dijo:

—No entiendo nada. Pero no me hagas hacer, si no hace falta, cosas como ésta.

Salimos. La besé en la arboleda que da al camino. Volvimos a entrar antes de que terminara la pieza. Entonces fue cuando le conté, de algún modo, lo de los muñequitos. La historia, Virginia, contada entonces, era bellamente más triste. Y no estoy seguro de que, esencialmente, no fuese también más verdadera. Hasta yo me conmoví, haciéndote llegar sabe Dios de dónde con tus hipocampos disecados, que a lo mejor fue sólo uno, y tus cambalacheras figulinas de teja pintada, y tu disparate. De pronto te parecías bastante a María Fernanda, y no tuve más remedio que agregarte unos años, y también unos centímetros. El pelo coincidió solo. Y yo llegué de noche a mi departamento después de acciones repulsivas, de camas infames y cópulas con intelectuales corrompidas, borracho y semiloco de miedo a morirme sin haber vuelto a leer *Sandokán* y puteando a Dios y al género humano por puercos, y feos, y decepcionantes, pensando que todo lo que nace debiera ser inmortal, o no haber nacido, abjurando, como quien comete adulterio, de una inmortalidad que dura apenas lo que dura el mundo y ni un solo día más allá del juicio final o de la guerra atómica, llorando de risa por mí y por todos los cretinos hijos de perra que llaman belleza a lo que no es sino un estado, un minuto grotesco de un proceso de descomposición, haciéndome pis, en la figura del árbol de la puerta de mi casa, sobre la cabeza de todos los que escriben libros y pintan cuadros y componen sinfonías, y aman a una mujer, y suben las escaleras hacia su departamento dispuestos por una vez a acabar dignamente este asunto. Basta de papelerío. Al fuego con todo y uno por la ventana al medio del patio del vecino. Y sin embargo, no. Porque yo encendía la luz de mi pieza, Virginia, y ahora que lo escribo ya no sé si esto lo inventé o fue cierto, y te encontraba a vos; en cualquier parte. Sentada en cuclillas una noche, debajo de la mesa: recibiéndome sorpresivamente con un ladrido que por poco me hace saltar realmente por la ventana, o escribiéndome una carta, acostada boca abajo en la cama. Una de aquellas cartas que luego nunca se atrevía a mostrarme, por su letra infantil y sus electrizantes faltas de ortografía. Y yo, en la historia, me reía entonces. Y uno, mientras está vivo y ama y tiene ideas, es inmortal, qué joder. Y mientras corre a una muchacha por la pieza para quitarle una carta, y ladra, o muge, y le recita el monólogo de Hamlet envuelto en una sábana o cantan juntos la *Marcha de San Lorenzo* hasta que viene la señora Magdalena a preguntar si uno se ha vuelto loco, uno es Dios. No importa que esto no haya ocurrido nunca. Lo que importaba era contarlo; sentir, debajo de las palabras, que un día te hartaste de mis silencios, de mis libros, de mi máquina de escribir metida en las orejas y hasta metafóricamente en la vagina. Y así como vino, se fue. No dije lo que yo acababa de hacer con las terracotas de la repisa, ni cómo tiré a la basura las porquerías invendibles; dije que un día, antes de que te fueras, y no después, había terminado por hacerte una canallada. Innecesaria, imperdonable. "Porque sí, María Fernanda", dije. "Porque hay dos tipos mal nacidos al estado puro; nadie sabe por qué."

Y María Fernanda dijo:

—Vos sos bueno, en el fondo.

—Te felicito —murmuró Adela, al llegar a nuestra mesa. María Fernanda, con la excusa de ir a arreglarse la pintura, se había puesto de pie. El bioquímico era feliz.

—¿Te fijaste? —le dije a Adela—. Él tiene pelos, en las orejas.

Y más tarde, habiéndome Adela enjabonado la espalda en la bañadera de casa, y yo a ella, estuvimos a punto de morir ahogados ahí mismo al evocar la capilaridad orejal del bioquímico. Y yo canté la *Marcha de San Lorenzo*, y recité desnudo el monólogo de Hamlet, y me enteré en la bañadera de que el bioquímico viajaba a

Buenos Aires todas las semanas, y cerca del amanecer, antes de dormirme, le hice jurar a Adela que no me iba a olvidar nunca en su vida, y Adela, llorando, se abrazó a mí. Y así, abrazados, nos quedamos dormidos. A las cuatro o a las cinco de la tarde, cuando me desperté, ya nos amábamos menos y yo estaba algo sediento. Adela me preguntó si quería que ella me alcanzara en el coche hasta la casa de María Fernanda; yo acepté, no sin antes pedirle que me pelara una naranja. A partir de allí, y durante el mes que duró mi estada en San Pedro, los días, anecdóticamente hablando, no ofrecieron mayores alternativas. Que al principio me olvidé de las figulinas y me tosté, bien tostado, hasta no aguantar las sábanas, de ambas cosas podría dar testimonio, si hablara, la cama colonial de María Fernanda. Lo que pasó en ella, y en la cucheta del María Fernanda II —designación que aludía a la diminuta descendiente del bioquímico, de tres años, ojos idénticos a la madre—, y en un rancho de la isla, y en el mirador del Náutico Viejo, yo no soy quién para contarlo. Los minuciosos volúmenes que, a propósito de esta sagrada y ritual alegría de los cuerpos, llenan las bibliotecas del mundo; las originales acrobacias que nuestros novelistas obligan a realizar a sus héroes cuando sencillamente canta en la sangre la limpia y pura y mozartiana armonía de un hombre y una mujer latiendo desnudos al ritmo del corazón del universo; los barrenamientos de caballeriza que estos bárbaros consignan con el nombre de cópula me impiden a mí contaminar de literatura mi relación con María Fernanda. Eso era la vida misma, y la vida, en su tensión más alta, no tiene nada que ver con la palabra. Y en esto se parece a la muerte. Y ciertas mujeres, en la cama, sólo admiten el sagrado silencio o la metáfora. Y la única metáfora que ahora se me ocurre es que imaginarse a un elefante entrando en una exposición de cristales de Murano es una figura menos catastrófica que pensar al bioquímico echado, con ruidoso jadeo, sobre la cama colonial de María Fernanda. Me consuela pensar que, por patadas que dé el elefante a las vitrinas, comprenderá tanto el espíritu del cristal como el bioquímico gozará a María Fernanda, así lleve quince años embistiéndola por el bajo vientre. También llovió, esos días. Hubo una carrera de Ford T, pintarrajeados para el caso, en la carretera que va del club al balneario. La crecida del Paraná dejó a cincuenta familias de la isla sin casa, y la tormenta arrancó los embalses hasta Santa Fe. Yo oía las noticias acostado, generalmente. Y así me enteré de que los hidrómetros del observatorio llegaron a marcar seis metros de Paraná sobre el nivel normal. Casi me ahogué, con whisky, y de la alegría, cuando leí en el diario que los Mig soviéticos iban por fin a entrar en acción en Vietnam. La felicidad me duró poco, porque, una tarde, María Fernanda se puso lamentable y, en una especie de ataque de locura, amenazó con abandonar para siempre al bioquímico y a la hija y a venirse conmigo a Buenos Aires.

—Llevame con vos —dijo.

Ella me serviría café mientras yo redactaba grandes obras: comeríamos lo que hubiera.

Esa noche dormí con Adela. Cosa que por otra parte me veía obligado a hacer los fines de semana, pues el bioquímico regresaba de la Capital y había que tender la cama. E inventé un cóctel. Y fui a cazar patos salvajes al Tabaquero. Y volvió a salir el sol y volvió a llover, en cualquier orden. Y a veces hubo descuidos. Grietas peligrosísimas, Virginia, por las que repentinamente, en mitad de un tango o de un informativo sobre los varios miles de muertos del terremoto de Chile, país hermano, o a través de un gesto de Adela o de María Fernanda, o incluso en el mismo cenit de la telaraña cósmica de la *Gran Fuga* de Bach (justa y absurdamente e incomprensiblemente allí) aparecía un pie de muchacha, adolescente y descalzo, o una ramita con forma de bailarina por la que hace años debí treparme a un árbol en el Parque Lezama, y casi me desnuqué, o se oía un horripilante ladrido capaz de matarlo a uno. O de arrancarlo a carcajadas de la muerte. Motivo por el cual yo pedía permiso, en San Pedro, e iba, con regularidad asombrosa, a la letrina. Los diarios anunciaban que había llegado a nuestro planeta la luz de una estrella que se encendió hace un millón de años, o Adela me hacía señas de que tenía la bragueta desprendida. Éramos instantáneamente eternos en un eternamente momentáneo universo con estrellas detectadas, por el telescopio de mi bragueta, milenios después de haber estallado y, quizá, de haber muerto. Y hubo tardes nubladas. Y una de ellas, al pasar frente a la Biblioteca Rafael Obligado, rumbo al Club Náutico, corrí el serio peligro de una Caída prematura. Intoxicación que en esa etapa de mi convalecencia podía resultarme fatal: porque de pronto entré y me sorprendí a mí mismo, con el pantalón de baño colgado del cuello, tomando apuntes grandiosos del *Fausto*, de Goethe, tomándolos con ferocidad, pensando bajo las letras escritas algo así como yo te voy a dar, ¡oh Yegua!, ya vas a ver a los nietos de los hijos que te haga el cuentacorrentista robando con veneración mis libros de las bibliotecas y muriéndose de risa de esa vieja loca sin dientes que farfulla moviendo la cabeza que ella lo conoció a él, sí, cuando era desconocido y joven, y tan triste, guau, y los niños retorciéndose de risa cantando con pura crueldad de niños uh, uh, uh, qué vas a conocerlo abuelita guau, tan bruta y analfabeta como fuiste siempre, abuela farandulera, Carlota en Weimar. Menos mal que en eso oí una frenada y la bocina del coche de María Fernanda, y la vi a María Fernanda tal como era en el siglo XX y en un pequeño pueblo turístico de provincia, llamado en ese entonces San Pedro, y salí a la calle, y María Fernanda juntó sus dedos medievales agitándolos en el extremo de su transitorio y corruptible brazo, pigmentado ahora por el sol, y dijo qué hacías ahí metido, con este día. Yo noté que el cielo, repentinamente, se había limpiado. Nada, respondí: estaba a punto de perder el alma. Y subí al auto. Y bajé. Y nadé. Y remé. Y fui crucificado, muerto y sepultado en la pelvis de María Fernanda. Y descendí a los infiernos y resucité al tercer día, acostado a la diestra de no sé quién, porque Dios Padre no era, y Adela tampoco, ni podía ser María Fernanda pues estábamos en Semana Santa y el bioquímico, aunque respetó la abstinencia de la carne, pasó la Pascua en su casa. En fin: que a partir del momento en que Adela me peló una naranja, hasta la madrugada particularmente curativa, y de alta repulsión, que determinó mi regreso a Buenos Aires, sólo acontecieron, como ya lo he dicho, las alternativas no anecdóticas; las que hacen del mundo real un simultáneo y algo contradictorio pandemónium de terremotos en Chile, braguetas, funciones gastrointestinales, estrellas milenarias, la práctica del remo, metabolismos y metafísica; apelmazamiento difícilmente reinventable en estas páginas. Suponiendo que yo —aunque esté quizá demorando adrede esta historia, este otro rito oficiado fríamente a máquina, tomando mate de espaldas a la repisa bien tapiada de libros no tuyos, incompatibles con tus peluches y tus morondangas y tus ritos, libros anchos, sacrificiales, como lápidas—, suponiendo que yo tuviera ganas de reinventar el mundo real. Y menos si incluye a la hermosa gente. Tres mil millones de seres celebrando cada día, por turno o simultáneamente (puede darse el caso), idéntica ceremonia en inodoros, excusados, pequeñas escupideras, sencillos agujeros o pasto, son una buena imagen del culto que le rinde a su Creador esta cretina y flexible especie. Y bien. El 11 de abril, víspera de mi regreso, el horóscopo me aseguró que el tránsito de Venus por Aries estaba en su apogeo. Leí también que el pulpo del acuario de Berlín, con gran criterio, venía devorando hacía un tiempo sus propios tentáculos, con el objeto aparente de suicidarse. Ya llevaba comidos cuatro. Esa noche, en casa de María Fernanda, yo exalté la autofagia. Uno se volvía ibseniano, le expliqué; te imaginás, se transforma en uno mismo. Sin contar que lo único que no podés comerte es tu propia cabeza. Y ella, mordiéndome en diversas partes, llegó hasta mi nuca y allí murmuró que de eso se encargaba ella. Después me preguntó si no había leído una noticia muy linda referida a un congreso científico, en Washington, donde se discutió el comportamiento sexual de la cucaracha. Yo terminé de desvestirla.

—No seas ególatra —le dije—. Me hacés acordar a esas chicas que te preguntan si no has visto tal película porque ellas se parecen a la actriz.

—Cállese, adulador —dijo ella—. Se lo habrá dicho a tantas.

Y así hablamos y jugamos y reímos y mordimos y cucaracheamos, hasta que yo sentí una especie de hachazo en el medio del pecho, o del alma, y me tapé la cara con las manos en la oscuridad y me encontré diciéndole que la quería.

Ella encendió la luz. Yo abrí los ojos.

—Lo que me emocionaría mucho —dijo ella, rígida—. Si no fuera que acabás de llamarme Virginia. Por segunda vez.

Busqué un cigarrillo. Lo encendí.

—Bueno, no es la única mujer con la que me pasa. —No era el mejor camino; pero, de cualquier manera, ya no tenía arreglo. —Perdoná, no fue eso lo que pensé decir.

El resto es previsible. Con idiotez, traté de abrazarla; ella se apartó. Yo me enfurecí, con ella y sobre todo conmigo, y me puse a fumar y a mirar el techo. De modo que por segunda vez; la primera, entonces, María Fernanda había estado bastante generosa. La miré de reojo. Ella, a mi lado, fumaba en silencio y miraba el techo. Lástima, claro, que siempre se las ingenian para que uno lo note. Y a los veinte minutos, aquel fumar y aquel callar y aquel rozarnos era tal porquería, y tan monótono, que lo mejor fue abrir las alcantarillas y tirarse de cabeza.

Incoherente, comencé:

—Por lo demás, si supieras —y María Fernanda, su voz apagada, me interrumpió:

—Ya lo sé —dijo.

Me senté violentamente en la cama.

—Si supieras lo que significó para mí, carajo, no adoptarías ese aire de Blanca Nieves ofendida.

Ella no levantó la voz, ni me miró.

—Ya lo sé. Uy, si lo sé. Ella era silvestre y acomodaba ritualmente tus figulinas, con gran sentido erótico. Caballito con geisha; *kokeshi* con Santa Bibiana de Bernini. Y ahora preguntame si estoy celosa, así yo puedo contestarte que no seas idiota. Y tortuga macho con máscara javanesa. Me lo contaste diez veces, y hace veinte días que nos conocemos. Y la pequeña Virginia llegaba a tu departamento como Alicia al País de las Maravillas, y se quedaba, en camisa, palmoteando con manos regordetas con hoyuelos ante la vitrina donde...

—La repisa —dije secamente—. Se trataba de un pedazo de biblioteca. Seguí.

Yo estaba sentado en la cama. María Fernanda hablaba con voz controlada, tenue: un arroyo impersonal y transparente, fluyendo.

—O repisa, o jaula del canario, porque para la Sirenita, puesto que eran tuyas, esas cosas se le figuraban escaparates con arabescos de André-Charles Boule, propiedad del rey sol. Y luego de palmotear, o de llegar misteriosamente de nunca supimos qué sitio, o de esperarnos en el cordón de la vereda con sus excitables hipocampos y sus marfilinas, iba y ponía geisha con pollito, bambi con la Victoria de Samotracia original, hoja de árbol del Paraíso con palacio del generalife.

—Delfín —murmuré yo, y ella se interrumpió—. Que los muebles tallados por Boule, no fueron para el padre, sino para el hijo: para el Delfín. Y ahora, María Fernanda, sería muy lindo si nos calláramos.

Yo seguía sentado en la cama; ella, sin mirarme.

—Pero, por qué —dijo María Fernanda—. Si en el fondo nos encanta; si no hay nada tan ajeno a todo lo que odiamos, a nuestro falso orgullo, a nuestra frivolidad, como la muchacha silvestre de las figulinas. Que lo dio todo... podía darlo todo, sabés. Sin pedir nada a cambio. Que era capaz de vestirse sólo con nuestra camisa, y servirte café hasta que la mates. Y comer, realmente, lo que hubiera, imbécil. Y caballito con geisha y tortuga con peluche. Y vos, y yo. Y algún día iba a abrir una gran valija llena de piedras de colores de cuando era chica, y hojas otoñales, e iba a decirte: vine, viste. Y se iba a quedar.

—Callate —murmuré.

—Y vos, por fin, ibas a ser feliz. Y puro.

Le di un bofetón real, impremeditado. Con toda mi alma. Le dije:

—Ya no tenés edad para jugar a estas cosas.

Me dijo:

—Te agradecería infinitamente que te fueras de mi casa.

Fue bastante bueno, lo confieso. Vestirme, en esas circunstancias, resultó una de las operaciones más abyectas, ridículas e intolerables que me he visto obligado a realizar en mi vida.

A la mañana siguiente me fui de San Pedro.

Posfacio

Corregido por última vez, y reordenado para esta edición, *Cuentos crueles* es el segundo volumen de *Los mundos reales*. Comencé a escribirlo en 1962, apenas publicado *Las otras puertas*, y a diferencia de ese libro —que admitía textos de distinta época e intención diversa— lo imaginé, desde su primer cuento, como un libro único, pensado según aquella carta donde Poe declaraba (o para sí mismo descubría) el método de composición de toda su obra: "Al escribir estos cuentos uno por uno, a largos intervalos, mantuve siempre presente la unidad de un libro, es decir que cada uno fue compuesto con referencia a su efecto como parte de un todo." De ahí, en mi caso, cierta buscada uniformidad temática; de ahí la preponderancia que en este libro tiene la violencia. O acaso hay otra explicación. *Cuentos crueles* fue escrito entre 1962 y 1966, vale decir, en la sonora década del 60, años que no fueron el tiempo dorado e irresponsable que algunos imaginan, sino el preludio de otros años atroces y violentos que siguieron y en los que aún vivimos[1]. Yo no sé de qué modo mis cuentos testimonian aquellos días, que también son éstos: sé que de *algún modo* los testimonian. Sé que corresponden no sólo en algún caso por su asunto, sino hasta por la exasperación de su tono, a ese período turbulento en que la violencia, el sexo, la política, la crueldad, el nacimiento y la casi simultánea muerte de las ilusiones fueron, para nuestra generación, no meros temas literarios, sino el ámbito donde unos hombres, que éramos nosotros, vivieron, amaron, creyeron, traicionaron, fueron traicionados y escribieron.

A. C.

[1] Escrito en 1981. *(N. del A.)*

Las panteras y el templo

Lugar siniestro este
mundo, caballeros.

GÓGOL

I

No es bueno que el hombre esté solo;
le haré ayuda idónea para él.

GÉNESIS, II: 18

Vivir es fácil, el pez está saltando

Merde à Dieu!
RIMBAUD

Ha ido hacia la ventana y la ha abierto de par en par. Antes bostezó. Después ha hecho girar entre sus dedos el sobre, un expreso escrito a máquina en uno de cuyos ángulos se lee, en grandes letras azules, la palabra *urgente*. No abrió el sobre. Con indiferencia lo ha dejado sin abrir entre las cartulinas de dibujo y bocetos publicitarios que se amontonan sobre la mesa, una vasta y severa mesa española, maciza, de apariencia monacal. Vuelve a la ventana. Ha cruzado los brazos y no mira afuera. Ahora, furtivamente, echa una mirada de reojo hacia la pared del otro cuerpo del edificio. La pared es violeta. Gira la cabeza, observa la pared. Va achicando los párpados hasta cerrarlos. Rápidamente, abre un ojo. Luego se encoge de hombros y se pone a mirar una paloma que, un poco más abajo, da vueltas alrededor de otra en el alféizar de la ventana del sexto piso. Escupe. Ha escupido con naturalidad y se ha quedado a la expectativa: unos segundos después se alcanza a oír el lejano *plic* en el patio de la planta baja. Va hacia el tablero de dibujo, no alcanza a llegar: ha hecho una especie de paso de baile, y ahora, de perfil a un espejo, está inmóvil junto a la biblioteca. Mete la mano en el hueco de uno de los ladrillones blancos que soportan los estantes, deja un momento la mano allí, como si dudara, y saca por fin un frasquito. "Aunque lo que me vendría mejor", habla en voz alta, mientras con un dedo lucha por quitar el algodón que tapona el gollete del frasquito, "sería un buen Alka-Seltzer." Dice que, además, le vendría bien no comerse las uñas. Ha sonreído. "Ni hablar en voz alta", ha dicho y se miró en el espejo. "Ves, Van Gogh, ves alma de cántaro, en momentos como éste uno siente lo amarillo que va a ser vivir sin la dulce Úrsula Loyer, ángel de los bebés; o sin sus uñas." Se ha acercado un poco más al espejo, después, bruscamente, hasta casi tocarlo con la cara. Tiene aún el dedo dentro del frasco, pero es como si hubiera olvidado qué estaba haciendo. Ha dicho que no es el mejor modo de empezar el día darse cuenta, de golpe, que una pared es violeta y que hace una semana se han cumplido treinta y tres años.

El teléfono sonó cuando iba hacia la cocina. Ya había conseguido sacar una cápsula del frasquito y el timbre le cortó el silbido, pero no se detuvo. Cambió de rumbo y fue hacia un bargueño, un mueble colonial, con herrajes. Ha abierto uno de los cajones y busca algo. Bajo unos papeles hay una pistola Browning.9. Junto a ella, una tira de Alka-Seltzer. El teléfono sigue llamando. *Un ser negro y pequeño grita en la nieve*, murmura. Corta un sobrecito de Alka-Seltzer, lo abre con los dientes y se mete en la cocina. El teléfono sigue llamando. Pone a calentar café y echa una tableta de Alka-Seltzer en un vaso con agua. Cuando la tableta se ha disuelto, el teléfono deja de llamar. Se toma, juntos, la cápsula que sacó del frasquito y el contenido del vaso. Ha vuelto a la pieza. Va hacia el teléfono. Al pasar levanta del suelo un escalímetro, y en el mismo movimiento, con la otra mano, enciende el tocadiscos. Ahora pone con mucho cuidado una grabación: después de un silencio se escucha, cóncava, la voz de Ertha Kit. *Summertime*, canta la voz viniendo como por una calle larga, *and the livin'is easy, fish are jumpin'...* Después un coro. Después vuelve a sonar el teléfono: él ya tenía la mano sobre el tubo desde hacía unos segundos.

—Sí, hola —ha dicho. Su voz es tranquila, quizá impersonal—. No, Napoleón habla: acabo de volver de Santa Elena y vengo a salvar el país... Sí, está bien. Perdón. Pero quién puede hablar si no hablo yo —ha bajado el volumen del tocadiscos—. Café. Y tomando un Dexamil para estar lúcido, porque me he decidido a trabajar. También he recitado a William Blake y le escupí el gato a mi vecina de la planta baja... No, acá no sonó... Que-acá-no-sonó... Sí, yo te escucho, siempre te escucho, podría decir que vivo escuchándote —ha estado tratando de encender un cigarrillo; ahora deja el tubo a un lado y lo enciende—. Hola. Lo que pasa es que quería acomodarme el tubo entre el hombro y el pescuezo, operación que nunca me resulta. Yo no sé cómo hacen en las películas, realmente. ¿Notaste lo bien que sale todo en las películas...? No, no estoy contento. Como podrás suponer no estoy contento, no estoy nada, digamos. Soy así y me parece que vos tendrías que dormir un poco. Son las nueve de la mañana. Ya sé, ya sé —ha dicho y ha cerrado los ojos—. Ya sé. Pero igual, tratá de descansar un poco. No se puede así —repentinamente grita—. ¡Vivir! Que así no se puede vivir. Vos, quiero decir —ha vuelto a hablar con naturalidad, con el tono impersonal del principio—. Que te vas a enfermar. Sí, te escucho. Ya sé. Eso es exactamente lo mismo que dijiste anoche, y yo te contesté que el amor no tiene nada que ver. Tiene que ver, sí, pero lo importante... La convivencia, eso. Soportarse. Y lo triste de esta melancólica historia es que ya no nos soportamos. Sí, querida, vos tampoco a mí. Y hasta sospecho que *sobre todo* vos no a mí. Pero no pienso volver a hablar de esto. Por si te interesa: estoy a punto de ponerme a trabajar. He tomado un Alka-Seltzer para desembotarme y un Dexamil Spansule de 15 miligramos para estar lúcido todo el día. Ne-ce-si-to trabajar —cerró los ojos y se llevó el cigarrillo a la boca, una mezcla de suspiro y pitada—. No soy frío, ni te engañé. Y te juro que siempre fuiste una muchacha maravillosa y tampoco me estoy riendo. Pero, insisto: son cosas distintas. ¡El café! —grita—. Esperá un poco.

En la cocina, al sacar la cafetera del fuego se quema los dedos. Sacude la mano y se la pasa por el pelo. Sirve una gran taza de café, va hacia la pileta y le echa un chorrito de agua. Estaba revolviendo el azúcar cuando suena el timbre de la puerta. Levemente, se sobresalta. "Macanudo", murmura, "ahora resulta que también soy nervioso." Vuelve a sonar el timbre.

—Momento —dice en voz muy baja.

Sin apuro, termina de revolver el café. Deja la taza sobre el mármol de la cocina y va a abrir la puerta. Una alta señorita mayor, vestida con un traje sastre gris, está sonriendo en el pasillo. Tiene el pelo rubio y los ojos intensamente azules. Buenos días, hermano, le dice. Y señalando un enorme portafolio agrega que viene a traerle la palabra de Dios. Tiene un leve acento extranjero. Él está mirando, como fascinado, sus redondos botincitos negros. La señorita sigue hablando:

—A usted seguramente le extrañará que a esta hora, y en estos tiempos, alguien venga a su casa a traerle la palabra de Dios.

Él sacude la cabeza.

—*De ninguna manera* —dice.

Después le cierra la puerta en la nariz. Va hacia el teléfono.

—Hola. Íbamos por la parte en que no tengo sentimientos, por mi corazón de trapo. Y yo argumentaba que sos maravillosa, irrepetible seguramente, pero que la vida y esas cosas. También decíamos que ahora estás demasiado alterada, que tenés que dormir, que no se puede vivir así. ¿Por qué no lo dejamos para mañana? Vamos a hacer una cosa, vos tratás de serenarte, te acostás y mañana, suculenta como una panadería, te encontrás conmigo en el Jardín Botánico bajo las araucarias. Y con sol. Hoy está nublado: nadie puede razonar claramente en un día nublado, mañana en cambio, con sol... Cierto, sí, es inconcebible que alguien se pueda poner a tomar café en un momento como éste. Cuando lo ha abandonado la única mujer que quiso en su vida. Porque debo recordarte que...

Bueno, pongamos que sí, que yo te obligué. Que en mi caída traté de hacerte a un lao... Te fijaste, entre paréntesis, de qué modo bárbaro se parece *Confesión* al diario de Kierkegaard, para salvarte sólo supe hacerme odiar, qué tal. Y a propósito del café: en cualquier momento voy a tener que ir a buscarlo, porque me lo olvidé en la cocina. Ponerse a tomar café, sí, en vez de escucharte a vos. Y no sólo en vez de escucharte a vos, no te podés dar una idea. Quiero decir que vino Dios, un Mensajero de Dios. Tenía los ojos imposiblemente azules y usaba botincitos. Tuve que mirarle los botincitos para no ahogarme de azul. Extrañas formas que asume la Salvación, mi madre.

Deja el auricular colgando del cable; del otro lado se oye la voz. Va a la cocina y vuelve con la taza de café. Toma el teléfono, arrima un sillón y se sienta. Antes ha echado una mirada furtiva al sobre que quedó sin abrir sobre la mesa. Súbitamente parece muy cansado.

—Vas a tener que repetirme todo de nuevo, porque no oí nada. Sí, que no va a haber mañana con sol: eso lo oí. O ni mañana ni sol, es lo mismo. Pero yo te prometo que va a haber... No entiendo —había cerrado los ojos; de golpe los abrió, echando violentamente la cabeza hacia atrás—. Ya sé. Matarte. Vas a matarte. ¿Acerté? Acerté. No va a haber mañana ni sol, porque ella, que sufre, ha comprendido que vivir ya no tiene sentido. Ustedes tienen... ¡Hablo en plural porque se me antoja! —lo ha gritado, acercando mucho la boca al tubo—. Tienen, todas, la cualidad extraordinaria de ser los únicos seres que sufren. Pero, sabés lo que te digo, lo que te aconsejo —se ha puesto de pie y habla nuevamente en voz muy baja; al levantarse, el café se derrama sobre su pantalón—, te voy a decir lo que te aconsejo: matate.

Y ha colgado.

Va hacia el baño, se moja la cara y el pelo, silbando se peina con las manos. Vuelve a la pieza y toma la carta. La deja y va a cambiarse el pantalón. Vuelve, toma la carta, abre cuidadosamente el sobre, lo abre con una minuciosidad casi delicada y comienza a leer. Su cara no cambia de expresión, sólo la vena de su frente parece ahora más pronunciada. Deja de leer. Va hasta el tablero de dibujo, despliega una cartulina y la sujeta con dos chinches: al soltarla, la cartulina se enrosca sobre sí misma. "Epa", dice, y va a cambiar el disco. Se oye un fagot y se oyen unas cuerdas. Recomienza a leer la carta, paseándose. Está junto a la ventana abierta. Sin mirar, arroja el pucho del cigarrillo hacia la planta baja. Vuelve a la mesa. Pliega lentamente la carta, la pone otra vez dentro del sobre, mira hacia el teléfono y con gesto distraído (sólo la vena de su frente vive, y su boca, que se ha alargado curvándose hacia abajo) rompe en pequeños pedazos el sobre y coloca los pequeños pedazos en un cenicero, formando un montículo, una diminuta pira. Arrima el encendedor y se queda mirando la pequeña fogata.

Repentinamente va hacia el teléfono y marca un número.

—Y si te ibas a matar —dice después de un momento—, si te ibas o te vas a matar, ¿me querés explicar para qué me lo contaste? Yo te voy a decir para qué. Para ajusticiarme. Callate. Yo, culpable; vos te vengás de mí, ¿no? Ah, no, querida. No acepto. Me parece injusto cargar, yo solo, con tu muerte. Lo que hay que hacer, lo que tenés que hacer, es lo siguiente: llamar por teléfono a todos, a todos quiere decir *a todos*, a tus amigos y a tu viejo papá, callate, a tus compañeritas de la primaria y del Sagrado Corazón y a tus conocidos lejanos: a todos. No sólo a mí. Al señor que se cruzó con vos en la calle el día cinco o catorce de cualquier mes de cualquier año y te vio esa única vez en tu vida. Y al que ni siquiera te miró, especialmente a ése. A todos. Lo que hay que hacer es agarrar la Guía de la Capital, del país, del planeta entero, y llamar y llamar y llamar por teléfono a todos y decirles, mis queridos hermanos, cuando muere asesinado un hombre siempre es culpable toda la humanidad, pichón de frase. O suicidado, en tu caso. Y también a mí, sí, pero no a mí solo. Ya me crucificaron la otra vez, hace como dos mil años; yo no cargo más con los líos de ustedes, amor. O quién sabe. Quién sabe ni siquiera me llamaste para que te expíe... ¡con equis!, por ahí me llamaste para no matarte, para que te salvara. Lástima que se fue la inglesa que estuvo hoy, la de los ojos. Tenía los ojos del color justo, una cruza de ópalo y zafiro soñada por Kandinsky. La mirabas un rato y era como caer para arriba. Como zambullirse de cabeza en el cielo. Daban vértigo de azules. Yo la neutralicé por el lado de los zapatitos, redondos en la punta, que si no. Y debe ser, sí, seguro que me llamaste para eso. Y ahora yo tengo potestad de vida y muerte sobre la Adolescente Engañada, yo, el Gran Hijo de una Gran Perra, todo con mayúscula. Y sí, soy... ¡Callate! Soy justamente eso. Y acertaste. No tengo sentimientos, ni alma, y me divertí con vos a lo grande, *nos* divertimos, porque debo reconocer que en la cama vos eras también bastante mozartiana y con tu buena dosis de alegría de vivir. ¿O no? Si era el único lugar donde... Y a lo mejor está bien; a lo mejor eso es lo cierto. Lo digo en serio. Y no hables ni una sola palabra porque... Horroroso. El recuerdo que tendrás de mí será horroroso, parecemos Tania y Discépolo. Oíme, llamá; haceme caso. Te fijás en la Guía y marcás un número, o ni te fijás. Llamás al azar y decís señor, a que no sabe quién le habla, le habla una muchacha de dieciocho años que va a matarse dentro de un rato, ¿no le parece inmundo no poder hacer nada por salvarme? Y le cortás. Le cortás. Le-cor-tás.

Ha vuelto a colgar el tubo. Prende un nuevo cigarrillo, va hasta el tablero de dibujo, desenrolla con brusquedad la cartulina y, en dos golpes, la clava secamente a la madera. Toma un tiralíneas y una regla milimetrada. Los deja. Echa una mirada al cenicero donde se ve la ceniza del sobre que ha quemado. Va hasta la ventana. Mira el teléfono.

Nieve, dice. Grita en la nieve.

Cuando suena otra vez el teléfono, sonríe. Hace un movimiento hacia el teléfono o hacia el tablero de dibujo y se detiene. Nieve, dice. Vuelve a mirar de reojo la pared color violeta. El teléfono sigue llamando.

Finalmente, deja caer el cigarrillo hacia la planta baja. Antes le ha dado una larga pitada; después, como si el cigarrillo lo arrastrara en su caída, se tira por la ventana.

Crear una pequeña flor es trabajo de siglos

Soy un escritor fracasado. No es un comienzo demasiado original, lo sé. Ni me pasa sólo a mí. Varios de mis mejores amigos podrían encabezar su autobiografía de la misma manera, sin faltar en absoluto a la verdad. Sólo que yo lo acepto naturalmente, que ésta no aspira a ser la narración completa de mi vida y que, yo, tengo una historia de amor para contar.

Mis amigos, escribí: es una exageración, claro. O un automatismo. De algún modo sin embargo hay que codificar las cosas y lo fundamental es que el que escribe se dé a entender. O no es lo fundamental, pero me da lo mismo. También soy un tipo desagradable, y hasta deliberadamente desagradable. ¿Qué esperaban? Y en esto ya me parezco no sólo a mis amigos, sino a la casi totalidad de los habitantes de Buenos Aires. Es extraño: iba a poner del mundo y me pareció enfático, bajé a del país y resultó incoherente. Buenos Aires, en cambio, ¿eh, Discepolín? Lo que pasa es que en el fondo debo tener ganas de escribir un tango, o un sainete. Ella se llamaba Laura, nombre prestigioso. Él soy yo. Y como las revistas femeninas donde hoy se publican mis cuentos seguramente se negarían a pagarme éste, y como debo escribirlo, no tengo más remedio que hacerlo acá, como quien canta. Cuando él la conoció ella llevaba un absurdo sombrerito tipo plato volador, de colegio de hermanas, y una pollera azul marino tableada. Tenía quince años, la cara redonda y algo en los ojos, algo que vaticinaba lo que pasó después: una especie de sabiduría, no sé bien. Él tenía veinte años. Romeo y Julieta, lógico que lo pensó. Y Pablo y Virginia, y Dafnis y Cloe, y todo lo demás. Él hacía versos, pronunciaba frases, citaba a William Blake, creía a destajo en la Inmortalidad. Y naturalmente despreciaba a los tipos como yo. Yo y mi generación hemos ido a parar, casi sin darnos cuenta, a las secciones literarias de las revistas semanales, hacemos libretos de televisión firmados con seudónimo, ya hemos cumplido treinta años. Somos corrosivos e irónicos. Aunque no sé por qué meto a mi generación en esto. No hay más que yo, ésta es mi historia, no la de la Juventud Dorada del país. Él citaba a Blake, por esa parte iba. Ella lo dejaba hablar y lo miraba entre fascinada y condescendiente, como desde otra vereda, o como si él estuviera enfermo de alguna cosa sin importancia que se le iba a pasar pronto. O ahora me parece que lo miraba así. Y ahí está el nudo de la historia, su ambigüedad. La de su mirada. No hay ninguna razón para que cuente acá cómo la conoció, porque aunque parezca mentira fue en un parque. Altos plátanos, atardecer. Y más tarde, en algún redondel de la noche, la luz de una calesita, su música de calesita. Hay que contar, en cambio, que después la mano de él le tocó la cintura al cruzar una calle y él sintió en los dedos que la dulce Julieta del sombrerito era de carne y huesos. Téngase en cuenta que eran adolescentes: tocarla fue una mezcla de decepción, maravilla y gelatina. Téngase en cuenta que eran adolescentes, él difícilmente iba a volver a enamorarse después de aquel contacto, o de la calesita. Siete años más tarde, ella me dejó. A esa altura él ya era yo, había publicado un librito de versos y había empezado a dejarse convencer de que la vida es dura, que hay que vivir, que uno puede ir erigiendo el monumento más perdurable que el bronce y redactar la Sección Espectáculos del semamario tipo *Times*. Ser Horacio y Gatsby, en suma. Para esa época ya se me invitaba a fiestas con muchachas como juncos que aspiraban a recibirse de Simone de Beauvoir. Tenían generalmente pómulos altos, pelo negro, desarreglos ováricos y aire egipcio. En las comparaciones, la dulce Julieta, su cara de torta, se desvanecía irreparablemente. Sin contar que a ellas, en la cama, yo todavía podía hablarles de Kierkegaard, de epopeyas a redactar y del arte en general, sin que dejaran ver cómo se hartaban. Hubo, una mañana, una llamada telefónica: Laura me llamó por teléfono un domingo a la mañana y en cuanto levanté el tubo, dijo: Lo sé todo. (Ha pasado mucho tiempo: no me la imagino diciendo una frase como lo sé todo, pero el caso es que dijo algo que equivalía a eso.) Y él dijo: "Tenés que dejarme que te explique." Aclarar que ella no sabía que Romeo ya era Mister Hyde, pero que la respuesta de él fue suficiente para que ella cortara llorando y él volviera a llamarla y decidieran verse en una plaza para acabar de una vez la dolorosa historia, es innecesario. La plaza se llamaba San Cristóbal: era la misma de la primera vez, porque a la realidad le gustan las simetrías, es cierto; la realidad, en el fondo, quiere parecerse a la literatura. Me ahorro los patetismos y digo que, como final, fue casi hermoso. No volvió a llorar; me miraba. Lo que mejor recuerdo es eso, y un gesto: el de echarse suavemente con la mano el pelo hacia atrás. Y que sonrió. Le dije que era lo mejor que podía pasarle, darse cuenta de que yo no era su tipo. Le dije si había notado que donde estaba la calesita habían puesto un busto de Lafinur. No le dije que en realidad yo estaba un poco harto de su carita de luna, de sus ahogos (ella se ahogaba cuando estaba nerviosa, solía ocurrirle en la cama y al principio era casi poético, después no), harto, para resumir, de siete años. Siete años y los dos últimos algo sobrecargados de búsquedas de departamento, anillos de compromiso, vidrieras con muebles estilo provenzal y todo lo que hace de la vida un cuento mío de diez mil pesos. Pensé: "Si al menos me engrupiera de que la he salvao." Y la dejé ir.

De este final hace cuatro años. Ahora he cumplido treinta y dos y, hará más o menos cinco horas, ella volvió a mirarme desde esa puerta por última vez. Oblícuamente el sol daba en el vidrio, y en realidad ahí está *toda* la historia. Pero entre este segundo final y aquél de la plaza, hubo otros encuentros, casuales al principio, y pasaron cosas. Pasó, por ejemplo, que las muchachas iban pareciéndose cada día más a tapas de revistas, se tomaba cada vez más whisky, encabecé un movimiento por la abolición del libro y en favor de un arte masivo, usable como un traje o un calzoncillo, temporal, vivo, anónimo como el Espíritu, feo como la mierda y por lo tanto humano, etcétera, puse en argentino básico (y las firmé) las ideas de varios estetas homosexuales franceses, gané un concurso a la mejor nota periodística del año al denunciar el inhumano tratamiento que se les da a las locas en Vieytes, viajé a Brasil, estuve a punto de casarme con una mulata en un arranque del todo baudeleriano, y volví a verla. Sobre todo, volví a ver a Julieta varias veces. Y hasta soñé con ella. Un sueño entre alegórico y obsceno donde había anchas escalinatas de basalto en una llanura mítica, un circo, una especie de circo romano bajo la luz fría y azul de un astro que no podía ser la Luna. O el sueño fue muy posterior, qué sé yo. Y no me parece que tenga mucha importancia. El hecho es que volví a verla, y hablamos. Hay fiestas, claro, amigos comunes que son pintores o cortometrajistas, hay el Destino, las ganas de comprobar si realmente se había cortado el pelo pese a mi difundida teoría de que las mujeres, al ser abandonadas por un hombre, lo primero que hacen es cortarse el pelo, o teñírselo, ponerse a estudiar guitarra o alguna incoherencia por el estilo. Y además uno es civilizado y el mundo es un pañuelo, en uno de cuyos pliegues cabe Buenos Aires, un balcón terraza desde el que se ve el río, la voz de Marlene Dietrich haciéndome pensar si esta atorranta (por Julieta) también se acordará cuando escucha *Lili Marlene*, exactamente en el momento en que alguien me toca el brazo para preguntarme qué estoy haciendo ahí, solo, en ese balcón. Bueno, no a punto de suicidarme. Y me reí. Ella dijo que ya se lo imaginaba. Y en efecto se lo imaginaba. Me vi a mí mismo en un andén de ferrocarril.

—Te acordás —dije— de aquello del andén de Constitución, el andén doce.

—Catorce —dijo.

Nos reímos, los dos ahora. Con asquerosa naturalidad. Llenos de adultez, maduramente considerando los dos (pero sobre todo yo) a un conscripto el último día de su primer franco, conscripto que le dice a su novia en el andén catorce de Constitución la frase del siglo. El conscripto hace versos, cita a William Blake, tiene por delante un tren nocturno lleno de cantos de conscriptos, patas de pollo, olor a pis, empanadas, voces en falsete gritando traela al regimiento, o boludo, o por qué no le preguntás qué hace mientras vos limpiás caca en las caballerizas. Momento en que el Bardo majestuosamente musita que hay días, días en que me canso, días como hoy en los que tengo miedo de matarme. Y ella pregunta: "¿Qué?" Y él: "Nada, una especie de verso de Neruda." Y ella: "Es que no te oí, por el ruido." Y él: "Que a veces quiero matarme, escuchás." Y ella: "Sí, ahora sí pero no grites." Y él: "Me gustaría saber de qué te estás riendo." Y ella: "De que estamos gritando como locos, y que todos nos miran." Después, besándome un ojo: "Y que vos no vas a matarte nunca, subí."

—Te enojaste tanto —dijo, en el balcón.

—No, si tenías razón, para qué iba a matarme si acababa de caer muerto ahí mismo. Cómo andás.

—Bien.

—Te queda corto el pelo así, tan corto.

—Seguramente, sí.

Me puse a mirar el río. Iba a decir que era notable lo bien que se veía el río esa noche pero me limité a emitir un silbidito, después tosí. Había una luna impúdicamente lunar, llamar la atención sobre el río era una manera aviesa de aludir a la luna, sin contar la voz de Marlene Dietrich, ahí adentro. Una especie de enema de perfume de lilas. Dije:

—En fin.

Ella dijo:

—No te falta más que levantar las cejas y decir: así es la cosa —se reía—. Realmente somos bárbaros conversando.

La próxima vez que la vi sólo nos saludamos de lejos. Yo elaboré mi segunda teoría sobre las mujeres abandonadas: se embellecen. También traduje del inglés una obrita detestable que estuvo ocho meses en cartel, a teatro lleno. Con los derechos compré un departamento y un Citroën. Yo era encargado de la Sección Espectáculos de tres revistas, y tengo amigos: afirmamos que era genial, populosa de lesbianas y pederastas. Rompía todos los esquemas y las convenciones. A partir de esto, el teatro de Jarry iba a tener que montarse en un frasco de formol; Artaud y Beckett, dentro de una bolita de naftalina. Estábamos hartos de pretensiosos loquitos que redactaban Autos Sacramentales. En fin, que con los derechos de traducción me compré este departamento y un Citroën. Debo confesar, también, que me indignaba un poco verla. Verla a Laura. Había algo de viuda alegre en su nuevo fumar, y no sé qué falta de respeto por mí a la altura del flequillo. Había crecido, además; pero hacía muchos años que había crecido. El caso es que de pronto nuestros encuentros dejaron de ser casuales. Hace alrededor de tres años, me dijo:

—Conocí a alguien.

Y esa misma noche, dejaron de ser casuales.

—Tenés un modo algo impreciso de aclararme que el señor con cara de cornudo, que te tenía apoyada la mano en la cadera, no es un atrevido. Y para cuándo son los confites.

Él era abogado o algo, no sé bien qué. Quizá, hasta dentista. Algo era y descendía de austríacos y, por lo visto, se iba a dormir a medianoche dejándola retozar en las fiestitas. No sólo porque mañana hay que dar un buen madrugón, eh, sino por respeto, porque el hogar al que él aspiraba debía estar sustentado sobre la base de la confianza mutua. Y El Apoyo Mutuo u otros títulos optimistas. Si será puta, pensé. Y ahora que reflexiono, el sueño fue después de este encuentro. Lo que no quiere decir que tenga mucha relación, sino que me acordé. Y voy a contarlo.

Había escalinatas en el sueño, altas plataformas superpuestas en la noche. Una especie de anfiteatro de basalto, y yo desnudo, pero sin experimentar vergüenza. No porque estuviera solo, sino porque las cosas eran naturalmente así. La claridad de la luna era como fría, consecuencia de dormir destapado, y yo estaba inquieto. Algo iba a suceder. Tenía la espalda apoyada en las piedras de un paredón semicircular, alto, pero lo que me preocupaba eran los zócalos, esas puertas-trampa dispuestas a lo largo del semicírculo, por una de las cuales iba inminentemente a salir algo. Ella salió, es natural. En cuatro patas salió, aunque la idea no es ésta, porque no resultaba grotesco: salió así porque las cosas ocurrían de ese modo. Y estaba vestida de verde. Hasta ese momento se ignoraba quién o qué cosa iba a salir al levantarse las rejas. Yo tenía algo en la mano, algo muy importante para mi defensa pero nunca pude recordar luego de qué se trataba. Creo más bien que era un objeto propio del sueño, sin equivalentes y sin significación alguna fuera de aquel contexto. *Contexto*, se me ocurre cada palabra: paisaje lunar, eso pensé. Porque aquello era un anfiteatro en la Luna. Salió, vestida de verde. Y en ese mismo instante sentí que aquel color no correspondía, durante un segundo, en el sueño, fui consciente de que aquello era un sueño y que el color de su vestido debía ser claro. (Tuve, en el sueño, más o menos la misma impresión que en mis épocas de William Blake, cuando en un arranque místico leí *La Divina Comedia*: Beatrice se le aparece a Dante, en el Paraíso, vestida de verde. Como si bajara del cielo una gallineta y se posara sobre la cabeza de la estatua de Garibaldi: uno espera palomas sobre las estatuas, a lo sumo gorriones, y me acuerdo que a los veinte años inventé una teoría sobre el genio. Genio es el que te hace bajar del cielo gallinetas sobre las estatuas, o te zampa una torcacita donde, los imbéciles, esperaban un loro barranquero. Y si no, ahí está el cuervo de Poe, charlando animadamente desde hace un siglo sobre la cabeza de Palas.) Vestida de verde y en cuatro patas salió. Miró un instante lo que yo tenía en la mano e hizo el gesto que ya dije, el de rozarse apenas la frente con la punta de los dedos y echarse de paso el mechón de pelo hacia atrás. Y caminamos. Y todo era de una serenidad volcánica. Quiero decir, de lava petrificada. O quizá quiero decir nomás lo que escribí: serenidad volcánica. No puedo volver tarde, había dicho ella. Noté que tenía quince años. Yo también me sentía un poco más joven, pero sólo en el sentido de más ágil. Debíamos sin duda estar en la Luna y allí uno pesaría menos. Con naturalidad, se sacó el vestido. Quedó desnuda con simpleza insultante. ¿Lo dejo acá?, preguntó, y quería decir que podíamos no encontrar luego este camino. No tenés ninguna confianza en mí, dije yo. Me miró asombrada: yo había hablado con maldad. Sí, me dijo, sí, lo que pasa es que. No, dije yo. No tenés ninguna confianza en mí, en mi sentido de la orientación. Vos dudás de mi gran sentido de la orientación, eso es todo lo que pasa: nunca creíste en mi Albatros. Juro que el diálogo era así, y que yo dije Albatros. Y ahora, al verlo escrito a máquina, pienso que Albatros con mayúscula, el Albatros, mi Albatros, puede ser el nombre de un barco capitaneado por mí, una especie de barco pirata que los dos conocíamos en la región del sueño y entonces no todo es tan absurdo. El caso es que dije esa palabra, signifique lo que signifique. O quizá mi Albatros era lo que yo tenía en la mano, aunque no me parece que fuera un pájaro. No, al menos, uno cuyas alas de gigante le impidieran caminar. No tenés derecho a decir eso, murmuró Laura.

Y ya no estábamos más en el anfiteatro. Ves, dije yo, ves lo que ganaste: ahora te volvés sola a tu casa. Ya no estábamos en el anfiteatro y aquello, bien mirado, era Callao a la altura de Vicente López porque me acuerdo que vi Las Delicias, o Northing, menos mal que a esa hora no andaba un alma por la calle. Todo un poco volcánico todavía, un poco ceniciento y azul y de otro mundo pero con una rápida tendencia a desplazarse hacia la zona Norte de Buenos Aires. Pensé que me iban a llevar al manicomio por andar desnudo, pensé ojalá se muera de frío. Y con un enorme esfuerzo conseguí invertir esta idea hasta articular: Lo único que falta es que ahora no encontremos tu vestido. A lo que ella, ya en la puerta de su casa, respondió casi con tristeza: Vos sabés que *a mí* eso no me importa. La puerta de su casa era su puerta real, en Virrey Melo, sin embargo conservaba alguna de las cualidades de la trampa enrejada por la que había salido, y en ese momento recordé que, antes de que nos pusiéramos a caminar, yo había cerrado bien cerrada esa puerta. Bien cerrada, de modo que ahora me dio miedo. No va a poder, no va a poder abrirla sola, pensé. Miedo mezclado con alegría y con disgusto, el disgusto de que hubiese dicho con semejante mansedumbre que andar desnuda no le importaba. La matan, cuando sube la matan; eso pensé, e ignoro si el sentido de matar era metafórico o real. Entonces decidí algo, dije: Esperame. Y me desperté.

No me pregunto ni me interesa qué significa este sueño. Lo que realmente me preocupa es qué pensaba hacer yo cuando le dije que me esperase: 1) iba a buscar como loco su vestido; 2) iba a volverme tranquilamente a mi casa; 3) iba a tratar de descifrar qué era lo que aún yo llevaba en la mano.

Y eso es todo. Demasiado, a juzgar por el espacio que ocupa; máxime si les recuerdo que veníamos hablando del balcón terraza. Pero no: no veníamos hablando de eso sino de otro encuentro, y ahora me explico por qué conté el sueño. Mientras escribía sobre el abogado de Laura me pensaba en el balcón terraza. Fue la palabra terraza lo que me trajo al subconsciente las escalinatas, la asocié con plataformas. Lo conté a partir de esa imagen. Fue la palabra terraza, y no la palabra puta. No hay que asombrarse: he desarticulado y reducido a polvo mecanismos literarios, ajenos, mucho más complejos. Les he quitado las ganas de volver a escribir (la inocencia) a más de un adolescente inspirado y profético. Hay que ver el daño que le puede hacer la lucidez a la Poesía. También yo formé parte de una heroica y fugitiva revistita literaria; también tuve mi corte primaveral de fieles, medio discípulos, medio enamorados. Yo les expliqué por qué, y cómo, hacían versos a malones de jovencitos talentosos tipo Demián. Y me curé. Y los curé. Los volví tan inteligentes que hoy trabajan en Vialidad Nacional.

Laura (decía) me habló hará tres años del tipo que un rato antes le había puesto la mano en la cintura. Él era más o menos como ya he dicho. Y la quería bien y ya debía de haber articulado en su homenaje algo por el estilo de: Me siento capaz de hacerte feliz, Laura, sé que ahora no puedes quererme pero con el tiempo. Y con las cataplasmas de mostaza, los niños, las camas gemelas y los laxantes suaves, el compañerismo y tu cepillo de dientes aquí, el mío allí.

—Él quiere casarse —había dicho Laura.

—Con quién —dije yo, distraído.

—Lo que estás haciendo es una zoncera —dijo Laura.

—Disculpá, quise señalar que ya sabía que *vas* a casarte. Acabo de preguntarte para cuándo son los confites. ¿Qué me dijiste que era?

No escuché si rentista o dentista. O a lo mejor era nomás abogado, porque muy pocas veces he visto una cara con tanta propensión a inculcar en los demás la idea de engañarlo con la mujer. De no ser por Laura, animal único e irracionalmente monoándrico, aquel personaje era candidato a hundir al país en la tiniebla y el caos, a fuerza de ir cortando cables con los cuernos.

—Se lo ve un hombre limpito —comenté.

Ella se limitó a esperar. Yo dije:

—Él quiere casarse, muy bien. Ya te oí. Y ahora, se puede saber para qué me lo contás.

—No sé —dijo—. Quería que lo supieras por mí.

La miré.

—No entiendo. Por vos cómo.

E iba a explicar qué era lo que en realidad le estaba preguntando, pero, naturalmente, no me dio tiempo. Sonrió y dijo:

—Las dos cosas. Que lo supieras por mí: por mi boca, para que nadie se encargue de contártelo.

—O sea por mí. Una especie de lealtad.

—Y también por mí —dijo bruscamente.

Levanté la cabeza, esa manera de pasarse apenas la punta de los dedos por la sien y en el mismo movimiento recogerse el mechón de pelo detrás de la oreja. Y sobre todo la mirada. Una leona, inerme, momentáneamente desorientada pero tensa. No sé, algo sumamente contradictorio y yo nunca fui muy bueno para los símiles. De modo que bajé la vista y busqué cigarrillos y no tuve más remedio que aceptar los de ella, porque otra de mis teorías es que la ropa de hombre tiene demasiados bolsillos.

—Cada vez que no encuentro el boleto cuando sube el inspector me acuerdo de vos —dije—. La cosa es que finalmente yo tenía razón, habrás notado.

—En qué.

—En que ibas a encontrar la felicidad, en que Kierkegaard y Regina Olsen, todo eso.

Lo que siguió debí haberlo previsto, no las palabras, porque mi imaginación es la de un ser humano normal, no las palabras pero sí el zarpazo, las uñas súbitas del tamaño de un dedo. Dijo:

—Vos sabés que yo te quiero.

—Escuchame —dije—. Ya te expliqué cien mil veces que las mujeres son infinitamente más fuertes que los hombres: aprovecharse de eso, sí que es una deslealtad.

Tuve la sospecha de que yo a esa mujer la necesitaba. Pensé cómo quedaremos si ahora la agarro del pescuezo, cómo quedaremos doce pisos más abajo. Ella me miraba, juro que divertida.

—Deslealtad —dijo—. Sos tan cómico.

—Cantinflas, sí —dije—. Pero cómo se te ocurre decirme que.

—Qué.

—Mirá: casate. Oíme. Sabés todo lo que significás para mí.

—Sí.

—Ah, sabés. Pero vos sos realmente una hija de puta —dije yo.

Laura me tocó la cabeza, bueno: el gesto ese de revolver el pelo. Una cruza entre ¿no eres tú Romeo y Montesco? y tomarme la fiebre. Y se rio, y, antes de irse del balcón y casarse a la semana siguiente y tener un chico al año y medio, dijo como quien canta:

—Qué hermosos éramos. Será por eso, ¿no?

No siento ninguna vergüenza al recordar qué hice, cuántas pequeñas abyecciones cometí, cómo, con qué meticulosa obstinación obré desde esa noche para reconquistarla. Dije que se casó a la semana, en realidad fue un poco después. Lo que no dije es que fui a la iglesia. Ya era un tango, verdaderamente. Y me vio, y no sé si creyó lo que veía pero pegó un respingo que se le torció la corona de azahares, o la mantilla, eso que llevan en la cabeza, y me hizo acordar a esa Virgen María de Brueghel que queda como tuerta con la cofia caída sobre el ojo, digo que no sé si creyó lo que veía pero mi cara no era ni de estar jugando, ni de estar burlándome, ni de nada que no fuera sencillamente estar allí, mirándola entre los amigos, sin ninguna tristeza pero sobre todo sin ninguna ironía. Un escobillón hubiera dado idénticas muestras de padecimiento, pero me habría superado en cinismo. Al día siguiente, me las ingenié para que unos amigos comunes me sorprendieran levemente borracho. Levemente, eso sí. El más venenoso, uno de esos psicoanalizaditos que viven vigilando las cucharas, paraguas, ostras o muelas que a la gente se le cae o pierde, cosa de descubrir el edipo, impotencia, homosexualidad o caries psíquica del Universo, me vio y dijo con astucia: "Hacía rato que no se te veía tan divertido." Me miró como el cardenal Richelieu a Ana de Austria cuando la pescó sin los herretes. Yo, serio de golpe, lo mandé, en un tono tan alto e injustificable, a la putísima madre que lo parió y no sin antes recomendarle que mejor se metiera en la vida de la yegua de su madre, que a nadie le quedó la menor duda: casarse Laura con el abogado había sido el tiro de gracia a mi síndrome abandónico. Naturalmente, no exageré mis apariciones. Ejercí un levísimo terrorismo de la ambigüedad. No fuera cosa que la dulce Julieta se pusiera en Vestal o en Lola Mora y se entrara a hacer la payasa por su lado, afectando indiferencia, o descubriera por ahí que la venganza es un ejercicio que compensa no haber escrito un gran libro a los tipos como yo, y haberse casado con el abogado a las muchachas como ella. Y viví. No quiero decir "entre tanto", sino *haciendo* eso. Le di, durante tres años, un sentido a mi existencia. Fue en esta última época que soñé lo que ya he contado. Fue también en estos años cuando abandoné en la cloaca (y no sólo yo) la bolsa con los restos de la Descuartizada, mi alma inmortal, y alzándome de hombros renuncié al acné juvenil de inscribir mi *Exegi monumentum* al final de mis Odas. Las palabras, estas rameritas, no sólo dan trabajo: son un trabajo, y bien: mi generación y yo hemos aprendido a explotar a las palabras. Y para vivir de las palabras, como para comer de las mujeres, lo mejor es no cortejarlas mucho. Cuando necesito un buen traje, redacto un mal cuento. Y si hace falta más plata se escribe un libro sobre Perón o el Estructuralismo o el cadáver de Eva Duarte. Y ustedes, ¿qué hacen? Y dónde está la diferencia. En estos años, también, me afirmé como crítico y llegué a redactor jefe del más leído y corrosivo de esos subproductos nacionales tipo *Times*, y ya que estamos quiero explicar algo. Tengo la voluptuosidad del mal, de lo feo. Mimo mi propio fracaso tanto como odio el talento ajeno. Y no porque yo mismo no tenga talento, vaya si lo tengo; sino porque mi poder de realización no coincide con lo que entiendo bello. Vamos a ver si está claro. Yo sé *qué* es, y hasta cómo se escribe un gran poema: sé. Pero hay algo que me impulsa en otra dirección. Como inventar en la cabeza el *Guernica* de Picasso, con cada una de sus líneas y grises despavoridos y caballos bajo las bombas y ojos de lata y mutilaciones y ceniza, todo, pero al primer trazo sentir irrefrenablemente que esa línea exige juntarse con otra, que no es la que estaba en la cabeza, y con otra y con otra, todas cargadas de una significación imprevista. Y ver por fin que se ha dibujado una figura obscena, una especie de retratito de Dorian Gray pero descompuesto a medida que se lo pintó. Uno de esos innobles y descomunales sexos de letrina. Se habla mucho de la flor de Coleridge, de la de Wells, ¡oh! viajar al porvenir o al sueño y traer una flor. Bueno, lo que yo digo es como viajar al porvenir. O al sueño. O hasta el vértice mismo del infierno: realizar lo aparentemente más demoníaco del acto. Ir, sí, y hasta poder pegar la vuelta. Y venirse de allá *con un tomate*. Y acá entra lo que señalé antes: la voluptuosidad. Porque yo deseo más allá de toda explicación mis tomates, y hasta diría que mis incursiones en el sueño o el porvenir, ahora, consisten sólo en ir a buscar tomates. Sí, señores, amo quizá más que nadie en el mundo lo bello, pero tengo el vértigo de lo feo. Y qué. Es como tener seborrea. El día que descubrí en mi alma esa cualidad negativa sentí algo parecido a lo que debe de haber sentido Massoch cuando le dieron por primera vez una patada en el culo. Dolor, pero hasta por ahí nomás. Sobre todo, felicidad. Una náusea orgiástica. Y quizá en el fondo soy un refinado; los chinos, de cultura milenaria, comen ratas y perros y pescado podrido. De todos modos, nací lo suficientemente sensible como para odiar a los que consiguen realizar lo que aman. ¿Me he ido transformando en un resentido? Así es. Pero hay resentidos y resentidos. Yo no envidio el triunfo ajeno, hasta el resentimiento tiene categorías. Yo envidio a cualquier poeta desconocido de quinto orden que consigue *creer* en lo que hace, o creer que, lo que hace, era lo que quería hacer. ¿Me explico? Lo que me molesta del éxito ajeno es que muchas veces sirve para eso: para convencerlos de que tenían razón. Y pintan, y hacen música, y hacen versos por eso: por alegría. Leen veinte líneas piadosas acerca de su última novelita y se sienten menos mortales. Pero lo que es a mí no me deberán nunca ese consuelo. En los últimos años no he elogiado un solo libro.

Y esto es lo que quería escribir. En cuanto a lo otro, a Laura, ya lo dije al principio: hace unas horas la vi por última vez. Antes (también lo dije) la perseguí. Un día, me hice invitar a una exposición de un cortometrajista; otro, hice que se la invitara a una muestra de poesía ilustrada. Esta noche, por fin, quedamos juntos en un balcón que se parecía bastante al de la primera vez.

—Para qué todo esto. Por qué —dijo Laura.

En el río, vi una especie de almácigo de luces; era el Barco de la Carrera pero pensé: el Conte Rosso. El día menos pensado me tomo el Conte Rosso, y a París. Tomar mate allá y escuchar a Gardel, escribir cartas pidiendo cigarrillos Particulares, yerba, y los recortes de *Mafalda*. Un argentino que no fue a París es una especie de uruguayo.

—Te fijaste lo bien que se ve el río esta noche —dije yo.

—Y sobre todo la luna —dijo Laura.

—También, sí —dije yo—. Para qué *qué* —dije yo.

—Todo esto —dijo Laura.

—Porque te quiero —dije.

—Estás borracho —dijo ella.

Yo dije que no de caerme, pero reconocí que algo había tomado.

—No de caerme —dije—, pero reconozco que algo tomé. De lo contrario no me hubiera animado a hacer semejante imbecilidad.

—Pero, vos no te das cuenta —dijo.

—No. Nunca me di cuenta.

Como diálogo era bastante impresionante. Ella, todavía, dijo:

—Pero cómo querés que te crea. Cómo podés querer que te crea.

Lloró. Y yo también tenía los ojos llenos de lágrimas, y no sé muy bien qué ocurrió después, pero el hecho es que la traje acá.

—Ves, ahí estás vos —decía yo—. Y ahí —y le señalaba los sitios donde, en las paredes, sobre los muebles, ella estaba realmente. A veces era un afiche de Chaplin, a veces un pequeño Ford T de lata, a veces un ridículo candelabrito de bronce—. Y yo no puedo seguir viviendo de esta manera.

Se desvistió, con una lentitud sacrificial. Yo antes le había dicho: desvestite. Tuve aliento aún para decir:

—Un hombre que no mira a su mujer cuando se desviste ya no la quiere. Tenelo en cuenta para juzgar a tu marido.

Algo dijo entonces, que no escuché porque todo fue igual que siempre, sus manos, menos torpes que las mías, su pelo sobre mi vientre y su boca infamada y su inocente manera de jugar ella a ser la luna y yo el sol, la luna, como en las antiguas leyendas en que la luna nunca se ofrece de frente por temor a engendrar monstruos, toda la vieja historia de mitos y juegos y ceremonias y malentendidos, encuentros y desencuentros en un laberinto que se iba trazando en la oscuridad. Y era como seguirla en una ciudad de arena o de ceniza, cálida y móvil, entre vastos patios nocturnos que el viento inventaba o deshacía, desorientándome y llenándome de miedo: aunque yo sabía que al final de todos los dibujos estaba ella, dejándose encontrar. Y habló. Dijo cosas que únicamente ella podía decir sin ser repulsiva; explicó no sé qué del marido y de su hijo y de cómo había jugado siempre con la idea de que el chico se me parecía, se nos parecía, habló y lloró y se rio, y se ahogó. Y dijo que lo peor de todo era mi silencio, no ahora, siempre, tu silencio como si.

—Sssh —dije, muy bajo.

Y la abracé por fin y le tapé como siempre la boca con la mano y la nombré, al final. Después nos quedamos quietos, como dos muertos. Y ella acercó su mano a la mía.

Entonces hice algo que quizá estaba pensando hacer desde hacía tres años: *retiré* la mano.

Sentí a mi lado su rigidez y su pequeño ahogo, como una tos. Sentí una felicidad salvaje, y busqué en la mesa de luz los cigarrillos.

La vi cuando se iba. No la recuerdo vistiéndose porque todo era como un sueño. Desde esa puerta, me miró. El sol daba en uno de los vidrios y le alumbró la cara. Tenía, exactamente, la misma mirada que le recuerdo desde los quince años. Un cansancio indulgente y doloroso, casi irónico, aunque sé que ésta no es la palabra, una sabiduría muy antigua, algo que no tiene nada que ver con las palabras y que sólo puede entenderse habiendo sido mirado así, una antigua sabiduría llena de tristeza, o de algo parecido a la caridad y a la tristeza, por la que el hombre que sonreía desde la cama ya no tendrá nunca un sitio en el mundo.

El hacha pequeña de los indios

Después, ella hizo un alocado paso de baile y una reverencia y agregó que por eso ésta era una noche especial, mientras él, incrédulo, la miraba con los ojos llenos de perplejidad (o de algo parecido a la perplejidad, que también se parecía un poco a la locura), pero la muchacha sólo reparó en su asombro porque él había sonreído de inmediato y cuando ella le preguntó qué era lo que había estado a punto de decirle, el hombre alcanzó a murmurar nada amor mío, nada, y se rio, y siguió riéndose como si aquello ya no tuviese importancia puesto que estaba loco de alegría, como si realmente se hubiera vuelto loco de alegría. Por eso, cuando ella fue hacia el dormitorio y agregó no tardes, el hombre dijo que no. Voy en seguida, dijo. Pero se quedó mirando el hacha que colgaba junto al aparador de cedro, nueva todavía, sin usar, porque esas cosas son en realidad adornos o poco menos que se regalan en los casamientos pero que nadie utiliza y quedan colgadas ahí, como ésta, en el mismo sitio desde hace un año, haciéndole recordar cada vez que la miraba (de un lado el filo; del otro, una especie de maza, con puntas, para macerar carne) viejas historias de indios cuando él era Ojo de Halcón y mataba al traidor o al lobo empuñando un hacha parecida a ésta. Sólo que aquélla era de palo y ésa estaba ahí, de metal brillante, frente al hombre que ahora, al levantarse y cruzar la habitación, evocó la primera noche que cruzó esta habitación igual que ahora, el día que se casaron pese al gesto ambiguo de los amigos, pese a las palabras del médico, la noche un poco casual en que se encontraron casados y mirándose con sorpresa, riéndose de sus propias caras, después de aquel noviazgo o juego junto al mar en el que hasta hubo una gitana y fuegos artificiales y un viejo napolitano que cantaba romanzas, fin de semana o sueño que él recordaba desde el fondo de un país de agua como una sola y larga madrugada verde, como estar desnudo y algo ebrio sobre una arena lunar, de tan limpia, como un gusto a ola o a piel mojada pero sobre todo como un jirón de música de acordeón y la voz del viejito napolitano en alguna cantina junto a los malecones, vértigo que se consumó en dos días porque la muchacha era hermosa —linda como una estampa de la Virgen, dijo mamá al verla, te hará feliz, y también lo había dicho la gitana, que sin embargo bajó los ojos y no aceptó el dinero—, y de pronto estaban riéndose y casados, pese al gesto cortado de algún amigo al saludarla, pese a que ella quería tener un hijo y a la gitana que decía la buenaventura entre los fuegos artificiales, pese al espermograma y al dictamen médico y a que cada vez que la veía mirar a un chico, cada vez que la veía acariciarles la cabeza y jugar atolondradamente con ellos como una pequeña hermana mayor de ojos alocados y manos como pájaros, pensaba estoy haciendo una porquería y sentía vergüenza, y asco, un asco parecido al que lo mareaba ahora, en el momento de descolgar el hacha pequeña, mientras la sopesaba lo mismo que sopesó durante un año entero la idea de contárselo todo, de contarle que al casarse con ella él le había matado de algún modo y para siempre un muchachito rubio, un chiquilín tropezante que jamás podría andar cayéndose, levantándose, dejando sus juguetes por la casa: hasta que al fin esta misma tarde él decidió contárselo todo porque supo secretamente que ella, la muchacha de ojos alocados y manos como pájaros, la perra, entendería. Y llegó a la casa pensando en el tono con que pronunciaría sus primeras palabras esa noche (tengo que decirte algo), el tono intrascendente o ingenuo que tienen siempre las grandes revelaciones. Por eso el hombre estaba cruzando ahora la habitación y empuñaba el hacha pequeña de los indios que le recordaba historias de matar al cacique o al lobo, o a la grandísima perra que esta noche, antes de que él hablara, dijo que tenía algo que decirle: algo que ella había dicho con el tono intrascendente e ingenuo de las grandes revelaciones. "Vamos a tener un hijo", había dicho. Simplemente. Después, hizo un paso de baile y una reverencia.

La cuarta pared

Si desapareciera súbitamente esa pared podríamos ver a la mujer, y hasta escuchar la primera de las siete campanadas que de un momento a otro dará el reloj de péndulo, y poco a poco iría llegando hasta nosotros un tenue olor a lilas que, antes de volverse familiar y desaparecer por completo, podría resultar casi incomprensible. No porque en la habitación no haya lilas, sino justamente porque las hay. Tampoco se comprende bien la presencia de la mujer. O nunca entró antes en ese cuarto (pero allí están las lilas), o alguien, un hombre, ha ordenado cada detalle como quien organiza las piezas de un juego, sin atender a que los demás lo entiendan o no. El reloj da la primera campanada. Los muebles son pesados, conventuales y oscuros; las paredes, gris piedra. No se ve más color que el de una gran reproducción del Van Gogh de la oreja cortada. Hay también otras dos láminas, de Beardsley: la severidad de los muebles confiere a estos dibujos una ambigua malignidad que los vuelve casi obscenos. La mujer es muy hermosa. Tiene quizá treinta años. Ha estado inmóvil junto a la mesita del teléfono y ahora acaricia lenta y circularmente el remate del brazo del sillón, su pequeña cabeza esférica. Todo en la mujer está como contenido, menos esa mano, que rodea suavemente la madera. El reloj da la cuarta campanada. Las manos de la mujer son largas, llamativamente largas y finas: dan la impresión de comunicarla entera con el exterior, como si toda la fuerza de sus sentimientos se hubiese concentrado en ellas. Aun quietas, serían enervantes. Esa mujer entiende las cosas a partir del momento en que las toca. Se levanta. Parece inquieta, fastidiada. Espera algo que, previsto y calculado, se demora sin motivo. Toma un libro. Pasa la punta de un dedo por el canto y hunde lentamente la uña entre las hojas. Lo deja. Mira el teléfono. Ahora mira el reloj: todavía no se ha apagado el sonido de la última campanada de las siete. Todavía hay olor a lilas. De pronto, suena el teléfono. La mujer se ha sobresaltado; ahora sonríe con una especie de alivio. Tiene un aire travieso y triunfal. Bueno, murmura, bueno.

—Parece que nos decidimos a llamar, por fin.

No atiende. Va acompañando los timbrazos con movimientos de cabeza.

—Caramba, hoy vas a llegar a cien. A mil. Vamos a ver..., las siete en punto. "¿Dónde estabas esta tarde, cuando llamé?" —la pregunta y el tono son sorprendentes: ha parodiado la voz de un hombre—. En casa, y puedo probártelo; eran las siete en punto. —Lo ha dicho hacia el teléfono, y el teléfono, como si aceptara un argumento irrefutable, ha dejado de sonar. Resulta molesto; es como si la mujer hubiese estado dialogando con un objeto vivo. El teléfono vuelve a llamar. —No, no marcaste equivocado. Ésta es la casa de tu mujercita, tu casa, la casa del Gran Mogol, sólo que a tu mujercita se le ocurre repentinamente un juego: no atenderte.

Ha ido hacia el dormitorio y ha vuelto. Dice algo, que no se escucha. Habla con una paradojal naturalidad, no como una mujer que está sola: es difícil explicar de qué modo.

—Entonces va a pedir perdón y va a jurar portarse como un chico bueno. Y durante un tiempo se va a portar como un chico bueno. Pero antes es necesario que estés asustado, que te vuelvas... dócil, porque hoy el señor ha hecho una gran cochinada. Y eso va a costarte sangre, ángel mío —se ha sentado, cruza las piernas y enciende un cigarrillo. Tiene piernas muy hermosas. El teléfono ya no suena—. A veces pienso que un día vas a terminar estropeándolo todo... Desde chico. Tu hermana lo cuenta, con orgullo. Marcela: ella te admira, ¿ves? Ella todavía te admira. Y dentro de un minuto vas a llamarla; seguramente *ya* la estás llamando —con brusquedad ha aplastado en el cenicero el cigarrillo a medio fumar. Está de pie. Ahora se encoge de hombros; parece divertida otra vez—. Pienso si no te casaste conmigo porque me parezco a tu hermana. No, si es muy probable; esas monstruosidades están *muy* dentro de tu estilo. Poe y Virginia, el loco y el ángel, Hamlet y Ofelia. El estupro o el incesto, pero jamás nada normal, nada vulgar, nunca nada a ras del suelo... Eso es lo indignante, tu aire fatal de pensionista del Infierno, de fauno que enloquece a las muchachas llenas de cintitas, que las perturba con la cercanía del pecado. Y sin embargo, es puro; ahí está el Gran Secreto. Una vez lo dijo: le gustaría ser el recuerdo nostálgico de innumerables abuelas, el amor imposible de cuando fueron adolescentes. Lástima que nos estamos poniendo viejos, amor, pronto vamos a tener que empezar a recordar nosotros. —Está junto al jarrón de las lilas; con suavidad hunde la cara en ellas. Corta una flor. La ha puesto en el hueco de la mano. La mira un momento. —Las cosas debieran morir en el esplendor de su belleza, de su juventud. De lo contrario, envejecen.

El teléfono vuelve a llamar. La mujer está junto a la ventana. El teléfono ha sonado sólo tres veces. La mujer está frente al vidrio entornado de la ventana, aunque es difícil saber si se mira en él. Levanta suavemente la mano izquierda, como si fuera a tocarse la cara, pero se limita a dejar caer la pequeña flor. Imposible no mirar sus manos cuando las mueve.

—¡El talentoso y joven fauno! Y hay que reconocer que el personaje le sienta a las mil maravillas. Relativamente, hay momentos en que todavía le sienta. Sólo que, por cuánto tiempo. Un día te vas a sorprender a vos mismo haciendo caras delante del espejo, o algo peor: ellos te van a sorprender. Los delfines. A ellos sí que les tenés miedo. Los de veras jóvenes delfines que un día pueden no admirar más al hombre de talento y dejarlo solo, que un día pueden robarse a todas las muchachas de cintitas, acostarse con ellas, y dejarte el recuerdo de una corona de laurel marchito sobre tu hermosa frente. Y un espléndido par de cuernos.

Suena el teléfono. Ella visiblemente se sobresalta. Parece humillada por ese involuntario estremecimiento.

—Ah, no estamos convencidos, o a lo mejor te imaginás que voy a atender. ¿Sí? Pero no, no voy a atender. Estoy acá, a dos pasos del teléfono, y no-voy-a-atender. Después sí, pero no ahora. Después, cuando tu podrida imaginación invente las fantasías más descomunales, y tengas miedo, y *¡dejame vivir en paz!* —lo ha dicho hacia el teléfono, casi en un grito. El teléfono deja de sonar. La mujer parece sorprendida, como si hubiera advertido una secreta vinculación entre sus palabras y este súbito silencio. Ahora ríe. Su risa es mucho más joven que ella: da la impresión de no pertenecerle—. Es curioso; las cosas, los objetos. Como si hubiera algo animado, vivo, en la cosas. O en sus cosas. Algo de él que se queda prendido, adherido a las cosas. Algo peor que un fantasma. Casi se lo puede tocar. —Ha hecho un gesto como de frío, como si no quisiera seguir pensando en esto. Es visible que se esfuerza por frivolizar sus ideas. —Marcela, sí —y también es visible que ahora se obliga a hablar en voz alta; esta mujer está secretamente aterrada, y no es seguro que lo sepa. De todos modos, tiene otra vez aire divertido—. Seguramente la estás llamando. "¿Está ahí mi mujer?"... "No, Andrés" —dice ahora con otra voz, una vocecita farsescamente tierna e infantil—. "No, querido, acá tampoco está; pero qué pasa, ¿pasa algo? No habrán vuelto a discutir"... Y ella dirá hermosas palabras de Ondina, balsámicas palabras de mujer inimitable que aún borda en las ventanas los días de lluvia... ¡Discutir! Llamalo así, si eso te parece lo más terrible que puede suceder en el mundo. Sin embargo, hay algo que permanece inalterado en ella, detenido a los quince años. Eso es lo que la hace insufrible. Y por eso la está llamando ahora. Yo, en cambio, he crecido: puedo jurártelo —lo ha dicho secamente, mirándose esta vez en el vidrio de la ventana; sin embargo, no se ha referido a su edad: no dio en absoluto esa impresión—. Y pienso si ella no notó algo el otro día. Qué fue que... "Le das demasiada confianza a ese chico alumno de Andrés", eso dijo... Bueno, es el preferido de *mi* esposo, Marcela. Además, me lo recuerda un poco cómo era antes. Un delfín. Jugar a un juego peligroso, dijo; parece que no lo conocieras a Andrés... ¡Uh, si lo conozco! Vaya si te conozco, bebé: mejor que a mí. Hace quince años que te conozco.

Ha hecho una reverencia. Juega. Ha abierto su pollera como un abanico. "¿Andrés Córdoba?", murmura. "Encantada." Tiende su mano con lentitud. De pronto se ha operado en la mujer un cambio real: ya no juega. *Ve* algo, y está maravillada por lo que ve. Sus gestos son como ajenos a ella, suceden en una zona ambigua donde se mezclan la más auténtica ingenuidad y el extravío. Hay una subterránea locura en todo esto.

—Cómo no... Aunque lo hago muy mal —ha extendido los brazos: acepta que la saquen a bailar. Gira lentamente sobre sí misma. Uno teme que en este momento pueda sonar el teléfono—. No sé —dice—, es tan difícil explicarlo. Nunca creí que algún día... La gente, los diarios hablan de una persona, dicen Andrés Córdoba, y una no se imagina muy bien que... Cuando era chica, por ejemplo. Papá me llevó una tarde a la Recova, y ahí estaban el Cabildo y la Catedral. Eran los mismos que aparecían dibujados en las láminas de los libros, y sin embargo allí estaban, con sus altas ventanas enrejadas, con sus paredes amarillas. Existían.

La mujer está detenida en el centro de la habitación. Ya no baila. Desde hace unos segundos sólo hace girar la cabeza, echándola hacia atrás con un movimiento sonámbulo e incontrolado. Ahora mira hacia acá, como si acabara de reparar en algo. "Usted se ríe", dice en voz muy baja. La sonrisa aniñada desaparece de su rostro. Con visible esfuerzo da un paso atrás, como si se apartara violentamente de alguien. "Voy a terminar por...", ha dicho. Estuvo a punto de decir: volverme loca. Se apoya en la puerta que da al pasillo. El teléfono comienza a llamar. Ella no le presta atención, quizá ni siquiera lo oye.

—Hasta que aprendí a despreciarte. Soportarlo todo al principio: ése era el precio. Llorar desconsoladamente hace mucho. Y yo lo soportaba todo, Dios santo, todo. Tus celos, tus pequeñas manías, tus ridículas manías de hombre superior. Hasta que aprendí a despreciarte. Ésa era la clave. No podés imaginarte, ángel mío, hasta qué punto se puede llegar a despreciar a un hombre —la mujer se ha separado de la puerta, lentamente parece recuperar su aplomo, su tono entre divertido y malicioso. El teléfono ya no suena—. A fuerza de verlo en medias. Y no sólo en medias; lavándose los dientes, bostezando, o resfriado. Nunca debiste resfriarte delante mío. Los hombres como vos debieran esconder sus pequeños lugares comunes... Te he visto dormir, ¿entendés esto? ¡Te he visto dormir!... El señor duerme a veces con la boca abierta, como los muertos, y le corre un hilito de saliva por acá, como a los bobos. ¡Pasen a ver, señores, pasen a ver! Dentro de unos momentos, Andrés Córdoba, el Emperador de la China, saltará de la cama en tremendos calzoncillos y hará como de costumbre algunos ejercicios gimnásticos... Uno-dos. Uno-dos. ¡Arriba!, ¡abajo! Ay, tus piernas son *tan* absurdas —se ríe, pero lo ha dicho casi con ternura; ahora levanta un dedo—. "Juan Lanas, el mozo de la esquina, es absolutamente igual al Emperador de la China, los dos son el mismo animal"... Ellos conocen tu Ooobra: yo conozco tus piernas. Uno-dos. Arriba, abajo.

La mujer no ha parado de reír mientras hablaba. Su risa es realmente divertida. Hay en ella, sin embargo, en la risa, algo inquietante. Ahora está muy seria.

—Y todo lo otro. Todo lo que te vuelve baboso y torpe, un bicho lujurioso y sin orgullo. Y tus inmundas sospechas. Inmundas, sí. Porque al principio, antes, eran inmundas.

La mujer se ha vuelto repentinamente hacia la puerta que da al pasillo, donde algo, o alguien, acaba de hacer ruido. Se ha llevado la mano a la boca. La palabra *antes* está como flotando en el aire. "Quién anda ahí", murmura, y de inmediato casi lo grita. Inmóvil, escucha. El teléfono vuelve a llamar. Ella, al oírlo, se ha relajado.

—Dios santo, todavía no te he perdido el respeto. Me tenés los nervios hechos pedazos, eso es lo que pasa... ¡El respeto! No. Ya no te respeto. No-te-respeto. Me basta con imaginarte, Raskólnikov, ahí, en tu teléfono público, desmelenado como cuadra a un hombre sensible, con ojos de caos y catástrofe, pensando: "¡La mataré!" —El teléfono ya no suena, ella se sienta y mira el reloj.— Sí, seguramente a esta hora todavía piensa en matarme. Después no. Después dirá algo en el estilo de "Perdón, Adelaida, soy un canalla". Pero antes es necesario que tengas miedo, que me imagines a mí sabe Dios cómo, y tengas miedo, y necesites venir. Inmundo.

Hoy hiciste la más hermosa de tus hermosas porquerías. Debí habérmelo imaginado, te temblaban las manos al tocarme. Y yo empecé a sentirme indefensa. Fue uno de tus maravillosos momentos. Entonces, acariciándome, en voz muy baja me dijiste dulcemente: puta. No se debe decir la verdad de esa manera. Me asustaste, sabés, pensé que... Afortunadamente, no. Afortunadamente era otro de tus arrebatos geniales. "Me vas a traicionar algún día." ¡Mi carne perversa! Qué exageradamente literario fuiste siempre, Dios mío, y lo malo es que hasta resulta encantador oírte decir cosas así. Y juraría que a vos también te gusta escucharte. Por eso empecé a despreciarte. Podés llegar a ser un poco chocante. Nunca te equivocaste, además. Ni siquiera hoy. Y eso también es chocante. Por otra parte, cometiste un delicado error... —Desde hace un momento está de pie, junto al autorretrato de Van Gogh; con un dedo le está tocando la nariz.— Enseñarme que no eras el único hombre del mundo. Tanto hablar de ellos, bueno, comencé a fijarme. Y no son del todo desagradables, ¿querés creerlo? Lo fundamental es no llegar a conocerlos mucho, y hasta es preferible no conocerlos en absoluto. Cuando empiezan a ponerse familiares, adiós, hermoso mío, no estés triste.

El teléfono vuelve a llamar.

—Te conozco, querida lagartija. Si te atendiera ahora serías capaz de echarlo todo a perder. Siempre tuviste la virtud de estropearlo todo. El miedo a que las cosas se estropeen: eso justamente es lo que las rompe. *Conjura uno al Diablo* —lo ha dicho confidencialmente, hacia el teléfono; el teléfono deja de sonar—. Desde chico. Marcela lo cuenta. Durante meses pediste un juguete, era caro seguramente. Era el mejor, seguramente. Lo veías todos los días al volver del colegio. Llorabas. Cuando por fin te lo compraron, también lloraste. "Se me va a romper. Algún día se me va a romper." Fue lo *único* que se te ocurrió. Y al día siguiente lo hiciste pedazos vos mismo... Me dejabas a solas con tus amigos, puerco. Para espiarme. O a lo mejor, ni siquieta eso: para imaginarme y sufrir en silencio y atormentarte. Era imposible soportarlo. Adivinarte, peor que si estuvieras detrás de una puerta o con el oído pegado a la pared; adivinarte imaginando mis gestos, mis palabras; volviendo sucios mis menores gestos y mis palabras. No se puede acostar una con otro hombre en semejantes condiciones. Eso entra dentro de *tu* locura, y lo echa todo a perder. No sirve. Tus delfines, en cambio. El primero fue uno de tus muchachitos. Te admiraba tanto, pobre ángel. Lo mandabas a casa con cualquier pretexto. Un ángel de la guarda, con su mirada transparente y su carita de andar perdido. "Usted es tan hermosa", dijo. Y después: "Perdón, señora". Tan frágil, tan indefenso. No sabés lo importante que es eso, tener algo, alguien para proteger temblando como un pájaro. Tenías demasiada confianza en tus delfines: eso era aún más insultante que tus celos. Confianza en vos. Vieras su cara después, y la de todos los otros; vieras sus ojos desolados. Engañarte a vos, al hombre admirable. Acostarse con la mujer del hombre admirable, ellos, en la propia cama del hombre admirable... Uno solo no se decidió: fue el único... No volvió nunca más... Se te parecía tanto.

Suena el teléfono. "Sí", murmura la mujer, "sí." Se ha sentado y habla con voz repentinamente gastada. Tiende la mano hacia el teléfono, con un gesto casi de dolor físico, y allí la deja, sin levantar el tubo.

—Ahora, la próxima vez, amor. Ya voy a atender y voy a oír tu voz apagada, de chico bueno, tu arrepentimiento un poco solemne, y voy a decirte palabras bellas de consuelo y perdón. Y todo, durante un minuto, será hermoso.

El teléfono ya no suena. La mujer, sin que nada haya hecho esperar ese gesto, se ha llevado de pronto las manos a la cara y emite un sonido extraño y monocorde: una especie de suave quejido animal, a mitad de camino entre la risa y el llanto. Cuando baja las manos, sin embargo, su cara no ha cambiado en absoluto de expresión. El teléfono vuelve a llamar. Ella atiende. No ha dicho "hola"; con voz inexpresiva ha pronunciado de inmediato unas pocas palabras, que no alcanzaron a oírse. De pronto, se calla. Ha erguido la espalda, como si una mano helada la hubiese tocado por sorpresa.

—Oh, Marcela, perdoname —dice—. Creí que... No, Andrés no está en casa... ¿Qué estás diciendo? —la mujer mira el reloj con un gesto de perplejidad y sospecha—. ¿Desde qué hora estás llamando?

Ha vuelto a mirar mecánicamente el reloj. Tiene un inexpresivo aire de loca. Está de pie. Con el tubo en la mano, da vuelta lentamente la cabeza hacia la puerta donde, hace un rato, pareció oírse un sonido. El picaporte ha comenzado a girar.

Mientras la puerta lentamente se abre, van desapareciendo los pesados muebles, los cuadros, el jarrón de las lilas y la hermosa mujer de largas manos. Sólo queda, ahí delante, una pared que la vaga luz del atardecer ha vuelto casi violeta. Todavía se alcanza a oír, pero tan apagada y remota como el fantasma de una campanada, la campanada de las siete y media.

II

La gente empieza a darse cuenta de que en
la composición de un bello crimen intervienen
algo más que dos imbéciles, uno que mata
y otro que es asesinado.

DE QUINCEY

El asesino intachable

Como perfecto, era perfecto. Yo no tengo la culpa si la filosofía es un bumerang que acaba desnucando a sus fieles y esa vieja cretina se enamoró de mí, o si un estólido inspector de Policía, partiendo de un error, se cae sentado sobre la verdad. Es para morirse de risa. Y si las cosas estuvieran para chistes, me reiría hasta reventar. Qué vieja mal nacida, realmente. Y pensar que antes del planchazo yo no la odiaba, al contrario, hasta le había tomado una especie de cariño.

Vea, Castillo, yo no soy peor ni mejor que el resto de los seres humanos. Estoy empleado en la Biblioteca Mariano Boedo, no me emborracho, vivo en una pensión, soy honrado. O era honrado. Porque para ser absolutamente honrado es imprescindible ser pobre, y ahora ya no soy pobre. No vaya a creer que maté a la vieja por plata, no. El mío era un crimen puro, la plata vino sola. Y entonces comprendí que Dios me castigaba. Porque a nadie le pagan por algo que está bien hecho. Tío Obdulio decía: "Desconfiá hasta de los que se sacan la lotería, los ciudadanos honestos ni siquiera ganan en las rifas; por otra parte, tampoco las compran." Y agregaba: "Y si a pesar de ser honestos pudieran sacarse la lotería, a la semana dejarían de serlo." No sé si está mal que yo lo diga, pero tío Obdulio era un tipo extraordinario, un pensador. Yo no. Ya le he dicho, yo soy igual a casi todo el mundo, y hasta poseo una cualidad ordinaria y esencialmente humana que, bien aplicada, es la que hace avanzar a las civilizaciones: pienso poco. Pero cuando una idea se me mete entre ceja y ceja, no paro hasta verla realizada.

Y una tarde se me ocurrió matar a la vieja. Pero, no. Antes se me ocurrió algo más abstracto, más (digamos) metafísico. Cometer el crimen perfecto. En esto también me parezco a todo el mundo.

Porque es cierto, yo quisiera saber quién, y no hablo de pistoleros profesionales, maridos adúlteros o herederos impacientes, sino de tipos comunes, buenos padres, filatelistas de puntual intestino, viejitos que tocan el violoncello en la Filarmónica Municipal, quién no ha soñado alguna vez su crimen perfecto. No es necesario ser un afligido lector de novelas policiales (yo no lo soy, yo he leído a Epicteto en mi mesita de la Biblioteca Mariano Boedo, he leído a Pascal), matar con impunidad, simplemente se piensa. En general, la gente piensa muchas más cosas de las que se atreve a realizar, e infinitas más de las que acepta confesarse. Sin ir más lejos, mi portera. Es una gorda buenaza, demócrata, viuda, tiene un San Cayetano con una espiguita de trigo envuelta en celofán, clavado con una chinche en su puerta. Y, sin embargo (lo escribo no para calumniarla, sino por estar estrechamente vinculado con mi tragedia), escucha los informativos de las radios uruguayas, lee, con fervor, las noticias policiales de *Crónica.* No quiero postular con esto que el género humano sea inapelablemente sádico, pero me atrevería a afirmar que posee un *substratum* demoníaco, un sedimento maligno que, en condiciones favorables, da por resultado actividades como el fascismo, la Sociedad de Beneficencia o los gobiernos.

Lo que quiero decir es que, en mí, lo humano tomó formas de asesinato. La portera tuvo mucho que ver con esto. Sin proponérselo, me sugirió la idea.

Un jueves, alrededor de las ocho de la noche, hora en que sé volver de la Biblioteca (me acuerdo de que fue un jueves, porque los jueves cortan la luz en Boedo de las siete a las ocho), la viuda me para en portería. ¿Se enteró?, me dice, apuntándome la barriga con la 5ta. edición de *Crónica*. Y ahí no más me relata todos los detalles de un descuartizamiento espectacular.

El misterio aparente del asunto me fascinó. Durante esa semana, la viuda y yo seguimos con toda perversidad la espantosa relación del periodista. Una noche, al pasar por la portería y preguntarle qué tal andaba la cosa, ella, más bien abatida, me contestó:

—Agarraron al asesino: declaró. Lo habrán torturado.

—Claro —dije—. Pero, ¿cómo lo descubrieron?

—Era un primo, tenía una carta del descuartizado en una lata.

No quise oír más. Era lógico. Todos los crímenes se descubren por lo mismo: el nexo. Mientras subía la escalera escuché la voz de la viuda, juro que apesadumbrada.

—Al final, siempre caen.

Ya en mi pieza comencé a meditar en las últimas palabras de la portera. Mejor dicho, comencé a meditar cuando al ir a buscar un martillo debajo del ropero (ahora no recuerdo para qué quería el martillo ni por qué estaba debajo del ropero) encontré la llave. Era una llave antigua, herrumbrada. Tal vez fue una premonición; el hecho es que empecé a pensar.

Pensaba que, en general, lo que entendemos por crímenes perfectos son asesinatos complicadísimos, raros, intelectuales. Es notable que la sagacidad del asesino sea superada en todos los casos por la mediocre inteligencia policial (tío Obdulio afirmaba que ningún policía puede ser inteligente, ya que los hombres inteligentes no entran en la Policía), y yo atribuía esta eficacia al número de vigilantes, a la dactiloscopia, a las torturas y al método. Pero descubrí que había algo más importante. El nexo. Era elemental, pero todos los descubrimientos son elementales.

Si uno pudiese imaginar un asesino sin relación alguna con la víctima, habría imaginado el crimen perfecto. Por otra parte, yo conozco crímenes insolubles. En general son oscuros, brutales, no tienen ningún ingrediente bello en su factura atropellada; asesinatos guarangos, puñaladas a la marchanta que se olvidan al cabo de los años, linyeras mutilados junto a una vía o en un zanjón. No es lo mismo, ya sé, pero sirve para no tomarse muy en serio la infalibilidad de la Justicia.

He hablado de la llave; ahora voy a decir por qué.

La casa en que vivo, la pensión en que viví hasta anoche, no fue proyectada precisamente por Le Corbusier. Tiene dos pisos; en cada piso, tres alas. En cada ala, hay dos departamentos. O mejor, un solo y gran departamento de dos piezas que el dueño alquila por separado y que se comunican entre sí por una puerta. Esto ocurre en muchas pensiones. En todos los casos, contra la puerta divisoria se apoya un mueble (un ropero inevitable), y, en todos los casos, la llave de esa puerta se ha perdido.

Yo encontré esa llave. Y la guardé, porque sí. No podía saber que iba a desempeñar un rol importantísimo en mi vida. No podía saberlo porque la vieja todavía no vivía en la pieza de al lado.

Ella llegó hace apenas tres meses. Era una mujer encantadora, chiquita, muy simpática y más bien estrafalaria. Tenía (lo sé por *Crónica*) setenta y tres anos. Usaba diminutos sombreros con florcitas. Su aspecto era, exactamente, el de una vieja señorita humilde y digna y algo mamarracho. Desde su llegada, y durante los tres meses que precedieron al planchazo, fuimos los mejores amigos del mundo.

Para esa época, Castillo, yo ya había decidido cometer un crimen. Sólo me hacía falta algo que consideraba y aún considero secundario: la víctima. Al principio calculé que cualquier desconocido, cualquier solitario trasnochador que recorriera cualquier arbolado barrio de Buenos Aires, podía servirme. Lo principal era que *yo no tuviese ningún motivo* para matarlo. La cosa era cometer un asesinato tan absurdo como para ser igualmente sospechoso que el resto de los cuatro mil millones de habitantes del planeta.

Una sola idea me repugnaba: no conocer, *a priori*, al finado. Confieso que me complacía bastante imaginar la sorpresa póstuma del desprevenido compatriota al que le preguntaría, supongamos:

—Perdón, ¿usted no es el cuñado del martillero Pascuzzo?

—No, don. Está confundido.

—No importa, es lo mismo.

Sorpresa, digo, o histeria. O quizá locura. Porque no es insensato suponer que un hombre, en tales circunstancias, antes de morir se vuelve loco.

Ya he dicho, sin embargo, que esto no resultaba de mi gusto. (La ética puede valerse de lo casual; desconocer totalmente al muerto, implica un riesgo: que el hombre, de algún modo, *merezca* ser asesinado.) Pensé también pegarle un tiro al dueño de la pensión, siempre he sido algo romántico; pero el nexo era demasiado explícito. Los diez o doce desdichados que ocupamos el feudo de este miserable gallego teníamos excelentes razones para hacer lo mismo. Y yo no podía limitar a un número tan ridículo el número de sospechosos. Por otra parte, acaso la más importante, ajusticiar al gallego —una especie de Carlos el Hechizado reducido por los jíbaros— hubiera sido un asesinato útil a la humanidad, incómodo moralismo que complica al crimen con la caridad cristiana, lo contamina. Y yo he leído a Flaubert, Castillo. Yo soy partidario de la santa inutilidad de la belleza.

Entonces llegó la vieja.

Nuestro primer encuentro, naturalmente, se produjo en la escalera. Ella, al verme, quedó como petrificada de asombro. Oh, dijo.

La miré perplejo y la mujer se explicó: yo me parecía tanto a alguien. Después supe que le recordaba a un remoto y único amor de hacía cuarenta años.

Sí, ya sé. Mentes más tenebrosas que la mía estarán sospechando que la vieja era mi anciana madre, que yo me volví loco después del matricidio. No. Lo siento en el alma, pero no fue así. El parecido, como todo lo demás, para mi desdicha, resultó pura contingencia, una casualidad, o como quiera que se llame esta especie de martillo de Dios que cayó sobre mi cabeza. Como comentario al margen, diré que siempre he ejercido una rara atracción sobre las viejas señoritas. Algo en mi cara les despierta vagas nostalgias maternales. Y a lo mejor nomás la vieja se enamoró de mí; tal vez, tuvo la culpa el parecido. No sé.

En fin, confieso que desde la primera semana pensé en matarla. Era una víctima perfecta. Estando, como estaba, tan a mano, me eximía de una nocturna recorrida suburbana, siempre siniestra y peligrosa. Y lo que era mejor: yo, relativamente, la conocía. Quiero decir que sus hábitos, las chucherías con que a veces se adornaba en mi homenaje —unas piedras de color tan desmesuradas que no podían tener más valor que esos vidrios a los que el vulgo llama culo de sifón—, su misma dignidad, me demostraban de lejos que no tenía dónde caerse muerta (es una metáfora), y descartaban toda posibilidad de que yo, conociéndola, la matase para robarle. En definitiva: no tenía motivos.

Pero atención. Esto no era suficiente. Yo debía actuar como si los tuviera, fingir un asesino plausible: eliminar toda posibidad en mi contra. Porque algo se presentaba muy claro a mi espíritu: si ninguno de los habitantes del planeta tenía razones para matarla, también se sigue que *cualquiera* pudo haberlo hecho. Y no era cosa que ese cualquiera fuese yo.

Por lo general, los pistoleros —o su consecuencia deplorable, los novelistas policiales— se devanan los sesos tratando de prever, con maniática minuciosidad, todos los problemas que acarrea un buen homicidio. Yo también lo hice. Pensaba, por ejemplo, de qué manera entrar en el cuarto de la viejita, asesinarla, y, a pesar del previsible zafarrancho, salir y hacer de cuenta que jamás estuve allí. ¿Por la mañana? Imposible. Nada en el mundo, ni el crimen, es capaz de sacarme de la cama antes del mediodía. ¿Por la tarde? Inverosímil. Hubiera tenido que faltar a la Biblioteca (justamente el día que se comete un asesinato en mi casa), o retirarme antes de hora, pero a menos que regresara por el baldío del fondo y trepara, en plena siesta, por la ventana, nunca escaparía a la estricta vigilancia de la modista o de la viuda, apostada una tras la persiana de su pieza, y, la otra, tejiendo en portería o conversando con el frutero en la puerta de calle. ¿Matarla de noche? Parecía más razonable, pero cómo evitar la suspicacia de un polizonte que preguntara con ferocidad:

—Entre la una y las dos de la madugada, ¿no oyó ningún ruido sospechoso en su piso?

Entonces recordé una frase histórica. En mitad de la noche, como una revelación, me vino a la memoria: "Ni un minuto antes, ni un minuto después."[1] Entiendo, sí, más de uno podrá pregun-

[1] Frase atribuida al general Aramburu mientras planeaba el golpe que derrocó a Perón. Me temo que mi corresponsal acierta cuando recela que puede resultar incómoda. (A. C.)

tarse por qué evoco justamente un gobierno de facto, habiendo presidentes constitucionales que han dicho cosas mucho más bonitas o incluso sospecharán que recibo instrucciones, Dios sabe de dónde, para deslizar alegorías castrenses complicándolas con meros homicidios vecinales. Pero, ¿qué puedo hacer si lo pensé? Siempre me ha asombrado, dicho sea al pasar, la velocidad con que en nuestras democracias occidentales se relaciona a Moscú con todo. "Ni un minuto antes, ni un minuto después" significaba: en el momento exacto. O, lo que para mí era lo mismo, en cualquier momento. Soy autodidacto, Castillo: tengo mis lagunas, pero también tengo mis lecturas. Heidegger (y antes Shakespeare, en *Macbeth*, y antes los filósofos presocráticos, sin mencionar lo que opina Dios sobre este tópico), Heidegger sostuvo que hay que estar preparado para morir así, de golpe. Bueno, si este consejo es aplicable a la propia muerte, ¿por qué no aplicarlo a la de los demás? Ése fue mi segundo descubrimiento. Y esperé. El azar se encargaría de calcular por mí.

El jueves 21 tronaba espantosamente. Salí de la Biblioteca a las siete de la tarde, como de costumbre. Los jueves, ya lo he dicho, cortan la luz en la zona que corresponde a Boedo, por eso me demoré en el Café de los Japoneses hasta las ocho. Cinco minutos después, vestida de riguroso luto y cubierta con un abominable capelo, la portera, llorosa y trémula, me detuvo en la puerta de la pensión.

Inmediatamente me enteré de que había acabado de morir no sé cuál concuñada de Lanús, que Dora la modista se había ido aquella mañana a Berazategui y que, por eso, me estaba esperando para que yo la acompañara al velorio. Soy tímido, no sé negarme. Dije:

—Espéreme un minuto; subo a buscar el impermeable y vamos.

En mitad de la escalera me quedé tieso. "Espéreme un minuto." ¡Un minuto! Y entonces tuve la repentina inspiración que precede a las obras del genio. Me dije: es ahora. Y enfilé directamente hacia el cuarto de la vieja.

—Buenas noches, hijo.

—Buenas noches, doña Eulalia. ¿Puedo pasar?

Creo que le pedí una aspirina. Ella, antes de ir a buscármela, ocultó con cierto apremio unas ropas con puntillas que estaba planchando. Es curioso, yo nunca había pensado que las viejitas usaran ropa interior; quiero decir, me las imaginaba con especies de grandes calzoncillos, no sé, y de cualquier modo no hace a la cuestión. Ella sonrió. Me dio la espalda y se puso a hurguetear en una cajita. Yo levanté la plancha.

Pero de inmediato volví a dejarla en su sitio: se me había ocurrido una idea desagradable.

—¿Sabe lo del velorio? —pregunté.

—No —dijo—. Qué velorio.

—Quiero decir, si esta tarde habló para algo con la portera. O con alguien —mi voz debió de ser rara, porque ella se dio vuelta y me miró.

—No, con nadie. Pero a usted le brillan los ojos, hijo, usted lo que tiene es fiebre.

No recuerdo qué dije. Lo único que me faltaba averiguar ya estaba. Nadie podría jurar que la vieja no había muerto, por ejemplo, una hora antes de mi subida. Porque hubiera sido desastroso, pongamos, que la viuda comentara: "Pero, si un momentito antes de salir yo estuve con ella." Entonces dije oia, y me tapé la boca con la punta de los dedos:

—Fíjese, vea lo que tiene esta plancha.

La vieja bajó la cabeza.

Con su Yale cerré la puerta por fuera y entré en mi pieza. La viuda y su sombrero me esperaban al pie de la escalera. Yo bajaba con el impermeable puesto. Habrían pasado tres minutos.

En seguida, empezó a llover.

Esa madrugada, al regresar, yo estaba triste. Recuerdo haber llorado mucho en el velorio de la concuñada de Lanús; recuerdo que alguien preguntó:

—¿Pariente de la finadita?

Le dijeron que no.

—Debe ser un muchacho impresionable.

Ya en mi cuarto, corrí el ropero con todo sigilo. Estaba mirando la antigua cerradura cuando se me paralizó el corazón: yo nunca había probado si la llave era realmente de esa puerta. Pero no agreguemos falsos suspensos; la llave funcionaba perfectamente. De modo que abrí. Es claro que yo no podía entrar por la puerta del pasillo, pues, al salir, me hubiese vuelto a quedar con la Yale de la vieja. Y lo que yo quería era un asesino que entrara y saliera por la ventana. Otra de las cosas que quería era que el canalla hubiese estado mucho tiempo allí.

Comencé a revolver cajones. Guardaba en los bolsillos todas aquellas pavadas que pudieran tener algún valor, el antedicho collar de grandes piedras, unos pesos, un relojito dorado. En el más absoluto silencio, desparramé por todas partes sillas, misales, sombreritos. Quizá tardé horas. Consideré de bastante buen efecto aquel desbarajuste y recordé a tío Obdulio. "El artista", decía, "crea con el atropellado corazón de Dionisos, pero su cabeza corrige con la serena frialdad de Apolo." Perfeccioné algún detalle. El cuarto quedó como si hubiese galopado dentro la sombra de Gengis Kan.

Dejé la Yale en el tambor de la puerta, abrí la ventana y, no sin echar una última mirada de conmiseración al cadáver, volví a mi habitación. Había puesto en su lugar el ropero, cuando casi grito.

El reloj eléctrico.

También dormitaba Homero, qué verdad. Con el envión del planchazo, no sólo se habría desenchufado la plancha sino el triple con todo lo que tuviese conectado. Y, lógicamente, el reloj estaría detenido a la hora exacta del crimen. Volví y lo atrasé cuarenta minutos, hora en que por lo menos diez japoneses podrían jurar sobre el Evangelio de Budha que yo estaba tomando un express.

Por fin en mi pieza, cerré con llave la puerta intermedia, corrí el ropero, me acosté y comencé a soñar que Edgar Poe me hacía un sitio en el *Hall of Fame.*

A la mañana siguiente tiré el collar en la trituradora de una obra en construcción. El relojito dorado y la llave se hundieron fétidamente en la prestigiosa asquerosidad del Riachuelo.

¿Debo contar el espectáculo que presencié esa noche, cuando volví a la pensión? La viuda gemía perseguida por la Muerte, gritaba que ayer su comadre, que hoy doña Eulalia, se preguntaba qué sería de nosotros. La modista, sutilmente, proponía a unas peripuestas amistades de la extinta no sé qué precios módicos para vestidos de luto. Y entonces reparé en que eran demasiadas amistades. Y demasiado peripuestas.

BÁRBARO ASESINATO DE UNA
MULTIMILLONARIA EXCÉNTRICA

Ése era el título que, en tipografía de catástrofe, traía *Crónica* en su 5ta. edición. Estaba leyendo que el asesino había sustraído un collar valuado en ochenta y cinco millones, cuando me desmayé.

Un hombre muy feo, de nariz chata y descomunales y pesadísimos puños, eso, fue lo primero que vi al despertar. Pero lo de los puños es una experiencia posterior. El simio se presentó:

—Soy el inspector Debussy.

—Tanto gusto.

—Anoche usted subió a buscar un piloto a las ocho y cinco, más o menos, verdad.

—Verdad.

—¿No oyó ningún ruido extraño en el cuarto de al lado?

—No.

—¿No?

—No.

—Curioso. Porque justamente a las ocho y cinco estaban matando escandalosamente a su vecina.

Era demasiado. Una trituradora había pulverizado ochenta y cinco millones de pesos y un policía, con unos puños que amenazaban pulverizarme a mí, demostraba, a pesar de tío Obdulio, ser inteligente. Él agregó:

—El asesino pensó despistarnos atrasando el reloj. Je, je. Pero el asesino —Debussy recalcaba esta palabra y me miraba con brillantes ojitos maniáticos— olvidó un detalle.

—No me diga.

—Le digo. Olvidó que el reloj eléctrico no podía estar parado a las siete y veinticinco.

—¿No?

Puse mi cara más imbécil, pero el antropoide tenía razón.

—No. Porque a esa hora la luz estaba cortada. Así que el crimen no pudo ocurrir sino después de las ocho, o antes de las siete. Pero, de cinco a siete, el equipo infantil los Tigres de Boedo estuvo practicando fútbol en el campito del fondo. Edad promedio, ocho años. Interrogamos a todo el equipo, nadie la mató. Por otra parte, a las siete menos cuarto, uno de los Tigres desvió un fuerte shot, el esférico entró por la ventana de la víctima, y ella le devolvió la pelota de goma al golquiper Pancita Belpoliti, aunque amenazándolo con una percha, gesto que demuestra cierta ambigüedad de carácter pero que no puede realizarse desde el Reino de las Sombras, si me permite el tropos. Murió a las ocho y cinco, y basta. Ya había corriente: la mujer estaba por planchar o planchando, y nadie hace caminar una plancha eléctrica sin corriente. Je, je.

—Pero, ¿y por qué tenía que ser a las ocho y cinco, y no a las ocho y diez, o y cuarto? —dije yo—. ¿Eh? Por qué, vamos a ver.

—Porque si hubiera sido *después* de las ocho y cinco, el asesino nunca habría podido entrar por la ventana, como parecen demostrarlo los hechos.

—No lo sigo —dije, con una especie de pavor premonitorio.

—A las ocho y diez empezó a llover. Si la mujer hubiera estado viva después de las ocho y cinco, ¿no habría cerrado la ventana? Sin embargo, no la cerró. No podía cerrarla. Los muertos no andan por ahí, cerrando ventanas.

Fantástico: el protohombre había deducido matemáticamente la hora exacta partiendo de un hecho que nunca ocurrió, porque nadie había entrado jamás por esa ventana. Casi se lo digo.

—¿Y entonces? —pregunté.

Se inclinó hacia mí con una mano sobre el corazón.

—Ah, no sé —confesó, bajando la voz—. La verdad, no entiendo nada.

Tío Obdulio tenía razón. El hombre (es un decir) no se explicaba la ausencia de ruidos, pero mucho menos podía explicarse que, si yo había asesinado a la vieja cuando subí a buscar el piloto, hubiese podido entrar y salir por dos ventanas, caminar ida y vuelta por una cornisa, hacer todo ese escándalo de muebles volcados y sillas por el piso, y volver a bajar con el impermeable puesto, todo en menos de cinco minutos.

Dije con lógica:

—Lo del reloj demuestra que el asesino no es del barrio. De lo contrario, sabría que los jueves cortan la luz hasta las ocho.

El entierro fue imponente: daba gusto. Ahora, al saber que la vieja había sido multimillonaria, no tenía tantos remordimientos. Sin embargo, la sola evocación del collar me hacía sentir enfermo.

Tal vez fue por eso que el martes pasado, cuando la portera me dijo un viscoso buenas tardes, señor, en vez del cotidiano cómo va eso, don Cacho, no sospeché nada. Y tal vez por eso, cuando agregó lo que agregó, volví a desmayarme.

Al despertar, esta vez en el Departamento de Policía, el inspector estaba repitiendo, pero en otro tono, las fatídicas palabras de mi portera.

—Así que multimillonario, ¿no? Heredero universal, ¿no? Lo felicito, mi amigo. Me imagino que ya lo sabía, je, je.

Dije que sí y de pronto me sentí mortalmente cansado. Ya lo sabía.

—Lógico que lo sabía —con dificultad silbó entre dientes, de una manera que debía parecerle muy astuta pero que le daba un aire horrible, parecía el chimpancé del circo en la prueba más difícil de la noche—. Por eso la mató.

Yo me callé. Sí, comprendo: pude responder que no, que al decir "ya lo sabía" sólo quise significar que esta misma tarde acababa de enterarme. Pero, para qué. Cómo luchar contra gente que descubre a un criminal y acierta la hora exacta de un asesinato en virtud de un testamento que no tiene ninguna vinculación con el crimen, y de una ventana por la que no entró nadie. Por otra parte, de inmediato comenzaron a funcionar los sobrenaturales puños del investigador. Y confesé. Quede constancia escrita de que fui torturado.

Lo merezco: ahora soy rico. Y tanta razón tenía tío Obdulio acerca de la deshonestidad de los pudientes que estoy a punto de poner un abogado que proteste por apremios ilegales, pruebe que yo ignoraba lo del testamento, soborne a alguien, y alegue locura temporaria y todo eso.

III

¡Están aquí! ¡Están en medio de nosotros!

MAETERLINCK

Triste le ville

Casi abstracta en el atardecer, o como devastada por la desolación, era igual (o me pareció igual) a cualquier inocente estación de pueblo. Ni más miserable o fantasmal, ni más pérfida. Bajé de mi tren. Envuelto en el crepúsculo, un vigilante fumaba contra un cerco. No vi otro ser viviente. No vi un perro, no vi un pájaro. El silencio tenía color, era como ceniza. Las vías, lejos, se juntaban al doblar un recodo. Pensé: las paralelas se cortan en el infinito. Y de pronto me acometió una violenta necesidad de regresar. Recordé que durante el viaje yo me había dormido; me pareció haber visto entre sueños un desvío. Como una música trunca, me vino a la memoria el rostro fugaz de una mujer. Todo esto tenía un significado que ahora me resultaba penoso investigar. Un pensamiento me tranquilizó: Buenos Aires no podía estar lejos. Vi la ventanilla de pasajes cerrada; quizá hasta me quedaba tiempo de recorrer el pueblo antes del primer tren de regreso. Imaginé una plaza con altoparlantes y muchachas, una banda municipal, un loco inofensivo, me dio alegría pensar en estas cosas y busqué la oficina del jefe de estación. Ya había abierto la puerta, cuando volví a mirar al brumoso vigilante del cerco. Algo en su silueta me resultó familiar. Inexplicable y casi repulsivamente íntimo.

La oficina estaba literalmente desmantelada. Con esquemática malignidad le habían pensado una silla, un escritorio y un farol a querosén, que colgaba del techo. También había un hombre. Con los codos apoyados en el escritorio, escondía la cara entre las manos. Su actitud era de profundo cansancio, o de meditación. Me pareció notar que tenía los párpados abiertos.

Tosí dos o tres veces, con mucha cautela.

—Perdón —me oí decir.

Mi voz sonaba extraña. Me acerqué.

—Perdón.

No habló, ni siquiera me miró. Yo murmuré que, si bien no tenía intención de molestarlo, necesitaba saber el horario del tren de regreso. No me contestó. Levanté la voz. Lo mismo. Pensé que era una gran desconsideración de las autoridades permitir que un jefe de estación fuese sordo y le di unos golpecitos en la espalda con la punta del dedo. No pasó absolutamente nada. Fuera de mí (yo era un individuo sumamente irritable, mis amigos lo saben) grité la pregunta con toda mi fuerza, y hasta le sacudí violentamente un hombro. Entonces, sí. Bajó las manos, me miró con una desoladora expresión de fatiga y dijo:

—Usted es loco.

Su rostro, y entonces recordé también al vigilante, era idéntico al del hombre triste. Casi sin asombro, lo comprendí todo.

Él, antes de volver a ocultar para siempre la cara entre las manos, dijo:

—No hay tren de regreso, es tan simple.

Cuando salí de la oficina, pude ver el tren que me había traído perdiéndose a lo lejos.

Y caminé hacia el pueblo, derrotado.

Yo amaba apasionadamente las grandes estaciones de ferrocarril. Sé que suena extraño, pero las amaba pese a lo que tienen de brutal, de sucio, ruidoso y detestable. Los trenes, partiendo y llegando con su ruido a catástrofe y su fiesta violenta, comunicaban a mi cuerpo una alegría casi erótica, de aventura. Recordaba al verlos (o imaginaba) lejanos y misteriosos pueblos, apenas presentidos desde la ventanilla empañada, en la noche de un viaje o durante los pocos minutos en que un expreso se detiene en sus estaciones melancólicas. Hay todavía en mi memoria algún montecito sombrío, visto al pasar, al que pensé volver algún día. O un arroyo bajo un puente, o un cerro azul. Jamás habría podido vivir en esos lugares, lo sé, porque la soledad (soledad de la mesa en que escribo estas palabras en un desierto bar de pesadilla, error quizá de un demonio subalterno, o castigo a una culpa que desconozco), la soledad y la naturaleza me aterran. Verlos desde un tren o imaginarse en ellos de paso, ése era el juego. Y era inocente. (Imaginarse en ellos con una muchacha cuya piel debió ser como una hoja húmeda por la lluvia, la muchacha que se fue finalmente con el hombre triste. La idea de que también en ese encuentro hubo un monstruoso error, el júbilo atroz de pensar que eternamente se odiarán, ya no me sirve de consuelo.) Y por eso aquella tarde yo desemboqué alegremente en uno de los andenes de Constitución. Pensaba en la muerte. Habitualmente pensaba en la muerte. Y no hay nada de contradictorio en que esta idea se tejiera en la trama de mi alegría. Nunca temí morir, me daba miedo estar solo. Morir, el acto de morir no tiene en sí mismo ninguna grandeza, nada de misterioso o terrible. Es la muerte, el estar muerto, lo que aún me parece incalculable. Lo mismo que el sueño, ese fragmento del morir que nos mata cada noche, lo mismo que los sueños durante el sueño, yo pensaba que la muerte podía ser dulce como las imágenes de un pájaro dormido, o espantosa como las formas que se mueven en las pesadillas de un loco. Y así como ningún hombre sueña el sueño de su vecino, cada uno se perpetúa en su propia muerte: en la que se merece. El infierno y el cielo no son otra ilusión. Oscuramente al menos, nunca ignoré estas cosas. Pero dos hechos me iluminaron. Uno en la adolescencia, el otro alrededor de los treinta y cinco años. La lectura de un poema de Rilke fue el primero; una crujiente cama del Hotel Bao que compartí durante tres días y tres noches con una adolescente que juraba ser tibetana, y que enloqueció al mes, fue el segundo. El verso inicial de aquel poema, naturalmente, dice: Señor, concede a cada cual su propia muerte. El Hotel Bao, la cama, fue el sitio donde extraordinariamente aprendí lo único que sabré siempre sobre los antiguos ritos de comunicación de la Sabiduría. A través de la cópula, según la chica. Ella me habló de un falso lama apedreado en el siglo XVII. Me habló de un manuscrito o una tradición. Después, mientras yo pedía por teléfono un par de whiskies, se levantó de la cama y fue a buscar la cartera. Noté que tenía un pequeño gato tatuado en la cintura. Desnuda, su cuerpo parecía un fuego verde cruzado en todas direcciones por los reflejos del velador. Sacó de la cartera un librito, no mayor que un Libro de Horas o un misal, y allí, verde y desnuda junto a la cama, mientras yo me levantaba a atender la puerta por donde el empleado del Bao me pasó discretamente la bandeja con los vasos, comenzó a leer, armoniosamente y en una lengua de aterradora solemnidad, las palabras que luego, con la luz apagada y ya bajo mi cuerpo, me tradujo. Me acuerdo de su voz como un quejido profundo. Me acuerdo que pensé: tiene voz de loca. Prepárese quien cree, habló bajo mi cuerpo con aquella voz, prepárese quien cree a soñar el largo sueño creado en la vida con la minuciosidad con que se talla una figulina de marfil, porque cada hombre soñará en su muerte el sueño que le mereció su vida. Deberías temer, miserable, no al fuego eterno sino a lo que más odias en la vigilia. Poco ingeniosos y poco vengativos y poco benévolos y poco crueles serían los Señores de la Muerte si dieran a todos los justos la misma recompensa y un solo castigo a todos los injustos. Lo dijo en la oscuridad y me clavó las uñas en los riñones. Tengo miedo de irme al Paraíso, murmuró y me mordía, el libro dice que el Paraíso es el infierno más horrendo de un pecador.

Así, así, dijo arqueándose como si la recorriera una onda eléctrica, me pidió que la matara, la desgarró un espasmo, y como fulminada se durmió. Yo pensé, no sin malevolencia, que tanta ultratumba podía confundir a los dioses. Y, como le había dicho riendo dos horas más tarde, hacernos caer por error en la muerte de otro, te imaginás. Tal vez concebir esa posibilidad me perdió, tal vez recordar con impureza la cintura tatuada de la chiquilina y su móvil sabiduría de ola verde, mientras recorría, un año después, los andenes solitarios de Constitución. Porque esa tarde vi el boleto perdido.

Estaba ahí, sobre el piso del andén. Algo, la misma fuerza que me mandó reparar en él entre tantos otros de su misma especie, me impulsó a recogerlo. O quizá fue pura casualidad. El caso es que lo levanté y comprobé que estaba intacto. En el anverso, estampado en letras negras sobre fondo amarillo, leí: A TRISTE LE VILLE, y más abajo: IDA SOLAMENTE. Nunca había oído nombrar aquel pueblo, que ahora es éste. El precio, que pudo haberme servido para calcular su ubicación aproximada, estaba borrado por una pequeña mancha. O bien, debajo de la mancha no había nada y, simplemente, no tenía precio. La fecha impresa era la de ese día. A lápiz, en el reverso, alguien había anotado: Andén 14, 15:32 horas. El reloj eléctrico del andén marcaba las 15:30. Miré el número de la plataforma: era, claro está, el 14. El tren estaba a punto de partir. Tres o cuatro personas caminaban hacia la salida. El dueño del pasaje no se veía por ninguna parte. Y entonces se me ocurrió ocupar su lugar.

Desde mi niñez he sido amante de lo imprevisto. Me sedujo la aventura de un viaje a cualquier parte y no lo pensé más.

Dos minutos. Lo que ahora va a escribir mi mano es algo más que una frase, miserablemente lo sé: en toda la eternidad no pasan las cosas que pasan en dos frágiles minutos humanos. Dos minutos. El pudor, acaso la indiferencia que en este pueblo lo envilece todo, hasta las palabras, me impide exaltar esas dos entre signos de admiración, como en los viejos libros. Porque dos minutos están hechos de cosas así: un tren que da un largo pitido, después otro más corto, anunciando la inesperada puntualidad de su partida. Una paloma que vuela mezquinamente entre el hollín, bajo la bóveda de la estación, paloma que ahora recuerdo con maravilla pero que entonces me pareció harapienta, un inacabado proyecto de pájaro, como pasa siempre con las grises palomas de las estaciones. El fulgor de una moneda o una tapita de lata, llamándome desde el suelo del andén: quizá era un redondel de aceite, un despreciable círculo de saliva, pero palpitó un segundo, como una estrella. Una hoja rotosa, de diario: el viento la movía apenas, tenía un titular sobre catástrofes o juegos humanos, pero sobre todo se movió, como queriendo algo. Ahora sé que en ese momento estuve a punto de bajarme del tren, entonces no lo supe. Después, porque en dos minutos pasan estas cosas, vi al hombre triste. Vi su cara. Había estado oculto por uno de los grises pilares del andén; con nerviosidad, luego con desesperación, buscaba algo en sus bolsillos. El boleto, naturalmente: sé que no me importó. Vi su cara pavorosa y lo odié. Dañarlo fue, durante ese último instante anterior a la salida del tren, el sentido de mi existencia. Era una cara atormentada y deshonrosa: el infortunio y la maldad habían combatido para envilecer aquel rostro. Ese hombre odiaba a todo el género humano, empezando por él mismo. Nadie, con esos ojos, podía no amar la soledad y el silencio y la noche y, al mismo tiempo, padecer voluptuosamente sus espantos. Era el triste, el desventurado, el despreciador de la belleza, del dolor, del amor de una mujer. Sobre todo (sentí) del amor de una mujer. Ahí enfrente, buscando un boleto, sombrío y agazapado detrás de una columna gris, como un hermano de pesadilla, estaba mi antítesis y mi demonio.

Dos minutos. La arena que se escurre en la mano de un niño basta para medir todavía, al filo de mi tiempo, el silbido final de la locomotora, un vértigo de vapor que arremolina papeles sobre la plataforma, el sacudón de los vagones, toda la ufana y bella ceremonia de un tren que parte. Y aún, a lo lejos, la silueta de una mujer tardía, que se acerca corriendo. Ahora sé que me buscaba. Yo no la conocía ni supe entonces lo que comprendo ahora, pero veo su pelo como una fiesta tempestuosa a ramalazos sobre su cara. La veo que llega, se detiene junto al hombre triste y le hace una pregunta. En el segundo que a los tres nos queda, intuyo un error monstruoso en todo esto. No sé qué pasó entonces, sé que en otro lugar Alguien derribó con maligna sonrisa una gran clepsidra. En Buenos Aires, en Constitución, un hombre se queda con una mujer que no conoce ni quiere conocer, una mujer a la que odiará, y un tren partió rumbo a este pueblo. Yo la vi: era una muchacha. Vi apenas su pelo, el largo contorno de pez que dibujó su cuerpo entre el vapor, nunca escuché bajo su piel la música subterránea que (yo lo sé) se oye a medianoche acercando la oreja a su cintura, y por eso no entendí, hasta que era demasiado tarde, las cosas que ahora he escrito.

El tren arrancó finalmente y, casi con indiferencia, la miré que se iba junto al hombre triste.

Al principio, todo sucedió normalmente. Mi vagón, aunque en algún momento quedó vacío, no tenía nada de particular. Más bien era algo incómodo y trivial. Subió y bajó gente, como ocurre en los trenes. Llevaban paquetes, hablaban de la familia y del tiempo, oían pequeñas radios a pila. Vi el cartel de Gerli, el puente de Lomas de Zamora. Calculé que estábamos llegando a Glew cuando me quedé dormido. Me parece que recuerdo después las primeras nubes a cielo abierto, pero a lo mejor quiero recordarlo, recuerdo en cambio haber recordado de pronto todos los hechos grandes y pequeños, todas las imágenes y caras de mi vida —y recordé al mismo tiempo que, cuando yo era niño, alguien contó que estas cosas ocurren en el momento de la muerte—, y agregué a ese inventario de mi agonía la última imagen de la estación. Pasábamos, si no me equivoco, por el empalme San Vicente. El tren ya iba vacío. Algo pude presentir entonces, de haber puesto empeño, algo acerca de la muchacha, pero el sueño me envolvió con su agua profunda y caí en él como hacia el centro de un río circular. Me vino a la memoria un verso, tan convencional fue todo. Decía: *e caddi come l'uom cui sonno piglia*. Sabía que con esta línea un gran poeta había resuelto un grave problema. No se me ocurrió nada más. Cuando desperté, vi el cartelón rectangular. Sobre fondo negro, en blanquísimas letras, se leía TRISTE LE VILLE.

Desde aquel día hasta hoy he recorrido mil veces este pueblo, su miserable plaza y sus calles sin nadie, que eran la muerte de otro. Cada piedra, cada sombra que la tristeza del crepúsculo dibuja para siempre sobre las tapias, están hechas a semejanza del corazón del hombre triste. Son su corazón y su cara. (En otra parte, lo sé, él aborrece eternamente el cuerpo lunar de una muchacha, que me buscaba y lo odia, que es su infierno.) En los primeros tiempos yo rondaba la estación y me sentaba a contemplar las vías, en los primeros tiempos gritaba en los zaguanes. Ya no me importa. Sé que el vigilante seguirá fumando el mismo cigarrillo bajo la perversidad del cielo de ceniza, sé que el jefe de estación, en su oficina, no acabará de meditar o soñar con los párpados abiertos. Al principio, me alegraba descubrir una nueva casa deshabitada y violando su soledad recorrer las paredes con mi mano, constatar, con un asombro que ya me ha abandonado, cómo se reordenaba bajo mis dedos el polvo de sus muebles, la ceniza de sus chimeneas. Más tarde amé el hallazgo de una grieta en una pared, el dibujo de la corteza de una rama, el diferente reflejo de un hilo de agua visto de lejos o tendido en el suelo. Un día, recordar mal estas cosas fue suficiente milagro. Estos juegos, sin embargo, también se han terminado. No queda una hoja en ningún árbol, no queda la trama de una hoja, la veta de una piedra, cuya implacable memoria no sea tan nítida para mí como la mano que ahora se mueve bajo mis ojos. Ni un ladrillo cubierto de musgo en el confín de las casas. Ni una gota de agua suspendida, a punto de caer, en el pétalo de una flor.

La garrapata

Se imaginará: yo estaba acostumbrado a sus decisiones rápidas, a veces hasta insólitas. No me extrañó. Por otra parte no tenía nada de extraño (aparentemente, al menos, no lo tenía) que ella fuera viuda. Norah se llamaba, y era hermosísima. La descripción que Sebastián me hizo esa noche no exageraba, no, la belleza de aquella mujer temible. No se ría: ella era, es aún, temible. Mucho más tarde supe también que era diez años mayor que Sebastián.

Pero, ¿de veras se acuerda de él? Entonces no me negará que fue uno de esos pocos seres raros y espléndidos que parecen llevar, no sé, como una marca: estampada sobre la frente. Un elegido. Desde muchacho lo veo así. Y sin embargo, amigo, ya ve. Pero le hablaba de ella. Sí, una mujer temible: diabólica, si lo prefiere. Me cuesta explicarle qué originaba esa, digamos, *impresión* que me causó desde la primera vez que la vi. Tal vez, sus ojos. Aunque sé perfectamente que usted está pensando "qué tontería": si fantaseamos que una mujer es misteriosa, nada mejor que atribuírselo a sus ojos, ¿no es cierto? De cualquier modo, su mirada tenía cierta cosa profunda y estremecedora. Magnética, como los fondos de aljibe. ¿Se ha asomado alguna noche a un aljibe? Hay una atracción tortuosa, algo secreto que brilla en el fondo, que sube de allá abajo: algo oscuro y fascinante que hace sentir no sé qué vacío en la cabeza. ¿Vértigo? Bueno, llámelo así. Pero el vértigo es una sensación nuestra, no una cualidad de las cosas. Y yo creo que, en el caso de Norah, venía de ella. Estaba en ella.

Sebastián me la presentó unos días después. Cosa extraña; creí notar en él, en sus palabras y en sus gestos, una especie de orgullo. De satisfacción pueril. La mujer era en realidad un ejemplar soberbio, pero qué quiere, a esto sí que yo no estaba acostumbrado: a que un hombre como Sebastián se dejara sorber el seso por una pollera. Le digo que le *sorbió* el seso. Lo atrapó, ésa es la idea, como entre las babas de una araña. Se miraban de un modo tan... salvaje, que, para serle franco, uno se sentía molesto con ellos, o intruso: como espiándolos. Y en la mirada de Norah había eso que digo, una urgencia, algo perentorio que sólo he visto en ciertas mujeres y en contados momentos; en ella, aquel abismo era permanente.

No me asombré ni me alarmé al principio. Quizá mi único motivo de extrañeza al verla fue sospechar que tendría dos o tres años más que Sebastián. *Diez* años, está pensando usted. Claro que eran diez, pero eso lo supe mucho más tarde. Él tenía veintiocho entonces; ella no aparentaba más de treinta. Y cuando volvieron de Bariloche yo estaba tan acostumbrado al rostro de Norah (el suyo es uno de esos rostros inolvidables, más que inolvidables debí decir: perdurables) que la diferencia resultaba todavía más insignificante. Tal vez, ya ni siquiera había diferencia. Él parecía mayor. O no sé: sólo más maduro. Y éste, ¿se fijó?, es un fenómeno que se opera frecuentemente en los hombres recién casados. Seguían mirándose de aquel modo feroz que le he dicho, aunque ahora —o quizá fueron ideas mías— me pareció que Sebastián ya no estaba a la altura del conflicto.

Sí, lo he llamado conflicto. Estoy convencido de que el amor, la pasión, es un conflicto. Una conflagración. Usted se ríe. Yo le digo que uno busca no sólo subordinar la voluntad del otro; busca aniquilarlo. No, no exagero, ni siquiera pretendo que la idea sea original. Simplemente, sucede así. En el amor, mi amigo, uno devora o lo decapitan. Y demos gracias que la mayoría de los casos termine, inocentemente, con el triunfo de una voluntad sobre otra. ¿Que si hay otros casos? Lea, lea los diarios.

En el verano del 59 recibí una carta de Sebastián. Me invitaba a pasar unos días en su casa de Bragado. Una hermosa casa. Había pérgolas a la entrada; un gran parque. Yedras, enredaderas. Él mismo la diseñó. Usted sabe que era —que pudo ser— un notable arquitecto: imaginación, talento, y aquella capacidad de trabajo asombrosa. Ese verano, sin embargo, lo encontré algo fatigado. "Mucho trabajo", me dijo, como si se disculpara. Norah no estaba. Llegó casi al anochecer; nos dejó evocar nuestros viejos tiempos de estudiantes y sólo entonces apareció, sabiamente, soberbia y exultante como siempre. Un espléndido animal. Durante su ausencia me había parecido notar que Sebastián estaba preocupado, o inquieto. Como si no pudiese, como si le costara pasarse sin ella. Tenía motivos, por supuesto. Y ahora creo que fue entonces cuando borrosamente vi aquello, lo de no estar él a la altura del conflicto. Norah ya lo trataba con cierta leve superioridad, maternalmente. Todas las mujeres tienen esa virtud: hacernos recordar, de algún modo, que venimos de su vientre. Hasta cuando hacen el amor. Se diría que quisieran volver a meternos dentro. No, no las odio, las adoro. Pero le juro que me dan miedo. Y Norah era el tipo "clásico" de mujer; o acaso el arquetipo. Cuidaba de *su* hombre como si le perteneciera por derecho divino. Lo mimaba. Y a él le gustaba eso. Ella misma empleó aquel día esa palabra de gelatina: mimoso. Lo dijo al explicar que, desde hacía meses, Sebastián no tocaba para nada sus planos. Él me miró confuso como un chico. "Mucho trabajo", había dicho antes, sí.

Tomaré un café, gracias. Usted dice que hay algo deliberadamente siniestro en mis palabras, en mi manera de contar las cosas. Puede ser. De cualquier modo no creo que lo inquietante, lo extraño digamos, esté sólo en mis palabras. Volví a verlos muchas veces. Hará cosa de tres años me pareció advertir, ahora sí alarmado, que Sebastián estaba realmente enfermo. Claro, usted lo conoció por el 56 o el 57: en aquel tiempo, es cierto (pero no se imagina hasta dónde dice la verdad), él era un hombre "lleno de vida". ¡Lleno de vida! Ya hablaremos de esto, es una teoría que tengo. Hace tres años estaba verdaderamente mal, gastado. Él seguía repitiendo: "Mucho trabajo", pero, yo lo sabía desde mucho tiempo antes de aquel verano, ya no se preocupaba más por la arquitectura. Había perdido la pasión, aquel encarnizamiento vital de su juventud. O si en algo los conservaba era en el modo de comportarse con ella, con su mujer. Digo juventud, ¿ha visto?, y en realidad apenas me refiero a unos pocos años atrás. Creí notar, por otra parte, que aun en el modo de comportarse con ella algo había cambiado.

Fue una de aquellas noches de Bragado, una noche calurosa, agujereada de grillos y sonidos vagos cuando lo comprendí. O para ser exacto, cuando estuve a punto de comprenderlo. No podía pegar los ojos y salí al jardín. Caminaba bajo las pérgolas, suponiendo que ellos estarían dormidos, y, asombrado, vi luz en la sala. Al acercarme oí un sonido bajo, premioso: la voz de Norah. Luego, en un tono indescriptible, una respuesta que no entendí: la voz de Sebastián. Entré. Ella estaba parada junto a él, inexorable. La encarnación misma del pecado o de la tentación: la hembra. Pero no, algo mucho más complejo y malsano. Fue un segundo, tan rápido y sorpresivo todo que no comprendí su significado real hasta muchos años más tarde. Ellos me vieron antes de que yo pudiera regresar al jardín, o esconderme, y todo volvió a ser normal. Norah, con un gesto rápido, casi candoroso, apretó el deshabillé a la altura de su pecho. Parecía una muchacha turbada. Una muchacha, exactamente. Hice ademán de retirarme pero la voz de Sebastián me detuvo: "No", dijo, "no te vayas". Había algo en su mirada, no sé, como una súplica profundísima. Norah, al subir a su cuarto, dijo simplemente: "No tardes"; él hizo un gesto vago con la mano y luego hablamos. No recuerdo de qué. Hablaba él. Como si quisiera retenerme, pienso ahora. Y mientras tanto yo no podía apartar de mi cabeza la imagen de Norah, su juventud persistente, incólume. Todos aquellos años sólo habían pasado para Sebastián; ella se me figuró idéntica al primer día, y si me hubieran dicho que era Eva, igual a sí misma desde el Génesis, no me habría asombrado. Hoy, al menos, no me asombraría.

Quiere que se la describa. No sé de qué manera. Existe, sin embargo, una forma de mujer que en cierto modo responde al tipo de aquélla: *una forma*, lo repito. Las que le digo son mujeres hermosas, de cuerpo fino, escuche bien esto, de cuerpo bello y perfecto pero que da la sensación de ser plano. Sé que no me explico, lo sé. En la escala zoológica hay una especie, un bicho abominable, aplastado, que da la idea exacta de lo que no puedo describirle. Mujeres que parecen haber nacido para adherirse, para pegarse al cuerpo de un hombre. Puede verlas en las fiestas, sobre todo ahí: hermosas mujeres. Su posición habitual es la de un arco, caminan, bailan, imperceptiblemente combadas hacia atrás, no me interrumpa: apenas tienen, cómo le diré, apenas tienen modulada la curva del vientre, eso es, son planas en la cintura, especialmente allí. Por eso dan la sensación de aplastarse. Como esos insectos chatos y horrendos que mencioné antes. Oh sí, exactamente hay un tipo de mujer como el que digo. ¿Sus ojos? No sé, no importa. Sólo importa lo que le he dicho, y que es hermosa.

Después de esa noche comencé a tener mis ideas, ideas vagas, oscuras, acerca de lo que estaba ocurriendo. Usted vuelve a sonreír, por supuesto; pero no debiera sonreír. Acaso, no todo es tan simple, tan así como usted lo piensa. La vida, por ejemplo.

Pero venga, salgamos de aquí.

Me gusta hablar mientras camino, una cuestión de ritmo. Mírelos: robustos, hermosos como percherones. Toman a las muchachas por el cuello, como si las robaran. Pero, ¿ve aquél?, le apuesto a usted que ese hombre... ¿se ha fijado, en cambio, lo que ocurre *con ellas* cuando se casan? Engordan, sí. ¿Grotesco?: es siniestro. Muchas veces he meditado el oculto sentido de esas palabras: lleno de vida. Usted mismo las pronunció hoy. Sebastián, dijo, era un hombre lleno de vida. Y entonces es como si uno fuera el recipiente, el ánfora que decían los antiguos de esa cosa enigmática: la hermosa vida, la rara vida de la que estamos plenos pero que por lo mismo, por lo mismo que nos colma, puede quizá derramarse. O agotarse. O, acaso, mientras nos vaciamos, sernos robada.

Escuche. Le decía que al principio mis ideas sobre lo que estaba ocurriendo eran vagas. Yo recuerdo a Sebastián sentado en su mecedora de esterilla, con las piernas cubiertas por una manta, temblando súbitamente al oír el ruido de una puerta que se abría o los pasos de alguien en la escalera. Norah llegaba entonces, radiante y perfecta como siempre. O quizá, no exactamente como siempre. "Te fijaste", me preguntó él alguna vez, "no te das cuenta." Norah acababa de salir del cuarto y yo pensé que él se refería a los cuidados irritantes que la mujer le prodigaba por aquel tiempo. Sí, lo protegía como a una planta, como a lo que era en realidad: un miserable desecho. Nunca he visto a otra mujer que con mayor abnegación cuidara a un hombre, lo preservara. Alguna vez imaginé monstruosamente una analogía: esos fetos conservados, sabe Dios con qué propósitos, en un frasco con formol. De cualquier modo, pensé que había una cierta grandeza en aquella abnegación. Y quizá por eso no advertí lo que *a ella* le pasaba. Por eso o por una costumbre que había adquirido, y que no me pareció extravagante dada su edad: elegía siempre ángulos extraños, equívocos, para hablar conmigo. Como si no quisiera mostrarse de frente ni a plena luz.

"No te vayas", me pidió Sebastián esa tarde. "No deberías irte." Miedo era lo que se oía en el fondo de su voz: miedo auténtico. Y sin embargo, yo me fui. Muchas veces he querido justificar mi indolencia alegándome a mí mismo que, en el fondo de aquella voz, se oía también otra cosa, en rebelión con sus palabras: el deseo terrible y contradictorio de que yo me fuera, de que los dejara solos... No, mi amigo, no debe seguir sonriendo. Claro que cualquier hombre normal tendría motivos más que suficientes para querer estar a solas con una mujer así, aun casi diez años después de haberse casado. Claro que esa mujer era joven y hermosa; pero usted no debe seguir sonriendo. Ella era demasiado joven, demasiado igual a sí misma a pesar de los años. Oh, por supuesto: yo también pensé eso que usted piensa. Yo también creí —sensata, razonablemente— que la enfermedad de Sebastián, o lo que fuera, creaba la ilusión de juventud inmutable en la mujer. Claro que ella no era inmutable. Claro que, como usted razonablemente sospecha, ella cambiaba también. Imperceptiblemente, sí. Imperceptiblemente. Escuche:

En marzo de este año recibí una carta. En el sobre reconocí la letra de Sebastián, o debo decir que la intuí. La carta, escrita con una caligrafía febril, como trazada por la aguja de un sismógrafo, era apenas inteligible. Advertí en ella, en ciertos rasgos, esa falta de sincronización entre las operaciones mentales más simples, típica de aquellos a quienes los estragos de una enfermedad han acabado por destrozarles el sistema nervioso. Me suplicaba que fuera. No sé si me asombró que hallándose él en semejante estado Norah no redactara sus cartas, ni siquiera recuerdo si reparé en este hecho. De haber sospechado lo que ahora sé, que la carta fue escrita en secreto, de a ratos (quizá en la oscuridad), por un hombre sobresaltado, un hombre con el oído atento al menor roce, listo acaso para esconder aquel papel bajo su manta al primer crujido de un mueble o creyendo enloquecer porque una persiana, súbitamente, ha golpeado contra los vidrios... ¿Gran imaginación, dice usted? No crea. Oscuridad, persianas, crujidos de muebles, son cosas inofensivas, perfectamente comprensibles, reales e inocentes como esta calle y este crepúsculo. Hay alrededor de nosotros, sin embargo, en ese mendigo que pasa o en aquella mujer que corre, enigmas más tenebrosos, monstruos más fantásticos que los ángeles deformes del Apocalipsis: en el hombre, amigo mío, están los monstruos. Él los inventa y de él se alimentan, como los vampiros de las historias góticas. Usted se estremece. Es bueno eso. Apurémonos un poco, está anocheciendo.

Cuando llegué a la quinta, la tarde, como ahora, estaba exactamente en ese clímax desgarrado, sangriento, en el que yo diría que las potencias oscuras y la luz se entreveran en una cópula enfurecida, antigua igual que el mundo, pero única cada vez; como un acoplamiento de libélulas monstruosas. Decía que, si me asombró la carta, de ningún modo me asombró, al llegar a la quinta, ver eso que quedaba de Sebastián. Sólo que ahora parecía resignado. Al entrar, lo vi, como siempre en aquellos tiempos, sentado frente al ventanal que daba al parque. La sala, en penumbras, tenía todas las apariencias de un claustro. Cuando me oyó entrar, levantó los ojos con cansancio. "Es demasiado tarde", dijo con naturalidad, como si me saludara. Supongo que traté de responder algo, pero él sonrió con tristeza. "No hace falta", agregó y me llamó a su lado. Norah no estaba allí. Imaginé, o quise imaginar, que estaría en alguna de las habitaciones del piso alto. Antes, al cruzar el parque, me había parecido verla entre los árboles, es decir: vi la silueta de una muchacha que recogía alegremente unas flores. Fue un segundo, pero bastó para que no me atreviera a llamarla: se trataba de una jovencita, poco más quizá que una adolescente. Me figuré que sería alguna muchacha de los alrededores, por qué no. Y ahora, a través del ventanal, podía verla nuevamente. Comprobé que no me había equivocado, al menos en lo que respecta a la edad. Era, en efecto, casi una chiquilina: no debía de tener más de dieciocho años. Sentí que mis dedos estaban clavados en el brazo de Sebastián.

"Te das cuenta, ahora", preguntó.

Todavía quise no entender, me forcé a imaginar que Sebastián se refería a sí mismo, a su propio estado. Después, aparentando calma, pregunté por Norah.

Él sonrió, y señaló el parque.

Nunca olvidaré los ojos ni la sonrisa de aquel hombre. Usted, que lo conoció, tampoco los habría olvidado.

No, no debe mirarme así. No estoy loco, amigo mío: jamás me he sentido tan enteramente cuerdo como esta noche. ¿Se va?; lo esperan en su casa, seguramente. Buenas noches.

Las panteras y el templo

Y sin embargo sé que algún día tendré un descuido, tropezaré con un mueble o simplemente me temblará la mano y ella abrirá los ojos mirándome aterrada (creyendo acaso que aún sueña, que ese que está ahí junto a la cama, arrodillado y con el hacha en la mano, es un asesino de pesadilla), y entonces me reconocerá, quizá grite, y sé que ya no podré detenerme.

Todo fue diabólicamente extraño. Ocurrió mientras corregía aquella vieja historia del hombre que una noche se acerca sigilosamente a la cama de su mujer dormida, con un hacha en alto (no sé por qué elegí un hacha: ésta aún no estaba allí, llamándome desde la pared como un grito negro, desafiándome a celebrar una vez más la monstruosa ceremonia). Imaginé, de pronto, que el hombre no mataba a la mujer. Se arrepiente, y no mata. El horror consistía, justamente, en eso: él guardará para siempre el secreto de aquel juego; ella dormirá toda su vida junto al hombre que esa noche estuvo a punto de deshacer, a golpes, su luminosa cabeza rubia (por qué rubia y luminosa, por qué no podía dejar de imaginarme el esplendor de su pelo sobre la almohada), y ese secreto intolerable sería la infinita venganza de aquel hombre. La historia, así resuelta, me pareció mucho más bella y perversa que la historia original. Inútilmente, traté de reescribirla. Como si alguien me hubiese robado las palabras, era incapaz de narrar la sigilosa inmovilidad de la luna en la ventana, el trunco dibujo del hacha ahora detenida en el aire, el pelo de la mujer dormida, los párpados del hombre abiertos en la oscuridad, su odio tumultuoso paralizado de pronto y transformándose en un odio sutil, triunfal, mucho más atroz por cuanto aplacaba, al mismo tiempo, al amor y a la venganza.

Me sentí incapaz, durante días, de hacer algo con aquello. Una tarde, mientras hojeaba por distraerme un libro de cacerías, vi el grabado de una pantera. Las panteras irrumpen en el templo, pensé absurdamente. Más que pensarlo, casi lo oí. Era el comienzo de una frase en alemán que yo había leído hacía muchos años, ya no recordaba quién la había escrito, ni comprendí por qué me llenaba de una salvaje felicidad. Entonces sentí como si una corriente eléctrica me atravesara el cuerpo, una idea, súbita y deslumbrante como un relámpago de locura. No sé en qué momento salí a la calle; sé que esa misma noche yo estaba en este cuarto mirando fascinado el hacha. Después, lentamente la descolgué. No era del todo como yo la había imaginado: se parece más a un hacha de guerra del siglo XIV, es algo así como una pequeña hacha vikinga con tientos en la empuñadura y hoja negra. Mi mujer se había reído con ternura al verla, yo nunca me resignaría a abandonar la infancia. Esa noche, tampoco pude escribir. El día siguiente fue como cualquier otro. No recuerdo ningún acontecimiento extraño o anormal hasta mucho después. Una noche, al acostarse, mi mujer me miró con preocupación. "Estás cansado", me dijo, "no te quedes despierto hasta muy tarde." Respondí que no estaba cansado, dije algo que la hizo sonreír acerca del fuego pálido de su pelo, le besé la frente y me encerré en mi escritorio. Aquélla fue la primera noche que recuerdo haber realizado la ceremonia del hacha. Traté de engañarme, me dije que al descolgarla y cruzar con pasos de ladrón las habitaciones de mi propia casa, sólo quería (es ridículo que lo escriba) experimentar yo mismo las sensaciones (el odio, el terror, la angustia) de un hombre puesto a asesinar a su mujer. Un hombre puesto. La palabra es horriblemente precisa, sólo que ¿puesto por quién? Como mandado por una voluntad ajena y demencial me transformé en el fantasma de una invención mía. Siempre lo temí, por otra parte. De algún modo, siempre supe que ellas acechan y que uno no puede conjurarlas sin castigo, las panteras, que cualquier día entran y profanan los cálices. Desde que mi mano acarició por primera vez el áspero y cálido correaje de su empuñadura, supe que la realidad comenzaba a ceder, que inexorablemente me deslizaba, como por una grieta, a una especie de universo paralelo, al mundo de los zombies que porque alguien los sueña se abandonan una noche al caos y deben descolgar un hacha. El creador organiza un universo. Cuando ese universo se arma contra él, las panteras han entrado en el templo. Todavía soy yo, todavía me aferro a estas palabras que no pueden explicar nada, porque quién es capaz de sospechar siquiera lo que fue aquello, aquel arrastrarse centímetro a centímetro en la oscuridad, casi sin avanzar, oyendo el propio pulso como un tambor sordo en el silencio de la casa, oyendo una respiración sosegada que de pronto se altera por cualquier motivo, oyendo el crujir de las sábanas como un estallido sólo porque ella, mi mujer que duerme y a la que yo arrastrándome me acerco, se ha movido en sueños. Siento entonces todo el ciego espanto, todo el callado pavor que es capaz de soportar un hombre sin perder la razón, sin echarse a dar gritos en la oscuridad. Acabo de escribirlo: todo el miedo de que es capaz un hombre a oscuras, en silencio.

Creí o simulé creer que después de aquel juego disparatado podría terminar mi historia. Esa mañana no me atreví a mirar los ojos de mi mujer y tuve la dulce y paradojal esperanza de haber estado loco la noche anterior. Durante el día no sucedió nada; sin embargo, a medida que pasaban las horas, me fue ganando un temor creciente, vago al principio pero más poderoso a medida que caía la tarde: el miedo a repetir la experiencia. No la repetí aquella noche, ni a la noche siguiente. No la hubiese repetido nunca de no haber dado por casualidad (o acaso la busqué días enteros en mi biblioteca, o acaso quería encontrarla por azar en la página abierta de un libro) con una traducción de aquel oscuro símbolo alemán. Leopardos irrumpen en el templo, leí, y beben hasta vaciar los cántaros de sacrificio: esto se repite siempre, finalmente es posible preverlo y se convierte en parte de la ceremonia.

Hace muchos años de esto, he olvidado cuántos. No me resistí: descolgué casi con alegría el hacha, me arrodillé sobre la alfombra y emprendí, a rastras, la marcha en la oscuridad.

Y sin embargo sé que algún día cometeré un descuido, tropezaré con un mueble o simplemente me temblará la mano. Cada noche es mayor el tiempo que me quedo allí hipnotizado por el esplendor de su pelo, de rodillas junto a la cama. Sé que algún día ella abrirá los ojos. Sé que la luna me alumbrará la cara.

Matías, el pintor

A los diez años, la gente no se diferencia notablemente de sus semejantes; en tal sentido Matías no era una criatura demasiado extraña. Salvo, acaso, que pintaba. Y que una vez pintó el retrato del hermano Leonardo.

Matías nació en otoño, de noche. Hay quien asegura que los nacidos bajo estas circunstancias son propensos a la fiebre o a la Magia. Y que por eso pueden ver, o imaginan, cosas que para los demás no existen. No sé, nadie sabe qué hay de verdad o de mentira en esto, pero es posible que Matías haya aprendido a verlas cuando sus familiares, una tarde, lo llevaron a aquel internado de largas galerías y viejos sacerdotes salesianos. A partir de entonces, solía despertarse a medianoche, sobresaltado, imaginando entre las sombras de los dormitorios altas figuras torvas, en procesión, rezando.

Por lo demás, en aquel sitio se contaban historias de pastores, niños pastores, que alguna mañana —en algún país y en algún tiempo siempre remotos— habían visto a una muchacha muy hermosa, rubia, de nombre María. Y no sería extraño que los doscientos o trescientos pupilos de aquel colegio guardaran, en lo más recóndito de su corazón, el secreto de un encuentro (que no se atrevían a contar, pues los viejos curas no daban crédito a estas historias y castigaban a sus autores) o una visita de aquella muchacha que tenía un vestido muy azul, era mucho más hermosa que la de la capilla y parecía estar hecha de reflejos. Hay una edad, yo lo sé, en que es fácil ser mago. He vivido de chico en un sitio como aquél. He visto, durante la bendición nocturna, el temblor de los altos cirios, que hace cambiar de posición las imágenes de los santos, y todo repentinamente se vuelve milagroso o atroz.

No se sabe por qué circunstancias, Matías tuvo acceso al refectorio. Allí vio por primera vez aquel gran cuadro. Le pareció tan hermoso que hubiera cambiado todos sus paseos de cada domingo, durante un mes, por ver al autor de semejante maravilla. Y es posible que lo haya dicho en voz alta porque, de pronto, entre las sombras del presbiterio, apareció la silueta del hermano Leonardo.

—Aquí estoy —dijo.

A partir de aquel día, se hicieron los mejores amigos del mundo. Esa misma tarde sucedió un hecho curioso: Matías, que había encontrado en la biblioteca de los sacerdotes un gran libro de tapas negras donde se hablaba de cosas terribles que les sucederían a los hombres algún día, dibujó, inspirado en ellas, unas figuras sumamente hermosas. Al mostrárselas al padre Esteban, su maestro de dibujo, éste estuvo a punto de huir aterrorizado.

—¿Qué significan estos diablos? —dijo.

—No son diablos —aseguró Matías—. Son ángeles.

—¡El Señor nos asista! —gritó el buen cura.

Y ya no hubo manera de hacerle comprender que aquellos animales no eran más inverosímiles, ni menos feos, que los descritos en el cielo de San Juan, a quien el propio padre Esteban admiraba tanto.

Esa tarde Matías recibió un severo castigo, y su dibujo, que él no sólo consideraba precioso sino del todo real, pues no concebía que un Santo como San Juan mintiese, fue roto delante de todos los alumnos.

Y en penitencia se le prohibió, durante un mes, el paseo de los domingos.

—No importa —le dijo después el hermano Leonardo—. Con mi primera pintura sucedió algo parecido. Dibujé una Gorgona y unos bichos —sonrió—. Micer Pietro estuvo a punto de desmayarse.

La criatura no sabía qué era la Gorgona ni quién era Micer Pietro, pero se había acostumbrado a callar cuando su amigo hablaba. Durante muchos domingos volvieron a encontrarse en el refectorio. Y allí, mientras el hermano le explicaba el sentido de cada una de las trece figuras reproducidas en el cuadro, Matías empezó a pintar su retrato.

El hermano era un hombre alto, muy hermoso, y parecía extranjero. Tenía un acento extraño, como de persona muy sabia. Jamás se lo veía con los sacerdotes —y esto me hace pensar que era, solamente, un hermano laico. Usaba ropas oscuras y un gorro no muy serio, algo extravagante, más bien cómico. Alguna vez, Matías intentó hablar de él con sus compañeros, pero, al parecer, nadie lo conocía. El hecho, de cualquier manera, no era demasiado extraordinario, puesto que los otros solían hablarle de muchos personajes que, sin duda, andaban por el colegio, pero a quienes Matías nunca había visto: el internado era enorme, y resultaba muy difícil conocer no sólo a sus doscientos o trescientos pupilos, sino siquiera a la mayoría de los sacerdotes, a Micer Pietro y a los hermanos laicos.

Oír hablar a aquel hombre era bastante complicado. A veces parecía olvidar que estaba ante un chico y contaba cosas realmente inexplicables, inventos. Sobre todo le gustaba idear mecanismos extraños cuya utilidad, es cierto, no parecía estar muy de acuerdo con la seriedad de un hermano: una vez imaginó una fórmula de hedor tan intolerable que cuando Matías apretó las vejigas que juntos habían ocultado en el Estudio, huyeron despavoridos, tapándose las narices, todos los alumnos y el mismo padre Esteban. Sin que nadie lo viera, del otro lado de la ventana, el hermano Leonardo sonreía.

Sin embargo, el tema favorito de sus conversaciones en la soledad del presbiterio donde lo esperaba casi todas las noches —y al que Matías se acostumbró a entrar cuando todos dormían—, era la Pintura. En ese terreno el extranjero era un oráculo. Con voz profunda hablaba de los colores, las sombras, el aspecto del humo, la niebla o las nubes, según hubiera sol o lloviese. No ignoraba nada. Ni los secretos del relieve, ni los del dibujo, ni los del color, que ponía en este orden, afirmando que el primero de todos, el movimiento, sólo puede concebirlo el genio. Y fruncía las cejas. Y mientras Matías pintaba aquel retrato, hablaba sin interrupción.

—¿A qué altura deben estar los ojos del modelo? —preguntaba el hermano.

—A la altura de los ojos míos —respondía Matías.

—¿Qué es más noble, la imitación de las obras antiguas o las modernas?

—La imitación de las antiguas.

—¿Y qué pasa con el discípulo?

—Debe superar al maestro.

Los domingos, cuando le fue levantado el castigo y los muchachos iban de recreo a los campos del colegio, Matías se acostumbró a alejarse de los grupos y encontrar, en cualquier rincón solitario, al hermano. Allí seguían hablando y pintando juntos. Su amigo era severo. Le hacía repetir hasta el agotamiento los ejercicios de dibujar una hoja o copiar una sombra. "¿Qué pasa con aquellos a quienes conforma su propia obra?", preguntaba. "Son grandes marranos", repetía Matías.

Y el hermano laico se reía entonces.

Fue durante uno de estos paseos cuando, en combinación con Matías, ideó un raro artefacto que levantaba en plena noche las camas y hacía saltar de espanto a quienes dormían. Otras veces, hablaba de métodos para andar por el aire, o el agua, o bajo el agua. Algunos de estos inventos, en opinión de Matías, ya estaban en pleno uso desde hacía muchos años, pero el hermano parecía no saberlo, o bien lo fingía.

Mientras tanto, los progresos del muchacho eran tan notables que el padre Esteban estaba asombrado, y, más por salvar su prestigio de maestro que por otra cosa, corregía de tanto en tanto algún contorno o alguna perspectiva.

—¿Quién se atrevió a modificar esto? —preguntó el hermano, viendo una de las correcciones del padre Esteban.

—El padre Esteban —dijo Matías.

—El padre Esteban es un asno perfecto. Los priores nunca saben nada. Ya me pasó una vez, en el Convento de Las Gracias. Los dominicos contrataron a un tal Bellini, no, Bellotti, para restaurar aquel cuadro del refectorio...

Matías lo interrumpió. No entendía bien, pero se atrevió a decir:

—Los salesianos.

—Los dominicos, caballerito. No voy a saber yo dónde pinté mi cuadro. Esto que hay aquí es una copia, un grabado de una copia. En definitiva: nada. Yo creía en la duración de las cosas. ¡Inventé fórmulas, hice combinaciones! A los cuarenta años, la pintura empezó a borrarse; a los sesenta, apenas se veía el dibujo. Al siglo, apenas se veía nada. Las paredes empezaron a descascararse y los dominicos no encontraron manera mejor de arreglar aquello que dando unos cuantos martillazos. Cristo se quedó sin piernas. Sobre su cabeza, clavaron un escudo de armas. Entonces vino Bellotti: lo repintó íntegro. Y más tarde, un *signore* Bozzi. Y antes, los dragones del ejército francés, que tomaron aquel sitio por cuadra y arrojaban piedras a la cabeza de los Apóstoles. Y después, las inundaciones. Y los ilustres charlatanes todavía siguen hablando de *mis* pinceladas. ¡Mis pinceladas! Ah, y me olvidaba de un tal Mazza. Afortunadamente el padre Galloni lo echó a puntapiés.

Matías tampoco conocía al padre Galloni, y, al oír todo eso, pensó que su amigo exageraba. De todos modos, prefirió no hacérselo notar. Además, mientras el hermano hablaba, la criatura iba dándole los últimos toques a su retrato. Aquella expresión iracunda daba al ceño del hermano un carácter muy digno.

—Aquí estás —dijo por fin Matías.

El hermano Leonardo miró, aprobó y habló por última vez:

—¿Qué pasa con los discípulos?

—Deben superar a sus maestros —dijo Matías.

Nunca volvieron a verse. Al día siguiente el refectorio estaba clausurado. No hubo manera de hallar al hermano que había inventado el Compás Proporcional, el aparato de hacer saltar camas, la barca para remontar corrientes, el pito de agua y la manera de levantar la enorme edificación de San Lorenzo para asentarla sobre un pedestal más hermoso. El bello hermano Leonardo, que decía haber pintado *La Cena* en el refectorio del Convento de Las Gracias, lejos, en Florencia.

Week-end

Bueno, pensó el hombre llamado Castillo mientras el hombre llamado Barbieri detenía suavemente el automóvil frente a la estatua de Fray Cayetano Rodríguez y le decía con voz burlona que ahí estaban la estatua y la barranca y el río, que ni la estatua había abandonado su pedestal en los últimos cincuenta años ni el reloj del Cabildo había dejado de atrasar cinco minutos respecto del campanario de la iglesia, y las dos mujeres rieron, bueno, es como si la tarde estuviera por gritar, pensó. Las mujeres habían bajado del coche, una era casi una muchacha, tenía el pelo muy claro, la otra era la mujer del hombre llamado Barbieri. Ellos también bajaron. Sí, pensó el hombre llamado Castillo, ahí estaba como siempre la estatua de Fray Cayetano Rodríguez y estaban los bancos de piedra, y allá abajo el Club Náutico con su vaga apariencia de barco varado, y más lejos, en el río, el maderamen del club viejo unido como siempre a la costa por la misma larga y endeble pasarela, y el ridículo pero ahora tranquilizador monolito en mitad de la bajada, imitando vanamente una pirámide, por qué entonces esa impresión de cosa agazapada (hostil, la palabra es hostil) que los había obligado en plena tarde a hablar y reírse con un tono demasiado alto, voces y risas que se contradecían con la mansedumbre del agua, con el balanceo de las ramas de los sauces. Era un tipo más bien bajo, delgado, debía tener alrededor de treinta y cinco años pero aparentaba ser un muchacho; o quizá esto último era efecto del contraste entre él y el hombre llamado Barbieri, de cualquier modo no parecía en absoluto capaz de sobresaltarse sin motivo y menos en plena tarde (aunque de un momento a otro iba a atardecer, cómo evitarlo) en un día apacible de verano y en un lugar como aquél. El campanario comenzó a dar las siete.

—Te pasa algo —dijo entonces la muchacha.

La muchacha se llamaba Silvia y ya dije que tenía el pelo claro.

Él dijo:

—No. *Pasa* algo —y sonrió y miró al hombre mayor—. No caigo, qué es lo que ha cambiado.

El hombre llamado Barbieri fumaba apaciblemente junto a su mujer. Podía tener entre cuarenta y cincuenta años, pero lo que contaba en él no era su edad, era su aspecto. Debía de medir casi dos metros y tenía hombros y nuca de tártaro. La mujer mayor, a su lado, parecía una criatura; la muchacha parecía de juguete.

—¿Cambiado? —se llevó un dedo a la sien, pero el gesto excluía a las mujeres, una especie de código entre él y el otro—. A vos, realmente, te pasa algo.

—No —dijo el hombre llamado Castillo—. A mí no. A la tarde —hizo un ademán vago—. A las cosas. Hay algo fuera de perspectiva, pero no es eso.

La muchacha dijo que a ella le resultaba muy hermoso. La muchacha no parecía mayor de veinte años.

—Sí —dijo él—, sí. Pero hoy está como puesto. Y es frágil.

Como si en cualquier momento, pensó. Y no pensó nada más.

—Se hace el loco —dijo sencillamente Barbieri—. Un modo de llamar la atención como cualquier otro. Yo mismo, sin ir más lejos, crecí por satanismo. Él, ya de chico... —y la mujer lo interrumpió.

—Cantaba —dijo de pronto—. Te acordás cómo cantaba, de noche, cuando era chico, haciéndose el tenor por el Colegio Normal, por el Bulevar 3 de Febrero. Al bulevar, antes, le decían la Calle Ancha, los nombres de las calles eran más reales antes —yo sentí una especie de aviso, vale decir: el hombre llamado Castillo lo sintió—. Calle de los Paraísos, por ejemplo.

Los dos hombres, ahora, se estaban mirando. El hombre llamado Barbieri dijo:

—Cantabas, sí. Cómo jodías, realmente.

—Contame cosas —dijo la muchacha.

La muchacha tenía ojos pardos, pero ahora el sol daba en las hojas de un gomero, el gomero estaba mojado quién sabe por qué, el sol saltaba de allí hasta sus ojos y era como si tuviera los ojos verdes.

—Yo me acuerdo, sí —dijo la mujer y agregó algo acerca de las canciones del hombre llamado Castillo, antes. Pero él no pudo escucharla ni siguió viendo el relámpago verde en los ojos de la muchacha porque, repentinamente, algo lo llamó desde algún sitio.

—Dios santo —dijo.

Las dos mujeres, y después Barbieri, levantaron la cabeza mirando con temor en dirección al río.

—Qué —dijo la muchacha.

—Una gaviota —dijo él—. Sobre los veleros. Cómo es posible, acá, una gaviota.

—No es una gaviota —dijo Barbieri; su voz era natural, algo sin embargo no estaba en su sitio tampoco en la voz—. Es un pterodáctilo —hablaba con la muchacha—. Vienen de las Lechiguanas, de las islas, nadie las exploró nunca y de allá vienen. Y no es la única cosa extraordinaria que vas a ver en San Pedro, si te quedás unos días. Hay vestigios de grandes helechos del Oligoceno, o de antes. Mabel los ha visto. —La mujer hizo una mueca; intentó hablar pero el hombre no la dejó.— Y están los Machos Blancos, que no son, como la gente cree, una familia descendiente de algún irlandés o inglés borracho y expatriado, sino que son la última y triste progenie de los Altos Padres, los Grandes Antiguos, los albinos de la Albión de allá arriba, que vinieron a esta tierra antes de la aparición del hombre y descendieron con sus platos de fuego en lo que hoy es el tradicional barrio de Las Canaletas, junto a la laguna de San Pedro. Silencio. Y si por lo menos te quedás hasta la noche, vas a poder ver, más o menos en la dirección de aquel ligustro, a la luna más demencial del cielo del mundo, la misma que llenaba de fiebre y locura las rayas del tigre diente de sable cuando San Pedro se pronunciaba con una sola sílaba gutural que significaba, aproximadamente, Rincón de los Erguidos en dos Patas, que a su vez quería decir los Dioses. —Miró al hombre llamado Castillo.— Y mejor bajamos al club a tomar un whisky, cosa de justificar el *delirium tremens*. Gaviotas. Yo que vos vendría más seguido a San Pedro. Buenos Aires te empeora.

Le pasó el brazo por el hombro.

—Debemos parecer una figurita de la Evolución de las Razas —dijo el hombre más bajo—. Para seguir con tu historia.

En el salón del club se estaba más protegido. Dos chicos jugaban al ajedrez. El cantinero era el viejito de siempre. El hombre llamado Castillo recordó una historia cómica sobre el viejito y se rio solo. Se estaba más protegido, sí. Barbieri hablaba con la muchacha.

—Cuánto hace que lo conocés.

La muchacha hizo un gesto que significaba: mucho.

—Uf —dijo, y agregó—: veinte días.

Los cuatro rieron.

—De cualquier modo ya sabrás que su mayor defecto es ver gaviotas. —La muchacha, sonriendo, apartó un mechón de pelo de la frente del hombre más joven, él la miró fugazmente, ella retiró la mano.— Ya de chico era raro. Cantaba, lo alarmaban las gaviotas y jugaba al ajedrez —Barbieri se levantó, demasiado súbitamente.— Vamos a ver si te acordás —dijo, señalaba el tablero.

El otro lo miró con sorpresa. Ponerse a jugar al ajedrez era absurdo, por lo demás Barbieri casi no sabía jugar al ajedrez. Sin embargo se puso de pie. Cuando el hombre grande volvió a hablar, ya estaban lejos de las mujeres.

—Entonces, vos también lo notaste.

El hombre llamado Castillo pensó que, de un momento a otro, iba a suceder el majestuoso horror del sol sacrificado detrás de las islas. Pensó que eso ocurría todas las tardes.

—El rey va siempre en casilla de color contrario —dijo—. Si ya noté qué.

Todo seguía sucediendo de un modo levemente anormal, levemente insensato. Como en un sueño, pensó con repentina y fugaz alegría. Pero tampoco así. Aquello era otra región, tan distante de la realidad como del sueño. Es, pensó de pronto, como si alguien se hubiera vuelto loco, alguien o quizá *algo*. Oyó la voz de Barbieri:

—Algo se ha vuelto loco.

El hombre llamado Castillo jugó peón cuatro rey.

—¿Algo? —preguntó mientras el otro movía también su peón a cuatro rey. Jugaron caballo tres alfil rey y caballo tres alfil dama—. Y bueno, sí, la idea es exactamente ésa.

Alfil cuatro alfil, las blancas; peón tres dama, las negras. Las blancas: caballo tres alfil dama.

—Vos creés que los demás también lo notan —el hombre llamado Barbieri jugó su alfil a cinco caballo rey, miró hacia la mesa donde estaban sentadas la mujer y la muchacha—. No me refiero sólo a ellas, sino a los demás. Al mundo.

El hombre llamado Castillo jugó peón cuatro dama, las negras tomaron ese peón con su caballo. El hombre llamado Castillo sonrió.

—El mundo. Yo no diría que el mundo, el mundo en general, esté implicado en esto. O no sé.

Con el caballo tomó el peón negro de cuatro rey. Barbieri miró el tablero y lo miró.

—Perdés la reina —dijo.

El hombre llamado Castillo se encogió de hombros y el otro jugó alfil por dama. El hombre llamado Castillo volvió a sonreír.

—Jaque —murmuró, mientras su alfil tomaba el peón de dos alfil rey. De todos modos todavía había un orden—. No tenés más que una jugada —dijo.

El rey negro fue a dos rey. El hombre llamado Castillo saltó con su otro caballo a la casilla cinco dama.

—Mate.

Un orden precario y agónico, sí, pero un orden. Un simulacro de eternidad.

—Una celada inescrupulosa —dijo Barbieri.

—No es una celada. Es un legado. Se llamaba el Legado de Legal. ¿Te imaginás? —señaló las piezas inmóviles sobre el tablero, el dibujo que formaban—: un hombre legando esto. Cómo le llamarías a esto, una idea, una fórmula. Qué es. Qué sentido tiene para alguien que no sepa el código. Me parece que ya me está haciendo efecto el whisky.

—Sí, se te ve un poco emocionado.

—Volvamos a la mesa.

Cuando estaban por llegar, Barbieri lo detuvo:

—Yo creo que los demás no se han dado cuenta, yo creo que es lo mejor. Por otra parte, ni vos ni yo estamos muy seguros de que vaya a ocurrir nada.

Las mujeres hablaban. Era algo que tenía que ver con la historia argentina. Increíble las cosas que pueden llegar a hablar dos mujeres en un club náutico, pensó el hombre bajo y delgado. De un salto pasarían al punto cruz, a la receta de algo. Pensó que el punto cruz era, también, un legado, sintió una ternura inexplicable y absurda. Le extrañó no tener miedo.

—Vamos a dar una vuelta, antes de que oscurezca —dijo la muchacha del pelo claro.

—Sí, vamos —dijo Barbieri.

—¿Cómo salieron? —preguntó la mujer llamada Mabel.

—Nadie sabe —dijo Barbieri—. La partida aparente ocurrió, de algún modo, pero nadie sabe qué significan esos movimientos allá arriba. Yo no me dejo impresionar por la vida real.

—O sea que perdiste.

—Llamalo como quieras.

Los cuatro estaban nuevamente en el automóvil.

—Vamos para el puerto —dijo el hombre llamado Castillo—. Tomá por el camino viejo.

El coche subió por una curva asfaltada. Hacia el poniente se veía el bulevar, la estatua de Fray Cayetano Rodríguez entre los árboles, los chalets de estilo californiano que, a la muchacha, le hicieron decir me gustaría vivir en ese lugar y a él, al hombre llamado Castillo, pensar que no debió decir eso. Del otro lado se abría una calle de tierra.

—No en una casa así —dijo él, al mismo tiempo que ella agregaba "pero no sé si en una" y lo miraba sorprendida, riendo. En el asiento delantero, la mujer llamada Mabel también rio. Barbieri acomodó el espejito retrovisor, miró fijamente a los de atrás y preguntó que por qué no—. Esas piedras simuladas —dijo el hombre llamado Castillo—, esos frentes de piedra simulada y esas lajas, se contradicen con el río.

—Y esos parques y sus coníferas enanas, sí —dijo irónicamente Barbieri—. Qué lástima, a lo mejor estuviste a punto de transformarte en una especie de Lot. Pero sospecho que aplicaste un criterio demasiado estético. La miércoles que está poceado este camino, me va a desarmar todos los elásticos. Miré a tu pueblo —agregó sin transición, con tremolante voz de bajo—, y no encontré un solo justo. —La mujer que iba a su lado lo miraba. —Y vos no te rías, Mabel, porque me estoy preguntando cuánto hace que no decimos la misma cosa al mismo tiempo. Che, en serio, esta calle está imposible.

—Volvamos —dijo la mujer.

—Eso se dice fácil —dijo Barbieri.

El coche dobló y se metió de lleno en una especie de callejón abierto en la barranca. Abajo, se veía el río. El camino viejo comenzaba más allá, después de la curva. Ahora tenían a la derecha la pared de la barranca y a la izquierda los garabatos y los espinillos. Hinojos, pensó el hombre que iba junto a la muchacha, éramos chicos y veníamos acá, a juntar hinojos.

—Es hermoso —dijo la muchacha.

—Todavía no viste lo mejor —la voz del hombre que manejaba ya no era festiva, era ambigua—. Los monstruos.

El hombre llamado Castillo le miró el pelo a la muchacha y se dio cuenta de que éste era el momento exacto del atardecer. No quiso mirar hacia atrás. Vio, en el pelo, el crepúsculo y sus lentos fuegos. La mujer llamada Mabel se dio vuelta en su asiento y habló con la muchacha.

—No le hagas caso. Después de la curva hay una callecita larga, ahí empieza. Es el camino viejo. Del lado del río están los ranchos, del otro la loma de la barranca, las cuevas. A veces hay ranchos de los dos lados, vieras los colores, y casitas de madera y lata, y te parece que vas por un patio largo. En realidad es un patio, el patio de ellos. Hay gallinas, y chicos.

Y el jardín, recordó de pronto el hombre llamado Castillo. Un poco más allá de la bajada del puerto tenía que estar el jardín. Los hinojos estaban allí. Iba a decirlo pero no supo cómo.

—Los chicos tienen la mirada amarilla —dijo Barbieri—. Hay hasta de ojos dorados, pero menos. De las gallinas no me acuerdo bien. Los de ojos dorados son los monstruos propiamente dichos; los otros, me inclino a creer que forman una especie intermedia. Algo así como mutantes. No, fuera de broma, hay chicos de una belleza increíble. O al menos había, porque en realidad hace demasiado tiempo que no vengo por acá. Mirá, allá, allá se ve uno.

A unos veinte metros, un chico de cinco o seis años, totalmente desnudo, estaba como apostado en el recodo por el que se entraba en el camino viejo. Como apostado, ésa era la idea exacta. Al ver el coche, dio media vuelta y desapareció. El hombre llamado Barbieri aceleró un poco.

—Tené cuidado —dijo la mujer.

Estaba oscureciendo. O mejor, el aire tenía esa cenicienta transparencia que sigue al atardecer.

Cuando entraron en el camino, el chico no se veía por ninguna parte

—Mirá, mirá las casitas —dijo la mujer.

—Pero no se ve a nadie —dijo la muchacha.

Sin embargo están allí, pensó el hombre que iba junto a ella. Le pareció haber visto, a través de una ventana, la silueta inmóvil de una mujer. Barbieri lo miraba por el espejo.

Un trecho más allá, vieron a la pareja. Un muchacho y una adolescente. Él la besó en el preciso instante que pasaba el auto. Fue un gesto deliberado y al mismo tiempo natural.

—Son hermosos. Y lo saben —dijo el hombre llamado Castillo.

Barbieri dijo:

—Lo que no sé si saben es que *pasamos* por allí.

—Es cierto —dijo la muchacha—. Por un momento tuve la impresión de que... No sé. Tengo frío.

—Hace, no te preocupes. En cuanto a lo otro, son reales. Mirá ese viejo, por ejemplo.

—Cuál, qué viejo —dijo la mujer llamada Mabel—. Dónde.

No había ningún viejo, el hombre llamado Castillo también lo sabía, pero lo admiró la astucia de Barbieri: había conseguido que las dos mujeres miraran hacia el lado de las casas, no hacia las cuevas.

—Fue una broma. Ahí tienen un chico, y bien real. Si le miran debajo de la cintura van a ver que no miento.

Desnudo, un chico de seis o siete años nos miraba seriamente desde la puerta de una de las casas de madera y lata. Quiero decir que miraba a los cuatro ocupantes del coche, dos de los cuales, la muchacha y la mujer, lo saludaron agitando la mano. El chico no hizo un gesto. Un enorme perrazo negro se abalanzó sobre el auto y, ladrando, los persiguió un trecho. En los próximos cien metros no volvieron a ver a nadie. Después sí, a una vieja, de espaldas, regando un cantero de dalias, a otro chico inmóvil y desnudo, a un viejito que afilaba un palo con un cuchillo y que, sorpresivamente, al pasar el coche, guiñó un ojo en dirección a la muchacha.

—La bajada del puerto está detrás de aquella curva —dijo Barbieri. Frenó el coche sin parar el motor y encendió un cigarrillo. Después movió una o dos veces la palanca de cambio. Se oyó un ruido desagradable—. Ésta es la mejor hora para mirar el río —detuvo el motor y abrió la puerta—. Me voy a apreciar el atardecer desde aquellos espinillos. Preferiría que las mujeres se quedaran en el auto —dijo al bajar, llevándose con toda naturalidad la mano a la bragueta.

El hombre más joven también bajó.

—Qué pasa —preguntó.

—Que no hay marcha atrás, y no es una metáfora. O sí lo es. De cualquier modo, la caja de velocidades está rota, algo así.

El otro hizo un esfuerzo. Dijo:

—Y vos, qué esperabas.

—No sé. Supongo que algo menos... explícito.

Se rieron.

—Cuando les dijiste lo del viejo fue por el pie.

Un pequeño pie asomando desde una de las cuevas. Una piernita de chico, vertical, y en el extremo superior, un pie.

—Sí —dijo Barbieri—. Qué pensás.

—Que se están divirtiendo. Y vos.

—En absoluto.

—No me entendiste. Te pregunto qué pensás vos.

—Que en absoluto se están divirtiendo. Vení, volvamos al coche.

Subieron al auto. Las mujeres habían encendido la radio y se escuchaba una melodía estrafalaria y pegadiza. El auto arrancó, casi alegremente.

—Fue una buena idea —dijo Barbieri. Le acarició la cara a la mujer.

El camino seguía en lo alto la curva del río. La bajada del puerto estaba unos cien metros más allá de la curva, después de una acacia. Esta vez no había ningún chico apostado en el recodo. El coche avanzaba festivamente, envuelto en el crepúsculo y la música. Barbieri hablaba de lo que harían esa noche después de la cena, irían al baile aniversario del Centro de Comercio, eso es lo que harían, y ellos dos se emborracharían y brindarían por el reencuentro y estarían Emilio y el japonés Foli que no era japonés sino más bien un loco formidable, la muchacha ya los iba a conocer, y la mujer llamada Mabel proyectaba lo que harían al día siguiente, en el Náutico, y a la muchacha le brillaban los ojos y el pelo se le había vuelto como una ceniza dorada con la última luz de la tarde, y llegaron a la curva. Barbieri levantó el volumen de la radio. Entonces vieron a la nena. Era tan infantilmente hermosa en su desnudez que la muchacha sacó la cabeza por la ventanilla y le gritó al pasar que le dijera su nombre. La nena se dio vuelta y, doblada en dos, asomó la cara por entre las piernas. Sin embargo, es absolutamente natural, pensó el hombre llamado Castillo mientras la muchacha a su lado decía que detuvieran un momento el coche, que esa criatura era un ángel, y Barbieri aceleraba al compás de la música preguntándole si no se daba cuenta de que la noche se les estaba viniendo encima.

El coche dobló en el recodo y el camino se oscureció de pronto. Ya no había casas ni animales, sólo la barranca y, hacia el lado del río, los matorrales de garabatos. En algún lugar, debía estar la acacia. Con los faros apagados el coche iba soltando guitarras eléctricas y pájaros estrafalarios. La mujer movía la cabeza al compás con un vago gesto de ebria, la muchacha tenía los ojos muy abiertos. El hombre llamado Barbieri volvió a levantar el volumen de la radio.

—Yo me acuerdo de una encina —decía—. O de una acacia —hablaba casi a gritos, a causa de la música—. En seguida venía la bajada. No puede andar lejos. Vamos a salir de ésta, les juro.

—Qué —dijo la mujer.

—Que esta noche me emborracho y te hago reina, ¿cuánto hace que no bailamos?, y que por acá tiene que haber un nogal, o una encina. Un árbol grande. Y vos también te vas a emborrachar, y me voy a olvidar que estás gorda y vas a bailar descalza en el techo del auto, te acordás cuando me desfondaste el capot del Ford 49, ¿cuánto hace?, y eso que entonces eras una gurrumina peor que aquélla. Hoy, otra vez, te lo juro. Tiene que estar por acá nomás. Dios mío, si era un árbol copudo. Un lindo árbol.

Habían hecho más de cien metros, entre matorrales tan idénticos y tupidos como una pared.

—Ya está bien —dijo el hombre llamado Castillo—. Tratá de encender las luces.

Pensó que las luces no iban a encenderse. Pensó que, desde hacía un buen rato, el otro venía pensando lo mismo.

El auto frenó en seco y Barbieri apagó la radio.

—Sí, va a ser lo mejor. Pero esperá un poco.

El hombre llamado Castillo sintió que la muchacha se apretaba contra su brazo. Todavía pudo ver su perfil, las hilachas de ceniza de su pelo. En el silencio oyó, como si fuera un recuerdo y no un sonido, el remoto murmullo del agua.

—Qué pasa —dijo la mujer.

El hombre llamado Barbieri le pasó suavemente el brazo por el cuello y le hizo apoyar la cabeza en su hombro.

—Nada —dijo—. Las cosas han cambiado un poco en todo este tiempo.

El camino terminaba abruptamente, algo más allá, vedado como por un cerco de penumbra. El jardín, sintió el hombre llamado Castillo, allí estaba el jardín, el corazón dulce de los hinojos y, en alguna parte, el atajo, la otra calle que subía, nadie sabe cómo, hacia las viejas veredas del pueblo, las altas veredas de tierra resplandecientes de estrellas.

El hombre llamado Barbieri bruscamente encendió los faros. Delante de ellos, cerrándoles el paso, había un grupo de hombres silenciosos, inexpresivos e inmóviles. Cuando las luces volvieron a apagarse y sólo se oyó en la noche el rumor del agua, el hombre llamado Castillo apretó suavemente la mano de la muchacha.

IV

... en los repliegues de cuyo corazón hay un laúd.

EDGAR POE

a Félix Grande,
a Egle

Noche para el negro Griffiths

De él, de Griffiths, he sabido que todavía en 1969 tocaba la trompeta por cantinas cada vez más mugrientas de Barracas o el Dock, acompañado ahora (naturalmente) por algún pianista polaco, húngaro o checo —uno de esos pianistas bien convencionales, a los que no cuesta mucho imaginarlos cuando el último cliente se ha marchado y los mozos apilan las sillas sobre las mesas, tocando abstraídos, solos y como fuera del mundo, notas de una mazurca, un aire de Brahms o una frase del *Moldava*: con una botella de vino sobre el piano y una multitud de porquerías imperdonables sobre la conciencia—, algún viejo pianista tan fracasado y canalla como él, como Israfel Sebastian Griffiths, y acaso tan capaz de un minuto de grandeza.

La trompeta, dije. No sé, realmente. Jamás he diferenciado bien esas cosas. Puede que Griffiths tocara la trompeta, o hasta el clarinete. Nunca el saxo. Elijo la trompeta porque me gusta la palabra: su sonido. Tiene forma, diría él; se la ve, saltando hacia arriba, dorada, ¿me comprende?, como una nota limpia en la que uno siente que alcanzó lo suyo, que se tocó el nombre. O a lo mejor sólo decía: que está en lo suyo. Porque Griffiths, claro, era un músico pésimo. O si he de ser honrado, era algo peor; era decididamente mediocre. Sólo que *lo sabía*, y esto (aparte de su nombre) era lo que asustaba en él, lo que a mí me asustaba viéndolo soplar su corneta bajo la luz del Vodka o del Akrópolis, invulnerable, consciente de sus límites como si fuera un genio. Esto y el ala del demonio. Las ráfagas. Ciertas rachas de felicidad y de locura como relámpagos de una música de efímeras o como el resplandor de un sueño donde silbaba Otro: dos, tres endiabladas notas de oro delirante que algunas noches parecían arrebatarlo en mitad de un chapoteo sobre cualquier temita de formidable mal gusto, desquiciarlo del piso, hacerlo saltar de los zapatos y del traje, salirse de él y remontarlo por las motas hasta los límites del círculo, con trompeta y todo, no sé bien qué círculo, pero yo lo sentía así, o como podría sentir de golpe todas las estrellas sobre mi cabeza al entrar una noche en mi departamento o al bajar a un sótano. Y, durante ese segundo, la trompeta del negro irrumpía triunfalmente en la otra zona, ahí donde el jazz y el tango y un *Stabat mater* comienzan a ser la música, a secas. A tener algo en común, a complicarlo todo.

No digo que estos desplazamientos le ocurriesen muy seguido, no. Ni siquiera me atrevo a asegurar que la noche del chico Baxter ese, noche en que el negro se identificó diez minutos con el ángel —se tocó el nombre—, nos pasara lo del sótano y las estrellas. Pero, vamos a ver. Ya que no hay más remedio que contar yo esta historia (no sé por qué digo que no hay más remedio, pero de cualquier modo no lo hay, Griffiths), quiero ser muy franco. El jazz no me gusta. Ni el *hot*, ni el otro. Griffiths lo sabía. Y también sabía, aunque sin entender la razón, que yo en el fondo lo despreciaba.

—No, negro —le decía yo—. No al menos por lo que vos imaginás, sino porque, aparte de tocar esta porquería, tocás como un mono. Francamente sos muy malo, negro.

Él, riéndose, decía que sí. Y era cierto.

—Ves —le decía yo—, por eso. Sos propiamente lo que se dice un negro piojoso. Y por eso te desprecio.

Creo que la misma noche en que nos conocimos se lo dije.

—Sí —reflexionó Griffiths—. Pero hay que saber darse su lugar. Cada cosa en su sitio, ¿no? El mundo es como círculos, sabe.

—*Dixit* —dije—. Dale, Nietzsche.

Me miró. Le expliqué, como pude, la Doctrina de los Ciclos. Él se divertía.

—Ése estaba loco. No. Lo que yo digo es otra cosa. Círculos así, planos —y hacía dibujos con el dedo, sobre la mesa—. Cada uno está en el suyo. O mejor: como si Dios nos hubiera dado a cada uno un círculo a llenar. A mí, con esto —y levantó la trompeta—. A usted, con lo que sea —se interrumpió—. De qué trabaja usted.

—De nada. Yo miro.

Se rio, los dientes blancos.

—No se puede llenar con nada. Eso es lo que yo digo.

Y cosas como ésta eran las que me daban miedo: las que me hicieron seguirlo al Akrópolis.

Lo conocí en el Vodka. Una boîte con zíngaros apócrifos, whisky apócrifo y una rubiecita auténtica de ojos húmedos, que no bien se enteró de mi oficio miró hacia un fornido ruso que debía de ser el encargado de patearme al medio de la calle, y amagó levantarse de la mesa. Le expliqué que no, que gracias a Dios no era periodista ni estaba preparando ninguna nota sobre alcaloides, *prostitución*, o ministros degenerados, sino que hacía cuentos, libros: en una palabra, que era una especie de Poeta. Lo que no podía explicarle (lo que aún hoy no consigo explicarme a mí mismo) es qué manía ambulatoria, Fuerza Misteriosa o fantasma de tranvía 20 me arrastró esa noche a la zona del Riachuelo, ni por qué estuve un rato largo acechando la luna en tan ambiguas y podridas aguas, ni cuando reconocí, de golpe, mi propia cara en un espejo del Vodka. La rubiecita de los ojos me miró con desconfianza. Después sonrió, como un gatito se acerca a un ruiseñor. Y de inmediato, con la excusa de querer acostarse conmigo, comenzó a contarme su vida. Embelleciéndola, lista para la imprenta. Y al tercer whisky yo le creía todo y me sentía Léon Bloy dispuesto a sacarla del arroyo para siempre. Cuando oí la trompeta, y miré. O primero miré. Y lo que me impresionó fue la actitud del negro: algo bello (absoluto) en su manera de pararse. No sé. Algo parecido a lo que puede quizá sentirse viendo a un torero bien plantado o a un boxeador intachable. Lo que se llama clásico, el estilo apolíneo. Y exactamente la misma decepción, cuando escuché la trompeta, que al ver cómo el toro lo engancha a nuestro hombre por la culera del pantalón y lo volea a los tendidos, o al boxeador lo despatarran de un áperca a medio segundo del saludo. Le calculé cuarenta y cinco años. Aunque con los negros nunca se sabe, y menos con esa luz. Quizá, unos más. Pregunté quién es. Mi rubiecita de ojos lluviosos dijo: Israfel. Caramba, pensé yo, o lo dije, con una ironía tan fuera de sitio como incomprensible para la muchacha. Caramba con el arcángel de la música: lo han de haber pateado del cielo cuando la rebelión, tan negro lo veo. Y me reí, nerviosamente.

El adverbio no es literatura, no. Hay ciertos seres, cierto tipo humano, diría, que tienen la virtud de irritarme, de hacer que pierda el sentido de las proporciones, de los valores. Me llevaría años explicarlo, pero en resumen es esto: los miro y los remiro y me encuentro pensando pero por qué, por qué *ellos no*. Qué les falta. Y cómo hago yo para descubrirlo. En el caso de Griffiths, por qué él, pongamos, no era Louis Armstrong. Pues lo fascinante (ya sé, debí escribir lo espantoso) es que semejante pregunta supone que no existe *ninguna* razón que la haga ridícula. Ya que uno no puede preguntarse sin fangosidad cuál es la razón de que esa lisiada no sea Galina Ulánova, o aquel mongoloide Einstein. ¿Entendés?, le pregunté a mi rubiecita. Y ella respondió que sí, moviendo la cabeza de un modo tan triste que, por un momento, me dio frío que ella entendiese realmente y que yo me hubiera pasado más de treinta años metido en un frasco de formol mirando, como desde un acuario, ondularse a los hermosos e insondables seres humanos. Lo que pasa es el whisky, reflexioné; eso es lo que pasa. Y pedí una vodka y le pedí que me presentara a Griffiths.

Y el negro y yo hablamos esa madrugada. Y muchas otras, durante meses. Me enteré de que era norteamericano y que había tocado una noche con Bix, así dijo simplemente: Bix. Me habló de Bolden, al que no conoció pero al que nombraba como nosotros a Gardel, abriendo la palma de las manos hacia afuera como para contener a una turba de ruidosos herejes, Buddy Bolden, de quien sabía que su trompeta se escuchaba a diez millas. Yo le decía que rebajara unos metros, y él, mirándome con una sonrisa como de fatiga o de tristeza, decía no, créame que no le miento. Usted no se imagina lo que es New Orleans. Es una ciudad con acústica: toda la ciudad. Rodeada de agua y de niebla sonora, se lo juro. No es imposible que una trompeta, quiero decir, una trompeta como aquélla, se escuche a diez millas, y aún más lejos. La música caía sobre uno desde cualquier parte por las noches. Éramos chicos y corríamos buscando la música, que siempre sonaba en otro sitio. Y el negro Griffiths se me perdía hablando, a tal punto que muchas veces continuaba en inglés, para él solo, y yo me encontraba sintiendo que no se tiene derecho a tocar tan mal con esa mirada que tenía. De modo que yo buscaba en la oscuridad la mano de Cecilia, la rubiecita del Vodka, con la que también caminábamos por las calles de Barracas en aquellas noches de mi amistad (o lo que fuera) con el negro miserable aquel, fracasado y absolutamente indigno de lástima. Negro de mierda, pensaba yo. Y pensaba qué estoy haciendo con estos dos personajes de sainete, jugando a hermano del negro y, de paso, acostándome con su mujer, con Cecilia. Qué me importaba a mí el jazz, por otra parte. Griffiths lo sabía; yo me encargaba de decírselo. Sin entrar a juzgar rarezas *cool* o jazz frío, o como se llame, ideadas por tocadores de tuba con delirio que se sienten Darius Milhaud como nuestros acordeonistas Bartók, durante tres minutos por baile, el jazz me parecía, en términos generales, música digna de una civilización como la nuestra: bárbara, de piel blanca, que ha encontrado una buena excusa para contonearse, fornicar, sudar como caballos y dar gritos, sin dejar por ello de sentirse superior a la raza salvaje que le deparó semejante distracción. Y sospechaba que así como los judíos medievales utilizaron el comercio para sobrevivir a nuestra hostil brutalidad, los negros, a través de su música (que también hemos corrompido) se dan el enorme gustazo de vernos pegar saltos, visitar la selva con nuestras pálidas mujeres y aullar, en cuatro patas, a la luz sangrienta de la misma luna que alumbró los buenos tiempos del hacha de sílex y los cantos alrededor de la fogata. Usted es un tipo raro, me decía Griffiths cuando yo le comentaba sonriendo éstas o parecidas cosas: usted me desprecia, ¿no es cierto?

Yo volvía a explicarle que tocaba como un mono y él se reía.

—Ni música sé: leer música, digo. En serio.

Irónico, lo dijo.

Y yo recordé alguna de sus conversaciones bilingües, una pregunta que me había hecho cualquier noche por Barracas o en esta mesa del Akrópolis donde estábamos ahora. ¿Sabe por qué Bolden y Bunk Johnson y su gente fueron la primera orquesta de jazz? Porque ninguno de los músicos leía música. Escríbalo: el jazz es otra cosa, no un papel pentagramado. Volví a insistir en que no era periodista y pensé sí, *otra cosa*. Y me dieron ganas de partirle una silla en la cabeza. Otra cosa, él lo sabe. Y lo mismo toca como un mono. (Otra cosa, el jazz. Un canuto con un papel de seda dentro del viejo clarinete de Alphonse Picou, la Calle del Canal y en algún lugar llamado el distrito de Storyville, o simplemente el Distrito, innumerables faroles rojos: dos mil prostitutas oficiales y diez mil clandestinas, inmortales negras riendo y cantando y copulando durante semanas enteras. Antes, cuando todo se hacía cantando. Se moría cantando. Seis nomás: un clarinete, un banjo, una batería y un trombón. Y una trompeta, la del director, naturalmente. Y al cementerio. A veces, un pianista. Nunca un saxo, para qué. En fila por la calle del cementerio, tocando detrás del ataúd y con el piano sobre un carro, porque allá a uno lo enterraban como había vivido, entre la música. ¿Fue jugador?, ¿rio mucho, ¿disfrutó de buena cerveza y grandes mujeres antes de que la policía lo matara en la calle Saint James? ¡Que en paz descanse, compañero! Y se swingaba hasta reventar las trompetas, y el alma. Y era la música más *hot* que nadie haya escuchado en su vida. Otra cosa el jazz. Bandas de blancos con su rey blanco por la Calle del Canal, y nosotros soplando a muerte por la calle Basin con nuestro rey zulú ataviado de plumas y de paja. Y Bolden. Sobre todo y siempre Bolden. Bolden que una noche, metiendo la trompeta por un agujero de la empalizada del Lincoln Park le robó todo su público a Robichaux, tocando de rodillas como si rezara, hasta vaciar el Lincoln Park y llevándose luego la gente por detrás, él tocando y la gente detrás, por el medio de la calle. En New Orleans.)

Otra cosa, el jazz.

—Y en el 17 —canturreé yo, en el Akrópolis— un edicto del gobierno prohibió los faroles colorados, asesinó la música, la Marina clausuró los quilombos y se expulsó a todas las prostitutas del Distrito. Ya lo sé, Heródoto —pero estaba visto que ya no iba a poder callarme—. Y allá se fueron las gordas hetairas de color, miles de negras locas rumbo a la eternidad por la Calle del Canal. Y siguiéndolas entre la muchedumbre, la más vasta y límpida orquesta *hot* sublunar: todas las bandas de jazz de New Orleans. Meta música. Me lo contaste treinta y ocho veces, en distintos idiomas. Todo New Orleans, despidiendo a sus luciérnagas, jubilosamente doblando a muerto por la Inocencia Perdida. ¡Música para esas ancas pecadoras bajo la indulgente mirada de Dios!, ¡música para esas tetas torrenciales! Música de una felicidad tan grande como para llorar cien años. Todo New Orleans de cortejo, detrás de sus prostitutas —me interrumpí, de un trago me tomé hasta el hielo del whisky—. Mierda —dije—. Y *Los expulsados de Poker Flat*, de Bret Harte, después de oírte a vos, vienen a ser el corso vecinal de Villa Catriel. Palabra.

Le hice una seña al mozo.

—Era una marcha fúnebre, pero alegre —dijo Griffiths—. Y no todas eran negras, no todas las muchachas.

—Un whisky, mozo —dije yo.

—No todas, no —dijo Griffiths.

—Natural —dije yo.

—Quién es Bret Harte —dijo Griffiths.

—Un compatriota tuyo, sólo que más muerto. Y más pálido.

—Entonces no haría jazz —dijo Griffiths pero ya hablaba en otro sitio, como desde otro sitio, y no todas las muchachas eran negras, algunas tenían tipo español y otras eran criollas y otras blancas, sin lágrimas en la cara y con diamantes en el pelo, como nueces. Yéndose no por la Calle del Canal, no por la calle blanca, sino por las calles Basin, Franklin, Iberville, Bienville y Saint Louis, entre la música—. *Tarará tá* —dijo Griffiths.

Sentí como un aletazo en la nuca. Me dio miedo.

—Qué es eso —pregunté.

—Qué cosa —me miraba como perdido.

—Eso. Lo que tarareabas.

—Lo que usted dice: la Gran Marcha.

—De qué hablás.

—Un tema, mío. El pedazo de un tema que no sé, pero que es así.

—Tuyo. Y no lo sabés.

—Claro. La música está desde antes que uno, desde siempre. No se hace más que encontrarla —después siguió hablando, como quien canta un salmo—. Y las muchachas pusieron sus ropas de colores sobre los carritos. Y no hubo más luces rojas en Storyville. Y se tocó para ellas, en New Orleans. Se imagina.

Yo me imaginé.

—Con la trompeta —dije secamente—. Contalo con la trompeta.

Me miró como si se despertara. O yo lo miré a él, como si me despertara. Y caí sentado en el Akrópolis. Cecilia, en una mesa no muy lejana, emborrachaba a algún imbécil que seguramente le tocaba la pierna con la rodilla. A nuestro lado, una pareja se besaba como si alguno de los dos fuera a morir al rato.

—Te das cuenta —dije—. Te das cuenta de que, encima, interpretás para este selecto auditorio de fabricantes de chacinados. Y putitas —agregué.

Me miraba.

—Quiero decir que ni soplar fuerte podés.

—Nunca soplé fuerte. Por eso toco *cool*. No me gusta, pero es más música. Escuche eso —dijo, y le brillaban otra vez los ojos: bajo los *spots*, Paul, el pianista, cambió de tiempo e hizo piruetear el tema, del blues, a *La catedral sumergida*, como si hubiera visto a Debussy entrar por la puerta del Akrópolis—. ¿Se da cuenta que eso es hermoso? Oiga el clarinete ahora.

Y hasta yo me di cuenta de que eso como un angelito de Botticelli soplando en el Olimpo la corneta de Marte era un saxo.

El negro Griffiths se dio vuelta. Un muchacho rubio, el Baxter saxofonista ese que ahora toca en el Akrópolis, improvisaba, elocuentemente, sobre el tema de *Love*. Paul le guiñó un ojo a Griffiths. Cecilia miró hacia nuestra mesa.

Griffiths dijo:

—Y es así. Y a mí me pagan y toco.

—Ese rubiecito toca bien —dije con frialdad—. Sabe lo que quiere y a vos, Cristobal Rilke, eso no te gusta nada.

No me preguntó quién era Cristobal Rilke.

—Son de otra camada —dijo al rato—. Jóvenes. Ha de ser un amigo de Paul, a veces prueba a alguno.

—Pero el conjunto lo dirigís vos.

—Sí. El conjunto sí.

Y yo no le pregunté qué era lo que no dirigía.

Baxter, disfrazado de Alban Berg en momentos de rendirle un homenaje a Haydn, compuso suavemente un raro collage con el blues de Paul, quien, acompasándose con los ojos, parecía dopado con miel barbitúrica. Aquello estaba bastante bien, realmente. De modo que aseguré que era lo más hermoso que había escuchado en el Akrópolis, o en mi vida. Cuando acabó el solo, aplaudí un poco intempestivamente. Luego aplaudió todo el Akrópolis. El pianista hizo un poco de *La consagración de la primavera* mechado con ragtime, y yo juré que era la apoteosis. Con otro guiño, Paul invitó al negro a que se metiera. Acá va a correr sangre, pensé. Cecilia miraba, es decir, me miraba a mí: como pidiéndome algo. Como diciendo no. Yo me limité a sacar el labio inferior hacia afuera y señalé con la cabeza a Baxter, como quien dice bárbaro ese chico, y vi venir la orquesta por la Calle del Canal. Los blancos con su rey, había dicho Griffiths, y nosotros (quiso decir los de antes, o simplemente los negros), nosotros, soplando a muerte por la calle Basin, con nuestro rey zulú ataviado de plumas, al encuentro de los blancos.

Griffiths se levantó y fue hacia la tarima.

Habló unas palabras al oído de Paul, que dijo sí con la cabeza.

Cecilia estaba a mi lado, me pareció que iba a escupirme o algo en ese estilo. La tomé del brazo y la hice sentar. Griffiths volvió. No saqué la mano de sobre el brazo de Cecilia.

—Vamos, si quieren —dijo el negro.

—Cómo *vamos* —pregunté.

—Sí —dijo el negro—. Me duele el pecho. Lo autoricé a Paul a que se arregle con el chico, por hoy. Se entienden bien.

Que le dolía el pecho era cierto. Cecilia misma me lo dijo esa noche, o cualquier otra, en mi departamento.

—Además —dijo Cecilia— se está poniendo viejo.

—Debe de hacer treinta años que se está poniendo viejo. Para qué lo justificás. Fuera de que no es el momento más oportuno —agregué, sacándome los pantalones—. Ustedes las mujeres tienen cada cosa. Lo que me indigna es que no se haya animado a echarlo, eso es lo que me indigna. Porque ¿querés que te diga lo que va a pasar? Correte. Va a pasar que ese cabrón, el rubio exótico ese. Cómo se llama.

Y descubrí con inquietud que yo estaba empezando a ponerme del lado del negro, a tocar con la banda que venía por la calle Basin, porque cuando me olvido del nombre de alguien es mala señal.

—Baxter —dijo Cecilia.

—Ése. Va a pasar que entre él y Paul se van a quedar con el conjunto. ¿O no viste? ¿O no viste de qué modo se entienden? Tilín tilín tu tuaaa, schfffss pum tummpt, bu bip. Si hasta el cornudo de la batería parece Santa Teresa, en éxtasis.

Cecilia apoyó el codo en la almohada. Con los ojos enrejados detrás de los dedos, me espiaba, divertida.

—Qué te pasa —preguntó.

—Mirá, dejame dormir —dije.

—¿Y para eso me trajiste? —rara la voz de Cecilia, incrédula a la altura de mi nariz. Contenta.

La miré y vi un lindo otoño. Vi un lento remolino de hojas de oro al final de una calle mojada por la lluvia, es increíble cómo me gustaban los ojos de Cecilia.

Apagué el velador y me di vuelta.

—Te traje —murmuré— porque a veces me da una especie de asco imaginarte, dando tus grititos, galopada por ese etíope. Por eso te traje. Y ahora llorá que te queda lindo, Desdémona.

Cerré los ojos con fuerza. Cuando desperté era de mañana, Cecilia, de espaldas a mi lado, miraba el cielo raso con párpados de estatua. Después pronunció mi nombre, con lentitud; reflexionando. O como si lo clavara. Qué, dije yo. Pero ella naturalmente no agregó una palabra. Se vistió y había sol. Y aunque esa misma noche y muchas otras volví a verla, y a acostarme con ella, mi último recuerdo de Cecilia es ése. Ella mirando fijamente el aire y su voz inexorable y neutra. Y lo que no vi. Cecilia parada ahí, con la cartera marrón colgada del brazo y su mirada lluviosa, mirándome con lástima la nuca desde esa puerta. Estás conforme ahora, le pregunté esa noche en el Akrópolis; antes le había explicado, a grandes rasgos, que lo que sucede es que a veces tengo arranques. Pero ella había vuelto a ser la rubiecita del Vodka, sonreía con perplejidad y no era necesario explicar nada.

Y así, durante todo el mes siguiente, el panorama general fue el mismo. Salvo los rubios, una noche. Y los negros. Porque la última noche, el Akrópolis parecía la Guerra de Secesión. Cuando me acostumbré a la rojiza ambigüedad de la boîte, vi hasta media docena de negros entre los muchos borrachos desconocidos, rubios, que llenaban las mesas generalmente vacías del Akrópolis. Salvo esto y salvo Baxter, todo igual. Baxter, cada día más brillante. Sobre todo esa noche. Su saxo, agresivo, modulando una matemática cenagosa, lasciva y eficaz.

—Echalo —le propuse a Griffiths.

Baxter acabó *Take Five* y cruzó hacia el bar. Yo aplaudí como un energúmeno. Griffiths me interrogaba con la mirada, entre el ruido de los aplausos y algunas aprobaciones en inglés, que, súbitamente, me explicaron la cantidad de borrachos raros que deambulaban esa noche por Barracas. Un barco norteamericano: su tripulación. *Deus ex machina*, murmuré maravillado, dejando de aplaudir.

—¿Cómo?

—Que lo echés.

Griffiths me miró como si yo hubiese dicho algo muy extraordinario. Riéndose, sacudía la cabeza. Yo dije que, de todos modos, alguna cosa íbamos a tener que hacer, porque hasta los mozos empezaban a darse cuenta. Y él, inconscientemente, miró hacia el bar.

—De qué —preguntó.

Cecilia, en el bar, hablaba con Baxter.

Me reí.

—No, Salieri. Qué les puede importar eso a los mozos, ni a nadie. Lo que medio mundo se palpita, en cambio, es que no sólo por ese lado te hacés el distraído. —Encendí un cigarrillo, el negro había dejado de sonreír. —Lo que ya notó hasta mi tía es que el rubiecito y vos *nunca* tocan juntos.

—Quién es Salieri —preguntó él, mecánicamente.

De pronto sentí que ya estaba comenzando a hartarme. Un amigo de Mozart, murmuré sin muchas ganas. Y de pronto me encontré diciéndole que haber nacido en New Orleans, y tocar tan mal, venía a ser más o menos como si a un organista le regalan la Catedral de Viena y él se pone a tirarle de la piola a la campana. E indignado de estar indignándome traté aún de sonreír con cinismo, mientras le decía que, encima, se llamaba Sebastian con acento en la primera a, como Bach. Por no hablar del otro nombre, que ya era directamente una locura, un chiste secreto de Dios. Y si no se daba cuenta de qué era lo que estaba pasando, no en el bar. Acá, adentro. En el Akrópolis o en Buenos Aires. O en el mundo. Y me planté la mano abierta a la altura de la solapa. O vaya a saber adentro de dónde carajo. Si era un árbol de Navidad o qué. Un árbol de Navidad, grité: si tenía las bolas de adorno. O por lo menos si no sabía qué fecha era hoy, y si para eso me había hecho gastar una semana de mi vida en la Biblioteca Lincoln y en la Embajada de su roñoso país, y pagar un diario podrido como si fuera la edición príncipe del *Arcana Cœlestia*. Me levanté.

Nos miraban.

—Qué es lo que quiere —preguntó Griffiths a media voz.

—Ser negro. No mucho rato, eso sí. Lo que dura una escupida. Cosa de no tener después ningún cargo de conciencia. Y decile a Cecilia que me haga anotar la consumición —dije, y me fui.

Cuando estaba recogiendo el sobretodo, alguien me tomó del brazo. Pero no era Griffiths, era Cecilia.

—Te vas —dijo.

Me sentí inmensamente cansado.

—Tomá —le dije—. Dáselo.

Ella me miró; después miró el periódico, viejísimo, y volvió a mirarme como si yo estuviera al borde de un ataque de epilepsia. Un periódico en inglés, de 1917: hoy cumplía exactamente medio siglo. Cuatro grandes páginas del color de la arena, del día en que las prostitutas fueron expulsadas del Distrito y todas las orquestas de jazz de New Orleans, siguiendo sus carritos, improvisaron un blues que era una celebración de la vida y era una marcha fúnebre.

—Ahí tiene hasta el edicto original. Y la protesta.

Amarillenta la protesta, ajada, aduciendo las muchachas que si la prostitución era un mal, era, al menos, un mal decente. Y nuestro trabajo, Señor. Y también mucha alegría honrada a la hora de cantar y reír.

Fui hasta la puerta y me volví. Ella, con el periódico en la mano, tenía la misma cara de imbécil de siempre. Le quité el periódico de un manotón. Se oyó el saxo de Baxter.

—Mejor decile —y absurdamente agité el periódico mostrándoselo de lejos, roto como estaba, porque al quitárselo se rompió de viejo que era, o yo lo rompí adrede—. O mejor no le digas nada. Qué van a entender las mujeres.

Cecilia se adelantó un paso, con ese gesto que ponen cuando imaginan que el mundo necesita maternal ayuda. Después se quedó ahí, quieta, sin animarse a terminar el gesto. El piano. Un redoble. El piano. El saxo: su jadeo impuro. El saxo a goterones, dibujando pesadas flores sobre las paredes.

Yo me había quedado mirando con estupidez el diario.

—Mirá. Ve qué porquería cómo está —me oí decir y levanté la vista. Pero Cecilia se había puesto a mirar el suelo, rápidamente. O apretó los ojos como si le hubieran pisado un pie, o quisiera borrarme, borrarse ella de ahí adelante. Ahora improvisaba el cornudo de la batería.

Fango con mermelada, pensé. Y me reí solo: eso era de Thomas Mann, de *La Montaña Mágica*. Una tos como fango con mermelada.

Salí a la calle.

El aire frío de la noche casi me voltea. El diario lo tiré al charco ese que se forma junto al cordón de la vereda. Me sentí contento, libre: otro.

Entonces, cuando cruzaba, *escuché* la trompeta.

Hear me talkin' to ya.

Un hilo de metal agudísimo y dorado traspasándome la nuca. O la espada incandescente de un ángel que era al mismo tiempo una palabra y un color. Irrumpió en la melodía y la clavó, como un alfiler de oro a una mariposa. Duró un segundo. Y se apagó, súbita. Pero no como se apaga un sonido; sino dejando un hueco, como desaparece un objeto. En el espacio vacío se oyó el piano, monocorde, y el susurro perplejo de los platos de bronce de la batería, su tamborileo livianísimo, como de lluvia sobre un papel de seda. Y de inmediato, soltándose, saltando hacia adelante como una espiral a la que se le corta el sostén que la mantuvo envuelta sobre sí misma, el hilo de metal de la trompeta, o la palabra dorada, de punta, perforando otra vez la melodía y haciéndola estallar como un globo. Los tres llamados siguientes sonaron, nítidos, en el borde mismo de aquello que decía Griffiths cuando hablaba de círculos. *Hear me talkin' to ya*, decía, un círculo tocándose con otro y con otro y con otro, todos de distintos tamaños, de tal modo que casi no existen espacios entre círculo y círculo, porque siempre se puede dibujar uno más pequeño y a cada cual le ha sido destinado el suyo. Tal vez es fácil llegar al borde, y saltar de allí, pero quién vuelve. Escúcheme lo que le digo: ellos sí vuelven, y no siempre. Bolden saltó del suyo y acabó en el manicomio; andaba por las calles, hablando de muchachas. Muchas veces saltó, y también Bix, y contaban cosas de allá con la trompeta. Y si pudiera decir la Marcha, mostrarle a Paul cómo se encendieron por última vez los faroles rojos y obligarlo a seguirme por la calle funeral de New Orleans, yo también contaría cosas. Y Griffiths, en Barracas, buscó afanosamente el agujero de la empalizada por donde meter su corneta. Me reí solo en medio de la calle cuando Albertina Mac Kay, gran puta deslumbrante, riéndose también, blandió su revólver ante las narices de Lee Collins, su formidable calibre 38 especial cargado con balas dumdum. Todos aplaudieron en el Akrópolis. El piano, resistiéndose, intentaba mantener la cordura en un duro tempo cuatro por cinco, que no dejaba mover la trompeta de Griffiths, pero ya lo íbamos sacando de allí, y el primer ladrillazo de Daisy Parker, rebotando en un techo, anunció a medio Distrito que por ahí andaba su amante, Louis Armstrong, a quien recibió con una granizada de cascotes no bien asomó su redonda nariz por la esquina. Como todas las noches, nada menos que a Armstrong y a ladrillazos: eso es la otra cosa que yo le decía. Y la trompeta se agazapó, como para tomar impulso, dio tres toques idénticos a los del principio y, en el hueco, sólo quedó el piano, su tecleo empecinado y maquinal. Paul seguía del lado de Baxter. Me apoyé en una tapia, en Barracas: a esperar. Y en la mitad de un coro, una especie de *flash*, súbito, como en los tiempos en que hasta las baterías se afinaban, un redoble de pepitas de oro sobre los platillos quebrando el tiempo de Paul, abriendo una fisura por la que entraron juntos batería y trompeta entre una de aplausos y gritos e hilos dorados a fuego y patadas sobre el piso que hicieron asomar a sus ventanas a todas las muchachas del Distrito. Y un farol, rojo. Pero el saxo, entrando solapadamente detrás del piano, me hizo el efecto de una mano helada en el cuello, repitió con frialdad el tema de la trompeta y envolviéndose alrededor de la última nota de Griffiths tejió, provocativamente, un contrapunto que rescató al piano del incontrolado límite en que ahora se desbordaba la corneta del negro. Después, no sé. Me acuerdo de esferas encendiéndose y de palabras que no se pueden pronunciar con mis palabras, porque en algún momento, ya en el linde del último círculo que le estaba permitido, manoteando detrás de la húmeda malla con que el saxo envolvía las duras marcaciones del piano, reapareció, dorado y seco, el llamado de la trompeta. Y otra luz, roja. Y me pegué un puñetazo en la palma de la mano como quien piensa chupate esa mandarina o yo sabía que Dios no puede ser tan hijo de perra. Por más que el chico Baxter, su saxo, nos estuviera demostrando a Griffiths y a mí lo que, de cualquier modo, uno también ya sabía: que el negro no era ni la mitad de músico que Baxter; que, a partir de esa noche, Griffiths no volvería nunca más al Akrópolis. Y recordé los ojos de Cecilia una madrugada, su gesto de querer escupirme. Pero la trompeta del negro, ya al borde de su último círculo, describió una pirueta, se apoyó un segundo en el saxo y, aceptando el desafío, irrumpió en otras altas esferas de las que ya no se vuelve, improvisando una especie de fuga que me hizo abrir grandes los ojos en la noche atónita. Y me reí entre dientes. Y vi una catedral que era a la vez una respuesta y un conventillo, porque a quién se le puede ocurrir preguntarse qué está viendo. Cómo qué está viendo, amigo: la casa entre la niebla donde nació Bunk Johnson, taratá, Bunk Johnson que perdió los dientes, de viejo, y se quería matar dándose la cara contra las paredes, porque nadie en el mundo, sabe, nadie en el mundo puede soplar una trompeta sin dientes. Mi reino, o el de Dios Padre, por una dentadura, que del resto me encargo yo, de venir como antes por la calle Basin, soplando contra el mundo, tocando a muerte, parecidos a monos saltando entre los tachos de basura donde un chico que se llamará Israfel buscó algo para comer alguna noche y encontró su primera corneta, la de tocar una sola vez en la vida, y hoy se ha puesto a soplarla, hasta que amanezca, hasta que los angelitos de Botticelli, dándose palmadas en sus barrigas, caigan sobre Barracas desde un rajo del cielo. Esto era la otra cosa que yo le decía. Y el piano, por fin, dio tres acordes súbitos, a dos manos, y cambió de rumbo y se derrumbó por la bajada del puerto, ganado por el cuatro por cuatro y detrás de Griffiths. Y Griffiths, en Barracas, se arrodilló como quien habla con Dios y metió su trompeta por un agujero de la empalizada. Y la música y él cayeron del otro lado, en New Orleans. Y se encendieron todos los faroles rojos de las puertas de las muchachas. Y algunas tenían tipo español. Y otras eran criollas. Y otras blancas. Negras o blancas, pero todas con apostura de princesas en momentos de entrar en la Ópera, todas enamoradas de los trompetistas. Con diamantes en el pelo, como nueces. Y ellas habían puesto sus ropas de colores sobre los carritos y marchaban lentamente, mirando hacia adelante, por la calle Basin. Detrás quedaban todas las luces encendidas. Pero ninguna dio vuelta la cabeza. Y todas las orquestas de jazz de New Orleans, siguiendo sus carritos, tocaban para ellas.

Posfacio

En 1972 se publicó en Chile una colección más o menos completa de mis cuentos. Incluí en ese volumen algunas piezas inéditas de este libro, y cedí finalmente a una idea que me persigue desde la adolescencia: ordenar mis cuentos bajo un título único. De ahí, *Los mundos reales*. Hace años vengo sintiendo que, realistas o fantásticos, mis cuentos pertenecen a un solo libro. Y la literatura, a un solo y entrecruzado universo, el real, hecho de muchos mundos. Vasta y diversa región de la que no son ajenos la reflexión sobre el destino del hombre, el puro amor por la palabra y sus esplendores, o el testimonio político; país cuyos límites naturales van mucho más allá de las tierras de la locura y el sueño. *Las otras puertas* (1961), *Cuentos crueles* (1966), son y no son libros autónomos. Son, en rigor, etapas o momentos de un ciclo de historias cuya última página todavía no he escrito. O al menos, espero no haber escrito. *Las panteras y el templo* es apenas otra puerta de ese libro, *Los mundos reales*, único libro de cuentos que comencé a inventar antes de los 18 años, que crece y se modifica conmigo, y en el que encarnizadamente trabajaré toda mi vida. No se trata de un mero simulacro de orden, o de que a los cuarenta años me empiece a sentir más o menos póstumo. Así como hay poetas que han escrito una sola obra (pienso en *Hojas de hierba*, de Whitman; en *Las flores del mal*, de Baudelaire) yo siempre quise ser autor de un solo libro de cuentos. Compruebo que ya no van quedando escritores ascéticos, que se escribe de más y se publica demasiado: me basta entrar en una librería o leer el catálogo de una casa editora para alarmarme ante el porvenir de la literatura contemporánea; reducir a uno los libros de cuentos que escriba tiene (por lo menos en un sentido numeral, y para mi sola paz interior) la ventaja de achicar un poco mi colaboración con el olvido.

Suele reprochárseme que publique poco. También se me reprocha que corrija demasiado, que las reediciones de mis dramas y mis relatos nunca coincidan con la anterior, que desaparezcan párrafos y hasta historias enteras de mis libros. Nadie habló mejor que

Valéry de esta manía de alargar hasta el vértigo la composición de los textos literarios, de esa orfebrería *"de mantenerlos entre el ser y el no ser, suspendidos ante el deseo durante años, de cultivar la duda, el escrúpulo y los arrepentimientos, de tal modo que una obra, siempre reexaminada y refundida, adquiera poco a poco la importancia secreta de una empresa de reforma de uno mismo"*. Yo también creo que hay una *ética de la forma*, yo también creo que ningún escritor puede afirmar honradamente que una obra está terminada sino a lo sumo postergada, y que publicarla por cansancio (o por cansancio destruirla) es accidental. No estoy de acuerdo con el modo de producir de mi generación, incluso estuve por escribir de mi tiempo. Y quizá debí escribirlo. Ya no se publican libros; se publican libretas de apuntes. Se manda a imprimir la primera versión de un texto y se le llama contra-literatura, o novela abierta, o antipoema. No hablo de obras como *Ulises*, en las que el caos y la desesperación formal son justamente eso: desesperación de la forma. Hablo de quienes no se han puesto a pensar que para llegar al desorden y al vértigo del último Joyce hay que haber empezado por la transparencia de *Dublineses*; hay que haber llegado a no poder escribir de otro modo. La forma no es más que eso: el último límite de un artista, su imposibilidad de ir más lejos. Puede que algún lector se pregunte qué tiene que hacer esta declaración de principios estéticos en un libro de cuentos. Cierto; yo también me lo pregunto. Mi propósito era, en su origen, mucho menos espectacular. Sencillamente quería explicar lo que ya he dicho sobre *Los mundos reales* y develar algunos secretos privados. Por ejemplo, este libro se llama *Las panteras y el templo* por error. La frase de la que tomé el título es de Kafka *(Aforismos sobre el pecado)*, y, en las dos traducciones que poseo, no dice panteras sino leopardos. Ignoro si alguna vez leí otra versión, o si sencillamente mi memoria mezcló los nombres de dos animales que fundamentalmente son el mismo —ya que la pantera no es sino un leopardo negro—, pero sé que desde los veinte años no puedo dejar de imaginarme a esas nocturnas joyas de Dios bebiéndose el vino de los cántaros: no consigo ver leopardos. Soy incapaz, lo confieso, de renunciar a la palabra pantera: tenía diez años cuando leí *El libro de las Tierras Vírgenes*, de Kipling; nunca amé a otro animal de la realidad o la ficción como a Baghera, la pantera negra. Cambiar el título de mi libro por un mero escrúpulo textual me parece una infidelidad mucho mayor que citar mal a Kafka.

La cita de Gógol que abre el volumen no me pertenece. No quiero decir que le pertenece a Gógol, sino que la tomé de un libro de Félix Grande. "Noche para el negro Griffiths" puede leerse como una discusión o una deuda. La primera versión de mi cuento es de 1959, pero lo terminé mucho después de haber leído "El perseguidor". La tradición asegura que el plagio es la forma más sincera de la admiración: lo mismo vale para algunos desacuerdos. La trompeta, el *hot*, el barrio porteño de Barracas, opuestos al saxo, al *bebop*, al París de Cortázar, son polos de una velada discusión estética y momentos de mi deuda con un cuentista admirable[1]. "Crear una pequeña flor es trabajo de siglos", su título, es uno de los versículos de los *Proverbios del Infierno*, de Blake; en cuanto al relato en sí mismo, ningún lector argentino dejará de notar que la primera frase ("Soy un escritor fracasado") alude deliberadamente a uno de los cuentos más atroces de Roberto Arlt. Al escribir "Crear una pequeña flor...", no pretendí mejorar una historia que juzgo inmejorable, pero tampoco escribir la misma historia. Cuando leí "Escritor fracasado", tuve una intriga: ¿cómo se comportaba ese hombre *fuera* de la literatura?, ¿qué le pasaba, por ejemplo, con una mujer? La única manera de averiguarlo era escribir yo mismo el cuento. Más de un crítico ha confundido al personaje de Arlt con el hombre que lo inventó: no pierdo las esperanzas de que me pase lo mismo. No me importa. Por otra parte hablo allí explícitamente de mi generación y hasta de mí, sólo que digo despreciar más de una cosa que amo. De cualquier modo, hay malentendidos inevitables: siempre existirá un crítico convencido de que Tolstoi era un caballo llamado Midelienzo y Kafka el mono que redactó *Informe para una academia*.

Escribiendo aprendí por lo menos dos cosas. La elemental decencia de no negar mis fuentes, y otra, que pareciera ser su revés exacto: el no creer demasiado en la paternidad literaria de ciertos temas o ideas. El horror de mis cuentos no viene de Alemania, escribió Poe, viene de mi alma. Más o menos pienso lo mismo de la literatura en general. Explico las dos cosas de otro modo: a un escritor colombiano le pareció deslumbrante, en "Crear una pequeña flor...", la idea de que a la realidad le gusten las simetrías. Es deslumbrante, lo reconozco. Es de Borges.

1976

A.C.

[1] Intercalo estas líneas en 1993; no figuraban en el texto original. La nueva generación hoy quiere desembarazarse de Cortázar —de Marechal, de Borges—, y yo no tengo edad para sumarme a estos parricidios, que, por otra parte, nunca afectaron la buena salud de ningún padre.

El cruce del Aqueronte

El cruce del Aqueronte[1]

Se despertó de golpe, sin abrir los ojos, aterrado y cubierto de sudor. Era de mañana, lo supo por el tenue color polvo de ladrillo que filtraba la luz a través de sus párpados cerrados. El corazón le latía con grandes mazazos, al ritmo del mundo, que se bamboleaba y saltaba y caía como si estuviera a punto de partirse como un huevo. En realidad no era el mundo lo que parecía amenazado por un cataclismo (no al menos en un sentido inmediato), sólo que Esteban Espósito con los ojos apretados y rígido de miedo no tenía por ahora la menor intención de averiguarlo. Dios mío, pensó, si salgo de ésta. Porque lo que sí adivinaba sin mucho esfuerzo es que al llegar a este sitio, cualquiera fuese el sitio donde ahora se hallaba, debió de estar tan descomunalmente borracho como muy raras veces antes en su vida, lo que no es poco decir si tenemos en cuenta cuál había sido su manera habitual de soportar el mundo en los últimos cinco o seis años. Y aunque resulte curioso, esta comprobación lo llevó a pensar que, bien mirado, no existía ningún motivo para imaginarse en peligro. Excepto por la sed y los golpes como timbales de su corazón y la necesidad increíblemente nueva de tomarse un whisky, cosa que nunca le había ocurrido antes al despertar, excepto, pensó con algo vagamente parecido al humor, que esté en peligro de muerte, por colapso alcohólico. Pensamiento que dejó de causarle gracia al mismo tiempo que lo formuló y que tuvo la virtud de hacerle olvidar el whisky. No abrió los ojos. Hizo algo aparentemente menos lógico: cerró, con cautela, la boca. Nadie lo vería dormir con la boca abierta por más que, según todas las señales, ésta fuera la última mañana del mundo. Supo, con los ojos cerrados —lo supo mucho antes de comprender que aquello no era el mundo, sino un ómnibus expreso, ómnibus que Esteban había conseguido tomar de algún

[1] Publicado originalmente, como cuento, en el libro *El cruce del Aqueronte* (Editorial Galerna, 1982). Pertenece al capítulo 2 de la novela *El que tiene sed.*

modo y que ahora acababa de entrar en un desvío de tierra—, supo que era pleno día y que, dondequiera que estuviese o lo hubieran metido, podía haber testigos. Dormir con la boca abierta es una obscenidad, un signo de abandono, de abyección. Testigos o testigas. Porque, la verdad sea dicha, lo único que le importaba era que pudiera verlo una mujer. El ómnibus dio un nuevo bandazo, Esteban oyó por primera vez el zumbido del motor y tomó plena conciencia de que aquello era un ómnibus. Bueno, pensó calmado en parte, aunque sin dejar de sentir una especie de inquietud, parece que finalmente conseguí tomar el ómnibus. Se llevó, con disimulo, la mano a la frente empapada. La mano no tembló. Luego, sin abrir los ojos y con casual naturalidad de alto ejecutivo que viaja en ómnibus porque no ha conseguido pasaje en avión y tiene el coche descompuesto, se alisó el pelo: entonces sintió que le dolía terriblemente el parietal izquierdo. ¿Qué era? ¿Un golpe? O el lógico dolor de cabeza, primero de los castigos o agonías que siguen a eso que los libros llaman una noche de juerga, pero que él, Esteban Expósito, treinta y tres años, ex futuro maestro de su generación, había aceptado llamar finalmente con el más apropiado nombre de alcoholismo crónico, en un acto de coraje que un mes atrás lo había ennoblecido hasta la Bienaventuranza ante el espejo del baño, pero que no modificó en absoluto su amistad cada día más estrecha con el whisky y la ginebra, si bien siempre le quedaba el consuelo intelectual de sentirse dueño (todavía) de una lucidez implacable. Las dos cosas. El lógico dolor de cabeza y un golpe. Ahora palpaba el hematoma del cuero cabelludo, la inflamación a todo lo largo del hueso. No habré cometido la idiotez de pelearme con alguien. ¡O caído! Pero de pronto recordó el taxi, con alivio recordó que esa madrugada, al tomar el taxi, y por algún misterio, calculó que el auto tenía umbral, pisó el aire, se fue hacia adelante y dio con el costado izquierdo de la cabeza contra la puerta. Lo recordó con un alivio un poco inexplicable y abrió los ojos: era de mañana, en efecto, y nadie lo miraba. Pero era tan de mañana, y con un sol tan repugnante y redondo colgado de su propia ventanilla, que fue como si le reventaran un petardo en la cabeza. Dios mío, pensó, cómo pude ponerme un traje semejante, porque de acuerdo con la altura del sol no era mucho más de las ocho y, a mediodía, ese traje de lana y su chaleco podían llegar a enloquecerlo, sin que esto fuera ninguna metáfora. Corrió la cortinita de la ventanilla y cerró los ojos. No se quitó el saco ni el chaleco. Otras cuestiones lo distrajeron. Con qué dinero había tomado el ómnibus, por ejemplo. Y dónde la había dejado a Mara. O cómo consiguió llegar a su casa desde la fiesta, porque ahora también recordaba la fiesta. Y sobre todo: cómo hizo para subir las escaleras hasta su departamento, vestirse, volver a bajar, tomar un taxi y llegar a la estación de ómnibus.

¿Y adónde iba?

Esteban abrió los ojos con espanto. Pero no debía alarmarse. Lo fundamental en esos casos era no alarmarse. Se arregló el nudo de la corbata. Con una fugaz admiración por sí mismo comprobó que tenía prendido el botón del cuello. Iba a Entre Ríos, sí. A Concordia. Vestido como para una excursión a Nahuel Huapi, pero iba, decentemente, a dar una conferencia sobre alguna cosa (que ya recordaría) a algún lugar llamado Amigos del Arte, o Amigos del Libro. O amigos de hincharme las pelotas, pensó de pronto al darse cuenta de que no llegaría antes de las cuatro de la tarde, suponiendo que llegara, porque quién le aseguraba que ese ómnibus iba a Entre Ríos, quién podía asegurarle que él, esa madrugada, hubiera hecho inconscientemente algo tan sensato como sacar un pasaje para el verdadero sitio al que iba. Metió la mano en el bolsillo interior del saco buscando el pasaje. A punto de gritar, retiró la mano. Sus dedos habían tocado un pequeño objeto peludo. Ahora estaba aterrado realmente y sentía todo el cuerpo empapado al mismo tiempo. Era absurdo. "No soy *tan* borracho." ¿No? "No, no al menos como para tener..." ¿Alucinaciones?, ¿táctiles? ¿Alucinaciones táctiles? "Está ahí; eso, lo que sea, está realmente en mi bolsillo." ¿Está? ¿Podríamos jurarlo? ¿Podríamos jurar que nunca, antes, habíamos tenido una, para decirlo de otro modo, una pequeña confusión de ningún tipo? "Sí, puedo jurarlo", murmuró locamente Esteban, y al comprender que había hablado casi en voz alta hundió la mano en el bolsillo y apretó con ferocidad aquella cosa, su pequeña pelambre, mientras una náusea incontenible le subía agriamente a la garganta, y un segundo después se encontró mirando con estupor en la palma de su mano un cepillo de dientes, un hermoso cepillo de dientes de mango azul como el cielo, como los ojos de una mujer de ojos azules, como cualquier cosa azul y transparente en este portentoso mundo de flores azules y viajes al lugar exacto, porque ahora, después de meter la mano en otro bolsillo, encontró un pasaje donde se leía Transportes Mesopotámicos, marcado con un agujerito redondo como la boca de un pez, como una perla, como toda cosa redonda y mínima que Dios haya puesto sobre su azul y redondo mundo en el lugar correspondiente a la ciudad de Concordia.

Se quitó el saco y el chaleco. Habría estado muy borracho la noche anterior, perfecto. Tan borracho como para no recordar casi nada de lo que había hecho (¿dónde la había dejado a Mara?, ¿era Mara?), pero no tan borracho como para olvidarse de salir correctamente vestido con un traje de lanilla que, pensándolo bien, era lo más adecuado para sobrellevar el fresco repentino de las noches litorales, ni tan borracho como para olvidar esto, el Símbolo de nuestra Civilización y nuestra Cultura, de manera que si el esperado cataclismo hundiese el planeta los arqueólogos del futuro podrían reconstruir a Espósito y su mundo, su irrisión y su conmovedora grandeza, a partir de este solo dato. Imaginó con cierta ternura, junto a sus incorruptibles huesos, la incorruptible baquelita azul del cepillo.

Cuando intentó ponerse de pie para dejar el saco y el chaleco en el portaequipajes, comprobó que no había estado borracho, sino que, técnicamente hablando, todavía estaba borracho. Y de qué modo. Mirando desde allí el portaequipajes, comprobó otra cosa: no se veía valija ni bolso de mano, ni objeto alguno que fuera suyo, sobre todo, no un portafolio. Y él recordaba perfectamente un portafolio, negro, con manija, baratísimo y suyo, sin valor para nadie que no fuera el hombre que ahora volvía a transpirar y se aflojaba la corbata con un tirón tan brusco que le saltaron dos botones de la camisa, su portafolio de material sintético, negro estuche de su alma, dicho sea con toda ironía, o Caja de Pandora de tres por cinco donde sin embargo, dicho sea sin la menor ironía, anidaba la Esperanza, por no llamarla Redención. Esteban recordó haber llegado a su casa sin Mara (¿dónde la habría dejado?, Mara o la que fuera), vale decir, solo. Vale decir que no pudo haber entrado en ningún bar. Nunca bebía solo. Nunca, o todavía. ¡Bah!, andá al carajo con tus interrupciones, pensó. O sí, el único lugar donde aceptaba beber sin compañía era su casa, pero no hasta emborracharse, y esto sí que era extraño y hasta novedoso, era un poco anormal desde el punto de vista clásico, ya que esta gente (los borrachos, pensó, los enfermos alcohólicos), como los drogadictos, tienen una manifiesta tendencia a la soledad cuando están en racha, al anonimato, a los bodegones sórdidos, cosa que a Esteban le resultaba bastante inexplicable porque, según pensaba ahora ya totalmente olvidado del portafolio y hasta de su alma inmortal cautiva en el portafolio bajo la especie de un gran cuaderno Leviatán de hojas cuadriculadas, la soledad únicamente se soporta estando sobrio, sólo es bella y contiene al hombre como en el centro de una perla negra, si se está sobrio, en cambio, el mundo, que repentinamente había derivado desde una redonda transparencia con azules flores de campanilla hasta la forma algo arbitraria de una escupidera cuyo contenido venía a ser la Civilización, y sobre todo ciertos borrachos, y sobre todo ciertos escritores borrachos (excepto los muertos venerables), en cambio el mundo no puede ser soportado con menos de medio litro de whisky bajo la camiseta, pensó Esteban como si cantara en medio de un incendio, imagen que estuvo a punto de revelarle una teoría general y algo catastrófica sobre el destino de la Cultura Occidental, y sobre el arte, esa borrachera de la cultura, y sobre sí mismo como una especie de cordero borracho inmolado por amor a la sobriedad, al equilibrio y a las flores azules. Y sabe Dios adónde habría ido a parar si la necesidad de escribir todo esto (*de escribir una carta*, pensó) no le hubiese hecho recordar el portafolio.

Tenía la costumbre de apoyarlo junto a la pata de las mesas, en los bares, pero, por las razones filosóficas ya apuntadas, él no había entrado en ningún bar. O sí. ¿El bar de la estación? Imposible. Y no porque esta misma mañana no se hubiera sentido capaz de refutar su sana teoría sobre él y los bares, sino porque en la estación de ómnibus no había ningún bar, no uno abierto. Ni tampoco en los alrededores, porque ahora se recordó a sí mismo, portafolio en mano, buscando con alguna desesperación un bar abierto por la calle Hornos.

—"Ñortespierto" —oyó, junto a la oreja.

Una dulce electricidad le erizó los pelos de la nuca. Y mientras alcanzaba a pensar que esa expresión no era un giro literario, comprobando al mismo tiempo que a su lado no había nadie, cosa que ya sabía, recordó el nombre de la calle (¡Hornos!) y sintió que se le helaban los dedos debajo de las uñas. Su asiento estaba reclinado; el contiguo, no. En el hueco vio una nariz y un ojo. El ojo era más bien verde, pero Esteban, por una cuestión de cábala, lo miró como si fuera azul. Ojo que pertenecía a una encantadora anciana que acababa de preguntarle al señor del asiento de adelante, o sea a él, si ya estaba despierto. Esteban, con la espalda muy rígida contra el respaldo y la cabeza vuelta en dirección al ojo, tenía, o le pareció, un vago aspecto de persona a punto de ser fusilada, y, a causa de la torsión del cuello y de los ojos, cierto aire de pánico que de todos modos no lograría atenuar mientras debiera atender por entre los asientos a la anciana dama, quien, créase o no, le estaba hablando a Esteban de su portafolio.

—Usted me lo puso en la falda, al subir —decía la bella mujer antigua del asiento de atrás—. "Cuídemelo bien", me dijo, y se fue a dormir a su asiento.

—Me acuerdo —dijo soñadoramente Esteban.

—Pero yo me bajo acá cerca, en Zárate —decía el Hada de los Poetas—. Así que no sé.

Yo debí tener una abuela así, pensó Esteban casi con lágrimas, o aunque más no fuera un ama de llaves como ella. Nunca me habría atrevido a defraudarla. Nunca me hubiese caído de cabeza en la bañadera al volver de madrugada, nunca me hubiese deslizado en la oscuridad para robarle el Licor de las Hermanas. Y todo, lo sé, todo habría sido distinto.

—Démelo, démelo nomás —dijo.

La abuela, que hasta ese momento seguía con el portafolio sobre su falda, hizo ademán de levantarse.

No, pensó horrorizado Esteban. Ella no debía ponerse de pie. Y él, menos. Perder el equilibrio justamente ahora hubiera sido horrible, hubiera sido infame. Dios lo perdona todo, menos cosas como ésta.

—Por el agujero nomás —dijo, deslizando la mano entre los dos asientos—. Pásemelo por el agujero.

De inmediato, y olvidándose por completo de dar las gracias y quizá hasta olvidando a la anciana, descorrió el cierre del portafolio, sacó el cuaderno, sacó un frasquito de anfetaminas, se tragó dos de un golpe y buscó una lapicera: encontró tres. Como equipaje, era representativo: un enorme cuaderno, las anfetaminas, tres lapiceras, una camisa, un libro de Jack London y una bombilla para tomar mate cuya procedencia y utilidad ya iría descubriendo con las horas, aparte del citado cepillo de dientes que, vaya a saber por cuál arranque de ternura, había decidido llevar no en el portafolio, sino junto a su corazón. Apoyó sobre las rodillas el cuaderno abierto en una página en blanco. Lo veía todo muy claro ahora. Y todo quería decir *todo*. El mundo. Y su relación con el mundo. El porqué de su relación con el mundo y el porqué de su relación con Mara (con todas las mujeres, sí, pero especialmente con Mara), y el porqué de que a veces, durante la noche, todavía se creyera capaz de terminar su libro, y aun muchos otros libros que les hablaran a los hombres de otro hombre, de Esteban Espósito, con una voz tan angelicalmente bella y demoníaca que ellos se espantarían de sí mismos si eran perversos y, si no lo eran, quizá comprenderían que él de veras se había crucificado inmundamente, y se estaba matando, y se había hecho odiar por todos los que alguna vez lo amaron y ya había dejado de amar, y casi no podía sentir un solo sentimiento humano, por la pasión de ser feliz, de que todo hombre fuera feliz, por la locura de que todo hombre y aun toda cosa fueran bellos y felices, motivo por el cual se fue convirtiendo en lo que era, un egoísta hijo de puta, un sórdido egoísta hijo de puta que se emborrachaba por miedo a vivir y se acostaba con otras mujeres por miedo a vivir y no era capaz de confesarle a Mara que nunca la había querido por miedo a vivir, y a dejarla vivir, y ya ni siquiera escribía por miedo a vivir. Pero esta vez iba a decirlo palabra por palabra, a confesarlo todo. Iba, siquiera por una sola vez en su vida, a hacer algo irremediable, algo absolutamente sincero y honrado, e irremediable, pensó, o quizá ya lo estaba escribiendo porque desde hacía unos minutos se había puesto a escribir frenéticamente, ahogado por el calor y casi a ciegas, sacudido por los bandazos del ómnibus y los propios bandazos de su corazón mientras comprendía en algún lugar de su conciencia que le era absolutamente necesario conservar este delirio, esta embriaguez, porque si no escribía hoy esta carta no se iba a atrever a escribirla nunca. Hoy lo había emborrachado Dios.

Y en el mismo momento en que empezaba a meditar en el sentido cabal (religioso) de la palabra embriaguez, advirtió que el ómnibus estaba deteniéndose. Zárate. La Balsa. En la Balsa había una especie de confitería. Se pasó la mano por la frente empapada. No, no iba a bajarse.

Como aureolada, la Abuela Mística del asiento de atrás pasó junto al asiento de Esteban. No llevaba valija ni bolsón, llevaba un paquete, porque todas las abuelas del mundo viajan por el mundo con paquetes. Ella le sonreía. Y Esteban también sonrió, sólo que en dirección a su rodete, vale decir un poco a destiempo porque ella ya había pasado. De modo que no la vería nunca más. Y de modo que ella había venido custodiando, desde la mismísima calle Hornos, su portafolio y, sobre todo, su ancho cuaderno Leviatán, de cuatrocientas páginas y, sobre todo, doscientas de esas cuatrocientas páginas cuadriculadas de su gran cuaderno de tapas duras, robado, seis años atrás, en una ruinosa librería de Córdoba que, por si no se cree en el destino, se llamaba nada menos que Fausto. Bruscamente, Esteban se puso de pie, mejor dicho se puso de pie sin pensarlo y eso lo ayudó a pararse. O quizá ya le estaban haciendo efecto las anfetaminas, porque se encontró dando grandes zancadas por el pasillo del ómnibus detrás del rodete de la abuela, al que alcanzó a decirle "gracias" en el momento exacto en que llegaba a la puerta. Ella se dio vuelta y volvió a sonreír. "Pero hijo", murmuró como una música. Y Esteban la vio irse de su vida, con su gran paquete y rodeada de ángeles o de parientes que la esperaban, parientes o ángeles a los que no quiso mirar porque también le pareció oír la voz de un chico quien, en contados segundos, le robaría para siempre el amor de la abuela, que sin saberlo, y más que nada sin importarle, había venido custodiando los diez primeros capítulos de algo que en términos generales podía llamarse su apuesta contra el tiempo, o el embrión, informe, pero el embrión, de su grande y verdadera conversación con el demonio: su Pacto con el Diablo. En el pasillo del ómnibus algunos impacientes parecían tener una idea distinta de la de Esteban acerca del uso de la puerta, pero ¿qué hubiera pensado la abuela de conocer el contenido del cuaderno?; esa pregunta lo hizo sonreír y, por el momento, le impidió moverse. Mejor ni imaginar qué hubiera pensado, como también era mejor no imaginar (y dejó de sonreír) al niño o los niños de ahí abajo, a los que detestaba sin ningún escrúpulo, aunque (y volvió a sonreír) todo el mundo había podido escuchar que Esteban fue llamado "hijo" y no, como la primera vez, "señor". Y en cuanto al problema del Bien y el Mal, al fácil símbolo del demonio durmiendo protegido en el regazo de la abuela, al combate milenario entre la luz y las tinieblas, se lo regalaba a los pasajeros sin imaginación, ya que él había adivinado, hacía seis años, y también en un ómnibus, sólo que aquel iba al Cerro de las Rosas, que nunca hubo tal combate y que el gran Dostoievski le había errado fiero cuando murmuró aquella cochinada de "si Dios no existe, todo está permitido" (donde Dios viene a ser una especie de cuco o Cabo de Guardia boyando entre las nubes para que el pequeño Fiodor se porte bien y tome toda la sopa), porque lo realmente trágico es que *todo está permitido siempre*, exista Dios o no, o dicho de otro modo, que el único problema es el del Mal, y ahí sí que te quiero ver, escopeta, se dijo Esteban y dejó libre la puerta un segundo antes de que se desatara un motín en el pasillo, y, luego de guiñarle un ojo a un señor petisito, caminó con asombrosa firmeza hacia su asiento.

Ya sentado advirtió dos cosas: que, excepto el chofer, en el ómnibus no quedaba nadie; que había caminado con demasiada firmeza. La segunda, lo alarmó. Y estaba a punto de descubrir por qué, cuando oyó que ningún pasajero podía quedarse en el coche durante el cruce del río.

—Pero yo necesito terminar una carta —dijo Esteban algo absurdamente, pero con voz normal.

—En el ferry hay bar —dijo el chofer.

Qué ferry, de qué me está hablando este hombre. Y qué quiere insinuar con lo del bar. Quién le preguntó si había o no bar.

Cuando lo comprendió estaba en el *ferry-boat*. Pidió un café y una jarra de agua. Abrió el cuaderno. Miró el reloj del bar. La sombra fresca y el aire de río le hicieron cerrar un segundo los ojos.

—Esto es suyo —oyó.

Abrió los ojos y vio que el mozo le alcanzaba el cuaderno; pensó que no lo había oído caer y volvió a mirar el reloj. Casi grita.

—¿Qué hora es ya?

Habían pasado quince minutos. Entonces comprendió por qué lo había alarmado, en el ómnibus, caminar con cierta seguridad; si se le pasaba la borrachera, si descansaba, nunca seguiría escribiendo esa carta.

—Un whisky —dijo—. Doble.

Era insensato, sí, era una locura o un suicidio o era simplemente la excusa más formidable que se le había ocurrido nunca para seguir emborrachándose (porque ¿podía jurar que no se trata de una excusa?, ¿no había sido esto precisamente lo primero que pensó hacer al despertarse?), pero, fuera lo que fuese, ya no le importaba. Iba a escribir incluso lo que estaba haciendo y hasta la ambigüedad de lo que estaba haciendo. Sin tocar el whisky escribió de un tirón otra página; cuando comenzaba la tercera notó que ya se lo había bebido y llamó al mozo.

—Otro —dijo.

—¿Igual? —preguntó el mozo.

—Va a ser difícil que sea peor —dijo Esteban.

El mozo se reía, era su cómplice. Un mozo que reconoce la jerarquía alcohólica de sus clientes, un mozo al que se le pueden pedir favores. Cuando volvió con el whisky, Esteban le preguntó cuánto faltaba para terminar el cruce.

—Una media hora —dijo el mozo.

—Perfecto. Hágame un favor: dentro de diez minutos me sirve otro. Igual. Y un momento antes de atracar me trae una botellita de agua tónica; antes la destapa y le echa una medida o dos de algo, gin o ginebra. Y la vuelve a tapar. Es para llevármela al ómnibus. Esta noche tengo que dar una conferencia en Entre Ríos, y si no consigo dormirme en el viaje, se imagina.

Estaba hablando demasiado. De cualquier modo, el mozo pareció imaginarse.

—Sí, yo tampoco puedo dormir en los viajes —dijo, como si el diálogo estuviera ocurriendo a medianoche.

Esteban no tenía la menor idea de cómo iba a pagar nada de lo que había pedido. Y aunque te parezca mentira, escribió, lo único que lamentaría si llego a armar un escándalo es haberlo defraudado al mozo. Parecía absurdo, sí, y seguramente lo era, pero él se había pasado la vida sintiendo (cómo escribirlo, sin embargo, cómo no adivinar tu gesto de fastidio ante la inminencia de las grandes palabras, cómo ignorar los efectos que produce en el ritmo de tu respiración, en los músculos de tus párpados y de tu boca, mi arrebatador estilo), sintiendo que tenía una deuda con todos los hombres. Especie de locura mesiánica o consecuencia de haber leído de muy chico a Dostoievski y haberse tomado en serio aquello de que todos somos responsables de todo ante todos. O la conciencia de haber llegado a los treinta y tres años sin cumplir una sola de las fastuosas promesas que había hecho, y se había hecho, en la adolescencia. Como todos los hombres, claro, pero sin que esa excusa, a él (que era el rey de las excusas, el archimago de las coartadas), justamente esa excusa le estuviera permitida. No iba a cambiar su manera de vivir después de esto (lo escribió mientras se tomaba el whisky y miraba furtivamente la hora), más bien tenía la sospecha de que éste era un Rito de Pasaje, la antesala de algo parecido al Infierno, si se le permitía la expresión; no, no iba a cambiar de vida ni, mucho más modestamente, de hábitos; pero él sabía que después de un acto como éste ya no iba a poder mentirse, ni mentirle, porque ni ella volvería a creerle cuando él, y sintió que no se iba animar a escribirlo y de un trago acabó con el tercer whisky que misteriosamente había aparecido sobre la mesa, notando al mismo tiempo que la longitud de sus párrafos no guardaba relación alguna con el tiempo que le llevaba redactarlos (suponiendo, pensó con un vago temor, pero sin atreverse a leer lo escrito, que realmente estuviera escribiendo las cosas que pensaba), ni ella volvería a creerle cuando él le dijera que sólo existía la literatura y no otras mujeres, mujeres a carradas, hechas no de palabras, hechas no de estas sombras, sino de carne y hueso, Mara, y hasta de una especie de ternura que también era vagamente parecida al amor, o lo era ciertas noches como la que seguramente tendría hoy mismo después de su conferencia en Concordia, por qué no, ni ella volvería a creerle ni él a usar la cama para justificar la impotencia de lo que en una época le gustaba llamar su alma, ni a usar su alma para justificar la sordidez de su cuerpo, ni el alcohol para insultarla como ahora, que era la última vez, pero hoy no por humillarla, no por odio (y de reojo vio al mozo parado junto a su mesa con la botellita de agua tónica, lo que significaba que era necesario dejar de escribir y sobre todo pagarle, y, sobre todo, ponerse de pie), sino como un acto de fe, ya que entre ellos era un poco grotesco hablar de actos de amor.

—¿Cuánto es? —preguntó en la mitad del último párrafo.

Terminó de escribir, cerró el cuaderno y se puso de pie.

Repentinamente marinero, abrió las piernas esperando el sacudón. La balsa atracó con un estrépito de maderas y cadenas que correspondía más a una novela de Joseph Conrad que a un mero cruce interprovincial argentino. Que Dios me ayude, pensó, mientras con una mano apretaba el cuaderno contra su cuerpo, y con la otra guardaba la lapicera en el bolsillo trasero del pantalón, mano que reapareció bajo el sol con un billete de mil pesos, de la misma manera, limpia y enigmática, que podría haber instalado en el mundo una paloma.

—El vuelto es suyo —dijo Esteban.

Recibió la botellita como quien oye aplausos.

Que tenga suerte esta noche —dijo el mozo.

Y ahora, ya en el ómnibus, Esteban pensaba que hoy no era el día de su muerte. Conoció su inmediato futuro. Supo, por ejemplo, que iba a terminar esa carta. Dentro de una hora, supo también, su borrachera habría llegado al límite, a la franja purpúrea donde la lucidez es casi sobrehumana y la locura acecha. Allí, por el término de otra hora, él volaría lentamente con las alas desplegadas a muchos metros sobre el mundo y los hombres. La hora siguiente, gracias al alma adicional cautiva en la botellita, no sería demasiado atroz. Si conseguía escribir durante esas tres horas sin pensar en otra cosa, y especialmente sin pensar demasiado en lo que escribía, la carta estaría terminada antes de que el cansancio, el alcohol y las anfetaminas, actuando como de costumbre, lo fulminaran en un sueño que podía durar dos o tres horas más y del que despertaría, también como una fulminación, en un estado tal que ningún directivo de Amigos del Libro, sin conocerlo, podría diferenciar de la más absoluta normalidad. Antes, claro, debía lavarse la cara y los dientes. Y antes, en alguna parada del ómnibus, comprar un sobre, una estampilla y echar la carta. Después de esto vendría el sueño. Y al despertar, en el pueblo anterior a Concordia, recién entonces se lavaría la cara y los dientes. Y se cambiaría la camisa. Y al llegar a Concordia, ¿quién bajaría del ónmibus? Un escritor todavía joven, pálido por el viaje y ojeroso por las diez horas de calor y ripios, vagamente parecido a Montgomery Clift en *Mi secreto me condena*, casi tan inmortal como diez años antes, aunque mucho más solo.

Y así fue como Esteban Espósito supo que ése no era el día de su muerte.

Y escribió. Semiahogado, por el calor, con el cuaderno sobre las rodillas encogidas, el cuerpo empapado por la fiebre, y la garganta y la nariz resecas, escribió, poniendo mucho cuidado en dibujar las palabras, de manera que se podría haber dicho que lo hacía casi con amor, si la necesidad de presionar la lapicera sobre el papel y la costumbre de apretar los dientes no le dieran al acto un cierto aire de ferocidad, metido en ese ómnibus que corría bajo el sol por un increíblemente liso camino de ripios abierto en algo bastante parecido a una selva, y que quizá era una selva si sus nociones de geografía argentina no eran muy fantásticas (¿me habré perdido yo también en medio del camino de mi vida?, ¿será pueril la asociación?, ¿entenderás, no digo ya las palabras, entenderás siquiera mi letra?, ¿querrás llegar, como yo, hasta el final de este cáliz, o carta, o acto de purificación, o crimen?, ¿no querrás imaginar generosa, y sobre todo cobardemente, que todo esto es obra de un borracho, ni siquiera de un borracho, ya que está muy claro que yo no soy *ellos*, sino obra de una borrachera, una especie de acné tardío que se cura con el matrimonio y sus consiguientes preocupaciones por la leche en polvo, la diarrea estival y otras responsabilidades civiles?), sabiendo que si se detenía a pensar un segundo, todo estaba perdido, poniendo mucho cuidado no sólo en dibujar las palabras sino en evitar que las gotas de sudor cayeran sobre el papel y las borronearan con efecto doblemente desastroso, Esteban escribió. Tenía conciencia de que nunca volvería a recordar nada de lo que ahora le resultaba tan claro: sabía, sobre todo, que si no acababa esa carta y la despachaba a Buenos Aires antes de llegar a Concordia, volvería a leerla y le parecería insensata, y hasta se felicitaría por no haberla enviado, y esta misma noche, caminando entre los palmares sometido al imperio de la Luna, o más bien acostado en cualquier hotel con alguna joven asistente a su conferencia bajo el efecto de varios whiskies, acabaría explicando que su relación con Mara era un horror demasiado complejo para que no fuera también un modo del amor, por lo menos del agradecimiento, y terminaría preguntando por qué tenía que venir a encontrarla justamente a ella (a la muchacha de la conferencia, no a Mara), justamente en ese momento de su vida y en esa ciudad de mierda, y si las cosas marchaban bien conseguiría que la muchacha viajara de vez en cuando a Buenos Aires, hasta que la incomodidad, la amenaza de un cariño conflictivo u otro conferenciante asesinaran este idilio de luciérnagas. Y también lo escribió. O escribió algo que equivalía a eso. Con una alegría angélica, con un dolor absoluto, purísimo, como el que debe sentir un animal con el vientre rajado, escribió. Escribió sobre su cobardía y su egoísmo, y era consciente incluso del egoísmo y la cobardía que significaba la liberación de escribirlo. Escribió muchas veces la palabra amor, y escribió, o creyó que escribía, cómo él había nacido para celebrar el amor y cómo, sin que nadie tuviera la culpa, fue cayendo poco a poco en el odio, primero hacia sí mismo y luego hacia ella, un odio que le corrompió el corazón pero no alcanzó a destruirlo porque él aún creía, él sabía, que el amor vendría a instalarse sobre la triste Tierra. Y escribió qué era lo que quería de la vida, y cómo, aunque esta misma noche buscara desesperadamente una muchacha contra la cual poder dormirse y mañana volviera a emborracharse y quizá ya no le quedara tiempo, no le estuviera permitido acabar aquello para lo que había venido al mundo, desde hoy sólo viviría para consumar su idea de la vida. Que no es, escribió, lo que vos llamarías ser feliz. Porque vos te conformabas (!) con la felicidad y yo descubrí hace años que el mero hecho de vivir implica que la felicidad no existe, y que, en todo caso, eso que ustedes llaman felicidad, ese sol risueño, esa pequeña flor de cada mañana, aunque es cosa buena a los ojos de Dios y se puede construir acá abajo y da alegría, no tiene nada que ver con mi destino. ¿Que cómo lo sé? Porque yo, Mara, o cierta clase de humoristas como yo, estamos en el fondo mucho más dotados que nadie (Esteban tachó por primera vez una palabra y puso ustedes) para esa felicidad que voy a llamar humana, aunque lo mejor sería hablar en plural y decir pequeños cristales límpidos y redondos, felicidades. No habría más que abandonarse y aceptar las pueriles, hermosas, inocentes cosas de la vida, atarse a la vida y dedicarse a crecer y multiplicarse, ni hace falta amar, basta un poco de alegría. Yo sé que pude eso y no lo quiero, y ahora, aunque lo quisiera, ya no podría, porque también sé que algo hice, o sucedió algo, que me volvió desdichado, ya termino, algo que me dejó sin alegría para compartir con nadie.

Y escribió dos o tres palabras más, levantó la cabeza, lo sorprendió la calcinada inmovilidad del paisaje y volvió a escribir acto de fe. Ya que entre nosotros es un poco grotesco hablar de actos de amor.

Y firmó. Y recién entonces tomó plena conciencia de que acababan de cruzar la segunda balsa y que ahora estaba en el comedor de una posta de la ruta. No tenía una idea muy clara de cuándo (ni cómo) había bajado del ómnibus. Vio brumosamente que el señor petisito se anudaba con dignidad una servilleta en el cuello. Vio a través de la ventana la desolación de una calle de tierra y un quiosco de revistas y cigarrillos. Todo esto era importante, le hubiera gustado saber por qué. Con mucho cuidado arrancó del cuaderno las hojas escritas y las dobló. Se puso de pie: debía comprar un sobre. Eso era. Y una estampilla. Buscó en el bolsillo delantero del pantalón y verificó que le quedaban cien pesos. Si su experiencia no le fallaba, debía tener más, tan arrugados como éstos, distribuidos secretamente en los lugares más astutos. Por cábala no siguió buscando. Ya aparecerían a su debido tiempo. No había que mostrarse desconfiado con la Divinidad, ni impaciente. Moisés debió meterse la varita en el culo cuando sintió el impulso de volver a golpear la piedra. Lo que tenía que hacer ahora requería cierta firmeza de carácter: llegar al quiosco. Y antes, pasar entre esas dos mesas y abrir la puerta. El quiosco estaba fácilmente a seis o siete metros.

Llegó. Se apoyó un segundo en la vitrina de los caramelos.

—Un sobre —dijo, o al menos le pareció que lo dijo.

La calle, a pleno sol, era una especie de calle del *Far West*. No se veía más que la estación de servicio, el restaurante, este quiosco y dos o tres casas en cuyas puertas la gente parecía vender sandías o grandes zapallos.

—Qué —oyó.

El hombre del quiosco lo miraba con demasiada fijeza. Esteban comenzó a transpirar. No sólo pedir un sobre, sino estampillas. Y había algo más, algo en lo que hasta ahora nadie ha pensado. La idea le heló la espalda.

—Y un buzón —dijo.

El hombre se echó hacia atrás. Esteban lo miró directamente a los ojos.

—Un sobre —repitió con absoluta claridad y en un tono más bien amenazante—. Un sobre para cartas. Y una estampilla. Y dígame —dijo contemplando la calle de tierra, descubriendo a su lado un pato que lo miraba sin interés— dónde hay un buzón cerca. Un buzón o algo. —Porque de pronto pensó que en los pueblos, suponiendo que aquello fuera un pueblo, nunca había visto buzones.

El hombre, con calma, cortó una estampilla. El pato desapareció moviendo la cola. Buzón, dijo el hombre, un buzoncito. Después le mostró tres sobres. Esteban le sacó de las manos el más grande y metió la carta dentro. Abultada espectacularmente. Compró dos estampillas más.

—Buzón no, estafeta —dijo el hombre—. Hay una estafeta seis cuadras para adentro —y siguió hablando, mientras Esteban pensaba que caminar seis cuadras ahora, bajo ese sol, estaba más allá de las posibilidades humanas. Seis de ida, porque además había que volver—. Son noventa pesos —dijo el hombre, alisando sobre el vidrio el billete de Esteban—. Cien pesitos. El vuelto se lo debo. La gente que viaja nunca paga con monedas, y si no pagan con monedas, yo de dónde las saco. ¿Quiere un caramelo? Esos de ahí son de diez. Tiempo de ir y volver tiene, ahora que yo... —y volvió a mirarlo, frunciendo la boca, como si calculara los días de vida que le quedaban a un enfermo grave—. Vea, si usted quiere...

—No —lo interrumpió casi con terror. Lo que el hombre iba a ofrecerle era echar él mismo la carta. Y Esteban no podía arriesgarse a que lo olvidara, o la extraviase, o la despachara catastróficamente una semana después cuando él ya hubiera vuelto a Buenos Aires y las cosas tuviesen otro signo, sin contar que, por motivos que ahora no tenía muy claros, echar esta carta era asunto de él—. Gracias —dijo.

Y con el portafolio en una mano y el caramelo en la otra, echó a caminar por el centro de la calle. Dos cuadras, había dicho el hombre, primero dos cuadras hasta la casa amarilla de techos colorados. A partir de allí, las otras seis, hacia el río. Lo que hacía un total de ocho, lo que significaba *dieciséis*. Caminó una cuadra y pensó que se desmayaba; al llegar a la tercera se dio cuenta de que había pasado de largo frente a la casa amarilla, sin verla. Dio la vuelta. Entonaba, dentro de la cabeza, una marcha militar. Cuando llegó a la casa amarilla dobló instintivamente hacia la izquierda, sabiendo, antes de ver las veredas arboladas de naranjos, que no se había equivocado. Parecía la entrada de un pueblo. Debía imaginarse el pueblo si quería seguir caminando. Casas con zaguanes frescos, baldosas y mayólicas, macetones con helechos, viejas señoritas con baúles y trajes de novia, jamás usados, dentro de los baúles. Caminaba muy erguido, pero ahora más lentamente. Desde alguna ventana enrejada, por entre el crochet de las cortinas, debía estar mirándolo una muchacha. El crochet lo ha tejido la abuela. La muchacha tiene ojos violetas y, vaya a saber cómo, conoce su tristeza. Y Esteban se encontró de pronto frente a la estafeta de Correos. La puerta, cerrada con un candado, fue lo primero que vio. Y pudo haber sido lo último (ya que irremediablemente sintió que, por lo menos, se volvía loco) si, a punto de perder el equilibrio, no se hubiera aferrado a una especie de cajón que sobresalía de la pared. Vio en la cara superior del cajón una ranura; vio, mientras recuperaba la verticalidad y el sol cantaba sobre su cabeza, un letrerito que decía: "Correspondencias". Así, con s final: correspondencias. Cuando estaba por echar la carta vio a sus pies un perro de ojitos helados que lo miraba socarronamente. Un perro o algo así como una especie de perro. Y Esteban, que durante un segundo tuvo la nítida impresión de que alguien reía (una carcajadita en el centro exacto de su nuca, no hay un modo más humano de explicarlo), dejó caer el sobre en la irrevocable tiniebla del cajón. El perro, si se trataba realmente de un perro, era más bien pesadillesco aunque algo cómico; tenía el aire de un jabalí liliputiense, pero peludo. Esteban, plácidamente se sentó junto a la escalofriante criatura en el umbral de la estafeta. "Picho", murmuró sin convicción mientras desenvolvía el caramelo. Después, por desviar la vista de su terrorífico compañero de umbral, al que por algún motivo resultaba casi irrespetuoso ofrecerle cualquier tipo de golosinas, hizo como que leía las inscripciones grabadas en el cajón de las cartas. Cuando aquello se quedó quieto, leyó, extasiado e incrédulo, que Betty era bombachuda. Incrédulo no porque lo dudara, sino porque abajo firmaba Dante. Betty Bombachuda, Dante. Y todo envuelto inesperadamente en el dibujo de un corazón herido de un flechazo. El perro lo miraba con malignos ojitos de inteligencia. Esteban se puso a comer su caramelo: "Voy a perder el ómnibus", murmuró con objetividad. "Es notable que, justamente ahora, me pase esto." Después estaba corriendo junto al ómnibus en marcha; sin saber cómo, había vuelto y golpeaba la puerta para que le abrieran. Subió y dijo algo que quería significar:

—Despiérteme en la parada anterior a Concordia.

En su asiento vio la botellita de agua tónica, intacta; abrió la ventanilla y la tiró al camino: antes tomó un trago no muy grande. Apoyó la cabeza en el respaldo y, como si hubiera recibido una pedrada en la frente, se durmió.

Se despertó solo, tres horas después. Bajó del ómnibus y volvió a subir con la cara lavada, la camisa limpia y oliendo fuertemente a mentol. Cuarenta minutos más tarde, los directivos del Círculo Impulso de las Artes, que así se llamaba por fin la estimulante institución, recibían, en la terminal de Concordia, a un no muy conocido pero promisorio y desconcertadamente joven y buen mozo escritor capitalino, aunque en realidad no tan buen mozo ni joven como de aire interesante y aspecto juvenil, pese a las ojeras y al gesto caviloso o distante que denotan el hábito de meditar sobre el contradictorio corazón del hombre o el haber rodado varias horas sobre ripios; apuesto disertante que en una mano llevaba un portafolio y con la otra saludaba cortésmente a todo el mundo, y que pareció encantado con la idea de que la muchacha del lunar, esposa del contador Unzain, director del Círculo (desdichadamente empantanado en su campo de Villaguay, a unos cien kilómetros de Concordia), fuera la encargada de hacer que lo pasara lo mejor posible; conferenciante que, si aceptaba quedarse unos días, sería llevado a pasar el *week-end* a una quinta preciosa cerca de los palmares, y al que pronto todos miraron con asombro. Porque Esteban, en el momento de entrar en el automóvil de su joven anfitriona con lunar, se irguió como electrizado, se llevó la mano a la frente y soltó una carcajada límpida, larga, sonora y bastante fuera de situación.

Todo: lo había hecho todo, menos ponerle la dirección al sobre. Era tan cómico, que daba miedo. En el fondo de un buzón de madera donde Dante había dicho su última palabra sobre Beatriz y un asesinado corazón dibujaba para siempre su muerte, en algún lugar del país, del mundo, en un pueblo perdido del que Esteban no conocía siquiera el nombre ni se iba a molestar en averiguarlo nunca, yacía, porque la palabra era yacía, algo así como su propio corazón asesinado bajo la apariencia de un abultadísimo sobre sin destinatario, en el fondo mismo de un cajón de madera, como el propio Esteban Espósito algún día, vigilado socarronamente por un perro como de sueño con ojitos de jabalí.

Lo miraban.

—No, nada —comenzó a decir y entró en el auto mientras sonriendo repetía que no, que no se trataba de nada que pudiera explicar, no al menos tan pronto. Era, había sido, una especie de broma, algo muy gracioso. Esas cosas que a veces ocurren en los viajes.

Las maquinarias de la noche

Prólogo

Las maquinarias de la noche es el cuarto libro de *Los mundos reales* pero no se parece demasiado al libro que con ese mismo título anuncié hace unos años. Tres de sus cuentos —"El hermano mayor", "El tiempo y el río", "La cuestión de la dama en el Max Lange"— fueron escritos después de publicar *Crónica de un iniciado*, como un exorcismo a esa parálisis cercana a la estupidez que deja la aparición de una obra que siempre imaginamos imposible o póstuma. Otros dos —"El decurión", "Muchacha de otra parte"— nacieron entretejidos con las páginas finales de esa novela, como si hubieran querido recordarme que alguna vez fui un escritor joven. En ese entonces yo pensaba que el cuento es el único género digno de la prosa y que, para un cuentista, la novela es una charlatanería circunstancial, una excusa, a la que condesciende cuando no se le ocurre un buena historia de diez páginas. Todavía tiendo a pensarlo. Pero con los años aprendí algunas cosas. Un buen escritor no es cuentista ni novelista: es una persona resignada que escribe lo que puede. También aprendí que los géneros literarios son una ilusión. Imaginamos historias, y lo único que podemos hacer es acatar su forma, que siempre es anterior a las palabras, aceptar sus leyes y tratar de no equivocarnos demasiado. Me aseguran que *Las maquinarias de la noche* no es un mal título. Espero que por lo menos tenga ese mérito: yo ignoro casi por completo qué significa. Hace unos años un periodista apocalíptico me preguntó si, después de *El que tiene sed* —novela que él consideraba algo así como mi testamento o mi suicidio emblemático—, pensaba publicar alguna otra cosa. Harto de mentir sobre *Crónica de un iniciado,* contesté que sí: un libro de cuentos. Tenía a mano *Las maquinarias de la alegría* de Ray Bradbury, y dije con impunidad: *Las maquinarias de la noche*. Freud o Lacan —pero mucho antes el helado e irónico caballero Auguste Dupin— habrían dicho que un hombre es una unidad secreta y que no puede pronunciar una sola palabra inocente. Supongo entonces que *Las maquinarias de la noche* deben ser para mí esos engranajes nocturnos donde se construyen los sueños, algo así como las bambalinas de aquel teatro armado sobre el viento que, desde Góngora, suele vestir sombras. No todos los cuentos de este libro son recientes. "La casa del largo pasillo", "Corazón" y "La fornicación es un pájaro lúgubre" aparecieron hace diez años en una colección que no volverá a publicarse. Ya escribí en el prólogo a ese libro que, pese a su título y al deliberado escándalo de su prosa, "La fornicación..." me parece una historia muy decente. Tal vez sea menos divertida de lo que aparenta: tal vez sea todo lo contrario de lo que aparenta. La empecé a escribir el mismo día de la muerte de Henry Miller, la terminé más de un año después, el 7 de octubre de 1981, aniversario de la muerte de Edgar Poe. Lo curioso es que el cuervo ya volaba sobre el Buenos Aires de Bender desde el primer borrador. "Por los servicios prestados" se publicó en 1979 como un homenaje inverso a la conmemoración militar de la Campaña del Desierto. Hoy, si se quiere, puede leérselo en relación con el Quinto Centenario. Lo correcto sería leerlo como un cuento. Soy un escritor comprometido que nunca creyó en la *literatura* comprometida. Lo que me interesa de una ficción es su verdad poética, no su intención moral; lo que a mí me importa de "Por los servicios prestados" es que su desenlace —seguramente previsto por el lector— deja intactos a los dos personajes. El final cuenta con mi total aprobación, pero el silencio de la noche es perfecto: nadie grita en ese pozo. Borges pensaba que la literatura realista es imposible porque toda ficción es un artificio; yo pienso casi lo mismo pero nunca entendí a qué se llama literatura fantástica. "Los asesinos", de Hemingway, o "La caída de la casa Usher", de Poe, son dos formas de una sola realidad. *La divina comedia* y *Guerra y paz* me parecen pertenecer al único mundo que tenemos. No hago diferencias en este libro entre historias posibles e imposibles. *Thar* es un cuento realista que simula ser fantástico; con "Muchacha de otra parte" y "El decurión" pasa exactamente lo contrario. Los dos que yo prefiero —"Carpe diem" y "El hermano mayor"— pertenecen a cada uno de estos bandos. El segundo no me sugiere ningún comentario, salvo hacer notar que el hermano mayor pronuncia dos veces una palabra patética que, acaso, secretamente lo define. "Carpe diem" se publicó en una antología española donde debí resumir su sentido. Digo lo mismo que dije. Para un autor, la explicación de un texto propio y ese texto son necesariamente una misma cosa. Las muchas lecturas de una ficción pertenecen al lector; no al autor, para quien lo que ha hecho tendrá siempre la oscuridad de lo enigmático o la pobreza de lo evidente. Un hombre cuenta a otro una historia de amor: la historia es fantástica, milagrosa o imposible. Hasta donde yo sé, eso es lo que escribí. Me dicen que "Carpe diem" admite otra interpretación, más realista. Seguramente. No podemos articular una sola palabra que no sea espejo o símbolo del mundo real.

1992

A.C.

Carpe diem

—A ella le gustaba el mar, andar descalza por la calle, tener hijos, hablaba con los gatos atorrantes, quería conocer el nombre de las constelaciones; pero no sé si es del todo así, no sé si de veras se la estoy describiendo —dijo el hombre que tenía cara de cansancio. Estábamos sentados desde el atardecer junto a una de las ventanas que dan al río, en el Club de Pescadores; ya era casi medianoche y desde hacía una hora él hablaba sin parar. La historia, si se trataba de una historia, parecía difícil de comprender: la había comenzado en distintos puntos tres o cuatro veces, y siempre se interrumpía y volvía atrás y no pasaba del momento en que ella, la muchacha, bajó una tarde de aquel tren. —Se parecía a la noche de las plazas —dijo de pronto, lo dijo con naturalidad; daba la impresión de no sentir pudor por sus palabras. Yo le pregunté si ella, la muchacha, se parecía a las plazas. —Por supuesto —dijo el hombre y se pasó el nacimiento de la palma de la mano por la sien, un gesto raro, como de fatiga o desorientación—. Pero no a las plazas, a la noche de ciertas plazas. O a ciertas noches húmedas, cuando hay esa neblina que no es neblina y los bancos de piedra y el pasto brillan. Hay un verso que habla de esto, del esplendor en la hierba; en realidad no habla de esto ni de nada que tenga que ver con esto, pero quién sabe. De todas maneras no es así, si empiezo así no se lo voy a contar nunca. La verdad es que me tenía harto. Compraba plantitas y las dejaba sobre mi escritorio, doblaba las páginas de los libros, silbaba. No distinguía a Mozart de Bartók, pero ella silbaba, sobre todo a la mañana, carecía por completo de oído musical pero se levantaba silbando, andaba entre los libros, las macetas y los platos de mi departamento de soltero como una Carmelita descalza y, sin darse cuenta, silbaba una melodía extrañísima, imposible, una cosa inexistente que era como una *czarda* inventada por ella. Tenía, ¿cómo puedo explicárselo bien?, tenía una alegría monstruosa, algo que me hacía mal. Y, como yo también le hacía mal, cualquiera hubiese adivinado que íbamos a terminar juntos, pegados como lapas, y que aquello iba a ser una catástrofe. ¿Sabe cómo la conocí? Ni usted ni nadie puede imaginarse cómo la conocí. Haciendo pis contra un árbol. Yo era el que hacía pis, naturalmente. Medio borracho y contra un plátano de la calle Virrey Melo. Era de madrugada y ella volvía de alguna parte, qué curioso, nunca le pregunté de dónde. Una vez estuve a punto de hacerlo, la última vez, pero me dio miedo. La madrugada del árbol ella llegó sin que yo la oyera caminar, después me di cuenta de que venía descalza, con las sandalias en la mano; pasó a mi lado y, sin mirarme, dijo que el pis es malísimo para las plantitas. En el apuro me mojé todo y, cuando ella entró en su casa, yo, meado y tembloroso, supe que esa mujer era mi maldición y el amor de mi vida. Todo lo que nos va a pasar con una mujer se sabe siempre en el primer minuto. Sin embargo es increíble de qué modo se encadenan las cosas, de qué modo un hombre puede empezar por explicarle a una muchacha que un plátano difícilmente puede ser considerado una plantita, ella simular que no recuerda nada del asunto, decirnos *señor* con alegre ferocidad, como para marcar a fuego la distancia, decir que está apurada o que debe rendir materias, aceptar finalmente un café que dura horas mientras uno se toma cinco ginebras y le cuenta su vida y lo que espera de la vida, pasar de allí, por un laberinto de veredas nocturnas, negativas, hojas doradas, consentimientos y largas escaleras, a meterla por fin en una cama o a ser arrastrado a esa cama por ella, que habrá llegado hasta ahí por otro laberinto personal hecho de otras calles y otros recuerdos, oír que uno es hermoso, y hasta creerlo, decir que ella es todas las mujeres, odiarla, matarla en sueños y verla renacer intacta y descalza entrando en nuestra casa con una abominable maceta de azaleas o comiendo una pastafrola del tamaño de una rueda de carro, para terminar un día diciéndole con odio casi verdadero, con indiferencia casi verdadera, que uno está harto de tanta estupidez y de tanta felicidad de opereta, tratándola de tan puta como cualquier otra. Hasta que una noche cerré con toda mi alma la puerta de su departamento de la calle Melo, y oí, pero como si lo oyera por primera vez, un ruido familiar: la reproducción de Carlos el Hechizado que se había venido abajo, se da cuenta, una mujer a la que le gustaba Carlos el Hechizado. Me quedé un momento del otro lado de la puerta, esperando. No pasó nada. Ella esa vez no volvía a poner el cuadro en su sitio: ni siquiera pude imaginármela, más tarde, ordenando las cosas, silbando su *czarda* inexistente, la que le borraba del corazón cualquier tristeza. Y supe que yo no iba a volver nunca a esa casa. Después, en mi propio departamento, cuando metí una muda de ropa y las cosas de afeitar en un bolso de mano, también sabía, desde hacía horas, que ella tampoco iba a llamarme ni a volver.

—Pero usted se equivocaba, ella volvió —me oí decir y los dos nos sorprendimos; yo, de estar afirmando algo que en realidad no había quedado muy claro; él, de oír mi voz, como si le costara darse cuenta de que no estaba solo. El hombre con cara de cansancio parecía de veras muy cansado, como si acabara de llegar a este pueblo desde un lugar lejanísimo. Sin embargo, era de acá. Se había ido a Buenos Aires en la adolescencia y cada tanto volvía. Yo lo había visto muchas veces, siempre solo, pero ahora me parece que una vez lo vi también con una mujer. —Porque ustedes volvieron a estar juntos, por lo menos un día.

—Toda la tarde de un día. Y parte de la noche. Hasta el último tren de la noche.

El hombre con cara de cansancio hizo el gesto de apartarse un mechón de pelo de la frente. Un gesto juvenil y anacrónico, ya que debía de hacer años que ese mechón no existía. Tendría más o menos mi edad, quiero decir que se trataba de un hombre mayor, aunque era difícil saberlo con precisión. Como si fuera muy joven y muy viejo al mismo tiempo. Como si un adolescente pudiera tener cincuenta años.

—Lo que no entiendo —dije yo— es dónde está la dificultad. No entiendo qué es lo que hay que entender.

—Justamente. No hay nada que entender, ella misma me lo dijo la última tarde. Hay que creer. Yo tenía que creer simplemente lo que estaba ocurriendo, tomarlo con naturalidad: vivirlo. Como si se me hubiera concedido, o se nos hubiera concedido a los dos, un favor especial. Ese día fue una dádiva, y fue real, y lo real no precisa explicación alguna. Ese sauce a la orilla del agua, por ejemplo. Está ahí, de pronto; está ahí porque de pronto lo iluminó la luna. Yo no sé si estuvo siempre, ahora está. Fulgura, es muy hermoso. Voy y lo toco y siento la corteza húmeda en la mano; ésa es una prueba de su realidad. Pero no hace ninguna falta tocarlo, porque hay otra prueba; y le aclaro que esto ni siquiera lo estoy diciendo yo, es como si lo estuviese diciendo ella. Es extraño que ella dijera cosas así, que las dijera todo el tiempo durante años y que yo no me haya dado cuenta nunca. Ella habría dicho que la prueba de que existe es que es hermoso. Todo lo demás son palabras. Y cuando la luna camine un poco y lo afee, o ya no lo ilumine y desaparezca, bueno: habrá que recordar el minuto de belleza que tuvo para siempre el sauce. La vida real puede ser así, tiene que ser así, y el que no se da cuenta a tiempo es un triste hijo de puta —dijo casi con desinterés, y yo le contesté que no lo seguía del todo, pero que pensaba solucionarlo pidiendo otro whisky. Le ofrecí y volvió a negarse, era la tercera vez que se negaba; le hice una seña al mozo. —Entonces la llamé por teléfono. Una noche fui hasta la Unión Telefónica, pedí Buenos Aires y la llamé a su departamento. Eran como las tres de la mañana y habían pasado cuatro o cinco meses. Ella podía haberse mudado, podía no estar o incluso estar con otro. No se me ocurrió. Era como si entre aquel portazo y esta llamada no hubiera lugar para ninguna otra cosa. Y atendió, tenía la voz un poco extraña pero era su voz, un poco lejana al principio, como si le costara despertarse del todo, como si la insistencia del teléfono la hubiese traído desde muy lejos, desde el fondo del sueño. Le dije todo de corrido, a la hora que salía el tren de Retiro, a la hora que iba a estar esperándola en la estación, lo que pensaba hacer con ella, qué sé yo qué, lo que nunca habíamos hecho y estuvimos a punto de no hacer nunca, lo que hace la gente, caminar juntos por la orilla del agua, ir a un baile con patio de tierra, oír las campanas de la iglesia, pasar por el colegio donde yo había estudiado. A ver si se da cuenta: sabe cuántos años hacía que nos conocíamos, cuántos años habían pasado desde que me sorprendió contra el plátano. Le basta con la palabra años, se lo veo en la cara. Y en todo ese tiempo nunca se me había ocurrido mostrarle el Barrio de las Canaletas ni el camino del puerto, el paso a nivel de juguete por donde cruzaba el ferrocarril chiquito de Dipietri, la Cruz, el lugar donde lo mataron a Marcial Palma. ¿Cómo no se me había ocurrido antes? Qué sé yo, no comprende que ése es justamente el problema. O tal vez el problema es que ella me atendió, y no sólo me atendió y habló por teléfono conmigo, sino que vino. Ella bajó de ese tren... —Y no sólo había bajado de ese tren sino que traía puesto un vestido casi olvidado, un código entre ellos, una señal secreta, y era como si el tiempo no hubiera tocado a la mujer, no el tiempo de esos cuatro o cinco últimos meses, sino el Tiempo, como si la muchacha descalza que había pasado hacía años junto al plátano bajara ahora de ese tren. Vi acercarse por fin al mozo. —Sí, exactamente ésa fue la impresión —dijo el hombre que tenía cara de cansancio—. Pero usted, cómo lo sabe.

Le contesté que él mismo me lo había dicho, varias veces, y le pedí al mozo que me trajera el whisky. Lo que todavía no me había dicho es qué tenía de extraño, qué tenía de extraño que ella viniera a este pueblo, con ése o con cualquier otro vestido. Cuatro o cinco meses no es tanto tiempo. ¿No la había llamado él mismo? ¿No era su mujer?

—Claro que era mi mujer —dijo, y sacó del bolsillo del pantalón un pequeño objeto metálico, lo puso sobre la mesa y se quedó mirándolo. Era una moneda, aunque me costó reconocerla; estaba totalmente deformada y torcida. —Claro que yo mismo la había llamado. —Volvió a guardar la moneda mientras el mozo me llenaba el vaso, y, sin preocuparse del mozo ni de ninguna otra cosa, agregó: —Pero ella estaba muerta.

—Bueno, eso cambia un poco las cosas —dije yo—. Déjeme la botella, por favor.

Ella no era un fantasma. El hombre con cara de cansancio no creía en fantasmas. Ella era real, y la tarde de ese día y las horas de la noche que pasaron juntos en este pueblo fueron reales. Como si se les hubiera concedido vivir, en el presente, un día que debieron vivir en el pasado. Cuando el hombre terminó de hablar, me di cuenta de que no me había dicho, ni yo le había preguntado, algunas cosas importantes. Quizá las ignoraba él mismo. Yo no sabía cómo había muerto la muchacha, ni cuándo. Lo que hubiera sucedido, pudo suceder de cualquier manera y en cualquier momento de aquellos cuatro o cinco meses, acaso accidentalmente y, por qué no, en cualquier lugar del mundo. Cuatro o cinco meses no era tanto tiempo, como había dicho yo, pero bastaban para tramar demasiados desenlaces. El caso es que ella estuvo con él más de la mitad de un día, y muchas personas los vieron juntos, sentados a una mesa de chapa en un baile con piso de tierra, caminando por los astilleros, en la plaza de la iglesia, hablando ella con unos chicos pescadores, corrido él por el perro de un vivero en el que se metió para robar una rosa, rosa que ella se llevó esa noche y él se preguntaba *adónde*, muchos la vieron y algún chico habló con ella, pero cómo recordarla después si nadie en este pueblo la había visto antes. Cómo saber que era ella y no simplemente una mujer cualquiera, y hasta mucho menos, un vestido, que al fin de cuentas sólo para ellos dos era recordable, una manera de sonreír o de agitar el pelo. Entonces yo pensé en el hotel, en el registro del hotel: allí debía de estar el nombre de los dos. Él me miró sin entender.

—Fuimos a un hotel, naturalmente. Y si eso es lo que quiere saber, me acosté con ella. Era real. Desde el pelo hasta la punta del pie. Bastante más real que usted y que yo. —De pronto se rio, una carcajada súbita y tan franca que me pareció innoble. —Y en el cuarto de al lado también había una pareja de este mundo.

—No le estoy hablando de eso —dije.

—Hace mal, porque tiene mucha importancia. Entre ella y yo, siempre la tuvo. Por eso sé que ella era real. Ni una ilusión ni un sueño ni un fantasma: era ella, y sólo con ella yo podría haberme pasado una hora de mi vida, con la oreja pegada a una taza, tratando de investigar qué pasaba en el cuarto de al lado.

—Ustedes dos tuvieron que anotarse en ese hotel, es lo que trato de decirle. Ella debió dar su nombre, su número de documento.

—Nombres, números: lo comprendo. Yo también coleccionaba fetiches y los llamaba lo real. Bueno, no. Ni nombre ni número de documento. Salvo los míos, y la decente acotación: "y señora". Cualquier mujer pudo estar conmigo en ese hotel y con cualquiera habrían anotado lo mismo. Trate de ver las cosas como las veía ella: ese día era posible a condición de no dejar rastros en la realidad, y, sobre todo, a condición de que yo ni siquiera los buscara. Escúcheme, por favor. Antes le dije que ese día fue una dádiva, pero no sé si es cierto. Es muy importante que esto lo entienda bien. ¿Cuándo cree que me enteré de que ella había muerto? ¿Al día siguiente?, ¿una semana después? Entonces yo habría sido dichoso unas horas y ésta sería una historia de fantasmas. Usted tal vez imagina que ella, o algo que yo llamo ella se fue esa noche en el último tren, yo viajé a Buenos Aires y allí, un portero o una vecina intentaron convencerme de que ese día no pudo suceder. No. Yo supe la verdad a media tarde y ella misma me lo dijo. Ya habíamos estado en el Barrio de las Canaletas, ya habíamos reído y hasta discutido, yo había prometido ser tolerante y ella ordenada, yo iba a regalarle libros de astronomía y mapas astrales y ella un gran pipa dinamarquesa, y de pronto yo dije la palabra "cama" y ella se quedó muy seria. Antes pude haber notado algo, su temor cuando quise mostrarle la hermosa zona vieja del cementerio donde vimos las lápidas irlandesas, ciertas distracciones, que se parecían más bien a un olvido absoluto, al rozar cualquier hecho vinculado con nuestro último día en Buenos Aires, alguna fugaz ráfaga de tristeza al pronunciar palabras como mañana. No sé, el caso es que yo dije que ya estaba viejo para tanta caminata y que si quería contar conmigo a la noche debíamos, antes, encontrar una cama, y ella se puso muy seria. Dijo que sí, que íbamos a ir adonde yo quisiera, pero que debía decirme algo. Había pensado no hacerlo, le estaba permitido no hacerlo, pero ahora sentía que era necesario, cualquier otra cosa sería una deslealtad. No te olvides que ésta soy yo, me dijo, no te olvides que me llamaste y que vine, que estoy acá con vos y que vamos a estar juntos muchas horas todavía. Pensé en otro hombre, pensé que era capaz de matarla. No pude hablar porque me puso la mano sobre los labios. Se reía y le brillaban mucho los ojos, y era como verla a través de la lluvia. Me dijo que a veces yo era muy estúpido, me dijo que sabía lo que yo estaba pensando, era muy fácil saberlo, porque los celos les ponen la cara verde a los estúpidos. Me dijo que hay cosas que deben creerse, no entenderse. Intentar entenderlas es peor que matarlas. Me habló del resplandor efímero de la belleza y de su verdad. Me dijo que la perdonara por lo que iba a hacer, y me clavó las uñas en el hueso de la mano hasta dejarme cuatro nítidas rayas de sangre, volvió a decir que era ella, que por eso podía causar dolor y también sentirlo, que era real, y me dijo que estaba muerta y que si en algún momento del largo atardecer que todavía nos quedaba, si en algún minuto de la noche yo llegaba a sentir que esto era triste, y no, como debía serlo, muy hermoso, habríamos perdido para siempre algo que se nos había otorgado, habríamos vuelto a perder nuestro día perdido, nuestra pequeña flor para cortar, y que no olvidara mi promesa de llevarla a un baile con guirnaldas y patio de tierra... Lo demás, usted lo sabe. O lo imagina. Entramos en ese hotel, subimos las escaleras con alegre y deliberado aire furtivo, hicimos el amor. Tuvimos tiempo de jugar a los espiones con la oreja pegada a la pared del tumultuoso cuarto vecino, resoplando y chistándonos para no ser oídos. Ya era de noche cuando le mostré mi colegio. La noche es la hora más propicia de esa casa, sus claustros parecen de otro siglo, los árboles del parque se multiplican y se alargan, los patios inferiores dan vértigo. En algún momento y en algún lugar de la noche nos perdimos. Yo sé guiarme por las estrellas, me dijo, y dijo que aquélla debía ser Aldebarán, la del nombre más hermoso. Yo no le dije que Aldebarán no siempre se ve en nuestro cielo, yo la dejé guiarme. Después oímos la música lejana de un acordeón y nos miramos en la oscuridad. Mi canción, gritó ella, y comenzó a silbar aquella *czarda* inventada que ahora era una especie de tarantela. Me gustaría contarle lo que vimos en el baile: era como la felicidad. Un coche destartalado nos llevó a tumbos hasta la estación. Ahora es cuando menos debemos estar tristes, dijo. Dios mío, necesito una moneda, dijo de pronto. Yo busqué en mis bolsillos pero ella dijo que no; la moneda tenía que ser de ella. Buscaba en su cartera y me dio miedo de que no la encontrara. La encontró, por supuesto. Ahora yo debía colocarla sobre la vía y recogerla cuando el tren se hubiera ido. No debería hacer esto, me dijo, pero siempre te gustaron los fetiches. También me dijo que debería sacarle un pasaje. Se reía de mí: Yo estoy acá, me decía, yo soy yo, no puedo viajar sin pasaje.

Me dijo que no dejara de mirar el tren hasta que terminara de doblar la curva. Me dijo que, aunque yo no pudiera verla en la oscuridad, ella podría verme a mí desde el vagón de cola. Me dijo que la saludara con la mano.

Por los servicios prestados

El apodo se lo debía a su incapacidad para distinguir el pie derecho del pie izquierdo y al incierto humor del capitán Losa, jefe del segundo escuadrón, con quien está entrampado ahora bajo la nieve, en el socavón, en un desvío del camino a Zapala. Alfonso Juan, se llamaba. Alfonso de apellido. Cómo o por qué lo habían incorporado al Ejército, nadie se lo explicaba muy bien. El caso es que estaba. Llegó una mañana a hacer el Servicio Militar, o lo trajeron a la fuerza de los toldos. Y se quedó tres años, como esperando algo. No hacía mal a nadie y lo dejaron que se quedara. Cuidar las mulas del escuadrón, con las que a veces dormía, hacer de cuartelero y silbar eran las únicas cosas para las que parecía estar dotado. Verlo comer el rancho de tropa era cómico, quizá temible. Comía sin levantar la cabeza del plato, con algo de chico o de animal de jauría, mirando de reojo a sus compañeros como si en cada uno de ellos pudiera ocultarse un enemigo eventual —o un eventual hermano— capaz de disputarle aquella incomparable inmundicia. Pastoseco, era el apodo. El capitán Losa, que había llegado a ese destacamento de frontera, bajo castigo, sin que tampoco nadie supiera por qué o de dónde, el capitán Álvaro Losa, una noche, hacía tres años, le ordenó atarse al borceguí izquierdo un manojo de pasto seco y otro de pasto verde al borceguí derecho, y mientras se hacía cebar mate por algún imaginaria lo obligó a marchar solo por la cuadra al grito de "seco, verde; seco, verde", con todo el segundo escuadrón tiritando en calzoncillos al pie de las camas, mirándolo. (Y ahora están encerrados juntos en este agujero de casi cuatro metros de hondo, en alguna de las encrucijadas de la ruta a Zapala, suponiendo que la brújula marcara realmente el Norte después que el caballo del capitán la pisó y antes de que perdieran brújula y caballo al derrumbarse la primera hondonada: una súbita tormenta de viento y nieve los apartó del pelotón de reconocimiento, se perdieron juntos en los ventisqueros, rodaron abrazados hacia la hoya, algo estalló sobre sus cabezas y Losa y Pastoseco quedaron entrampados en esa grieta. Algo se podría intentar, sin embargo, piensa el capitán Losa. Mira el reloj, mira los ojos de Pastoseco y no se atreve a decir nada.) Desde aquella noche le había quedado esa mirada al indio. Porque Pastoseco era indio, o medio indio. Descendiente de pampas o araucanos, nadie sabía bien. Y el apodo y esa mirada los tenía desde entonces, desde la noche de aquel desfile solitario entre las camas, ida y vuelta muchas veces por el centro de la cuadra de tropa, todo el escuadrón de pie a los costados del pasillo mirándolo pasar, y él marchando, con un atadito de pasto en cada borceguí: verde y seco. O la mirada no, sólo el apodo. La mirada la traía de antes, desde lejos. Como más fría que los ojos, ésa era la impresión. Tenía unos grandes ojos pardos, que parecían claros. Cosa rara en un indio. Y unos puntitos brillantes, plomizos, alrededor del iris, aquello era lo que impresionaba. Esa noche fue también la noche en que el capitán Losa habló de las pelotas y las alitas. Sucedió así: en una de las idas y venidas, el indio, con toda naturalidad, se detuvo. Se quedó parado y no marchó más; y Losa, que no lo miraba, siguió repitiendo "seco, verde" durante unos segundos. Después, sin embargo, debió notar alguna cosa en el pesado silencio de la cuadra. No aceptó el mate que el furriel le ofrecía, dio vuelta la cabeza y miró al indio: su espalda. Porque el indio estaba allá, a unos diez metros, de espaldas al capitán y absolutamente quieto. Losa se puso de pie como incrédulo, gritó qué pasa ahí y gritó marche y desenvainó a medias la charrasca. El indio no se movió. "Por lo que veo", dijo el capitán, "tengo la suerte de mandar un escuadrón de soldaditos muy corajudos y rebeldones, muy toros." Ahora hablaba con todos: "¿Es cierto o no es cierto?" Y el escuadrón gritó a coro: "No, mi capitán." El capitán se paseaba, pensativo, delante de las camas, sin mirar al indio. Terminó de desenvainar el sable bayoneta y se golpeaba rítmicamente la bota con la hoja. Sacando el labio hacia afuera, movió la cabeza como abstraído. Después dijo: "Así que no es cierto." "No mi capitán", contestó el escuadrón. Entonces Losa gritó: "¿Así que no? Quiere decir que yo miento, carajo. ¡Paso vivo en sus puestos todo el mundo!" Y, durante diez minutos, todo el segundo escuadrón, en calzoncillos, desfiló marcialmente sobre una baldosa a veinte centímetros de sus camas. Sólo Alfonso estaba quieto. Como si le costara entender, se había quedado inmóvil en el centro de la cuadra. Una raya honda como un tajo le partía el entrecejo. Los ojos se le habían achicado como hendijas. "Firmes", gritó Losa. El capitán era un hombre alto, corpulento y alto, y más de un recluta lo había visto tumbar una mula empacada, de un puñetazo entre los ojos; Pastoseco era más bien esmirriado, o parecía chico al lado del otro. (Demasiado flaquito, piensa Losa en el hoyo, mirando la saliente, y ve asomarse más arriba la mula de Pastoseco, que los ha seguido entre la ventisca y que ahora los observa con la inexpresividad de un ídolo, desde lo alto. Demasiado flaquito, piensa, no me va a poder aguantar el peso.) Aunque esmirriado no es la palabra. Agotado. No por las idas y vueltas, agotado como si le viniera de siglos, de estirpe, ya manso o amansado a través del tiempo, la humillación y los degüellos. Cuando Losa llegó a su lado y gritó "carrera mar al fondo de la cuadra", su voz fue tan autoritaria que muchos conscriptos, al pie de sus camas, iniciaron el movimiento instintivo de correr. El indio no se movió. Por un instante, Losa y el indio parecieron solos en el mundo, tan grande era el silencio. Losa, entonces, se calmó de golpe. Metió la mano en el bolsillo alto de su garibaldina y sacó un objeto diminuto, plateado, una especie de distintivo: unas alitas. "¡Furriel!", llamó, y el furriel llegó trotando, se cuadró y dijo: "Ordene, mi capitán." "¿Qué es esto?", preguntó Losa. "Unas alitas, mi capitán." "Hable mas fuerte", dijo Losa sin levantar la voz, "que lo oigan bien todos." "Unas alitas", gritó el soldado. Losa dijo que había algo más. "Hay otra cosa, ahí abajo", dijo señalando el borde inferior de las alitas: "Mire bien, soldadito." Entonces el furriel se rio y no dijo nada. "¿No ve lo que hay?", dijo Losa. "Sí, mi capitán", gritó sonriendo el soldado, y Losa dijo que lo que había, y miró a todos los conscriptos al pie de sus camas, era un par de pelotas. Con alitas. Y, sin levantar la voz, repitió aquello varias veces. "Un par de pelotas, y este escudito viene a ser una alegoría, un emblema, ¿a que ninguno sabe lo que quiere decir emblema? Un símbolo", gritó. "Y eso, ¿qué quiere decir?: quiere decir que acá, en mi escuadrón, las pelotas se dejan en el cofre durante todo el año." Mientras hablaba caminó en distintas direcciones unos pasos, de tal modo que al terminar estaba frente al indio mostrándole las alitas. "Porque acá, el que tiene pelotas, vuela." Guardó las alitas, dijo cuerpo a tierra y con el canto del empeine de su bota le pegó al indio en la caña del borceguí, y el indio se vino en bloque hacia adelante, medio patinó unos metros en el piso de baldosas y cayó de costado, pero sin dejar de mirarlo, mirándolo con aquellos ojos de un color raro y como con estrellitas heladas rodeándole las pupilas. Y ahora, en el socavón, Losa rememora sin querer esa mirada, recuerda que al agacharse junto al indio y gritarle carrera mar se sorprendió de la mansedumbre pétrea de aquellos ojos y le causó piedad el indio, pero vio un segundo sus pigmentos fríos, tan cerca estaban sus caras, y temió que el indio no le acatara la próxima orden: "Carrera, march: al fondo de la cuadra", gritó mirando al indio entre las cejas, desviando imperceptiblemente los ojos de aquella mirada que ahora se superpone a ésta, en el socavón, porque es la misma. La mula, arriba, vuelve a asomarse. Losa se ha quedado mirando una saliente que hay sobre sus cabezas, a unos cuatro metros del suelo, y piensa que de todos modos no hay más que una forma de salir de allí, pero no se anima a proponer que sea el indio quien se trepe sobre sus hombros. Capaz de irse solo, piensa. Cien soldados en calzoncillos, hacía tres años, apostaban su alma a que el indio no le iba a obedecer: Losa supo que toda su autoridad dependía de que el indio obedeciera sin volver a golpearlo. No repitió la orden. Y el indio, quien dio por un segundo la impresión de que iba a hacer otra cosa, se puso de pie, corrió hasta el fondo de la cuadra, fue y vino y rodó sobre las baldosas al compás de la voz del capitán, perdió el gorro, desparramó pasto en todas direcciones, anduvo por la cuadra en cuatro patas y, al fin, sentándose en el piso, resopló y terminó pidiendo "Basta, capitanito", en medio del regocijo de cien conscriptos y de la carcajada increíblemente franca del propio capitán Álvaro Wenceslao del Sagrado Corazón Losa que esa vez le dijo: "Bueno, pero antes de acostarte me barrés bien barrida la cuadra, Pastoseco", y que ahora está en el pozo con él, apretado y casi abrazado a él, y acaba de decidir que si en una hora no llega una patrulla a rescatarlo tendrá que salir de ahí de cualquier modo. O esta noche, en el parte de retreta del destacamento, van a figurar un oficial, su caballo, y una mula menos, piensa. Suponiendo que haya quedado algo del destacamento. Y dentro de una semana, si quedó alguien para avisar a la Guarnición, su mujer va a recibir un telegrama de la Patria. Desaparecido en cumplimiento de misión. Ascendido a Mayor por los servicios prestados. Tan duros que nos van a tener que enterrar en el mismo cajón, piensa, pensando por primera vez en el indio. Por ahí, hasta me lo hacen cabo. Y desde aquella noche de hacía tres años, el indio empezó a llamarse Pastoseco y a ser el conscripto más envidiado del segundo escuadrón, porque a partir de esa noche o más precisamente de aquel gesto de sentarse resoplando en el piso de la cuadra y decirle "capitanito", Losa, de quien se contaban historias con mulas tumbadas de un solo puñetazo en medio de la frente, a partir de aquel gesto o de aquella palabra —o quizá en razón de esa hermandad que va creciendo indescifrablemente entre el humillador y el que se humilla, entre el animal golpeado y el hombre que lo amansa—, el capitán no daba un paso sin el indio y lo hizo su asistente: "Mi lugarteniente", decía, palmeándolo, o decía: "Las botas, Pastoseco", y el indio se las lustraba con una dedicación minuciosa, casi ceremonial, pero sin servilismo y acaso impersonalmente, como nieva o suceden las cosas que están dentro del orden de la naturaleza. Lo curioso es que Losa nunca se hizo lustrar las botas si las tenía puestas, ni le ordenó al indio sacárselas o ponérselas, o acaso hubo una primera vez en que el araucano decidió que eso ya no entraba en el orden natural de las cosas. Cuarenta y cinco minutos, piensa Losa, y vuelve a mirar la saliente que hay sobre sus cabezas. El indio se ha puesto a silbar. Unos cuatro metros, piensa Losa. El cálculo es fácil: aun suponiendo que Pastoseco fuese capaz de aguantar sobre sus hombros los ciento dos kilos del capitán (demasiado chiquito, piensa), la saliente quedaría, lo menos, a veinte o treinta centímetros de sus manos, y después, y esto sí era seguro, ni dos indios juntos como éste se aguantaban para levantarlo a pulso hasta la cornisa.

—Vení —dice Losa—. Subí acá.

Se arrodilla. Pone las manos a la altura de los hombros, como estribos, y hace que Pastoseco apoye los pies allí.

—Tratá de llegar a esa piedra —dice.

Se va levantando, despacio, con el indio encima, mirando hacia la saliente sin perder de vista las manos de Pastoseco. Cuando las manos están a punto de agarrar la saliente, Losa, de golpe, vuelve a arrodillarse y baja al indio.

—Se llega —dice Pastoseco.

—Sí —dice Losa—. Se llega.

Mira el reloj y le dice al indio que se arrime. El indio había vuelto a sentarse, lejos. Dos metros es lejos en un hoyo que tiene un piso de dos metros. Le dice al indio que se arrime, que se va a helar de frío. No dice: Nos vamos a helar. Te vas a helar, dice. Arrimate que te vas a helar de frío, indio huevón.

—Tu mula tiene una soga, ¿no? —dice Losa—. Y una pica.

—Tiene.

—Si uno de los dos llega arriba —dice Losa—, le ata la soga a la cincha y tira la soga y la pica acá, al pozo. Y el otro trepa.

La cara de Pastoseco se ilumina. Hace un gesto raro, riéndose con toda la boca. La primera vez que Losa veía reírse así a un indio.

—¿Y si no, cómo, capitanito?

Al rato, sólo le queda la sombra de siempre, el fantasma de una sonrisa en su cara de piedra. Ha cerrado los ojos y Losa teme que se duerma. Si se duerme, se muere, piensa. Y yo también me muero si me duermo.

Saca la pistola y dispara un tiro al aire. El indio no abre los ojos.

—No duermo —dice el indio, con los ojos cerrados—. Y no tirotiés más que se nos va a venir todo encima. Toda la nieve. Malo también si se espanta la mula.

Lejos, se oye el último de los ecos del balazo. Después un principio de trueno, un fragor que parece acercarse y hace temblar el fondo del pozo. Después, nada. Sólo el silbido del indio. (Se quedó tres años como podría haberse quedado trescientos. Nunca hizo guardia y no hacía imaginaria más que cuando Losa estaba de semana. Iba y venía silbando y cebaba mate sin parar. Una madrugada, el conscripto que dormía en la primera cama entró al Detall de Losa. "¿Qué pasa?", dijo Losa. "Que no se puede dormir, mi capitán", y señaló al indio: "el silbido." "¿Cómo era que se llamaba usted?", dijo Losa. "Petrucelli, Omar", dijo el soldado; "Jódase", dijo Losa: "Y ya que está en vela, vístase y cébenos mate a los dos." Y después, mientras Petrucelli cebaba mate: "Este que ve ahí, soldado Petruchoto, es un pampa: un araucano. O lo que queda de un araucano. Cuando Miguel Ángel chupaba vermicelli en los andamios de la Capilla Sixtina, los abuelos de éste empezaron a pelear con los míos. Trescientos años los pelearon. Meta tiro y meta lanzazo. Trescientos años nos costó dejarles esta cara de boludos. Cuando ustedes todavía no habían puesto una pata en la pampa..." Y el indio lo interrumpió bajito, como si no lo interrumpiera: "Calfucurá se paseó a caballo por la calle principal de Bahía Blanca." El capitán Losa lo miró: "¿Qué dijiste?" "Cosas que cuenta la gente vieja", dijo apenas Pastoseco. "Y vos qué sabés quién era Calfucurá." El indio se quedó mirando el mate. "Un indio", dijo. "Terminá de una vez ese mate", dijo Losa, "y andate a dormir, y antes lustrame las botas." Pastoseco le miró los borceguíes que Losa tenía puestos y después, inexpresivamente, le miró la cara. "No, carajo", dijo Losa, "las botas de salida, las que están en el cofre. Los borceguíes se los vamos a hacer lustrar a Humberto Primo. Sabe una cosa, conscripto Pietrafofa, los únicos argentinos de veras que hay en este país son una cruza de ese animal y de gente como yo. No se ofenda, soldado. Ustedes también hicieron lo suyo. Por eso este país es un quilombo. Y por eso el Zoológico está en Plaza Italia." Y de golpe se volvió hacia Pastoseco, con voz inamistosa. "Se paseó a caballo por la calle principal de Bahía, sí. Y también se cuatrerió doscientas mil vacas. Y murió como un viejo choto después del escarmiento que les dimos en Bolívar, contáselo a las viejas cascarrientas de la tribu cuando volvás, si volvés. Ah, y no pijotiés pomada.")

La mula vuelve a asomarse al borde de la grieta. El indio, con los ojos cerrados, deja de silbar y dice de pronto:

—Mostrame las alitas.

El otro lo mira con seriedad y desconfianza.

—Para qué —dice.

Están tan juntos que parecen el mismo cuerpo, ahí abajo. Una carne hermanada por el frío y la vecindad de la noche y el presentimiento de la muerte. Pastoseco se encoge de hombros. Abre los ojos. El otro piensa que de cualquier modo da lo mismo. Saca las alitas del bolsillo, sin dejar de observar al indio, quien, tomándolas con la punta de los dedos, las alza hasta sus ojos. Están mirándose así, a unos centímetros, un hombre a cada lado del emblema, cuando el indio dice que se las regale.

—Me las regalás, che milico —dice.

—Mi capitán —dice Losa.

El indio parece hacer un esfuerzo para entender, entiende al fin y dice:

—Me las regalás, mi capitán.

—¿Vas a aprender a llevar el paso sin pasto? —pregunta Losa.

—Claro, mi capitán.

—Quedátelas —dice Losa.

El indio vuelve a levantar el distintivo hasta sus ojos constelados, mira al capitán por encima de las alitas, lo mira un segundo como si lo viera por primera vez, desvía la mirada y después, abriendo mucho la boca, se pone a reír de tal modo que poco a poco Losa se contagia y también ríe y durante un rato largo los dos están riéndose a carcajadas en el fondo del socavón.

Diez minutos después, el capitán Losa enciende un fósforo y mira el reloj. El plazo ha terminado. Pastoseco está silbando la tonada aquella de siempre en la oscuridad.

—¿Qué es eso que silbás siempre? —pregunta el capitán.

—No sé. Es de hace mucho, de cuando no había nada. Los indios la silban en las cañas.

—Bueno, hermano —dice el otro—. No hay patrulla. Subí.

Pastoseco, arriba, alcanza la saliente; pierde pie una o dos veces, y llega al borde y sale del pozo. El aire, afuera, es más frío pero más respirable que allá abajo. Mira las primeras estrellas y decide el rumbo; monta su mula y se aleja silbando. Después es un puntito, lejos.

Ahora, el silencio de la noche es perfecto.

El decurión

La vida es doble. O por lo menos doble. Mi amigo Moraes lo descubrió alrededor de los cuarenta años, en una exposición de acuarelas *naïve*, aunque, según me dijo, ya lo sospechaba desde hacía bastante tiempo. También hacía bastante tiempo, había comenzado a beber fuerte, si a eso vamos. No es que me pliegue a los rumores que circularon cuando desapareció, ya que esos rumores se referían más que nada al hecho, imperdonable en una ciudad como la nuestra, de que un abogado próspero abandonara a la mujer y a los hijos. Lo que quiero decir es que yo también me he emborrachado a veces y sé que en esos casos uno imagina y hasta descubre cosas. No suelo tomar partido por nadie; pero a Moraes le creo. Se puede decir que nos criamos juntos. Cuando de la noche a la mañana abandonó a la familia, la gente dejó volar la imaginación, aunque tal vez la dejó volar en un sentido equivocado. Se habló de su creciente tendencia a beber no sólo los fines de semana, no sólo en el Club Social; se habló de la más o menos simultánea desaparición de una señorita de reputación muy oscura, aunque quince años menor que Elisa, su mujer. Y hasta se habló de no sé qué irregularidades en el juicio sucesorio de unos campos, en el que Moraes trabajaba en esa época. Yo sé que ninguna de estas razones tiene nada de verdad. Ignoro cuál es la verdad, pero me inclino a pensar que Moraes no puede ser juzgado a la ligera. Si la vida es doble, como él decía, ahora debe andar por ahí, buscando una grieta, una puerta o una claraboya que lo saque de ésta. Uso las palabras que él pronunció una noche, en el Club Social. Me preguntó si me lo imaginaba, a él, intentando pasar por una claraboya o una grieta, y se tocó la barriga. Se reía de un modo ambiguo, como si le doliera la cara. O tal vez esta impresión la causaba el whisky, no me refiero sólo al de él. Me acuerdo haberle dicho que hiciera régimen, y él me miró como si yo fuera idiota. Insistí en que no le vendría mal bajar un poco de peso, debía de estar veinte kilos por encima de lo razonable. Treinta, me corrigió él; pero agregó que lo muy por encima de lo razonable era intentar explicarme nada. Yo, lo reconozco, no suelo prestar demasiada atención a los que hablan mucho, los dejo y me pongo a pensar en mis cosas; una manera como cualquier otra de armonizar con la gente. Se dicen demasiados disparates en esta vida; si uno escucha tiene la tentación de discutirlos. Moraes, además, era la última persona con la que me hubiese gustado discutir. Era un amigo, y hasta puede decirse un buen amigo. Todo lo amigo que puede ser, en una ciudad como la nuestra, uno de esos desconocidos a quienes vemos todos los días. Fui padrino del mayor de sus hijos, en la adolescencia estuve un poco enamorado de Elisa, habíamos ido juntos al colegio uno o dos años, nos emborrachábamos los fines de semana. Él no me cobraba su asesoramiento de abogado y yo, una vez por año, le regalaba cariñosamente un libro, que él no abría. La amistad, en la vida real, es más o menos así. Como el amor es más o menos lo que Moraes sentía por Elisa. En los libros las cosas ocurren de manera algo distinta, pero éste es un argumento contra los libros. Y no digo más, no vaya a ser que me pase lo de Moraes. Yo tampoco estoy muy conforme con mi persona, pero me gusta ser bibliotecario. Y lo que a Moraes le pasaba, ya lo dije, es que había ido descubriendo, poco a poco, que en ciertas vidas hay más de una vida. O que en la de él las había. Lo empezó a sospechar en sus conversaciones con la tía Teresa, la tía abuela que lo había criado cuando murieron los padres. La tía Teresa, sin embargo, no era un testigo muy sólido. Era casi centenaria. Estaba arteriosclerótica desde hacía por lo menos treinta años.

—Justamente —dijo Moraes—. Ellos recuerdan perfectamente el pasado. Y lo que yo digo empezó a sucederme en su pasado.

—No sé si te sigo.

—Empezó a sucederme cuando yo tendría diez años. Vos te acordás de mí cuando tenía diez años.

Le dije que sí. Íbamos al mismo colegio. No lo tenía demasiado presente pero evocaba a un chico flaquito y callado, al que siempre elegían cuando alguien debía recitar poesías en las fiestas. Costaba armonizar aquella imagen con la del formidable doctor extravertido que tenía delante. Se lo hice notar, amistosamente.

—Entonces estás empezando a darte cuenta —dijo Moraes.

Moraes habló mucho, y no sólo esa noche. Yo recuerdo sus palabras a mi manera, sin intentar transcribirlas. Los abogados, con el tiempo, terminan articulando una jerga que hace increíble cualquier historia, salvo para los jueces. Lo que siempre me ha hecho dudar seriamente de la sensatez de la Justicia. Y lo que él me contó parecía muy convincente, al menos con una botella de whisky a mi lado. Para decirlo sin más demora: hubo un momento en su vida, muchos años atrás, en que Moraes estaba en dos lugares al mismo tiempo. En nuestra ciudad y en un internado salesiano de Ramos Mejía. En nuestra ciudad y en un pueblo *naïf* de tarjeta postal. Este descubrimiento, lo repito, fue gradual, y al principio no estuvo acompañado por el recuerdo. Una tarde, mientras tomaban el té, la tía Teresa mencionó unas medallas, y él, por el gusto de hacerla hablar y porque la trataba con esa forma invertida de amor filial con que los hijos adultos tratan a las madres escleróticas, como si fueran nenas, le preguntó cuáles medallas, si las que el abuelo había ganado en la guerra contra el Paraguay.

—De qué está hablando este loco —dijo la tía Teresa—, esas medallas que decís fueron un baldón. Yiya y la abuela le tenían prohibido que se las pusiera. Y cuando nos vinimos pobres se vendieron todas, gracias al cielo. Hablo de *tus* medallas.

—Cómo me llamo, tía —preguntó Moraes, cautelosamente.

—Cómo que cómo te llamás, cursiento. Me estás insinuando que te confundo con el coronel, que murió hace sesenta años. Sé muy bien quién sos. Hablo de las tres medallas que ganaste en los salesianos.

Moraes me contó que en ese momento sucedieron dos cosas. La tía pareció olvidar todo lo que había dicho, y él tuvo una alucinación. Una doble alucinación. Sintió en la mano el peso de un objeto frío y circular, del tamaño de una gran moneda, y vio, en algún lugar de su memoria, una medalla de bronce que tenía pintada una Cruz de Malta azul con la inscripción *Ora et Labora*.

—Duró un segundo —dijo Moraes—. Menos. Pero era más real que esta botella.

—Ora et Labora —comenté, sirviéndome whisky—. Pudo ser un mensaje de Dios. —Moraes me miraba con algo muy parecido a la furia, y a mí me ponen mal los hombres violentos. —Lo raro es que Teresita habló de tres medallas —continué con naturalidad—. ¿Cómo eran las otras dos?

—Vi una sola —dijo Moraes—. Vi y sentí una sola. Y lo raro no es eso. Lo raro es que yo nunca fui a ningún colegio salesiano. Yo estaba acá, con ustedes, en quinto grado, cuando el otro que era yo ganaba esas medallas en el internado. Y querés que te diga cómo se llamaba ese colegio, se llamaba Wilfrid Baron de los Santos Ángeles.

—Te darás cuenta de que eso es imposible —le dije.

—No —me dijo—. El problema, justamente, es que no es imposible. Porque ahora sí recuerdo perfectamente las tres medallas. Una tenía la cara de Don Bosco, era plateada. La otra es una especie de sol incásico. Vamos a mi estudio, quiero mostrarte algo.

—Las medallas —dije.

Dijo que no. Quería mostrarme una pintura *naïve*.

Esa pintura, según Moraes, era la casi exacta reproducción de un pueblo que la tía Teresa, después de aquella primera conversación en que aparecieron las medallas, le había descrito fragmentariamente muchas veces. Era un lugar en el que habían vivido cuando ella, en 1943, lo sacó del Don Bosco. El cuadro, apaisado, de unos cuarenta centímetros por treinta, era algo así como un apelmazamiento de casitas para enanos vistas en perspectiva de pájaro. Moraes señalaba con el dedo un camino, una casa, un grupo de árboles, y me decía que él había estado cien veces en esos lugares, y no porque lo dijera la tía Teresa sino porque él lo recordaba. El problema, al menos para mí, es que también en esa época él se recordaba a sí mismo en nuestra ciudad, me recordaba a mí tal como yo lo recordaba a él, un poco vagamente pero sin que la continuidad entre su infancia y este momento sufriera la menor ruptura. Moraes hablaba de cadenas y eslabones. Decía, o quería decir, que el yo es una noción que establece la memoria, una cadena compuesta por eslabones de recuerdos. No había ningún vacío en su vida, ningún hueco. El chico que perdió a los padres a los ocho años y el hombre que ahora me hablaba eran una continuidad, casi podría decirse una fatalidad. Sólo que, a partir de aquella conversación con la tía Teresa, había ido descubriendo un espacio dual, una tierra de nadie en la que se superponían dos Moraes. Y él, si yo estaba entendiendo bien, sentía que algo o alguien le había impedido seguir siendo el otro. Le insinué que en algún sentido a todo el mundo le pasa, y él me gritó que no todo el mundo lo siente como él lo sentía. Traté de calmarlo preguntándole cómo había conseguido esa pintura. La había comprado en un viaje a Barcelona. Moraes pasaba un atardecer frente a una galería y vio el nombre de García Curten.

—Ese mamarracho no lo pintó García Curten —dije yo.

Claro que no lo había pintado García Curten. Lo había pintado una infradotada que, a su vez, parecía pintada por García Curten. Tenía un ojo caído y le faltaba un dedo. Moraes había entrado en esa galería pero nunca pasó de la primera sala. Había una exposición *naïve*. Vio en una de las paredes ese cuadro y quedó hipnotizado. Acá intercaló una pregunta que yo no supe contestar. Me preguntó si a mí me parecía normal que él, el gordo doctor Moraes, tuviera a veces la compulsión de entrar en una galería de pintura, en una sala de conciertos. Yo iba a contestarle que por lo menos no tenía la compulsión de leer los libros que le regalaba, pero me callé. Había algo de cierto en lo que estaba diciendo; Moraes tenía una especie de amor larval por la belleza. Lo que no entendí es qué quería demostrarme. El caso es que Moraes estaba tan hechizado por ese cuadro que cuando la autora se acercó a preguntarle si le gustaba, dijo que no, que se trataba de otra cosa, menos mal que de inmediato agregó que quería comprarlo. Le costó una fortuna. Lo demás había sido un malentendido gigantesco y más bien cómico. Moraes preguntó a la mujer dónde se había inspirado para pintar aquello, cómo se llamaba ese lugar. Ella dijo que ese lugar era ninguna parte. O acaso ella misma. Los artistas, le dijo a Moraes, se inspiraban en paisajes interiores, tomaban un arbolito de acá, unas vacas de allá, evocaban un cielo perdido en los pliegues de la infancia y luego, gracias al sufrimiento y al genio, inventaban cosas. "Pero yo conozco este lugar", me dijo Moraes que le había dicho al esperpento, "mi tía me lo describió mil veces." La pintora parecía estupefacta y conmovida. Le dijo a Moraes que la tía y ella debían ser espíritus gemelos o que quizá, y esto era lo más probable, el arte había conseguido una vez más su objeto, imitar la realidad.

—Tan tan descaminada no andaba —observé—. Leonardo decía casi lo mismo.

—Total que compré el cuadro y volví a la Argentina —continuó Moraes sin enterarse de mi comentario—. Cuando se lo mostré a tía Teresa, sabés qué hizo. Lo miró un rato sin dar la menor muestra de emoción, sin entender siquiera qué se esperaba de ella. Y al fin dijo que era un mamarracho.

—Tampoco ella andaba tan descaminada —creí pensar.

—¿Cómo? —dijo Moraes.

—Que sigas, por favor.

—No se acordaba de nada, por más que insistí y di vueltas no parecía recordar nada. "¿Qué viene a ser?", me preguntó, "¿por qué está todo tan amontonado?" Dijo que nunca había visto una tarjeta postal tan grande. Me había descrito ese lugar veinte veces, y no sólo eso, hace unas semanas volvió a temar con las medallas y con el año que pasamos juntos, y cuando yo le pregunté cómo era ese pueblo, lo describió otra vez. No sólo lo describió, me dijo: "Era casi igualito a ese tarjetón que Bartolo me mandó de Europa, ¿dónde lo metí?" Hablaba de la pintura, claro, creía que...

—Me doy cuenta —dije.

—Te das cuenta de lo superficial —dijo violentamente Moraes—. Te das cuenta de que la tía confunde las cosas, no de lo que a mí me pasa. Oíme. Te juro que ese pueblo, lo haya inventado o no la tipa de Barcelona, existió en mi vida. Existe. Detrás de esa arboleda, ves, ahí había un aljibe. En mitad de la calle. Un aljibe público. Esos detalles no se inventan, por qué me mirás.

—No veo ningún aljibe, Moraes.

—Yo tampoco lo veo, no en el cuadro; pero sé que estaba allí. Todo esto te parece una locura, una conversación de borrachos.

Le dije que no. Se lo dije con sinceridad, pero daba lo mismo; Moraes siguió hablando hasta el amanecer.

Cuento esto como si hubiera ocurrido en una sola noche incesante. Fueron varias, gritadas y caóticas. La teoría de Moraes era sencilla. Hay momentos en la vida de un hombre que son como encrucijadas secretas. Como desvíos. Sólo que nadie lo sabe. Uno elige este camino o aquél, y a veces se equivoca. Pero estoy contando mal. Moraes en realidad no creía que nadie eligiera nada, y no pensaba en los hombres en general, pensaba en él. Él se había equivocado. Y tal vez algo peor. Alguien, o algo, sin que Moraes pudiera intervenir, había decidido por él. La tía Teresa estaba del lado correcto del desvío. Desde allí le hacía señas, siempre se las había hecho; señas que cada vez se volvieron más tenues, menos comprensibles. Hasta que al fin ella misma lo olvidó todo. Al principio, cuando Moraes tenía entre diez y quince años, la transformación completa no se había operado. Y de ahí los recuerdos dobles. Creo que él pensaba algo así.

—Mirá —me dijo—. Mirá bien esto.

Sacó de un cajón del escritorio una fotografía que reconocí de inmediato. Era nuestra división, en segundo año Nacional. Me pidió que le dijera cuál de esos adolescentes era él. Confieso que me dio mucho trabajo encontrarlo, aunque sabía perfectamente dónde estaba. Era casi imposible vincular a aquel muchacho delgado, algo borroso, de aspecto ausente, con este sólido Moraes a quien me habitué a mirar en los últimos veinte años. Era él, por supuesto. Sólo que éste de ahora parecía haberse ido construyendo de cualquier modo alrededor del otro.

—Supongo que sos éste —dije molesto; sabía que era él, lo que me molestó fue haber pensado "supongo" y no habérmelo callado—. Estás al lado mío.

—Suponés —dijo Moraes—. Lo sabés perfectamente; éramos muy amigos en ese tiempo. Sabés que *debo ser* ése, pero no podés concebir que ése haya llegado a ser yo. Porque, decime:

¿cómo se llega a esto? ¿Cómo llegué a pesar 120 kilos? ¿Cuándo dejé de quererla a Elisa? ¿Cómo hice para estudiar abogacía y cuándo empezó a gustarme, si yo detestaba hasta Instrucción Cívica? Escuchame, ¿te acordás de la *Sinfonía en gris mayor*? El mar como un vasto cristal azogado. Y todo lo demás. Miré los muros de la patria mía. Serán ceniza, mas tendrán sentido. Aljaba, almena, almohada, esas palabras vienen del árabe. En todo el idioma castellano hay una sola vocal larga. La "i" de pie. Pie del verbo piar. Ésas eran las cosas en las que me gustaba pensar. ¿Te acordás o no te acordás? Eras mi amigo, eras mi amigo justamente porque a los dos nos gustaba. Silencio sonoro, Dios mío. Silencio sonoro. Hablábamos noches enteras hasta la madrugada, hablabas vos, porque yo ni siquiera tenía facilidad de palabra. Polvo enamorado, a la caza le di alcance, oh y esta noche el viento no sé qué ritmo tiene. Yo era así. Contestame, carajo.

—No exageres —dije—. Yo también, en algún momento, hice las cosas mal. Nos pasa a todos. Yo también cambié. Ese adolescente que está ahí tampoco tiene mucho que ver conmigo.

—Estás hablando de otra cosa —dijo Moraes—. Estás hablando del fracaso, o de la vejez. Claro que cambiaste. Pero cambiaste en tu misma dirección. Sos un bibliotecario de morondanga que se está quedando calvo y se emborracha en el Club Social los fines de semana; no es un destino brillante, y hasta es mucho menos brillante que el mío. He sentado precedentes jurídicos que figuran en tesis, he ganado juicios imposibles. Me invitan a Europa. Pero yo te miro ahí y te miro acá y digo es él, él a la caza le dio alcance. Y si no le dio alcance es porque no quiso o no lo intentó. A vos no te robaron tu vida. Vos, en todo caso, la estropeaste solo. Y no sé, no sé. Yo creo que a todos nos roban la vida.

—Me voy a casa, Moraes —dije—. No me gusta el tono de esta conversación.

—Perdoname —dijo—. Sabés que no quise molestarte.

Me miraba como si me pidiera algo. Yo también lo miré.

—Me doy cuenta, Moraes —le dije.

Sé que él escuchó estas palabras no sólo como una respuesta, sino como una confirmación. Y a lo mejor yo las pronuncié así.

Durante un tiempo no volvimos a hablar del tema. Las veces que lo vi parecía mucho más tranquilo. La tía Teresa murió en agosto acertando su propio vaticinio de los últimos treinta años sobre la inclemente peligrosidad de ese mes para la gente anciana. Moraes no la lloró. Más tarde, eso fue tomado como prueba retrospectiva de su indiferencia por la familia. En el entierro, Moraes me tomó del brazo y dijo que necesitaba hablarme. Me esperaba esa misma noche en su estudio. Fui. Sobre el escritorio había dos medallas. Una plateada, con la efigie de Don Bosco, de perfil, en relieve. La otra era la Cruz de Malta; en el reverso vi la inscripción *Ora et Labora*.

—La tercera no apareció —dijo Moraes—. Supongo que la recordaba demasiado mal... Estaban en un arcón de la tía Teresa.

—Esto no demuestra mucho. Podrían ser de otro.

Moraes estaba sereno y sonriente. Hasta me pareció más flaco.

—*Son* de otro, no te quepa ninguna duda. Mirá esto, por favor.

Era uno de esos anuarios que publican los colegios religiosos. Lo abrió en una página marcada con una violeta seca y lo hizo girar hacia mí. Me pidió que me fijara en el retrato de grupo de la página par. Quinto grado A, decía. Vi un orondo sacerdote sentado y un grupo de chicos de pie, todos vestidos con guardapolvos que debían ser grises y medias negras. La fotografía no era muy buena; mirados de golpe, todos parecían idénticos. Sin embargo, ahí estaba Moraes, en primera fila. A la derecha del sacerdote y con una banda cruzada sobre el guardapolvo. Moraes no me preguntó ni dijo nada.

—Sí, sos vos. O alguien de la familia, muy parecido a ustedes. Ese chico es igual a tus hijos.

—De eso también podríamos hablar —dijo Moraes—. De la belleza de mis hijos. Yo soy muy feo, y mis hijos son hermosos. Y, sin embargo, se parecen a mí. Es raro eso. Alguien mete la mano en la vida, alguien desordena las cosas. ¿Sabés qué es esa banda, la que llevo puesta? Yo sí. Me acuerdo perfectamente cuándo me la pusieron. Yo era decurión, así nos llamaban. Vaya a saber por qué. Y ahora mirá la lista de nombres que figuran al pie de la foto.

Era el apellido y el nombre de los alumnos, por orden alfabético. Sentí que cuando llegara a Moraes iba a tener miedo. Lo que no esperaba es lo que sucedió: no figuraba ningún Moraes. Ninguno de esos chicos era él. La lista saltaba de Marconi a Nahón. Leí toda la lista. Ni siquiera había un apellido parecido, en ninguna letra. Me dio un poco de lástima. Le hice notar que él no estaba allí, Moraes seguía sonriendo. Dijo que sí, que estaba. Era el de la banda.

Creo que en ese momento sí tuve miedo. Confieso que, por primera vez, pensé si Moraes no estaba algo loco. Él se puso de pie, enorme, rodeó el escritorio y se paró junto a mí. Me pasó un brazo por los hombros.

—Qué te pasa —dijo—. Estás tenso. En el cajón hay una botella de whisky, servite. Pero antes hacé algo por mí. Contá, por favor, cuántos nombres hay en esa lista. Y después contá los chicos que aparecen en la fotografía. O, si no, creeme. Falta un nombre. Contalos, no me ofendo.

Mi primera intención fue no contarlos, pero los conté. Los conté dos veces, antes y después del whisky.

Esa noche volvimos a hablar mucho, y acaso él dijo alguna de las cosas que ya referí. La vida es doble, y la de él debió ser la otra. Alguien o algo había ido borrando los rastros del tiempo que él llamaba la tierra de nadie. Tal vez les pasa a todos, o a muchos. De no haber sido por la fijeza demente de los recuerdos de la tía Teresa, aquella cosa habría logrado su propósito. La violetita, dijo Moraes, seguramente era de allá: señaló a su espalda el cuadro *naïf*. Entonces se me ocurrió que Moraes podría probar que tenía razón, y se lo dije. Sólo tenía que ir a ese colegio y revisar los archivos del año correspondiente. Tenía que estar anotado en alguna parte. Algún cura, además, debía acordarse. Moraes me miraba con placidez. Alguno muy viejo tal vez lo recordaría, alguno un poco arteriosclerótico. Pero lo demás era un disparate. Su nombre no iba a figurar en ningun archivo, en ningún registro. Ya estaba borrado, ya había desaparecido como desapareció en la foto. Esa cosa trabaja muy bien, decía Moraes.

Cuando nos despedimos faltaba un rato para el amanecer. Lo recuerdo, vasto y casi feliz, desperezándose con enormidad en la puerta de su estudio.

—Che, no dejes que se comenten muchas macanas de mí.

Fue lo último que me dijo.

Yo no me preocupo por lo que murmura la gente, ya lo expliqué al principio. Moraes, para mí, tenía razón. No estoy de acuerdo con eso de que tal vez a todos nos pasa, ni con que alguien o algo, deliberadamente, se tome el trabajo de intervenir en nuestra vida. Yo creo que su caso era único. También puedo aceptar lo que dice la gente de la ciudad sobre la chica que desapareció casi junto con Moraes o sobre el juicio sucesorio. Hay tantas maneras de buscarse. Pero más que nada lo imagino por ahí, solo, con un cuadro *naïf* bajo el brazo y dos o tres medallas en el bolsillo, olvidando poco a poco a Elisa y a los chicos, a mí, a nuestra ciudad.

Thar

Thar significa venganza. La literatura, hace unos años, quiso que yo recordara haber leído esa palabra en un libro de Washington Irving; la vida, hace menos de un mes, que la encontrara en el fondo de una mercería, en Jeppener.

La literatura, escribí; no es cierto. Fue el encargo de redactar un cuento para la revista *Vea y Lea*, cuento, según se me pidió, donde debía haber por lo menos un muerto. No pude escribirlo, de eso me acuerdo. También me acuerdo de que no será éste. Esa vez pensé que el Cercano Oriente —sus largos rencores, sus médanos sanguinarios— era lo bastante exótico, alevoso y extranjero como para armar un buen relato de autor nacional. Nunca fui imaginativo; pensé de inmediato en la Biblia, en una poderosa aniquilación bíblica. Después pensé en los comunicados de la DAIA y de la AMIA y elegí el Islam. Un odio entre familias me pareció lo mejor. La anécdota era lo de menos; ya en el siglo XVI, Shakespeare ideó para todo uso el odio tribal más ilustre. En mi historia, como también le pasaba a Shakespeare, morían asesinados todos. Lo que nunca pude resolver fue un problema gramatical: la ortografía castellana de la palabra Thar. Todavía la ignoro. La página de Washington Irving donde aún hoy la sitúa mi memoria no dice Thar, dice: "La venganza era casi un principio religioso entre ellos. Vengar la afrenta hecha a un pariente era el deber de la familia, envolvía a menudo el honor de la tribu entera y estas deudas de sangre abarcaban generaciones." Mi traducción española del Corán tampoco dice Thar, dice Talión. "Se os prescribe la Ley del Talión en el homicidio: el libre por el libre, el esclavo por el esclavo, la mujer por la mujer." (Azora II, versículo 173.) Y dice: "Persona por persona, ojo por ojo, nariz por nariz, oreja por oreja, diente por diente: las heridas se incluyen en el Talión. Quien dé como limosna el precio de la sangre, eso le servirá como penitencia." (Azora V, versículo 49.) Lo cual me indujo a pensar que Alá es por lo menos tan justo como Jehová, y que Thar y Talión son la misma cosa. En medio de esta filología se fundió la revista *Vea y Lea* y yo creí librarme para siempre de aquel cuento.

Nunca habría empezado a escribir éste de no haber mediado Jeppener. O, más precisamente, el fondo de una mercería, en Jeppener.

Debo decir que Jeppener existe. El mapa de la provincia de Buenos Aires lo sitúa en la línea del Ferrocarril Roca, entre Brandsen y Altamirano. Algún lector de buena memoria tal vez lo relacione con cierto recuadro policial del 27 de julio. Localidad, decían los diarios, y es un caserío polvoriento donde siempre es la hora de la siesta y chicos pensativos hacen bogar barquitos de papel en los zanjones. La mercería que digo está a la derecha del ferrocarril, viniendo de la Capital, a una cuadra de la estación. Su dueño pasaba por ser turco y el vecindario lo llamaba Alí. La cariñosa soledad de unos primos me llamó a Jeppener; la dificultad de Alí para escribir en argentino, a su trastienda. Ya no recuerdo la carta que redacté esa primera tarde —algún pedido de trencillas, de sedalinas—; recuerdo, en cambio, una espada sarracena colgando descomunalmente de una pared. Grabada en la hoja, reconocí la palabra perdida: la adiviné, misteriosa y amenazante, dibujada en caracteres semíticos. Ignoro demasiados idiomas como para preocuparme por no leer árabe. Me preocupa mucho más lo que en ese momento sucedió. He dicho que reconocí la palabra o la adiviné; debería admitir que la leí. *Thar.* El viejo turco, que por supuesto era árabe y tendría unos ochenta años, me contó la historia de la espada.

—Fue —dijo— de Umar ibn Yadir.

Después habló las cosas que yo quiero referir ahora. Su relato se rompía en el tiempo; restaurar sus partes y olvidarme de la pronunciación de Alí son los únicos méritos que me atribuyo. Donde el mercero decía: "Ostié lo sabi", yo escribiré: "Usted lo sabe", y no estoy seguro de obrar bien. En todo lo demás, esta versión será mucho más pobre que la del viejo. Oyéndolo debí comprender que Alí pudo gozar en este mundo de un destino mejor que su mercería de Jeppener, en lo más perdido de Sudamérica, en la Argentina; el solo hecho de ver su mano junto a la empuñadura de la cimitarra debió bastar para que me diera cuenta. También debí recordar en qué fecha huyó Mahoma hacia Medina (y qué le pasó al calendario), Mahoma, a quien el mercero nombraba Muhammad o Mohamed y al que, sin cambiarle la voz, calificaba asombrosamente de perro parido por el culo o de joya rutilante entre las estrellas de Alá. Ya confesé que mayormente me falta imaginación; oyendo al viejo, casi descubro que también me falta grandeza. De puro mezquino, lo imaginé lugarteniente o segundón de algún jeque, bárbaro guardaespaldas de algún bárbaro señor poblado de mujeres, petróleo y anteojos ahumados. Me equivoqué. La espada sarracena, pensé, sería el recuerdo de un salvaje y dichoso patrón de Alí. También me equivoqué.

La historia termina días pasados pero empieza hace siglos. Hubo, mucho antes de nacer Mahoma, en tiempos que los copistas musulmanes llaman los Días de la Ignorancia, en la montañosa Hedjaz, una raza temible por su estatura y por su orgullo: la gigantesca raza de Thamud. Idólatras, el viejo sabía que ya habitaban la Tierra en edad de los Patriarcas y que la sumieron en el escándalo y el error. El Misericordioso les envió entonces un varón santo que se llamaba Saleh e hizo brotar de la roca viva una camella con cría. El concluyente milagro, sin embargo, redimió sólo a una parte de la tribu: la otra, descogotó a la camella. "Antes", me detalló el viejo, "la habían atado a una especie de palenque"; después, un gran alarido partió el cielo, empezó a tronar, cayeron rayos y meteoros sobre los herejes y, en el acto, mordiendo la tierra, todos rodaron por el suelo. Me he documentado: la tradición afirma que todos estaban muertos; el viejo Alí discrepa acá con los historiadores. Irving, Weil, Abulfeda, se figuran éticamente que sólo los conversos sobrevivieron a la maldición de Alá y que allí nació el Islam. El mercero es más razonable: No todos los Grandes Antiguos, me aseguró, fueron aniquilados ese día. Por eso una de las tribus de la raza de Thamud se partió en dos bandos; en el medio quedó el odio. Y el Thar.

Como es natural, hay en la historia un protagonista desventurado (el desventurado Umar ibn Yadir, a quien yo creí cobarde pues no entendió el oráculo del agua) y hay una consigna tribal que, arrancando de sus juegos a los primogénitos, los iniciaba en la edad viril. *Cuando un varón navegue su espada en la maldita sangre de un bastardo, hijo de chacal y de perra, dormirán los que purgan vigilia bajo la arena*, dice.

La obediencia de esa gente no fue menos espantosa que su maldición. El viejo me habló de caballos arrasando durante siglos las tiendas de una y otra tribu. El fuego, con el que sólo mata Alá, fue combatido con la degollación, y el odio desparramó sangre y ceniza árabes por el desierto y por el viento. Cuando nació Umar, su abuelo Selim fraguó él mismo una cimitarra, engarzó su empuñadura de piedras y grabó en su hoja: Thar.

—Esta espada.

Y la voz del mercero de Jeppener retumbó.

Había descolgado el arma; sobre la pared quedó en el polvo el dibujo preciso de una medialuna. Y yo sentí aquel vínculo que ya dije, no sé qué secreta relación de causa y efecto entre el puño del viejo y la empuñadura. Cuando el viejo volvió a colgar la cimitarra, miré su mano: me pareció inconclusa, mutilada.

En blandas tardes de Jeppener, en siestas sonoras de torcacitas, oí el resto de la historia. Supe que Umar no fue terrible: fue desdichado. El mes pasado comprendí que tampoco había sido cobarde. Y ahora, mientras releo mis borradores, veo que se produce en la historia algo así como un mínimo milagro. Se dio mientras Alí me relataba una cabalgata, que yo escribiré un poco más adelante. El arbitrario castellano del mercero, alterando tiempos verbales y géneros, armó este espejismo:

—Y Umar galopó, don Castillo, y llegué a Damman bajo un luna de sangre.

De donde resulta que la Luna es varón y que un hombre sale al galope y cuando llega es otro.

Umar ibn Yadir nació en el año 1260. Cuando escuché esto entendí que el viejo Alí jamás podría haber sido su lugarteniente, a menos que yo estuviera hablando con su ánima o con un anciano de setecientos años. De todos modos, pregunté cautelosamente:

—Cuántos años tenés, Alí.

—Ochenta —dijo.

Me tranquilicé y él comenzó a recordar recuerdos de hace siete siglos. El padre de Umar, me dijo el viejo, se juntó de muy joven con una muchacha misteriosa y bella; al regreso de un viaje a Oman la trajo con él, robada (pero ella quiso ser robada) y nadie conoció nunca su origen. La chica está preñada y se llama Yasmín. En la historia hay ahora vestidos multicolores, panderos y danzas: bajo el ancho plenilunio del desierto la tribu celebra el nacimiento de Umar. Ésa es la noche que se conoce como Noche de la Degollación. Porque entre los cantos se oirán galopes; finas patas irrumpen tumultuosamente en la madrugada de la fiesta. Yasmín es muerta en la misma cama de donde, un segundo antes, Selim, abuelo de Umar, levantaba en brazos al chico. Una cimitarra cae en la frente del abuelo, quien nunca se repondrá de aquella herida pero que ahora alcanza a huir con el recién nacido contra el pecho. A plena luna, bajo el más hermoso de los cielos creados por Alá, el Clemente, las dos tribus se atropellan a muerte y los caballos que se pechan en la penumbra, sienten, empavorecidos, el vacío sin peso de la montura degollada. Según el viejo, más de quinientos caballos sintieron lo mismo esa noche. Quizá fue una exageración; pero sí es cierto que el exterminio fue meticuloso y parejo. Al amanecer, el padre de Umar plantó en el pecho del último hereje la lanza patriarcal y lo dejó clavado en el piso a las puertas de su tienda, y ahí mismo expiró, bendiciendo a Mahoma y a Saleh.

—Se había cumplido el Thar —dije yo con estupidez.

El viejo mercero de Jeppener me miró con fatiga; antes había levantado sus ojos hacia la espada sarracena.

Dijo que no.

Umar y su abuelo Selim creyeron durante mucho tiempo, como yo, que la antigua profecía (cuando un varón navegue su espada en la maldita sangre del último bastardo, hijo de chacal y de perra) se había cumplido durante la Noche de la Degollación. Pero un hombre jadeante, un mensajero, se arrodillará una tarde junto al lecho donde el viejo abuelo Selim agoniza de la herida que recibió veinte años atrás, y también dirá que no, que todavía no. Lejos, en la fantástica Damman, vive un hombre casi centenario, el último de la tribu inmunda que no siguió a Saleh. La bondad y la previsión de Alá lo hicieron longevo; de otro modo, Umar no habría crecido lo suficiente como para degollarlo, debió pensar el abuelo Selim. Selim ahora llama a su lado a Umar. Lo llama hasta su cama como en los buenos tiempos en que le contaba la hermosa historia de Borak, la yegua alada, y del zafiro que los efrits robaron de la Caaba; pero Umar, que llega, no es el chico atónito que escuchaba apólogos ejemplares, sino un hombre sombrío y poderoso que acaba ciñéndose la espada de los primogénitos y que se puebla de odio.

—Y Umar cabalgó, don Castillo —dijo el mercero, equivocando los tiempos de verbo y haciendo varón a la luna—, y llegué a Damman bajo un luna de sangre.

Porque hay en la historia una cabalgata nocturna sobre arenales sin término que tienen la forma y el color de los sueños, y hay, entre las sombras, antepasados clamorosos de venganza, que galopan junto a Umar. Hay, por fin, al fondo de una calle donde se oyen los balidos de un matadero y las voces nasales de los cantores ambulantes, una casa blanca en forma de herradura, con muchas habitaciones que dan a un patio cuadrado. Umar, me dijo el viejo, nunca había estado en esa ciudad, pero sintió en el corazón que reconocía los maceteros de arcilla, las rosas, el rosedal de alambre. La casa estaba abierta y vacía, como si lo esperara. En una de las habitaciones vio un cuerpo. Ya no era un hombre, era un muñeco horrendo con los ojos fulminados por los mediodías del desierto y la piel transparente por la edad. Umar invocó su odio y a sus muertos, y, por miedo de ceder a la piedad, voleó a ciegas su espada sobre la cabeza que yacía entre las almohadas. Lo detuvo una voz.

—No —dijo la voz, desde allá abajo.

En este punto del relato hay dos sorpresas. Una, hace muchos años, en Arabia: la sorpresa y seguramente el terror de Umar ibn Yadir. La otra, en la Argentina, no hace un mes: la del viejo mercero Alí. Porque yo le dije que adivinaba el resto. Recordaba otras historias y lo adiviné; al viejo sólo pude explicarle que mi oficio era inventar cuentos (recordarlos, como todos), y él me preguntó si escribiría éste. Le dije que siguiera.

—Tu madre no era musulmana —dijo el anciano ciego: su voz era inesperadamente firme, inesperadamente sonora—. Tu madre era mi hija, creyente de la vieja fe como yo, como todos los de mi sangre, y mi sangre está en guerra con Muhammad, el impostor, desde antes que el Islam naciera, desde que descogotamos la camella de Saleh. Un beduino, corazón de chacal, la sedujo y la robó una noche, el perro de tu padre, hijo del impío Selim, que el cielo los maldiga. Pero Umar es mi sangre, puesto que nació del vientre de mi hija; y yo te impongo el Thar.

El brazo de Umar ya no caerá sobre la cabeza del abuelo, quien sonríe en la muerte porque el nieto ha salido al patio de las rosas a consultar la noche.

Una hora más tarde, Umar volverá a entrar, pondrá su mano en la frente del cadáver y le dirá a un cadáver que descanse en paz.

Los arenales de regreso, como los de la ida, son un mal sueño. Sólo que ahora la inútil espada del Thar ha sido condenada a no envainarse y los fantasmas vengativos pertenecen a dos tribus. Sin nadie a quien matar ni de quien vengarse, Umar consulta a una hechicera. La vieja quema unas hierbas y da unos gritos, inquiriendo al misterio un final adecuado para la historia. No hay final. Los que claman bajo la arena, dice el humo, todavía no descansan. La vieja mira las brasas y habla:

—El agua prevalece sobre el fuego. La respuesta está en el mar o no hay respuesta.

Lo que sigue sucedió en Yedda, junto al mar, una noche del año 1290. Acosado por sus muertos, Umar ibn Yadir miraba el agua; después, bruscamente, miró los barcos. Esa misma noche abandonó Arabia para siempre.

A partir de ese momento la cimitarra empezará a viajar en el tiempo hasta llegar a la pared de la casa de un hombre que, en 1972, será mercero en un oscuro pueblito argentino y estará hablando conmigo, contándome esta historia.

—La va a escribir —me dijo el viejo, la última tarde.

—Cómo era el mar aquella noche —pregunté.

—Calmo. Había luna.

—Umar, qué hacía.

El viejo tardó un rato en contestar. El tono de su voz se contradecía un poco con el sonido de sus palabras. Ostié lo sabi, dijo.

—Usted lo sabe. Se miraba en el agua.

En el crepúsculo de la mercería, se oyó el pitido del último tren de la tarde. Me despedí. Cuando salía, el mercero me tomó de la manga. No me pareció un gesto cordial.

Me preguntó si yo creía que Umar había sido cobarde. No le dije que no.

—No sé —le dije—. Creo más bien que no entendió la maldición de su tribu. La noche de 1290 tampoco entendió la orden del mar. La respuesta del agua no eran los barcos, era su cara. El último Thamud y el bastardo hijo de chacal y de perra no eran dos hombres, eran uno: era él.

En el tren a Buenos Aires yo pensaba en los ojos del viejo Alí. La penúltima mirada que le recuerdo fue de odio; la última, de felicidad.

Y ahora debo escribir el verdadero final de la historia. Umar no era cobarde. Lo encontraron muerto por su propia mano, clavado en su cimitarra, el mismo día en que comprendió *quién* era. El destino impuso una noche de luna que Umar viajase lejos para que el piso donde afirmaría la empuñadura no fuese de arena inconsistente, para que fuera un patio de tierra, en Sudamérica, en la Argentina. Umar era el viejo Alí. Y ahora yo no sé si el lector aceptará que esta dudosa muerte de cuento tenga algo que ver con esa otra del 27, en Jeppener, donde "misteriosas circunstancias", decían los diarios, "rodeaban el hecho". Nadie que conozca los artificios de que se vale la ficción (una verdad, entre muchas trampas y mentiras) será tan simple o tan curioso como para ver si es posible vincular dos muertes, una en el año 1340, otra en 1972, en la segunda de las cuales se habló de un escritor nacional "vinculado al suceso, por ser una de las últimas personas que habló con el occiso", donde la palabra suceso significa que un hombre apareció muerto en un patio de Jeppener, y donde la palabra occiso es pronombre de Omar Jadir ("alias el turco Alí"), árabe de ochenta años, soltero, naturalizado argentino, como recogen con idéntico error en el nombre, idéntica omisión del patronímico e idéntico mal gusto en el paréntesis, los vespertinos del 27. Umar ibn Yadir, debieron escribir, raza de jeques, de quien yo digo que ya no clamará bajo la tierra, que cumplió el Thar y que Dios lo ha perdonado. Umar ibn Yadir, que murió en el año 1340 de la Héjira, o, para decirlo con exactitud, que conoció la lúcida felicidad de matarse en la noche del 27 de julio de 1972, según nuestro calendario.

Corazón

Vino del campo. Caminaba con las piernas abiertas, pisando con todo el pie a la vez, como si todavía sintiera bajo el zapato la tierra removida de los surcos. Le decían el Chacra. Era feo, feo de veras. Tenía la nariz brillante y el pelo pajizo, veteado en cualquier parte con mechones que iban del colorado al rubio. Tenía aire de cordero, o de pájaro, una cruza entre cordero y pichón de alguna cosa. No era tonto, sin embargo, era quizá algo peor: nada fácil de explicar entonces. El símbolo o la parodia de lo que a esa altura de nuestro bachillerato nos estaba haciendo falta en el Fray Cayetano José Rodríguez, cuarto año nacional mixto.

Hernán lo decidió por todos, no bien lo vio. Fue un lunes de mayo. Hernán había llegado a clase en la segunda hora y se detuvo en seco en el marco de la puerta. Lo miró, pestañeó y miró a los demás. Volvió a mirarlo fijamente y dijo:

—Perdón. ¿Eso qué es?

El Chacra pareció buscar con los ojos un apoyo en alguna cara, una clave, el secreto de aquel juego. Después sólo atinó a reírse. Como tanteando, sonrió con timidez; por fin se rio, enormemente: cómplice, contento de haber dado en el clavo. Hernán dijo:

—Se ríe.

Más tarde oímos con incredulidad que era hijo del señor don Diamante, de "el viejo", aquel innumerable y casi mítico profesor sin cátedra de quien sólo sabíamos que quizá había existido siempre y que vivía entre libros enormes y pájaros, junto a la barranca, el viejo señor don Diamante que embalsamaba zorzales cuando se le morían, nos preparaba los exámenes de Física o Literatura o Historia Antigua, sin aceptar nunca un centavo, y parecía el dibujo de una lámina de *Corazón*.

Esto complicó un poco las cosas; al viejo, a nuestro modo, lo queríamos.

—Él no tiene la culpa de haber echado al mundo semejante porquería.

Meditábamos, bajo las glorietas, en algún banco de la Plaza de la Iglesia.

—Qué injusticia —dijo Julio.

Era de noche, porque sólo recuerdo voces e inflexiones, no las caras ni los gestos.

Lo que Julio quería decir era que la injusticia se había cometido con nosotros.

—Estoy pensando que no se dice echar al mundo —reflexionó Hernán—. Las mujeres echan al mundo.

En la oscuridad hubo grandes aplausos, y una especie de relincho: Aníbal.

Julio volvió a hablar.

—Lo que estamos discutiendo es algo muy serio.

Encendió un cigarrillo, se alumbró la cara. Las pausas de Julio eran toda una liturgia, un código complicado y fastuoso. Igual que las payasadas de Aníbal o la dañina y juguetona malignidad de Hernán.

—Supongamos que el Chacra le va con las quejas al padre.

Volvió a callarse. Sólo que ahora el silencio tenía un signo distinto, o quizá la idea —nuestro agradecimiento hacia el viejo, nuestra conveniencia o nuestro cariño, lo que fuera— terminaba ahí mismo y no había por qué andar enredándose con las palabras.

—Algo tiene que haber hecho para que Dios lo castigue de este modo.

—Quién.

—El viejo.

Julio parecía pensativo.

—Tan feo no es.

Una voz entre los árboles, algo como un loro, repitió tres veces que Julio se había enloquecido.

—Lástima el pelo y cómo camina.

—Sí, la verdad es que el pelo no lo ayuda —Aníbal hablaba ahora con su voz normal—. Cuando se apura parece un pato barcino.

Se discutió a gritos, no la imagen, sino la conveniencia de atribuir semejante pelaje a un pato.

—Yo creo que hay que hablar con el padre —dijo Hernán.

De todos modos no hizo falta pensarlo mucho. El señor Diamante, él mismo, quiso hablar con Hernán. "Mi chico no es tonto, Hernán" —se supo después que el viejo había dicho—. "Vos sos inteligente y tenés que haberte dado cuenta." "Bueno" —dijo

Hernán que dijo—, "sí, lo que pasa, don Diamante, es otra cosa." Y Julio y los demás, afuera, sentados en la baranda de fierro de la barranca no podían dejar de ver desde la oscuridad, en la ventana alta de la casa, la silueta de Hernán: su inquietud. El viejo le ofreció un cigarrillo. Hernán dijo que no; cualquiera en su lugar habría hecho lo mismo. Se lo respetaba a ese viejo, nadie sabía bien por qué. Era un respeto anterior a nosotros. Generaciones de estudiantes habían sentido lo mismo, generaciones de aplazados habían entrado en la casona frente al río, habían recorrido con el dedo el polvo de su larga mesa, habían hecho girar el mapamundi y se habían llevado de allí algún zorzal embalsamado, alguna recomendación para un profesor intransigente, algún libro de versos, jamás abierto. "Tomá." El gesto de don Diamante significaba algo más que un ofrecimiento de cigarrillos. "Tomá." Hernán aceptó ahora. Y más tarde, mientras don Diamante hablaba, él miró una o dos veces hacia afuera, hacia el lugar donde sabía que estaban los demás. El viejo repitió que su muchacho no era tonto sino un poco corto de carácter, durante años, desde que se le fue la madre, había vivido pupilo en un colegio y el resto del tiempo lo pasó con los abuelos, en una chacra (acá, Hernán se ahogó con el humo del cigarrillo), y sólo se había acercado a la ciudad en época de exámenes, sí, no era lo mejor para el muchacho. Pero había aprobado como alumno libre todo el curso preparatorio, con notas espléndidas. "Sí, los tres años" —dijo don Diamante, y sacó certificados de un cajón. Y eso demostraba que no era tonto.

—Tonto no sé —dijo Julio cuando oyó la historia.

—Más bien, de otro planeta —dijo Aníbal.

—Es lo que yo quise darle a entender —dijo Hernán—. Mejor me hubiera tragado la lengua.

Lo miraban. Dijo Hernán:

—Escuchame, Hernán, me dijo el viejo; yo sé todo eso y justamente por eso te mandé llamar. No entiendo, don Diamante, dije yo, y pensaba en ustedes, lo más garifos acá afuera, y me daban ganas de saltar de cabeza por la ventana, porque ya me la veía venir.

—Venir qué.

—Que lo puso bajo mi custodia —dijo simplemente Hernán—. Que debo ver si ustedes no lo atormentan mucho, y hacerme amigo —decía Hernán mientras Aníbal con las manos en la espalda metía los pulgares bajo los omóplatos y agitaba los dedos, como alitas, volando en círculo alrededor de Hernán, quien le plantó un formidable puntapié en el trasero.

—Los ángeles de la guarda no patean el culo —cantó Aníbal.

—Entonces llamalo magnolia —dijo Hernán—. Y les aclaro que no sólo lo puso a *nuestra* custodia. También me pidió que, poco a poco, lo fuéramos despabilando.

—¿Qué?

—Avivándolo. Haciéndole saber cosas. El hijo de puta todavía cree en Dios y va a misa a escondidas. Parece que los abuelos lo querían hacer cura.

Aníbal preguntó:

—Entonces, nunca...

—Y, lógico. ¿No le miraste la cara?

Sólo que no era fácil ser amigo de Eduardo. Julio lo vaticinó desde el principio. Ni siquiera era fácil llamarlo Eduardo. Hernán había leído *Gordon Pym,* decidió tirar la suerte de las pajitas. El que pierde va y se hace amigo, fue la cláusula. Menos mal que no es como en el libro, había dicho Aníbal, a ver si hay que comérselo. Se hace amigo y le explica que a esta altura de los acontecimientos, y a causa de su trote, nos resulta difícil llamarlo Eduardo, ¿cómo va a enojarse?

Sorteamos y perdió Hernán, pero yo sé que quiso perder. Eduardo se reía.

—¿Chacra? —bonachonamente se reía, y esto era preferible a que explotara de golpe toda su risa, porque entonces prorrumpía en un sonido violento, brusco, casi espasmódico; lo menos parecido del mundo a la alegría—. ¿Por qué me voy a enojar? —y decía que sí, se daba cuenta de que para nosotros él era un poco raro.

—No. El modo de caminar, sabés.

—Claro —decía él—. Por los surcos —y daba grandes pasos para demostrarlo mientras nosotros suspirábamos alzando los ojos, y las chicas, que ahora nos rodeaban en los recreos, se tapaban la boca con las manos.

La palabra inocencia, para designar cierto tipo de actitudes, no existía en nuestro vocabulario. De cualquier modo, aunque hubiera existido, el Chacra habría terminado hartándonos lo mismo.

—Sí —le decíamos—. Justamente es de eso que estamos hablando.

—Y entonces —preguntaba él—, cómo me voy a enojar.

Hasta que por fin, en un recreo, alguien empezó a contar una historia que venía recorriendo las galerías del Fray Cayetano desde el baño de mujeres, historia donde las claves eran la palabra carta y el nombre de María de los Ángeles, y que no acabó de contar porque María de los Ángeles llegó corriendo hasta nosotros y dijo:

—Quién fue.

De María de los Ángeles, lo primero que yo recuerdo es el pelo, y la mirada. No los ojos, la mirada: su candor perverso. Yo no sabía entonces que su cabeza se parecía a las cabezas de Boticelli ni hacía falta que lo supiera. Era hermosa, no sé de qué otro modo escribirlo, y yo en secreto la quería. Nadie, creo, dejó de quererla en secreto. No tiene ninguna relación con esta historia, pero quiero acordarme de que una vez le hice versos donde su pelo eran trigales cinerarios a la noche y había lunas amarillas y nunca se los leí. Hace un tiempo volví al pueblo, volví a verla. Uno no debería volver a ver a nadie después de los treinta años.

—Quién fue —dijo.

—Estás loca. Quién fue qué.

María de los Ángeles nos mostró una carta. Era la enorme letra del Chacra. Decía, más o menos, que al principio no lo había podido creer, nunca había imaginado que ella, de fijarse en él, pensara algo más que en divertirse un poco, como nosotros, por su manera de caminar o por su modo de pronunciar ciertas palabras, aunque no debía creer que eso a él le molestaba, no, él sabía bien que en el fondo en ninguno de nosotros había maldad, ni siquiera mala intención, y al enterarse ahora de lo que ella pensaba realmente de él estaba más seguro que nunca de no haberse equivocado, no sólo con todos nosotros, sino con su padre, cuando aceptó sus consejos de venir al Nacional.

—No entiendo nada —dijo Hernán—. Qué le escribiste.

—No te hagas el idiota —dijo María de los Ángeles—. Alguno de ustedes le mandó una carta al pobre chico, como si fuera mía, ni quiero imaginar qué carta. Y eso es lo que me gustaría saber: qué le pusieron.

Julio me miraba.

—Fuiste vos.

—No —dije yo—. En serio.

—Aníbal fue.

—Momentito —dijo Aníbal—. A mí no me metan en líos.

—Yo voy y le aclaro todo —dijo María de los Ángeles.

Entonces Hernán dijo que no, porque don Diamante nos había pedido que no hiciéramos ninguna cosa rara y él no iba a arruinar el trabajo de tres meses, preguntó si no habían visto lo que decía esa carta, si iban a echarlo todo a perder, si no se daban cuenta de que, en el fondo, Eduardo nos quería. Y habló, cerca de diez minutos, con una elocuencia que deslumbraba.

María de los Ángeles dijo al fin:

—Bueno, bueno. Pero, por lo menos, me gustaría saber qué me hicieron ponerle.

Antes de irse, dijo:

—Fuiste vos, Hernán.

—Te juro *por Dios* que no.

—Pero entonces, quién fue —preguntó alguien esa noche, en la esquina de la casa de Hernán.

—Yo —dijo Hernán.

—Por qué.

—Qué sé yo —dijo Hernán.

Si por lo menos no hubiera pensado en María de los Ángeles para hacer aquello, todo, quizá, habría sido distinto.

—Por lo menos —dijo Aníbal—, no te la hubieras buscado, justamente, a María de los Ángeles.

Hernán admitió que sí, por más imbécil que fuera el Chacra no podía seguir creyendo semejante ridiculez. Los demás lo miraron con asombro y él supo que había hablado inamistosamente, en voz demasiado alta. Dijo que eran como la Bella y la Bestia, y se rio. Julio dijo que no nos preocupáramos, que justamente por eso lo iba a creer.

—Sin contar —dijo después— que eso no es lo peor.

Y sin contar que, al poco tiempo, María de los Ángeles ya no ponía ningún reparo a que escribiéramos cartas en su nombre. Un domingo, la hicimos ir a misa: el Chacra, al verla (decía ella), se sentaba en la Consagración y se arrodillaba en el Credo. A la salida, él se quiso acercar pero se llevó por delante la pila de agua bendita y María de los Ángeles consiguió salir de la iglesia como si no lo hubiera visto. Y así, durante casi dos meses, toda la relación entre ellos se limitó a aquellas cartas que nosotros escribíamos y que él contestaba como en otro idioma, o desde otro mundo, hablándole de la alegría que le había causado verla justamente a ella en misa o de cómo empezaban a tener sentido para él, desde que la conocía, ciertas palabras que siempre le había dicho su padre, palabras acerca del verdadero amor, de la verdadera vida.

Un día se lo confesó.

—Yo quería entrar en el Seminario —le dijo de golpe: la había encontrado sola en una de las galerías del colegio y era prácticamente la primera vez que le hablaba—. Quería ser sacerdote;

pero, desde que te conozco, el amor a Dios tiene otro sentido para mí —y María de los Ángeles salió corriendo por el patio.

—¿Qué pasa? —le preguntamos.

—Que esto va a terminar mal —dijo ella.

—¿Por qué? —le preguntamos.

—No sé por qué. Va a terminar mal.

Y terminó mal, pero muchos años después. Y nadie podría afirmar que fuimos nosotros, o todo lo ocurrido hasta entonces y de lo que no habíamos participado, o todo lo ocurrido después, de lo que tampoco participamos, lo que precipitó el final de esta historia. Yo sólo sé, y la cuento, la parte en que vivimos juntos con el Chacra.

Don Diamante murió a mediados de octubre. Una semana antes nos había mandado llamar.

—Andá —le dijo al Chacra cuando entramos. Sobre el espaldar de bronce de la cama, clavado a la pared con una chinche, vi un gran retrato de Jean Jaurés. Pero sólo muchos años más tarde supe a quién perteneció esa cara. Debí escribir que, ahora, veíamos una gran cartulina ruinosa. —Andá. Quiero hablar con ellos.

Después habló. Dijo que desde hacía un tiempo sabía esto, y se tocó el pecho. Tenía los dedos salpicados de estrellitas amarillas. Que por eso lo había hecho venir a él, a Eduardo. Un hijo de la vejez, un hijo de la inmunda chochera. Mi culpa, dijo, y aunque se refería a él mismo yo supe que estaba pensando en una mujer. Nunca había sabido ser buen padre, no, no teníamos que interrumpirlo, nunca había sabido ser un buen padre, ni siquiera un padre, y a lo mejor por eso amó tanto a los muchachos como nosotros, y los ayudó por eso. A ella, sí, vaya si a ella la había querido. Ahí estaba el mal. O hasta el pecado. Pero de inmediato hizo un gesto con la mano, como para que no oyéramos, como si no tuviera importancia. Volvió a tocarse el pecho: Eduardo no sabe esto, hijos, no sabe del animal que mata acá adentro. Y se quedó como asombrado, repitiendo lo que acababa de decir. Se rio y movía la cabeza y súbitamente lo dobló sobre la cama una tos larga y profunda que me hizo el efecto de un vendaval de barro arrasándolo por dentro.

—No le digan nada —dijo, y agregó que a pesar de todo, gracias a nosotros, éste había sido el año más feliz de su vida.

Después tomó la mano del que tenía más cerca y tiró hacia abajo, hacia la cama. Todos tuvimos miedo de que fuera a besarnos. El viejo, sin embargo, sólo quería que nos arrimáramos un poco. Fue levantando la mano y nos tocó la cara.

Cuando salimos de la pieza, la expresión de Hernán, sobresaltándome desde la penumbra de un espejo, tenía una dureza galvánica.

—Lo detesto —dijo—. Al viejo no, al imbécil ese.

El sol de octubre devastaba los canteros en el patio. Eduardo leía, en un banco de piedra.

—Papá está mal, ¿no es cierto? —preguntó.

La cabeza le brillaba bajo el sol, y era necesario no apartar los ojos de su pelo amarillo, de sus mechones colorados. Se puso de pie.

—Está mal, ¿no es cierto? —preguntó—. Él a mí no me lo dice, pero igual tengo miedo.

Traía una Tabla de Logaritmos en la mano.

—Mirá, infeliz —dijo alguno de nosotros, en voz muy baja—. Mirá —no pudo seguir hablando y sólo atinó a sacar un papel del bolsillo. Otro dijo: —El viejo no tiene que saber nada de esto, te das cuenta. Ni que vos sabés que se muere, oís, ni que vos sabés que se está muriendo ni que nosotros somos una mierda, ni nada —casi gritó.

Y Hernán dijo:

—Que las cartas te las escribíamos nosotros. Eso es lo que quieren decirte. Que a María de los Ángeles la mandamos a misa nosotros. Que es una putita que se acuesta con medio Nacional.

No sé, nunca supe qué significó todo esto, ni cuándo lo olvidamos, ni por qué yo lo recuerdo ahora.

El Chacra siguió viniendo al Nacional, terminó el secundario con nosotros y, en quinto año, se puede decir que nos hicimos realmente, o por primera vez, amigos. Nunca perdió su manera de caminar, como pisando surcos. Al terminar el bachillerato rindió las equivalencias y cursó Ciencias Económicas. En 1956, era contador en Ramallo. Tres años después, en San Nicolás, en la Siderurgia. Siete años más tarde, se mató.

Hoy, revolviendo mis papeles, encontré una fotografía de cuarto año. Lo imaginaba distinto. O no sé, a lo mejor había que verlo caminar. Aníbal está detrás, haciéndole una morisqueta. Creo que por eso lo reconocí.

Muchacha de otra parte

Cuando me contestó que no era de acá, yo pensé, sin demasiada imaginación, que estaba hablando de Buenos Aires. Es el destino, le dije, yo tampoco soy de acá, y agregué que era un buen modo de empezar una historia de amor. Ella me miró con una expresión que sólo puedo describir como de desagrado, como suelen mirar las mujeres muy jóvenes cuando el tipo que está con ellas y al que acaban de conocer dice alguna estupidez. La edad, más tarde, les enseña a disimular estos pequeños gestos helados, estas barreras de desdén, de ahí que asienten, consienten y a la larga hasta nos estiman, cuando lo que de veras sucede es que han crecido y ya no esperan demasiado del varón. Lo que estoy contando sucedió hace quince años, en otoño. Sé que era otoño porque la encontré en Parque Lezica y una de las primera cosas que dijo fue que el camino del puente siempre está cubierto de hojas, como este sendero de la plaza. Le pregunté qué puente, y ella me lo describió. Al bajar del tren, tomando a la derecha, hay un camino con una doble hilera de plátanos, en seguida está el puente de madera. Después habló de los médanos. Yo no le presté mucha atención. Estaba considerando seriamente si esa chica me gustaba o no, lo que sólo podía significar que no me gustaba, cosa que (hoy lo sé) era realmente la peor manera de empezar una historia de amor. No hay más que ir descubriendo virtudes, transparencias, hermosuras parciales en una mujer, para que esa mujer se transforme en una fatalidad. Ya he cumplido cincuenta años; ella, hoy, no tendría más de treinta. Con esto quiero decir que la noche del parque andaría por los dieciséis, aunque no sé por qué escribo que hoy no "tendría". Tal vez porque sólo la concibo como era entonces, una adolescente un poco demasiado intensa para mi gusto, más bien sombría, alta, de pelo muy negro y piernas delgadas. No había nada en su rostro, salvo quizá la nariz, que llamara mucho la atención. Tenía eso que suele describirse como una nariz imperiosa. Sus ojos, vistos de frente, no eran grandes ni de uno de esos colores hipnóticos e inhallables como el malva, por ejemplo, ni siquiera verdes. Vivió a mi alrededor durante dos años y no tengo ningún recuerdo sobre el color de sus ojos. Tal vez fueran pardos, aunque podían virar a un tono más oscuro que los volvía casi negros. O acaso esta impresión la daban sus pestañas, y por eso he dicho que sus ojos, vistos de frente, no tenían nada de particular. Vistos de perfil, en cambio, eran asombrosos. Y ésta fue la primera belleza parcial que descubrí en ella. La segunda, fue el pie. No hay en todo el arte gótico un modelo adecuado para un pie desnudo como el que se me reveló esa misma noche en uno de los hoteles de las cercanías del parque. Imagino que alguien estará pensando que, si ella tenía dieciséis años, su aspecto no debía ser muy infantil, o no la hubieran dejado entrar en un hotel conmigo. Lo cierto es que nunca supe su edad real, *parecía* de dieciséis. Y nunca dejó de parecerlo. Claro que a esa edad crecer uno o dos años es lo mismo que crecer un día, así que no tenía por qué cambiar demasiado, aunque ya hace mucho tiempo que empecé a preguntarme si su primera confesión de esa noche (no soy de acá) no significaba algo distinto de lo que yo imaginé. Hay otros mundos, es cierto. Son tan reales como éste; y no diré ninguna novedad si aseguro que están en éste.

En cuanto al hotel, requiere alguna explicación. En esa época las mujeres usaban aquellos bolsos enormes, tipo mochila. Nunca supe qué metían ahí adentro; pero era como si se desplazaran por Buenos Aires con la casa encima, como los caracoles. Lo increíble solía ser su peso. Y bastaría reflexionar un segundo sobre el peso de aquellos bolsos de Pandora y sobre la cantidad de cuadras que eran capaces de caminar llevándolos a cuestas, para dudar seriamente de la fragilidad física de las mujeres, al menos de las de mi tiempo. Si no fuera por la cara que tenés, te propondría ir a dormir a un hotel, le había dicho yo. No creo haber pronunciado en mi vida una frase tan directa ni con menos intención de ser tomada en serio. Ella me miró, frunciendo las cejas, como si considerase el aspecto práctico del problema. Estábamos sentados en un banco del parque; ahí mismo abrió su bolso, sacó unos anteojos negros, sacó una impresionante capelina de paja, la restituyó a su forma original con dos o tres toques parecidos a pases magnéticos, sacó unas sandalias doradas de taco más que mediano, que cambió rápidamente por sus zapatillas de tenis y sus medias de jugador de fútbol, se puso la capelina y me dijo: "Vamos." El poder mimético de las mujeres no es un descubrimiento mío. Con poseer dos o tres atributos básicos, cualquier chica que ordeña vacas puede transformarse en condesa, si la visten adecuadamente; y la historia del mundo prueba que esto ocurre a cada momento. Un minuto antes, yo tenía sentada a mi lado a una adolescente de pantalones bombachudos, chiripá y zapatillas de delincuente juvenil; ahora tenía, de pie frente a mí, a una altísima joven de babuchas más o menos orientales, capelina, chal sobre los hombros y anteojos negros. Una actriz de cine dispuesta a no revelar su identidad o una princesa de la casa de Mónaco viajando de incógnito por la Argentina. En la media luz violeta de la conserjería del hotel, era realmente un espectáculo sobrecogedor. Acaso aún parecía algo joven; pero nadie en el mundo se hubiera atrevido a importunarla preguntándole la edad. De más está decir que a estas alturas el bolso faraónico lo cargaba yo. Ella llevaba en la mano una carterita, que luego resultó ser de útiles relativamente escolares y que podía pasar por ese otro tipo de objetos misteriosos, por lo liliputienses, que las mujeres llevan a las fiestas y que acaso contienen un pañuelito de diez centímetros cuadrados, un geniol, una estampilla. Subimos y caí extenuado sobre la cama, a causa de la mochila. Y ahora tal vez debo decir que he visto desnudarse a algunas mujeres. No tantas como me gustaría hacerle creer a la gente; pero he visto a algunas. Nunca vi a ninguna que se desnudara, por primera vez, como ella. Ni artificio ni cálculo ni erotismo: se desvistió como una chica que se va a pegar un baño, cosa que por otra parte hizo. Cuando por fin se acercó a la cama, envuelta en un toallón, yo dije la segunda de las muchas estupideces que iba a decirle en mi vida. Le pregunté cuántas veces había practicado el número transformista de las sandalias, los anteojos y la capelina. No recuerdo si habló; recuerdo que abrió los ojos y se llevó las manos al pecho, como si se ahogara. Las pupilas le brillaban en la oscuridad como las de un animal aterrorizado. En más de una ocasión sospeché que estaba algo loca o que no era del todo real; esa noche fue la primera. Calmarla me llevó mucho tiempo; acostarme con ella, también. Más tarde le pregunté por qué había aceptado venir. "Por el modo en que me lo pediste", dijo sonriendo. Lo que pasó esa noche, lo que pasó hasta la madrugada de ese día y de otros días, prefiero no recordarlo con palabras. Lo que una mujer hace con un hombre, cualquier mujer lo ha hecho y lo hará con cualquier hombre. Sólo los imbéciles creen que esa fatalidad es la pobreza del amor, no saben que ahí reside su eternidad, su linaje, su misterio. Tal vez no todas las mujeres murmuran casi con odio *no soy de acá, no soy de acá*, cuando el sexo las pierde en esa región que sólo ellas conocen; pero, digan o callen lo que quieran, cualquier hombre ha sentido que cuando por fin todo termina parecen volver de otro lugar. Ella, a veces, me lo describía. Hay allá la cúpula de una pequeña iglesia, que se ve entre los árboles si uno se detiene en el sitio adecuado del puente. Hay a veces un arroyo de aguas traslúcidas entre cuyas piedras nadan pececitos negros, que acaso son pequeños renacuajos, aunque a ella esa idea le resultara desoladora. Otras veces no había arroyo, y sí largas veredas arboladas de moras. Sólo una vez hubo un faro. Esas inesperadas variantes, que al principio me parecían caprichos, distracciones o mentiras, dibujaron con el tiempo un mapa preciso que ahora yo puedo reconstruir árbol por árbol, casa por casa, médano por médano. Porque los médanos estaban siempre, en sus palabras y en sus sueños. Como estaba siempre el camino de los plátanos dobles, cubierto de hojas y, al terminar ese camino, el puente de madera desde donde se ve el campanario de la pequeña iglesia. De la primera noche no recuerdo estas cosas, sino de otras noches, en las que volvíamos de un cine de barrio, caminábamos por el puerto y nos despertábamos en mi departamento o en cualquier hotel donde la capelina había sido reemplazada por un vestido rojo de escote escalofriante y los ojos maquillados como un oso panda.

Sé que lo que voy a escribir ahora suena pueril, novelesco, demasiado fácil de ser escrito; pero nunca supe su verdadero nombre. Tampoco supe dónde vivía ni con quién. Con un abuelo muy viejo, me dijo a desgano una tarde en que insistí casi con violencia. El abuelo, por lo menos esa tarde, estaba casi ciego y apenas tenía contacto con la realidad, lo que significaba que ella podía volver a cualquier hora y hasta faltar de la casa uno o dos días, con tal de no dejarlo morir de hambre. Una madrugada le propuse acompañarla. Me preguntó si estaba loco. Qué iba a pensar la tía Amelia si la veían llegar con un hombre que era casi una persona mayor después de haber faltado un día entero de su casa. Esa noche me había hablado del faro; me desperté de golpe y la vi sentada en la cama, mirándome desde muy cerca, con los ojos muy abiertos. "Volví a soñar con el faro", me dijo. Yo dije que no era cierto y la oí gritar por primera vez. "Qué sabés de mí", gritó. "No sabés nada de mí. Volví a soñar con el faro y era el faro al que iba a jugar cuando era chica; ahora ya no está, pero era el mismo faro." Le contesté que no era posible que hubiese *vuelto* a soñar con un faro, ya que nunca me había hablado antes de ningún faro. Me miró con rencor, después me miró con miedo. Comenzó a vestirse y parecía desconcertada. "No puedo haber soñado con el faro", dijo de pronto. "Lo inventé todo." Ésa fue la madrugada en que le propuse acompañarla y ella me habló de la tía Amelia. Le hice notar que hasta hoy había vivido con un abuelo. Me miró sin ninguna expresión, o quizá con la misma mirada desdeñosa del primer día. "No voy a volver a verte nunca más", me dijo. Y, por un tiempo, no volvió. Si no hubiera vuelto nunca, tal vez yo ahora no estaría buscando el pueblo que está más allá de la arboleda y el puente. Pero ella volvió. Un día, al llegar a mi departamento, la encontré sentada en mi cama. Miraba fascinada una revista de historietas y estaba comiendo una torta de azúcar negra. Tenía el pelo más largo. Levantó una mano y, sin apartar los ojos de la revista, me saludó moviendo apenas los dedos. No tuve tiempo de asombrarme porque sucedieron dos cosas. Verla ahí, tan irrefutable y casual, me hizo tomar conciencia de que si ella no hubiera vuelto yo no habría tenido manera de encontrarla. La otra, fue algo que dijo. Yo le había preguntado dónde estuviste todo este tiempo, y ella, con distraída alegría, contestó de inmediato: "En casa." No fueron las palabras, sino el tono con que las pronunció. Supe que no hablaba de la casa del abuelo ciego o de la tía Amelia, admitiendo que existieran. Ni siquiera pensaba la palabra *casa* en el mismo sentido que yo, en el sentido convencional de objeto para habitar. Había dicho casa como una sirena diría que ha vuelto unos meses al mar. Iba a preguntarle cómo había entrado en mi departamento pero me callé. Desde ese día, aprendí a callarme. Para empezar, me resultaba un poco alarmante admitir que su casa, su casa real, en algún barrio de Buenos Aires, me importara mucho menos que el lugar con el que soñaba y del que me hablaba a veces, como si hablara en sueños, sin poner ninguna atención en que ciertos detalles descriptivos coincidieran o no. En segundo lugar, noté algunas cosas que podría haber notado mucho antes, lo que de paso agravó mi temor retrospectivo, el miedo inesperado de lo que podría faltarme si ella no hubiera vuelto. Me di cuenta, por ejemplo, de que la quería, y me pareció inconcebible haberlo descubierto gradualmente. También me di cuenta de que no había que hostigarla con preguntas, ni atemorizarla. La violencia le daba miedo, y la ironía y la vulgaridad la llenaban de tristeza. Hoy sé que cuando un hombre comienza a tener en cuenta estos detalles mejora mucho su visión general de la vida o se vuelve idiota. Yo sigo pensando que la vida es horrible; tal vez por eso estoy buscando el pueblo. Una o dos semanas después de ese regreso me preguntó, por primera vez, qué me pasaba. No era de hacer este tipo de preguntas, lo que bien mirado podía ser un rasgo de egoísmo infantil, y la palabra "infantil" explica, mejor que ninguna otra cosa, lo que digo más arriba sobre la visión generosa del mundo y la idiotez. Tuve una intuición súbita y le dije que no, que no me pasaba nada, que sólo estaba pensando en si habría vuelto a ver el faro, cuando estuvo allá. Después la tomé del hombro y le señalé el baldío de una demolición. Mirá aquella pared, le dije, con los dibujos que quedan en la medianera uno puede reconstruir cómo era la casa. "Sí", dijo, "es cierto, pero no se puede saber si eso es lindo o triste. No, el faro no está más y yo creo que nunca lo vi, debe ser una de esas historias que me cuenta el abuelo." Le pregunté por qué habrían plantado una hilera doble de moreras a los costados del camino. Se rio y me preguntó de qué estaba hablando. "No son moras", dijo, "son plátanos altísimos y viejísimos, la calle de las moras es la de la vieja Eglantina, la que nos regalaba semillas de mirasol." Yo insinué que los médanos, al correrse con el viento, debían taparlo todo. Seguía riéndose. Los médanos están hacia el otro lado, como quien sale del pueblo. Y no tapan las casas pero es cierto que se mueven, a la noche, y cuando uno despierta todo está cambiado y es como si el pueblo entero se hubiera ido a otro lugar. Se calló. Me estaba mirando con desconfianza, no lo sentí en sus ojos, que no veía, sino en la rigidez de su piel bajo mi mano. Era como si cualquier lugar de su cuerpo estuviera tramado con la misma materia sensible e intensa. Le dije que tenía sueño, que tal vez debiera ponerse la capelina. Me dijo que no había traído la capelina ni los anteojos negros ni las pinturas y que odiaba los hoteles. Iba a contestarle que la última vez no parecía odiarlos tanto, pero reconocí con cautela que, si lo pensaba un poco, yo también les tenía rencor. Caminamos hacia mi departamento. Yo subo, le dije en la puerta. Me siguió. Cuando llegamos al dormitorio tuve otra intuición. Y ahora te ponés la capelina y me mostrás el pie. Volvió a reírse, y, por lo menos esa noche, sentí que a veces poseo cierta habilidad natural para hacer bien algunas cosas.

Todos tenemos tendencia a creer que la felicidad está en el pasado. Yo también he sentido que algunos minutos de ese tiempo fueron la felicidad, pero no podría vivir si pensara que todo lo que se me ha concedido ya sucedió. Un día de estos voy a envejecer de golpe, lo sé; pero también sé que si cruzo aquel puente ella podrá reconocer mi cara. Ya conozco el lugar como si yo mismo hubiera nacido en él, no con exactitud porque la memoria altera, sustituye y afantasma los objetos, pero con la suficiente certeza como para saber cuáles son sus formas esenciales. Una vez leí que todos los pueblos se parecen. El que escribió eso debe odiar a la gente. No hay un solo pueblo, tenga médanos o no, que sea idéntico a otro, porque es uno el que inventa sus lugares, levanta sus casas, traza sus calles y decide el curso de sus arroyos entre las piedras. Todos los que no somos de acá sabemos esto. Me costó más de cuarenta años aprender esta verdad, que una alta chica loca de pie árabe conocía a los dieciséis. Cuando ella por fin desapareció, yo todavía ignoraba estas cosas, pero ya conocía los detalles, la topografía, el color del pueblo. A las siete de la tarde, en otoño, uno entrecierra los ojos en los médanos, y es como una ceniza apenas dorada. Cuando existe el arroyo, la zona del puente, a la noche, parece un cielo invertido, de un azul muy oscuro, móvil, porque las luciérnagas se reflejan en el agua y es como si las constelaciones salieran de la tierra. Hay dos molinos. El viejo Matías tiene un caballo matusalénico, de más de treinta años. "Tiene casi tu edad, Abelardo", me dijo alarmada una de las últimas noches que nos vimos. Yo le contesté que los caballos, por lo menos en algún sentido, no son siempre como las personas. Ya he dicho que el tono irónico la molestaba o la desconcertaba. "Por qué decís eso", me preguntó. Yo estaba cansado y algo distraído esa noche, hice una broma acerca del comportamiento sexual que ciertas jóvenes de su edad consideraban natural en el varón. Tardé una hora en explicarle que era una broma, y otra hora en convencerla de que debía acostarse conmigo. El cansancio produce efectos paradójicos; el pudor herido de las mujeres, también. Aquello fue como ser sacrificado y asesinar al mismo tiempo a una deidad loca, como cambiar el alma por un cuerpo y vaciarse en el otro y llenarse de él y despertar diez veces en un cielo y en un infierno ajenos. Lo que aún no conocía del lugar lo conocí esa noche. No sólo porque ella habló horas en el entresueño, sino porque *lo vi*. Lo vi dentro de ella mientras yo era ella. Cuando se despertó, a las cuatro de la mañana, simulé estar dormido. Cuando salió de casa, me vestí a medias, me eché un sobretodo encima y la seguí. El cansancio me daba la lucidez y la decisión de un criminal. No era sólo el afán de saber adónde iba cuando me dejaba; era la voluntad de recuperarla cuando no volviera. Porque esa noche supe también que, por alguna razón, aquello no podía durar mucho tiempo más, y que ella, sin saberlo, decidiría el momento de la separación. Vi su casa, su casa real, en un sórdido y real barrio casi en el límite de Buenos Aires. Era una casa baja, en una cuadra de tierra de esas que aún quedaban, o todavía existen, por la zona de Pompeya. Tenía una verja de alambre tejido y, al frente, un jardín con malvones y un arbolito raquítico. Ella cortaba algo del arbolito y lo iba poniendo en la palma de su otra mano. Después se llevó la palma de la mano a la boca y entró en la casa sin encender la luz. Esperé más de una hora y no volvió a salir. Ahí vivía, y no sabía que la había seguido. Cuando llegué a mi departamento iba repitiendo el nombre de la calle y la numeración de la cuadra. No era ése el modo de volver a hallarla, pero uno se aferra hasta último momento al consuelo de lo real. Volví a verla, por supuesto, algunas veces. Nada cambió. Ni los cines de barrio ni los encuentros en el parque ni siquiera el rito de la capelina en los hoteles. Un día me dijo que el abuelo estaba muriéndose, y supe, por fin, lo que ni ella sabía: que ya no iba a verla más. Dejé pasar un tiempo y fui hasta Pompeya. Pensé algo en lo que no había pensado hasta ese momento. Me van a decir que no la conocen, que nunca la vieron. La conocían, sin embargo. La chica del pelo negro, que visitaba al abuelo de la casa amarilla. Ya no andaba por allí, a decir verdad no vivía en la casa, venía y se iba, y cuando murió el señor no volvió más. Pregunté por la tía Amelia. Nunca hubo una tía Amelia, eran ellos dos. En realidad, él solo; la chica venía a veces.

Y es todo. Esto fue hace quince años, desde hace diez estoy buscando el pueblo. Sé que existe, porque ella soñaba con él y sabía cómo se llega. Tengo también otras razones, que ustedes no compartirán. En una cortada de tierra, en Pompeya, vi unos plátanos. El árbol del jardín de la casita era una mora.

La cuestión de la dama en el Max Lange

El hombre que está subiendo por la escalera en la oscuridad no es corpulento, no tiene ojos fríos ni grises, no lleva ningún arma en el bolsillo del piloto, ni siquiera lleva piloto. Va a cometer un asesinato pero todavía no lo sabe. Es profesor secundario de Matemática, está en su propia casa, acaba de llegar del Círculo de Ajedrez y, por el momento, sólo le preocupa una cosa en el mundo. Qué pasa si, en el ataque Max Lange, las blancas trasponen un movimiento y, en la jugada once, avanzan directamente el peón a 4CR. ¿Adónde va la dama? En efecto, ¿cómo acosar a esa dama e impedir el enroque largo de las piezas negras? Debo decir que nunca resolvió satisfactoriamente ese problema; también debo decir que aquel hombre era yo. Entré en mi estudio y encendí la luz. Mi mujer aún no había vuelto a casa esa noche, lo cual, dadas las circunstancias, me puso de buen humor. Nuestros desacuerdos eran tan perfectos que, podría decirse, habíamos nacido el uno para el otro. Busqué el tablero de ajedrez, reproduje una vez más la posición, la analicé un rato. Desde mi estudio se veía (todavía se ve) nuestro dormitorio: Laura se había vestido apurada, a juzgar por el desorden, o a último momento había cambiado de opinión acerca de la ropa que quería ponerse. ¿Adónde va la dama? Cualquier jugador de ajedrez sabe que muchas veces se analiza con más claridad una posición si no se tienen las piezas delante. Me levanté y fui hacia su *secretaire*. Estaba sin llave. Lo abrí mecánicamente y encontré el borrador de la carta.

Estoy seguro de que si no hubiera estado pensando en esa trasposición de jugadas no lo habría mirado. Nunca fui curioso. Mi respeto por la intimidad ajena, lo descubrí esa noche, es casi suicida. Tal vez no me crean si digo que mi primera intención fue dejar el papel donde estaba, sin leerlo, pero eso es exactamente lo que habría hecho de no haber visto la palabra puta.

Laura tenía la manía de los borradores. Era irresoluta e insegura, alarmantemente hermosa, patéticamente vacía, mitómana a la manera de los niños y, por lo que dejaba entrever ese borrador, infiel. Me ahorro la incomodidad de recordar en detalle esa hoja de cuaderno ("sos mi Dios, soy tu puta, podés hacer de mí lo que quieras"), básteme decir que me admiró. O mejor, admiré a una mujer (la mía) capaz de escribir, o al menos pensar que es capaz de escribir, semejante carta. La gente es asombrosa, o tal vez sólo las mujeres lo son.

No es muy agradable descubrir que uno ha estado casado casi diez años con una desconocida, para un profesor de Matemática no lo es. Se tiene la sensación de haber estado durmiendo diez años con la incógnita de una ecuación. Mientras descifraba ese papel, sentí tres cosas: perplejidad, excitación sexual y algo muy parecido a la más absoluta incapacidad moral de culpar a Laura. Una mujer capaz de escribir obscenidades tan espléndidas —de *sentir* de ese modo— es casi inocente: tiene la pureza de una tempestad. Carece de perversión, como un cataclismo. Pensé (¿adónde acorralar a la dama?) quién y cómo podía ser el hombre capaz de desatar aquel demonio, encadenado hasta hoy, por mí, a la vulgaridad de una vida de pueblo como la nuestra; pensé, con naturalidad, que debía vengarme. Guardé el papel en un bolsillo y seguí analizando el ataque Max Lange. El avance del peón era perfectamente jugable. La dama negra sólo tenía dos movidas razonables: tomar el peón blanco en seis alfil o retirarse a tres caballo. La primera me permitía sacrificar una torre en seis rey; la segunda requería un análisis más paciente. Cuando me quise acordar, había vuelto al dormitorio y había dejado el papel en el mismo lugar donde lo encontré. La idea, completa y perfecta, nació en ese momento: la idea de matar a Laura. Esto, supongo, es lo que los artistas llaman inspiración.

Volví a mi tablero. Pasó una hora.

—Hola —dijo Laura a mi lado—. ¿Ya estás en casa?

Laura hacía este tipo de preguntas. Pero todo el mundo hace este tipo de preguntas.

—Parece evidente —dije. Me levanté sonriendo y la besé. Tal vez haga falta jugar al ajedrez para comprender cuánta inesperada gentileza encierra un acto semejante, si se está analizando una posición como aquélla. —*Parece* evidente —repetí sin dejar de sonreír—, pero nunca creas en lo demasiado evidente. Quizá éste no soy yo. Estás radiante, salgamos a comer.

Era demasiado o demasiado pronto. Laura me miraba casi alarmada. Si alguna vez mi mujer sospechó algo, fue en ese instante brevísimo y anómalo.

—¿A comer?

—A comer afuera, a cualquier restaurante de la ruta. Estás vestida exactamente para una salida así.

La mayoría de las cosas que aprendí sobre Laura las aprendí a partir de esa noche; de cualquier modo, esa noche ya sabía algo sobre las mujeres en general: no hay una sola mujer en el mundo que resista una invitación a comer fuera de su casa. Creo que es lo único que realmente les gusta hacer con el marido. Tampoco hay ninguna que después de una cosa así no imagine que el bárbaro va a arrastrarlas a la cama. Ignoro qué excusa iba a poner Laura para no acostarse conmigo esa noche: yo no le di oportunidad de usarla. La llevé a comer, pedí vino blanco, la dejé hablar, hice dos o tres bromas inteligentes lo bastante sencillas como para que pudiera entenderlas, le compré una rosa y, cuando volvimos a casa, le pregunté si no le molestaba que me quedara un rato en mi estudio. Ustedes créanmelo: intriguen a la mujer, aunque sea la propia.

No debo ocultar que soy un hombre lúcido y algo frío. Yo no quería castigar brutalmente a Laura sino vengarme, de ella y de su amante, y esto, en términos generales, requería que Laura volviera a enamorarse de mí. Y sobre todo requería que a partir de allí comenzara a hacer comparaciones entre su marido y el evidente cretino mental que la había seducido. Que él era un cretino de inteligencia apenas rudimentaria no me hacía falta averiguarlo, bastaba con deducir que debía ser mi antípoda. De todos modos, hice mis indagaciones. Investigué dónde se encontraban, con cuánta frecuencia, todas esas cosas. Se encontraban una vez por semana, los jueves. Ramallo es una ciudad chica. La casa donde se veían, cerca del río, quedaba más o menos a diez o quince cuadras de cualquier parte, es decir a unos dos o tres minutos de auto desde el Círculo de Ajedrez. Enamorar a mi mujer no me impidió seguir analizando el ataque Max Lange y evitar cuidadosamente jugar 11. P4CR en mis partidas amistosas en el Círculo, sobre todo con el ingeniero Gontrán o cuando él estaba presente. Y esto exige una delicada explicación, a ver si alguien sospecha que este buen hombre era el amante de Laura. No. Gontrán sencillamente debía jugar conmigo antes de fin de año —lunes y jueves—, el match por el campeonato del Círculo de Ajedrez, y yo sabía que, por complejas razones ajedrecísticas y psicológicas que no hacen al caso, aceptaría entrar, por lo menos una vez, en el ataque Max Lange.

Hay un momento de la partida en que casi todo ajedrecista se detiene a pensar mucho tiempo. El ingeniero Gontrán era exactamente el tipo de jugador capaz de ponerse a meditar cincuenta minutos o una hora un determinado movimiento de la apertura. Lo único que a mí me hacía falta eran esos minutos. Casi una hora de tiempo, un jueves a la tarde: cualquiera de los seis jueves en que yo llevaría las piezas blancas. Claro que esto exigía saber de antemano en qué jugada exacta se pondría a pensar. También exigía saber que justamente los jueves yo jugaría con blancas, cosa que al principio me alarmó, pero fue un problema mínimo.

Conquistar a una mujer puede resultar más o menos complejo. La mayoría de las veces es cuestión de paciencia o de suerte y en los demás casos basta con la estupidez, ellas lo hacen todo. El problema es cuando hay que reconquistarla. No puedo detenerme a explicar los detalles íntimos de mis movimientos durante tres meses, pero debo decir que hice día a día y minuto a minuto todo lo que debía hacer. Veía crecer en Laura el descubrimiento de mí mismo y su culpa como una planta carnívora, que la devoraba por dentro. Tal vez ella nunca dejó de quererme, tal vez el hecho de acostarse con otro era una forma invertida de su amor por mí, eso que llaman despecho. ¡Despecho!, nunca había pensado hasta hoy en la profunda verdad simbólica que encierran ciertas palabras. Me es suficiente pensar en esto, en lo que las palabras significan simbólicamente, para no sentir el menor remordimiento por lo que hice: en el fondo de mi memoria sigue estando aquella carta y la palabra puta. Dispuse de casi tres meses para reconquistar a Laura. Es un tiempo excesivo, si se trata de enamorar a una desconocida; no es mucho si uno está hablando de la mujer que alguna vez lo quiso. Me conforta pensar que reconstruí en tres meses lo que esta ciudad y sus rutinas habían casi demolido en años. Cuando se acercaba la fecha de la primera partida con el ingeniero Gontrán tuve un poco de miedo. Pensé si no me estaba excediendo en mi papel de marido seductor. Vi otro proyecto de carta. Laura ya no podía tolerar su dualidad afectiva y estaba por abandonar a aquel imbécil. Como satisfacción intelectual fue grande, algo parecido a probar la exactitud de una hipótesis matemática o la corrección de una variante; emotivamente, fue terrible. La mujer que yo había reconquistado era la mujer que su propio amante debía matar. El sentido de esta última frase lo explicaré después.

El sorteo de los colores resultó un problema mínimo, ya lo dije. La primera partida se jugaría un lunes. Si Gontrán ganaba el sorteo elegiría jugar esa primera partida con blancas: el noventa por ciento de los ajedrecistas lo hace. Si lo ganaba yo, me bastaba elegir las negras. Como fuera, los jueves yo llevaría las piezas blancas. Claro que Gontrán podía ganar el sorteo y elegir las negras, pero no lo tuve en cuenta; un poco de azar no le hace mal a la Lógica.

El match era a doce partidas. Eso me daba seis jueves para iniciar el juego con el peón de rey: seis posibilidades de intentar el ataque Max Lange. O, lo que es lo mismo, seis posibilidades de que en la jugada once Gontrán pensara por lo menos cuarenta o cincuenta minutos su respuesta. La primera partida fue una Indo-benoni. Naturalmente, yo llevaba las negras. En la jugada quince de esta primera partida hice un experimento de carácter extra ajedrecístico: elegí casi sin pensar una variante poco usual y me puse de pie, como el que sabe perfectamente lo que ha hecho. Oí un murmullo a mi alrededor y vi que el ingeniero se arreglaba inquieto el cuello de la camisa. Todos los jugadores hacen cosas así. "Ahora va a pensar", me dije. "Va a pensar bastante." A los cinco minutos abandoné la sala de juego, tomé un café en el bar, salí a la vereda. Hasta hice una pequeña recorrida imaginaria en mi auto, en dirección al río. Veinticinco minutos más tarde volví a entrar en la sala de juego. Sucedía precisamente lo que había calculado. Gontrán no sólo continuaba pensando sino que ni él ni nadie había reparado en mi ausencia. Eso es exactamente un lugar donde se juega al ajedrez: la abstracción total de los cuerpos. Yo había desaparecido durante casi media hora, y veinte personas hubieran jurado que estuve todo el tiempo allí, jugando al ajedrez. Contaba, incluso, con otro hecho a mi favor: Gontrán podría haber jugado en mi ausencia sin preocuparse, ni mucho menos, por avisarme: nadie se hubiera preocupado en absoluto. El reloj de la mesa de ajedrez, el que marcaba mi tiempo, eso era yo. Podía haber ido al baño, podía haberme muerto: mientras el reloj marchara, el orden abstracto del límpido mundo del ajedrez y sus leyes no se rompería. No sé si hace falta decir que este juego es bastante más hermoso que la vida.

—Cómo te fue, amor —preguntó Laura esa noche.

—Suspendimos. Tal vez pierda, salí bastante mal de la apertura.

—Comemos y te preparo café para que analices —dijo Laura.

—Mejor veamos una película. Pasé por el video y saqué *Casablanca.*

Casablanca es una película ideal. Ingrid Bergman, desesperada y poco menos que aniquilada entre dos amores, era justo lo que le hacía falta a la conciencia de Laura. Lamenté un poco que el amante fuera Bogart. Debí hacer un gran esfuerzo para no identificarme con él. Menos mal que el marido también tiene lo suyo. En la parte de *La Marsellesa* pude notar de reojo que Laura lloraba con silenciosa desesperación. No está de más intercalar que aquélla no era la primera película cuidadosamente elegida por mí en los últimos tres meses. Mutilados que vuelven de la guerra a buscar a la infiel, artistas incomprendidos del tipo *Canción inolvidable*, esposas que descubren en la última toma que su gris marido es el héroe justiciero, hasta una versión del ciclo artúrico donde Lancelot era un notorio papanatas. Una noche, no pude evitarlo, le pasé *Luz de gas*. Tampoco está mal dar un poco de miedo, a veces.

No analicé el final y perdí la suspendida. Las partidas suspendidas se jugaban martes y sábados, vale decir, sucediera lo que sucediese, los jueves yo jugaría con blancas. Es curioso. Siento que cuesta mucho menos trabajo explicar un asesinato y otras graves cuestiones relacionadas con la psicología del amor, que explicar los ritos inocentes del ajedrez. Esto debe significar que todo hombre es un criminal en potencia, pero no cualquiera entiende este juego.

El jueves jugué mi primer P4R. Gontrán respondió en el acto con una Defensa Francesa. No me importó demasiado. Lo único que ahora debía preocuparme era que Gontrán padeciera mucho. Debía obligarlo a intentar un Peón Rey en alguno de los próximos jueves. Cosa notable: en la jugada doce (jugué un ataque Keres), fui yo quien pensó sesenta y dos minutos. Cuando jugué, me di cuenta de que Gontrán se había levantado de la mesa en algún momento. Sesenta y dos minutos. Cuando el ingeniero reapareció en mi mundo podía venir de matar a toda su familia y yo hubiera jurado que no había abandonado su silla. Era otra buena comprobación, pero no me distrajo. Puse toda mi concentración en la partida hasta que conseguí una posición tan favorable que se podía ganar a ciegas. En ese momento, ofrecí tablas. Hubo un murmullo, Gontrán aceptó. Yo aduje más tarde que me dolía la cabeza y que temía arruinar la partida. Había conseguido dos cosas: seguir un punto atrás y hacer que mi rival desconfiara de su Defensa Francesa. Esto le daría ánimos para arriesgarse, por fin, a entrar en el Max Lange.

El lunes volvió a jugar un Peón Dama y yo no insistí con la Indobenoni. Esto significaba: No hay ninguna razón, mi querido ingeniero, para probar variantes inseguras, carezcamos de orgullo, intentemos nuevas aperturas. Significaba: Si yo no insisto, usted está libre para hacer lo mismo. Tablas. El miércoles me anunciaron que Gontrán estaba enfermo y que pedía aplazamiento hasta el lunes siguiente. Esto es muy común en ajedrez. Sólo que en mi caso significaba un desastre. Los colores se habían invertido. Los lunes yo jugaría con blancas.

El lunes me enfermé yo y las cosas volvieron a la normalidad. Cuando llevábamos siete partidas, siempre con un punto atrás, supe que por fin ése era el día. Jugué P4R. Al anotar en la planilla su respuesta, me temblaba la mano: P4R. Jugué mi caballo de rey y él su caballo de dama. Jugué mi alfil y él pensó cinco minutos. Jugó su alfil. Todo iba bastante bien: esto es lo que se llama un Giucco Piano. Digo bastante bien porque, en ajedrez, nunca se está seguro de nada. Desde esta posición podíamos o no entrar en el ataque Max Lange. Pensé varios minutos y enroqué. Sin pensar, jugó su caballo rey; yo adelanté mi peón dama. Casi estábamos en el Max Lange. Sólo era necesario que él tomara ese peón con su peón, yo avanzara mi peón a cinco rey y él jugara su peón dama: las cuatro jugadas siguientes eran casi inevitables. Sucedió exactamente así.

Escrito, lleva diez líneas. En términos ajedrecísticos, para llegar a esta posición debieron descartarse cientos, miles de posibilidades. Estaba pensando en esto cuando me tocó hacer la jugada once. Yo había preparado todo para este momento, como si fuera fatal que ocurriera, pero no tenía nada de fatal. Que Laura fuera a morir dentro de unos minutos era casi irracional. Mi odio la mataba, no mi inteligencia. Sé que en ese momento Laura estuvo por salvar su vida. Jugué mi peón de caballo rey a la cuarta casilla no porque quisiera matarla sino porque, aún hoy, pienso que ésa es la mejor jugada en semejante posición. Casi con tristeza me puse de pie. No me detuve a verificar si Gontrán esperaba o no esa jugada.

Unos minutos después había llegado a la casa junto al río.

Dejé el auto en el lugar previsto, recogí del baúl mi maletín y caminé hasta la casa. Los oí discutir.

Golpeé. Hubo un brusco silencio. Cuando él preguntó quién es, yo dije sencillamente:

—El marido.

En un caso así, un hombre siempre abre. Qué otra cosa puede hacer. Entré.

—Vos —le dije a Laura— te encerrás en el dormitorio y esperás.

Cuando él y yo quedamos solos abrí el maletín. El revólver que saqué de ahí era, quizá, un poco desmedido; pero yo necesitaba que las cosas fueran rápidas y elocuentes. No sé si ustedes han visto un Magnun en la realidad. Se lo puse en el cuenco de la oreja y le pedí que se relajara.

—No vine a matarlo, así que ponga atención, no me interrumpa y apele a toda su lucidez, si la palabra no es excesiva. No vine a matar a nadie, a menos que usted me obligue. Escúcheme sin pestañear porque no voy a repetir una sola de las palabras que diga.

En ese maletín tengo otro revólver, más discreto que éste. Con una sola bala. Usted va a entrar conmigo en el dormitorio y con ese revólver va matar a Laura. No abra la boca ni mueva un dedo. A un abuelo mío se le escapó un tiro con un revólver de este calibre y le acertó a un vecino: por el agujero podían verse las constelaciones. Usted mismo, excelente joven, va a matar a mi mujer. Ni bien la mate, yo lo dejo irse tranquilamente adonde guste. Supongamos que usted es un romántico, supongamos que, por amor a ella, se niega. Ella se muere igual. No digo a la larga, como usted y como yo; digo que si usted se niega la mato yo mismo. Con el agravante de que además lo mato a usted. A usted con el revólver más chico, como si hubiera sido ella, y a ella con este lanzatorpedos. Observará que llevo guantes. Desordeno un poco la casa, distribuyo la armería y me voy. Viene la policía y dice: Muy común, pelea de amantes. Como en *Duelo al sol*, con Gregory Peck y Jennifer Jones. Mucha alternativa no tiene; así que vaya juntando coraje y recupere el pulso. Déle justo y no me la desfigure ni la haga sufrir. Le aconsejo el corazón, su lugar más vulnerable. El revolvito tiene una sola bala, ya se lo dije; no puedo correr el riesgo de que usted la mate y después, medio enloquecido, quiera balearme a mí. Cállese, le leo en los ojos la pregunta: qué garantías tiene de que, pese a todo, yo no me enoje y lo mate lo mismo. Ninguna garantía; pero tampoco tiene elección. Confórmese con mi palabra. No sé si habrá oído que el hombre mata siempre lo que ama; yo a usted lo detesto, y por lo tanto quiero saber durante mucho tiempo que está vivo. Perseguido por toda la policía de la provincia, pero vivo. Escondido en algún pajonal de las islas o viajando de noche en trenes de carga, pero vivo. A ella la amamos, usted y yo. Es ella a quien los dos debemos matar. Usted es el ejecutor, yo el asesino. Todo está en orden. Vaya. Vaya, m'hijo.

La escritura es rara. Escritas, las cosas parecen siempre más cortas o más largas. Este pequeño monólogo, según mis cálculos previos, debió durar dos minutos y medio. Pongamos tres, agregando la historia del Magnun del abuelo y alguna otra inspiración del momento.

No soy propenso a los efectos patéticos. Digamos simplemente que la mató. Laura, me parece, al vernos entrar en el dormitorio pensó que íbamos a conversar. Yo contaba con algo que efectivamente ocurrió: una mujer en estos casos evita mirar a su amante y sólo trata de adivinar cómo reaccionará su marido. Yo entré detrás de él, con el Magnun a su espalda, a la altura del llamado hueso dulce. Ella misma, mirándome por encima del hombro de él, se acercó hacia nosotros. Él metió la mano en el bolsillo. Ella no se dio cuenta de nada ni creo que haya sentido nada.

—Puedo perder tres o cuatro minutos más —le dije a él, cuando volvimos a la sala—. Supongo que no imaginará que puede ir con una historia como ésta a la policía. Nadie le va a creer. Lo que le aconsejo es irse de este pueblo lo más rápido posible. Le voy a decir cuánto tiempo tiene para organizar su nueva vida. Digamos que es libre hasta esta madrugada, cuando yo, bastante preocupado, llame a la comisaría para denunciar que mi esposa no ha vuelto. El resto, imagíneselo. Un oficial que llega y me pregunta, algo confuso, si mi mujer, bueno, no tendría alguna relación equívoca con alguien. Yo que no entiendo y, cuando entiendo, me indigno, ellos que revisan el cuarto de Laura y encuentran borradores de cartas, tal vez cartas de usted mismo. Mañana o pasado, un revólver con sus huellas, las de usted, que aparece en algún lugar oculto pero no inaccesible. Espere, quiero decirle algo. Un tipo capaz de matar a una mujer como Laura del modo en que lo hizo usted es un perfecto hijo de puta. Váyase antes de que le pegue un tiro y lo arruine todo.

Se fue. Yo también.

Gontrán, en el Círculo, seguía pensando. Habían pasado treinta y siete minutos. Gontrán pensó diez minutos más y jugó la peor. Tomó el peón de seis alfil con la dama, y yo, sin sentarme siquiera, moví el caballo a cinco dama y cuando él se retiró a uno dama sacrifiqué mi torre. La partida no tiene gran importancia teórica porque, como suele ocurrir en estos casos, el ingeniero, al ir poniéndose nervioso, comenzó a ver fantasmas y jugó las peores. En la jugada treinta y cinco detuvo el reloj y me dio la mano con disgusto, no sin decir:

—Esa variante no puede ser correcta.

—Podemos intentarla alguna otra vez —dije yo.

A las tres de la mañana llamé a la policía.

No hay mucho que agregar. Salvo, quizá, que Gontrán no volvió a entrar en el Max Lange, que el match terminó empatado y el título quedó en sus manos por ser él quien lo defendía. De todos modos, ya no juego al ajedrez. A veces, por la noche, me distraigo un poco analizando las consecuencias de la retirada de la dama a tres caballo, que me parece lo mejor para las negras.

La casa del largo pasillo

Quién sabe, acaso fue porque hacía tantos años que Timoteo era ascensorista de la Torre y a fuerza de vivir subiendo y bajando acabó por no concebir más que dos direcciones posibles —hacia arriba y hacia abajo—, o, acaso, porque era la primera vez que la veía; el hecho es que aquella noche, al pasar frente a la casa del largo pasillo, Timoteo tuvo miedo.

No era exactamente miedo. Lo desconcertó que la casa estuviera tan cerca de su propia casa: sobre la calle Tarija, a unos veinte metros de la esquina de Boedo. Le llamó la atención no haber reparado antes en ella.

A partir de esa noche volvió a mirarla furtivamente todas las noches. Frente a la puerta cancel sólo se concedía un vistazo rápido y oblicuo, casi culpable, pero aunque su mirada duraba el tiempo que se tarda en dar un paso, aquel pasillo, siempre solitario (iluminado en alguna parte por una agónica lamparita), le causaba una especie de vértigo. Un vacío en la cabeza, idéntico, sin duda, al que deben experimentar los que temen la altura.

Una noche, con estupor, comprendió lo que pasaba. Al día siguiente, en la Torre, se lo dijo a los otros ascensoristas. Lo dijo en voz muy baja.

—Hay otra dirección —dijo, y atemorizado de inmediato por el impreciso alcance de su descubrimiento, murmuró en secreto: —Hacia el costado.

Los otros ascensoristas se rieron de él y, doblados en dos, dándose grandes palmadas en los muslos, le preguntaron si estaba loco.

Timoteo ya nunca más mencionó el asunto. Le cambió la cara, eso sí, o el color de los ojos, al menos si las muchachas se fijaran en los ascensoristas como Timoteo, alguna habría dicho que se trataba del color de los ojos. En realidad, era el modo de mirar. Miraba como desde lejos, como si los objetos fueran transparentes. Era tímido; se volvió reconcentrado y silencioso. Pero a veces lo sacudía una risita que desentonaba un poco con la severidad de su ascensor, y con el tiempo fue perdiendo la exactitud y la eficacia que lo habían caracterizado siempre. No era difícil adivinar en qué pensaba cuando, como los jóvenes ascensoristas chapuceros, no acertaba con la palanca de mando o se detenía entre dos pisos, o, sacudido por su risita, pasaba a toda velocidad piloteando su jaulón ante las puertas abarrotadas de gente.

—Pobre Timoteo, envejece —murmuraban los ascensoristas, y hacían circulitos con el dedo, junto a la sien.

Ya se sabe cómo son estas cosas. Las autoridades acabaron por enterarse, lo mandaron llamar, le confesaron que su comportamiento actual era desconcertante, por no decir anárquico, se miraron entre sí moviendo las cabezas con aprobación. Y cuando Timoteo, girando los ojos (tan claros, de golpe) hacia los rincones del despacho como quien teme ser oído por gente que habitara en los zócalos, pero con voz inesperadamente alta, habló de la casa de la calle Tarija, las autoridades volvieron a mirarse. Y Timoteo, incrédulo, escuchó que había sido transferido a uno de los prescindibles ascensores nocturnos.

Y sabe Dios a qué sórdido montacargas habría ido a dar de no haberse detenido por fin, una noche, ante el umbral de la casa del largo pasillo. Ahora, al salir de su propia casa, veía el corredor con el ángulo del otro ojo. Comprobó que el vértigo era el mismo. Esa noche se detuvo y lo miró de frente, por un momento temió irse de cabeza hacia el fondo, chupado por el corredor, por un momento estuvo a punto de cerrar los ojos y estropearlo todo. Pero ahí se quedó; después dio un paso. El corazón le latía como si fuera un pájaro. Porque Timoteo no sólo se detuvo sino que, sin reflexionar en las derivaciones que podría tener su conducta, sin importarle la confusión que reinaría esa noche en la Torre aunque su ascensor actual fuera uno de los menos importantes (pues ya se sabe que la ausencia o aun la distracción del operario más oscuro puede acarrear catástrofes irreparables a toda la administración, por no decir a los dueños del edificio o, quizá, a la ciudad entera), sin importarle ninguna de las grandes ideas sobre responsabilidad, disciplina, lealtad, que un día lo llevaran a manipular los más honrosos ascensores, Timoteo, irrevocablemente, se internó en el largo pasillo.

Caminó. Luchando contra el vértigo y el miedo, Timoteo caminó y caminó, nadie podría decir cuánto tiempo, hasta llegar al sitio donde brillaba la lamparita cenicienta (el pasillo, por supuesto, seguía mucho más allá; Timoteo no pudo dejar de pensar que, de recorrerlo íntegro, acabaría saliendo a la misma calle Tarija por la cual había entrado, sólo que saldría en la vereda opuesta). Debajo de la lamparita había una puerta. Estaba pintada con el mismo color de las paredes y era indudable que no había sido construida para ser vista. La paradoja de que apareciera casi denunciada por una vaga luz y, al mismo tiempo, disimulada con astucia en la pared, bastaba para demostrarlo. O, al menos, para demostrar que sólo la ingenuidad o el azar podían conducir hasta ella. Pero el ascensorista Timoteo no era un individuo deductivo, ni siquiera cauto. Simplemente llegó hasta la puerta y, como se sabía demasiado comprometido para echarse atrás, la empujó, suavemente.

Entonces vio al hombre corpulento.

Lo vio ahí, recostado en una otomana. Con oscura belleza de tormenta, le anochecía la cara una barba orgullosa, negrísima. Iba vestido de un modo que a Timoteo le pareció familiar, no supo por qué. Llevaba puesto un turbante colorado sangre, en el que se incrustaba, a manera de broche, una gran piedra lunar. Largamente el pelo le caía sobre los hombros. Timoteo vio que la parte superior de sus botas se volcaba en campana sobre la caña, vio a los pies del hombre una piel de tigre, vio sus amplias babuchas de seda oscura. Entre los pesados pliegues de su capa entreabierta, junto a la cadera izquierda, lo deslumbró la empuñadura de una cimitarra.

Timoteo pensó que aquel caballero era realmente hermoso.

Y entonces recordó a Sandokán, el príncipe malayo, capitán remoto de piraterías anteriores, muy anteriores a las altas edificaciones y sus jaulas.

El hombre se puso de pie, ceremoniosamente, y preguntó:

—¿Cómo llegaste hasta esta puerta? ¿Cuál es tu nombre?

—Sólo puedo contestarle la segunda pregunta —respondió, cohibido, Timoteo—. Soy Timoteo, el ascensorista. ¿Y usted?

En la voz del hombre, la palabra cobró la sonoridad de un órgano en un templo cuando dijo:

—Sandokán.

El tiempo y el río

Estas cosas ya no pasan, señor, ni acá abajo en Las Canaletas ni en ninguna otra parte. Yo le juro que hasta el río cambió de color, como si lo hubiera ido ensuciando el tiempo. O a lo mejor es uno que de viejo se va como perdiendo y cree que es el mundo el que se borra. Marcial Palma, Evaristo Garay o el Reyuno Altamirano son como un sueño ahora; decir esas historias es igual que contar de aparecidos, y a los chicos se los asusta nombrándoselos, como si uno les hablara del Chancho con Cadena, no se ría, como si uno les hablara del Hombre de la Bolsa o de la Viuda. Mire si eso no es una herejía, en el fondo. Mire si no da un poco de tristeza. Yo jamás toqué un cuchillo. A Dios gracias el cura de San Pedro se encariñó conmigo y me enseñó a leer y a ayudar misa, y hasta fui muchos años a la escuela. Jamás toqué un cuchillo y ni siquiera sé si tengo coraje porque nunca me metí con nadie ni nadie se metió conmigo; pero he nacido y me he criado acá abajo, y he visto a una miseria de hombre del tamaño de usted matar dos semejantes correntinos después de recoger del piso las tripas que se le salían del cuerpo, cómo no. Y ahí mismo donde ahora está esa máquina de hacer cocacola una mujer se mutiló una mano antes que agarrar una plata sucia que le ofrecían. Si ésas eran sus mujeres, usted calcule lo que fueron ellos. Yo sé que hoy día estas cosas se cuentan en los libros y las cantan, pero las cosas de los libros y los versos es como si nunca hubieran sucedido. Usted quédese una noche en Las Canaletas, va a ver si no siente que esos fantasmas lo rodean, si no siente que le hablan o tratan como de hablarle, de contar quiénes eran. No es el agua. No es el resonar del río o imaginaciones del viento; son como palabras que no se pueden pronunciar con las palabras. Como una música, que al amanecer se olvida.

Yo tengo arriba de ochenta años y he visto muchas cosas. Otras no las he visto pero me las acuerdo igual, aunque no sepa decir cómo. La que le voy a contar es muy hermosa porque habla de una gran redención y de una dignidad.

Ya tampoco quedan, pero a lo mejor usted oyó hablar de los anarquistas. Eran gente de antes que no querían que nadie mandara ni que un hombre fuera más que otro y que no creían en la religión. Cosa rara, porque oírlos hablar era lo mismo que leer la Biblia. A veces mataban, no me aparto; pero al hombre más cristiano le sucede matar alguna vez y los que yo conocí no asesinaron a nadie que mereciera estar vivo, perdonando la franqueza. Los que anduvieron por acá, que yo sepa, nunca usaron cuchillo ni revólver, al contrario, más de una vez la policía les dejó el lomo negro por decir que la propiedad es de nadie.

¿Ve aquello que se ve por la ventana? Ahí había un galpón en el que habían hecho un teatro. Más que teatro era como una escuela que era un comité. Un Filodramático. Lo fundó un uruguayo flaquito de apellido Sánchez que escribía en los diarios como usted y que vino un día y lo fundó. Lo dirigía uno de los hermanos Intili. No sé si usted ya ha visitado el cementerio. Si ha ido, a lo mejor vio una columna truncada que hay por las tumbas irlandesas del lado del río: ése es el monumento al otro Intili, el más anarquista de los dos. El del Filodramático era el más manso. Quería educar a la gente del bajo y decía que el teatro es la escuela de los pobres, más que nada porque se entiende oyendo. Lo que más hacían en el Filodramático era tomar mate y leer a los gritos, pero alcanzaron a poner una obra sobre un doctor de la Capital que se avergüenza del padre porque el padre es criollo. Usted se me está preguntando qué tendrá que ver esto con el Reyuno Altamirano. Ya va a llegar, no se inquiete. Acá en Las Canaletas el tiempo pasa distinto. Yo casi nunca hablo con nadie y usted vino a preguntar, así que aguántese: no hay gente más conversadora que la gente muy callada.

El panaderito Riera era uno de los actores. En la época que le digo ni debía tener veintitrés años; si pesaba sesenta kilos es mucho. No sé si se ha fijado la cantidad de anarquistas que eran hijos de panaderos. Como los zapateros, que son todos espiritistas. El chico era simpático y medio atolondrado y, si me permite una observación, no era lo que acá abajo llamaríamos un muchacho corajudo. Cómo ni por qué cruzó a Gualeguay, no me lo pregunte, pero si quiere pregúnteme cómo era la mujer que se trajo de allá. Vea, señor, yo he visto en mi vida una troja de hembras, y, aunque cristiano, ya debía pasar los setenta años cuando las mujeres dejaron de gustarme, pero la entrerriana que se trajo el panaderito era la mujer más bien plantada que vi en mi vida. El pelo daba la impresión que le vencía la cabeza; la cara, yo no he vuelto a mirar otra cara como ésa. Haga una prueba. Intente recordar en la memoria una cara de mujer, cierre los ojos y piense fuerte. Va a ver que no se puede. Nadie puede recordar una cara. En cuanto va a aparecer, se borra o se cambia en otra. La cara de ella no se borraba. Se llamaba Trinidad Villarreal, y era o había sido la mujer del Reyuno Altamirano. Fue llegar ella al bajo y alegrársenos la vida a todos. Yo creo que acá en Las Canaletas la causa libertaria ganó más respeto con esa inconsciencia del chico que con todos los discursos de los hermanos Intili juntos. Usted dirá si no era mucha mujer para un muchacho tan esmirriado y jovencito, no sé, yo pienso que Trinidad era mucha mujer casi para cualquier hombre.

Unos decían que el Reyuno era un asesino; otros, que sólo mataba por necesidad. Lo que todos estaban de acuerdo es que tenía más agallas que un dorado. Yo lo he visto a ese hombre, a no más de dos metros. Era alto y serio como un ciprés, y nunca miraba a los ojos. No se confunda. En eso de mirar a los ojos hay mucha mentira. Como en apretar fuerte la mano al saludar, que es una grosería y dicen que es franqueza. Están los que miran de frente y aprietan la mano porque han oído que eso da confianza, y después le roban el chancho a un ciego. Hay hombres que no miran a los ojos por cortesía. Para no inquietar o incomodar al otro. El fanfarrón mira a los ojos, quiere dar miedo, habla fuerte. Los hombres de coraje que yo he conocido más bien se miraban la punta de la alpargata antes de cometer un homicidio. Pero eso sí, en cuanto levantaban la vista, mejor encomendarse a un santo. Le digo esto porque tiene que ver con el cuento, con lo que fue el aprendizaje del panaderito. Porque al panaderito hubo que educarlo. Hubo que enseñarle, en una sola noche, lo que a hombres como el Reyuno les lleva años, si es que ya no nacieron así.

En fin, que acá en el bajo se hablaba mucho de la Revolución Social y el libre arbitrio y de redimir al esclavo y a la mujer puta, y que allá enfrente el Reyuno Altamirano juntaba una cuadrilla de malandras como él y se venía para San Pedro a buscar a la muchacha.

—Lo que yo les aconsejo es dar parte a la policía —dije yo.

—Yo soy anarquista —decía el panaderito, haciéndose el muy hombre—. Antes de recurrir a la policía prefiero que ese animal me mate.

No era muy cierto. El panaderito era un muchacho alegre y alocado y le gustaba estar vivo. Creo que fue eso lo que la conquistó a Trinidad.

—Tan animal no ha de ser, si alguna vez la Trinidad lo quiso.

Creo que lo dejé pensando.

—Yo que vos me la llevo lejos y me escondo —dije en seguida.

—Me va a encontrar —decía llorando Trinidad—. Me va a buscar toda la vida, hasta encontrarme.

—Entonces volvete a Entre Ríos con el Reyuno y hacele un favor a la Causa. Ese hombre es capaz de acabar hasta con el Filodramático.

Yo tampoco hablaba en serio. Si la Trinidad se iba, esto iba a ser la misma miseria de lugar que siempre.

—Después de conocerlo a él, yo no vuelvo a esa vida —decía Trinidad.

—Entonces, el chico tendrá que pelearlo —dije yo.

Ahí intervino Intili el más manso y dijo que un anarquista no mata ni se hace matar por una mujer, y el hermano retobado le contestó que por qué, y empezaron a discutir de la revolución. Usted sabe que los libertarios discutían todo, libre examen se llamaba. Me acuerdo que discutiendo se hizo de noche. La Trinidad decía ahora que ella prefería volverse con el Reyuno a que le asesinaran al muchacho. Ha visto cómo son las mujeres. Son la mujer, la hija y la madre del hombre, todo al mismo tiempo.

—Tal vez no haga falta que lo pelee —dijo un recién llegado—. Tal vez el Filodramático termine sirviendo para algo.

Era el uruguayo Sánchez que le comenté hoy.

Debía tener mucho ascendiente sobre los anarquistas porque lo dejaban hablar y lo miraban con respeto. Tenía ojos como de andar siempre con sueño.

—Yo les escribo lo que el compañero tiene que decir, y él se aprende la letra —dijo después—. Si el otro es la mitad de hombre de lo que cuentan, pega la vuelta y se vuelve a Entre Ríos.

El uruguayo hablaba bajito, como cansado. Yo me di cuenta que exageraba la pachorra porque les estaba explicando dos veces lo que quería decirles. Imitaba a un malevo. Quería decirles que el panaderito debía convertirse en un malevo.

—Traigan con qué escribir y una lámpara —dijo.

Uno cree estar lleno de recuerdos y al final de la vida rememora de veras cuatro o cinco cosas, las más las imagina o las miente. O las ha oído y repetido tantas veces que a la larga se le representan como si las hubiera visto. Ésta la vi yo mismo, ¿y sabe cómo lo sé?: porque es la primera vez que la cuento. Decir que lo estoy viendo es poco. Yo estaba ahí cebando mate mientras el uruguayo escribía con lápiz, en unos papeles de envolver, a la luz de la lámpara. Casi no respirábamos, por miedo a interrumpirlo. Viera la concentración y la letra grande de ese hombre. Escribía y tachaba o se quedaba un rato mirando el aire y volvía a escribir, a veces hacía un ademán, hablaba solo, pedía un mate o se tiraba el pelo para atrás. Tenía unas manos largas y afiladas y ese brillo en los ojos de los que van a vivir poco. Como a las tres de la mañana nos dijo ya está. Cuando pasó en limpio el escrito no ocupaba ni dos hojas.

A Trinidad la mandaron a dormir y empezó el ensayo. Primero leyó él mismo. Qué representación, señor. Apenas me acuerdo de las palabras; me acuerdo del sentido y que daban una especie de frío en la espalda.

—Pero qué pasa si el Reyuno empieza a hablar él —preguntó alguien.

—No va a hablar mucho, va a preguntar dónde está Trinidad o quién es el panaderito. Ahí empieza el monólogo del compañero.

—Pero, ¿y si lo interrumpe?

—Lo deja que hable. En cuanto pare, él sigue con la letra. Ni le contesta ni se deja llevar por lo que diga el otro. Lo único que hace es seguir diciendo la letra.

Vos, me dijo a mí, vas a estar tomando mate como ahora, en la puerta. Cuando llegue Altamirano le decís que un hombre lo espera adentro. Vos, le dijo al panaderito, vas a estar solo. De espaldas, en camisa, apoyado ahí. Él tiene que ver que no llevás cuchillo. Diga él lo que diga y haga lo que haga le decís que lo estabas esperando.

—Si le da tiempo —dije yo.

—Le va a dar tiempo —dijo él—. Ese hombre no mata por la espalda. Ahora te aprendés la letra —le dijo al panaderito—. Lástima tener que irme a Buenos Aires sin verlo. No lo mirés a la cara hasta la parte del cuchillo.

Ensayaron toda la noche. Casi al amanecer llegó un coche de alquiler con una señora preocupada y bien vestida y el uruguayo tuvo que irse, creo que había venido nada más que a saludar.

Esa misma mañana apareció la cuadrilla de Altamirano, una montonera de gente, y yo, que estaba tomando mate en la puerta, lo vi a ese hombre a menos de dos metros. Bajó él solo del caballo. No dijo una palabra.

Yo dije:

—Si busca a un hombre, está adentro.

—Busco a una mujer —dijo el Reyuno.

La puerta del Filodramático estaba abierta y allá en el fondo se lo veía al panaderito. Los de a caballo amagaron bajarse pero el Reyuno los paró con un ademán y entró con el cuchillo en la mano.

—Vos tenés algo que es mío —dijo adentro la voz del Reyuno.

Hubo una pausa.

—Lo estaba esperando —dijo la voz del panaderito.

Ya le dije que casi olvidé las palabras. Y aunque no estuve presente, porque ahí adentro no había nadie más que ellos dos, me acuerdo del uruguayo y es como acordarme de los gestos y de la voz del panaderito. Los gestos no eran muchos. Darse vuelta de a poco, pero no del todo. Hablar casi de perfil. Mirarse la mano mientras se rascaba distraído la uña del dedo del corazón con la uña del pulgar. El panaderito hablaba con lentitud y cansancio, lo que no era raro, teniendo en cuenta que no tenía muy segura la letra y que no había dormido en toda la noche. Una mujer no es de nadie, le decía, salvo de sí misma, y que ningún hombre pierde más mujer que la que ya no tiene, y le decía que él, el Reyuno, tal vez había llegado con vida hasta ese sitio porque él, el panaderito, le permitió llegar para decirle esto. Puede que ahora uno de los dos mate al otro, le decía, puede que usted me mate o a mí me toque matarlo, como tantas veces hemos tenido la desgracia de haber muerto tanta gente, puede que si me mata consiga salir vivo de Las Canaletas, pero suceda lo que suceda nadie va cambiar dos cosas. Las dos cosas eran: su respeto por la hombría del Reyuno y el amor de Trinidad por él, por el panaderito.

El panaderito terminó de darse vuelta y lo miró a los ojos.

—Ayer me casé con su mujer, Altamirano. Ya no uso cuchillo. De usted depende que ahora vaya y lo busque.

Ése es todo el cuento, señor.

El Reyuno dijo unas palabras que no se escucharon y que el panaderito no repitió nunca. Volvió a salir, montó a caballo y no lo vimos más. Claro que a lo mejor usted quiere oír qué pasó a la larga con Trinidad y el panaderito. No tiene caso, señor. Entre los pobres hay muy pocas historias felices. Todas terminan cuando recién empiezan.

El hermano mayor

—Lo malo es que a la larga ya no se siente nada —dijo el más corpulento, el de más edad—. Peor que eso. Estás esperando que termine de una vez. —Suspiró entrecortadamente; tres inspiraciones breves y rápidas. —Hasta te fastidia —murmuró.

—Sí —dijo él—. Supongo que sí.

El hermano mayor estaba sentado y él de pie. No eran parecidos.

—Hasta te fastidia —repitió el mayor.

El más joven le puso vagamente una mano sobre el hombro; por un momento dio la impresión de que iba a tocarle la cara. Fue algo tan fugaz que no se podía saber si realmente había querido tocarle la cara. Se limitó a posar una mano sobre el hombro del otro y a apretar suavemente.

—Calmate —dijo—. Es así; las cosas siempre son así.

—Sacate de una vez ese sobretodo —dijo el hermano mayor—. No se sabe si acabás de llegar o estás por irte.

—Acabo de llegar —dijo él—. También estoy por irme. El último tren a Buenos Aires sale a la una.

—¿Cómo sabés que hay un tren a la una?

Él se quitó el sobretodo y lo puso sobre el escritorio. No se sentó.

—Siempre hubo un tren a la una, ¿no? Y, como vos decís, en este pueblo no cambia nada.

—Nunca hubo un tren a la una. A la una de la tarde, sí; pero no a la una de la madrugada. Yo te voy a decir qué hiciste. Averiguaste el horario en la estación. No habías terminado de bajar del tren y ya estabas preguntando a qué hora tenías otro para volverte.

—No discutamos. No discutamos hoy.

—No estamos discutiendo: te estoy mostrando cómo sos. Y voy a adivinar algo más. Hasta sacaste el pasaje. Seguramente ya sacaste el pasaje, para no arrepentirte.

—No saqué ningún pasaje. —El que estaba de pie hizo una pausa. —Además, pensaba quedarme esta noche.

—Pensabas.

—Quiero decir que no sé por qué dije que me iba a la una.

—Yo sí sé —dijo el mayor—. Porque averiguaste el horario y porque sos jodido. Los tres siempre fuimos así: jodidos. En eso sí que nos parecemos vos y yo.

De alguna parte de la casa llegaban rumores apagados de voces y la vaharada de las flores.

—Él no era jodido —dijo el que estaba de pie.

—Era un viejo jodido. No se quejó en ningún momento. La gente, cuando le duele algo, se queja. O grita. O pide alguna cosa.

—De qué murió.

La risa del hermano mayor sonó ahogada y ambigua. Una risa profunda que culminó en un falsete como un quejido.

—Ésa sí que es una buena pregunta. Dios mío, de qué murió. El padre estuvo agonizando un año entero y él viene, antes da una vuelta por la noche del pueblo, entra en la vieja casa y pregunta de qué murió.

—Me hubieran avisado con tiempo —dijo él.

El otro, desde abajo, lo miró.

Un reloj de pared dio la campanada de las once y media. Los dos se quedaron un momento a la expectativa, como si esperaran otra.

—Mejor salgamos —dijo finalmente el mayor—. Vámonos al patio, o a caminar por ahí. El olor de esas flores marea. La casa entera tiene olor a pantano, a flores corrompidas. —Hablaba sin ponerse de pie. —Cuando eras chico, te acordás, siempre querías que te llevara al café de la estación. Un gran lugar, la estación. Y así, de paso, no perdés tu tren. O mejor vamos hasta el río.

—Para eso hiciste que me sacara el sobretodo —dijo el más joven.

El mayor se levantó. Era ancho y más alto que el otro. Grave e imponente, tenía el aspecto que debe tener un hermano mayor. Sólo que de pronto daba la impresión de estar relleno de lana. Parecía haberse quedado pensando en algo.

—¿Cómo?

—Si para eso me hiciste sacar el sobretodo.

—Usted suénese los mocos y de hoy en adelante obedezca a su hermano, como dijo el viejo esa noche. ¿Cuánto hace que la casa no olía de este modo?

—Les acompaño el sentimiento —dijo de pronto una vieja, junto a ellos.

—Váyase a la mierda —murmuró suavemente el mayor—. Gracias —dijo.

—Hace treinta años —dijo el más joven—. Yo tenía seis y vos once. Ni vos ni papá lloraban.

—Vos sí llorabas. Vos llorabas de veras como un huérfano. Límpiese esos mocos y obedezca a su hermano. Siempre fuiste medio marica vos. —Se rio bruscamente, un cloqueo forzado y cavernoso. —Siempre había que andar pegándole a alguien por tu culpa. ¿Por qué no vino tu mujer? Ella lo quería a papá.

Habían salido de la casa y ahora caminaban por la vereda. Una calle arbolada de naranjos. Desde algún lugar de la noche llegaba la música remota de un baile.

—No estaba. Ella no estaba en casa cuando me llamaron.

—Las mujeres lo querían, qué cosa tan rara. Sobre todo las mujeres ajenas. ¿Por qué no tuvieron hijos ustedes? El viejo siempre quiso tener un nieto.

—Te hubieras casado vos —dijo él.

—No digas pavadas —dijo secamente el mayor.

El menor lo miró de reojo en la oscuridad.

—Pavadas, por qué.

—El viejo, en cambio... Le tocaba el culo a la enfermera. Ese culo no se hizo en un ratito, decía, y se doblaba en dos de la risa, tosiendo y escupiendo el alma. No se hizo en un ratito. Hasta que se quedaba quieto, resollando con los ojos en blanco... Ella ha de madrugar mucho, tu mujer; yo te hice llamar a la cinco de la mañana... Se murió de dolor, ya que te interesa tanto saberlo. Era como ver agonizar a un buey, como si lo carnearan vivo. Se le reventó el corazón, por no gritar. Cuando lo abrieron no tenía pulmones, ni hígado, pero murió de un ataque cardíaco. ¿Cómo se puede saber lo que le pasa a un hombre si no te dice qué le pasa? ¿Cómo puede saber un hijo qué le duele al padre, si el padre, mientras se muere, les toca el culo a las enfermeras y se ríe? Era un viejo muy jodido, te lo juro.

En dirección a ellos venían tres o cuatro personas; la luz de un zaguán iluminó un ramo de flores blancas.

Ellos cruzaron la calle y cambiaron de vereda.

—Pero vos tuviste una novia —dijo el menor.

—¿En qué te quedaste pensando? Tuve, sí. Él me la quitó. Papá. Los encontré una tarde, a la siesta, en la cama grande. Yo había ido a Rosario por un asunto del Juzgado, y volví antes. Ahí estaban, en la cama de mamá. No te preocupes: no me vieron. Quería tanto un nieto que casi se lo hace él mismo. No debiste dejar a esa chica, me dijo después, era una buena chica. Hubiera sido una buena mujer, se parecía a tu madre. ¿Qué se hace con un padre así?

—No llores —dijo él.

—Al final te fastidia, carajo.

—Esta calle está igual, hasta la música parece la misma. Una vez me llevaste a un baile.

—Un año entero muriéndose, hasta que uno termina por rezar para que se muera realmente. Nunca supe si le dolía algo. No se puede hacer eso, un hijo no merece eso. Qué te voy a llevar a un baile, nunca bailé.

—Me llevaste, era verano, pediste una naranjada con ginebra. Para el nene, dijiste, una bolita.

—¿Una bolita? Había una bebida que se llamaba bolita. Pero eso era antes de que naciéramos. Mamá nos contaba. Vos ni debés saber por qué le decían bolita.

—No sólo lo sé: me acuerdo.

—Por qué, a ver.

—Por la tapa. En vez de tapa, tenía una bolita de vidrio.

—Pero si ni siquiera yo vi ninguna. No puedo haberte pedido una bolita.

—La pediste. Seguramente fue una broma. Yo te veía tomar la naranja con ginebra y me parecías un fenómeno. *Noches de Budapest*: te apuesto a que ese fox-trot que están tocando se llama *Noches de Budapest.*

—¿Y vos?

—Yo qué.

—Qué tomaste, vos qué tomaste esa noche.

—No sé qué tomé. Pero me acuerdo perfectamente de la bolita de vidrio.

Siguieron caminando en silencio. La primera vez que estaban en silencio desde que se habían encontrado.

—Gracias —dijo de pronto el mayor—. Ya estoy bien. Ustedes, a veces, tienen esas cosas.

—Me separé —dijo él—. Por eso no se enteró lo de papá.

—Con quién la encontraste.

—Con nadie. Ella me encontró.

—Pero vos la querías. Cuando estuvieron acá se veía de lejos que la querías. Y ella te miraba como si fueras de oro.

—Hace diez años que estuvimos acá. Fuera de este pueblo, el tiempo pasa en serio.

—Pero vos la querías.

—Claro que la quería, todavía la quiero. Eso qué tiene que ver.

—Nada, me imagino. En esto también sos hijo del viejo. ¿Vos sabías que él la engañaba a mamá?

Estaban sentados en uno de esos bancos de plaza que hay al frente de ciertas casas de pueblo. El reloj del Cabildo dio la medianoche.

—Cómo que la engañaba a mamá. Cuándo la engañaba.

—Cuando podía, y podía siempre. Lo supe a los diez años. Fue como lo de la cama grande pero en la cama del finado tío Carlos.

—¿Con la tía Matilde?

—No. O a lo mejor también con la tía Matilde, pero sobre todo con una de las mellizas.

—¿Las hijas de tía? ¿Con las dos?

—Con una. De cualquier modo eran idénticas: una, un poco más rubia. No te asombre que alguna noche las confundiera. El viejo nunca fue muy detallista.

—Pero con cuál.

—Qué sé yo con cuál, qué importancia tiene con cuál. Por eso tuvieron que irse del pueblo.

—Y vos cómo lo supiste.

—Te acabo de decir que los vi. Yo tendría diez años y esa noche él me llamó al escritorio. En los grandes momentos nos trataba de usted, te acordás. Usted es muy chico para saber qué es el amor. Yo la quiero a su madre, y eso es una cosa; pero hay muchas mujeres en el mundo, y eso es otra cosa. Lo importante era no confundir a las mujeres, que son muchas, con el amor, que es uno solo. Y que si mamá llegaba a enterarse él me cortaba los huevos. No le veo la gracia.

—Que te los cortó. Perdoname que me ría, pero te los cortó. Seguí, no me hagas caso.

—Estás despertando a los que duermen. Si es que duermen. Estos bancos dan siempre a una ventana, detrás de la ventana siempre hay un solterón insomne o una vieja que teje en la oscuridad o un viejo marica que no sabe qué hacer de su vida. Ponen bancos para que los que andan de noche por la calle se sienten y hablen.

—Contame algo de mamá.

—Mamá era mamá. No tenía historias.

Se pusieron de pie. Un pájaro sobresaltado o un murciélago chocó contra el farol de la esquina. La luz se apagó durante un instante pero volvió a encenderse de inmediato. El mayor se había tomado instintivamente del brazo del otro. O tal vez lo había tomado del brazo.

—Puedo quedarme, si querés.

El mayor se detuvo, sin soltarlo.

—Qué cosa rara estás pensando.

—Yo, nada. Pero es cierto, cuando venía en el tren pensé que yo también estoy un poco solo.

El hermano mayor lo soltó.

—Vos también. ¿Y quién es el otro? ¿O hablás en general, o estás hablando de la gente? Vos y yo no podemos vivir juntos.

—No dije quedarme a vivir.

—Ya sé lo que dijiste. Hablame del baile.

—Qué baile.

—El baile al que te llevé. El baile de la bolita.

—Ya te lo conté. Me acordé por la música.

El más joven se detuvo y giró la cabeza, desconcertado. Sólo se oía el paso del viento entre las ramas. La música ya no se oía.

—Cambió el viento —dijo el mayor.

—Qué raro oír eso. Oír que ha cambiado el viento. En las ciudades nadie dice una cosa así. Nadie se da cuenta cuando cambia el viento.

El que se detuvo ahora fue el hermano mayor. En la oscuridad del empedrado se oyeron, lentos, los cascos de un caballo.

—Estás de suerte. Aunque no quieras creerlo, eso que viene allá es un mateo. ¿Cuántos años hace que no ves un coche a caballo? Te invito. Quién te dice que no es el último mateo del mundo.

—No tenemos tiempo.

—Cómo que no. Tenemos casi media hora.

—Antes de irme, quiero verlo.

—No queda mucho para ver. Haceme caso. No hay que mirar a los muertos. Cuando se mira a un muerto, en realidad es la muerte la que nos mira. Mejor recordalo como al baile y a la botella de bolita. Vamos. Te llevo a la estación.

La fornicación es un pájaro lúgubre

Henry Miller
In memoriam

—Cómo que no importa —se encontró diciéndole Bender a la chica, mientras, con gesto ausente, metía en el bolsillo del piloto el diario que acababa de comprar—. Es lo único que importa.

La chica tenía diecisiete años, pero aparentaba veinte y le llevaba casi una cabeza. Con tacos. Descalza, como hacía un momento en el Hotel Loto Azul, eran relativamente de la misma altura. Y hasta de la misma generación. Al menos con la luz apagada. La chica (impermeable de Yves Saint-Laurent, largo pelo de miel, paraguas para enanitos) dio un pequeño brinco y arrancó la húmeda hoja otoñal de un plátano. Se llamaba Agustina. Tiene ganas de dar saltitos, pensó Bender. La diáfana hija de puta todavía tiene ganas de dar saltitos. Él había trabajado como un émbolo, como un pistón, como cualquier otra cosa isócrona y bien intencionada, y ni siquiera había conseguido ponerla en marcha. Era como pretender bailar con una lápida. Tenía las reacciones de una cubetera. Y ahora daba saltitos.

—Si a usted le gusta para mí está bien —dijo la chica y torciendo el cuello hacia abajo, como un cisne, le dio un beso en la zona del ojo.

Demasiado alta, en efecto; podría ponerse tacos más bajos cuando sale conmigo. Mora sería incapaz de una cosa así. O apuntar bien cuando imagina dar un beso.

De todos modos, le había hablado de usted. Esto, en ella, significaba cariño irreprimible. Sólo que Bender (cuarenta y cinco años, profesor adjunto de Letras, muerto de hambre) tenía la impresión de que entre una chica de diecisiete años y un tipo de su edad el único tratamiento natural era ése. Cómo está usted, señor profesor. Qué piensa de la toponimia del *Amadís de Gaula*, querido adjunto. ¿Me dejo puesta la bombacha, tío Bender?

—Vamos a tomar un café —dijo Bender—. Vos invitás.

Agustina abrió con alguna dificultad la cartera, a causa del paragüitas. Buscó algo. Sacó un considerable chupetín de forma cónica, lo desenvolvió y, mirando a Bender, le dio una chupada. No una chupadita, una chupada lenta, deliberada y hasta el tronco. Esta chica, con tal de tener algo en la boca, era capaz de chupar una llave inglesa. Siento un tironcito seco en el nacimiento de la nuca. Debí sentirlo en algún otro lado, pero después de cuarenta minutos de hacer de chupetín y una hora y media de bombear como una torre de petróleo en la Antártida, dudaba de tener pito. No me queda más que la cabeza.

—No tengo plata ni cinco —dijo Agustina, mientras sostenía esa cosa entre los dientes. Otra de sus características era que con cualquier objeto en la boca conseguía hablar con claridad. Bender, a veces, dudaba de que eso lo hubiera aprendido con él en sus pláticas de Española Medieval—. Y encima vas a tener que darme para el taxi. Lo que más me gusta es cuando ponés cara de malo. Lo último que tenía me lo gasté en este chupetín. No te preocupes, bobo, vas a ver que el día menos pensado voy a tener un orgasmo. ¿Vos creés que me va a gustar?

—Entremos —dijo Bender.

Era menos fácil cometer un asesinato en una confitería. En la calle podía tirarla bajo un colectivo. A lo mejor alguna noche lo hacía. La única dificultad era que Agustina debía volver al pensionado antes de las ocho. Se sentaron.

—No te vas a poner a leer el diario —dijo Agustina.

—Qué curioso —dijo Bender—. Casi podría jurar que me saltó sólo a las manos. En el quiosco. Nunca leo el diario. Dos cafés, mozo. Y ahora vos me decís eso. Ni siquiera me había dado cuenta de que lo saqué del bolsillo.

—A lo mejor el diario te quiere decir algo —dijo Agustina—. No, mozo, venga por favor. Yo no quiero café. Tráigame un licuado. Y una o dos de esas cosas con azúcar que se ven ahí. Esas bolas. Mejor dos.

—Hubiera apostado el alma a que ibas a decir eso —dijo Bender.

—Eso qué —dijo Agustina.

Tenía los ojos violetas. Realmente violetas. La primera vez en su vida que conocía una chica con los ojos violetas, y era frígida. ¿Es frígida o yo estoy viejo? William Steckel había escrito una frase que era su lema. No hay mujeres frígidas, sólo hace falta el hombre que las caliente. Pero a ésta quién. El Hombre Nuevo. ¿Qué había acabado de decir Agustina?

—Qué dijiste del diario.

—No sé, qué diario. De lo último que hablé fue de esas cosas con azúcar. Las bolas. —Y encendió un largo cigarrillo.

Entonces Bender sintió que realmente el diario le quería decir algo. Algo relacionado con todo eso. Con la llovizna, el sexo, la muerte. Con los quinientos mil pesos que le quedaban en la billetera. Debería estar con Mora, no con Agustina. Acostarse con Mora era como cantar de chico en el coro de la iglesia. Como una peregrinación a las montañas del Tíbet. Para Mora el sexo no era un chupetín, era un cuerno de caza. Ella sabía perfectamente qué era lo que tenía en la boca cuando tenía algo en la boca. Y del cuerno de caza arrancaba melodías que convocaban a la selva dormida. Despertaban a las fieras y a los pájaros. Hacer la mala porquería con Mora era como cuando Israfel improvisaba. Las Pléyades en el cielo se detenían en su carrera hacia la gran Mariposa de Hércules para escuchar esa música que nacía en su pelvis, y los ángeles conmovidos, aterrados, encelados, se rebelaban contra Dios por carecer de sexo y se tapaban la cara con sus enormes alas de las que caían, dando vueltas, algunas plumas.

—Cuchi —dice Agustina—. Despertate.

Y en el momento en que estira una de sus largas manos para tocarme la cara, veo la enorme cartera de Mora, colgada de Mora, entrando como un torbellino en el bar de enfrente. Ya sé, descubro con terror, hoy es el día de mi asesinato. Mora me ve desde aquella ventana, se olvida de que está casada (con otro, naturalmente), se olvida de que una mujer se debe a su marido y a las mellizas y desenfunda esas grandes tijeras que debe de llevar en algún lugar de su enorme bolsa y me arranca los ojos.

—Sacá la libretita y el lápiz —dice Bender con naturalidad.

—Zas —dice Agustina con una orla de licuado alrededor de los labios. Ahora parece tener quince años. Por la orla. Hasta se le redondeó la cara. Dentro de un instante se abre la puerta de este café y Mora me clava sus tijeras en el pescuezo. Corruptor hijo de puta, la oigo gritarme, con vos no van a estar a salvo ni las mellizas. Mora, le digo antes de entregar mi alma, las mellizas apenas cumplieron dos años. Pero sólo oigo la voz de Agustina. Habla de los visigodos. —Ah, sí —ha dicho—. Tenés que explicarme bien todo eso de los visigodos y del rey Rodericus y la efe fricativa. Qué plomazo —dice.

Bender habla sin mirar hacia enfrente. Le ordena a Agustina que no copie, sino que escuche y tome apuntes. O no vamos a terminar nunca. Agustina dice que hacer dos cosas al mismo tiempo es difícil y Bender pregunta que cómo se las arregla en las clases de la facultad. Ella no se arregla de ninguna manera. Bender piensa que esa chica, cuando él la conoció, estaba en el secundario.

Merezco la muerte. Esta chica tendría que tener un tío y llamarse Eloísa. Yo sería Abelardo y el tío mandaría una noche a sus sicarios. A cortarme los bolorcios. Bender recuerda las tijeras de Mora y siente una especie de vacío metafísico en los calzoncillos.

—Ya está. Con eso y dos miradas al profesor tenés para un ocho. Ahí te puse la plata para el taxi. Agarrala sin que el mozo te vea. No me beses. Me siento mal cuando me besás en público.

Agustina salió a la calle y le hizo señas a un taxi. Cuando el taxi estaba llegando volvió hacia la ventana de Bender. Bender miró con terror acercarse a la chica y, en la vereda de enfrente, el resplandor del pelo de Mora. Un incendio al que no apaga ninguna lluvia. Y menos esta lloviznita. El agua, al tocar su pelo, debía hacer *pffffss*. Como mamá cuando tocaba con el dedo la plancha. Agustina le hacía señas para que levantara un poco la ventana. A Mora, por fortuna, la había detenido un Chevalier: el único objeto de proporciones adecuadas como para impedirle cruzar una calle.

—Qué. Qué te olvidaste.

Entonces la chica dijo algo que le partió el corazón. La reivindicó entre las mujeres. La puso casi a la altura de mamá cuando planchaba.

—No te enojes conmigo —dijo—. Yo hago todo lo que puedo. Yo no tengo la culpa si no me pasa nada.

Y si no hubiera sido porque Mora ya empezaba a cruzar la calle, Bender se habría puesto a llorar. Porque desde la infantil enormidad de sus ojos me estaban pidiendo ayuda dos diáfanas violetas mojadas.

Pero antes de que Mora y su cartera entraran en este bar, Bender, el adjunto, el aterrado y desmonetizado y hambriento Bender, se encontró abriendo el diario. Otra vez. No por taparse la cara. No para ocultar sus pecados. Abrió el diario porque ese diario tenía voluntad. Ese diario tenía alma. Alcanzó a ver 10 de junio de 1980, un titular y la cara de fauno de un anciano. Iba a comprender algo cuando todo volvió a la oscuridad y al silencio. Y a la tristeza postcoito. Bender volvió a ser el hombre de los cincuenta millones de pesos. Pesos viejos. Quinientos mil pesos Ley según el cambio actual. Bender, todo entero, era un hombre al que la vida había dividido por cien. Calculemos. Jaromir Hladík y el ahorcado sobre el puente del Río del Búho, antes de morir, se contaron un cuento entero. Y hasta el mismo cuento. Antes de que Mora me arranque las orejas y quizá los testículos yo puedo arreglar mis finanzas. No soy el hombre de los quinientos mil: lo fui. Cigarrillos,

Loto Azul, taxi, café, licuado y bolas de fraile de Agustina. Qué me queda. Sin contar el diario. Sin contarlo, justamente. Porque por alguna razón el diario de hoy no pertenece a la realidad euclidiana. Me pregunto si no me estoy volviendo loco. Casi diez millones o cien mil Ley gastados desde que salí. A razón de treinta mil por hora. Cuánto hace eso en un día. ¿Y en un año? Estos últimos meses Bender había considerado seriamente la idea de matarse. Consecuencia de esta vida de jeque petrolero que llevaba. O de la muela que le habían sacado. O de haber cumplido cuarenta y cinco años. Si por lo menos no tuviera la manía de llevar a las mujeres a hoteles. Albergues transitorios, se llamaban ahora. Era aterrador. Él pertenecía a la generación de los alojamientos. Más atrás, a la de los amueblados, también llamados muebles. A qué historia pertenezco. Cómo se puede ser tan antiguo y seguir vivo. Cuando estaba con Mora (treinta años, John Lennon, manifestación a Ezeiza) tenía que cuidarse de silbar boleros; con Agustina, ni silbar los Beatles. El día menos pensado enmudecerán todos mis chifles. No habrá ninguna mujer que friegue mi ciática. Todo por mi manía de los hoteles. Porque Bender tiene teorías. Una es su Regla de Oro. No traer nunca una mujer al departamento. Se habitúan. Empiezan por poner un florerito. Tienden la cama. Un día aparecen en la puerta con una enorme valija. No una valijita de ilusiones, nada de metáforas. Un valijón de familia de inmigrantes. Y te pueblan la casa de macetas con geranios, con helechos, con plantas trepadoras y carniceras. Se multiplican en hijos y sartenes. He visto un gran hombre que visitado por sorpresa por un poeta adolescente debió esconder un bombachón que estaba sobre la máquina de escribir. Yo, ese adolescente. Y eran otros tiempos. Qué no dejarán ahora.

Momento en que entró Mora y todos los varones del local dieron la impresión de que iban a pararse para ofrecerle fuego, o una silla, o una ficha para hablar por teléfono. O querían prestarle sus paraguas o ladrar. Pero ella vino a mí. Como el barco de Simbad hacia la Piedra Imán fue hacia Bender.

—Te vi cuando estaba por volverme a casa. Tengo toda la tarde libre. Desde cuándo lees los diarios.

—Cierto —dice Bender—. Debe ser la soledad.

Dobla el diario y vuelve a meterlo en el bolsillo del piloto. El diario tiembla un segundo en su mano. Como la piel de zapa. Como la zarpa del mono. Mora lo observa. Ella el lobo y yo Caperucita Roja. Hay chispitas en sus ojos. Va a decir algo espeluznante, lo dice:

—Tengo hambre y una idea.

—Je —ríe histéricamente Bender.

—Am, am —dice Mora.

Para abreviar. Bender, con aspecto de zombie, camina junto a Mora por la arbolada vereda del Loto Azul. Siente en su nuca la mirada estupefacta y reprobatoria del hombre del quiosco. Antes de esto, Mora, que había rehusado una cautelosa invitación a almorzar, hizo desaparecer del universo físico dos porciones de torta de manzanas y un tazón de café negro como para despertar de su sueño milenario a Nefertiti. Se han dispuesto a terminar conmigo. Van a pulverizarme. Después de este lluvioso día de junio seré la sombra de mí mismo. Debe repercutir de algún modo en el cerebro. Hay días en que tengo la sensación de que se está cometiendo una injusticia con mi firulete.

—En éste no —dice Bender, que en el fondo es un romántico, ante la puerta del Loto Azul—. Vamos al de la vuelta.

Mora tiene cosas que la ponen por encima de las mujeres comunes.

—Para qué, es más caro.

Bender no tiene tiempo de conmoverse porque la palabra caro le produce una especie de hipo.

Cuatro horas más tarde (doble tarifa, alcanza a sentir Bender con la parte aun no licuada de sus sesos) vuelven a pasar, en sentido inverso, por delante del quiosco de diarios. Bender tiene una alucinación. Una extraña y fugaz locura eidética. Ve lo que el hombre del quiosco está viendo. Me veo y veo a Mora. Una especie de fotomontaje. La chica de *La Libertad en las barricadas* de Delacroix junto a un evadido del campo de concentración de Auschwitz. El quiosquero esta vez no me mira. Quizá porque no me ve.

En lo alto, sobre la cabeza de Bender, lentamente, ha comenzado a volar en círculos un ominoso pájaro negro de alas majestuosas. *Quita el pico de mi pecho. Deja mi alma en soledad.*

Departamento de Bender en Parque Centenario. Cama de fierro de una plaza, ventana al fondo. El cuarto de Van Gogh pero con una vieja Underwood sobre la mesa y una repisa con libros. Piso dos. Cuando el espectro de Bender subió a tumbos la escalera se sintió más bien Toulouse Lautrec yendo de visita a ver qué tal seguía el otro de la oreja. Afuera, sobre el solitario laberinto del parque, cae la noche. Cae la lluvia. Cae todo. Bender ve la cama y también cae. Entonces repara en el diario. Se desliza de su bolsillo y cae al suelo. Lentamente, se abre. Como una cosa viva, como un diario que se despereza. Se abre exactamente en la página donde está la fotografía del anciano. Bender y el anciano se miran. Suena el teléfono.

—Hola —dice Bender—. Vos estás loco.

Del otro lado, una urgente voz de varón en celo le está pidiendo cinco palos. O por lo menos, tres. O sea otros tres millones viejos y todavía no pasó una hora. Le pregunto para qué esa importante suma: ¿tiene hambre?, ¿tiene el hijo enfermo? Coma mierda. Mate al hijo. Mi amigo del alma dice que hay que ser muy poco instruido para preguntar una cosa así. Una mina, oigo. Oigo la palabra mina y siento que Jack el destripador era argentino. Fui yo en Londres. La lluvia me trae el recuerdo y me cosquillean en las manos las tijeras y los bisturís y los escalpelos. Las voy a matar a todas. No quedará una puta sobre la faz de la Tierra. En cuanto termine de oscurecer salgo al parque y a la primera que pase le corto todo. Me oís, dice la voz de mi mejor amigo: una mina, esas cosas frágiles de ideas cortas y pelo largo, con ombligo. La tengo sentada en un boliche roñoso hace una hora, se le va a deformar el culo por tu pijotería, me oís o no me oís. Yo no lo oigo. Yo estoy mirando la fotografía del diario. Yo no lo oigo pero digo:

—Esperá un momento, no vayas a cortar, no te muevas de ahí ni hagas nada irreparable. —Bender mira la cara del anciano, lee el titular. Entonces era eso lo que estaba tratando de decirle el diario. Bender, de pronto, se despierta. Cuando vuelve a hablar le sorprende reconocer su voz. Varias especies de machos gallardos hablan por su boca. El león, el enjoyado pavo real, el buchón robador de palomas. No le sorprende, en cambio, lo que dicen. —La mujer es la casa del hombre —dicen—. Te presto diez, no cinco. Te los regalo, no te los presto. Si cuando llegás ya me fui, te los dejo encima de la cama. También te presto la cama. Estás oyendo perfectamente. Acaba de morir Henry Miller y yo debo colgar.

Siete minutos después, bañado, afeitado, reluciente y fresco como un pepino, Bender, totalmente desnudo, marcó el número de las Hermanas Adoratrices. Cuando lo atendieron se apretó la nariz con los dedos y, con impersonal voz de telefonista, preguntó si ése era el número. Le dijeron que sí. De larga distancia un momentito que le van a hablar, dijo Bender. Hable, dijo Bender.

—Gracias —dijo Bender con tono latifundista de papá de Agustina—. Hola, hola —dijo—. Con la hermana Sofía, por favor —y la voz que oyó del otro lado parecía estar tan en paz con Dios que Bender se tapó con urbanidad el ombligo con el diario. La hermana Sofía habla, sí, dijo la voz—. La escucho muy mal, hermana. Le habla el doctor Daireaux, el papá de Agustina. Usted me escucha. —Sí, sí señor Daireaux, dijo la voz en armonía con los cielos. —Entonces escúcheme bien, yo casi no oigo nada. Usted cállese y escuche. Mi tía la mayor, tía Merceditas, la tía abuela de Agustina, usted la recuerda, la tutora de la niña, sí. Se dislocó la paletilla. Y va a necesitar que Agustina la asista por lo menos esta noche. Hola. A la niña la pasará a buscar mi primo segundo, el doctor Bender. Bender, exacto. Tiene una autorización mía, firmada, en regla. Merceditas se me quedó sin enfermera y sin mucama, Dios me perdone pero siempre lo mismo cuando más hacen falta. —Bender tomó aliento; desde el diario, los ojitos socarrones del viejo le estaban indicando algo, un pequeño problema. —Ah, sí. Gracias —dijo Bender al diario—. Me oye, hermana Sofía. Usted se preguntará por qué llamo yo desde mi establecimiento de tambo y no mis propios familiares desde Buenos Aires. Escrúpulos. Seriedad de mi primo segundo. Delicadeza, en suma. Figúrese que el doctor Bender, Bender, el del papelito, ha viajado en su avioneta ida y vuelta para recabar mi autorización. Al tambo. Hasta Junín. Fue y vino. Quiero decir, vino y fue, qué me dice. ¿Qué dice? Ah sí, con este tiempo. Vino y fue en su avioneta con este tiempo. No oigo nada. Cómo para qué tanta molestia, por si la necesitara a Agustina más de un día o algún otro día. Nunca se puede saber en ciertos casos. A veces pienso que esto puede durar toda la vida. Usted rece. Ah, hermanita, que se ponga su mejor vestido. Como si fuera a una fiesta. Es por la tía Merceditas, para que no crea que está grave. Si la niña quiere pintarse que se pinte. Los ojos, sobre todo. Que impresione. No quiero que la tía piense que se va a quedar sola con una criatura, usted me comprende. Hola, ¿me comprende? No oigo nada, debe ser por las inundaciones. Se me han ahogado cuatrocientas vacas y encima ahora la paletilla. Bender, ya sabe. Le cuelgo, hermana. Dios quede con usted, hermana. Ora pro nobis. No se imagina qué clase de favor está haciendo.

Veinte minutos después, Bender (piloto abrochado hasta el cuello, paraguas a botón, diario en ristre) estaba sentado con las rodillas muy juntas en el banco frailero de la recepción del pensionado de Las Adoratrices. Junto a él, la plácida hermana. Sofía. Igual a la abuelita del té Mazawathee. Hablaban de paletillas e inundaciones y de los designios inescrutables de la Providencia. Todo siempre era para bien. De tanto en tanto, en lo alto de la escalera, aparecían y desaparecían ovales rostros núbiles, o casi. Como en un palco del Cielo. Miraban a Bender con los ojos que Zola le describe en *La taberna* a la nena de siete años. La nena que después será Naná. Había una cuantas, ahí arriba, bajo cuyas camisetas de frisa galopaba el corazón de Brunilda. ¡Guerra! ¡Guerra! Sonreían detrás de sus manitos, ji ji, y desaparecían. Son como gallinitas. Todas alrededor de mi granito de maíz. Quizá la imagen era mazorca. O marlo. Qué putesco putería potencial, oh sombra de lo que fui. Cuándo bajará Agustina. Acá corro peligro. Tienen ojos de ménades. Ñam, ñam. ¡Socorro!, pensó Bender y, como a un amuleto, se aferró con las dos manos al diario enrollado sobre su rodillas.

—Decía, hermana.

—Que si la niña no puede venir mañana no importa. Es el aniversario de la fundación de Buenos Aires así que no hay facultad. Puede llamarnos por teléfono.

—Creo que no hará falta, hermana. Si Dios me ayuda. Es menos un tratamiento prolongado que intensivo. Por fortuna todo lo anterior está hecho. A conciencia. Masajes, calor. Alguna punción. Usted me comprende. Yo calculo que en seis o siete horas va a cantar en japonés.

—No lo entendí, señor Bender.

—Tía Merceditas es orientalista. Canta tankas, haikús. En la Colina del Arroz Sonoro me encontré con Tu Fu; bajo el sol cenital de ojos de oro, tenía puesto un sombrero de bambú. Esas cosas. Se acompaña con un laúd chiquito de la dinastía Ping. No ahora, claro, por la paletilla.

Entonces bajó Agustina. Circundada de adolescentes con caras de torta y ojos constelados, bajó Agustina. Como emergiendo entre los pétalos de la Rosa Mística. Seguida por un cortejo de miradas de ciervas, gatas de corralón, asombradas gacelas. Pintada a lo Cleopatra, armada de belleza hasta los dientes. Con lentitud bajaba. Con cara de loca, con un pie delante del otro. Como una pitonisa que desciende las escalinatas délficas, bien a lo turra, bajó Agustina.

Las mujeres saben. Agustina y su mirada más allá del Bien y del Mal. Agustina glacial pero borracha ahora de aventura inédita. Sólo cambiar de dirección esa ebriedad y clavarse en la memoria de Agustina como un menhir, como un tótem, inmortal en Agustina todo lo que dure la transitoria ceniza de su cuerpo. En la iglesia vecina comenzaron a sonar campanas. ¡A la guerra! ¡A la guerra! Bender estaba de pie, su pito también. ¡Milagro! Las campanas llamaban a la bendición nocturna. Un coro de voces infantiles cantaba *Lauda Jerusalem.* ¡Hosanna! ¡Hosanna!

—Hola, tío Bender —dijo Agustina y su natural cinismo femenino hizo que Bender se felicitara por ser huérfano y varón.

—Hola, nena —dijo Bender.

Y en presencia de las niñas adoratrices del palquito, bajo la mirada aprobatoria de María de Magdala, de la hermana Sofía y de las once mil vírgenes, se dieron un casto, aunque ambiguo, beso de refilón en la comisura de los labios. ¡Hosanna!

Liliputienses flechas de ángeles gorditos volaban en todas direcciones, incluso me pareció ver angelitos de culo redondo cayendo desde lo alto en distintas posturas. Incluso, una de las niñas rodó por las escaleras. Y un gran pájaro negro se posó sobre su pecho. Y me miró fijamente a los ojos. Y graznando algo sobre la brevedad de la vida, le arrancó el corazón.

Bender y Agustina en Yrigoyen y Pozos, bajo un único paraguas. No llueve ni garúa ni llovizna. Orvalla. Agustina con vestido de jersey negro. No me mira. La miro de reojo. Somos una pareja de perfil, como dos egipcios. Agustina con su vestido y su cuello de garza real y su escote. Lista para ser pelada como una chaucha. Collarcito rutilante y quizá propio. Tapado sobre los hombros. No propio. Tapado de zorro requerido a último momento a alguna adoratriz adulta, una de esas viejas trotonas que ya tienen como veintiún años. Al bajar la escalera del pensionado lo llevaba entre los brazos, apretado contra el pecho. Tan niña y tan artera. Ahora uno nota lo que jamás imaginaría la hermana Sofía. Esta chica no tiene corpiño. Tampoco le hace mucha falta, es cierto, pero eso que se ve allí es en cierto modo una teta. Si yo fuera tu padre, piensa Bender.

—Cerrate ese tapado. Venus de las pieles.

—Te gusta, es mío —informa con impávida falsedad Agustina y Bender la mira—. Mentís, trompeta —se dice a sí misma Agustina bajando los ojos—. A dónde me llevás —preguntó después.

Entonces Bender se lo dijo, estaba enojado y se lo dijo con brutalidad. No le dijo adónde sino a qué. Empleó una palabra fea, un vulgarismo. Tal vez debió decir a hacer el amor, no esa palabrota.

—Agustina estaba encantada.

—¡Surprise! —dijo—. ¿Otra vez?

Bender la miró con ojos de loco.

—Pero antes —dijo Bender— te llevo al cine. Siempre jodiste con que te llevara al cine —no sé por qué estoy hablando con ferocidad, pensó Bender, yo no soy así, yo soy más bien un melancólico—. Y después del cine te llevo a comer a algún lugar exótico, carísimo, con zíngaros y bayaderas y turcas con el ombligo al aire que bailen la danza del vientre —me enloquecí, pensó Bender.

—¡Fa! —dijo Agustina.

—Y a caminar. También a caminar por parques húmedos.

—Qué hermoso. Y después de eso me abandonás. O te suicidás. Te lo veo en la cara.

—Qué, cómo.

—Que quiero ir a ver una prohibida para menores de dieciocho.

Y Bender tuvo una revelación. O dos.

La primera no fue, *strictu sensu*, una revelación auténtica: fue una constatación. Siempre lo sospeché. Las mujeres saben todo acerca de todo. Cumplen once años y ya está. Colegiala que pese más de treinta y cinco kilos trae, en su carterita, un biberón y un Mejoralito para Bender. Debido a que soy huérfano. El desamparo se nota. La soledad es como un resplandor. Enfermera, pitonisa, madre y puta son funciones litúrgicas de la mujer. Por eso se me pegan estas yeguas. Practican conmigo. Y yo me voy a morir lejos del Paraíso. Sin confesión y sin Dios. Y seguramente sin pilila. Crucificado a mis penas como abrazado a un rencor. Nada de lo cual fue la verdadera revelación. La revelación fue cuando Bender oyó que Agustina quería ver una película chancha. La miró y se quedó mirándola. La miró con helados ojos repentinamente grises, dos pequeñas y frías monedas de níquel, qué cosa escalofriante. Bajo su negro paraguas Bender miró a Agustina desde Transilvania. Y ahora habla secamente. La está corrompiendo, la seduce, ha empezado a violarla hasta el más remoto sarampión, hasta el último vestigio de Quacker Oats.

—No querés nada de eso —dijo—. Lo que Agustina quiere es ir a ver el festival de Tom y Jerry. Y que lo aproveche bien, que se ría hasta hacerse pipí de felicidad. Carpe diem. Porque nunca en su vida volverá a ver un dibujo animado con los mismos ojos.

Agustina muy seria. Va a decir alguna pavada.

—El otro día hicimos *Otelo* con las chicas del pensionado. La gorda Martínez hacía de Otelo pero en vez de oh infame puta decía oh esposa impura. Te da una risa bárbara, no te da nada de risa. Bueno que de golpe me acordé de la gorda cuando Otelo la agarra del cogote a Desdémona y le dice que rece. Impresiona más porque le dice de usted, ha rezado Desdémona sus oraciones, a mí los sádicos no me dan nada de susto.

—Je —dijo Bender.

—Por qué no te casás conmigo y me sacás del pensionado. Odio las vacas. Odio el latín. Yo te lavo la ropa.

—Je —dijo Bender—. Taxi —dijo—. Al cine Real, rápido, al festival de *Tom y Jerry*.

—No, no —susurró Agustina clavándole las uñas en la mano—. Tom y Jerry, no. Tengo miedo.

Y en el iris de sus ojos huían, en todas direcciones, fulgurantes y aterrados pececitos de colores.

—Je, je —dijo Bender.

Y he aquí que no vieron a Tom y Jerry. Vieron *Los hechos del Rey Arturo y sus Nobles Caballeros* con el pato Donald en el papel de Sir Launcelot del Lago. Él y grande elenco rico en mandobles y catapultas. Y aunque Agustina no reía aquello era mucho mejor que la historia del Rey Rodericus y Carlos Martel en los albores del protocastellano, había explosiones y salvajismo a rolete, la vaca Clarabella tocaba el laúd, el tío Patilludo era Merlín y Pete Pata de Palo acaba de raptar a Guenever porque es el Ogro. Con música de Bartók y Ligeti. Y Walt Disney, que flotaba sobre el caos, dijo Hágase un Gran Petardo. Y el petardo se hizo. Y los niños que pataleaban en el cine Real y rodeaban a Bender y a Agustina (que no reía) y enchastraban a su mamá de maní con chocolate y moco vieron que el petardo era bueno. Y el petardo estalló. Maldición, Sir Launcelot está en peligro. Y Walt Disney dijo Haréle ayuda idónea para él. Y apareció un cañoncito negro y apuntó el culo de Pete y uno de los sobrinos de Donald sacó una caja de fósforos, el otro la abrió, el otro encendió la mecha, y el pícaro gordo fue a parar a la mierda con grande regocijo de la platea al borde de la histeria colectiva. Pero Agustina no reía. Tenía enormes ojos de hechizada, se le desorbitaban los ojos y parecía estar viendo los frisos pornográficos de Pompeya, leyendo el *Ananga Ranga*, visitando las cámaras secretas de Sumeria, iniciándose en Eleusis, con los labios entreabiertos, igual a la prostituta de Babilonia. Y la reina Guenever, interpretada por Margarita (largas pestañas, holgados zapatos de taco alto, bonete con tul), iba a ser quemada en un puente pero tocaba la mandolina. Un niño, enloquecido de placer, le dio una patada a Bender y depositó algo dulzón y derretido en su mano. Era rico, constató Bender al chuparse el dedo. Ahora no estaba muy seguro de si Patilludo era el rey o Merlín, algo confuso por las explosiones y los degüellos, sin contar un interrogante que lo hizo sentir aún más huérfano. A quién preguntarle por qué, si Dippy es un perro, tiene a su vez un perro llamado Pluto. Y por qué Pluto es también perro de un ratón. Por qué Clarabella, que es vaca, anda a caballo por campiñas donde hay vacas que parecen vacas. Cómo es que todos tienen cuatro dedos. Y usan guantes. Y ese auto que viene ahí de dónde salió.

Momento en que, en el silencio expectante del cine Real, se oyó la voz de Agustina:

—¡La abuela Donalda! —gritó.

Y fue la apoteosis. Los niños aullaban, se revolcaban y quizá morían, Agustina se reía aferrada al bíceps de Bender y lo pellizcaba, la abuela Donalda sacó del baúl de su auto una descomunal Máquina de Picar Carne y metió a todos los traidores de Cemelot adentro, mientras Gastón hacía girar la manivela y Clarabella y Margarita, con su mandolina y su laúd, ejecutaban el "Calmo con tenerezza" del *Doble Concierto para flauta y oboe*, de Ligeti. Y Bender, en la oscuridad, también reía. Pero de un modo ambiguo. Como crujen en los muelles los barcos a la noche, como la calavera de Yorick. La boca reía, je, pero de sus ojos saltaban lágrimas como si un mono tirara cocos desde una palmera. *The End.* Y salieron de la irrealidad del cine Real a la realidad del mundo real y ahora caminan por Corrientes bajo la llovizna entre niños que ríen y hablan a gritos de la película, viste cuando, niños cubiertos de lana, que huelen vaga y simultáneamente a chocolatín y a perro mojado. Ruido y furor y lluvia. Como un cuento contado por una regadera loca.

El cuervo de Poe, desde una prudencial altura, deja caer una cagadita sobre el paraguas de Bender. Cosa que nadie olvide cuál es el camino de toda carne.

Y un minuto antes de la medianoche, Agustina estaba desnuda como vino a este mundo, en la habitación número 88 del Hotel Capricornio.

Y ahora, por favor, silencio.

Debí vivir cuarenta y cinco años para comprender el sentido cabal de las palabras: hacer el amor. Yo recuerdo que de chico, en los libros, hacer el amor significaba otra cosa. Hacer el amor era hablar de amor, cortejar. Todo cambia, por supuesto. Ya a los ocho años yo descubrí, sin demasiado dolor, que hay que estar preparado para despertarse cada mañana en una casa que no es más la nuestra, ni volverá a serlo nunca. De esa época, creo, viene mi confianza en las palabras y mi amor por los viejos libros. Los libros, para mí, eran el bosque sagrado donde las cosas sucedían sin pasar por el tiempo, eran como remansos de la realidad. Pudo desaparecer Troya, podían haberse podrido los barcos y los hombres que la asolaron y la defendieron, podía el bronce de la que fue una espada haberse ido degradando hasta este adorno de bibelot en esta pieza de hotel, pero siempre quedaba un lugar donde unos versos rearmaban el intacto escudo de Ulises, la frente de Helena, el mar color del vino. Mi madre no estaba, mi padre dejaría de cuidar sus rosas algún día, yo mismo me iba a ir; pero quedaban para siempre ese arco que seguía siendo tensado por un rey, y la flecha que atraviesa el ojo de las hachas. Las palabras no podían corromperse; no eran cosas. Las palabras eran el origen y el espejo de las cosas. Después crecí. Y un día, ante mi asombro, una muchacha tan joven como Agustina le estaba susurrando a un muchacho que era yo algo que él no entendía. Esa noche, Bender durmió solo. Pero desde esa noche "hacer el amor" significó brutalmente acostarse con una mujer. Confieso que me sentí ofendido. Era, me pareció, un abuso de lenguaje. Después seguí creciendo. Hablé poco y forniqué mucho. Pero nunca hice el amor. Prevariqué, eso sí, y puticé. Como el ventero que armó a don Quijote, recuesté viudas y deshice doncellas. Fifé, me encamé, jodí, copulé, corté como Jerineldo la rosa más fragante de algún jardín real, pinché y trinqué; rompí, sodomicé y desgolleté, conocí, folgué, serruché y hasta solitariamente me vicié, pero como había aprendido a desconfiar de las antiguas y hermosas palabras, no le hice a nadie, ni mucho menos hice con nadie, el amor. Yo creo que las mujeres lo saben, y por eso a veces fijan con desconsuelo su mirada en mi bragueta, como desde lejos, con los mismos ojos milenarios que tenía mamá cuando planchaba y yo jugaba a descuartizarme o a ser el señor Valdemar derretido, y cuando les pregunto qué pasa ellas dicen que a los tipos como Bender habría que cortarles la cuestión con una lata oxidada. No sé, a lo mejor todas las mujeres saben todo y es cierto nomás que los hombres somos seres inferiores e incompletos. De cualquier modo, algo descubrió Bender la tarde del 10 de junio de 1980, algo empiezo yo a descubrir ahora. Mientras voy doblando dulcemente hacia atrás el cuerpo de Agustina y me oigo decirle que no hable, que no piense, mientras la tiendo muy suavemente como a un objeto muy frágil sobre el brillante acolchado azul de la cama donde su cuerpo titila como una constelación que hubiese adoptado la forma de una mujer, he comenzado a develar el verdadero sentido de las palabras hacer el amor. Hacer el amor, armarlo, levantarlo piedra sobre piedra, arco a arco, columna a columna, y dejarlo instalado sobre el mundo, es desafiar nuevamente a Dios. El árbol vedado del remoto monte del Abuelo, antes que ningún otro conocimiento, enseñaba esa peligrosa sabiduría, y es así que todavía hay un ángel castrado entre las plantas amenazando los genitales de los hombres con una espada de fuego. Hacer el amor es robarle la mujer a Dios. Porque para armar el amor y habitarlo, hay, antes, que crear a la mujer, hacerla. La mujer es la casa del hombre, decían los antiguos. Es cierto. La mujer es una casa construida según la lenta albañilería de algún hombre. No me apures, Agustina, no te apures, esto que se está haciendo como un dibujo bajo la lluvia tiene sus leyes y sus ritmos, no es el amor, pero hay que escandirlo amorosamente como un verso. El amor no puede hacerse en unas horas, como yo creía, ni en semanas. Se tarda años. Hay hombres y mujeres que mueren sin haberlo hecho, sin saber cómo se hace, hay muchachas y muchachos a los que asesinaron sin haberles dejado levantar una sola viga ni abrir una ventana, hay generaciones y pueblos enteros que son diezmados, supliciados, ardidos hasta lo blando de los huesos, sin darles tiempo a reunir los materiales de hacer el amor, ahora mismo, mientras mi boca en tu oreja y tu boca de ahogada en mi cuello y mi mano subiendo por los contornos de médano de tu cuerpo, hay, sobre la húmeda y eléctrica piedra lustral de un sótano, en una cárcel, una adolescente roja que ya no va a temblar nunca con el temblor que ahora percibo bajo mis dedos como una caliente arena fina por la que pasara un río subterráneo. Vientres pateados, sexos deshechos, martirizadas bocas de dientes rotos, Agustina, ruinas nupciales, pedazos de parejas muertas que nunca van a sentir lo que por primera vez estás sintiendo ahora, este miedo dulce de ir cayendo hacia el centro de vos misma que hace rodar de un lado a otro en la oscuridad tu cabeza sobre la almohada, que te hace decir qué, qué me pasa, manos mutiladas que estuvieron vivas y que ya no encontrarán lo que tu mano, de pronto inexperta, busca entre mis piernas, hombres que tuvieron piernas y un sexo para usar entre las piernas, matas de cabello de mujer que no llenarán nunca el puño de un varón, puños de varón que nunca más empujarán con dulce brutalidad la cabeza de una muchacha hasta la consentida sumisión, hasta la ambigua servidumbre que sólo la hembra del varón aprende, que no conocen las bestias ni los ángeles, pero que Agustina ahora no acepta, de rodillas sobre la alfombra y con las manos juntas como una mantis religiosa, volviendo a sacudir de un lado a otro la cabeza como si rezara, apretando los dientes acaso por el súbito horror de querer arrancarme el sexo de las entrañas, por primera vez no acepta, mientras Bender de pie sonríe y acaricia con cuidado y suavidad su cuello, como quien amansa un animalito cerril, le cubre dulcemente las orejas con las manos, se arrodilla junto a ella y le besa las lágrimas, la distrae, y como si jugara la va tendiendo sobre el piso y la abre como a un cauce mientras Agustina murmura por qué acá, por qué así, y él le dice que se calle, que no hay que pensar, que escuche, que escuche cómo cae la lluvia.

La del alba sería cuando Bender, mustio y desmejorado, se paró frente a un bar de la calle Pozos. Solo con su alma. Sigue lloviendo. Es una mañana gris como la que, hace cuatrocientos años, le inspiró a don Pedro de Mendoza la gigantesca broma de llamarle Buenos Aires a este pantano. Las gacelas del Valle de Nourjahad no tenían los ojos más grandes que Agustina esta mañana. Cuando lo miró por última vez, sin saberlo. Dos sonámbulos *maelström* violetas donde naufragará, uno de estos días, el corazón desarbolado de un adolescente que me llamará viejo verde. Debo constatar, en casa, si aún me queda algo sólido en la delicada bolsa del escroto. Me he pasado exactamente medio día en la cama. Doce horas. Irreparable pérdida. Homúnculos que podrían haber repoblado la Tierra, en caso de necesidad. Bender, frente a esa puerta, con el dinero justo para beberse un whisky matutino, medicinal y acaso póstumo, o para tomarse un taxi hasta Parque Centenario. Entro en el bar y abro el diario. Pero antes de abrir el diario veo lo que veo. Un joven matrimonio, enfrente. Llevan canastitos, sillas plegables, bidones. Veo dos bicicletas, una con sidecar. Esos dos no creen en la llovizna, van de picnic. Es feriado y tienen perro. Ponen dos niñas en el sidecar. Bender recuerda algo que le atañe. ¿Le atañe? O a lo mejor allá enfrente no llovizna, allá, en el mundo real. Un whisky doble, dice Bender. Murió a los 88 años, dice el diario. Allí están, desde hace veinticuatro horas, el titular, la noticia y la fotografía. Bender mira la cara del viejo, sus ojos de fauno, su boca sensual. Esa expresión divertida y maligna. Bender mira ahora su gran frente ascética, rapada, austera como un domo. Frente de lama tibetano. Esa cabeza y esos labios deben de haber combatido duro por apoderarse de su alma. Hay caras que no son caras, son campos de batalla. En la vereda de enfrente, la pareja que tiene un sol propio para los días de lluvia ha subido a sus bicicletas, el perro mueve la cola. Son salutíferos y a su modo eróticos. Hacen asado en el fondo. Su felicidad es del tamaño de un huevito de paloma, pero ellos la protegen de la lluvia. Y la empollan. Sábados y domingos. Porque así también era el mundo en tiempos de Bender, querido lector.

El viejo fauno lo miraba desde el diario no sin cierta socarronería.

—A tu salud, abuelo —ha dicho Bender alzando el vaso y mirando la cara del viejo—. A tu salud, y cada cual a su manera.

Un gran pájaro negro, arrastrado por la tempestad, entró en el bar. Bender sintió unas uñas clavadas firmemente en su hombro, bebió y miró plegarse en el suelo la sombra de unas alas.

Cuentos nuevos

Noche de Epifanía

Querido querido Jesús dios mío, perdoname que te lo cuente a vos justamente esta noche que debe ser un lío con todo lo de los chicos pobres y del África pero como ya escribí la carta de Matías no creo que esto lo pueda arreglar otra persona porque recién oí dar las doce y ellos ya deben andar por acá y capaz que lo traen, perdoname también que te diga de vos y no de tú como cuando rezo, pero si me pongo a pensar las palabras finas con el sueño que tengo voy a hacerme un matete o voy a parecer la tía Elvirita cuando se las quiere dar de educada. Me imagino que sabés que te habla Carolina, la hermana de Matías, pero por si acaso te lo cuento como le dice papá a mamá que hay que contarles las cosas a los hombres, como si fueran tarados, vos contame las cosas como si yo fuera tarado y no me vengas con sobrentendidos. Matías vos sabés que es medio loco pero yo lo quiero porque tiene cinco y es lindísimo y es mi hermano, aunque al principio lo quería menos porque se hacía pis encima y se cagaba todo, vos perdoname pero no te voy a decir que se hacía po po, como la tilinga de Elvirita, y de todas maneras ahora apenas se caga de vez en cuando porque ya aprendió a sacarse los pantalones solo. Lo que más me gusta son los ojos que tiene, que parecen esos papeles celestes medio plateados de los ramos de flores, y también me gustan esos dientes parejitos que la verdad no sé para qué te salen tan parejos si después se te caen y te vuelven a salir y encima te crecen para cualquier lado y parecen serrucho, pero cuando se te caen éstos sí que estás frita como la abuela que se olvida la dentadura en cualquier parte y cuando yo era más chica y no sabía cómo era ese asunto de los dientes postizos casi me muero de la impresión cuando me los encontré en la pileta del baño. No sé cómo vine a parar acá pero lo que quería decirte es que a Matías yo no le puedo negar nada, y por eso escribí la carta. Ese chico la tiene completamente dominada, dice mamá, ese chico es la piel de Judas pero su hermana es el brazo ejecutor. Y siempre cuenta la vez que él me hizo quemar los zapatos de presillas. Como a lo mejor es un pecado y nunca lo confesé te lo digo a vos directamente para que me perdones directamente. Matías odiaba esos zapatos de presillas que son iguales para nosotras y para los varones, y tenía razón, si no me gustaban ni a mí, y como el pobre tenía cuatro y era tan chico que ni sabía prender un fósforo me hizo traer alcohol fino, o lo del alcohol fue una idea mía, no sé, y me dijo Carolita linda, quemalos. Lo que pasa es que te mira con esos ojos redondos y celestes que parecen bolillones y quién le niega nada, cómo te vas a negar a escribirle una carta a un chico que no sabe escribir y que se empaca en no decirle a nadie lo que quiere para el día de los reyes ni nunca pensó que a lo mejor los reyes son los padres. No es que yo esté muy segura, pero si no son los padres para qué necesitan saber qué pedís, y lo malo es eso, Jesús querido querido, lo malo es que ahora no estoy nada segura, porque si los reyes no son una de esas macanas que inventan los grandes para que después la vida te desilusione, como dice Elvirita que tiene como veinticinco años y ya se quedó soltera, si los reyes son los reyes y son magos, vos no sabés, Jesús querido hijo de la santísima Virgen, lo que va a pasar en esta casa mañana a la mañana cuando se despierten, o dentro de un rato, porque a mí me parece que ya se lo trajeron. Y ahora que lo pienso esto tendría que estar contándoselo a la Virgen, que como es mujer y madre por ahí entiende mejor que vos este tipo de problemas de familia, pero ya que empecé no puedo cambiar de caballo en la mitad del río, como dice papá. Hace una semana que le andan dando vueltas, qué vas pedir para el día de los reyes, Matías, qué te gusta, un trencito, un videojuego, uno de esos para armar casitas. Matías nada. Decinos qué pediste, Matías, querés un triciclo. Nada. Los reyes saben lo que quiero. Sí, Matías, pero igual tenés que contarnos para que te ayudemos a pedir nosotros. Matías nada y que si el regalo es para él no precisa que nadie se meta, y ellos mirá cómo Carolita nos dijo que pidió una bicicleta para que nosotros también pidamos con ella, y él a mí qué me importa Carolita el regalo es para mí y ellos son magos y saben todo. Y yo creo que es cierto que saben todo, porque desde hace un rato tengo la impresión de que ya se lo trajeron pero no pienso prender la luz ni abrir los ojos, debe medir como siete metros, y lo peor es que la carta de Matías la escribí yo. Pero no sólo a mí me tiene dominada, también a la abuela y a mamá. Me acuerdo la vez que me vio sin bombachas y se puso a llorar y a gritar como desesperado que yo no tenía pito, que lo había perdido o me lo habían cortado o qué sé yo qué burradas y mamá casi se desnuda para mostrarle que las mujeres no necesitamos ningún pito, hasta que papá le dijo pero qué estás haciendo, Mecha, te volviste loca. Y mamá dijo qué le va a pasar al chico si me mira, degenerado, o no te das cuenta que cree que han mutilado a la nena. Pero se va a impresionar, Mecha, decía papá. Cómo se va impresionar a los cinco años, cómo un inocente de cinco años se va a impresionar de su propia madre. Entonces la abuela dijo algo del bello público y ahí medio que me perdí. Tu marido lo dice por el bello público, dijo la abuela, y mamá se calmó de golpe, pero Matías seguía llorando como un huérfano y no había modo de convencerlo, o sea que los tiene dominados a todos, no a mí sola. Mamá dijo me depilo, y papá dijo ¡Mecha! y la abuela que es viejísima y por eso sabe más dijo hacé que te toque y listo, con los pantalones que usás se va a dar cuenta enseguida, y la verdad que no me acuerdo cómo terminó porque cada vez tengo más sueño. Sí, Jesús querido de mi corazón, ya sé que estás esperando que te cuente lo de la carta, pero si no te explico los pormenores, como dice papá cuando discute con mamá, vos, Mecha, explicame bien los pormenores y no me andés con evasivas, si no te explico sin evasivas los pormenores de mi casa y cómo es mi hermano Matías cuando se empaca, cómo te explico lo de la carta. Porque al final le dijeron que escribiera una carta, y él que cómo iba a escribir una carta, tiene razón el pobre chico, si apenas cumplió cinco y es analfabeto, y ellos vos dictanos Matías y mamita o la abuela o Elvirita la escriben, y él que le compren un meccano y se vayan todos a la mierda, vos perdoname Jesús pero Matías no tiene mucho vocabulario, no como yo que todos se admiran del vocabulario que tengo y a lo mejor fue por eso que él me lo pidió a mí. Escribime la carta, Carolita linda, y me hizo jurar con los dedos en cruz que no se lo diga a nadie o me caigo muerta y cómo le voy a negar nada cuando me mira con esos ojos o será que salí a mi madre, como dice papá, y tengo el sí fácil. Sí, le dije, dictame. Vos poné señores reyes magos, y yo le dije mejor pongo queridos, y Matías vos poné señores y que lo quiero a rayas. Pero mirá que yo leí en *Lo sé todo* que algunos miden como siete metros, contando la cola miden como siete metros. Fenómeno, dijo Matías, cuáles son los mejores. Los de Bengala, dije yo. Entonces poné queridos y que lo quiero de Bengala y poné que sea de verdad, dijo Matías, a ver si me traen uno de esos de paño lenci para tarados, y lo que yo creo Jesús de mi corazón es que ya se lo trajeron, lo oigo respirar entre mi cama y la de Matías, debe ser afelpado, debe ser tan hermoso, oigo cómo abanica suavemente su cola sobre la alfombra, ay lo que va ser mañana esta casa, lo que va a ser dentro de un rato cuando yo me duerma y papá entre a dejar mi bicicleta y el meccano de Matías, y por favor, cuando me castigues, acordate que me acordé de los chicos pobres y del África.

Undine

La sirenita viene a visitarme de vez en cuando. Me cuenta historias que cree inventar, sin saber que son recuerdos. Sé que es una sirena, aunque camina sobre dos piernas. Lo sé porque dentro de sus ojos hay un camino de dunas que conduce al mar. Ella no sabe que es una sirena, cosa que me divierte bastante. Cuando ella habla yo simulo escucharla con atención pero, al mínimo descuido, me voy por el camino de las dunas, entro en el agua y llego a un pueblo sumergido donde hay una casa, donde también está ella, sólo que con escamada cola de oro y una diadema de pequeñas flores marinas en el pelo. Sé que mucha gente se ha preguntado cuál es la edad real de las sirenas, si es lícito llamarlas monstruos, en qué lugar de su cuerpo termina la mujer y empieza el pez, cómo es eso de la cola. Sólo diré que las cosas no son exactamente como cuenta la tradición y que mis encuentros con la sirena, allá en el mar, no son del todo inocentes. La de acá, naturalmente, ignora todo esto. Me trata con respeto, como corresponde hacerlo con los escritores de cierta edad. Me pide consejos, libros, cuenta historias de balandras y prepara licuados de zanahoria y jugo de tomate. La otra está un poco más cerca del animal. Grita cuando hace el amor. Come pequeños pulpos, anémonas de mar y pececitos crudos. No le importa en absoluto la literatura. Las dos, en el fondo, sospechan que en ellas hay algo raro. No sé si debo decirles cómo son las cosas.

La mujer de otro

Supongo que siempre lo supe; un día yo iba a terminar llamando a esa puerta. Ese día fue esta noche.

La casa es más o menos como la imaginaba, una casa de barrio, en Floresta, con un jardín al frente, si es que se le puede llamar jardín a un pequeño rectángulo enrejado en el que apenas caben una rosa china y dos o tres canteros, cubiertos ahora de maleza. No sé por qué digo ahora. Pudieron haber estado siempre así. Hay un enano de jardín, esto sí que no me lo imaginaba. El marido de Carolina me contó que lo había comprado ella misma, un año atrás. Carolina había llegado en taxi, una noche de lluvia; dejó el automóvil esperando en la calle y entró en la casa como una tromba. Tengo un auto en la puerta y me quedé sin plata, le dijo, pagale por favor y de paso bajá el paquete con el enano.

—Usted la conoció bastante —me dijo él, y yo no pude notar ninguna doble intención en sus palabras—. Ya sabe cómo era ella.

Le contesté la verdad. Era difícil no contestarle la verdad a ese hombre triste y afable. Le contesté que no estaba seguro de haberla conocido mucho.

—Eso es cierto —dijo él, pensativo—. No creo que haya habido nadie que la conociera realmente. —Sonrió, sin resentimiento. —Yo, por lo menos, no la conocí nunca.

Pero esto fue mucho más tarde, al irme; ahora estábamos sentados en la cocina de la casa y no haría media hora que nos habíamos visto las caras por primera vez.

Carolina me lo había nombrado sólo en dos o tres ocasiones, como si esa casa con todo lo que había dentro, incluido él, fueran su jardín secreto, un paraíso trivial o alguna otra cosa a la que yo no debía tener acceso. Esta noche yo había llegado hasta allí como mandado por una voluntad maligna y ajena. Desde hacía meses rondaba el barrio, y esta noche, sencillamente, toqué el timbre.

Él salió a abrirme en pijama, con un sobretodo echado de cualquier modo sobre los hombros. Le dije mi nombre. No se sorprendió, al contrario. Hubiera podido jurar que mi visita no era lo peor que podía pasarle.

—Perdóneme el aspecto —dijo él—. Estoy solo y no esperaba a nadie.

Tenía la apariencia exacta de eso que había dicho. Un hombre solo que no espera a nadie.

Yo había tocado el timbre sin pensar qué venía a decirle, sin saber siquiera si venía a decirle algo. No tenía la menor excusa para estar en esa casa a la diez de la noche. La situación era incómoda y absurda, si es que no era algo peor.

—Pase, pase —decidió de pronto—. Me cambio en un minuto.

—No, por favor. —Pensé decirle que mejor me iba; pero me interrumpió mi propia voz. —No tiene por qué cambiarse.

Sólo me faltó agregar que podía andar vestido como quisiera, que, al fin de cuentas, el marido de Carolina había sido él y que ésta era su casa. De todas maneras, yo no tenía ningún interés en que se cambiara. Tal vez haría bien en callarme lo que sigue, pero sentí que, cualquier cosa que fuera lo que yo había venido a buscar, me favorecía estar bien vestido, frente a ese hombre en pantuflas y con un sobretodo encima del saco del pijama. Eso, al llegar: ahora, las cosas habían variado sutilmente. Él estaba de verdad en su casa, en su cocina, junto a una antigua estufa de hierro, confortablemente enfundado en su pijama, y yo me sentía como un embajador de la Luna.

—¿Toma mate? —me preguntó con precaución.

Es increíble, pero le dije que sí. Tomar mate era un modo de permanecer callado, de darse tiempo.

—Carolina, con toda su suavidad y sus maneras, a la mañana, a veces también tomaba mate. Era muy cómica. Chupaba la bombilla con el costado de la boca, como si jugara a ser la protagonista de una letra de tango. No, no era eso. Tomaba mate con cara de pensar.

—Usted se preguntará a qué vine.

—No. Nunca me pregunto demasiadas cosas, y siempre supe que algún día íbamos a encontrarnos. —Sonrió, con los ojos fijos en el mate. —Pero, ya que lo dice: a qué vino.

Quise sentir agresión o desafío en su voz. No pude. La pregunta era una pregunta literal, sin nada detrás. O con demasiadas cosas, como aquello de la cara de pensar de Carolina, por ejemplo. Yo conocía y amaba esa cara. La había visto al anochecer, en alguna confitería apartada, mientras ella miraba su fantasma en el vidrio de la ventana, sorbiendo una pajita. La había visto de tarde, en mi departamento, mientras ella mordía pensativamente un lápiz, cuando me dibujaba uno de aquellos mapitas o planos de lugares y casas en los que había vivido de chica, casas y lugares que por alguna razón parecían estar más allá de las palabras y de los que siempre sospeché que jamás existieron, o no en las historias que ella contaba. Bueno, sí, yo también había mirado muchas veces esa cara ausente y desprotegida, más desnuda que su cuerpo, pero nunca la había mirado de mañana, mientras Carolina tomaba mate. Pensé que tal vez debería estar agradecido por eso, sin embargo no me resultó muy alentador. Me iba a pasar lo mismo más tarde, con la historia del enano.

Él acababa de preguntarme a qué había venido.

—No sé. —Hice una pausa. La palabra que necesité agregar era deliberadamente malévola. —Curiosidad —dije.

—Me doy cuenta —murmuró él.

No sé qué quiso decir, pero causaba toda la impresión de que sí, de que en efecto se daba cuenta.

Llegué a mi departamento después de la una de mañana, lo que significa que estuve con él cerca de tres horas, sin embargo no recuerdo más que fragmentos de nuestra conversación, fragmentos que en su mayor parte carecen de sentido. Hablamos de política, de una noticia que traía el diario de la noche, la noticia de un crimen. Hablamos de la inclemencia del invierno en Buenos Aires. Ahora tengo la sensación de que casi no hablamos de Carolina.

En algún momento, él me preguntó si yo quería ver unas fotos.

—Fotos —dije.

No pude dejar de sentir que esa proposición encerraba una amenaza. Imaginé un álbum de casamiento, fotografías de Carolina en bikini, fotografías de los dos riéndose o abrazados, sabe Dios qué otro tipo de imágenes.

—Fotos —repitió él—. Fotos de Carolina.

Hice uno de esos gestos vagos que pueden significar cualquier cosa.

—Es un poco tarde —dije.

—No son tantas —dijo él, poniéndose de pie—. Hace mucho que no las miro.

Salió de la cocina y me dejó solo. Yo aproveché la tregua para observar a mi alrededor. Intenté imaginar a Carolina junto a esa mesada, o, en puntas de pie, tratando de alcanzar una cacerola, un hervidor de leche. Tal vez era algo como eso lo que yo había venido a buscar a esa casa. En una de las paredes vi dos cuadritos muy pequeños. Me levanté para mirarlos de cerca. No me dijeron nada. Eran algo así como mínimas naturalezas muertas. Ínfimas cocinas dentro de otra cocina. Cómo saber si ella los había colgado, cómo saber si habían significado algo el día que los eligió. Cuando él volvió a entrar, traía un pantalón puesto de apuro sobre el pantalón del pijama, y un grueso pulóver, que me pareció tejido a mano.

Traía también una caja de cartón. Se sentó un poco lejos de mí y me alcanzó la primera fotografía: Carolina sola. Detrás, unos árboles, que podían ser una plaza o un parque. Descartó varias y me alcanzó otra. Carolina sola, arrodillada junto a un perro patas arriba. Miró tres o cuatro más, una de ellas con mucho detenimiento. Las puso debajo del resto, en el fondo de la caja, y me alcanzó otra. Carolina sola.

Entonces sentí algo absurdo. Sentí que ese hombre no quería herirme.

—Ésta es linda —dijo.

Carolina, junto a un buzón, se reía.

—Sí —dije sin pensar—. Era difícil verla reírse así.

Él me miró con algo parecido al agradecimiento.

—Nunca había vuelto a mirarlas. Solo es distinto.

—Usted no está en ninguna de las que me mostró —le dije.

—Bueno, yo era el fotógrafo —dijo él.

Poco más o menos, es todo lo que recuerdo. O todo lo que sucedió esta noche.

Le dije que tenía que irme y él me acompañó hasta la puerta de la entrada, no hasta la verja. Fue en ese momento cuando me contó la historia del enano. Después yo estaba descorriendo el cerrojo de hierro y oí su voz a mi espalda.

—Era muy hermosa, ¿no es cierto?

Salí, cerré la verja y le contesté desde la vereda.

—Sí —le dije—. Era muy hermosa.

Me pidió que volviera algún día. Le dije que sí.

La que espera

La vida, mi querido Castillo, la vida es algo más que cadenas de ácido desoxirribonucleico, enzimas y combinaciones de moléculas. La vida es un misterio, decía en voz baja el doctor Cardona, con esa rara entonación de secreto que le daba a cualquier tontería un matiz de revelación de ultratumba, de modo que ahora empieza una especie de cuento fantástico, pensé al oírlo. Lo que llamamos enfermedad, decía, lo que llamamos locura, son estrategias del cuerpo y de la mente para sobrevivir, para que se cumpla el único designio de la vida, que es continuar viviendo. Oímos que un hombre tose o estornuda y pensamos que está enfermo, cuando lo que en realidad sucede es que su cuerpo está defendiéndose de la enfermedad y, por consiguiente, de la muerte. Con la locura pasa exactamente lo mismo. Vea, si no, este caso. Usted los conoció a los dos, me refiero a los protagonistas. Vivían precisamente allí, en ese viejo caserón de la esquina, el del mirador. Los hermanos Lanari, exacto. Cuando usted se fue de este pueblo ellos ya eran bastante mayores, andarían por los cuarenta años. Ella, Asumpta, era una mujer alta y delgada, usaba el pelo recogido, como las bailarinas. En su juventud había sido muy hermosa, y aunque usted debió de ser un chico en ese tiempo, no puede haberla olvidado. ¿No la tiene muy presente? Entonces no la vio nunca. Vivían los dos solos en esa casa. Quedaron huérfanos en la adolescencia, o un poco después, y ninguno de los dos se casó. Y no por falta de oportunidades, por lo menos no en el caso de ella. Lo sé porque yo fui, durante años, una de esas oportunidades. Es curioso, Castillo. La cercanía física entre hermanos de distinto sexo, cuando se prolonga demasiado en el tiempo, suele producir relaciones equívocas. ¿Qué quiere decir equívocas? Quiere decir relaciones que terminan pareciéndose al matrimonio. Más que al matrimonio, al amor. Usted habrá visto que los matrimonios largos y bien avenidos transforman la pasión del amor en una especie de hermandad incestuosa. Con los hermanos pasa al revés. Con esto no quiero sugerir que entre los Lanari hubiera nada anormal, no al menos en ese sentido, aunque Dios sabe que la gente de nuestro pueblo ha hecho ciertos comentarios desagradables al respecto. ¿Por qué? No sé por qué. Supongo que porque ella, Asumpta, era una mujer demasiado hermosa: demasiado mujer, para decirlo de alguna manera. Será un prejuicio, pero uno no se resigna a aceptar que cierto tipo de mujeres pueda prescindir de un hombre, me refiero a un hombre real, no a un hermano. Y no estoy nada seguro de que sea un prejuicio. Hay algo un poco monstruoso en una mujer sola, si es hermosa: algo que no es del todo moral. No ponga esa cara, hombre, siempre imaginé que los literatos eran capaces de comprender cualquier idea. No digo compartir o aceptar, digo comprender. El caso es que ella no se casó nunca y que vivió para él. ¿Cómo era él? Nada del otro mundo. Un sujeto bastante intrascendente. Más bien bajo, sí. Exactamente, con una ceja un poco levantada, a causa de un accidente. Usted sí que es un tipo inesperado, mi amigo: resulta que se acuerda del hermano y no de ella. No tenían demasiados amigos, ni siquiera se puede decir que tuvieran amistades en el sentido social de la palabra. Creo que yo fui una de las personas que más los trató, y eso por mi condición de médico. Él era un poco hipocondríaco, pero tenía eso que se llama una salud de hierro. Ella era demasiado delicada, demasiado frágil. Siempre me hizo pensar en un objeto de cristal muy fino. Cuando él tuvo el accidente yo supe de inmediato que algo se había quebrado en la estructura íntima de ese cristal. No, no me refiero al accidente de la ceja, me refiero al del avión. La avioneta, porque fue en una avioneta. Él debió viajar a Corrientes, no recuerdo por qué asunto. Me parece que se trataba de una sucesión, algo referido a unos campos que habían sido del padre, no sé bien. El hecho es que hubo una tormenta, la avioneta se perdió en los esteros del Iberá, y lo dieron por muerto.

La historia, en realidad, empieza acá. Venga, sentémonos en ese banco. Me gusta contemplar el río de noche, lo que nos va quedando del río. ¿Se acuerda de lo que era este río cuando usted era chico? Véalo ahora, puro barro y camalotes. Toda esa franja que se ve allá son islotes nuevos, pronto van a ser islas. Cualquier día de estos vamos a cruzar a la otra costa caminando. Qué le pasó a quién. ¿Al río? ¿Tampoco sabe qué le pasó a nuestro río? Después se lo cuento, ahora siéntese.

La avioneta, lo que quedaba de la avioneta, fue localizada unos meses más tarde. El cuerpo no. Pero a nadie le quedó ninguna duda de que él había muerto. Bueno, cuando pasan tres años y un cuerpo no aparece, y de lo que fue un avión sólo se recupera un ala y un pedazo de motor en la copa de un árbol, en los pantanos, uno puede suponer que el piloto ha muerto. Sí, el piloto era él, un buen piloto, si me atengo a lo que oí. Lo raro es que aprendió a volar porque les tenía terror a los aviones; sólo se sentía seguro si manejaba él mismo. No sólo era hipocondríaco, era un poco maniático, más o menos como toda la familia, si quiere que le sea franco. Eso es lo que tal vez explica la ausencia de tres años. Salvo que hubiera perdido la memoria a causa del accidente, cosa en la que no creo. Esas largas amnesias de las películas norteamericanas no ocurren nunca en la vida real, y además yo conversé con él una o dos veces cuando volvió y nunca mencionó nada parecido a una pérdida de memoria. Claro que no había muerto, ¿si no, cómo iba a volver? Se lo dio por muerto, todos creyeron que había muerto. Menos ella, exacto. Él va a volver, decía. No sólo decía eso, sino que, durante tres años, hizo exactamente las mismas cosas que había hecho mientras vivieron juntos. ¿Qué cosas?, preparar la mesa para los dos, arreglar el cuarto de su hermano, tener lista su ropa, mantener encendida la estufa a leña de su escritorio, en el invierno. Todo, sí, todo exactamente igual durante tres años. Pero por supuesto que no, ninguna razón: ella no tenía ninguna razón lógica para creer que el hermano podía estar vivo. Él no se comunicó nunca con ella, ni por carta ni por teléfono ni de ninguna otra forma. Todo esto lo sé porque en esos tres años nunca dejé de visitar la casa, como sé lo que acabo de decirle sobre la ceremonia diaria de arreglar ella su cuarto o poner dos cubiertos en la mesa. Yo era tal vez uno de los pocos que lo sabía, por lo menos al principio, porque con el correr del tiempo todo llega a saberse en un pueblo como el nuestro. Siempre he pensado que los pueblos son de vidrio, las paredes de las casas, quiero decir. Todo se ve a través de ellas. Todo el mundo sabe todo de todos, y lo que no se sabe se imagina o se inventa. De ahí la historia de que ella estaba loca, cuando lo que en realidad sucedía es que venía defendiéndose de la locura desde el mismo día del accidente. Yo hablé con ella, muchas veces. Era una mujer perfectamente normal, y, si no lo era, es sencillamente porque ninguno de nosotros es perfectamente normal, ni usted ni yo ni esa parejita que se está besando en la baranda de la barranca. La normalidad es como el frío, no existe. El frío es un poco más o un poco menos de calor, y la normalidad es un poco más o un poco menos de locura. Ella actuaba de la misma manera en que había actuado desde los veinte años: dependiendo de su hermano, sirviéndolo, viviendo para él. Sí, ya sé. Usted está pensando que cada vez que me refiero a ese hombre lo hago con cierta amargura, usted está pensando que ni siquiera lo nombro, usted está pensando que yo estaba enamorado de ella.

Mi querido señor, no suponga que ha hecho un descubrimiento psicológico mayúsculo. Claro que yo estaba enamorado de ella, y claro que él no me caía demasiado bien, pero ésta no es la historia de mis emociones, como diría un colega suyo. Es la historia de un asesinato.

Veo que por fin reacciona. Percibo que ha dado un pequeño brinco en la oscuridad. Gustavo, se llamaba él. En cuanto a la palabra que lo sobresaltó tal vez sea exacta en el sentido jurídico, pero, en un sentido médico, no describe en absoluto los hechos. Fue un acto de legítima defensa, por decirlo así. Venga, caminemos hasta la explanada del Hotel de Turismo, ya sé que es un adefesio pero desde ahí arriba el río parece un poco más real, más antiguo. De modo que quiere saber quién fue el muerto, quién mató a quién. Sería interesante que ahora yo le dijera que asesiné al hermano de Asumpta, por celos, cuando él volvió de su viaje misterioso de tres años. Usted pertenece a ese género de personas, usted, permítame que se lo diga, es un poeta romántico que se equivocó de siglo. Lo siento, pero no fue así. Le doy tiempo para que adivine hasta que lleguemos arriba.

No adivinó. O mejor, sí adivinó, pero no tiene ni la más remota idea de las razones que ella tuvo para hacerlo. Sentémonos otra vez. Qué me dice de esa luna. Qué me dice de oír las campanadas de la iglesia y mirar el río, en verano, a la luz de la luna. ¿Sabe que una vez, una sola vez en mi vida, yo pude hacer esto con ella? No me pregunte cómo, pero la convencí de que me acompañara a caminar por la barranca y la traje acá. Creo que esa noche, si me hubiera atrevido... Le voy a dar un consejo, Castillo. Tengo unos cuantos años y sé de lo que hablo. Si le gusta una mujer y no está absolutamente seguro de lo que ella siente por usted, nunca pierda el tiempo en decírselo ni mucho menos en pensar cómo decírselo. Aproveche la primera oportunidad favorable que se le presente y tómela de la mano o bésela, acósela, como se dice ahora. Lo peor que puede pasarle es que ella salga corriendo, que es lo mismo que le va a pasar si le da tiempo a pensarlo. Si esa noche yo la hubiera tomado de la mano, en vez de hablar, tal vez no habría sucedido nada de lo que le estoy contando, Asumpta no estaría donde está y él no habría muerto. Ella lo enterró en el jardín de la casa. Desde acá se ve el lugar, dése vuelta. ¿Ve el paredón donde asoma la magnolia? Bueno, entre la magnolia y la galería. Fue muy poco tiempo después de su regreso. Nadie se dio cuenta de nada hasta que pasaron dos o tres meses. Creo que algunos ni se enteraron de que él había vuelto. Más tarde se descubrió todo, por supuesto, ya le dije que en los pueblos como el nuestro las paredes son transparentes. Pero yo lo supe casi de inmediato, del mismo modo que supe los motivos. Muchos imaginaron que esos hermanos eran algo más que hermanos y que ella lo mató para vengarse de algo que él había hecho durante esos años de ausencia. Qué estupidez. Asumpta, durante esos tres años, vivió esperando que él regresara. No era tanto el querer que volviera como la ceremonia de esperarlo, ¿se da cuenta? La razón de su vida, su cordura, dependían de los ritos inocentes de esa espera. Por eso preparaba todos los días su cuarto, encendía la estufa del escritorio, arreglaba su ropa. Cuando él regresó, ella no dio ninguna muestra de alegría; sí, yo también lo pensé al principio, era como si siempre hubiera sabido que él volvería. Pero sobre todo era que no podía alegrarse: la presencia del hermano rompía por última vez el precario equilibrio de su cordura. La primera vez fue su desaparición; la segunda, su regreso. Ella ya no lo soportó. Durante tres años, piense bien en esto, durante más de mil días y mil noches, ella protegió su razón con esa espera. Lo mató para no enloquecer, para seguir esperando. Después volvió a preparar su cuarto, puso todos los días dos cubiertos en la mesa, siguió cambiando con amor las sábanas de su cama. Y si nadie se hubiera enterado de lo que pasó, aún hoy lo seguiría haciendo. Ella todavía vive, naturalmente. ¿Dónde está? Por favor, Castillo, ¿dónde quiere que esté?

Desde acá el río se ve mejor, ya se lo dije; pero sólo porque es de noche. Uno de esos locos que andan sueltos cavó una zanja en una de las islas para hacer un embarcadero, creo que con la intención de construir un hotel como éste. No contó con que el río tiene sus leyes. Las correntadas abrieron un canal, arrasaron la isla, y ahora el río deposita la tierra y el limo de este lado, dijo en voz baja el doctor Cardona.

Este libro se terminó de imprimir
en el mes de octubre de 1997 en
Color Efe, Paso 192,
Avellaneda, Buenos Aires,
República Argentina.